Du même auteur,
aux éditions Bragelonne,
en grand format :

Drenaï :
Légende
Druss la Légende
La Légende de Marche-Mort
Waylander
Waylander II : Dans le royaume du loup
Waylander III : Le Héros dans l'ombre
Le Roi sur le Seuil
La Quête des héros perdus
Les Guerriers de l'hiver
Loup Blanc
Les Épées de la Nuit et du Jour

Cycle Rigante :
1. *L'Épée de l'Orage*
2. *Le Faucon de Minuit*
3. *Le Cœur de Corbeau*
4. *Le Cavalier de l'Orage*

Rigante L'Intégrale – volume 1
Rigante L'Intégrale – volume 2
Jon Shannow L'Intégrale

Troie :
1. *Le Seigneur de l'Arc d'Argent*
2. *Le Bouclier du Tonnerre*
3. *La Chute des rois*

Les Pierres de pouvoir L'Intégrale

Romans de ce cycle également disponibles individuellement :
Le Fantôme du roi
La Dernière Épée de pouvoir

Romans :
Dark Moon
L'Étoile du Matin
L'Écho du Grand Chant
Reine des Batailles
Le Faucon Éternel

Chez Milady, en poche :

Drenaï :
Légende
Druss la Légende
Waylander
Waylander II : Dans le royaume du loup
Waylander III : Le Héros dans l'ombre
Le Roi sur le Seuil
La Quête des héros perdus
La Légende de Marche-Mort
Les Guerriers de l'hiver
Loup blanc
Les Épées de la Nuit et du Jour

Romans :
Dark Moon
L'Étoile du matin
L'Écho du Grand Chant

Troie :
1. *Le Seigneur de l'Arc d'Argent*
2. *Le Bouclier du Tonnerre*

Chez d'autres éditeurs :

Le Lion de Macédoine (cycle)
Renégats

CE LIVRE EST ÉGALEMENT DISPONIBLE AU FORMAT NUMÉRIQUE

www.milady.fr

DAVID GEMMELL

LE BOUCLIER DU TONNERRE

Troie – 2

Traduit de l'anglais (Grande-Bretagne) par Rosalie Guillaume

Bragelonne

Milady est un label des éditions Bragelonne

Cet ouvrage a été originellement publié en France par Bragelonne

Titre original : *Shield of Thunder – Troy* book two

Carte :
Hardlines

ISBN : 978-2-8112-1880-5

Bragelonne – Milady
60-62, rue d'Hauteville – 75010 Paris

E-mail : info@milady.fr
Site Internet : www.milady.fr

Je dédie Le Bouclier du Tonnerre *à Stella,*
avec tout mon amour,
pour les voyages à travers le désert, pour la cascade de La Quinta,
et pour avoir navigué sur la Grande Verte
pendant vingt extraordinaires années de bonheur et d'amitié.

La Grande Verte

Remerciements

Mes sincères remerciements à mon éditrice Selina Walker, ma secrétaire de rédaction Nancy Webber, et à mes « lecteurs test » Tony Evans, Alan Fisher, Stella Gemmell, Oswald Hotz de Bar, Steve Hutt, Tim Lenton et Anne Nicholls. Le terme de « lecteur test » ne fait pas justice au rôle vital qui a été le leur. Tout au long de la création de la trilogie de *Troie,* des lignes de récit et des traits de personnages ont été développés et améliorés, et des scènes coupées ou allongées, à la suite des commentaires de mon « équipe ». Je leur en suis infiniment reconnaissant.

Sous le Bouclier du Tonnerre attend l'Enfant Aigle,
sur ses ailes d'ombre,
pour s'élancer au-dessus des portes de toutes les cités,
jusqu'à la fin des temps et la chute des rois.

Prophétie de Mélite

Prologue

Un vent froid soufflait des montagnes enneigées, sifflait dans les rues étroites de Thèbes sous Plakos, et la pluie tombait, glaciale, des nuages noirs massés au-dessus de la cité. Il y avait peu de monde dans les rues, et les gardes du palais étaient blottis près des portes, emmitouflés dans leurs lourds manteaux de laine.

Dans le palais, la panique montait alors que la douloureuse journée se transformait en une nuit de cris angoissés. Des gens étaient rassemblés, effrayés et silencieux, dans les couloirs glacés. De temps en temps, des servantes sortaient de la chambre de la reine pour aller chercher des bassines d'eau ou des linges propres.

Vers minuit, on entendit le ululement d'une chouette, et les courtisans se regardèrent, mal à l'aise. Les chouettes étaient des oiseaux de mauvais augure, tout le monde le savait.

Les hurlements de douleur se transformèrent en gémissement quand les forces de la reine déclinèrent. La fin approchait. Il n'y aurait pas de naissance et de réjouissances. Seulement la mort et le deuil.

L'ambassadeur troyen, Héraclitès, affectait une profonde préoccupation. Ce n'était pas facile de maintenir cette façade, car il n'avait jamais rencontré la reine Olectre et se préoccupait peu de sa vie ou de sa mort. Et, malgré ses robes d'ambassadeur en laine blanche et son long manteau en peau de mouton, il avait froid et ne sentait plus ses pieds. Il ferma les yeux et se consola en songeant aux richesses que lui vaudrait ce voyage.

Sa mission à Thèbes sous Plakos avait été double. Il avait dû d'une part négocier la sécurité des routes commerciales, et d'autre part apporter des cadeaux au nom du jeune roi de Troie, Priam, établissant ainsi des liens amicaux entre les deux cités voisines. Troie grandissait vite sous la houlette inspirée de Priam, et Héraclitès – comme bien d'autres courtisans – s'enrichissait d'heure en heure. Toutefois, beaucoup de marchandises, dont les plus précieuses – les parfums, les épices et les étoffes brodées d'or – devaient transiter à travers les terres de l'Est déchirées par la guerre et où rôdaient des bandes de brigands et de déserteurs. Des chefs de hors-la-loi tenaient les cols et exigeaient des caravanes une redevance. Les soldats de Priam avaient nettoyé bon nombre de routes à proximité de Troie, mais, au sud, à Thèbes, sous les ombres du vénérable mont Ida, c'était le roi Ection qui faisait la loi. Héraclitès avait été envoyé pour encourager le roi à lever des troupes supplémentaires et à faire campagne contre les brigands. Sa mission avait été couronnée de succès. En ce moment même, Ection écumait les montagnes, détruisait les villages de bandits et dégageait les routes commerciales. Héraclitès devait seulement attendre la naissance du bébé, présenter ses compliments, puis retourner dans son palais de Troie, où des affaires pressantes demandaient son attention.

La reine était entrée en travail la veille au soir. Héraclitès avait ordonné à ses serviteurs d'être prêts à partir à l'aube. Et pourtant, à minuit, le deuxième jour, il était toujours planté là, dans ce couloir plein de courants d'air ! Non seulement le bébé attendu n'était pas arrivé, mais Héraclitès voyait sur les visages inquiets autour de lui qu'une tragédie se préparait. Des prêtres d'Esculape, le dieu de la Guérison, avaient été appelés. Ils avaient rejoint les trois sages-femmes qui assistaient déjà la reine. Dans la cour, en dessous, on sacrifiait un taureau.

Héraclitès n'avait pas le choix. Il devait attendre. Partir serait considéré comme une marque d'irrespect. Quelle guigne ! De surcroît, quand la malheureuse mourrait, la ville serait en deuil, et Héraclitès devrait attendre encore plusieurs jours afin d'assister aux funérailles.

Il aperçut une femme au visage d'oiseau de proie, qui le regardait.

— C'est un jour bien triste, dit-il d'une voix solennelle, empreinte d'un chagrin simulé.

Il ne l'avait pas vue arriver, mais elle était là, appuyée sur un bâton sculpté, l'air fermé et le regard sauvage. Ses cheveux blancs en bataille entouraient son visage comme la crinière d'un lion. Elle portait une longue robe grise avec une chouette brodée en fil d'argent sur la poitrine. *Une prêtresse d'Athéna, donc*, pensa-t-il.

— L'enfant ne mourra pas, dit-elle, car elle a été bénie par la déesse. Mais la reine périra si ces idiots ne me laissent pas entrer.

Un prêtre maigre aux épaules voûtées sortit de la chambre de la reine. Il vit la femme au visage dur et inclina la tête avec déférence.

— Je crains que la fin soit proche, Grande Sœur, dit-il. L'enfant se présente par le siège.

— Emmène-moi vite auprès de la reine, idiot !

Héraclitès vit le prêtre rougir, mais ce dernier fit signe à la femme de le suivre. Tous deux pénétrèrent dans la chambre de la reine. *Une vieille harpie*, pensa Héraclitès. Puis il se rappela que la prêtresse avait parlé de l'enfant au féminin. Une prophétesse – ou une femme qui croyait l'être. Si elle avait raison, l'attente était encore plus exaspérante. Qui se souciait de la vie ou de la mort d'une fille ? ou même, dans ce cas, d'un garçon ? pensa-t-il amèrement, puisque le roi Ection avait déjà deux jeunes fils en pleine santé.

La nuit passa, et Héraclitès, avec une vingtaine de courtisans, attendit les gémissements qui annonceraient la mort de la reine. Mais, juste avant l'aube, on entendit le cri d'un nouveau-né. Il était si plein de vie que même l'ambassadeur blasé ressentit une joie soudaine dont il ne se serait pas cru capable.

Peu après, les courtisans, dont Héraclitès, furent admis dans les appartements de la reine pour saluer l'arrivée de ce nouvel être.

Le bébé avait été couché dans un berceau à côté du lit de la reine, qui se reposait sur ses cousins brodés, pâle et l'air épuisée, une couverture jetée sur le bas du corps. Il y avait beaucoup de sang sur le lit. Héraclitès et ses compagnons se rassemblèrent silencieusement autour de la couche, les mains posées sur le cœur en signe de respect. La reine ne dit rien, mais la prêtresse d'Athéna, les mains couvertes de sang, souleva le bébé du berceau. Le nouveau-né poussa un petit cri gargouillant.

Héraclitès vit ce qu'il prit d'abord pour une tache de sang sur le sommet du crâne de l'enfant. Puis il comprit qu'il s'agissait d'une marque de naissance, presque ronde, comme un bouclier, traversée par une ligne de peau blanche en zigzag.

— Comme je l'avais prédit, une fille, dit la prêtresse. Elle a été bénie par Athéna. Et en voici la preuve, ajouta-t-elle, passant son doigt le long de la marque. Tout le monde le voit ? C'est le bouclier d'Athéna – le Bouclier du Tonnerre.

— Quel nom portera-t-elle, votre altesse ? demanda un des courtisans.

La reine ouvrit la bouche.

— Paleste, murmura-t-elle.

Le lendemain, Héraclitès entreprit le long voyage vers Troie, emportant avec lui la nouvelle de la naissance de la princesse Paleste et, plus important, les débuts prometteurs d'un traité entre les deux cités. Il n'était plus là quand le roi Ection revint et se rendit au chevet de sa femme. Encore en armure de bataille, il se pencha sur le berceau et tendit la main. Une minuscule menotte se leva vers la sienne. Tendant un doigt, le roi éclata de rire quand le bébé le saisit fermement.

— Elle a la force d'un homme, dit-il. Nous l'appellerons Andromaque.

— Je lui ai donné le nom de Paleste, dit la reine.

Le roi se pencha et l'embrassa.

— Nous aurons d'autres enfants, si les dieux le veulent. Le nom de Paleste attendra.

Les dix-neuf années qui suivirent furent fastes pour Héraclitès. Il se rendit en Égypte, à l'est, au centre de l'Empire hittite, et au nord-ouest à travers la Thrace et la Thessalie, jusqu'à Sparte. Ses deux épouses lui avaient donné cinq fils et quatre filles en tout, et il avait reçu des dieux la bénédiction d'une bonne santé. Sa richesse avait crû en même temps que celle de Troie.

Mais sa chance avait tourné. Tout commença par des douleurs persistantes dans le bas du dos, et une toux sèche et pénible qui refusait de le quitter, même dans la chaleur de l'été. Sa chair avait fondu, et il savait que la route ténébreuse se profilait devant lui. Il continua quand même à servir son seigneur de son mieux. Une nuit, il fut appelé dans les appartements royaux, où le roi Priam et son épouse, Hécube, avaient consulté un prophète. Héraclitès ignorait ce que l'homme avait prédit, mais la reine, une femme dure et impitoyable, était dans un état d'agitation extrême.

— Salutations, Héraclitès, dit-elle, sans faire référence à son état de santé. Il y a quelques années, tu t'es rendu à Thèbes sous Plakos. Tu as dit qu'une enfant y était née.

— Oui, ma reine.

— Raconte-moi de nouveau l'histoire.

Héraclitès parla du bébé et de la prêtresse.

— Tu as vu le Bouclier du Tonnerre ? demanda Hécube.

— Oui, ma reine, rouge et rond, avec un éclair blanc au milieu.

— Le nom de l'enfant ?

La question prit le mourant par surprise. Il n'avait plus pensé à cette journée depuis des années. Il se frotta les yeux, et revit le couloir glacial, la prêtresse à la chevelure léonine, et la reine, épuisée et pâle. Puis le nom lui revint.

— Paleste, Votre Altesse.

Livre un

L'orage approche

Chapitre premier

Un vent noir se lève

Pénélope, la reine d'Ithaque, comprenait la nature des rêves ainsi que celle des présages qui empoisonnent la vie des hommes. Elle était donc assise sur la plage, un châle brodé d'or sur ses épaules frêles, et regardait de temps en temps le ciel et les oiseaux de passage, avec l'espoir d'y voir un meilleur augure. Cinq hirondelles indiqueraient que le voyage d'Ulysse se déroulerait bien, deux cygnes représenteraient la chance, et un aigle, la victoire – ou, pour Ulysse, un succès commercial. Mais les cieux étaient vides. Un vent léger soufflait du nord. Un temps parfait pour naviguer.

La vieille galère avait été réparée, débarrassée de ses coquillages et recalfatée, prête pour le printemps, mais de nouvelles poutres et une couche de peinture fraîche ne suffisaient pas à dissimuler son âge, qui se remarquait dans chacune des lignes du navire, à demi hors des eaux peu profondes.

— Construis un nouveau navire, roi laid, avait-elle dit à son époux d'innombrables fois. Celui-ci est vieux et fatigué, et il te conduira à ta perte.

Ils se disputaient sur la question depuis des années. Mais, sur ce sujet, elle n'avait aucune influence sur lui. Par nature, il n'était pas sentimental. Son comportement aimable cachait un cœur de bronze et de corne. Et elle savait qu'il n'accepterait jamais de remplacer le navire auquel il avait donné le nom de sa femme.

Pénélope soupira, sentant une douce tristesse peser sur elle. *Je suis ce navire*, comprit-elle. *Moi aussi, je vieillis. Il y a du gris dans ma chevelure, et le temps passe rapidement.* Et, encore plus significatif que le grisonnement de sa chevelure châtaine ou les rides qui se creusaient sur son visage, son écoulement de sang mensuel, signe de jeunesse et de fertilité, commençait à se raréfier. Bientôt, elle aurait dépassé l'âge de porter des enfants. Il n'y aurait pas de nouveaux fils pour Ulysse. Sa tristesse s'accrut quand elle se souvint du pâle Laërte, et de la fièvre qui avait fait fondre ses chairs.

Sur la plage, Ulysse faisait le tour de la galère à grands pas coléreux, le visage rouge, gesticulant et beuglant des ordres à son équipage, qui se hâtait de charger la cargaison. Le chagrin rôdait aussi parmi les hommes. Elle le sentait en les regardant. Quelques jours auparavant, ils avaient perdu leur camarade Porthéos, qu'ils surnommaient Porthéos le Porc, un jeune homme gras, jovial et aimé de tous, qui avait navigué sur le *Pénélope* de nombreux étés. Sa jeune femme, enceinte de leur quatrième enfant, s'était éveillée à l'aube pour le trouver mort sur leur couche, à côté d'elle.

Sur le *Pénélope,* deux marins hissaient une lourde balle de brindilles, qui servait à caler la cargaison dans la cale. Soudain, l'un d'eux lâcha prise et trébucha, et l'autre fut précipité dans la mer avec la balle de bois. Ulysse jura profusément et se tourna vers sa femme, levant les bras dans un geste de désespoir.

Pénélope sourit. Le voir lui remontait le moral. Il était toujours heureux au moment de partir vers des rivages lointains. Pendant tout le printemps et l'été, il écumerait la Grande Verte pour acheter et vendre, raconter ses histoires et rencontrer des rois, des pirates et des mendiants.

— Tu me manqueras, ma dame, lui avait-il dit la nuit précédente, quand elle reposait dans ses bras, ses doigts glissés dans les poils gris-roux de sa poitrine.

Elle n'avait pas répondu. Elle savait à quel moment il se souviendrait d'elle. Chaque nuit, quand les dangers du jour seraient passés, il penserait à elle, et elle lui manquerait – un peu.

— Je penserai à toi tous les jours, avait-il ajouté, sans qu'elle réponde. La douleur de ton absence sera comme une blessure de dague constante dans mon cœur.

Elle avait souri contre sa poitrine, et elle avait su qu'il l'avait senti.

— Ne te moque pas de moi, femme, avait-il dit gentiment. Tu me connais trop bien !

Sur la plage, dans la lumière de l'aube, elle le regarda traverser le sable à grands pas pour parler à Nestor, le roi de Pylos, un parent de Pénélope. Le contraste entre les deux hommes était remarquable. Ulysse, avec son torse large, sa nature coléreuse et bruyante, attaquait chaque jour comme s'il s'était agi d'un ennemi mortel. Nestor, mince, grisonnant et voûté, était une petite oasis de calme dans le tumulte d'activité sur la plage. Nestor n'avait que dix ans de plus qu'Ulysse, mais il avait le comportement d'un ancien. Ulysse ressemblait à un enfant surexcité. Elle l'aimait de tout son cœur, et ses yeux se remplirent de larmes à l'idée des voyages et des périls qu'il allait affronter.

Il était revenu quelques jours plus tôt seulement, accompagné de Nestor, après un voyage peu enthousiasmant à Sparte, à la demande d'Agamemnon, roi de Mycènes.

— Agamemnon ne vit que pour la vengeance, dit le vieux Nestor, assis dans le mégaron, un soir, tard, une coupe de vin à la main et un de ses chiens à ses pieds. La rencontre de Sparte a été un échec pour lui, mais il refuse de se laisser détourner de son chemin.

— Cet homme est obsédé, répondit Ulysse. Il a fait venir les rois de l'Ouest et parlé d'alliances et de paix. Mais il ne rêve que d'une guerre contre Troie – une guerre qu'il ne pourra livrer que si nous nous joignons tous à lui.

— Pourquoi quelqu'un se joindrait-il à lui ? demanda Pénélope. Sa haine pour Troie est une affaire privée.

Nestor secoua la tête.

— Il n'y a pas d'affaires privées pour le roi de Mycènes. Il a un ego colossal. Ce qui touche Agamemnon touche le monde entier. Tout le monde sait qu'il est furieux d'avoir été contré par Hélicon et le traître Argurios.

— Le *traître* Argurios ? cracha Ulysse. C'est intéressant de voir ce qui fait d'un homme un traître, non ? Un excellent guerrier, un homme qui a fidèlement servi Mycènes toute sa vie, a été déclaré hors la loi, dépouillé de ses terres, de ses biens et de sa réputation. Puis son roi a essayé de le faire assassiner. *Traîtreusement,* il a combattu pour sa vie et celle de la femme qu'il aimait.

— Oui, oui, acquiesça Nestor. C'était un bon guerrier. L'as-tu rencontré ?

Pénélope savait qu'il tentait de détourner la colère d'Ulysse. Elle réprima un sourire. Aucune personne sensée n'avait envie de mettre Ulysse en colère.

— Oui, il a voyagé jusqu'à Troie avec moi, répondit Ulysse. Un homme déplaisant. Mais les Mycéniens, tous jusqu'au dernier, auraient été massacrés au palais de Priam sans son intervention.

— Tout ça pour qu'ils soient massacrés à leur retour, dit doucement Pénélope.

— Ils ont appelé ça « la nuit de la Justice du Lion », dit Nestor. Seuls deux soldats ont réchappé de la tuerie, et ils ont été déclarés hors la loi.

— C'est ça, le roi que tu veux soutenir dans une guerre ? demanda Ulysse, avant de boire une bonne gorgée de vin. Un homme qui envoie de vaillants guerriers combattre à sa place, puis les assassine quand ils échouent ?

— Je n'ai pas encore proposé de navires ou d'hommes à Agamemnon.

Le vieil homme regarda fixement sa coupe de vin. Pénélope savait que Nestor ne s'était pas élevé contre l'idée d'une guerre, mais qu'il était resté prudent lors de la réunion des rois, à Sparte.

— Quoi qu'il en soit, les ambitions d'Agamemnon affectent tout le monde, dit-il enfin. Avec lui, on est allié ou ennemi. Qu'es-tu, Ulysse ?

— Ni l'un ni l'autre. Tout le monde sait que je suis neutre.

— C'est facile de rester neutre quand on a des ressources secrètes, dit Nestor. Mais Pylos dépend du commerce de son lin vers Argos et le nord. Agamemnon contrôle les routes commerciales. S'opposer à lui serait courir à la ruine. (Il regarda Ulysse, les yeux plissés.) Dis-moi, Ulysse, où se trouvent ces Sept Collines qui font ta richesse ?

Pénélope sentit la tension monter dans la pièce. Elle regarda Ulysse.

—Au bord du monde, répondit le roi d'Ithaque, gardées par des cyclopes géants.

Si Nestor n'avait pas bu autant, il aurait peut-être remarqué le durcissement de la voix d'Ulysse. Pénélope inspira à fond et se prépara à intervenir.

—J'aurais cru, *cousin,* que tu partagerais ta bonne fortune avec ceux de ton sang, plutôt qu'avec un étranger, dit Nestor.

—Je l'aurais fait, dit Ulysse. Mais l'étranger dont tu parles est celui qui a découvert les Sept Collines, et qui a ouvert les routes commerciales. Ce n'est pas à moi de partager ses secrets.

—Non, seulement son or, dit sèchement Nestor.

Ulysse jeta sa coupe de vin à travers la pièce.

—Tu oses m'insulter dans mon propre palais ? rugit-il. Nous avons combattu pour défendre les Sept Collines contre les brigands, les pirates, et les tribus indigènes au visage peint. Cet or, nous l'avons gagné à la dure !

Devant la tension entre les deux hommes, Pénélope s'était forcée à sourire.

—Allons, cousin. Tu pars demain pour Troie afin d'assister à la fête et aux jeux du mariage. Ne laisse pas cette nuit se terminer sur des paroles dures.

Les deux hommes se regardèrent, puis Nestor soupira.

—Pardonne-moi, mon vieil ami. Mes paroles étaient mal avisées.

— C'est oublié, dit Ulysse, en faisant signe à un serviteur de lui apporter une autre coupe.

Pénélope connaissait bien son époux et savait qu'il était toujours en colère.

— Au moins, à Troie, tu pourras oublier un moment Agamemnon, dit-elle pour changer de sujet.

— Tous les rois de l'Ouest seront invités à venir voir Hector épouser Andromaque, dit sombrement Ulysse.

— Mais Agamemnon ne viendra pas, non ?

— Je pense que si, mon amour. Le rusé Priam se servira de l'occasion pour soumettre certains des rois à sa volonté. Il leur offrira de l'or et des alliances. Agamemnon ne peut pas se permettre de ne pas venir. Il sera là !

— Il est invité ? Après l'attaque mycénienne contre Troie ?

Ulysse sourit et imita le ton pompeux du roi mycénien.

— Je suis très attristé, dit-il en ouvrant les bras dans un geste de regret, de savoir que des éléments indisciplinés des forces mycéniennes ont attaqué en traître notre frère, le roi Priam. La justice du roi s'est abattue sur les hors-la-loi.

— Cet homme est un serpent, reconnut Nestor.

— Tes fils s'engageront-ils dans les jeux ? lui demanda Pénélope.

— Oui. Ce sont tous les deux de bons athlètes. Antilochos devrait briller au lancer de javelot, et Thrasymédès battra n'importe quel homme au tir à l'arc, dit-il avec un clin d'œil.

— Quand ça arrivera, la lune sera verte, marmonna Ulysse. Même sans être au mieux de ma forme, je cracherais une flèche plus loin qu'il ne pourrait en tirer une !

Nestor éclata de rire.

— Comme tu es civil quand ta femme est dans la pièce ! La dernière fois que je t'ai entendu te vanter de ton habileté, tu prétendais que tu pourrais projeter une flèche plus loin avec un pet !

— Ça aussi, c'est vrai, dit Ulysse en rougissant.

Pénélope se félicita de voir que la bonne humeur était revenue entre les deux hommes.

Sur la plage, le *Pénélope* était enfin chargé, et les membres de l'équipage tiraient sur des bouts pour remettre le vieux navire à flot. Les deux fils de Nestor étaient là, dans l'eau jusqu'à la taille, et aidaient à pousser le navire vers des eaux plus profondes.

La reine d'Ithaque se leva et fit tomber des gravillons de sa robe de lin jaune, puis elle gagna la plage pour dire adieu à son roi. Il était à côté de son second, Bias le Noir, à la peau foncée et aux cheveux gris, né d'une mère nubienne et d'un père ithaquien. Près de lui se tenait un marin blond aux muscles impressionnants, du nom de Leukon, qui commençait à avoir une renommée de combattant à mains nues appréciable. Leukon et Bias s'inclinèrent à l'arrivée de la reine, puis partirent.

Pénélope soupira.

— Et nous y voilà de nouveau, mon amour, à nous faire nos adieux.

— Nous sommes comme les saisons, répondit Ulysse, toujours constants dans nos actions.

Elle lui prit la main.

— Pourtant, cette fois, c'est différent, mon roi. Tu le sais. Je crains que tu aies des choix difficiles à faire. Ne prends aucune décision à la légère, que tu pourrais regretter et être incapable de changer. N'emmène pas ton équipage à la guerre, Ulysse !

— Je ne souhaite pas la guerre, mon amour.

Il sourit, et elle sut que ses intentions étaient sincères, mais son cœur était néanmoins lourd d'angoisse. Malgré sa force, son courage et sa sagesse, l'homme qu'elle aimait avait une grande faiblesse. Il ressemblait à un vieux cheval de guerre, rusé et prudent, mais si le fouet de l'orgueil le touchait, il était capable de marcher dans le feu.

Il embrassa les mains de son épouse, se tourna et partit à grands pas, puis entra dans la mer. L'eau lui arrivait à la poitrine. Il attrapa un bout et se hissa à bord. Aussitôt, les rameurs prirent le rythme, et le vieux navire commença à s'éloigner de la plage. Pénélope vit Ulysse agiter le bras, sa silhouette se détachant sur le soleil levant.

Elle ne lui avait pas parlé des mouettes. Il se serait moqué d'elle. Les mouettes, aurait-il dit, n'étaient que des oiseaux stupides qui n'avaient rien à faire dans les prophéties.

Pourtant, elle avait rêvé d'une immense volée de mouettes qui bloquaient le soleil comme si un vent noir se levait et transformait le ciel de midi en ciel nocturne.

Et sur les ailes de ce vent arrivaient la mort et la fin des mondes.

Le jeune guerrier Calliadès était assis à l'entrée de la grotte, enveloppé dans un manteau noir, l'épée à la main. Il examinait les pentes arides des collines et les champs qui s'étendaient au-delà. Il n'y avait personne en vue. Il regarda derrière lui, dans l'obscurité de la caverne, et vit la femme blessée couchée sur le côté, les genoux remontés contre la poitrine, couverte par le manteau rouge de Banoclès. Elle paraissait endormie.

Les rayons de la lune percèrent les nuages, et Calliadès la vit plus clairement. Ses cheveux blonds étaient longs, et son visage pâle était contusionné, enflé et couvert de sang séché.

La brise nocturne était froide. Calliadès frissonna. De la grotte, située en hauteur, il voyait la mer, au loin, et le reflet des étoiles scintillant sur l'eau. *Je suis si loin de chez moi*, pensa-t-il.

La cicatrice rouge vif sur sa joue droite le démangeait, et il la gratta. La dernière d'une longue série de blessures… Dans le calme de la nuit, il se souvint des batailles et des escarmouches pendant lesquelles des lames d'épées ou de dagues lui avait transpercé la peau. Des flèches et des lances l'avaient blessé, des pierres lancées par des frondes l'avaient assommé. Un coup de massue à l'épaule gauche lui avait laissé une articulation douloureuse par temps pluvieux. À vingt-cinq ans, il était un vétéran de dix années de guerre, et il avait assez de cicatrices pour le prouver.

— Je vais allumer un feu, dit son ami en sortant de l'ombre.

Sous les rayons de la lune, son robuste camarade, avec ses cheveux blonds et sa longue barbe, luisait comme de l'argent. Son plastron était couvert de sang qui faisait des taches sombres sur les disques de bronze étincelants fixés à la lourde sous-tunique en cuir.

Calliadès se tourna vers le puissant guerrier.

— Un feu nous ferait repérer, dit-il. Ils viendraient nous chercher.

— Ils viendront de toute façon. Mieux vaut maintenant, pendant que je suis encore en colère.

— Tu n'as aucune raison de leur en vouloir, fit remarquer Calliadès d'une voix fatiguée.

— C'est contre toi que je suis en colère ! Cette femme ne nous était rien !

— Je sais.

— De toute façon, nous ne l'avons pas sauvée pour longtemps. Il n'y a aucun moyen de quitter cette île. Nous serons sans doute morts avant demain midi.

— Je le sais aussi.

Banoclès ne dit rien pendant un moment. Il rejoignit Calliadès et regarda la nuit.

— Je croyais que tu voulais allumer un feu, dit Calliadès.

— Je n'en ai pas la patience, grommela Banoclès en se grattant la barbe. Je finis toujours par me couper les doigts sur les silex. (Il frissonna.) Il fait froid, pour la saison !

— Tu n'aurais pas aussi froid si tu n'avais pas donné ton manteau à cette femme qui ne nous est rien. Va ramasser un peu de bois mort, pendant que je démarre le feu.

Calliadès s'éloigna de l'entrée de la grotte, prit de l'écorce sèche dans la bourse pendue à sa ceinture et l'effrita. Puis il frappa l'une contre l'autre deux pierres à feu, faisant voler des étincelles sur l'écorce. Il lui fallut un certain temps, mais, finalement, une volute de fumée s'éleva. Calliadès se mit à plat ventre et souffla sur les braises jusqu'à ce qu'une flamme jaillisse. Banoclès revint et déposa une pile de brindilles et de branches sur le sol.

— Tu as vu quelque chose ? demanda Calliadès.

— Non. Je pense qu'ils arriveront après l'aube.

Les deux hommes restèrent assis en silence un long moment, profitant de la chaleur du petit feu.

— Donc, dit enfin Banoclès, tu vas me dire pourquoi nous avons tué quatre de nos camarades ?

— Ils n'étaient pas nos camarades. Nous voyagions avec eux, c'est tout.

— Tu sais ce que je veux dire.

— Ils étaient sur le point de la tuer, Banoclès.

— Je sais bien, j'étais là ! Mais quel rapport avec nous ?

Calliadès ne répondit pas, mais regarda une fois de plus la femme endormie.

Il l'avait vue pour la première fois la veille, pilotant un petit bateau à voiles, ses cheveux blonds brillant sous le soleil et attachés sur la nuque. Elle portait une tunique blanche qui lui arrivait aux genoux, serrée par une ceinture rebrodée de fils d'or. Le soleil était bas dans le ciel, et une légère brise propulsait son bateau vers l'île. Elle sembla ne pas se rendre compte du danger quand les deux navires pirates s'approchèrent d'elle. Puis le premier lui coupa le chemin. Elle essaya d'éviter la capture en tirant sur le bout de la voile pour changer de trajectoire et se rapprocher de l'île. Mais c'était trop tard. Calliadès la regardait depuis le pont du second navire. Elle ne montrait aucune panique, mais le petit bateau ne pouvait pas rivaliser de vitesse avec des galères propulsées par d'habiles rameurs.

Le premier navire se rapprocha et lança des grappins par-dessus bord. Les crochets de bronze s'enfoncèrent dans le bois de son bateau. Plusieurs pirates montèrent à bord. La femme lutta contre eux, mais ils la maîtrisèrent et la rouèrent de coups.

— Probablement une fugitive, dit Banoclès pendant que Calliadès et lui regardaient les marins remonter la femme sur le pont de l'autre navire.

Ils furent témoins de ce qui s'ensuivit. Les hommes d'équipage se rassemblèrent autour d'elle et lui arrachèrent sa tunique blanche et sa ceinture coûteuse. Écœuré, Calliadès se détourna.

Cette nuit-là, les navires accostèrent sur l'île de la Tête du Lion, sur la route de Kios. Le capitaine du second navire, un Crétois massif au crâne rasé, traîna la femme sur la plage, puis dans un bosquet. Elle semblait docile et brisée. Mais c'était une ruse. Pendant que le capitaine la violait, elle parvint à sortir sa dague du fourreau et lui coupa la gorge. Personne ne les vit, et le cadavre ne fut pas découvert aussitôt.

Mais plus tard, l'équipage, furieux, se lança à sa recherche. Calliadès et Banoclès s'étaient éloignés, un gobelet de vin à la main. Ils s'étaient installés dans un bosquet d'oliviers pour boire tranquillement.

— Arelos n'est pas content du tout, fit remarquer Banoclès.

Calliadès ne répondit pas. Arelos était le capitaine du premier navire, et un parent de l'homme que la fugitive avait tué. Il s'était bâti une réputation d'excellent combattant à l'épée – et d'homme sans pitié. Tout le monde le craignait, le long des côtes sud. S'il avait eu le choix, Calliadès n'aurait jamais navigué avec lui. Mais Banoclès et lui étaient des hommes traqués. Rester à Mycènes aurait signifié la torture et la mort. Les galères d'Arelos leur avaient permis de s'enfuir.

— Tu es bien silencieux, ce soir. Qu'est ce qui te tracasse ? demanda Banoclès, pendant qu'ils étaient assis dans le bosquet.

— Il faut que nous quittions cet équipage, dit Calliadès. À part Sekundos et un ou deux autres, c'est un ramassis de racailles. Je me sens offensé par leur simple proximité.

— Tu veux attendre que nous soyons plus loin à l'est ?

— Non. Nous partirons demain. D'autres navires accosteront ici. Nous trouverons bien un capitaine pour nous prendre à son bord. Puis nous irons en Lykie. Là, le travail abonde pour les mercenaires : protéger des caravanes commerciales, ou servir de gardes du corps aux riches marchands...

— J'aimerais bien être riche, dit Banoclès. Je pourrais m'acheter une esclave.

— Si tu étais riche, tu pourrais t'acheter cent esclaves !

— Je ne suis pas sûr que je pourrais faire honneur à cent. Cinq, peut-être, gloussa-t-il. Oui, cinq, ça me paraît bien. Cinq filles rondelettes avec les cheveux noirs. Et de grands yeux. (Banoclès but encore un peu de vin et rota.) Ah ! Je sens l'esprit de Dionysos s'infiltrer en moi. J'aimerais qu'une de ces filles bien en chair soit ici, en ce moment.

Calliadès éclata de rire.

— Ton esprit est toujours tourné vers la boisson ou le sexe. N'y a-t-il rien d'autre qui t'intéresse ?

— Si, la nourriture. Un bon repas, un pichet de vin, suivis par une femme bien ronde qui piaillerait sous moi...

— Avec le poids que tu pèses, c'est sûr, elle piaillerait !

Banoclès éclata de rire.

— Ce n'est pas pour ça qu'elle braillerait, crois-moi ! Les femmes m'adorent parce que je suis beau, fort, et monté comme un cheval !

— Tu as oublié de préciser que tu les paies toujours.

— Bien sûr que je les paie ! Comme je paie pour mon vin et ma nourriture. Je ne sais pas ce que tu essaies de prouver.

— Rien de fondamental, c'est évident…

Vers minuit, alors qu'ils se préparaient à se coucher, ils entendirent des hurlements. Puis la femme déboucha dans le bosquet, titubante, poursuivie par cinq marins. Déjà affaiblie par les épreuves de la journée, elle trébucha et tomba, tout près de Calliadès. Sa tunique blanche était déchirée, sale et tachée de sang. Un marin appelé Baros courut vers elle, un couteau incurvé à la main. Il était grand et maigre, avec des yeux noirs très rapprochés. Il aimait se faire appeler Baros le Tueur.

— Je vais t'éventrer comme un poisson, lança-t-il.

La femme regarda Calliadès à ce moment, son visage livide dévoilé par le clair de lune. Elle avait l'air épuisée, désespérée et effrayée. C'était une expression qu'il avait déjà vue et qui le hantait depuis l'enfance. Le souvenir le traversa, lancinant, et il revit les flammes et entendit les pitoyables cris.

Il se leva d'un bond et se campa entre l'homme et sa victime.

— Range ton couteau, ordonna-t-il.

Le marin fut surpris.

— Elle doit mourir, dit-il. Arelos l'a ordonné. (Il avança vers Calliadès.) N'essaie pas de t'interposer entre moi et ma proie. J'ai tué des hommes dans tous les pays qui bordent la Grande Verte. Tu veux que je répande ton sang ici, que tes entrailles jonchent le sol ?

Calliadès tira son épée courte du fourreau.

— Il n'est pas nécessaire que quelqu'un meure, dit-il doucement. Mais je ne tolérerai pas que cette femme subisse d'autres outrages.

Baros secoua la tête.

— J'avais dit à Arelos qu'il aurait dû te couper la gorge et prendre tes armes. C'est impossible de faire confiance à un Mycénien.

Il remit son couteau au fourreau et tira son épée.

— Tu vas recevoir une petite leçon, mon ami. J'ai remporté plus de duels que n'importe quel homme de l'équipage.

— C'est un bien petit équipage, fit remarquer Calliadès.

Baros sauta sur lui avec une surprenante rapidité. Calliadès para le coup, puis attaqua, flanquant son coude dans le visage de l'homme, qui recula.

— Tuez-le ! cria ce dernier.

Les quatre autres marins bondirent sur Calliadès. Il tua le premier, et Banoclès, bien que pris de boisson, se jeta sur les autres. Baros feinta, mais, cette fois, Calliadès était prêt. Il bloqua le coup, fit pivoter son poignet et ouvrit la gorge de Baros d'un seul mouvement. Banoclès avait tué un homme et se battait avec un autre. Calliadès se porta à son secours juste au moment où le cinquième homme brandissait son épée au visage de Banoclès. Celui-ci vit le coup arriver et projeta l'homme contre qui il combattait sur l'épée de son adversaire. La lame traversa le cou de son ennemi.

Quand Calliadès chargea, le marin survivant fit volte-face et s'enfuit dans la nuit.

Assis à côté du feu dans la grotte, Calliadès regarda Banoclès.

— Je suis désolé de t'avoir entraîné dans tout ça, mon ami. Tu méritais mieux.

Banoclès prit une profonde inspiration et expira lentement.

— Tu es un type bizarre, Calliadès, dit-il. Mais on ne s'ennuie jamais, en ta compagnie !

Banoclès défit les courroies qui retenaient son plastron, l'enleva et le laissa tomber sur le sol.

— Je n'ai jamais pu me reposer correctement en armure, dit-il.

Puis il s'allongea à côté du feu. Quelques instants après, il s'était endormi.

Calliadès ajouta du bois dans le feu, puis retourna à l'entrée de la grotte. Un vent froid soufflait, et le ciel étincelait d'étoiles. Banoclès avait raison. Ils n'avaient aucun moyen de quitter l'île, et le lendemain les pirates se lanceraient à leur poursuite. Il resta un moment assis, perdu dans ses pensées, quand il entendit un mouvement furtif derrière lui. Il se leva rapidement et vit la femme couverte de sang avancer vers lui, une pierre dans la main. Ses yeux bleus brillaient de haine.

— Tu n'auras pas besoin de ça, dit-il en reculant. Tu n'es pas en danger, pour le moment.

— Tu mens ! dit-elle d'une voix dure et tremblante de colère.

Calliadès sortit sa dague et vit la femme se raidir. Il jeta l'arme à ses pieds, au sol.

— Je ne mens pas. Prends la dague. Demain tu en auras besoin, parce qu'ils vont se lancer à nos trousses.

La femme se pencha et essaya de ramasser la dague. Mais elle perdit l'équilibre et faillit tomber. Calliadès ne bougea pas.

— Il faut que tu te reposes, dit-il.

— Je me souviens de toi, maintenant, dit la femme. Ton ami et toi, vous avez combattu les hommes qui m'attaquaient. Pourquoi ?

— Oh ! Par Zeus, que Calliadès réponde à cette question, dit la voix ensommeillée de Banoclès, étendu près du feu.

Alors qu'elle ramassait la dague, la femme essaya de se tourner vers lui, mais elle trébucha de nouveau.

— C'est un des effets des coups sur la tête, dit Banoclès en se levant pour les rejoindre. Tu devrais t'asseoir.

Elle regarda Calliadès avec attention.

— Je vous ai vus, tous les deux, de mon bateau. Vous étiez sur le second navire. Vous les avez vus me couper la route et lancer les grappins. Vous les avez vus me traîner à bord.

— Oui. Nous naviguions avec eux.

— Vous êtes des pirates.

— Nous sommes ce que nous sommes, dit Calliadès.

— Ils devaient me repasser à votre navire, demain. Ils me l'ont dit pendant qu'ils me violaient.

— Ce n'est pas *mon* navire. Je n'ai pas donné l'ordre de t'attaquer. Et ni moi ni mon camarade n'avons participé à ce qui est arrivé après. On ne peut pas blâmer ta colère, mais ne la dirige pas contre les hommes qui t'ont sauvée.

— Il nous reste seulement à espérer que quelqu'un nous sauve, *nous*, dit Banoclès.

— Que veux-tu dire ? demanda la femme.

— Nous sommes sur une petite île, répondit Banoclès. Nous n'avons ni navire ni or. Des hommes en colère seront là demain matin, sur notre piste. Nous sommes des grands guerriers, Calliadès et moi. Personne n'est meilleur que nous, en tout cas depuis que le grand Argurios est mort. À nous deux, je pense que nous pourrions survivre à sept ou huit guerriers. Mais il y en a environ soixante dans l'équipage des pirates. Et ils n'ont pas froid aux yeux !

— Tu n'as aucun plan de fuite ?

— Les plans, ce n'est pas mon fort, femme ! Je bois, je vais aux putes, je me bats. Calliadès, lui, fait des plans.

— Alors, vous êtes tous les deux des imbéciles. Vous êtes les auteurs de votre perte !

— Là d'où je viens, les esclaves sont respectueux, dit Banoclès, une pointe de colère dans la voix.

— Je ne suis l'esclave de personne !

— Les coups sur la tête t'ont-ils fait perdre tout ton bon sens ? Ton bateau a été pris en mer, il ne comportait aucune bannière, aucun sauf-conduit. Tu as été capturée, et désormais tu es la propriété des pirates. Donc, tu es une esclave, selon les lois des dieux et des hommes.

— Alors, je pisse sur les lois des dieux et des hommes.

— Calmez-vous, tous les deux ! ordonna Calliadès. Où te dirigeais-tu ?

— Kios.

— Tu y as de la famille ?

— Non. J'avais quelques objets de valeur sur mon bateau, des pierres précieuses et de l'or. J'espérais embarquer sur un navire allant vers Troie. Les pirates m'ont tout pris. Et plus encore !

Elle se frotta le visage pour en débarrasser le sang séché.

— Il y a un ruisseau par là, dit Calliadès. Tu pourrais aller t'y laver.

La femme hésita.

— Alors, je ne suis pas votre prisonnière ? demanda-t-elle enfin.

— Non. Tu es libre de faire ce que tu veux.

Elle regarda Calliadès, puis Banoclès.

— Et vous ne m'avez pas aidée pour faire de moi votre esclave ou me vendre à quelqu'un d'autre ?

— Non, dit Calliadès.

Elle parut se détendre, mais continua à serrer la dague dans sa main.

— Si ce que vous dites est vrai, je dois… vous remercier tous les deux, dit-elle avec hésitation.

— Oh ! Pas la peine de me remercier, dit Banoclès. Moi, je t'aurais laissé mourir !

Chapitre 2

L'ÉPÉE D'ARGURIOS

Calliadès somnola à l'entrée de la grotte, la tête appuyée contre la paroi rocheuse. Banoclès ronflait bruyamment et, de temps en temps, marmonnait dans son sommeil.

Quand l'aube s'annonça, Calliadès sortit de la grotte et gagna le ruisseau. Il s'agenouilla sur la berge, s'aspergea le visage, puis passa les doigts dans sa chevelure noire coupée court.

Il vit la femme quitter elle aussi la grotte et le rejoindre près du ruisseau. Grande et mince, elle portait la tête haute et ses mouvements étaient aussi gracieux que ceux d'une danseuse crétoise. Elle n'était pas une esclave fugitive, Calliadès le savait. Les esclaves apprenaient à marcher les yeux baissés, dans une posture de soumission. Il la regarda en silence laver le sang séché de son visage et de ses bras. Son visage était toujours enflé, avec des bleus autour des yeux. *Même sans ça, elle n'aurait pas été jolie*, pensa Calliadès. Elle avait un visage fort et anguleux, des sourcils épais et un nez trop proéminent. C'était un visage sévère qui n'avait jamais dû connaître le rire, même en des temps plus propices.

Après s'être lavée, elle brandit sa dague. Un bref instant, Calliadès crut qu'elle voulait se couper la gorge. Puis elle saisit une mèche de ses longs cheveux blonds et la taillada. Le guerrier la regarda, silencieux, couper sa chevelure et en jeter des poignées sur le rocher. Il était intrigué. Il n'y avait aucune expression sur le visage de la femme, pas même de la colère. Quand elle eut terminé, elle se pencha et se frotta le crâne pour en faire tomber les cheveux épars.

Enfin, elle s'éloigna du ruisseau et vint s'asseoir non loin de Calliadès.

— M'aider n'était pas un acte très avisé, dit-elle.

— Je ne suis pas un homme avisé.

Le ciel commença à s'éclaircir. De là où ils étaient assis, ils voyaient des champs couverts de milliers de fleurs bleues. La femme les regarda, et son expression s'adoucit.

— On dirait que la couleur du ciel s'est infiltrée dans la terre, dit-elle doucement. Qui aurait cru que des plantes aussi belles pousseraient en un lieu aussi aride ? Savez-vous de quoi il s'agit ?

— Ce sont des fleurs de lin, répondit l'homme. Le tissu de ta tunique provient de ces plantes.

— Comment deviennent-elles du tissu ? demanda la femme.

Calliadès regarda les champs de lin. Il se souvint des jours de son enfance, quand ses petites sœurs et lui travaillaient dans les champs du roi Nestor, arrachaient les plantes avec leurs racines, séparaient les graines qui serviraient à faire des huiles médicinales ou à rendre les poutres étanches, et plaçaient les tiges dans l'eau courante d'un ruisseau pour qu'elles y pourrissent.

— Le sais-tu ? insista-t-elle.

— Oui, je le sais.

Il lui raconta le labeur épuisant des enfants et des femmes qui ramassaient les plantes, triaient et traitaient les tiges, puis, quand celles-ci avaient pourri et séché, les battaient avec des marteaux de bois. Ensuite, les enfants s'asseyaient dans la chaleur du soleil et grattaient les tiges pour en retirer les derniers morceaux ligneux. Enfin venait le peignage : on passait les fibres exposées dans des peignes de plus en plus fins. Pendant qu'il lui expliquait ce processus, Calliadès s'émerveillait de la résistance des femmes. Malgré tout ce qu'elle avait enduré et ce qu'elle endurerait sans doute encore, elle semblait fascinée par cet artisanat ancien. Puis il la regarda dans les yeux, et comprit que son intérêt était purement superficiel. En dessous perçaient la tension et la peur.

Ils restèrent un moment assis sans parler. Puis il la regarda, et leurs yeux se croisèrent.

— Nous combattrons jusqu'à la mort pour les empêcher de te reprendre. Je t'en donne ma parole.

La femme ne répondit pas, et Calliadès comprit qu'elle n'était pas convaincue. Quelle raison aurait-elle eue de le croire ?

Pendant ce temps, Banoclès sortit de la grotte, s'arrêta devant l'arbre le plus proche, souleva sa tunique et urina avec un enthousiasme peu commun, dirigeant le jet de liquide pour qu'il frappe le tronc aussi haut que possible.

— Que fait-il ? demanda la femme.

— Il est très fier du fait qu'aucun homme qu'il a rencontré n'arrive à pisser aussi haut que lui.

— Et à quoi ça lui sert ?

Calliadès éclata de rire.

— Il est clair que tu n'as pas passé beaucoup de temps en compagnie des hommes !

Il jura mentalement quand il vit son visage se durcir.

— C'était une remarque stupide, dit-il aussitôt, penaud. Je te prie de me pardonner.

— C'est inutile, dit la femme, se forçant à sourire. Et je ne me laisserai pas démoraliser par ce qui est arrivé. Ce n'est pas la première fois qu'on me viole. Mais je te dirai ceci : il est moins grave d'être violée par des étrangers que d'être molestée par quelqu'un qu'on aimait et à qui on faisait confiance.

Elle inspira à fond et regarda de nouveau le champ de fleurs bleues.

— Quel est ton nom ?

— Quand j'étais enfant, on m'appelait Piria. C'est le nom que j'utiliserai dorénavant.

Banoclès les rejoignit et se laissa tomber sur le sol à côté de Calliadès. Il regarda la femme.

— Pas terrible, ta coupe de cheveux ! Tu avais des poux ?

Piria l'ignora et détourna le regard. Banoclès se tourna vers Calliadès.

— J'ai si faim que je pourrais mâcher de l'écorce ! Que penserais-tu d'aller dans le village, de tuer tous ceux qui s'opposeront à nous et de trouver à manger ?

— Je comprends pourquoi ce n'est pas toi qui fais les plans…, dit Piria.

Banoclès la regarda, sourcils froncés.

— Avec une langue pareille, tu n'es pas près de trouver un mari !

— Que ces mots arrivent aux oreilles de la Grande Déesse, dit Piria amèrement. Qu'Héra les réalise !

Calliadès s'éloigna de ses compagnons et s'arrêta près d'un arbre noueux. De là, il voyait les champs de lin et, au-delà, le village. Il y avait déjà du mouvement, les femmes et les jeunes se préparant à aller travailler. Il n'y avait, pour l'instant, aucun signe de l'équipage de pirates. Derrière lui, il entendit Banoclès et la femme se chamailler.

C'est à Troie que tout a mal tourné, se dit-il. Avant cette entreprise maudite, il était considéré comme un bon guerrier, un futur capitaine dans l'armée. Et il avait été fier d'avoir été choisi pour le raid contre la cité. Seule l'élite avait été recrutée.

L'expédition aurait dû être un franc succès, avec un butin abondant pour tous. Hector, le grand guerrier troyen, avait péri au combat, et une force de Troyens rebelles devait attaquer le palais, tuer le roi Priam et ses autres fils. Les guerriers mycéniens seraient arrivés après et auraient fini le travail en éliminant tous les soldats loyaux envers Priam. Le nouveau roi, qui aurait juré allégeance à Agamemnon, les aurait récompensés généreusement.

Le plan était parfait. Excepté trois éléments capitaux…

D'abord, le général qu'Agamemnon avait chargé du commandement du raid était un lâche appelé Kolanos, un homme cruel et malfaisant qui avait usé du mensonge et de la tromperie pour provoquer la mort d'un légendaire héros mycénien. Ensuite, ce héros – le grand Argurios – était, au moment du raid, dans le palais de Priam, et il avait combattu jusqu'à la mort pour défendre le dernier escalier. Et enfin, Hector n'était pas mort et était revenu à temps pour prendre les forces mycéniennes à revers. Les perspectives de victoire et de butin s'étaient évanouies. Seule était restée la certitude de la défaite et de la mort.

Le couard Kolanos avait tenté de négocier avec le roi Priam, offrant de lui révéler tous les plans mycéniens s'il lui laissait la vie sauve. C'était surprenant, mais Priam avait refusé. Pour rendre hommage à Argurios, qui était mort en le défendant, Priam avait libéré les Mycéniens survivants et les avait laissé retourner à leurs navires en emmenant Kolanos. Il avait demandé une seule chose en échange : entendre les cris d'agonie de Kolanos pendant que les navires s'éloignaient.

Et Kolanos avait hurlé ! Furieux, les survivants l'avaient taillé en pièces avant même que les galères aient dépassé l'entrée de la baie.

Le voyage de retour vers Mycènes avait été calme et les hommes, démoralisés par la défaite, étaient quand même contents d'avoir échappé à la mort. Mais, arrivés à Mycènes, ils avaient été accueillis avec mépris, car ils avaient échoué dans leur entreprise. Mais ce n'était pas encore le pire.

Calliadès frissonna au souvenir du moment où trois hommes du roi avaient fait irruption dans sa maison et lui avaient immobilisé les bras. Ensuite, Kleitos, un aide d'Agamemnon et un parent du défunt Kolanos, s'était approché de lui, une dague à lame étroite dans la main.

— Pensais-tu être à l'abri de la justice du roi ? avait demandé Cléitos. Croyais-tu que tu serais pardonné d'avoir tué mon frère ?

— Kolanos était un traître qui a essayé de nous vendre pour avoir la vie sauve. Il était comme toi, courageux quand il était entouré de soldats, et lâche devant la bataille et la mort. Vas-y, tue-moi. N'importe quoi serait plus agréable que de sentir ton souffle puant !

— Te tuer ? Non, Calliadès. Le roi Agamemnon a ordonné que tu sois puni, pas tué immédiatement. Tu ne connaîtras pas une mort de guerrier. Non ! Je dois d'abord te crever les yeux, puis te couper les doigts. Je te laisserai les pouces, pour que tu puisses ramasser à manger sous la table des hommes de valeur.

Ce souvenir était suffisant pour donner des sueurs froides à Calliadès.

La dague s'était levée et approchée lentement de son œil gauche…, puis la porte s'était ouverte à la volée, et Banoclès était entré en trombe. Un poing énorme s'était écrasé sur le visage de Cléitos, l'envoyant bouler au sol. Calliadès avait profité de l'effet de surprise pour se dégager de l'emprise des hommes qui l'immobilisaient. Le combat avait été brutal mais court. Banoclès avait brisé le cou d'un soldat, et Calliadès avait frappé le deuxième, le forçant à reculer. Ensuite, il avait sorti sa propre dague et avait tranché la gorge de l'homme.

Puis Calliadès et Banoclès avaient foncé vers l'enclos à chevaux le plus proche, avaient volé deux chevaux et quitté le village.

Plus tard, Agamemnon avait appelé la purge « la nuit de la Justice du Lion ». Quarante des survivants de l'attaque de Troie avaient été massacrés cette nuit-là. D'autres eurent la main droite coupée. Calliadès et Banoclès furent déclarés fugitifs. Priam offrait de l'or à ceux qui les captureraient ou les tueraient.

Calliadès eut un sourire triste. Voilà qu'après avoir échappé à des assassins doués, des soldats très bien entraînés et des vaillants guerriers voulant recevoir la récompense, ils étaient coincés là, sur le point de se faire tuer par la racaille de la mer.

Piria était assise à côté de l'immense guerrier, extérieurement calme, mais le cœur battant à tout rompre. Elle avait l'impression qu'un moineau affolé était enfermé dans sa poitrine, cherchant désespérément à s'échapper. Elle avait déjà connu la peur, et elle l'avait toujours domptée grâce à la colère. Mais il n'en allait pas de même ce jour-là.

La veille avait été une journée très dure, mais elle avait été emplie de fureur puis de désespoir quand l'équipage de pirates l'avait capturée. Les coups sauvages puis la douleur aiguë l'avaient en quelque sorte immunisée contre la peur. Piria avait cessé de se débattre, avait supporté le tourment, attendant le moment d'agir. Quand il était arrivé, elle avait éprouvé un violent sentiment de triomphe en voyant le sang du pirate jaillir à flots de sa jugulaire tranchée, et ses yeux sidérés. Il s'était brièvement débattu, mais elle l'avait serré contre elle en attendant que cesse le battement de son cœur. Puis elle avait repoussé le cadavre sur le côté et s'était enfuie dans les ténèbres.

La terreur l'avait frappée à cet instant. Seule, perdue sur une île sinistre, elle avait senti son courage la quitter. Elle avait couru jusqu'à un flanc de colline rocailleuse et s'était abritée sous un rocher en surplomb. À un moment, sans savoir quand ça avait commencé, elle s'était aperçue qu'elle sanglotait. Les membres tremblants, elle s'était couchée sur le sol dur, les genoux relevés et les bras abritant son visage, comme si elle attendait un nouvel assaut. Dans son désespoir, elle avait entendu les paroles de la Première Prêtresse, qui la réprimandait : « Fille arrogante ! Tu te vantes de ta force, alors qu'elle n'a jamais été mise à l'épreuve. Tu n'as que mépris pour la faiblesse des femmes de la campagne, alors que tu n'as jamais souffert de leur détresse. Tu es fille de roi, et toute ta vie tu as été abritée par son bouclier. Tu es la sœur d'un grand guerrier dont l'épée couperait la tête de ceux qui t'auraient offensée. Comment oses-tu critiquer les paysannes, dont la vie dépend des caprices d'hommes violents ? »

— Je suis désolée, avait-elle murmuré, le visage pressé contre le rocher.

À l'époque, ce n'était pas ce qu'elle avait répondu. Elle ne se souvenait pas des mots exacts, mais sa réponse avait été arrogante et pleine de défi. Pourtant, pendant qu'elle gisait sur le rocher, toute fierté l'avait quittée.

Finalement, épuisée, elle avait dormi un peu, mais la douleur de son corps torturé l'avait réveillée, juste à temps, car elle avait entendu des bruits de pas à flanc de colline.

Elle avait couru pour sauver sa vie. Elle était arrivée, épuisée, dans un petit bosquet. Elle s'était attendue à mourir là. Mais au contraire, deux hommes avaient combattu pour elle, puis l'avaient aidée à atteindre une grotte, en haut d'une colline.

Ils ne l'avaient ni violée ni menacée, mais sa terreur refusait de se calmer. Elle regarda l'homme appelé Banoclès. Il était lourdement musclé, avec un visage rude et bestial, et il était incapable de dissimuler son penchant pour la luxure quand il posait sur elle son regard bleu. Elle était sans défense devant lui, uniquement protégée par le mur de mépris qu'elle avait élevé autour d'elle. La petite dague que Calliadès lui avait donnée serait inutile contre un tel homme. Il la lui arracherait et la battrait comme l'avaient fait les pirates sur le navire.

Elle déglutit et repoussa les horribles souvenirs. Mais il lui était impossible d'ignorer la douleur de ses blessures, les bleus et les écorchures causés par les coups de poing et les gifles, et la douleur de la pénétration de son corps.

L'imposant guerrier ne la regardait pas, mais observait le jeune homme grand et mince, debout à quelque distance d'eux, à côté d'un arbre tordu. Elle se souvint de sa promesse de la protéger, puis la colère l'envahit de nouveau.

C'est un pirate ! Il te trahira. Tous les hommes sont des traîtres, vils, concupiscents et dénués de pitié.

Pourtant, il avait juré de la protéger…

Les promesses d'un homme sont comme le murmure de l'eau vive. On l'entend, mais c'est un son sans signification. C'était ce qu'avait dit la Première Prêtresse.

Le solide guerrier s'approcha du ruisseau et mit ses mains en coupe pour y boire. Ses mouvements n'étaient pas gracieux comme ceux de son compagnon, mais, se dit-elle, il devait être difficile de se pencher en portant une armure aussi lourde. Le plastron était bien fait, avec ses dizaines de disques en bronze reliés par du fil de cuivre. Banoclès s'aspergea le visage, puis passa ses doigts épais dans sa longue chevelure blonde. À ce moment, Piria remarqua que la partie supérieure de son oreille droite manquait, et qu'une longue cicatrice blanche courait du lobe à son menton barbu. Banoclès s'assit et massa son biceps droit. Piria vit une autre cicatrice, d'un rouge vif, qui ne devait pas avoir plus de quelques mois.

Il vit qu'elle le regardait, et ses yeux bleu glacé rencontrèrent ceux de la femme. Se servant des mots pour essayer de le tenir à distance, elle demanda :

— Un coup de lance ?

— Non, d'épée. Elle m'a traversé le bras. (Il pivota sur lui-même pour lui montrer l'arrière de son bras.) J'ai bien cru que j'avais été estropié à vie, mais ça a bien guéri.

— L'homme qui a enfoncé cette épée comme ça devait être très puissant.

— Il l'était, dit Banoclès, de la fierté dans la voix. C'était Argurios en personne. Le plus grand guerrier mycénien de tous les temps. L'épée m'aurait traversé la gorge si je n'avais pas glissé accidentellement. Elle m'est restée coincée dans le bras ! (Il se retourna et montra Calliadès du doigt.) La voilà. (Il désigna l'épée de bronze pendue au ceinturon de Calliadès.) C'est cette même épée qui a fait la grande cicatrice sur le visage de Calliadès. Il est très fier de cette épée !

— Argurios ? L'homme qui a tenu le pont de Parthe ?

— Lui-même. Un grand homme.

— Et tu essayais de le tuer ?

— Bien entendu ! Il combattait avec l'ennemi. Par les dieux, j'aurais aimé être connu comme l'homme qui a tué Argurios. Mais ce n'est pas moi. Kolanos lui a expédié une flèche dans le flanc. Une flèche ! Les arcs sont des armes de lâches. Ça me retourne l'estomac rien que d'y penser. Si l'ennemi l'a emporté, c'est grâce à Argurios, ça ne fait aucun doute. Nous avions la puanteur de la défaite dans nos narines, mais c'est un Mycénien qui a gagné le combat !

— De quelle bataille s'agit-il ?

— Celle de Troie. J'aurais dû m'y enrichir. Tout cet or troyen... Ah! Tant pis! Ce sera pour une autre fois. (Il se gratta l'entrejambe.) J'ai l'estomac dans les talons! J'espère que Calliadès imaginera bientôt un plan.

— Un plan pour vaincre deux équipages de pirates?

— Il aura une idée. Il réfléchit beaucoup, Calliadès. Il est doué pour ça. Il nous a fait sortir des terres mycéniennes alors que nous avions des centaines d'hommes à nos trousses. On a été plus malins qu'eux. Bon, on a aussi dû en tuer quelques-uns, mais si on a réussi à fuir, c'était surtout grâce aux plans de Calliadès.

— Pourquoi étiez-vous pourchassés? demanda-t-elle, sans se soucier réellement de la réponse, mais voulant continuer à parler avec Banoclès jusqu'au retour de son compagnon.

— Surtout parce que nous avons été vaincus, à Troie. Le roi Agamemnon n'aime pas les perdants. De plus, nous lui avons tué son général, Kolanos. Ce bon à rien était une vraie bouse qui baisait les chèvres! Si tu veux mon avis, on a rendu un grand service à Agamemnon. Bref, tuer Kolanos – ce qui nous a semblé une bonne idée sur le moment, sans mentionner que c'était agréable – n'a pas fait remonter notre cote une fois chez nous. Pour le roi, nous étions partis en guerre, nous avions perdu et tué notre général, point final. Ce qui était absolument vrai, d'ailleurs. Le fait qu'il était un bon à rien baiseur de chèvres a été... oublié. Trois jours après notre retour, Agamemnon a lâché ses tueurs sur nous. Beaucoup d'hommes courageux sont morts, cette nuit-là. Mais Calliadès et moi, nous avons réussi à nous enfuir.

— Calliadès m'a dit que tu l'avais sauvé.

— J'ai fait un tas de bêtises, dans ma vie!

— Tu le regrettes ?

Banoclès éclata de rire.

— En ce moment précis, assis à flanc de colline en attendant d'être attaqué par des pirates, ma foi oui, je le regrette ! J'aurais pu avoir Éruthros comme frère d'armes. Ce type savait s'amuser et raconter de bonnes blagues. C'était un bon compagnon. Calliadès, lui, n'est pas très drôle, ces temps-ci. En fait, il ne l'a jamais été. Je crois qu'il pense trop. Ce n'est pas naturel. Il devrait laisser ça aux vieux, car c'est tout ce qu'il leur reste.

— Tu as dit que vous avez failli mourir, à Troie. Comment vous êtes-vous échappés ?

Banoclès haussa les épaules.

— Je l'ignore. C'est la vérité. Le roi troyen s'est mis à parler, mais je ne faisais pas vraiment attention. Ma blessure au bras me brûlait comme du feu, et je me préparais au combat. Puis on nous a fait sortir du mégaron et on nous a reconduits à nos navires. Ça avait quelque chose à voir avec le fait qu'Argurios était un grand héros. Si tu veux en savoir plus, demande à Calliadès. Le revoilà !

Piria fut soulagée de voir le jeune guerrier revenir vers eux.

— Tu as réfléchi à un plan ? demanda Banoclès.

Calliadès eut un sourire sinistre.

— Nous allons retourner au village, tuer tous ceux qui s'opposeront à nous et trouver à manger.

— Et voilà ! s'écria triomphalement Banoclès. Je t'avais bien dit qu'il aurait une idée !

Pour Piria, le court voyage vers le village fut terrifiant. La voix obscure de ses craintes lui murmurait que Calliadès avait menti, qu'il chercherait à négocier la paix avec Arelos, le chef des pirates. Sinon, pourquoi retourner vers le village ? Elle aurait voulu fuir dans les collines, mais son corps était perclus de douleurs et elle était trop fatiguée, pratiquement épuisée. Si elle essayait de s'enfuir, Calliadès ou Banoclès n'auraient aucun mal à la rattraper.

Il lui restait seulement à choisir la façon dont elle allait mourir. Piria serrait contre elle la dague que Calliadès lui avait donnée. Elle s'était rendu compte de son tranchant quand elle s'était tailladé les cheveux. Quand les pirates avanceraient vers elle, elle se trancherait la gorge sans hésiter.

Aucun des deux hommes ne lui parla pendant qu'ils se dirigeaient vers le minable petit village. *Quel endroit pour mourir !* se dit-elle. Quelques bâtiments crasseux dressés autour d'un puits, et, un peu plus loin, une vingtaine de cabanes construites de bric et de broc pour héberger les travailleurs des champs de lin. Un vieux chien dressa la tête quand ils approchèrent, les regardant avec méfiance. Il n'y avait personne en vue.

Calliadès gagna le puits et s'assit sur la margelle.

— Je sens du pain frais, dit Banoclès.

Il se dirigea vers un des plus grands bâtiments. Piria songea à fuir, puis vit un groupe de six pirates qui revenaient de la plage. Banoclès les vit aussi. Avec un juron étouffé, il rejoignit Calliadès. Les pirates se regardèrent, incertains. Puis ils approchèrent lentement et formèrent un demi-cercle autour du puits.

— Où est Arelos ? demanda Calliadès.

Un des hommes, voûté et maigre, haussa les épaules sans répondre. Il avait la main sur la poignée de son épée. Piria vit que les autres le regardaient, attendant manifestement l'ordre d'attaquer. Puis Calliadès reprit la parole, d'une voix dure.

— Alors, va le chercher, face de rat. Dis-lui que Calliadès lui a lancé le défi et l'attend ici.

La rudesse et le mépris du ton de Calliadès les sidérèrent.

— Il te taillera en pièces, dit l'homme maigre, désormais plus méfiant.

Calliadès l'ignora.

— Je croyais que tu voulais aller chercher du pain, dit-il à Banoclès.

— Du pain ? Et ces baiseurs de moutons ? fit Banoclès, en montrant les pirates.

— Qu'ils se débrouillent pour se trouver du pain ! Et, au passage, tue ce fils de pute à face de rat à qui j'ai demandé d'aller chercher Arelos.

Banoclès sourit et tira son épée.

— Attendez ! Attendez ! cria le pirate, en reculant. J'y vais ! Je suis parti !

— Fais vite, ordonna Calliadès. Je suis fatigué, affamé et irritable !

L'homme fila à toute allure vers la plage. Banoclès se fraya un chemin entre les pirates et partit à la recherche de la boulangerie.

Piria était immobile et essayait de ne pas regarder les cinq hommes restants. Mais elle n'y parvint pas, et elle s'aperçut qu'ils la dévisageaient.

— Tu lui as coupé les cheveux ? demanda un des hommes à Calliadès, un type de petite taille, au visage rond et au nez aplati. Par les dieux, déjà qu'elle était ordinaire avant, maintenant elle est carrément laide !

— Je la trouve dotée d'une grande beauté, dit Calliadès. Et un homme dont le visage ressemble à un cul de cochon devrait y réfléchir à deux fois avant de parler de laideur.

Plusieurs pirates gloussèrent, y compris celui qui avait été insulté.

— Ma foi, laide ou pas, j'ai raté mon tour, hier, dit-il. Tu n'auras pas d'objection si on s'amuse un peu avant qu'Arelos arrive ?

— Oh que si, j'ai des objections ! dit Calliadès.

— Pourquoi ? Elle ne t'appartient pas.

Calliadès sourit.

— Nous suivons la même route, elle et moi. Tu connais la Loi de la Route ? (L'homme secoua la tête.) C'est une loi mycénienne. Des gens qui voyagent de conserve en terre étrangère s'accordent pour devenir frères d'armes pendant la durée du voyage. Donc, l'attaquer, elle, revient à m'attaquer, moi. Es-tu aussi fort que Baros ?

— Non.

— Un de vous l'est-il ?

— Baros était un grand combattant.

Calliadès secoua la tête, l'air faussement peiné.

— Non, il ne l'était pas. Même pas un combattant moyennement bon.

— Eh bien ! Arelos est très fort à l'épée, dit l'homme. Tu t'en apercevras bientôt.

— Tu te crois capable de le battre ? demanda un autre homme.

Il était plus âgé que les autres, et ses bras épais montraient les cicatrices de nombreux combats.

— Quand je l'aurai vaincu, je ferai peut-être de toi le capitaine, Horakos, lui dit Calliadès.

Horakos éclata de rire.

— Non, merci. Je n'aime pas donner des ordres. Tu devrais demander à Sekundos. C'est un type bien, et il connaît la mer. Tu te rends compte qu'Arelos n'acceptera peut-être pas ton défi ? Il pourrait aussi nous ordonner de t'éliminer.

Calliadès ne répondit pas. Banoclès revint, les bras chargés de miches.

— J'ai apporté du supplément, les gars, dit-il, faisant passer le pain aux pirates.

Puis il s'assit par terre avec eux.

— Tu veux mon armure, Calliadès ?

— Non.

— Arelos en portera probablement une.

— Non, répondit Calliadès, désignant quelque chose sur la plage.

Une trentaine d'hommes remontaient le chemin poussiéreux, le puissant Arelos au milieu d'eux.

Piria les regarda arriver et leva sa dague. Arelos était presque aussi robuste que Banoclès, avec des bras lourdement musclés. Il avait un visage large et aplati, des cheveux roux et des yeux verts qui étincelaient de colère. Il ne portait pas d'armure, mais un ceinturon avec une épée.

Il s'arrêta à une courte distance de Calliadès, qui se leva et parla.

— Je te défie, Arelos, pour le droit de diriger cet équipage. Comme le veut la coutume, tu peux combattre ou m'accepter comme chef.

— Tuez-le ! cria Arelos, brandissant son épée.

Calliadès éclata d'un rire si joyeux et si inapproprié que les hommes s'arrêtèrent net.

— Tes hommes avaient prévu que tu serais trop lâche pour combattre contre moi. Ils te connaissent mieux que moi, semble-t-il. Bien entendu, maintenant que tu es là, devant moi, je perçois ta peur. Dis-moi, comment un lâche baiseur de moutons devient-il un capitaine de pirates ?

Calliadès avança d'un pas vers Arelos. Le chef des pirates recula.

— J'ai ordonné de le tuer ! beugla-t-il.

— Attendez ! Que personne ne bouge ! dit Horakos. (Il se leva et regarda durement Arelos.) Tu connais la Loi de la Mer. Tu ne peux pas refuser un défi lancé par un membre de ton équipage. Si tu le fais, tu n'es plus notre chef, et nous élirons un nouveau capitaine.

Arelos foudroya l'homme du regard.

— Ainsi, Horakos, tu as choisi de te dresser contre moi. Quand j'aurai arraché le cœur de ce Mycénien, je t'étranglerai avec tes propres entrailles. (Il se tourna vers Calliadès et eut un rire forcé.) J'espère que cette putain en valait le coup ! Parce que tu vas connaître la douleur ! Et, quand j'en aurai fini avec toi, je la démembrerai articulation par articulation !

— Non, Arelos, dit Calliadès d'une voix douce. Parce que tu sais, au fond de toi, que tu fouleras bientôt les chemins des morts, et tes entrailles sont en train de se liquéfier.

Avec un hurlement de rage, Arelos attaqua.

Et Calliadès se porta à sa rencontre.

Chapitre 3

Le Pillard des cités

Un peu plus tôt, Sekundos le Crétois avait vu Arelos quitter la plage, la moitié de l'équipage sur ses talons. Il n'avait pas été tenté de se joindre à eux. De toute évidence, ils avaient repéré les fugitifs et se préparaient à la curée.

Sekundos était resté assis près des cendres du feu de camp de la nuit précédente, ressassant de sombres pensées. Il était pirate depuis une éternité. Il avait survécu à ses cinq fils et à un de ses petits-fils. Pourtant, bien que ses cheveux soient gris et que ses articulations le fassent souffrir par temps pluvieux, il n'avait pas perdu son amour de la Grande Verte, du vent qui soufflait sur son visage buriné et de l'écume salée sur sa peau.

Il ne se berçait plus d'illusions, comme certains des hommes plus jeunes le faisaient en croyant qu'être pirate était une noble entreprise conduite par des héros. Il savait que c'était seulement un moyen d'assurer la vie quotidienne de sa famille et d'amasser quelques biens à transmettre à ses héritiers.

Sekundos avait autrefois commandé trois navires à lui, mais le mauvais temps lui en avait fait perdre deux, et le troisième avait été coulé l'été précédent par ce fou, Hélicon – que les dieux le maudissent ! Le dernier fils de Sekundos commandait ce troisième navire, et maintenant ses os pourrissaient au fond de la Grande Verte.

Aucun homme ne devrait survivre à ses enfants, se dit Sekundos.

Voilà pourquoi, à soixante ans bien sonnés, Sekundos s'était joint à l'équipage du détestable Arelos. L'homme avait de la chance, et c'était grâce à elle qu'il commandait maintenant deux navires. Mais, de l'avis de Sekundos, c'était un imbécile. Doué à l'épée, c'était vrai, mais aussi assoiffé de meurtre et de carnage, ce qui n'était pas bon pour les profits. Les hommes ou les femmes faits prisonniers pouvaient être vendus sur les marchés aux esclaves de Crète ou dans les cités de la côte est. Des morts ne valaient strictement rien.

De plus, Arelos avait recruté des hommes qui lui ressemblaient, ce qui conduisait inévitablement à des scènes comme celle de la veille, quand ils avaient capturé une jeune femme qui se serait facilement vendue pour soixante anneaux d'argent en Crète. D'abord, ils s'étaient jetés sur elle comme des animaux en rut, et maintenant, ils voulaient la tuer.

Sekundos haïssait ce genre de stupidité.

Il s'était réjoui quand les deux Mycéniens s'étaient joints à l'équipage. Calliadès était un homme tranquille, mais il avait un cerveau, et l'homme solidement bâti qui l'accompagnait était fort et, de l'avis de Sekundos, loyal. Ils ressemblaient aux hommes avec qui il naviguait autrefois, fidèles et sérieux. Et maintenant, eux aussi étaient promis à la mort.

Trente ans auparavant, Sekundos aurait attendu le bon moment et défié Arelos en duel pour sa place de capitaine. Maintenant, il se contentait de suivre ses ordres, espérant que leur chance persiste et qu'il revienne chez lui pour l'hiver, chargé de butin. Mais il en doutait. Les raids pour capturer des esclaves étaient toujours profitables, mais pas autant que le pillage de navires chargés de lingots d'or ou de barres d'argent. Mais combien de ces navires Arelos pouvait-il garantir par saison ? La plupart venaient des côtes lointaines de l'est, escortés par des galères de guerre. Et puis, il y avait Hélicon l'Incendiaire. Sekundos frissonna en pensant à lui.

L'année précédente, Hélicon avait capturé une galère pirate et l'avait brûlée avec son équipage, qu'il avait fait attacher aux bastingages. Seul un idiot comme Arelos pouvait vouloir naviguer dans les eaux dardaniennes, le repaire d'Hélicon et de son redoutable navire, le *Xanthos.*

Sekundos remua les cendres du feu avec un bâton, cherchant des braises pour en démarrer un nouveau. Quand il fut parvenu à attiser les flammes, il resta assis à côté du feu, le froid de la nuit ne quittant pas ses os.

Plusieurs autres membres d'équipage le rejoignirent.

— La journée sera belle, dit Molon, un homme trapu d'âge moyen.

Il tendit à Sekundos un morceau de pain noir rassis.

— Je pense qu'ils ont trouvé les deux Mycéniens. J'espère qu'ils ne vont pas les traîner sur la plage pour les torturer.

— Ils ne les traîneront nulle part, répondit Sekundos. On ne prend pas vivants des hommes comme ceux-là.

Molon regarda d'un air absent vers les collines.

— Ils vont tuer la femme aussi, dit-il. Dommage, elle se serait vendue à cent anneaux d'argent, je parie.

— Plutôt soixante, corrigea Sekundos. Elle n'était pas assez jolie pour rapporter plus, même avec sa chevelure dorée. Et elle était trop grande. Les Crétois n'aiment pas les grandes femmes.

— Je parierais qu'ils n'aiment pas les bandits non plus, dit un homme maigre aux épaules voûtées et à la barbe clairsemée.

Il était jeune et ne connaissait pas la mer. Sekundos ne l'appréciait pas beaucoup.

— Eh bien, il suffirait de ne pas le leur dire, non, Lochos ? répondit Molon.

— C'est étonnant comme la rumeur se répand vite, dit l'homme maigre. Elle ferait le tour du marché aux esclaves avant même que les enchères commencent.

— À ton avis, pourquoi Calliadès a-t-il fait ça ? demanda Molon.

Sekundos haussa les épaules.

— Peut-être qu'il n'aimait pas Baros. Pour un anneau de cuivre, je l'aurais bien étripé moi-même.

Lochos éclata de rire.

— Un anneau de cuivre… En supposant que les dieux acceptent de te rajeunir de quarante ans, vieil homme. Baros était un bon combattant.

— Pas assez bon, intervint Molon. On dit que Calliadès l'a tué en un rien de temps. On peut penser ce qu'on veut des guerriers mycéniens, mais il vaut mieux éviter de s'accrocher avec eux !

Un autre navire avait accosté le soir précédent. Son équipage avait fait un feu de camp à une centaine de pas, sur le rivage rocheux. C'était un vieux navire avec une grande proue incurvée, similaire au premier navire que Sekundos avait possédé. Il le regarda avec affection, appréciant le soin avec lequel il avait été entretenu. Pas l'ombre d'une bernacle, et les madriers étaient enduits d'huile de lin fraîche.

— Arelos envisage de le capturer, dit Lochos. Ils sont seulement une trentaine à bord.

Sekundos soupira.

— Tu as remarqué les yeux rouges peints à la proue ?

— Oui. Et alors ?

— C'est le *Pénélope,* d'Ithaque. Tu te souviens de l'homme trapu qui portait une large ceinture dorée et une barbe rousse ? Le premier qui a débarqué hier ? C'était Ulysse. On l'appelle « l'Homme sans ennemis ». Parmi les marins les plus jeunes, beaucoup pensent qu'on dit ça parce que c'est un excellent conteur. Mais ce n'est pas vrai. Quand il était jeune guerrier, Ulysse a tué tous ses ennemis. C'était à l'époque où on l'appelait le Pillard des cités. Regarde le robuste homme noir qui est assis et qui affûte des couteaux. C'est Bias. Il peut lancer un javelot avec tant de force qu'il transpercerait aisément un homme aussi osseux que toi, Lochos. Et tu vois le géant blond, à côté du feu ? Il s'appelle Leukon. L'été dernier, il a participé aux jeux de Pylos. C'est un sacré combattant : d'un coup de poing, il te défoncerait le crâne. Il n'y a personne dans l'équipage d'Ulysse qui ne soit pas fiable quand ça tourne mal. S'emparer du *Pénélope* ? Nous y perdrions plus de la moitié de nos hommes, et les survivants seraient en piteux état.

— C'est toi qui le dis ! ricana Lochos. Moi, tout ce que j'ai vu, hier, c'est un vieil homme gras portant une ceinture dorée... Et presque tous ses marins ont l'air vieux et fatigués – comme toi. Je pourrais le battre !

— Ça m'amuserait de te voir essayer, dit Sekundos en s'étirant. (Il se leva.) Bien entendu, il faut que tu te souviennes de quelque chose.

— De quoi ? demanda Lochos.

Sekundos flanqua un solide coup de pied au visage de l'homme assis, qui partit en arrière, du sang giclant de son nez cassé. Il tenta de se relever, mais Sekundos lui sauta dessus et lui assena deux autres coups de poing sur le nez. Puis il le saisit par la gorge et le força à se relever.

— Tu dois te souvenir que nous autres, vieux débris, nous sommes des salauds sournois. Battre Ulysse ? Il te croquerait tout cru ! Et ce qu'il laisse derrière un buisson quand il a une envie pressante vaudrait plus cher que toi !

Sekundos jeta l'homme à demi assommé sur le sol, puis il retourna s'asseoir.

— Tu es de mauvaise humeur, dit calmement Molon.

— Non, je suis de *bonne* humeur ! Si j'avais été de mauvaise humeur, je lui aurais coupé la gorge.

À ce moment, un des hommes désigna le village.

— Par les dieux, ce n'est pas Calliadès, là ?

Sekundos leva la main pour abriter ses yeux du soleil. Il les vit approcher : Calliadès, Banoclès et la fille. Ils se dirigeaient vers lui. Les cheveux de la fille avaient été coupés n'importe comment. Sekundos jura.

— Et voilà encore trente anneaux d'argent en moins sur son prix !

— Qu'est-ce qu'il porte ? demanda Molon en se levant.

Sekundos gloussa.

— C'est un type intelligent. J'ai hâte de voir ce qui va se passer maintenant.

Les trois nouveaux venus furent suivis sur la plage par un large groupe de pirates, à une distance respectueuse. Sekundos attendit. Calliadès approcha du feu et jeta la tête coupée d'Arelos sur le sable.

— Nous nous sommes battus en duel, dit Calliadès.

— Donc, tu es capitaine, maintenant ? demanda Sekundos.

— Je n'en ai nulle envie, Sekundos. La vie de pirate n'est pas faite pour moi. Horakos t'a désigné.

— Un grand honneur, j'en suis sûr, mon garçon. (Il regarda Calliadès. L'homme avait une coupure sur la joue, qui saignait sur sa tunique.) Il te faudra quelques points de suture.

— Plus tard.

— Et nous récupérerons la femme ?

— Non. Je la garde. Vous aurez les navires. (Il regarda Lochos, allongé sur le dos, un linge sur son nez ensanglanté.) Que lui est-il arrivé ?

— Il a attaqué ma botte avec son nez. Tu ne manques pas de cran, Calliadès, je te l'accorde. Qu'est-ce qui te fait croire que je ne vais pas ordonner aux hommes de te tailler en pièces et de reprendre la femme ?

— Il faudrait que tu me défies, Sekundos. La Loi de la Mer. Tu veux me défier ?

Sekundos éclata de rire.

— Non, mon garçon ! Tu peux garder la femme. Avec ses cheveux massacrés comme ça, elle vaut à peine le prix de sa nourriture.

— À qui appartient ce navire ? demanda Calliadès, en montrant le *Pénélope*.

— À Ulysse.

— Le conteur. J'ai toujours eu envie de le rencontrer.

— Il raconte des histoires passionnantes, reconnut Sekundos. Mais il ne prend pas de passagers gratuitement.

— Alors, j'ai bien fait de dévaliser Arelos après l'avoir tué, dit Calliadès, en tapotant la bourse bien remplie pendue à son ceinturon. Et maintenant, mon ami, c'est le moment de te décider. Est-ce qu'on se souhaite un bon voyage et qu'on part chacun de notre côté, ou as-tu d'autres intentions ?

Sekundos réfléchit. En fait, il n'avait pas le choix : il était trop vieux pour défier Calliadès. Puis il comprit qu'il était trop vieux pour défier qui que ce soit. Il se tourna vers les pirates.

— Les gars, souhaitez-vous servir sous mon commandement, ou quelqu'un d'autre ici veut-il la place de capitaine ?

— Nous servirons sous tes ordres, Sekundos, dit Horakos. Quels sont-ils ?

— Préparez les navires au départ, dit le nouveau capitaine. Le vent est favorable, et je sens que nous aurons fort à faire en mer !

Les pirates l'acclamèrent, puis ils partirent vers leurs navires. Sekundos fit signe à Calliadès de le suivre, un peu à l'écart.

— Je te souhaite tout le bien possible, mon garçon, dit-il, mais méfie-toi d'Ulysse. Il se trouve que je l'aime bien, mais il est… disons… imprévisible. S'il apprend que vous êtes des hors-la-loi mycéniens, il en rira peut-être et vous accueillera à bras ouverts, ou bien il vous remettra à la première garnison mycénienne venue. Il a une nature contradictoire.

— Je m'en souviendrai, dit Calliadès.

— Souviens-toi aussi de ça : quand tu le rencontreras, il t'évoquera un peu un vieux chien amical et excité. Mais regarde-le dans les yeux. Tu verras qu'il y a aussi un loup en lui.

Le sommeil d'Ulysse était troublé par des rêves bizarres. Un enfant l'appelait de sous les vagues, mais Ulysse était incapable de bouger. Il comprit qu'il était attaché au mât du *Pénélope*. Il n'y avait personne d'autre à bord, mais les rames, maniées par des mains invisibles, fendaient les flots avec régularité.

— Je ne peux pas arriver jusqu'à toi, cria-t-il à l'enfant perdu.

Il se réveilla en sursaut et vit le géant blond, Leukon, penché sur lui.

— Il y a quelque chose qu'il faudrait que tu voies, Ulysse, dit-il.

Ulysse inspira à fond. Son cœur battait toujours la chamade, et il avait mal à la tête – un souvenir des excès de vin de la veille. Il se leva péniblement, se frotta les yeux puis regarda vers le ciel. Le vent était frais et pas trop fort, le ciel d'un bleu inaltérable. Il se tourna vers la plage. Un groupe de pirates était réuni autour d'un grand feu de camp. Ulysse plissa les paupières.

— C'est une tête, qu'il vient de jeter près du feu, dit Leukon. D'après la couleur des cheveux, je dirais que c'est celle d'Arelos.

— Je croyais qu'Arelos était plus grand que ça, marmonna Ulysse.

Bias, qui venait d'arriver, rit de ce commentaire, mais Leukon secoua la tête.

— C'est difficile à dire quand il n'y a que la tête, fit-il remarquer.

Ulysse soupira. Leukon prenait toujours tout au pied de la lettre. Il ne comprenait pas l'ironie ou l'humour. Quand Porthéos le Porc avait vogué avec eux, Leukon était toujours la cible de ses plaisanteries. Le souvenir du défunt Porthéos déprima un peu plus Ulysse. Chaque équipage avait besoin d'un plaisantin, quelqu'un capable de remonter le moral des marins quand les choses allaient mal ou que le temps était détestable. Ulysse repoussa ces idées noires et se tourna vers Leukon.

— Tu as reconnu quelqu'un d'autre ?

— Je crois que l'homme aux cheveux gris est Sekundos. Je ne connais pas les autres.

Ulysse vit une femme portant une tunique déchirée à côté d'un immense guerrier à la barbe blonde. Sa coupe de cheveux étrange suggérait qu'elle avait sans doute eu des poux. Puis le groupe se sépara. Les pirates retournèrent vers leurs galères, et les deux guerriers et la femme se dirigèrent vers le feu de camp de l'équipage du *Pénélope*.

— Que penses-tu d'eux ? demanda Ulysse à Bias.

— Des hommes durs. Il y a eu un combat. Le plus grand porte une blessure au visage.

— Un combat ? Bien entendu ! Il y a une tête coupée sur la plage !

Ulysse grogna et regarda le trio qui approchait. L'homme avec la coupure sur le visage lui était inconnu, mais le guerrier blond portant un plastron renforcé de bronze lui était familier. Il lui semblait se souvenir que l'homme était un soldat mycénien.

Quand ils furent plus près, Ulysse vit que la blessure sur le visage du plus grand des deux guerriers avait été infligée par-dessus une autre, plus ancienne. Du sang coulait toujours, tachant sa tunique foncée.

— Je suis Calliadès, dit l'homme. Mes amis et moi souhaiterions embarquer avec vous, roi Ulysse.

— Calliadès… Hum… Je crois avoir déjà entendu ce nom. Un guerrier mycénien qui a combattu aux côtés d'Argurios.

— Oui. Et aussi contre lui. Un grand homme.

— Et toi, tu es Banoclès Une Oreille, dit Ulysse, se tournant vers le guerrier blond. Je me souviens de toi, maintenant. Tu as cherché querelle à cinq de mes hommes, il y a deux étés de ça.

— Je les ai battus à plate couture, dit joyeusement Banoclès.

— Tu mens comme tu respires, répondit Ulysse en gloussant de rire. Quand je les ai forcés à te lâcher, tu étais à terre, te protégeant la tête avec les mains, et des coups pleuvaient sur toi.

— Je prenais juste un peu de repos pour rassembler mes forces, dit Banoclès. Par Héphaïstos, si je m'étais remis debout, je leur aurais arraché la tête à tous !

— Je n'en doute pas, dit Ulysse. (Il se tourna vers la prostituée au crâne presque rasé.) Et toi, quelle est ton histoire ?

— Je me rends à Troie, répondit-elle.

Cette voix ! Ulysse se tut et examina son visage. Son identité ne faisait aucun doute, et Ulysse devina qu'elle ne s'était pas coupé les cheveux à cause des poux. La dernière fois qu'il l'avait vue, c'était une enfant d'une douzaine d'années, et elle avait aussi coupé ses boucles blondes à ras de son crâne, entamant même la peau par endroits. Ç'avait été un triste spectacle.

Il comprit à son expression qu'elle savait qu'il l'avait reconnue.

— Je m'appelle Piria, mentit-elle, son regard clair rivé dans celui d'Ulysse.

— Bienvenue dans mon campement, Piria, dit-il.

Le soulagement de la femme ne lui échappa pas.

Ulysse se détourna et regarda partir les galères des pirates, pour se donner le temps de réfléchir. Il avait un problème. La femme voyageait sous un nom d'emprunt. Ce qui signifiait sans doute qu'elle avait quitté l'Île du Temple sans autorisation. Les femmes envoyées sur Théra y restaient généralement jusqu'à la fin de leur vie. En fait, il connaissait seulement deux cas, au cours des trente dernières années, de femmes qui avaient eu la permission de quitter l'île.

Mais il se souvenait vaguement de l'histoire d'une autre fugitive, bien des années auparavant. On l'avait ramenée sur l'île, et elle avait été enterrée vivante pour servir le dieu sous la montagne.

Il réfléchit à la question. Si cette fille était une fugitive et qu'on découvrait qu'il l'avait aidée en connaissance de cause, il serait maudit par la grande prêtresse. La vieille femme était une princesse de la famille royale mycénienne, et, pire que sa malédiction, son courroux coûterait cher à Ulysse en termes de traités commerciaux avec le continent, et lui vaudrait peut-être la haine de son parent, le roi Agamemnon.

Les galères pirates commencèrent à s'éloigner à la rame, et Ulysse les regarda hisser les voiles. Puis un autre problème le frappa. Pourquoi deux guerriers mycéniens avaient-ils voyagé avec des pirates, et pourquoi voulaient-ils maintenant embarquer sur un navire dont ils ignoraient la destination ?

Puis les paroles de Calliadès lui revinrent à l'esprit. Ulysse avait parlé d'Argurios, et Calliadès avait dit qu'il avait combattu à ses côtés, et contre lui. La seule occasion où des soldats mycéniens avaient combattu contre Argurios datait de l'automne précédent, à Troie. Agamemnon avait ordonné l'assassinat de tous ceux qui avaient été impliqués dans l'affaire. Que lui avait donc dit Nestor ? Que deux hommes avaient réussi à fuir et avaient été déclarés hors la loi.

Par Héra ! Il avait sur les bras une prêtresse fugitive et deux renégats mycéniens !

— Le *Pénélope* est un petit navire. Quand notre cargaison sera arrivée, il y aura peu de place disponible. Nous allons à Troie pour le mariage du fils du roi, Hector. Mais nous nous arrêterons dans un certain nombre d'îles sur le chemin. Aviez-vous une destination précise à l'esprit ?

Calliadès eut un sourire triste.

— Nous irons là où un vent favorable nous portera, dit-il.

— Aucun vent n'est favorable quand un homme ne sait pas où il va, dit Ulysse.

— Tous les vents sont favorables pour un homme à qui sa destination importe peu, répondit Calliadès.

— Je dois réfléchir un peu plus longtemps, dit Ulysse. Joignez-vous à nous pour le petit déjeuner. Bias recoudra cette balafre sur ton visage, et tu me diras comment tu t'es lancé dans la collection de têtes coupées.

Calliadès était assis près du feu de camp, et son irritation grandissait sans cesse. Bias, le marin noir, était agenouillé à côté de lui. Pinçant la peau de son visage d'une main, il passait de l'autre une aiguille incurvée et son fil noir dans les lèvres de la plaie pour les rapprocher. Non loin de là, Banoclès régalait Ulysse et son équipage d'une version éhontément distordue du sauvetage de Piria et du combat contre Arelos. Si on l'en croyait, Arelos avait été un demi-dieu de la bataille. La vérité était plus prosaïque. L'homme était assez habile, mais il manquait de rapidité. Le combat avait été bref et sanglant. Calliadès n'avait pas traîné à porter le coup mortel. À ce moment, Arelos était tombé en avant et son épée avait entamé la joue de Calliadès.

Calliadès regarda Bias. L'homme souriait en entendant Banoclès raconter son histoire.

— Un bon récit, entendirent-ils Ulysse dire quand Banoclès termina de rapporter sa version exagérée des événements. Mais il manque d'une fin vraiment forte.

— Mais il a gagné et il a survécu, protesta Banoclès.

— C'est vrai, mais pour que ton récit fasse frissonner les hommes, il faut un élément mystique. Que dirais-tu de ça : au moment où la tête d'Arelos a été coupée, une colonne de fumée noire s'est élevée du cou tranché, dessinant la silhouette d'un homme portant un casque à haut cimier.

— Ça me plaît, dit Banoclès. Et qui est cette silhouette de fumée ?

—Je l'ignore ! C'est ton histoire. Peut-être était-ce un démon qui avait possédé Arelos. Tu es sûr de ne pas avoir aperçu un peu de fumée ?

—Maintenant que tu me le fais remarquer, je crois bien que oui, dit Banoclès, provoquant l'hilarité de tout l'équipage.

Calliadès ferma les yeux. Bias gloussa.

—Bienvenue sur le *Pénélope,* murmura-t-il, où la vérité laisse toujours la préséance aux mensonges dorés. Voilà, ta blessure est recousue. J'enlèverai les points dans quelques jours.

—Je te remercie, Bias. Qu'est-ce qui a amené le *Pénélope* sur cette île ? Le lin est encore en fleur, et je n'ai pas vu trace d'une autre industrie.

—Tu la verras bientôt, dit Bias. Et ce sera très amusant. Pour les passagers, du moins. Je doute que l'équipage y trouve matière à rire. (Il prit une poignée de sable pour se nettoyer les mains.) Tu vas avoir un sacré bleu autour de cette coupure, dit-il.

—Où se dirige le *Pénélope* ?

—Nous prenons le chemin d'une île située à un jour de voile vers l'est. Puis, si les dieux nous bénissent, nous prendrons au nord-est vers Kios, et de là nous rallierons la côte est et Troie.

Banoclès les rejoignit et tendit à Calliadès une miche de pain noir et un morceau de fromage.

—Tu as entendu, au sujet de la colonne de fumée ?

—Oui.

—Qu'est-ce que c'était, à ton avis ?

—Je l'ignore, Banoclès. Il n'y a pas eu de colonne de fumée.

— Je sais. Mais quand même, je me demande…

Bias gloussa.

— C'était l'esprit d'un guerrier maléfique mort il y a bien longtemps et qui a été maudit et interdit d'accès aux Champs Élyséens. Depuis, son âme est captive d'une dague antique que le chef des pirates a trouvée dans une tombe qu'il a profanée. Quand Arelos a volé la dague, l'esprit malin s'est emparé de lui et l'a rempli de haine pour toutes les choses vivantes.

— *Ça,* c'est une histoire ! s'émerveilla Banoclès.

Bias secoua la tête.

— Hélas, mon garçon, elle n'est pas de moi. Je l'ai piquée à un des récits d'Ulysse. Avec un peu de chance, vous entendrez l'histoire au complet pendant le voyage. Nous accosterons sur d'autres plages, où il y aura déjà des navires, et leurs marins supplieront Ulysse de leur raconter une histoire ou deux. Vous entendrez peut-être celle-là, bien qu'il ait probablement concocté de nouveaux récits pendant l'hiver. La dernière fois que je l'ai vu, il préparait quelque chose au sujet d'une femme dont la chevelure serait composée de serpents. Je l'attends avec impatience ! (Puis Bias regarda derrière lui.) Voilà, la rigolade commence !

Calliadès se tourna et aperçut, à deux cents pas environ, une vieille femme grasse portant une robe informe en lin jaune passé. Elle conduisait un troupeau de cochons noirs sur la plage. De temps en temps, elle donnait un léger coup de bâton sur le flanc d'un des animaux qui essayait de quitter les rangs. Aussitôt, la bête revenait docilement avec ses congénères.

— C'est *ça,* votre cargaison ? demanda Calliadès.

— Oui.

— Vous avez besoin d'aide pour les égorger ? demanda Banoclès.

— Ils ne sont pas destinés à être tués, dit Bias. Nous les emmenons vivants vers une autre île. La fièvre porcine a tué tous les cochons, et il y a là un marchand prêt à payer une petite fortune pour se procurer un troupeau de reproducteurs.

— Faire voyager par mer des cochons vivants ? s'étonna Banoclès. Comment ferez-vous pour les parquer ?

Bias soupira.

— Nous nous servirons du mât et du mât de réserve pour leur faire un enclos au centre du pont.

— Pourquoi avoir accepté d'emmener des cochons vivants ? demanda Banoclès. Ils vont couvrir le pont de leur merde ! J'ai été élevé dans une ferme à cochons. Vous pouvez me croire si je vous dis que ces bêtes-là savent comment chier partout !

Calliadès se leva et s'éloigna. Il ne s'intéressait pas aux cochons ni à leurs excréments. Malgré tout, il regarda la vieille femme qui les conduisait. Les animaux trottaient joyeusement derrière elle, avec des petits grognements satisfaits. Ulysse se porta à sa rencontre. Quand il arriva, trois cochons s'éloignèrent, mais la femme siffla et ils s'arrêtèrent net.

— Bienvenue à mon feu de camp, Circé, dit Ulysse. C'est toujours un plaisir de te revoir.

— Garde tes compliments, roi d'Ithaque.

Elle regarda le *Pénélope* d'un œil mauvais, puis elle éclata d'un rire rauque.

— J'espère que tu recevras un plein sac d'or pour ce voyage, dit-elle. Tu ne le voleras pas ! Mes petits chéris ne seront pas très heureux en mer.

— Ils me semblent pourtant bien dociles.

— Parce que je suis avec eux. Quand Porthéos m'a parlé de ce marché, j'ai d'abord cru qu'il avait perdu la tête. Quand tu as rejeté son plan, j'ai supposé que c'était en raison de ta plus grande intelligence. (Elle regarda autour d'elle.) Où est-il, au fait ?

— Il est mort dans son sommeil, chez lui.

Calliadès entendit la vieille femme glousser.

— Si jeune ! Un homme aussi amusant aurait dû vivre très vieux. (Elle resta silencieuse un moment.) Alors, pourquoi as-tu changé d'avis ?

— C'est juste du commerce. Oristhénès n'a plus de cochons. Un éleveur de cochons sans cochons n'a plus de but dans la vie.

— T'es-tu demandé pourquoi personne d'autre ne lui apporte de cochons vivants ?

— Ce que font les autres m'importe peu.

Un grand mâle se mit à renifler bruyamment le pied d'Ulysse, se frottant le museau contre lui. Ulysse essaya de le repousser.

— Il t'aime bien, dit Circé.

— Moi aussi ! Je suis sûr que nous deviendrons de grands amis. Tu as des conseils à me donner ?

— Emporte beaucoup d'eau pour nettoyer tes ponts. Et quelques attelles pour les fractures que tes hommes récolteront si les cochons paniquent et s'échappent de leur enclos. Si tu arrives sans encombre à l'île d'Oristhénès, assure-toi de débarquer Ganny en premier. C'est celui-là.

(Elle tapota le flanc du grand mâle noir.) Les autres se regrouperont autour de lui. Si Ganny est content, tout ira bien. S'il ne l'est pas, attends-toi à des ennuis.

Calliadès vit que Piria s'était aussi éloignée du feu de camp et s'était assise sur un rocher, à l'écart. Il la rejoignit. Elle le regarda mais ne le salua pas.

— Pourquoi y a-t-il des cochons sur la plage ?

— Ulysse les emmène sur une autre île.

— Nous allons voyager avec des cochons ?

— Il semblerait. (Le silence grandit entre eux, puis Calliadès demanda :) Tu préfères rester seule ?

— Tu n'as pas idée de combien je désirerais être seule, Calliadès. Mais je ne le suis pas. Je suis entourée d'hommes – et de cochons ! Ce qui ne fait pas une grande différence, lâcha-t-elle avec mépris. (Il fit mine de partir, mais elle le rappela.) Attends ! Je suis désolée, Calliadès, je ne parlais pas de toi. Tu as été bon envers moi, et – pour le moment – tu as tenu ta parole.

— Beaucoup d'hommes en sont capables, dit-il, s'asseyant sur un rocher à côté de Piria. J'ai vu de la cruauté et de la bonté. J'ai vu des hommes cruels être bons, et des hommes bons être cruels. Je ne le comprends pas. Mais je sais que tous les hommes ne sont pas comme ces pirates qui t'ont capturée. Tu vois ce vieil homme, là ?

Il montra un homme aux cheveux blancs qui tournait le dos à l'équipage et regardait les cochons approcher du *Pénélope*. Il était grand mais voûté et portait un manteau bleu par-dessus une tunique sombre rebrodée d'or.

— Je le vois. Pourquoi ?

— C'est Nestor de Pylos. Quand j'étais enfant, je travaillais dans ses champs de lin. J'étais le fils d'une esclave,

esclave moi-même. Le roi a de nombreux fils. Chacun d'entre eux était tenu de travailler dans les champs avec les esclaves pendant toute une saison. Leurs mains saignaient, et leurs dos étaient courbaturés. Ma mère m'a dit que le roi agissait ainsi pour que ses fils comprennent combien la vie était dure en dehors du palais et apprennent à ne pas mépriser les travailleurs des champs. Nestor parcourait ses terres, parlait à ceux qui travaillaient pour lui et s'assurait qu'ils soient correctement nourris et vêtus. C'est un homme de bien.

— Qui possède toujours des esclaves, dit Piria.

Calliadès fut sidéré par ce commentaire.

— Bien sûr qu'il possède des esclaves ! Il est roi !

— Ta mère était-elle née esclave ?

— Non. Elle avait été enlevée dans un village, sur la côte de Lykie.

— Comme moi, par des pirates ?

— Je suppose.

— Alors, Nestor est comme eux. Ce qu'il veut, il le prend. Mais on dit de lui qu'il est bon parce qu'il nourrit et vêt les gens qu'il a arrachés à leur famille et à leur vie. Tout ça me rend malade de dégoût.

Calliadès resta sans voix. Il y avait toujours eu des esclaves et des rois. Sinon, comment la civilisation aurait-elle prospéré ? Il jeta un coup d'œil vers le *Pénélope.*

Plusieurs membres de l'équipage avaient fixé un hamac en toile à deux bouts. Puis ils avaient fait descendre l'assemblage sur la plage, où des hommes tentaient de faire entrer un cochon dans le hamac. L'animal poussa des cris aigus et se débattit. Cela paniqua les autres cochons. Trois ou quatre s'enfuirent le long de la plage, des marins à leurs trousses. La vieille femme au bâton secoua la tête et s'éloigna. Calliadès vit Banoclès se jeter sur un grand cochon, qui s'écarta au dernier moment. Le guerrier s'affala sur le sable et glissa la tête la première dans l'eau. En quelques instants, la plage était devenue le théâtre d'un incroyable chaos. Ulysse commença à beugler des ordres.

Le cochon dans le hamac était à mi-chemin du pont, mais il se débattait tellement que les bouts tanguaient d'un côté à l'autre. Soudain, l'animal urina, arrosant copieusement les marins en dessous. Les cochons restants, une quinzaine, se réunirent et chargèrent en direction d'Ulysse. Il ne pouvait rien faire, excepté s'enfuir. La vue du roi trapu avec sa ceinture dorée pourchassé par un troupeau de cochons piaillant déclencha l'hilarité de l'équipage.

— La journée va être longue, dit Calliadès.

Il regarda Piria, qui riait elle aussi.

C'était bon de la voir rire.

À ce moment, Ulysse cessa de courir et fit face au troupeau.

— Ça suffit ! beugla-t-il d'une voix tonitruante.

Les animaux, surpris par le bruit, se détournèrent de lui. Un grand cochon noir trotta vers le roi et lui fourra son groin contre la jambe. Ulysse se pencha et tapota le dos de l'animal. Puis il revint vers le *Pénélope*, le cochon noir sur les talons. Les autres cochons glapirent, puis ils se regroupèrent derrière le roi.

— Ne vous gênez pas, moquez-vous de moi, misérables avortons ! rugit-il en arrivant près de son équipage. Par les couilles d'Arès, si je pouvais apprendre à ces cochons à ramer, je me débarrasserais de vous !

— C'est un homme étrange, dit Calliadès. Peut-on lui faire confiance ?

— Pourquoi me le demandez-vous, à moi ?

— Parce que vous le connaissez. Je l'ai vu dans vos yeux, quand vous lui avez parlé.

Piria resta un moment silencieuse. Puis elle hocha la tête.

— Oui, je l'ai connu, autrefois. Il venait souvent dans le… la maison de mon père. Mais je ne peux pas répondre à ta question, Calliadès. Ulysse était autrefois un marchand d'esclaves. Il y a des années, on l'appelait le Pillard des cités. Je n'aurais pas confié volontairement mon sort à un tel homme. Mais il se trouve que je n'ai pas le choix.

Chapitre 4

Le voyage des cochons

Bias le Noir était assis tranquillement sur un rocher, un vieux manteau jeté sur ses larges épaules. L'équipage luttait toujours pour charger les cochons. Bias n'avait pas envie de les aider. Il approchait de la cinquantaine, et il devait protéger le bras qui lançait la javeline s'il voulait avoir une chance de remporter les jeux, à Troie. Il s'était donc installé là et affûtait ses couteaux de combat au manche en os. Ulysse prétendait que son amour des couteaux faisait partie de son héritage nubien, mais cela semblait peu vraisemblable à Bias, qui était né en Ithaque et n'avait jamais rencontré un autre Nubien quand il était enfant. Et sa mère, bien entendu, ne lui avait rien dit sur les combats au couteau.

— Tu pourrais être le petit-fils du roi de Nubie, lui avait dit Ulysse, une fois. Tu pourrais être l'héritier d'un immense royaume, avec des palais d'or et des milliers de concubines.

— Et si mon zob avait des doigts, il pourrait me gratter le cul, avait répondu Bias.

— C'est ça ton problème, Bias. Tu n'as aucune imagination, lui avait reproché Ulysse.

Bias avait éclaté de rire.

— Pourquoi un homme qui voyage avec toi aurait-il besoin d'imagination, roi des conteurs ? Avec toi, j'ai parcouru les cieux à bord d'un navire volant, j'ai combattu des démons, lancé ma javeline jusqu'à la lune et fabriqué un collier d'étoiles pour une impératrice de la jungle. Des marins m'ont demandé quand je retournerai chez moi revendiquer ma couronne. Comment se fait-il que tant de gens croient à tes récits ?

— Ça leur fait plaisir d'y croire, avait répondu Ulysse. La plupart des hommes triment du matin au soir. Ils mènent une vie difficile et meurent jeunes. Ils ont envie de penser que les dieux leur sourient, que leur vie a plus de sens qu'elle n'en a en réalité. Ce monde serait un endroit bien triste sans ces histoires merveilleuses, Bias.

Bias sourit au souvenir de cette conversation, puis il remit ses couteaux au fourreau et se leva en voyant Ulysse avancer vers lui.

— Espèce de vieux flemmard, dit le roi laid. À quoi ça sert d'être bâti comme un taureau si tu n'utilises pas ta force quand on en a besoin ?

— Je m'en sers, dit Bias. Mais pas pour des cochons. Et je ne te vois pas non plus en train de les hisser sur le pont !

— C'est parce que je suis le roi, dit Ulysse en souriant. (Il s'assit et fit signe à Bias de l'imiter.) Alors, que penses-tu de nos passagers ?

— Je les aime bien.

— Tu ne les connais pas !

— Alors, pourquoi me demander mon avis ?

Ulysse soupira.

— Les hommes sont des hors-la-loi mycéniens. Je pensais à les remettre aux autorités, à Kios. Il doit y avoir de l'or promis pour leur capture. (Bias éclata de rire.) Qu'est-ce qui t'amuse ?

Bias regarda le roi.

— Je te sers depuis près de trente ans. Je t'ai vu ivre, sobre, en colère et triste. Je t'ai vu mesquin, amer, avide de vengeance, et aussi généreux et prêt à pardonner. Par les dieux, Ulysse, il n'y a rien que j'ignore à ton sujet !

À cet instant, le dernier cochon échappa aux hommes qui essayaient de le mettre dans le hamac. Il partit en piaillant le long de la plage. Plusieurs membres d'équipage le suivirent. Bias se tut et regarda la poursuite. Ce fut Leukon qui attrapa l'animal, le souleva dans ses bras puissants et le ramena vers le *Pénélope*.

— C'est comme cette histoire de cochons, reprit Bias. Tu dis que c'est pour le profit, mais c'est faux. C'est à cause de Porthéos et de son plan stupide, qui comptait tant pour lui. Tu t'es moqué de lui, au début. Et maintenant qu'il est mort et que tu as du chagrin pour lui, tu décides d'appliquer son plan, en souvenir de lui.

— Je suppose que tu veux démontrer quelque chose, dit sèchement Ulysse.

— Oui, et tu sais déjà quoi. Tu peux parler tant que tu veux de vendre Calliadès et son ami contre une récompense. Mais tu n'es pas comme ça, Ulysse. Deux hommes courageux ont sauvé une jeune femme sur cette île, et ils sont venus chercher de l'aide auprès de toi. Et tu voudrais me faire croire que tu veux les trahir ? Je n'y crois pas. Si tous les dieux de l'Olympe descendaient et exigeaient que tu les livres, tu refuserais. Et je te dirais mieux : tous les hommes de ton équipage te soutiendraient dans ta décision !

— Pourquoi feraient-ils un truc aussi stupide ? demanda doucement Ulysse, sa colère s'évanouissant.

— Parce qu'ils écoutent tes histoires de héros, roi laid, et qu'ils savent en leur cœur qu'elles sont vraies.

La journée était calme et la brise légère quand le *Pénélope* prit la mer. Calliadès, Banoclès et Piria se tenaient sur le petit pont arrière, à bâbord. À tribord, Ulysse manipulait le grand gouvernail tandis que Bias donnait la cadence aux rameurs. Nestor et ses deux fils étaient sur le pont avant, à une vingtaine de pas de là.

Calliadès, silencieux, s'émerveillait de la beauté du vieux navire. Tiré sur la plage, il avait eu l'air lourdaud et grossier, et sa charpente, usée. Mais il glissait sur la Grande Verte comme un danseur. Le navire pirate avait eu du mal à négocier les vagues et les creux, mais sa quille était incrustée de bernacles, et son équipage, négligent et malhabile. Les trente marins du *Pénélope* étaient très qualifiés. Les rames se dressaient et plongeaient avec une parfaite synchronisation.

Le petit troupeau de cochons était gardé dans un enclos rectangulaire, au centre du navire. Il avait été fabriqué, astucieusement, avec deux mâts posés sur des billots de bois, reliés entre eux par du cordage à nœuds. Les animaux semblaient assez calmes.

Calliadès regarda Piria. Sous le soleil étincelant, son visage était fatigué et pâle, et les bleus ressortaient cruellement. Le dessous de son œil droit était enflé, et il y avait de profondes griffures sur son cou. *Qui es-tu?* se demanda-t-il. *Comment se fait-il que tu connaisses Ulysse?*

Il avait remarqué son hésitation quand elle avait parlé des visites qu'Ulysse avait faites à son père. Elle avait utilisé le mot « maison » à la place d'un autre. Lequel? Palais? Domaine? Calliadès ne doutait pas que Piria venait d'une famille riche. Elle regardait vers le large, perdue dans ses pensées. Il se souvint avoir dit au pirate qu'il la trouvait belle, pour détourner l'insulte gratuite que l'homme lui avait lancée. Maintenant, il se rendait compte qu'il y avait du vrai dans son affirmation. Bizarrement, avoir tailladé ses cheveux de la sorte faisait ressortir cette beauté. Elle avait un cou long et mince, un profil délicat. Elle vit qu'il la regardait. Ses yeux se durcirent et elle serra les lèvres. Puis elle se détourna.

Il eut un instant l'envie de lui parler, de lui dire des paroles rassurantes, mais décida de n'en rien faire. *Tu as d'autres choses dont tu dois te soucier*, se gourmanda-t-il. Ulysse connaissait son nom. Ç'avait été une surprise. Calliadès savait qu'il n'était pas célèbre, et qu'il n'y avait aucune raison pour que quelqu'un ait entendu parler de lui hors des zones sous influence mycénienne. Le fait que le roi d'Ithaque l'ait reconnu signifiait sans doute qu'il était également au courant de l'or qu'Agamemnon offrait pour sa tête.

Il regarda Banoclès. L'homme était serein, imperméable aux idées noires de trahison ou de capture. Il s'était glissé dans le petit espace entre l'enclos et les rameurs et bavardait amicalement avec Leukon, le marin blond. Banoclès avait le chic pour se faire des amis.

Ulysse appela Bias et lui demanda de se charger du gouvernail. Puis le roi trapu dépassa Piria et se dirigea vers le pont avant. Quand il arriva à la hauteur de l'enclos, le plus gros des cochons noirs grogna doucement et s'avança vers lui. Ulysse s'arrêta et gratta l'oreille de l'animal, qui leva la tête. Ulysse la tapota, puis rejoignit Nestor. Le cochon noir ne le quittait pas des yeux.

— Il a toujours su s'y prendre avec les animaux, dit Bias. Sauf avec les chevaux. C'est le pire cavalier au monde !

À mesure que la journée avançait, le soleil devint plus chaud et la brise tomba. Les avertissements de Banoclès à propos des cochons étaient erronés. En fait, ces animaux étaient très propres. Le sol de leur enclos avait été couvert de foin pour absorber l'urine, mais ils utilisaient seulement l'extrémité avant de leur enclos pour déféquer. Une chance pour ceux qui se tenaient à l'arrière, mais un coup dur pour Nestor et ses fils ! Le vieux roi tenait un bout de tissu devant son nez. Les plus malchanceux, toutefois, étaient les rameurs de tête, dont les bancs de rame se trouvaient immédiatement à gauche et à droite d'une pile grandissante de déjections.

Au milieu de l'après-midi, tandis que le *Pénélope* glissait sereinement au large d'une série d'îles, de lourds nuages commencèrent à se rassembler. Le vent se leva. Calliadès regarda le ciel qui s'obscurcissait.

— Un orage en perspective ? demanda-t-il à Bias.

Le Noir secoua la tête.

— Non. Mais ça va remuer un peu. Pas de problème pour nous. L'île que tu vois devant nous est notre destination. (Il désigna une île dorée qui se détachait sur l'horizon.) Nous serons sur la plage du Rocher du Titan avant le coucher du soleil.

Le *Pénélope* dépassa un groupe d'îles avec de hautes falaises et des plages étroites. Au loin, Calliadès vit ce qui semblait être un grand nuage noir filant à vive allure – contre le vent ! Il le montra à Bias. C'était une immense volée d'oiseaux qui se dirigeait vers le large. À ce moment, un banc d'une vingtaine de dauphins arriva en vue. Les animaux dépassèrent le navire à grande vitesse, se dirigeant aussi vers le sud, comme les oiseaux.

— Quelque chose a fait peur aux habitants des airs comme à ceux des mers, dit Bias.

Quelqu'un lança soudain un gémissement. Le rameur de tête, Leukon, ne supportait plus l'odeur entêtante du fumier. Il lâcha sa rame et se pencha par-dessus le bastingage, vomissant son repas dans la mer. Banoclès se glissa dans l'espace étroit entre l'enclos et les rameurs.

— Je peux le remplacer un moment, cria-t-il.

— Vas-y, mon garçon, répondit Bias.

Ulysse revint du pont avant tandis que Leukon se dirigeait vers l'arrière du navire, loin de la puanteur. Calliadès vit le plus grand des cochons se frayer un chemin au milieu de ses congénères et s'approcher d'Ulysse. Il se dressa sur ses pattes arrière, posa ses pattes avant sur le mât horizontal, et poussa un glapissement aigu au moment où Leukon passait à côté de lui. Furieux, celui-ci balança une gifle puissante sur le groin de l'animal. Le cochon poussa un couinement de colère, passa par-dessus la barrière de fortune et se jeta sur Leukon. Tous les autres cochons se mirent à glapir et à grogner. Leukon fut projeté sur le pont, mais tint le cochon à distance d'un coup de pied. L'animal se rua sur lui, puis escalada le banc de rame. Ses sabots glissèrent sur le bois lisse, et, avant que quiconque puisse intervenir, l'animal plongea tête la première dans la mer.

Ulysse, furieux, courut vers Leukon.

— Abruti ! Pourquoi as-tu frappé ce cochon ?

— Il m'exaspérait, répondit le marin, en colère.

— Ah ! dit Ulysse. Très bien ! Quelque chose t'exaspère, et tu lui tapes dessus. Tu te sens mieux, maintenant ?

— Oui.

Sans rien ajouter, Ulysse flanqua un solide coup de poing au visage de Leukon, qui retomba lourdement sur le pont. Il resta allongé, sous le choc.

— Ma foi, tu avais raison, pour une fois, cervelle de moineau, dit Ulysse. Ça fait *vraiment* du bien ! (Il se tourna vers l'équipage.) Et maintenant, récupérons Ganny !

Au début, la tâche semblait simple. Plusieurs marins sautèrent à l'eau, et des bouts terminés par une boucle les suivirent, prêts à être fixés autour du cochon récalcitrant. Mais chaque fois que les hommes s'approchaient, l'animal attaquait à coups de tête et de dents. Finalement, Ulysse enleva sa ceinture dorée et plongea à la suite de ses hommes.

Une autre volée d'oiseaux noirs passa par-dessus le *Pénélope*. Puis le navire commença à trembler. Calliadès saisit le bastingage. Le vent était tombé, mais la mer, si calme quelques instants plus tôt, était maintenant démontée. Calliadès entendit un grondement lointain et vit des rochers rouler le long d'une colline, sur l'île la plus proche.

Piria regarda l'éboulement, puis elle se tourna vers Calliadès.

— Une personne aimée des dieux vient de mourir, dit-elle. Maintenant, ils piétinent la terre dans leur douleur.

Les hommes qui avaient sauté à l'eau avaient oublié le cochon et revenaient en toute hâte vers le navire. Ulysse fut hissé sur le pont et jeta des regards furieux au cochon, toujours dans la mer.

— C'est seulement un cochon, dit Bias. Ça ne vaut pas le coup de risquer le navire pour le récupérer. Ce tremblement de terre va bientôt provoquer des vagues terrifiantes.

Ulysse se tourna vers Leukon.

— Le prix de ce cochon sera déduit de ta paie, dit-il. Une objection ?

— Non, mon roi.

— Parfait ! Rameurs, à vos postes !

Des nuages lourds s'amassaient au-dessus du *Pénélope*, mais il ne pleuvait pas. Le vent se fit plus fort, la mer plus agitée. Le navire tangua et roula avec la houle. Les nageurs durent travailler dur pour se diriger vers la petite baie à l'entrée du Rocher du Titan. Ulysse était revenu au gouvernail pendant que Bias marchait le long des bancs de rame en scandant la cadence.

— Levez... Attendez... Tirez.

Calliadès vit Piria regarder en arrière, vers la mer.

— Tu le vois toujours ? demanda-t-il.

— Oui. Il est déjà très loin de nous.

Calliadès examina la mer. Il apercevait de temps en temps une forme noire émerger des vagues puis y replonger.

— Penses-tu qu'il ait une chance d'atteindre le rivage ? demanda Piria.

— Non. Il va mourir là, dans les flots.

— Que c'est triste.

— Pas plus triste qu'être égorgé pour nourrir une famille. Toutes les créatures vivantes meurent un jour. Et pour lui, ce jour est venu. (Il sourit.) Tu te fais du souci pour un cochon ?

Piria haussa les épaules.

— Il a un nom. Ganny. Ce n'est plus seulement un cochon parmi d'autres.

Ulysse regardait dans la même direction que Calliadès.

— C'est trop loin pour qu'un cochon puisse nager jusqu'à la plage, dit le roi laid.

— Beaucoup trop loin, acquiesça Calliadès. Quand même, c'est dommage.

— Je déteste perdre une partie de ma cargaison, dit Ulysse, le regard posé sur la plage qui approchait. (Puis il cria à son équipage :) Un peu de nerfs, bande de flemmards ! Vous croyez que j'ai envie de passer la nuit en mer ?

La lumière de la pleine lune était si vive qu'elle projetait des ombres sur la plage du Rocher du Titan. L'équipage avait allumé deux feux de cuisson et un feu de camp plus important sur une partie surélevée abritée par des rochers. Presque tout l'équipage s'était réuni là. De l'endroit où elle se tenait, sur une avancée rocheuse, Piria regardait les hommes jouer aux osselets, bavarder et se chamailler. L'odeur du poisson en train de cuire arriva à ses narines, et son estomac vide se crispa. Elle n'avait pas envie de quitter son rocher et de rejoindre l'équipage. Ils l'avaient oubliée pendant qu'ils vaquaient à leurs tâches vespérales, et c'était très bien comme ça. Pour la première fois depuis des jours, elle goûtait une certaine paix, et elle la protégeait jalousement, enveloppée dans le manteau rouge que lui avait prêté Banoclès.

Sa tension la quitta en partie quand elle regarda vers l'enclos de fortune où les cochons avaient été installés pour la nuit. Circé, la vieille femme, avait été pessimiste. Personne ne s'était rien cassé en faisant sortir les cochons du *Pénélope*. À peine y avait-il eu quelques égratignures.

Maintenant, sous les rayons de la lune, elle vit que les animaux s'étaient préparés au sommeil, leurs corps grassouillets serrés les uns contre les autres. De temps en temps, une bête changeait de place, soulevant les protestations de ses congénères, avant que le sommeil reprenne ses droits.

Piria leur était reconnaissante. Leur présence avait détourné d'elle l'attention de chacun pendant le voyage, et c'était tant mieux. La douleur de ses blessures se réveillait par vagues nauséeuses. Son crâne était endolori en permanence et elle avait du mal à bouger le cou, comme si on lui avait dévissé la tête et qu'on l'avait revissée de travers.

Elle vit le marin noir, Bias, avancer vers elle, un bol dans une main et un morceau de pain dans l'autre. La peur naquit en elle, et ses mains se mirent à trembler. Elle l'imagina lui offrir la nourriture, puis lui faire une proposition obscène. Arrivé à côté d'elle, il lui tendit le bol et le pain. Elle sentit l'odeur du poisson et des oignons, mais la terreur lui avait coupé l'appétit.

—Tu devrais venir auprès du feu, dit Bias. La nuit est froide.

—Je dormirai ici, dit-elle.

Bias regarda l'avancée rocheuse d'un œil dubitatif.

—Ça m'a l'air inconfortable, dit-il.

—Je suis habituée à l'inconfort.

Hochant la tête, il repartit vers la chaleur du feu. Piria grignota un peu de pain après l'avoir trempé dans la sauce du poisson. Elle sentit la chaleur irradier dans son estomac, et s'aperçut qu'elle était glacée jusqu'aux os. Une vague de désespoir et de solitude la submergea, et elle sentit des larmes perler à ses paupières.

— Qu'ai-je fait ? murmura-t-elle.

Elle se souvint de cette nuit d'été près de la flamme de prophétie, dans le grand temple. Andromaque et elle gloussaient, ivres de vin et d'amour. Les deux jeunes femmes avaient demandé à la vieille Mélite de leur prédire leur avenir ensemble. C'était plus par jeu qu'autre chose, car toutes les prêtresses savaient que Mélite avait été autrefois une prophétesse, mais qu'elle était maintenant à demi aveugle et qu'elle perdait la tête. Ses paroles étaient désormais le plus souvent dénuées de sens. C'était ce qu'il leur avait semblé à cette occasion.

— Pas d'avenir ici pour vous deux, jeune Calliope, avait dit Mélite. Avant que les jours raccourcissent, Andromaque sera perdue pour l'île bénie. Elle retournera au monde des hommes et de la guerre.

Malgré leur incrédulité et leur ivresse, les deux femmes avaient été troublées par la prophétie, qui avait réduit à néant leur bonne humeur.

Dix-huit jours après, le navire était arrivé, apportant le message d'Hécube, la reine de Troie. Andromaque avait été convoquée par la première prêtresse, qui lui avait dit qu'elle avait le droit de quitter l'Île du Temple et d'aller à Troie épouser le fils d'Hécube, le guerrier Hector. Piria était avec elle dans la salle du conseil.

— Ma sœur, Paleste, est fiancée à Hector, avait protesté Andromaque.

La grande prêtresse avait eu l'air mal à l'aise.

— Paleste est morte à Troie. Une maladie soudaine. Ton père et le roi Priam se sont mis d'accord. C'est toi qui honoreras le pacte qu'ils ont fait.

Piria savait qu'Andromaque était très attachée à Paleste, et elle avait vu le choc se dessiner sur son visage. Andromaque avait baissé la tête et était restée silencieuse un moment. Puis son expression s'était durcie, et elle avait regardé la grande prêtresse, de la colère dans ses yeux verts.

— Quoi qu'il en soit, je n'irai pas. Aucun homme n'a le droit d'exiger qu'une prêtresse abandonne ses devoirs sacrés.

— Il existe des circonstances spéciales, avait dit la grande prêtresse, très gênée.

— Spéciales ? Vous me vendez à Priam contre de l'or ! Qu'y a-t-il de *spécial* à ça ? Les femmes sont vendues depuis la jeunesse des dieux. Toujours par les hommes, d'ailleurs. Nous ne nous attendons pas à mieux de leur part. Mais de la vôtre…

Le mépris d'Andromaque avait empli la pièce comme une nuée de brumes, et Piria avait vu la grande prêtresse pâlir. Elle s'était attendue à une réaction de colère, mais la vieille femme avait soupiré.

— Ce n'est pas seulement pour l'or de Priam, Andromaque, mais pour tout ce que cet or représente. Sans lui, il n'y aurait pas de temple sur Théra, pas de princesses pour apaiser le monstre qui vit en dessous. Oui, ce serait merveilleux de pouvoir ignorer les désirs des hommes puissants comme Priam, et de faire notre devoir sans jamais être dérangées. Mais une telle liberté est un rêve. Tu n'es plus une prêtresse de Théra. Tu partiras demain matin.

Cette nuit-là, alors qu'elles partageaient une couche pour la dernière fois, en écoutant la brise jouer dans les tamarins, Piria avait supplié Andromaque de s'enfuir avec elle.

— Il y a des petits bateaux, de l'autre côté de l'île. Nous pourrions en voler un et partir ensemble.

— Non, avait répondu Andromaque en se penchant vers elle et en l'embrassant tendrement. Nous n'aurions nulle part où nous réfugier, mon amour, excepté dans le monde des hommes. Tu es heureuse ici, Calliope.

— Je ne connaîtrai pas le bonheur, sans toi.

Elles avaient longuement parlé cette nuit-là, et finalement Andromaque avait dit :

— Tu dois rester, Calliope. Où que je sois, je saurai que tu es en sécurité, et cela me donnera de la force. Je fermerai les yeux et je verrai notre île, je te verrai courir et rire. Je me souviendrai de toi, couchée dans notre lit, et cela me réconfortera.

C'est ainsi que, le cœur brisé, la femme qui s'appelait désormais Piria avait regardé le navire faire voile vers l'est, dans la lumière du matin.

Malgré son chagrin, elle avait tenté de s'absorber dans ses devoirs, dans les prières et les offrandes au Minotaure qui grondait sous la montagne. Les jours avaient passé, vides et mornes. L'hiver avait laissé place au printemps. Puis un jour, la vieille Mélite s'était écroulée en ramassant des crocus et des lys blancs pour le rituel de midi. Elle avait été transportée dans sa chambre, mais son souffle rauque indiquait que sa mort ne saurait tarder.

Piria la veillait, tard la nuit, quand la vieille femme s'était assise, sa voix soudain forte et veloutée.

— Que fais-tu ici, mon enfant ?

— Je te tiens compagnie, ma sœur, avait répondu Piria, aidant la vieille femme à se recoucher confortablement.

— Ah ! C'est vrai. Sur Théra. Où est Andromaque ?

— Elle est partie. Tu te souviens ? Pour Troie.

— Troie, avait murmuré Mélite en fermant les yeux. (Elle était restée un moment silencieuse, puis elle avait crié :) Le feu et la mort ! Je vois Andromaque, maintenant ! Elle court à travers les flammes. Des hommes sauvages sont à sa poursuite. (La vieille femme avait battu des bras.) Cours !

Piria lui avait saisi la main.

— Calme-toi, Mélite. Tu es en sécurité.

La prêtresse mourante avait ouvert les yeux, le corps raide. Puis des larmes avaient perlé à ses paupières.

— Hommes mauvais ! Le destin vous rattrapera. Le Minotaure vous dévorera. Il viendra accompagné par le tonnerre, le ciel s'obscurcira et le soleil disparaîtra.

— Et Andromaque ? avait murmuré Piria. Tu la vois toujours ? Parle !

La vieille femme s'était détendue et avait souri.

— Je te vois, courageuse Calliope. Je te vois, et tout va bien.

— Tu me vois avec Andromaque dans les flammes ?

Mélite n'avait pas répondu. Elle était morte.

Seule, sur la plage, Piria refoula ses larmes et secoua la tête. Cette vision avait-elle été réelle ? se demanda-t-elle. Signifiait-elle qu'elle était destinée à sauver Andromaque d'hommes maléfiques ? Ou la prêtresse mourante avait-elle simplement voulu dire qu'elle voyait Calliope, assise à son chevet ?

Elle soupira. C'était trop tard pour remettre la vision en question, ainsi que la décision hardie qu'elle avait prise à cause d'elle. La nuit de la mort de Mélite, elle avait rassemblé quelques objets en or et un peu de nourriture, et elle était partie vers le nord de l'île, où elle avait volé le petit bateau à voile.

Piria vit la silhouette corpulente d'Ulysse marcher le long de la plage, s'éloignant du navire et de l'équipage, la tête tournée à l'opposé de Piria. Elle savait qu'il l'évitait. Mue par une impulsion soudaine, elle se leva et descendit sur la plage. Au moment où elle le rejoignit, Ulysse était agenouillé et dessinait un visage dans le sable avec la pointe de son couteau. Il leva la tête sans rien dire, l'air peu amène.

Elle resta silencieuse un moment, puis elle demanda :

— Pourquoi as-tu tenté de sauver le cochon ?

Il leva les sourcils, comme s'il s'était attendu à une question différente.

— Circé m'a dit que le troupeau suivrait Ganny. Nous avions besoin de lui pour contrôler les autres.

Il se leva, nettoya son couteau sur sa tunique d'une propreté douteuse et le remit à son ceinturon. Puis il effaça du pied le visage dessiné dans le sable.

— Pourtant, vous n'avez eu aucun mal à les faire sortir du navire et à les parquer dans leurs enclos, dit-elle.

Le silence retomba. Ulysse était tendu, et semblait calme et attentif. Piria craignit qu'il ait déjà décidé de la trahir et s'en sente coupable.

— Je voulais te remercier, dit-elle avec un sourire forcé, de m'avoir acceptée sous le nom de Piria, et de me permettre de rallier Troie sur ton navire.

Il grommela quelque chose d'indistinct.

— Tu connaissais Calliadès avant de l'avoir rencontré ? reprit Piria.

— J'avais entendu parler de lui. Il a la réputation d'être un excellent soldat.

— Son ami et lui m'ont sauvée des pirates, de la torture et d'une mort certaine, sans en attendre de récompense. (Les craintes qui l'habitaient la poussaient à ne pas croire ses propres paroles, mais elle continua, pour essayer de gagner le roi laid à sa cause.) Calliadès est un homme courageux en qui on peut avoir confiance. Ils sont bien peu comme lui, sur la Grande Verte – sur cette mer où pullule la racaille.

Il ne répondit pas. Avec un signe de tête, elle commença à s'éloigner, puis elle se tourna de nouveau vers lui.

— Et toi, Ulysse, quel homme es-tu ?

Des éclats de voix venant de l'enclos aux cochons épargnèrent à Ulysse une réponse. Piria se tourna et vit les cochons piailler et grogner, inquiets. Beaucoup s'étaient rassemblés au bout de l'enclos le plus proche de la mer et essayaient de démolir la barrière de broussaille avec leurs sabots.

Puis le sol se mit à trembler. Piria serait tombée si Ulysse ne l'avait pas saisie à bras-le-corps. Il ne la lâcha pas tant que des rochers déboulèrent des flancs de la colline. La mer enfla, se retira brusquement de la plage, puis se transforma en un immense brisant qui se rua vers eux et submergea la plage. Les feux de cuisson furent éteints, mais le feu de camp, un peu plus haut, échappa à l'inondation, ainsi que l'enclos aux cochons. Le *Pénélope*, soulevé par la première vague, avait été emporté vers l'intérieur des terres.

De grosses vagues se ruèrent sur la plage, mais le sol avait cessé de trembler. Les cochons braillaient de panique. Jurant, Ulysse gagna l'enclos, Piria sur ses talons.

— Taisez-vous, misérables bêtes couvertes de vermine ! beugla-t-il.

Les cochons se turent, sidérés par le hurlement soudain.

Dans le calme revenu, on entendit un glapissement lointain venant de la mer et porté par le vent nocturne.

— Regardez ! dit un des hommes en désignant un endroit dans la mer.

Piria cligna des paupières et parvint à distinguer, au clair de lune, une petite tache noire en haut d'une vague, au loin.

— Ganny, souffla Ulysse. Par tous les dieux bâtards de…

Il ôta sa ceinture dorée et ses sandales et courut vers les vagues. Jurant, Bias courut après lui et le retint par les épaules.

— Mon roi, ne fais pas ça ! hurla-t-il. Les vagues vont te précipiter contre les rochers. Tu vas te faire tuer !

Ulysse se dégagea sans un mot et entra dans l'eau. Bias le suivit, non sans jurer copieusement. Après un moment d'hésitation, deux autres marins les imitèrent.

Le cochon était rapidement poussé vers le rivage par la houle, et Piria s'aperçut bientôt qu'il était épuisé, roulé sans merci dans un sens et dans l'autre par les vagues. Il y avait une série de rochers noirs assez loin de la plage, et Ganny était inexorablement amené vers eux par le courant. Les cris de l'animal étaient de plus en plus faibles, et Piria craignait qu'il soit en train de mourir.

Dire qu'il avait nagé sur toute cette distance en suivant le navire, l'espoir chevillé au corps…

Ulysse était arrivé à la rangée de rochers et se hissa dessus, battu par les vagues. Les autres hommes le rejoignirent avec peine. Piria vit que leurs forces étaient mises à rude épreuve par la violence du courant. Ils attendirent sur les rochers, espérant pouvoir saisir Ganny quand les flots l'amèneraient à leur portée.

Une grosse vague frappa le cochon, qui fut projeté vers le rocher où se tenait Ulysse. Quand la vague suivante souleva l'animal, Ulysse plongea, empêchant Ganny de s'écraser sur les rochers. Une deuxième vague les atteignit, et l'homme et l'animal disparurent dans l'écume. Quand ils reparurent, ils avaient dépassé la rangée de rochers mortels.

Bias et les deux autres marins plongèrent aussi. Pendant un moment, Piria ne vit plus rien. Puis elle aperçut les deux marins qui portaient le cochon épuisé sur la plage, suivis par Bias et Ulysse.

L'animal fut déposé à côté de ses congénères, qui s'agitèrent et grognèrent dans leur enclos, tendant le cou pour regarder leur compagnon avec anxiété. De l'eau salée coulait de la gueule de Ganny, et il agitait faiblement les sabots. Les marins hésitaient, ne sachant que faire.

Ulysse était fatigué, dégoulinant d'eau de mer et couvert de bleus et de coupures, dont une longue sur l'avant-bras probablement récoltée quand il s'était éloigné des rochers. Il regarda le cochon et soupira.

— Il a besoin de repos et de chaleur, dit-il. Mettez-le à côté du feu. Toi, Leukon, donne-lui ton manteau. Tout ça est ta faute, fils d'abruti !

Le marin enleva rapidement son manteau jaune et s'agenouilla pour l'entortiller maladroitement autour de l'animal souffrant. Ulysse se détourna et partit en boitillant vers le *Pénélope.* Quand il passa à côté d'elle, Pria l'entendit marmonner :

— Stupide cochon.

Chapitre 5

La prêtresse royale

Calliadès était assis, seul, à l'écart du feu. La mer était de nouveau étale, mais la nuit était fraîche et une brise glaciale soufflait sur les rochers. La plupart des marins dormaient. Il regarda Piria, assise contre un rocher qui l'abritait du vent. Il était sur le point de la rejoindre quand il vit Bias, le grand marin noir, apporter du bois à côté d'elle et l'allumer avec un brandon du feu principal. Puis il lui apporta une couverture. Calliadès se demanda pourquoi il n'y avait pas pensé lui-même.

Fermant les yeux, il s'appuya contre un rocher, remuant de sombres pensées. Puis il entendit du bruit à côté de lui, et son cœur s'accéléra, car il crut que c'était Piria. Ouvrant les yeux, il vit la robuste silhouette d'Ulysse. Le roi laid s'assit à côté de lui.

— Il y a quelque chose au sujet de la mer, la nuit, qui fait qu'on se sent tout petit, dit-il.

— J'ai cette impression quand je regarde une montagne, dit Calliadès.

— Ah ! C'est parce que tu es un homme de la terre. Mais tu as raison : la mer et la montagne sont éternelles, immuables. Nous ne sommes là que pour un bref moment, puis nous disparaissons dans la poussière de l'histoire. (Après un moment de silence, il reprit :) Raconte-moi ce qui s'est passé cette fameuse nuit, à Troie.

La demande semblait innocente, mais Calliadès sentit son estomac se nouer. Ulysse savait donc ce qui était arrivé. Calliadès se sentit soudain idiot. La veille, sur la plage, il avait dit qu'il avait combattu *contre* Argurios. Une erreur stupide. *Et maintenant ?* se demanda-t-il. Il y avait une garnison mycénienne sur Kios. Ulysse avait-il prévu de les vendre en échange de l'or d'Agamemnon ? Il vit Ulysse le regarder et s'aperçut qu'il n'avait pas répondu à sa question.

— Nous avons perdu, dit sèchement Calliadès. Nous n'aurions pas dû. Mais nous étions conduits par un imbécile.

— Vraiment ? Pourquoi ?

— Je n'ai pas envie d'en parler, dit Calliadès. Qu'as-tu l'intention de faire de nous ?

— Du calme, mon garçon. Je n'ai pas l'intention de faire quoi que ce soit. En ce qui me concerne, toi et ton ami êtes de simples passagers.

— Tu n'es pas intéressé par la récompense qu'offre Agamemnon ? Je trouve ça difficile à croire.

Ulysse gloussa.

— En toute franchise, ça m'a traversé l'esprit. Hélas, j'ai un équipage crédule. Vous êtes donc libres de faire ce que vous voulez, tous les deux.

Calliadès en fut intrigué.

— En quoi leur crédulité affecte-t-elle tes décisions ?

— On m'a fait remarquer que ton ami et toi êtes des héros qui ont risqué leur vie pour sauver une femme qu'ils ne connaissaient pas. Bref, le genre d'hommes dont je raconte les exploits dans mes récits. Et donc, même si l'or d'Agamemnon aurait été le bienvenu, je suis obligé de l'oublier.

Calliadès ne répondit pas. Il doutait que l'avis de l'équipage ait grand-chose à voir avec les décisions d'Ulysse. Il se souvint des paroles de Sekundos sur la nature contradictoire de cet homme.

Puis Ulysse reprit la parole.

— Alors, tu es maintenant prêt à me dire pourquoi ton général était un imbécile ?

Calliadès repensa à cette nuit sanglante, aux cris des blessés, au bruit des épées et aux claquements des boucliers. Il revit le puissant Argurios protéger l'escalier, le terrible Hélicon à côté de lui.

— Pourquoi ? Parce qu'il a laissé l'ennemi décider de la stratégie. Quand nous avons pris les murs du palais et que nous combattions dans le mégaron, Argurios a rallié ses hommes au pied du grand escalier. Puis Hélicon et lui sont restés là, comme pour nous défier de les attaquer. Nous étions plus nombreux. Nous aurions dû apporter des échelles et escalader la galerie au-dessus de l'escalier. Nous aurions alors pu les attaquer de deux côtés à la fois. Mais nous ne l'avons pas fait. Nous avons continué à vouloir vaincre les deux héros. Sur l'escalier, notre supériorité numérique importait peu. Puis Hector est arrivé, et nous avons été pris entre deux feux.

Calliadès raconta ensuite comment Kolanos avait essayé d'avoir la vie sauve en proposant de trahir Agamemnon, et comment Priam avait refusé.

— Je ne comprends toujours pas, dit Calliadès. Le roi que nous avions cherché à tuer nous a accordé la vie sauve, et le roi que nous servions a ordonné notre assassinat. Tu peux peut-être en tirer une histoire, Ulysse !

— Je pense qu'un jour ce sera le cas.

— Et Piria ? Elle aussi, elle pourra faire ce qu'elle veut ?

— Tu t'inquiètes pour elle ?

— Est-ce si bizarre ?

— Non. C'était juste une question. Pour répondre à la tienne, oui, elle est libre d'agir à sa guise. Mais elle ne restera pas avec toi. Tu t'en rends compte, n'est-ce pas ?

— Tu n'as aucun moyen de le savoir, Ulysse.

— Il y a beaucoup de choses que j'ignore. J'ignore où commence le vent et où le ciel se termine. J'ignore où vont les étoiles pendant la journée, mais je connais les femmes, Calliadès. Et Piria n'est pas une femme qui désire les hommes. Elle ne l'a jamais été.

— D'où la connais-tu ?

— Si elle ne te l'a pas dit, mon garçon, ce n'est pas à moi de te le révéler. Mais sache qu'être proche d'elle, c'est courtiser le danger.

— Elle a beaucoup souffert, ces derniers jours, dit Calliadès. Sa haine des hommes est compréhensible. Mais je crois qu'elle m'aime bien.

— Oui, comme un frère ! Je l'emmènerai à Troie, en veillant à sa sécurité. Mais, une fois arrivée, elle sera en grand péril.

— Pourquoi ?

— Comme pour toi et ton ami, on offre une récompense pour sa capture. Mais elle est bien plus importante !

— Pourquoi me dire ça ?

— Je l'aime bien, dit Ulysse. Et je crois qu'elle aura besoin d'amis dans les jours qui viennent. D'amis loyaux.

— Sais-tu pourquoi elle veut se rendre à Troie ?

— Je crois. Il y a quelqu'un à Troie qu'elle aime – assez profondément pour la pousser à risquer sa vie.

— Mais ce n'est pas un homme, dit doucement Calliadès.

— Non, mon garçon. Il ne s'agit pas d'un homme.

Ulysse se leva et partit en direction de l'enclos à cochons. Les animaux dormaient, blottis les uns contre les autres du côté qui donnait vers la terre. Il se tourna vers le feu de camp et vit Ganny, recouvert par le manteau jaune. L'animal leva la tête et regarda Ulysse. Le roi avança et parla au cochon.

— Tu as eu bien de la chance, dit-il doucement. Les vagues générées par ce tremblement de terre t'ont amené jusqu'à nous. Peut-être es-tu aimé des dieux ?

Ganny poussa un petit grognement avant de se rendormir. Ulysse sourit.

— Stupide cochon, dit-il. Je parlerai à Oristhénès et je m'assurerai que tu ne finisses pas sur la table de quelqu'un.

Et maintenant, voilà que tu tiens des discours à un cochon sous le clair de lune, se reprocha Ulysse.

Il ajouta du bois dans le feu et s'allongea sur le sable, espérant dormir. Des pensées traversèrent son esprit, comme d'irritantes chauves-souris. Piria, qu'il avait connue sous le nom de princesse Calliope, était dangereuse pour tous ceux qui seraient à son contact. Puis il y avait le guerrier mycénien et sa brute de compagnon. Agamemnon les avaient déclarés hors la loi, renégats. Les aider, c'était encourir l'inimitié du roi mycénien. Ulysse se redressa et brossa le sable accroché à sa tunique.

L'inimitié d'Agamemnon. C'était une idée terrifiante.

Et pourtant, existait-il quelqu'un qu'Agamemnon ne détestât point ? Même ses amis étaient de futurs ennemis… Ulysse attrapa une gourde d'eau et but à longs traits. Bias dormait, tout près de lui. Ulysse le poussa du pied.

— Tu es réveillé ? demanda-t-il.

Bias grogna.

— Maintenant, oui.

— Parfait. Profitons-en pour discuter du bon vieux temps.

Bias bâilla et lança un regard noir à son roi.

— Pourquoi suis-je le seul que tu déranges quand tu ne peux pas dormir ?

— Aucun n'en est autant irrité que toi. C'est moins amusant.

— Ils sont aussi exaspérés que moi, roi laid. Simplement, ils le cachent mieux.

— Je pensais garder Ganny et vendre les autres. Ce serait une sorte de mascotte pour le *Pénélope.*

Bias soupira.

— Je suis sûr que c'est faux. Tu dis ça pour te moquer de moi.

— Pourtant, ça n'est pas une mauvaise idée.

— Quoi ? Te moquer de moi, ou garder le cochon ?

— Les deux propositions ont chacune leur mérite, mais je parlais du cochon.

Bias gloussa.

— Oui, je pense que ce serait amusant. (Il réfléchit un moment.) J'aime cette idée.

— C'est une idée stupide, dit sèchement le roi. Les cochons sont des animaux sociaux. Il se sentirait seul. Sans compter qu'il empuantirait le navire. (Il regarda Bias et vit son air entendu.) Bon, d'accord, je n'arriverai pas à te faire marcher, cette nuit. Mais c'est vrai que j'aime bien ce cochon.

— Je sais, je t'ai entendu lui parler. Le temps change, dit-il en désignant la mer, ou un banc de brume blanche glissait lentement sur les rochers.

— Dès que le soleil se lèvera, la brume se dissipera.

Ulysse se frotta les yeux. Il était fatigué.

— As-tu décidé ce que tu ferais de nos passagers ? demanda Bias, avant de boire de longues gorgées à une gourde.

— Je les emmènerai où ils veulent aller.

— Très bien.

— La femme aussi.

Bias le regarda.

— Je ne pensais pas que tu ferais exception pour la femme.

— Ah ! J'ai dû oublier de te le dire, dit Ulysse en baissant la voix. C'est une prêtresse qui s'est enfuie de Théra. C'est une sentence de mort pour tous ceux qui auront été surpris à l'aider.

— Une prêtresse… Bah ! Tu essaies encore de te gausser de moi !

— Non.

— Arrête, Ulysse. Je ne suis pas d'humeur à supporter tes plaisanteries de mauvais goût !

Ulysse soupira.

— Tu dis me connaître mieux que personne, mon ami. Regarde-moi dans les yeux et vois si je plaisante.

Bias obéit, puis avala une autre gorgée d'eau.

— Je commence à regretter que cette outre ne contienne pas du vin. Maintenant, mon roi, dis-moi la vérité. Est-elle une fugitive de Théra ?

— Oui.

Bias jura.

— Est-ce qu'ils n'ont pas brûlé la dernière fugitive ? murmura-t-il nerveusement, regardant autour de lui pour vérifier que les marins dormaient.

— Ils l'ont enterrée vivante. Ils ont brûlé les membres de la famille qui l'avait recueillie, et le capitaine du navire sur lequel elle s'était échappée. Oh ! j'oubliais : ils ont coupé la tête de l'homme pour lequel elle s'était enfuie.

— Oui, je m'en souviens, dit Bias. Qui est donc Piria ? Je t'en prie, dis-moi qu'elle est la fille d'un vague chef de tribu, loin de la mer.

— Son père est Pélée, le roi de Thessalie.

— Par les dents de Triton ! Elle est la sœur d'Achille !

— Effectivement.

— Nous pourrons la remettre aux autorités à Kios, dit Bias. Il y a un temple d'Athéna, et les prêtres pourraient la détenir le temps que sa famille soit prévenue.

— La leur remettre ? Bias, mon garçon, n'est-ce pas toi qui as fait remarquer que ces deux hommes courageux avaient secouru une jeune femme ? Et que mes histoires parlent toutes de héros ? Quelle est la différence ?

— Tu sais très bien où est la différence ! siffla Bias. Les deux Mycéniens disparaîtront, se joindront à quelque garnison étrangère, et personne n'entendra plus parler d'eux. Mais cette femme est la sœur d'Achille. Achille le Tueur, Achille le Buveur de sang, Achille l'Étripeur. Quand elle sera capturée – et elle le sera, crois-moi –, on saura que le

Pénélope a été impliqué dans sa fuite. Tu veux qu'Achille se lance à tes trousses ? Il n'y a pas de tueur plus réputé dans les terres de l'Ouest.

Ulysse gloussa.

— Si je suis bien ton raisonnement, nous pouvons être héroïques tant qu'il y a peu de chances d'être découverts, mais s'il existe un danger réel, mieux vaut se comporter en lâches ?

Bias soupira à son tour.

— Peu importe ce que je dirai. Tu as pris ta décision.

— C'est vrai. Mais sache une chose, mon ami : je suis d'accord avec tout ce que tu as dit.

— Alors, pourquoi courir ce risque ?

Ulysse ne répondit pas immédiatement.

— Peut-être parce que je pourrai tirer une histoire de cette affaire, Bias. Et je ne parle pas d'un récit à raconter autour d'un feu de camp. Ceci n'est qu'un fil dans une immense tapisserie. Je veux voir l'œuvre terminée ! Penses-y. Une prêtresse royale s'enfuit du Temple du Cheval et se fait capturer par des pirates. Deux d'entre eux se retournent contre leurs compagnons et risquent leur vie pour la sauver. Puis nous arrivons. La Grande Verte est une mer immense, mon ami ! Quelles sont les chances qu'elle embarque à bord d'un navire dont le capitaine est un roi, et la reconnaît ? Et où va-t-elle ? Vers la cité d'or, où les rois de l'Est et de l'Ouest sont en train de se réunir. Vers une cité grouillante d'intrigues, de machinations et de rêves de pillage.

— Et Achille sera là, fit remarquer Bias.

— Oui. Comment pourrait-il ne pas venir ? Hector et Achille, deux géants des combats, deux légendes, deux héros. L'orgueil et la vanité pousseront Achille jusqu'à Troie.

Il espérera sans doute qu'Hector participera à ses propres jeux nuptiaux. Il rêvera de le vaincre, afin que les hommes ne parlent plus que d'un seul grand héros.

— Nous allons donc arriver à Troie avec la sœur renégate d'Achille ? Et que fera-t-elle, une fois arrivée ? Elle errera dans les rues jusqu'à ce que quelqu'un la reconnaisse ?

— Non. Je pense qu'elle cherchera à rejoindre une autre ancienne prêtresse de Théra, une amie.

Bias comprit soudain.

— Tu parles d'Andromaque.

— Oui.

— La sœur fugitive d'Achille ira trouver la promise d'Hector ?

— Oui. Maintenant, vois-tu ce que je veux dire en parlant de fil et de tapisserie ?

— Je me moque bien des fils, dit Bias avec sentiment. Mais l'équipage ne doit rien savoir !

— Elle ne leur dira rien. Et moins ils en sauront, mieux ça vaudra pour eux.

— Moi aussi, j'aurais préféré ne rien savoir, dit Bias, d'un ton coléreux.

Ulysse sourit.

— Tu crois toujours me connaître mieux que je ne me connais moi-même ?

Bias resta un instant silencieux et, quand il parla, Ulysse entendit de la tristesse dans sa voix.

— Il n'y a rien dans tout ça qui ne corresponde pas à ce que je sais de toi, Ulysse. L'homme que je ne connaissais pas vraiment, c'était moi.

— Je pense que nous ne nous connaissons jamais vraiment nous-mêmes, dit Ulysse en soupirant. J'étais le Pillard des cités, un marchand d'esclaves et un pirate. Je croyais être heureux ainsi. Puis je suis devenu un commerçant, l'homme sans ennemis. Et je pense *aussi* être heureux. Je me trompais, à l'époque. Et maintenant ? Suis-je encore dans l'erreur ? Parfois, je trouve que plus j'apprends de choses, moins j'en sais !

— Pour ma part, je préfère servir l'homme sans ennemis, dit Bias.

Ils restèrent assis un moment en silence. Puis Ulysse se leva.

— Je rêve toujours de lui, tu sais. J'entends encore son rire.

La tristesse envahit Bias pendant qu'il regardait le roi laid s'éloigner.

Je rêve toujours de lui, tu sais. J'entends encore son rire.

Quatorze étés avaient passés depuis ces jours terribles de mort et de désespoir, mais le souvenir était toujours présent à l'esprit de Bias, vivide et douloureux.

Pendant un raid de capture d'esclaves dans un village étranger, Bias avait été frappé à l'avant-bras gauche par une massue. L'os fracturé avait été long à guérir. Mais ils avaient pris dix-huit femmes et avaient mis le cap vers le marché aux esclaves de Chypre. Les esclaves étaient restées silencieuses pendant le voyage, blotties les unes contre les autres au milieu du pont. Mais, en arrivant sur l'île, une d'elle, une grande femme aux sauvages yeux noirs, avait regardé Ulysse avec malveillance.

— Réjouis-toi de ton triomphe, Pillard des cités, avait-elle dit. Mais sache une chose : avant la fin de cette saison, tu souffriras de la même douleur que nous. Ton cœur sera brisé et ton âme, emplie de feu.

Ulysse n'avait pas été content.

— Garce ingrate, avait-il répondu. Avez-vous été violées ? Battues ? N'ai-je pas pris soin que vous soyez toutes correctement nourries et vêtues ? Vous serez tout aussi bien sur Chypre que vous l'étiez dans ce village infesté de vermine.

— Et qui nous rendra les époux que vous avez tués, les enfants que vous nous avez forcées à abandonner ? La malédiction de Seth est sur toi, Ulysse. Souviens-toi de mes paroles, au moment où les jours raccourciront.

Deux autres raids couronnés de succès avaient eu lieu avant que le *Pénélope* et les trois autres navires reviennent en Ithaque. Bias y était resté pendant que son bras cassé guérissait. Ulysse avait passé trois jours avec Pénélope et son fils, Laërte, qui avait six ans. Puis il était reparti pour un dernier raid.

Vers la fin de la saison, Pénélope avait dit à Bias qu'elle allait se rendre sur Pylos avec Laërte. Nestor l'avait invitée pour le mariage d'un de ses fils, et Bias l'avait accompagnée pour le court voyage vers l'est.

Les trois premiers jours avaient été fort agréables. Bias était apprécié par les esclaves du palais de Nestor. Une nuit, deux d'entre elles avaient partagé son lit, une blonde aux gros seins et une brune aux yeux immenses. Une nuit fantastique ! Mais, vers l'aube, des gémissements s'étaient élevés du palais.

Bias l'ignorait à ce moment-là, aveuglé par le contentement, mais les lamentations annonçaient des jours de mort.

La peste s'était déclarée dix jours plus tôt dans un village proche. Le roi Nestor avait ordonné à ses soldats de mettre l'endroit en quarantaine et de ne laisser personne en sortir. Plus tard, on découvrit qu'un des soldats avait emmené sa sœur hors du village et l'avait fait entrer au palais. Quatre jours après son arrivée, plusieurs esclaves avaient commencé à avoir les premiers symptômes : de la fièvre et une enflure aux aisselles et à l'aine. En quelques jours, la peste battait son plein.

Les malades avaient été emmenés dans le village atteint, et logés dans une grande maison qui appartenait au marchand responsable de la récolte du lin dans la région. Il avait été le premier à mourir. Sa villa fut appelée la Maison de la Peste. Bias avait été terrifié. À part son bras cassé, il n'avait jamais été malade de sa vie, et il craignait plus d'être diminué que de mourir.

Puis Laërte était tombé malade. Pénélope avait insisté pour l'accompagner à la Maison de la Peste. Bias s'était senti lâche, car il n'avait pas proposé d'aller avec elle. Il aurait tout aussi bien fait de la suivre, car, deux jours plus tard, il s'était réveillé la gorge sèche et couvert de sueur.

Il avait d'abord tenté de cacher ses symptômes, mais l'esclave qui couchait avec lui l'avait dit à sa maîtresse, et des soldats étaient venus pour l'emmener hors du palais, avec plusieurs autres malades.

Quand le chariot était arrivé à la Maison de la Peste, Bias délirait. Il se souvenait peu des quelques jours qui avaient suivi, excepté des douleurs terribles et des rêves de monstres qui crachaient du feu sur sa chair. Mais Bias était fort. Il avait survécu à la fièvre et aux bubons gonflés de pus qui éclataient sous ses bras et à son aine. Pénélope était souvent venue à son chevet les jours suivants, lui apportant du bouillon et de l'eau fraîche. Elle avait l'air fatiguée par son travail incessant avec trois prêtres d'Esculape. Chaque jour, de plus en plus de gens avaient été amenés dans la villa, et d'autres maisons avaient servi à héberger les nouvelles victimes de la peste. La mort était partout. Les cris des mourants avaient retenti dans tout le village. Une fois contractée, cette maladie tuait quatre personnes sur cinq.

Puis Pénélope tomba malade. Bias l'avait transportée sur le grand lit dans lequel reposait déjà son petit garçon. Laërte était endormi depuis deux jours, et personne n'était arrivé à le réveiller, même pour lui faire boire un peu d'eau.

Le dixième jour, deux des trois prêtres étaient aussi tombés malades. Désormais, seuls les quelques survivants s'occupaient des victimes. Bias avait quitté la maison un matin et avait appelé les soldats qui gardaient la barrière érigée autour du village, et il leur avait dit qu'il fallait de l'aide supplémentaire. L'après-midi, quatre vieilles prêtresses d'Artémis étaient arrivées avec le chariot de nourriture. C'étaient des femmes sèches et sévères qui avaient pris la direction des opérations avec fermeté. Elles avaient ordonné à Bias et à deux autres survivants mâles de rassembler les corps et de les apporter en terrain découvert, où ils avaient creusé une fosse emplie d'huile et de petit bois afin d'y brûler les cadavres.

Bias se souvenait du matin clair où Ulysse était arrivé devant la barrière, appelant Pénélope.

Bias était sorti de la maison et avait vu son roi à l'extérieur du périmètre, un manteau vert sur les épaules, le soleil illuminant sa barbe rousse.

— Où sont-ils, Bias ? Où sont ma femme et mon fils ?

— Ils sont malades, mon roi. Il ne faut pas t'approcher de ce lieu.

Bias savait déjà, à l'époque, qu'Ulysse, courageux à la bataille ou pendant un orage, était terrifié par la maladie. Son propre père était mort de la peste. Il avait donc été étonné, ce jour-là, de voir Ulysse s'approcher du portail et soulever la fermeture en cuir. Les soldats l'avaient aussitôt retenu. Ulysse s'était débattu et avait expédié un homme au sol.

— Je suis Ulysse, roi d'Ithaque, avait-il grondé. Le prochain homme qui posera une main sur moi se la fera couper !

Les soldats avaient reculé, et Ulysse était entré.

Puis il avait suivi Bias dans la maison. Il avait sursauté en voyant les dizaines de victimes allongées dans le mégaron. L'air puait le vomi, les excréments et l'urine. Bias avait emmené son roi dans une chambre à l'étage, où se trouvaient Pénélope et Laërte. Ulysse s'était agenouillé à côté de Pénélope et lui avait pris la main pour la porter à ses lèvres.

— Je suis là, mon amour, avait-il dit. Le roi laid est là, avec toi. (Puis il avait caressé le visage de son fils.) Sois fort, Laërte. Reviens vers moi.

Mais Laërte était mort la nuit suivante, sous les yeux de Bias. Ulysse avait sangloté, l'enfant mort dans ses bras, berçant sa tête entre ses mains. Bias avait souvent vu Ulysse serrer son fils dans ses bras. L'enfant riait et embrassait la joue barbue de son père. Parfois, il gloussait sans pouvoir s'arrêter quand Ulysse le chatouillait. Désormais, l'enfant était pâle comme le marbre et ne bougeait plus…

Ulysse était resté silencieux un long moment, puis il avait levé la tête et regardé Bias.

— C'est moi qui ai attiré cette malédiction sur leurs têtes, avait-il dit.

— Non, mon roi. Tu n'as pas amené la peste !

— Souviens-toi de ce qu'a dit cette esclave. Elle m'a maudit. Elle a dit que je souffrirai des mêmes tourments qu'elle.

À cet instant, Pénélope avait poussé un petit gémissement. Ulysse avait doucement reposé son fils sur le lit, puis il était allé au chevet de Pénélope. Il s'était penché sur elle et avait repoussé en arrière sa chevelure humide de sueur.

— Ne me quitte pas, ma chérie. Écoute-moi ! Reste avec moi.

Il était resté trois jours à son chevet. Il avait nettoyé son corps enfiévré avec de l'eau tiède, changé les draps souillés. Il l'avait tenue contre lui et lui avait parlé sans arrêt, même si elle ne pouvait pas l'entendre. Le matin du quatrième jour, ses bubons avaient éclaté et son corps avait rejeté le poison. Une des prêtresses d'Artémis était venue la voir.

— Elle vivra, avait décrété la femme avant de quitter la chambre.

Au cours des semaines qui avaient suivi, de moins en moins de malades étaient arrivés au village, et la proportion de survivants avait augmenté.

Les pluies d'automne avaient commencé le jour où Ulysse, Pénélope et Bias avaient quitté le village. Alors qu'ils marchaient le long d'un chemin de falaise menant au palais de Nestor, un peu de soleil avait brièvement filtré entre les épais nuages gris. Bias avait regardé son roi. Sous la lumière du soleil, il avait vu le gris à ses tempes, et la fatigue qui lui creusait les orbites.

Ulysse n'avait jamais reparlé de la malédiction. Mais cet été-là, les navires ithaquiens s'étaient livrés pour la dernière fois à l'enlèvement d'esclaves. Ulysse le Pillard des cités et le pirate était devenu Ulysse, le marchand et le conteur.

Bias se rallongea sur le sable et regarda les étoiles. En cet instant, lui aussi se souvenait du rire de Laërte. S'il avait vécu, l'enfant aurait été un jeune homme de vingt ans, beau et fort.

Pourtant, sa mort avait entraîné quatorze ans de commerce paisible pour Ulysse. Combien de villages auraient été pillés pendant ce temps ? Combien de femmes auraient été enlevées à leur foyer pour être vendues comme esclaves ? Combien d'hommes auraient été massacrés devant leur famille ? Cette idée le surprit, et il jura à voix basse. Il regarda un peu plus loin et vit qu'Ulysse était profondément endormi.

Tu avais bien besoin de venir me parler de fils et de tapisseries ! Maintenant, c'est moi *qui ne peux plus dormir !*

Chapitre 6

Les trois rois

Calliadès était assis et regardait la mer enveloppée de brume. Il y avait quelque chose de sinistre dans ce mur blanc et dans les filaments qui en sortaient et dérivaient sur les rochers sombres à demi submergés. Il frissonna et serra son manteau autour de lui. Il était facile de croire aux légendes sur les monstres marins et les démons des profondeurs, quand on regardait une telle brume. N'importe quoi pouvait s'y cacher, observant les hommes endormis sur la plage. Cela lui rappela son enfance, quand il était assis autour d'un feu avec d'autres enfants et qu'il écoutait un barde raconter des histoires terrifiantes de créatures de la nuit qui se glissaient dans les maisons et dévoraient le cœur des jeunes gens. Il avait à la fois adoré et détesté ces histoires. Il les adorait pendant qu'il les écoutait, avec les autres, et il les détestait quand il était seul, la nuit, prêtant l'oreille aux pas furtifs des créatures de l'ombre. Dans nombre d'histoires, il était question de brume qui cachait les mouvements des démons…

Soudain, Calliadès sourit.

— Tu n'es plus un enfant terrorisé, dit-il à haute voix.

Puis son sourire s'effaça.

Il avait six ans quand les pirates avaient attaqué son village, mis le feu aux maisons, tué les hommes et capturé les femmes les plus jeunes. Agasta, sa sœur de quatorze ans, l'avait entraîné, et ils avaient tenté de fuir. Elle avait caché son petit frère dans un champ de lin. Puis des hommes robustes s'étaient emparés d'elle. Il se souvint de l'expression de son visage à ce moment : le désespoir, la peur, l'angoisse. Elle s'était débattue, avait griffé et mordu les hommes pendant qu'ils la violaient. Furieux de sa résistance, ils avaient fini par lui couper la gorge. De sa cachette, Calliadès avait vu le sang gicler de la blessure.

Pour essayer de refouler ces souvenirs, Calliadès regarda vers l'endroit où Piria était assise, à côté de son petit feu. Enfant, il n'avait pas pu sauver sa sœur. Adulte, il avait – pour le moment – empêché une tragédie similaire. N'était-ce pas un motif de réconfort ?

Un bruit l'alerta soudain. Il se tourna vers la brume, et l'entendit de nouveau. C'était un étrange grincement. Puis il entendit des cris. La brume se leva brièvement et il aperçut un mât, penché à un angle bizarre, et un bout de coque. Aucun marin ne passait de bon gré la nuit en mer. Les voyages à travers la Grande Verte étaient assez dangereux sans que les hommes courent le risque de ramer de nuit, incapables de voir les récifs ou les rochers submergés.

Calliadès appela les hommes assis autour du feu de camp. Ulysse, Bias et les marins avancèrent vers le rivage. Le navire avait de nouveau été englouti par la brume.

— Il a perdu beaucoup de rames, dit Bias. On dirait qu'il est en train de couler.

Personne ne bougea. Ils restèrent sur le rivage, à regarder le mur de brume. Puis le navire reparut, cette fois par le travers, et les rayons de la lune illuminèrent la tête de taureau peinte à la proue.

Ulysse jura copieusement.

— C'est le navire de Mérionès, dit-il. Par les dieux, ne restez pas là comme des potiches ! J'ai un ami en danger !

Aussitôt, l'équipage courut vers le *Pénélope* et le poussa dans l'eau. Puis ils grimpèrent tous à bord. Calliadès et Banoclès les auraient suivis, mais Ulysse, le dernier à embarquer, leur cria de rester sur la plage.

— Allumez des feux ! dit-il. Nous en aurons probablement besoin pour nous guider.

Ulysse courut vers le pont avant et grimpa sur la proue. La brume était si épaisse qu'il ne voyait même pas le pont arrière, ni Bias qui tenait le gouvernail. Même le bruit des rames frappant l'eau était étouffé. Il entendit Bias ordonner de ramer lentement, sa voix assourdie par la brume.

Ulysse regarda vers sa gauche et gémit quand son navire racla une rangée de rochers submergés.

— Doucement, les gars ! lança-t-il. Allez-y prudemment !

Il était fatigué et ses yeux le piquaient. Ses muscles étaient encore endoloris à la suite du sauvetage de Ganny. Il inspira à fond et essaya de percer du regard le mur de brume.

— Mérionès, tu m'entends ? beugla-t-il.

Pas de réponse. Il appela à plusieurs reprises. Un marin arriva à côté de lui, un bout enroulé autour des épaules. Puis le *Pénélope* commença à vibrer. Ulysse jura quand un autre tremblement de terre fit frémir la mer. Les eaux se mirent à bouillonner. Le *Pénélope* vira brusquement quand le courant de retour le saisit, puis il pencha abruptement vers bâbord. Ulysse perdit pied et vacilla. Le marin qui l'avait rejoint le saisit et le tira sur le pont. Une grosse vague souleva le navire, qui cette fois s'inclina fortement vers tribord. Deux des rameurs furent arrachés de leur banc.

Ulysse remonta vers la proue. Bias criait des ordres à l'équipage, et le navire se stabilisa. Mais ils avaient été repoussés contre la falaise. Elle émergeait de la brume, immense et sombre. Des rochers tombèrent dans la mer, créant des remous à leur point d'impact. Ulysse leva la tête. Au-dessus du *Pénélope,* il y avait un énorme roc en surplomb, presque aussi long que la quille du navire. Une grande fissure y était apparue. Le vent grossit, la mer fouetta le navire et le poussa vers le mur noir.

— Ramez de toutes vos forces ! cria Ulysse.

Les rames s'enfoncèrent dans l'eau agitée, mais, contre la poussée des vagues, les rameurs arrivaient à peine à empêcher le navire de heurter la falaise.

Un gémissement sinistre émana de la falaise. De la poussière et des débris de rochers tombèrent de la fissure, qui s'agrandissait à chaque instant, et frappèrent le pont du *Pénélope* comme une averse de grêle.

— Vitesse d'éperonnage ! beugla Ulysse.

Il n'y avait pas de bélier à bord, mais tous les marins savaient ce que signifiait cet ordre. Ils actionnèrent les rames avec toute la force dont ils disposaient, tandis que Bias donnait une cadence rapide.

— Tirez ! Tirez ! Tirez !

Le *Pénélope* s'éloigna lentement de la falaise. Ulysse lécha ses lèvres sèches d'une langue qui ne l'était pas moins, le cœur battant la chamade.

— Vas-y, ma jolie ! dit-il doucement en tapotant la proue. Emmène-nous en sécurité.

Puis il entendit un grondement de tonnerre au-dessus de lui, et vit le surplomb s'arracher à la falaise. Il regarda l'immense bloc se détacher et comprit que son navire était condamné. Bizarrement, il n'éprouva aucun désespoir. Le visage de sa femme lui apparut mentalement. Elle tenait Laërte, bébé, dans ses bras. Ulysse l'entendit rire, et cela emplit son cœur de joie.

À cet instant, un deuxième courant saisit le *Pénélope* et l'éloigna de la falaise. Le surplomb s'écrasa dans la mer, à moins d'une longueur de lance. L'onde de choc souleva le petit navire et le fit tournoyer. Puis il se stabilisa. Ulysse éclata de rire, toute fatigue l'ayant quitté.

— Les dieux nous aiment, mes garçons, cria-t-il. Nous tirerons une belle histoire de cette aventure !

— Maudites soient tes histoires, dit une voix. Si tu nous apportais un peu d'aide ?

— J'aurais dû savoir que c'était toi, Mérionès, répondit Ulysse d'une voix joyeuse. Tu ne pourrais pas faire naviguer une brindille dans une flaque d'eau sans la faire sombrer !

— Moi aussi, je suis content de te voir, espèce de gros lard vantard !

Le marin qui se tenait près d'Ulysse enroula le bout autour de la proue, puis l'envoya à Mérionès. La galère de guerre avait une brèche sur le côté bâbord. La plupart des marins s'étaient portés à tribord pour que leur poids la maintienne au-dessus de la ligne de flottaison.

Quand les deux navires furent solidement attachés l'un à l'autre, Ulysse ordonna à l'équipage d'inverser les rames, et, lentement, le *Pénélope* tira le navire endommagé vers la rive.

La brume était de plus en plus épaisse. Ulysse gagna le pont arrière. Il ne voyait aucun feu de signalement, mais il entendait des appels lointains sur la plage. Ils utilisaient la voix pour les diriger, psalmodiant *Pénélope, Pénélope.* Guidé par cet appel, le *Pénélope* recula lentement vers la plage, jusqu'à ce que les feux de signalement deviennent vaguement visibles. Calliadès, le guerrier mycénien, avait allumé sur la colline une rangée de petits feux disposés en forme de flèche.

Bias sourit.

— Il a eu une bonne idée, dit-il.

Ulysse hocha la tête.

— Quand nous arriverons à la plage, envoie tout le monde vers l'avant pour tirer sur le bout. Nous amènerons le navire de Mérionès à côté du nôtre.

— On dirait qu'il sort d'une sacrée bataille, dit Bias.

Ulysse ne dit rien. La bataille avait sûrement été contre une flotte de pirates. Aucun navire isolé n'aurait osé s'attaquer à Mérionès. Il avait une solide réputation de combattant des mers, presque aussi bonne que celle d'Hélicon. Mais pourquoi attaquer une galère de guerre crétoise ? Il n'y avait aucune cargaison de valeur à bord.

La poupe du *Pénélope* frotta le sable. Bias cria à l'équipage de saisir le bout, et la galère de Mérionès fut tirée au sec. Une fois les deux navires en sécurité, Ulysse sauta à terre. Des marins descendirent des deux bâtiments. Un homme de grande taille, en armure de combat et portant un casque, s'approcha d'Ulysse.

— Mes remerciements, Ithaque, dit Idoménée, le roi de Crète, d'une voix rauque.

Avant qu'Ulysse puisse répondre, Mérionès à la barbe noire arriva auprès d'eux.

Ulysse gloussa.

— Alors, Mérionès, que t'est-il arrivé ? Tu as percuté un rocher, c'est ça ?

— Tu sais parfaitement ce qui nous est arrivé, répondit Mérionès. Nous avons été éperonnés.

— Maudits pirates, dit Idoménée. On pourrait penser qu'un roi peut tranquillement naviguer sur sa propre mer sans souffrir une telle insulte. Je jure par Poséidon qu'une fois rentré de Troie je conduirai une flotte de bataille dans ces eaux et que je massacrerai toute la racaille que j'y rencontrerai.

— Combien étaient-ils ? demanda Ulysse.

— Six galères. Nous en avons coulé une, dit Mérionès. Mais nous avons perdu un navire. Tu aurais dû voir ça : des flèches enflammées, des troupes d'abordage, des coups d'épée... Tu te serais bien amusé.

— À *regarder,* seulement ! dit Ulysse. Le *Pénélope* n'est pas un navire de guerre. Nous n'avons pas de bélier à la proue. Crois-tu qu'ils seront encore après toi, demain ?

— Ça ne fait aucun doute, intervint Idoménée. Ils savent qui je suis. Ils savent aussi que tous les rois autour de la Grande Verte se rendent à Troie. C'était une attaque pour demander une rançon. Ils voulaient me capturer et me revendre à mes fils.

Il regarda vers la plage et vit Nestor s'avancer vers eux.

— Voilà qui est bien ! Trois rois sur une plage, et pas un seul navire de guerre en vue !

Ulysse les conduisit près du feu principal, puis attendit pendant que les blessés étaient transportés du navire endommagé sur la plage. C'était exact : l'attaque devait avoir la rançon comme motif. Il gloussa. Il doutait que quelqu'un soit prêt à payer un anneau de cuivre pour récupérer Idoménée !

Reconnaissant un des blessés, Ulysse vint se camper à côté de lui.

— Je ne pensais pas te revoir vivant !

Le marin aux cheveux blancs portait une profonde entaille à l'épaule qui saignait abondamment, et une autre blessure au-dessus de la hanche. Bias les rejoignit, muni d'une aiguille et d'une pelote de fil fin.

Le blessé soupira.

— Malédiction ! J'en ai assez d'être recousu, Ulysse ! Même mes blessures ont reçu des blessures !

— Alors, que fais-tu encore en mer, vieil imbécile ? La dernière fois qu'on m'a parlé de toi, tu avais une petite ferme.

— Je l'ai toujours. J'ai aussi une nouvelle et jeune épouse, et deux fils en bas âge. (Le marin secoua la tête.) Je suis trop vieux pour supporter tout ce bruit et ces exigences constantes !

Ulysse sourit.

— Alors, tu préfères combattre des pirates ?

— Qui aurait cru que des pirates seraient assez stupides pour s'attaquer à Mérionès ? Par les dieux, nous avons dû en tuer au moins soixante-dix, aujourd'hui. Remarque, nous avons perdu trente hommes, ce faisant !

— Qu'est-il arrivé ? demanda Ulysse pendant que Bias enfilait l'aiguille.

— Nous faisions route vers Kios. Une flotte de pirates est sortie de derrière un cap. Six galères. J'ai bien cru que nous étions fichus. (Il regarda les rois assis près du feu.)

Mais nous avions Mérionès ! Le meilleur combattant de la Grande Verte. Ça nous a donné un petit avantage. Pas énorme, mais… Nous avons été abordés. On s'est battus au corps à corps. (L'homme gloussa.) C'est là que le vieux Dents Longues s'est jeté sur eux. Vous auriez dû voir leur visage ! Ils étaient sidérés !

— Dents Longues ? demanda Ulysse en rapprochant les lèvres de la plaie pour que Bias puisse y passer l'aiguille.

Le vieux marin grimaça.

— Le roi Idoménée. Nous l'appelons Dents Longues. Ça ne le gêne pas. En fait, je crois qu'il aime bien ça ! C'est un sacré combattant ! Aussi mesquin qu'une prostituée maigre, avec le sang aussi froid qu'un serpent, et quand il s'agit de se battre… Il s'est jeté sur eux si vite, en hurlant des injures et des cris de guerre. Il fallait voir ça. Ça met du baume au cœur, d'avoir un roi aussi courageux !

— Les dieux bénissent toujours les hommes courageux.

— J'espère que tu as raison, roi laid. Mais nous avons été sauvés par les pieds furieux des dieux. Quand la mer s'est mise à trembler, les pirates ont cessé l'attaque. Mais ils seront encore là demain…

Chapitre 7

Le cercle de l'assassin

Ulysse alla s'asseoir à côté de Ganny, qui dormait paisiblement. Mérionès, vêtu de noir, était affalé à côté du feu et se frottait les yeux. Il avait l'air épuisé, pensa Ulysse. Mérionès était fort, mais il n'était plus jeune. La bataille avec les pirates puis la longue lutte pour amener le navire en sécurité l'avaient épuisé. Nestor arriva et jeta des brindilles dans le feu, puis s'assit précautionneusement, ménageant son genou gauche. Ulysse savait que les articulations du vieux roi s'ankylosaient et le faisaient souffrir. Le roi Idoménée retira son ceinturon d'arme et le posa sur le sable. Ulysse le regarda. Lui aussi avait dépassé quarante ans. *Le monde entier vieillit*, pensa Ulysse tristement. Il tapota d'une main absente la tête du cochon, puis il souleva le manteau qui le recouvrait. Ganny poussa un petit grognement et ouvrit les yeux. Il leva la tête et frotta son groin contre la main d'Ulysse.

— Tu dois pouvoir tirer une histoire de tout ça, dit Mérionès avec un petit rire.

— Je ne suis pas d'humeur à concocter des histoires, grogna Ulysse.

—Alors, laisse-moi la raconter pour toi, insista Mérionès. Ulysse est revenu à l'île de la Reine Sorcière. Comme tu t'en souviens certainement, c'est là que, plusieurs années auparavant, tout son équipage a été transformé en cochons. Du moins, c'est ce qu'il prétend.

Ulysse sourit malgré lui.

—Ah ! Ça, c'était une bonne histoire ! Et tu as raison, Mérionès. Tu te souviens de mon marin Porthéos ? (Il tapota le flanc du cochon.) Il n'a pas pu résister à la beauté de la Reine Sorcière. Tout allait bien, jusqu'à ce qu'elle le surprenne en train de lorgner ses nichons. Je te le dis, mon ami, ce n'est pas une bonne idée de reluquer les tétons d'une sorcière ! Et voilà le résultat. Nous l'avons gardé dans l'équipage par loyauté, bien qu'il nous soit aussi utile qu'un pet pendant un festin.

—Comment s'appelait-elle, déjà, cette Reine Sorcière ? demanda Mérionès.

—Circé. La plus belle femme que tu aies jamais vue.

Mérionès éclata de rire, puis désigna l'enclos de broussaille où les autres cochons dormaient.

—Et ces malheureux, là ? Ils ont tous regardé les nénés de la Reine ?

—J'en ai bien peur, dit Ulysse. Ce sont tous des rois d'îles lointaines, au-delà de Charybde et de Scylla. Chacun d'entre eux est venu sur l'île pour lui faire la cour. Pourtant, leurs espoirs étaient vains, car la reine avait déjà donné son cœur à un séduisant marin, un homme doté de beaucoup de charme, d'esprit et d'intelligence.

—Ah ! Toi, je suppose ?

Ulysse gloussa.

— Tu n'as pas reconnu la description ? Bien entendu, c'est moi !

Nestor éclata de rire.

— Tu sais pourquoi elle ne t'a pas transformé en cochon, Ulysse ? Parce que ç'aurait été une nette amélioration de ton physique !

— Assez d'âneries sur les cochons, dit sèchement Idoménée. Que ferons-nous au sujet des pirates, demain ? J'ai moins d'une dizaine d'hommes en état de combattre, et ton équipage ne compte que trente marins. Une seule petite galère contre quatre navires équipés de béliers.

Ulysse soupira et se tourna vers le roi de Crète.

— Pourquoi tes hommes t'appellent-ils Dents Longues ? demanda-t-il. Je ne vois pas de crocs dans ta bouche.

— Oui, j'aimerais aussi le savoir, ajouta Nestor.

— Vous êtes cinglés, tous les deux ? marmonna Idoménée. Il y a plus de deux cents combattants qui attendent pour nous faire la peau, et vous papotez de cochons et de surnoms !

— Personne ne veut nous faire la peau *cette nuit*, fit remarquer Ulysse. Nous sommes trois rois, assis près d'un bon feu. Quand Apollon le doré se lèvera demain dans le ciel, ce sera le moment de nous faire du souci au sujet des pirates.

Il demanda à un homme d'équipage d'apporter de la nourriture pour ses invités, puis il s'allongea, le bras passé autour du cochon somnolent.

— Alors, Idoménée, fais-nous la grâce de nous répondre.

Idoménée se frotta le visage, retira son casque et le posa sur le sable.

— On m'appelle Dents Longues, dit-il d'une voix fatiguée, parce que j'ai un jour coupé le doigt d'un homme d'un coup de dents.

— Son doigt ? s'écria Nestor. Par les dieux, ça fait de toi un cannibale !

— Je ne suis pas devenu cannibale à cause d'un malheureux doigt, protesta Idoménée.

— C'est intéressant, remarqua Ulysse. Je me demande combien de doigts un homme doit manger avant de pouvoir être qualifié de cannibale.

— Je n'ai pas *mangé* son stupide doigt ! Je me battais contre lui, et mon épée s'est cassée. Il avait un couteau, et je l'ai mordu à la main pendant que nous luttions.

— Pour moi, c'est bien un comportement de cannibale, dit Nestor sans se départir de son sérieux.

Idoménée foudroya le vieux roi du regard, et Ulysse n'y tint plus. Il éclata d'un rire tonitruant.

Le roi Idoménée les regarda à tour de rôle.

— Que la vérole vous emporte tous les deux, dit-il, ce qui déclencha d'autres rires, jusqu'à ce que les marins reviennent avec la nourriture et qu'ils se mettent à manger.

— Je me demande pourquoi les pirates sont si hardis, cette saison, dit Nestor en posant son assiette vide sur le sable.

— La mort d'Hélicon, bien entendu ! dit Idoménée.

— De quoi parlez-vous ? demanda Ulysse, sentant son estomac se nouer.

— La nouvelle n'est-elle pas arrivée jusqu'en Ithaque ? Il a été poignardé lors de son propre banquet de mariage, dit Idoménée. Par un de ses marins, un homme en qui il avait confiance. Ce qui est une sacrée bonne raison pour ne faire confiance à personne, selon moi. Mais la nouvelle de sa mort fait le tour de la Grande Verte depuis quelques semaines. Personne ne pourchasse plus les pirates. Et vous savez combien ils craignaient le navire d'Hélicon.

—Avec raison, ajouta Mérionès. Le *Xanthos* les terrifiait, avec ses Lanceurs de Feu. On entend encore des hommes parler du jour où il a brûlé vif l'équipage d'une galère pirate.

Ulysse se leva et s'éloigna du feu. Des images traversèrent son esprit : le jeune Hélicon plongeant du sommet d'une falaise, en Dardanie, Laërte mourant dans la Maison de la Peste, Hélicon, plus âgé, à la baie de la Chouette Bleue, tout énamouré d'Andromaque. Et bien d'autres souvenirs…

Il trouva un endroit à l'écart et s'assit, regardant la brume, pensant à la mort de son fils et à la douleur qu'il avait éprouvée – qu'il éprouvait toujours. Il n'avait pas compris, jusqu'à ce jour, à quel point ses sentiments pour Hélicon étaient inextricablement liés à ce deuil. Le jeune garçon qu'il avait pris à bord de son navire incarnait tout ce qu'un homme pouvait souhaiter voir dans son fils, et il avait été colossalement fier de lui.

Le père d'Hélicon, le roi Anchise, avait cru que son fils était faible, mais il s'était trompé. Hélicon avait fait la preuve de sa valeur. Il avait combattu des pirates et navigué pendant des tempêtes sans se plaindre. Il avait seulement besoin d'un mentor qui ait confiance en lui, au lieu d'un père impitoyable qui voulait sa mort. Ulysse avait été ce mentor, et il en était venu à aimer beaucoup le jeune homme.

En fait, cet amour l'avait poussé à prendre un gros risque, un acte qui, s'il avait été découvert, aurait terni sa réputation et lui aurait valu de nombreux et puissants ennemis.

Comment était-il possible qu'un jeune homme courageux comme Hélicon soit mort alors que des vieux comme lui, Nestor et Idoménée plaisantaient toujours autour d'un feu de camp ?

Il se leva, soupira et grimpa un peu plus haut sur la falaise. Arrivé au sommet, il vit d'autres feux de camps sur une plage, au nord, où quatre navires pirates avaient été tirés au sec. Il les regarda un long moment, perdu dans de sombres pensées.

Il entendit un bruit et se retourna. Le cochon noir, empêtré dans le manteau qu'il traînait derrière lui, était venu le rejoindre sur la falaise.

— J'ai perdu de nouveau mon fils aujourd'hui, Ganny, dit-il à l'animal en lui tapotant le flanc.

Sa voix se brisa, et il dut refouler ses larmes. Ganny le poussa doucement de son groin. Ulysse inspira à fond.

— Ah ! Les dieux détestent les pleurnicheurs, dit-il avec un peu de colère dans la voix.

Il regarda de nouveau vers le camp des pirates.

— Tu sais qui je suis, Ganny ? Je suis Ulysse, le prince des mensonges, le seigneur des conteurs. Je ne pleurerai pas pour les morts. Je les garderai dans mon cœur, et je vivrai ma vie du mieux possible, pour leur faire honneur. Et voilà qu'en bas, sur cette plage, il y a des mécréants qui essaieront demain de nous faire du mal. Nous n'avons pas assez d'épées ou d'arcs pour les battre, mais nous pouvons le faire grâce à notre intelligence ! Ganny, mon garçon, demain tu seras emmené par Oristhénès et tu vivras une existence oisive à manger et à baiser les truies. Mas ce soir, tu peux venir avec moi, si tu en as envie, et nous vivrons une aventure. Qu'en dis-tu ?

Le cochon inclina la tête sur le côté et regarda l'homme.

Ulysse sourit.

— Oui, je vois que tu te poses des questions sur le danger. C'est vrai, ils pourraient nous tuer. Mais vois-tu, Ganny, nul n'est éternel !

Sur ces mots, il prit le chemin qui descendait vers le camp des pirates. Le cochon resta un moment immobile, puis il trotta derrière Ulysse, traînant toujours derrière lui le manteau jaune.

Calliadès, ayant fini d'aider à soigner les blessés, chercha Banoclès, qui était assis un peu à l'écart du feu de camp principal et regardait les trois rois parler. Le robuste gaillard avait l'air déprimé.

— Je crois que nous avons mis un des dieux en colère, dit-il amèrement. Depuis que nous sommes revenus de Troie, nous n'avons pas eu la moindre once de chance.

Calliadès s'assit à côté de lui.

— Nous sommes vivants, mon ami. J'estime que c'est de la chance, ça !

— Depuis, j'essaie de trouver lequel j'ai mis en rogne, continua Banoclès en se grattant la barbe. J'ai toujours offert un sacrifice à Arès avant les batailles, et de temps à temps à Zeus, le père des dieux. Une fois, j'ai apporté deux pigeons au temple de Poséidon, mais j'avais faim, et je les ai échangés contre un pâté. C'est peut-être Poséidon qui m'en veut.

— Tu imagines que le dieu des Profondeurs te tient rigueur à cause de deux pigeons ?

— J'ignore *pourquoi* les dieux tiennent rigueur aux humains ! Ce que je sais, c'est que nous n'avons pas de chance. L'un des dieux doit donc être d'humeur massacrante.

Calliadès éclata de rire.

— Parlons un peu de chance, mon ami. Quand tu as foncé dans l'escalier pour affronter Argurios et Hélicon, tu aurais dû être tué. Par tous les dieux, ce sont les combattants les plus féroces que j'aie jamais vus ! Mais tu as trébuché, écopé d'un coup d'épée dans le bras, et tu as survécu. Moi ? Je suis bon à l'épée…

— Tu es le meilleur, interrompit Banoclès.

— Non, mais la question n'est pas là. Moi aussi, j'ai levé mon épée contre Argurios, et j'ai reçu une belle balafre sur le visage. Mais nous avons survécu tous les deux, alors que nous aurions dû périr. Quand nous avons été encerclés par les soldats troyens, nous n'avions aucun moyen de fuir. Le roi Priam nous a laissé partir. C'est quoi, ça, sinon de la chance ?

Banoclès réfléchit.

— Je te l'accorde, la chance a parfois tourné en notre faveur. Mais que dis-tu de notre situation présente ? Un seul navire – même pas de guerre – face à quatre galères pirates demain matin. Quelles chances avons-nous, selon toi ?

— Nous pourrions rester sur l'île et laisser le *Pénélope* partir sans nous.

— Ce ne serait pas une conduite de lâches ? demanda Banoclès d'un ton plein d'espoir.

— Si.

— Comment ça, si ? Tu es un homme intelligent. Tu ne peux pas nous trouver une raison de rester en arrière, et qui ne soit pas lâche ?

— Je suppose que je le pourrais, si j'en avais vraiment envie.

Calliadès regarda Piria, assise un peu plus loin, son manteau serré autour des épaules.

— Je crois que tu l'aimes bien, dit Banoclès. En tout cas, je l'espère, avec tous les problèmes qu'elle nous a causés.

— Elle n'a aucun amour pour les hommes, dit Calliadès, mais tu as raison : je l'aime bien.

— Moi aussi, il y a eu une femme que j'aimais bien, autrefois, dit Banoclès. Enfin, je crois…

— Tu as couché avec n'importe quoi d'un bout à l'autre du continent ouest. Qu'est-ce que tu veux dire par là, que tu « aimais bien » une femme ?

— Tu le sais ! Je l'aimais bien. Même quand on avait fini de baiser.

— Tu appréciais sa compagnie ?

— Oui. Elle avait des yeux verts. Je regardais ses yeux… Et elle savait aussi chanter.

Calliadès soupira.

— Je ne sais pas comment, mais je devine que cette histoire n'a pas une fin heureuse. Qu'as-tu fait ? Couché avec sa sœur ? Mangé son chien ?

— Des esclavagistes l'ont enlevée. La plupart des hommes du village étaient dans les collines, coupaient des arbres et ramassaient du bois mort pour l'hiver. Ils ont pris vingt femmes. J'ai rencontré un vieil ami de notre village, il y a une ou deux saisons. Il était marin sur un navire marchand. Il l'a revue par hasard, à Rhodes. Elle était mariée à un marchand, et elle avait quatre enfants. Il a dit qu'elle semblait heureuse. C'est bien, non ?

Calliadès resta un moment silencieux, puis il flanqua une bourrade amicale à Banoclès.

— Nous pourrions rester ici parce que nous sommes des passagers et que nous n'avons pas décidé de notre destination. Par conséquent, nous pouvons dire que c'est *ici*, notre destination ! Ce qui signifie que nous n'aurions pas besoin de combattre les pirates avec Ulysse. Qu'en penses-tu ?

Banoclès fit la moue.

— Ça me donne toujours l'impression d'être lâche, marmonna-t-il. (Puis il leva les yeux.) Où va ce cochon ?

Calliadès se tourna et vit le cochon avec le manteau jaune s'éloigner du feu et prendre le chemin de la falaise. Ulysse n'était nulle part en vue, et les autres rois étaient assis autour du feu.

— Je n'aurais jamais cru voir un roi risquer sa vie pour un cochon, dit Banoclès. C'est insensé !

— Selon moi, ça ne l'est pas. J'ai été content de voir que le cochon avait réussi à regagner la plage.

— Pourquoi ? demanda Banoclès, surpris.

Calliadès haussa les épaules.

— Je ne sais pas trop... Il n'aurait jamais dû être capable de nager si loin. Seul son courage – et peut-être la mer agitée – lui a permis d'arriver dans la baie.

— Un cochon courageux ? ricana Banoclès. Tu crois que sa viande aura un goût différent ?

— Je doute que nous le sachions un jour ! Ulysse est capable de tuer quiconque ferait du mal à cet animal. (Ganny était presque arrivé en haut de la falaise.) Viens, allons le récupérer et le ramener au camp.

— Vas-y, toi. Je suis fatigué, et je suis à l'aise, ici.

— Tu es l'homme qui s'y connaît en cochons, du moins tu l'as affirmé. Je doute pouvoir le faire revenir, si j'y vais seul.

Banoclès se leva lourdement.

— J'aurais dû choisir Éruthros comme frère d'armes, dit-il.

— Tu me l'as assez répété !

— Il ne perdrait pas son temps à courir après un cochon en fuite !

— Éruthros est mort. S'il avait le choix, je parie qu'il préférerait chasser un cochon que se retrouver dans les plaines de l'Hadès.

— Il y a du vrai dans ce que tu dis, reconnut Banoclès.

Chapitre 8

Le seigneur des mensonges dorés

Banoclès grommelait toujours pendant qu'ils escaladaient le sentier de la falaise, mais Calliadès ne l'écoutait plus. Il pensait à Piria, et cela le troublait. Banoclès avait raison, il l'aimait bien. Quelque chose au sujet de cette femme grande et mince le touchait profondément. Elle était fière, forte et arrogante, mais c'était sa solitude qui l'affectait le plus. Il sentait en elle un esprit frère du sien.

Mais pourquoi sa tête était-elle mise à prix ? Il savait qu'elle n'était pas une esclave, mais une fugitive. Ulysse avait dit que la récompense offerte pour sa capture était bien plus importante que celle pour Banoclès et lui. Si c'était vrai, elle avait dû être fixée par un grand roi. Et, dans ce petit bateau, elle n'avait pas pu venir de très loin. Il pensa aux pays et aux îles les plus proches du secteur. Ulysse était le roi d'Ithaque, et Nestor, celui de Pylos. Sur le continent, loin vers l'ouest, il y avait Sparte, maintenant gouvernée par Ménélas, le frère d'Agamemnon, et il était encore célibataire. Et elle ne pouvait pas venir de si loin, de toute façon. Idoménée, le roi de Crète, était là, et visiblement il ignorait tout de la fugitive. S'il avait su quelque chose, il aurait reconnu Piria en passant à côté d'elle.

Puis il se souvint du grand temple. Ils avaient dépassé une grande île, et, au sommet de la falaise, il avait vu quelque chose de surprenant. Ça ressemblait à un cheval colossal qui regardait vers la mer. Il avait appris par les pirates qu'il s'agissait du Temple du Cheval, construit avec l'or du roi Priam.

— Une île de femmes, avait dit un des pirates. Toutes des princesses ou des filles de haute naissance. Ça me plairait bien d'y passer quelques jours…

— Il n'y a pas d'hommes ? avait demandé Banoclès. Même pas de soldats ?

— Pas l'ombre d'un.

— Pourquoi personne n'y fait-il de raids, alors ?

L'homme avait regardé Banoclès avec mépris.

— La grande prêtresse est mycénienne, et les femmes sont toutes des filles de roi. Si quelqu'un attaquait Théra, des galères se mettraient à sa poursuite, venues de toutes les cités-États et de tous les royaumes ! Elles écumeraient la mer jusqu'à ce que le dernier navire pirate ait été brûlé. Personne ne s'approche de Théra.

Calliadès s'arrêta. Banoclès le regarda.

— Qu'y a-t-il ?

— Rien, je réfléchissais.

Piria devait venir de Théra. Calliadès ne savait pas grand-chose sur le temple, mais Banoclès avait été intéressé et avait questionné le pirate. Pendant qu'ils marchaient, Calliadès demanda :

— Tu te souviens de l'île que nous avons vue, celle avec le Temple du Cheval ?

— Bien sûr ! Une île pleine de femmes ! (Banoclès sourit.) Ce serait bien de faire naufrage à cet endroit, je pense ! On n'aurait jamais envie d'être sauvé, non ?

— Sans doute pas. Dis-moi, les femmes quittent-elles cet endroit ? Pour se marier ou rentrer chez elles ?

— Je l'ignore… Non, attends ! La saison dernière, il y a eu une fille qui a été envoyée à Troie ! Pour épouser Hector. Je ne me souviens pas de son nom. Alors, oui, elles ont sans doute le droit de partir. (Banoclès avança, puis reprit :) Je me rappelle aussi qu'un autre pirate a dit qu'une fille avait été tuée, quelques années plus tôt, pour être partie sans autorisation. Pourquoi t'intéresses-tu à ça ?

— Simple curiosité.

Ils arrivèrent en haut de la falaise et virent Ulysse descendre le chemin qui menait de l'autre côté, le cochon trottinant à côté de lui. Il se dirigeait vers une plage où quatre navires avaient été tirés pour la nuit.

Calliadès examina les alentours. Il y avait près de deux cents hommes sur la plage. À la vive lueur de leurs feux de camps, il vit que certains d'entre eux étaient blessés. D'autres mangeaient et buvaient.

— Je pense qu'il s'agit des pirates qui ont attaqué le roi Idoménée, dit Calliadès.

— Alors, pourquoi se dirige-t-il vers eux ? demanda Banoclès. Tu crois qu'il les connaît ?

— Pourrais-tu reconnaître un homme à cette distance ?

— Non.

— Et les navires ne portent aucun signe distinctif. Non, je ne pense pas qu'il les connaisse.

— Alors, c'est de la folie, dit Banoclès. Ils vont le tuer. Et lui prendre sa ceinture en or. Et manger le cochon !

— Je suis d'accord avec toi, et Ulysse doit le savoir, lui aussi. C'est un homme intelligent. Il a sûrement un plan. Mais, par tous les dieux, cet homme ne manque pas de culot !

Banoclès marmonna un juron.

— Tu as l'intention de le suivre sur cette plage, n'est-ce pas ? Le peu de chance qui nous reste est dans un vase, et tu es sur le point de pisser dedans !

Calliadès éclata de rire.

— Rentre au camp, mon ami. Moi, j'ai envie de voir comment les choses tourneront ici.

Il poursuivit son chemin. Après un instant, Banoclès le rattrapa, comme Calliadès s'en était douté. Puis il continua à marcher à côté de lui sans rien dire, le visage fermé et coléreux.

Calliadès vit Ulysse regarder en arrière, mais celui-ci ne les attendit pas. Ganny et lui continuèrent le long de la plage. Plusieurs pirates levèrent les yeux, puis poussèrent leurs camarades du coude. Une foule se rassembla devant cette apparition étrange : un homme laid portant une ceinture d'or, et un cochon vêtu d'un manteau jaune. Ulysse continua son chemin sans paraître s'apercevoir de l'intérêt suscité par son arrivée.

Calliadès et Banoclès étaient à une vingtaine de pas derrière lui quand un homme mince avança et se plaça sur le trajet d'Ulysse.

— Qui que tu sois, tu n'es pas le bienvenu ici.

— Je suis bienvenu partout, face de rat, répondit le roi laid. Je suis Ulysse, le roi d'Ithaque et le seigneur de la Grande Verte. (Il regarda vers le feu de camp et appela quelqu'un.) C'est toi, Issopon, qui te caches près du feu ? Par les dieux, pourquoi personne ne t'a-t-il encore tué ?

— Parce que personne n'arrive à m'attraper ! répondit un robuste guerrier à la barbe noir et argent.

Il se leva et avança face à Ulysse. Il ne lui tendit pas la main, mais resta à côté du pirate mince qui avait parlé en premier.

— J'ignorais que tu croisais dans les parages.

— Le *Pénélope* est sur l'autre plage. Comme tu l'aurais su, si tu avais eu l'intelligence d'envoyer des éclaireurs. Tes gars ont tout l'air d'avoir participé à un combat, mais comme je n'entends ni chants ni vantardises, j'en déduis que vous l'avez perdu.

— Nous n'avons pas perdu, cracha le premier pirate. Le combat n'est pas terminé !

Ulysse se tourna et regarda les quatre galères sur la plage.

— En tout cas, ce n'est pas le *Xanthos* que vous avez combattu, car je ne vois pas de traces d'incendie sur vos navires.

— Le *Xanthos* ne navigue pas, cette saison, dit Issopon.

— Tu te trompes, mon ami. J'ai vu le cheval noir de sa voile pas plus tard qu'hier ! Mais peu importe.

Ulysse avança vers un marin et prit la gourde de vin qui était posée à côté de lui. Il la porta à ses lèvres et but à longs traits.

Le silence se fit pesant, et Calliadès sentit la tension monter. Personne ne semblait avoir remarqué qu'il était arrivé, en compagnie de Banoclès. Tous les yeux étaient rivés sur le roi laid. Ulysse, pour sa part, avait l'air parfaitement détendu. Il but encore une gorgée, tapota amicalement Ganny, qui se laissa tomber à ses pieds.

— Pourquoi ce cochon porte-t-il un manteau ? demanda Issopon.

— J'aimerais bien te le dire, mais le pauvre Ganny est très embarrassé à ce sujet…

— C'était la Reine Sorcière, non ? demanda un autre pirate.

— Il ne faut jamais regarder les nichons d'une sorcière, dit Ulysse. Même si elle est bien en chair et aguichante. Ganny le savait. Nous le savons tous. Mais quand ce vent froid s'est mis à souffler et que ses tétons se sont durcis sous l'or de sa robe… ma foi, le pauvre garçon n'a pas pu résister !

— Raconte-nous ! cria un autre homme.

Les autres marins firent écho à la demande de leur camarade. Le bruit dérangea Ganny, qui se leva lourdement.

— Je ne peux pas, les gars. Ganny en mourrait de honte. Mais je peux vous raconter une histoire de pirates, d'une toison d'où tombait littéralement de l'or, d'un homme sans cœur et d'une femme si pure et si belle que, partout où ses pieds se posaient, des fleurs émergeaient du sol. Vous voulez l'entendre ?

Les pirates hurlèrent de plaisir, et s'installèrent en cercle sur le sable, autour d'Ulysse. Calliadès et Banoclès s'assirent avec les marins, et Ulysse commença son récit.

Pour Calliadès, le temps passé sur cette plage fut une véritable révélation. Il n'oublierait jamais cette nuit. La voix d'Ulysse se fit plus profonde, presque hypnotique, pendant qu'il racontait un voyage fait bien des années plus tôt. Il parla d'orages, de présages et d'une brume magique qui s'était levée quand ils avaient approché des côtes de Lykie.

— J'étais jeune à cette époque, presque un enfant, dit Ulysse. Je naviguais à bord du *Faucon*, dont le capitaine était Praxinos. Vous vous souvenez peut-être de lui ?

Calliadès vit un des pirates les plus âgés hocher la tête.

— Oui, reprit Ulysse, son nom a survécu, murmuré par les froides nuits d'hiver. C'était un homme obsédé par une seule chose : il avait entendu parler de la Toison d'Or, et elle hantait ses rêves et ses pensées.

Nul ne parla pendant qu'Ulysse déroulait le fil de son récit. Personne ne bougea, pas même pour alimenter le feu. Calliadès ferma les yeux, car les mots du conteur formaient des images dans son esprit. Il vit l'élégant navire noir glisser sur la mer, sa voile rouge sang déployée, et il lui sembla presque sentir le froid de la brume qui descendait tandis que le vent tombait.

— Cette toison avait une étrange histoire, dit Ulysse. Comme beaucoup d'entre vous le savent, les prospecteurs se servent de toisons pour ramasser de l'or dans les hautes montagnes de l'Est. Ils les posent dans des ruisseaux, et la poudre et les fragments d'or restent accrochés dans la laine. Mais cette toison-là était différente. Une vieille femme qui savait beaucoup de choses m'a un jour dit qu'elle provenait d'un métamorphe, à demi humain et à demi divin. Un jour, pendant que des hommes en colère le pourchassaient, il se transforma en bélier et tenta de se cacher au milieu d'un troupeau de moutons. Mais le berger l'avait vu et prévint ses poursuivants. Avant qu'il ait le temps de changer de nouveau de forme, le métamorphe fut tué à coups d'épées et de couteaux. Aucun homme parmi les poursuivants n'aurait mangé de la viande maudite, mais le jeune berger écorcha la carcasse et vendit la toison à un chercheur d'or.

C'est à ce moment, mes braves, que la légende commence. L'homme gagna la montagne, trouva un ruisseau d'aspect prometteur et posa la toison sur le lit du cours d'eau. Elle commença bientôt à briller et à luire, et, au crépuscule, elle était si chargée d'or que l'homme eut besoin de toute sa force pour la retirer du ruisseau. Mais ce n'était que le début ! L'homme pendit la peau pour la faire sécher, puis il entreprit d'en faire tomber l'or qui y était accroché. Il brossa la peau un bon moment et remplit quatre petits sacs d'or, mais la toison continuait à scintiller comme si un rayon de soleil s'était pris dans ses boucles. Le jour suivant, l'homme continua à brosser. Il remplit huit sacs de plus, mais la toison contenait toujours autant d'or ! Sa réserve de sacs épuisée, l'homme roula la toison et s'assit pour réfléchir à ce qu'il ferait ensuite. D'autres hommes descendirent de la montagne, se plaignant de la disparition de l'or. Il n'en restait pas un fragment dans les ruisseaux. L'homme n'était pas jeune, et il n'était pas consumé par l'avidité. Il emporta ses sacs dans la vallée et utilisa son or pour se faire bâtir une maison et s'offrir des chevaux et du bétail. Puis il acheta une épouse et vécut une vie tranquille et à l'abri du besoin. Il eut un fils, qu'il adorait, un enfant dont le rire résonnait dans la vallée, aussi frais que le printemps. Mais un jour, l'enfant fut frappé par la peste. L'homme fut désespéré, car son fils représentait tout pour lui. Un ouvrier de sa ferme lui dit qu'une guérisseuse vivait dans une grotte de la montagne, et l'homme y alla, portant son fils sur son dos.

Ulysse s'interrompit et but une rasade de vin. Même dans le silence, les hommes étaient toujours sous le charme de son récit. Nul ne bougea. Ulysse s'essuya la bouche d'un revers de main, et il leur parla de la femme dans la grotte.

— Elle paraissait jeune et belle, et aussi sereine que le coucher du soleil. Elle regarda l'enfant agonisant avec les yeux de l'amour, et posa une main fine sur son front. Puis elle soupira, ferma les yeux et inspira à fond. La fièvre quitta l'enfant, et il ouvrit les yeux en souriant à son père. L'homme fut tellement soulagé et heureux qu'il revint un peu plus tard voir la femme pour lui donner la toison magique.

» Praxinos avait entendu ce récit, et il était décidé à trouver la grotte, la femme et la toison qui procurait de l'or sans interruption. On disait que d'autres avaient essayé, mais personne n'avait réussi. Car cette femme était si pure qu'aucun homme ayant ne fût-ce qu'une once de bonté dans l'âme ne pouvait se résoudre à lui faire du mal. Mais Praxinos ne se sentait pas concerné, parce qu'en lui ne résidaient qu'amertume et haine. Il s'emparerait de la toison et tuerait la femme, jura-t-il. Un des hommes de son équipage m'a même dit qu'il avait juré allégeance par le sang au plus ténébreux des anciens dieux, Képhélos le Dévoreur, le Seigneur des Ombres aux crocs noirs. Ce fut peut-être lui qui envoya la brume qui s'enroula autour du *Faucon* comme un linceul. Nous avons continué à ramer, lentement et avec précaution, nous attendant à tout moment à apercevoir la terre ou à sentir le fond marin frotter contre notre quille. Mais il ne se passa rien. Autour de nous, nous entendions des chants et des murmures fantomatiques, des esprits de la nuit qui nous appelaient par nos noms. Mes gaillards, je vous le dis, c'était un moment terrifiant. J'ignore sur quelle mer nous avons navigué cette nuit-là. À l'aube, la brume avait disparu, et nous nous sommes aperçus que nous étions sur un grand fleuve qui coulait à travers une chaîne de montagnes.

» — La toison est tout près, cria Praxinos. Je la sens qui m'appelle !

» Nous avons trouvé un endroit pour mettre le navire au sec et nous sommes descendus sur la plage. Praxinos nous a divisés en plusieurs groupes, et nous sommes partis à la recherche de la grotte de la guérisseuse. Dans mon groupe, il y avait le vieil Abydos, un jeune homme appelé Méléagre et un Hittite du nom d'Artashès. Abydos était un vieux baiseur de chèvres au langage grossier, le plus laid des hommes – même si le reste de mon groupe, moi compris, n'était pas terrible, question beauté. Nous avons marché à travers des bois de pins odorants et traversé une ravissante prairie couverte de fleurs jaunes. Là, nous l'avons vue : une grotte, et un grand groupe de gens assis sur l'herbe, devant elle. C'étaient des villageois qui avaient apporté des dons à la guérisseuse – de la nourriture. Ils étaient une bonne cinquantaine, hommes et femmes, vieux et jeunes.

» Comme nous n'étions que quatre, nous nous sommes dirigés vers la grotte sans faire de gestes menaçants. Puis j'ai regardé dans la grotte. Elle était là, assise sur un tapis, parlant avec un vieil homme et sa femme. Derrière elle, sur le mur de la grotte, étincelante comme du feu, il y avait la toison. Tous, nous l'avons vue et sommes tombés sous son charme. Avant de réaliser ce que je faisais, j'étais entré dans la grotte et je m'étais planté devant la toison, bouche bée. Abydos était à côté de moi, frappé de stupeur. Le jeune Hittite murmura quelque chose qui ressemblait à une prière, et Méléagre tendit la main et toucha la toison. Ses doigts se couvrirent d'or.

Ulysse se tut une fois de plus. Il sembla frissonner à cause d'anciens souvenirs, puis il se secoua.

— À ce moment, la femme s'est levée du tapis. Elle n'était plus jeune, mais vous n'avez jamais vu une femme aussi belle. Elle rejoignit le vieil Abydos et posa sa main sur son épaule. Il lui sourit. Comme je vous l'ai dit, c'était un homme très laid. Mais à partir de ce jour, il cessa d'être laid. Ce fut une chose étrange, car ses traits ne changèrent pas. Il avait toujours la même tête, mais il n'y avait plus de laideur en lui.

» — Sois le bienvenu, dit-elle.

» Et sa voix coulait comme du miel, lisse et douce. Méléagre avait un furoncle sur le cou, un gros bouton rouge d'où suintait du pus. Elle le toucha et le furoncle disparut, faisant place à une peau saine et bronzée. Aucun d'entre nous n'eut l'idée d'aller chercher Praxinos. Mais ce ne fut pas nécessaire. Juste avant le crépuscule, il entra en trombe dans la grotte, l'épée au clair. Nous n'eûmes le temps ni de réfléchir ni de l'arrêter. Il se rua sur la femme et plongea la lame dans son corps. Elle tomba en arrière avec un cri. Puis il arracha la toison du mur de la grotte et s'enfuit avec elle sur son navire.

» Nous ne l'avons pas suivi. Nous étions là, pétrifiés par ce que nous avions vu. Puis le vieil Abydos s'agenouilla près de la guérisseuse agonisante, les larmes aux yeux. Méléagre l'imita. « J'aimerais disposer de magie pour vous aider, dit-il. Une magie comme la vôtre. » Et il posa sa main sur le front de la mourante. Savez-vous ce qui arriva alors ? Son maudit furoncle reparut soudain sur son cou, et la blessure de la femme parut se refermer un peu. Il y avait des gens autour de nous. Je me suis tourné vers eux. « Vous a-t-elle guéris ? » ai-je demandé. Ils ont tous hoché la tête. « Alors, ayez le courage de lui rendre son cadeau ! » Un par un, ils se sont avancés. C'était une vue à fendre l'âme. Une vieille femme l'a touchée, et ses mains sont devenues noueuses et déformées, ses bras se sont ratatinés. Un homme se pencha vers elle, et une énorme tumeur apparut sur sa gorge. Chaque fois, la blessure de la guérisseuse se refermait un peu plus. Puis elle soupira et ouvrit les yeux. Nous l'avons aidée à se lever, et elle vit autour d'elle les infirmes et les mourants. Puis elle ouvrit les bras, et une lumière dorée se répandit dans la grotte. J'en fus momentanément aveuglé. Quand je recouvrai la vue, la maladie et la souffrance avaient disparu. Tout le monde était de nouveau guéri.

Sa voix s'éteignit.

—Et la toison ? cria un pirate.

—Ah, oui ! La toison. J'étais furieux en retournant vers le navire. J'étais décidé à étriper Praxitos et à jeter son cadavre dans le fleuve. Beaucoup d'entre nous pensaient la même chose. Quand nous sommes arrivés au *Faucon*, nous l'avons vu assis dans le fauteuil du capitaine, la toison sur les genoux. Nous sommes montés à bord et nous nous sommes approchés de lui. La lumière baissait. Nous l'avons entendu crier :

» —Aidez-moi, par pitié !

» C'est à ce moment que j'ai vu ses mains. Elles s'étaient transformées en or – elles n'étaient pas *couvertes* d'or, mais étaient du métal massif. Puis nous vîmes l'or grimper lentement le long de ses bras. Le vieil Abydos s'approcha de Praxinos et tapota sa jambe droite. Elle fit un bruit métallique. J'ai regardé le capitaine dans les yeux, à ce moment. Par les dieux, je n'avais jamais vu une telle terreur sur le visage de quelqu'un. Nous sommes restés là, à regarder. Il était mort avant que l'or atteigne son visage, mais il se répandit jusqu'aux bouts de ses cheveux. Quand ce fut terminé, nous avons enlevé la toison de ses genoux. Il n'y restait pas un fragment d'or. Elle était devenue une toison ordinaire.

— Qu'avez-vous fait ? demanda un autre homme.

— Nous ne pouvions rien faire. Abydos a rapporté la toison à la guérisseuse, puis nous avons brisé Praxinos en petits morceaux et nous l'avons partagé entre nous. J'ai utilisé la plus grande partie de ce qui me revenait pour faire construire mon premier navire. Mais j'en ai gardé un petit bout pour me remémorer le péril d'un excès d'avidité.

Ulysse plonge la main dans la bourse pendue à sa ceinture et en sortit un doigt en or massif, qu'il jeta à l'homme le plus proche.

— Fais-le passer, mon gars. Mais que personne ne le garde longtemps en main. Il est maudit.

Le marin le regarda rapidement dans la lumière du feu, puis le passa promptement à l'homme qui était à côté de lui. Le doigt en or fit le tour des pirates et arriva finalement à Calliadès. Il l'examina. Il était parfait en tout point, depuis l'ongle jusqu'aux plis à l'articulation. Il le tendit à Banoclès.

— Je n'en veux pas, marmonna-t-il.

Le doigt revint finalement à Ulysse, qui le remit dans sa bourse.

— Une autre histoire ! cria un jeune pirate.

— Non, mon garçon. Cette nuit, je suis trop fatigué. Mais si vous vous dirigez vers le nord-est, vous pourriez mettre vos navires à sec à côté de nous, demain soir. Je serai alors sans doute d'humeur à conter une histoire. Je voyagerai avec le roi Idoménée, qui est aussi un excellent conteur.

— C'est lui que nous pourchassons, dit le premier homme qui avait parlé à Ulysse lors de son arrivée.

— Je le sais, face de rat ! C'est une mission stupide. Vous voulez l'enlever pour une rançon ? Qui vous la paierait ? Idoménée a deux fils, qui aimeraient chacun être roi à sa place. Ils ne vous en donneraient pas un anneau de cuivre ! Ils vous laisseraient le tuer. Ensuite, bien entendu, l'honneur demanderait qu'ils mettent la flotte crétoise entière à vos trousses. Si ma mémoire est bonne, elle compte plus de deux cents galères. Elles écumeraient les mers sans relâche ! (Ulysse sourit.) Mais je connais les hommes, et je peux dire que tu sais déjà tout cela. Donc, tu es en quête de vengeance, pas de rançon. Qu'est-ce qu'Idoménée t'a fait ?

— Je n'ai pas à te répondre, Ulysse.

— Exact. Mais à *eux,* tu dois répondre, dit durement Ulysse, désignant les autres pirates. Ils naviguent pour le butin, pas pour la vengeance. Il n'y a pas de profit à faire dans le meurtre.

— Il a enlevé ma femme et tué mes fils, dit le pirate d'une voix tremblante. Et quand il en a eu fini avec elle, il l'a vendue aux Gypptos. Je n'ai jamais réussi à la retrouver.

Ulysse resta un moment silencieux. Quand il reprit la parole, sa voix avait perdu sa rudesse.

— Alors, tu as de bonnes raisons de le haïr. Aucun homme ne le nierait. Si quelqu'un avait enlevé ma Pénélope, je l'aurais pourchassé et je l'aurais fait souffrir ! Un homme ne peut pas faire moins. Mais c'est une affaire personnelle, et les hommes qui naviguent avec toi risqueraient la mort sans en tirer le moindre profit. Idoménée n'a pas enlevé leur femme ni tué leurs fils.

Sur ces mots, le roi laid poussa Ganny du pied et reprit le chemin de la colline. Le cochon resta un moment immobile, puis trottina derrière lui. Calliadès et Banoclès lui emboîtèrent le pas.

— C'était une belle histoire, dit Calliadès. Mais d'où vient réellement ce doigt en or ?

Ulysse avait l'air fatigué, et il répondit d'une voix morne.

— C'est le mien, fit-il en agitant l'index. J'en ai fait faire un moule par un orfèvre l'été dernier, puis il l'a rempli d'or.

— Combien de navires pirates aurons-nous contre nous, maintenant ?

— Sans doute deux, trois au pire, répondit Ulysse. Issopon est un vieux et sage combattant. Il a entendu ce que je disais, et il va sans doute retirer sa galère de l'aventure. Face de rat, c'est une autre affaire. Il est assoiffé de sang. Et je ne peux pas dire que je le blâme. Idoménée a toujours été un homme cruel et égoïste.

Piria dormit un peu, mais ses rêves furent troublés. Elle revit le jour où son frère et elle étaient allés nager pour la dernière fois dans la mare bordée de pierres derrière les rochers en marbre. De trois ans plus vieux qu'elle, à quinze ans Achille était déjà un beau jeune homme, fort et athlétique, fier de ses prouesses à la javeline et à l'épée. Il était aussi un excellent cavalier et un bon lutteur. Leur père l'adorait et l'inondait de compliments et de cadeaux. Piria n'était pas jalouse. Elle aussi adorait Achille et se réjouissait de ses succès.

Le jour de leur dernière baignade, la mare abritée retentit de leurs rires. On entendait rarement des sons aussi joyeux dans le palais qui surplombait la colline rocheuse. Leur père était un homme dur, prompt à la colère. Les serviteurs et les esclaves étaient très prudents, et même les visiteurs parlaient à voix basse.

Désormais réveillée dans la lumière d'une aube dorée, Piria sentit le rêve s'attarder en elle, comme de la brume sur les rochers. Elle frissonna. Son père n'avait pas été cruel quand elle était petite. Souvent, il la prenait sur ses genoux, passait les doigts dans ses longs cheveux blonds. Puis il lui racontait des histoires, toujours du même genre, des récits de guerre et de sang où les dieux prenaient forme humaine pour semer le chaos et la destruction dans le monde des hommes.

Puis son père avait changé. En y réfléchissant, a posteriori, elle comprenait désormais que cette modification avait suivi de près sa puberté. Il la regardait souvent, et il était plus renfrogné et plus froid. À l'époque, Piria n'avait pas compris ce qui se passait.

Puis, un jour terrible, l'évidence l'avait frappée comme un coup de lance. Elle était assise, nue, à côté de son frère, quand son père était arrivé en trombe et l'avait traitée de prostituée, en hurlant de colère.

— Comment oses-tu t'exhiber nue devant un homme ? avait-il hurlé.

Elle fut sidérée, car son frère et elle nageaient ensemble nus depuis leur enfance. Mais la colère de son père ne céda pas. Il ordonna sèchement à son fils de s'habiller et de rentrer au palais. Quand Achille eut disparu, il saisit Piria par les cheveux.

— Tu veux t'amuser avec les hommes, garce ? Je vais te montrer ce qu'il en est !

Même à ce jour, elle ne pouvait pas supporter les souvenirs du viol qui avait suivi ; elle le repoussa au fond de son esprit, cherchant quelque chose pour la distraire.

Ulysse parlait à un marchand corpulent qui faisait le tour de l'enclos des cochons et examinait les bêtes. Calliadès et Banoclès étaient un peu à l'écart de l'équipage et discutaient à voix basse. Elle vit le Noir, Bias, s'approcher d'elle. Il tenait un plastron en cuir et un casque rond également en cuir.

— Ulysse m'a dit de t'apporter ça, dit-il. Il y aura probablement une bataille, qui sera précédée par des volées de flèches.

— Qui allez-vous combattre ?

— Des pirates.

La peur enfla en elle, mais elle ne la montra pas. Elle remercia Bias, enleva le manteau de Banoclès et mit le plastron. Il était de facture grossière, mais il lui allait bien. Le casque était trop grand, et elle le posa sur le sol. Un peu plus tard, elle vit Bias apporter aussi un plastron à Calliadès. En le mettant, il s'aperçut que Piria le regardait, et il lui sourit. Elle détourna la tête.

Ulysse s'approcha d'elle.

— Il vaut mieux que tu montes à bord, dit-il.

— Tu as obtenu un bon prix pour tes cochons ?

— Non. J'ai dû payer Oristhénès pour qu'il s'occupe des blessés que nous devons laisser ici. Idoménée m'assure qu'il me remboursera, mais ce type est un avare à la mémoire courte quand il s'agit de régler ses dettes ! (Il sourit.) Les rois ! Pas un qui vaille la corde pour pendre l'autre !

Il se tut et regarda les cochons.

— Je crois que tu vas manquer à Ganny.

Ulysse éclata de rire.

— Il a piaillé quand je lui ai enlevé ce manteau jaune. Je crois qu'il s'y était habitué. Je lui rendrai peut-être visite, la prochaine fois que je passerai par là.

— Il sera devenu de la viande fumée, d'ici là !

— Non, pas Ganny ! Oristhénès m'assure qu'il sera traité comme un roi parmi les cochons. Il sera heureux, ici.

— Et tu fais confiance à Oristhénès pour tenir parole ?

Ulysse soupira.

— Je fais confiance à son envie de vivre en paix ! Je ne lui ai pas vendu Ganny. Ganny est *mon* cochon. Oristhénès peut l'utiliser comme reproducteur, et cela signifie qu'il s'assurera qu'il soit bien nourri. Oristhénès me connaît. Il tiendra sa promesse !

— Sinon, tu le tueras, Ulysse ?

— Je ne tuerais pas un homme pour un cochon. Je me contenterais sans doute de brûler sa maison et de le vendre comme esclave. Mais je ne le tuerais pas. Mais parlons de toi, Calliope. Pourquoi t'es-tu enfuie de Théra ? C'était stupide, et dangereux !

— Tu me prends pour une imbécile ? dit-elle sèchement. Les années que j'ai passées sur Théra ont été les plus heureuses de ma vie. Pas d'hommes vils et traîtres, pas de félonies, pas de violeurs. Je cherche une amie, car une prophétesse m'a dit qu'elle aurait besoin de moi avant la fin.

— La fin de quoi ?

— Je l'ignore. La prophétesse a vu des flammes, des incendies, et mon amie fuyant devant des tueurs sauvages.

— Et tu la sauveras ? demanda doucement Ulysse, sans l'ombre d'un sarcasme.

— Si je le peux, oui.

Ulysse hocha la tête.

— Je crains que cette vision soit vraie. Une guerre se prépare, qui ne pourra pas être évitée encore très longtemps. Ton amie, c'est Andromaque. Je l'ai rencontrée quand elle faisait route vers Troie. Une femme de valeur. Je l'aime bien. Nous avons fait un pacte, tous les deux. Je lui ai promis de toujours lui dire la vérité. Crois-moi, je ne fais pas un tel serment à la légère. Les conteurs comme moi transforment la vérité en mensonge, et les mensonges en vérité. Nous y sommes forcés, car la vérité est souvent bien trop morne.

— A-t-elle parlé de moi ? demanda Piria sans pouvoir s'en empêcher.

— Elle a parlé de son amour pour Théra et de la tristesse qu'elle avait éprouvée à quitter l'île. Tu l'aimes beaucoup, n'est-ce pas ?

— Elle est ma vie ! dit Piria d'un ton de défi, cherchant un signe de mépris ou de dégoût dans le regard d'Ulysse.

— Fais attention à qui tu révèles ça, dit-il doucement.

— Vas-tu me dire que mes sentiments changeront quand l'homme qu'il me faut arrivera dans ma vie ?

— Pourquoi te mettre en colère ? Tu penses que je te condamnerai ? L'amour est un mystère. Nous le trouvons où nous pouvons. En général, nous ne choisissons pas d'aimer quelqu'un. Ça arrive, c'est tout. Une voix nous parle d'une manière que l'oreille ne peut pas entendre. Nous reconnaissons une beauté que l'œil ne peut pas percevoir. Nous sentons un changement dans notre cœur que rien ne peut décrire. L'amour n'est jamais maléfique, Calliope.

— Va dire ça à mon père ! Dis-le aux prêtres, aux rois, aux guerriers de ce monde maudit.

Ulysse sourit.

— Ganny est un cochon courageux, et je l'aime bien. Mais je ne perdrais pas mon temps à essayer de lui apprendre à ramer !

Piria sentit sa colère la quitter, et elle sourit au roi laid.

— Ça, c'est quelque chose que j'ai plaisir à voir, dit Ulysse.

Ils restèrent ensemble encore un peu, et Piria sentit la chaleur du soleil sur son visage et la fraîcheur de la brise marine dans ses cheveux courts. Elle se tourna vers Ulysse.

— Tu as dit que les conteurs fabriquent des vérités à partir de mensonges. Comment est-ce possible ? demanda-t-elle.

— C'est une question à laquelle j'ai beaucoup réfléchi. (Ulysse désigna Bias.) J'ai raconté une fois l'histoire d'un démon ailé qui a attaqué le *Pénélope*. J'ai dit que Bias, le meilleur lanceur de javeline du monde, avait déchiré les ailes du démon avec son jet puissant et avait sauvé le navire de la destruction. Bias a tellement adoré cette histoire qu'il s'est entraîné au lancer de la javeline comme un possédé. Il a fini par remporter un grand prix lors des jeux organisés par un roi. Tu comprends ? Il était devenu le plus fort parce que j'avais menti au sujet de ses talents. Et, du coup, mon mensonge n'en était plus un.

— Je comprends, dit Piria. Et comment la vérité peut-elle devenir mensonge ?

— Ah, petite, c'est quelque chose qu'aucun de nous ne peut éviter ! (Il se pencha et saisit la petite assiette en terre sur laquelle Bias lui avait apporté à manger, la nuit précédente.) Qu'est-ce que c'est, selon toi ?

— Une assiette en terre.

— Oui, de la terre. Façonnée par les mains d'un homme avec de l'eau et de la glaise, puis cuite au four. Sans le feu, elle ne se serait pas transformée en poterie, et sans l'eau, il aurait été impossible de la façonner. Elle est donc composée de terre, d'eau et de feu. Tous ces faits sont exacts. C'est donc véritablement une assiette ?

— Oui, répondit Piria.

Ulysse frappa l'assiette de son poing, et elle se brisa.

— Est-ce toujours une assiette ?

— Non.

— Et pourtant, c'est toujours de la poterie, de la glaise, de l'eau et du feu. Crois-tu que j'ai changé une vérité avec mon coup de poing ? En ai-je fait un mensonge ?

— Non. C'était bien une assiette. Tu l'as détruite, mais tu ne peux pas changer la vérité de son existence.

— Très bien ! J'aime voir un esprit intelligent au travail. Je voulais démontrer que la vérité est un ensemble complexe, composé de nombreuses parties. Quelle est la vérité à ton sujet ? La grande prêtresse de Théra dirait que tu as trahi son ordre et que tes actes égoïstes pourraient plonger le monde dans le chaos si le Minotaure s'éveillait. Est-ce la vérité ? Tu dirais que tu es poussée par l'amour et le besoin de protéger ton amie, et que tu es prête à risquer ta vie pour ça. La grande prêtresse accepterait-elle cette vérité ? Si je te remettais entre ses mains, la grande prêtresse dirait que je suis un homme de bien et me récompenserait. Serait-ce la vérité ? Si je te permets de gagner Troie et qu'on le découvre, je serai déclaré impie et maudit. On dirait de moi que je suis mauvais. Vérité ou mensonge ? Les deux ? Cela dépend de la perception, de la compréhension, des croyances. Donc, pour revenir à ta question initiale, ce n'est pas difficile de faire de la vérité un mensonge. Nous le faisons tout le temps, sans même nous en apercevoir. (Il regarda le ciel, vers l'est.) Le soleil s'est levé. C'est le moment de partir.

Chapitre 9

UN CHEVAL NOIR SUR LA MER

La mer était calme et une brise légère soufflait du nord au moment où le *Pénélope* quitta la plage. Le dernier marin grimpa à bord, et les rames plongèrent dans l'eau d'un bleu étincelant. Ulysse était debout sur le pont arrière et observait les rameurs. Tous portaient maintenant des plastrons et des casques, et des arcs et des carquois pleins de flèches étaient posés à côté d'eux sur les bancs. Ulysse avait lui aussi mis un plastron. Il n'était pas de meilleure qualité que ceux de ses marins. À côté de lui se tenait Idoménée, avec son armure étincelante et son casque au haut cimier. Nestor ne portait aucune armure, seulement une tunique qui lui arrivait aux genoux et un long manteau d'un blanc éblouissant. Mais ses deux fils avaient mis des plastrons et avaient des boucliers ronds. Ils étaient à côté de leur père, prêts à le protéger.

La brise était fraîche et sentait la pluie alors que le *Pénélope* quittait le rivage. Dès qu'ils arrivèrent en pleine mer, Bias imposa un rythme plus rapide, et les rameurs mirent plus de force dans leurs mouvements.

— Tu dis qu'il avait une face de rat ? demanda Idoménée à Ulysse. Je ne me souviens pas d'un tel homme.

— Lui se souvient de toi, répondit Ulysse.

— Tu aurais pu lui demander son nom.

— Si tu ne te souviens pas d'un homme dont tu as tué les fils et capturé la femme, je doute que le nom te soit d'une grande aide.

Idoménée éclata de rire.

— J'ai capturé bien des épouses, Ulysse. Et, crois-moi, la plupart étaient ravies d'avoir été enlevées !

Ulysse haussa les épaules.

— Je pense que tu le rencontreras bientôt. Son visage pourrait bien être la dernière chose que tu verras.

Idoménée secoua la tête.

— Je ne mourrai pas ici. Un prophète m'a dit un jour que je mourrai le jour où le ciel de midi se transformerait en minuit. Ça n'est pas encore arrivé.

Ulysse s'éloigna du roi crétois et examina la mer et les caps. Ce faisant, il entendit Banoclès se plaindre à son ami Calliadès.

— Il n'y a pas beaucoup de place pour combattre, en cas d'abordage. Et si ces pirates portent aussi des plastrons en cuir, je ne saurai pas qui je suis en train de tuer.

— Le mieux, c'est d'essayer de tuer seulement ceux qui s'en prennent à toi.

— C'est un bon plan. Combat défensif uniquement. Mais je suis meilleur à l'attaque. Je suis sûr que tu dois regretter d'avoir laissé ton armure sur ce navire pirate. Je te l'avais bien dit ! Ce plastron ne détournerait pas un caillou !

— J'aurais dû écouter tes prévisions pessimistes, reconnut Calliadès. Après tout, tu es l'homme qui va au bordel en armure !

— On ne peut jamais savoir quand le danger surgira, fit remarquer Banoclès. Et je me suis fait poignarder par le mari d'une prostituée, une fois !

Calliadès éclata de rire.

— Dans le postérieur, si je me souviens bien ! En t'enfuyant !

— J'aimais bien ce type. Je ne voulais pas le tuer. De toute façon, c'était une minuscule blessure, je n'ai même pas eu besoin de points de suture.

Ulysse sourit. Il appréciait de plus en plus les deux compagnons.

Piria se tenait à la poupe, le regard tourné vers la terre. Elle avait les épaules rigides et le visage fermé. Ulysse vit Calliadès s'approcher d'elle.

— C'est un bon navire, dit-il.

Piria répondit froidement :

— Je me suis toujours demandé pourquoi les hommes étaient si attachés à leurs navires. Mais c'est comme pour les femmes : ils les apprécient parce qu'ils font toujours ce que leurs maîtres décident. Ce ne sont que des choses faites pour servir les hommes.

Ulysse s'approcha du petit groupe.

— L'amour a sa place aussi, Piria. Écoute l'équipage quand il parle du *Pénélope.* Tu entendras seulement des paroles d'affection et d'admiration.

— Des vérités divergentes, dit-elle.

Ulysse sourit, mais Calliadès eut l'air intrigué.

Puis Ulysse aperçut un navire sortant de derrière un cap au nord, à un demi-mille. C'était une grande galère, vingt rames de chaque côté, et des combattants étaient groupés sur le pont central. Bias l'avait vu également, et il appuya sur le gouvernail pour éloigner le *Pénélope* de sa trajectoire. Ulysse passa à côté de Calliadès, mit un genou au sol et ouvrit une écoutille. Il descendit sous le pont. Quand il remonta, il portait un immense arc en bois, en cuir et en corne. Un carquois contenant de très longues flèches pendait à son épaule.

— Tu as de la chance, aujourd'hui, dit-il à Piria. Voici Akilina, le plus grand arc du monde. Une fois, j'ai tiré une flèche dans la lune, grâce à lui.

Elle ne sourit pas. Ulysse sentit la peur et la tension qui émanaient d'elle. Seul son orgueil lui permettait de ne pas flancher.

— J'ai entendu parler de cet arc, dit Calliadès.

— Tout le monde en a entendu parler ! ajouta Banoclès.

Ces commentaires firent plaisir à Ulysse, mais son attention resta concentrée sur Piria.

— Andromaque a parlé de son habileté au tir à l'arc, dit-il.

En entendant le nom de son amante, Piria s'illumina.

— Elle arrivait parfois à me battre, dit-elle. Mais pas très souvent !

— Pourrais-tu utiliser un arc comme celui-là ? Tes bras sont-ils assez puissants pour le bander ? demanda-t-il en lui tendant l'arme.

Piria prit Akilina, tendit les bras, enroula trois doigts autour de la corde et tira. Elle avait bandé l'arc aux trois quarts avant que ses bras commencent à trembler.

— C'est bien, dit Ulysse. Tu peux me croire !

Il reprit l'arc et se pencha vers la jeune femme.

— S'ils s'approchent assez pour monter à l'abordage, je te laisserai Akilina. À cette portée, même un arc bandé aux trois quarts pourra envoyer une flèche à travers le crâne d'un de ces brigands. (Il se tourna vers les deux Mycéniens.) Vous, mes gaillards, restez près de moi et allez où je vais.

Le *Pénélope* avança, sa proue fendant les vagues. Le navire pirate, propulsé par davantage de rameurs, se rapprochait lentement.

— Encore un ! cria un marin.

Un deuxième navire pirate arrivait du sud, encore assez loin.

— Si le vent n'était pas contre nous, dit Ulysse, le *Pénélope* les distancerait sans problème. Mais là, ils disposent de plus de rameurs, et ils arriveront vite à portée. Que tout le monde garde la tête baissée ! Il va pleuvoir des flèches avant longtemps !

Calliadès regarda les rameurs du *Pénélope*. Ils ramaient avec régularité, mais sans urgence. Leurs gestes étaient fluides et rythmés, et ils ne regardaient pas les navires ennemis en approche. Bias cria un ordre. La rangée de rames de droite fut soulevée et resta immobile, pendant que la gauche accélérait le mouvement. Le *Pénélope* pivota brusquement vers la première galère. Ulysse courut le long de l'aile centrale et grimpa sur le bastingage incurvé de la proue. À califourchon dessus et assurant sa prise avec les jambes, il encocha une flèche dans son immense arc. Quand les deux navires se rapprochèrent, des archers ennemis se rassemblèrent sur le pont du navire pirate. Ulysse banda Akilina puis lâcha sa flèche. Elle siffla dans les airs et s'enfonça dans le dos d'un rameur, qui cria et s'écroula. Les archers pirates commencèrent à tirer, mais leurs flèches tombèrent toutes à l'eau sans atteindre le *Pénélope.* Ulysse lança deux autres flèches sur le navire pirate. L'une frappa le casque d'un homme et rebondit. L'autre traversa l'épaule d'un archer. Ulysse leva les bras et fit signe à Bias, qui lança un ordre puis poussa de tout son poids sur le gouvernail. Le *Pénélope* changea aussitôt de direction, donnant l'impression de s'éloigner en dansant de la galère ennemie. La manœuvre fut accomplie avec une grande habileté et un minutage très précis, mais, pendant quelques courts instants, ils passèrent à portée des archers pirates. Banoclès, Calliadès et Piria s'accroupirent derrière le bastingage de la poupe. Une volée de flèches arrosa le pont arrière. Personne ne fut touché, mais les flèches passèrent à côté de Bias, qui était toujours debout au gouvernail. Une flèche s'enfonça dans le bastingage tout près de lui. Une autre frappa le gouvernail et ricocha en frôlant son visage.

Ulysse retourna vers le pont arrière et tira trois autres flèches. Une seule toucha son but, déchirant l'avant-bras d'un archer. Puis Ulysse inspira à fond et lâcha une quatrième flèche.

— Ah ! cria-t-il, triomphant, quand la flèche traversa la gorge d'un homme. Allez ! Venez ! Attaquez-vous au *Pénélope* ! Par Arès, vous le regretterez, misérables !

Plusieurs flèches sifflèrent autour de lui, mais il ne bougea pas et continua à tirer sur les pirates.

— J'aimerais un brin de distance en plus entre eux et nous, cria-t-il à l'attention de Bias quand une autre flèche siffla à côté de sa tête.

Les rameurs du *Pénélope* accélérèrent l'allure, dégoulinant de sueur. Le navire prit de la vitesse. Calliadès leva la tête au-dessus du bastingage de la poupe et regarda la distance entre les deux navires augmenter. Il vit Ulysse tirer sur un autre homme. La flèche s'enfonça dans son visage. Puis le roi changea la direction de ses tirs, qui passèrent au-dessus des archers pour frapper les rangs des rameurs. Deux rames du côté bâbord du navire ennemi se heurtèrent, et la galère pirate vira de bord. Le *Pénélope* continua à avancer.

— Eh, face de rat ! cria Ulysse. N'abandonne pas si vite ! Les choses qui en valent la peine ne s'obtiennent jamais facilement !

La deuxième galère se rapprochait rapidement. Bias changea le cap pour que la distance entre eux reste identique, mais cela permit au premier navire pirate de revenir à portée de tir.

Ulysse jura à voix basse. S'ils continuaient comme ça, les rameurs du *Pénélope* s'épuiseraient et les pirates les rattraperaient. Il regarda Bias.

L'homme noir l'avait aussi compris.

— Lequel, mon roi ? demanda-t-il.

— Je pense que nous devons tuer face de rat.

Bias beugla des ordres. La rangée gauche de rames fut soulevée hors de l'eau, et les hommes de droite accélérèrent le mouvement. Le *Pénélope* pivota abruptement. Mérionès, armé d'un puissant arc noir, rejoignit Ulysse en courant.

— Je me disais que tu t'ennuyais peut-être, dit le roi laid. Alors j'ai décidé d'attaquer.

Mérionès, tout de noir vêtu, gloussa de rire.

— Faisons un pari, d'abord.

Il désigna le premier navire pirate. Un archer était grimpé sur le bastingage de la proue et attendait, son arc bandé, pour tirer dès qu'ils arriveraient à portée.

— Je parie un anneau d'or que je peux le faire tomber de son perchoir avant toi.

— Pari tenu ! dit Ulysse.

Les deux hommes regagnèrent la proue puis bandèrent leurs arcs. Ils tirèrent en même temps. Les deux flèches s'enfoncèrent dans le corps de l'archer ennemi. Il s'écroula, puis bascula par-dessus bord et disparut sous la quille du navire pirate.

Mérionès continua à tirer pendant que la distance diminuait entre les navires. Ulysse le laissa faire et retourna rapidement sur le pont arrière. Il tendit son arc et ses flèches à Piria, puis il appela Calliadès et Banoclès.

— Bias va faire pivoter le *Pénélope* au dernier moment, et nous essaierons d'arracher leurs rames tribord. Mais il est très probable qu'ils nous attirent vers eux avec des grappins. Quand ça arrivera, ils seront prêts à nous aborder. Mais, vu leur supériorité numérique, ils ne s'attendront pas à ce que *nous* les abordions.

Banoclès regarda la galère ennemie en approche.

— Il y a environ soixante hommes sur ce navire.

— Au moins.

— Et soixante autres sur le deuxième.

— Tu as quelque chose à démontrer, ou tu veux juste prouver que tu sais compter ? (Banoclès se tut.) Restez près de moi, les gars. Je ne suis pas aussi agile qu'autrefois – et même alors, je n'étais pas un très bon combattant à l'épée.

Le *Pénélope* vira brutalement vers bâbord comme s'il cherchait à éviter une collision, puis, tout aussi brusquement, il revint vers tribord. Les deux navires se heurtèrent, mais le bélier de la galère ennemie ne fit que glisser le long du côté tribord. Les rameurs du *Pénélope* tentèrent de relever leurs rames pour éviter qu'elles se brisent, mais la collision avait été si brutale que seulement six des quinze rames furent sauvées. La galère pirate avait souffert de dégâts pires encore quand le *Pénélope* avait glissé le long de sa coque. Les pirates lancèrent les grappins, qui s'accrochèrent au bastingage du *Pénélope.*

À cette distance, Ulysse voyait clairement le visage des pirates. Nombre d'entre eux étaient des hommes qui avaient applaudi à ses récits, la nuit précédente, et qui lui avaient demandé d'autres histoires. Ils étaient maintenant vêtus pour la guerre. Certains portaient des plastrons de cuir, d'autres des chemises faites de cordage noué. Ils portaient des casques de tous les genres, certains en bois, d'autres en cuir, d'autres de la fameuse forme phrygienne. Plusieurs hommes portaient des casques en cuivre. La plupart étaient armés de dagues, et beaucoup portaient aussi des massues en bois.

— Suivez-moi, dit Ulysse. (Il regarda Banoclès et sourit.) Si tu en as le courage !

Puis il tira son épée, courut vers le pont central et se jeta par-dessus la fente étroite qui séparait les deux navires, atterrissant au milieu d'une masse de combattants ennemis.

Il éparpilla le premier rang à coups d'épaule. Plusieurs hommes tombèrent, d'autres essayèrent de se frayer un chemin vers lui pour le poignarder. Ulysse saisit un homme par sa chemise et lui flanqua un sauvage coup de tête au visage. Du sang gicla de son nez fracassé. Ulysse le poussa sur le côté, puis il fit décrire un arc de cercle à son épée. Il frappa un pirate à l'avant-bras. Du sang jaillit de l'homme.

—Allez, venez chercher Ulysse! cria le roi laid, enragé, son épée tailladant et tranchant à droite et à gauche.

Pendant un moment, les pirates reculèrent devant la fureur de son assaut, puis ils se jetèrent sur lui. L'imposante silhouette de Banoclès s'interposa, et plusieurs pirates tombèrent sur le pont. Puis Calliadès arriva, son épée frappant avec la rapidité d'une langue de serpent dans les gorges, les poitrines et les ventres.

— Vous êtes désormais des hommes morts! cria Ulysse.

Un pirate se jeta sur lui, visant la gorge. Ulysse para le coup en levant le bras gauche. Du droit, il abattit son épée sur lui et lui trancha l'oreille. L'homme hurla et recula.

D'autres guerriers du *Pénélope* s'étaient maintenant joints à l'attaque. Banoclès envoyer bouler un homme d'un coup d'épaule. Ulysse continuait à invectiver les pirates en avançant. Calliadès s'était placé à la droite d'Ulysse et combattait défensivement pour protéger le roi laid. Banoclès était à sa gauche. Même en pleine action, Ulysse remarqua leur habileté. Les trois hommes formaient un triangle dont la pointe était Ulysse. Au début, ils forcèrent les pirates à reculer, mais leur infériorité numérique commença à jouer et ils progressèrent moins vite.

Ulysse se fatiguait, car il n'avait pas ménagé ses efforts ni ses coups d'épée. Un pirate se jeta sur lui, et sa massue s'écrasa contre le plastron de cuir du roi d'Ithaque, qui trébucha et tomba lourdement. Calliadès pivota et plongea son épée dans la nuque du pirate. Le mort tomba sur Ulysse. Calliadès se posta devant Ulysse pour bloquer d'autres attaques. Le roi réussit à faire rouler le mort sur le côté et se releva lentement, inspirant à grands coups. La clameur des combats l'entourait, et le pont était glissant de sang. Le bras qui maniait l'épée lui semblait peser des tonnes, mais il sentit sa force revenir.

— Place, Calliadès ! cria-t-il. Ulysse a encore des ennemis à tuer !

Puis il fonça une fois de plus dans la mêlée.

Piria resta sur le pont arrière, le grand arc à la main. Elle vit Ulysse sauter sur le navire pirate, suivi par Calliadès et Banoclès et une dizaine de marins du *Pénélope.* Puis Bias sortit deux couteaux de combat et grimpa sur le bastingage. De là, il prit son élan et sauta sur le navire ennemi. L'air résonnait de cris de bataille, de hurlements et du bruit métallique des épées qui s'entrechoquaient. Le Crétois, Idoménée, se joignit au combat, ainsi que les deux fils du roi Nestor. La lutte était féroce. Piria vit Ulysse se frayer un chemin sanglant vers la poupe du navire, toujours escorté de Calliadès et de Banoclès.

Une main lui effleura le bras. Mérionès désigna le côté bâbord, où le deuxième navire pirate se rapprochait. Il encocha une flèche et tira. La flèche frappa la haute proue. Mérionès jura.

— Surtout, ne parle pas à Ulysse de ce tir malheureux, dit-il.

Les marins qui étaient restés sur le *Pénélope* étaient tous armés d'arcs, et une volée de flèches fut envoyée vers la galère en approche. Plusieurs frappèrent leur cible. Puis l'ennemi répliqua. Une quarantaine de flèches traversèrent les airs. Beaucoup se perdirent, mais cinq marins furent touchés. Piria encocha une flèche dans le grand arc et la tira. Elle s'enfonça dans la poitrine d'un archer, qui tomba.

— Joli tir, cria Mérionès, occupé lui aussi à bander son arc.

Piria ne vit pas si Mérionès avait fait mouche, car elle était en train d'encocher une autre flèche. Toute peur l'avait quittée, et elle continua à tirer, ignorant les projectiles qui sifflaient à côté d'elle.

Soudain, le navire pirate vira de bord abruptement et s'éloigna. Les archers ennemis continuèrent à tirer, mais la galère fut bientôt hors de portée.

— Ils se préparent à faire demi-tour et à nous éperonner, dit Mérionès, lugubre.

Mais la galère ne rebroussa pas chemin. Ses rameurs donnaient tout ce qu'ils avaient pour mettre le plus de distance possible entre elle et l'ennemi.

Les hommes du *Pénélope* lâchèrent leurs arcs et brandirent leurs épées et leurs couteaux avant de se porter à la rescousse de leurs camarades qui combattaient sur le premier navire. Piria se tourna et vit un immense vaisseau arriver du nord. C'était le plus grand navire qu'elle ait jamais vu : quarante rames de chaque côté, en deux rangées, et un mât aussi grand qu'un arbre. Le vent gonflait sa grande voile, où était peint un cheval noir cabré.

— Ah ! Aujourd'hui, les dieux nous aiment, dit Mérionès. C'est le *Xanthos.*

— Il est… colossal, dit Piria.

— Effectivement. Et il est le fléau des navires pirates. Il y a des Lanceurs de Feu sur ses ponts, et un équipage de plus de cent combattants. Et, pour des gens honnêtes comme nous, il n'existe pas de spectacle plus positif que celui de ce navire !

Piria gagna le bastingage tribord, et vit que la bataille commençait à tourner. Il y avait beaucoup moins de pirates, mais les combats étaient toujours féroces. Elle chercha Calliadès du regard, mais ne le vit pas. La peur la saisit, car Banoclès combattait toujours à côté d'Ulysse. Puis elle aperçut Calliadès, qui avait été caché par le mât, et elle sentit le soulagement l'envahir. Elle le regarda tuer un ennemi, puis se frayer un chemin pour retourner près d'Ulysse.

Certains pirates jetèrent leurs armes, mais il n'y eut pas de quartier, et ils furent tous tués. D'autres se jetèrent à la mer. Un homme hideux avec un visage étrangement allongé hurla quelque chose et se jeta sur Idoménée. Il fut arrêté par Banoclès, qui le renversa. Puis des épées plongèrent dans le corps de l'homme. Piria entendit ses derniers gargouillements d'agonie.

Et ce fut la fin de la bataille.

Ulysse était affalé à côté du mât, épuisé. Il regardait le puissant *Xanthos* approcher. Une voix familière appela :

— Ho, Ulysse ! Où es-tu, oncle de la mer ?

Ulysse se releva péniblement et alla s'accouder au bastingage tribord. Il leva la tête et vit un homme de grande taille, aux larges épaules et à la chevelure dorée debout à la proue du navire géant.

— Par les nichons de Thétis, cria-t-il, quel est l'imbécile qui t'a donné le commandement d'un navire ?

Hector, prince de Troie, éclata de rire.

— Ce serait effectivement un sacré abruti ! Non, mon ami, je suis seulement un passager, même si je porte une épée. Tu n'es pas un peu vieux pour combattre des pirates ?

— Vieux ? Je suis dans la force de l'âge, impudent garnement !

— Je te crois, oncle de la mer. Mais on dirait que tu as besoin d'un peu d'aide avec ce navire. Je peux te prêter vingt hommes.

— Ils seront les bienvenus, Hector, mon ami.

— Nous allons nous placer à côté de ton navire et te les envoyer.

Ulysse le remercia et retourna à côté du mât. Ses mains tremblaient et il avait la nausée. Bias le rejoignit et s'agenouilla près de lui.

— Combien d'hommes avons-nous perdu ? demanda Ulysse.

— Huit morts, onze blessés graves, et presque tout le monde a été tailladé, à part Leukon et moi. Malgré ça, nous nous en sommes bien tirés, Ulysse. Et toi ? Tu es couvert de sang ! Le tien ?

— Non. Qui sont les morts ?

Bias les nomma, et un profond chagrin s'ajouta au fardeau d'épuisement qui pesait sur Ulysse. Il appuya la tête contre le mât. Autour de lui, ses hommes déshabillaient les pirates morts et jetaient leurs corps à la mer. Le *Xanthos* se plaça gracieusement à côté d'eux, projetant une ombre sur le pont. Vingt hommes descendirent, accrochés à des bouts.

— Malédiction, je ne m'étais jamais senti aussi fatigué après une bataille, dit Ulysse. Surtout victorieuse !

— Je sais, dit Bias. Moi aussi, j'ai ressenti la même chose.

— Ne me dit pas que nous vieillissons, avertit Ulysse.

Bias sourit.

— Non, Ulysse. Mais peut-être sommes-nous devenus plus sages. Je trouve décourageante l'idée que tous ces hommes qui vivaient ce matin arpentent maintenant la route ténébreuse. Et dans quelle intention ? Nous avons récupéré une vieille galère, quelques armes et peut-être un peu de butin. Rien de tout ça ne valait la vie de huit hommes. Surtout celle du jeune Démétrios.

Ulysse ferma les yeux.

— Va distribuer des tâches aux hommes. Fais transférer le butin, s'il y en a, sur le *Pénélope*.

— Oui, mon roi. Comment veux-tu que je m'y prenne ?

— Les hommes d'Hector peuvent ramener la galère au Rocher du Titan, dit Ulysse. Ils y récupéreront les blessés que nous avons dû y laisser. Nous continuerons. Si les vents sont favorables, nous arriverons à la baie de l'Arc d'Apollon au crépuscule. Sinon, nous passerons la nuit à la baie du Bossu.

Le soleil inonda de nouveau le pont quand le *Xanthos* s'éloigna. Ulysse entendit Hector l'appeler.

— Nous partons aux trousses de ces pirates, Ulysse. Vers où te diriges-tu ?

— L'Arc d'Apollon, cria Ulysse alors que le grand vaisseau mettait le cap vers le sud.

Bias se dirigea vers les vingt nouveaux hommes d'équipage, et le roi laid resta assis tranquillement, regardant ses mains et ses bras couverts de sang. Ses doigts ne tremblaient plus, mais il se sentait toujours nauséeux. Le jeune Démétrios avait été un bon garçon, calme, travailleur, et très fier d'avoir été choisi pour remplacer Porthéos. Il se remémora le visage des autres morts. Il avait navigué près de vingt saisons avec Abderos, le seul membre de l'équipage qui n'avait jamais pris femme. Pendant l'hiver, il vivait seul, sculptant du bois et fabriquant des cordes. Il parlait peu et à peu de gens. Mais, au printemps, de retour sur le navire, il souriait de toutes ses dents et serrait ses camarades dans ses bras. Le *Pénélope* était tout pour lui. Et il était mort pour le protéger.

D'un pas fatigué, Ulysse revint à son navire.

Banoclès approcha et s'accroupit à côté de lui. Il était lui aussi couvert de sang.

— Je me demandais, fit-il d'une voix guillerette, si Calliadès et moi ne pourrions pas devenir Ithaquiens. Pour les jeux de Troie, veux-je dire. Après tout, nous ne pouvons pas y participer en tant que Mycéniens.

Ulysse n'avait pas envie de parler. Il était toujours sous le choc de la mort de ses camarades. Mais cet homme lui avait sauvé la vie plusieurs fois dans la journée. Il méritait une réponse.

— Quels sont tes atouts ?

— Je suis un bon combattant à mains nues.

— Et Calliadès ?

— Il est excellent à l'épée.

— Il n'y a pas de concours d'épée lors des jeux nuptiaux. Seuls les Mycéniens organisent des combats à mort.

— Ah ! Calliadès est aussi un très bon coureur.

— Leukon est notre combattant à mains nues, Banoclès. Et tu te souviens peut-être que, la dernière fois où je t'ai vu combattre à mains nues, tu étais couché sur le dos, les bras autour de la tête.

— Exact, dit Banoclès. Mais ils étaient cinq contre moi. Et je vous ai dit que je reprenais seulement mon souffle.

Ulysse sourit.

— Il y aura de très grands combattants à Troie. Je ne pourrais pas proposer un homme qui risquerait de faire honte à l'Ithaque.

— Je ne ferais jamais ça ! Je suis un excellent combattant !

— Tu es un grand *guerrier*, Banoclès, comme je l'ai vu aujourd'hui. Mais le combat à mains nues, c'est différent.

— Je pourrais battre Leukon, assura Banoclès, sûr de lui.

Ulysse le regarda dans les yeux.

— Voici ce que je vais faire, dit-il. Ce soir, nous organiserons un banquet funéraire pour nos amis morts aujourd'hui. Nous prononcerons leur éloge funèbre et nous offrirons des libations pour qu'ils voyagent en sécurité jusqu'aux Champs Élyséens. Il n'y a pas assez d'hommes valides pour organiser des jeux funéraires. Mais, si Leukon est d'accord, vous vous battrez tous les deux en hommage à nos amis disparus.

— Merveilleux, dit Banoclès, ravi. Et si je gagne, nous serons Ithaquiens, à Troie ?

— Oui, répondit Ulysse.

Il regarda l'homme s'éloigner. *Plus de courage que de bon sens*, pensa-t-il. Il aperçut Leukon et l'appela. Puis il expliqua au géant la requête de Banoclès.

Leukon haussa les épaules.

— Tu veux que je combatte contre lui ?

— Oui.

— Alors, je le ferai.

— Il affirme pouvoir te battre.

Leukon examina Banoclès, qui se tenait à l'écart.

— Ses bras sont moins longs que les miens, ce qui signifie qu'il encaissera plus de coups. Il a un cou solide, des bras robustes. Son menton a l'air résistant. Il est bâti comme un combattant. Oui, ce sera un bon entraînement.

Après le départ de Leukon, Ulysse sentit une nouvelle vague de fatigue s'abattre sur lui. Il aurait voulu se coucher sur le pont et dormir, mais sa conscience l'en empêcha. *Quel exemple ce serait pour tes hommes, s'ils te voyaient dormir pendant que les autres travaillent !*

Maudits soient les exemples, se dit Ulysse. *Je suis le roi. Je fais ce que je veux.*

Sur cette pensée, il s'allongea sur le pont, la tête posée sur un bras, et dormit.

Vers le milieu de l'après-midi, les derniers nuages se dissipèrent et le ciel devint d'un bleu éblouissant. Il n'y avait pas de brise, et la chaleur monta. Les marins firent un abri d'un morceau de vieille voile du côté bâbord du pont arrière du *Pénélope*, où Nestor, ses fils et Idoménée vinrent se reposer.

Piria gagna la proue et regarda la mer. De violentes douleurs lui parcouraient le bas-ventre, si fortes qu'elle faillit crier. Mais elle ferma les yeux et essaya de respirer régulièrement en attendant que la douleur s'atténue. Elle ne cessa pas complètement, comme c'était le cas depuis le viol sauvage qu'elle avait subi. Elle allait et venait par accès et sapait ses forces.

Ça ne fait que quelques jours, se dit-elle. *Je finirai par guérir. Ils ne me briseront pas. Je suis Calliope, et je suis plus forte que la haine des hommes.*

Pourtant, la douleur était pire qu'avant, et elle commençait à avoir peur.

Elle ouvrit les yeux et essaya de se concentrer sur le bleu de la mer, étincelante sous le soleil. Tout était si calme désormais que les événements de la matinée semblaient presque un rêve. Elle avait tué des hommes, percé leurs chairs de flèches acérées comme ils avaient percé la sienne. Elle avait cru que tuer des pirates de ses propres mains lui apporterait un certain réconfort – la juste punition d'un crime. Mais où était la satisfaction ? Quelle joie trouver dans la vengeance ? Piria éprouvait surtout de la tristesse pour le jeune Démétrios. Il ne lui avait jamais parlé, mais elle l'avait vu avec ses camarades. Elle avait perçu sa timidité et avait deviné qu'il ne se sentait pas à sa place au milieu de tous ces vétérans. Elle ne l'avait pas vu mourir, mais elle avait regardé quand son corps avait été allongé à côté de celui des sept autres victimes. Mort, il avait presque l'air d'un enfant, avec sur le visage l'expression d'un choc profond.

— *Ne t'apitoie pas sur lui*, cria la voix sombre de sa peur. *Il était un homme, et le mal inhérent à son sexe aurait grandi avec lui. N'éprouve aucune sympathie pour eux. Ce sont tous des félons.*

— *Non, pas tous*, se dit-elle. *Il y a Calliadès.*

— *Il n'est pas différent des autres ! Tu verras. Ses mots doux masquent la même âme sauvage, le même besoin de dominer et de posséder. Ne lui fais pas confiance, idiote.*

Elle le vit approcher, et les malédictions jumelles de son besoin et de sa peur se heurtèrent dans son esprit.

— *Il est mon ami.*

— *Il me trahira.*

Calliadès lui sourit, puis regarda vers la mer, comme s'il cherchait quelque chose. Elle se tourna et s'appuya au bastingage, ce qui fit diminuer un peu la douleur. Le soulagement lui fit presque monter les larmes aux yeux. Calliadès continua à scruter la mer. Son expression était sérieuse, mais il ne semblait pas y avoir en lui ni violence ni cruauté.

— Tu n'as pas l'air d'un guerrier, dit-elle, regrettant aussitôt sa remarque.

— Est-ce un compliment ou une insulte ?

— Seulement une observation.

— Mérionès a été impressionné par tes talents de tireuse à l'arc. Je pense qu'il ne s'attendait pas non plus à ce que tu sois une guerrière. Même si Ulysse le savait.

— C'est un homme perspicace.

— Peut-être, mais c'est terrifiant de combattre à côté de lui ! Il a failli par deux fois me couper une oreille ! Je crois avoir passé plus de temps à éviter ses moulinets déchaînés qu'à combattre les pirates. (Il se tut, et elle le regarda.) J'étais fier de toi quand Mérionès a chanté tes louanges.

La voix obscure dans sa tête s'alarma aussitôt. *Tu vois ! Il était fier ! Il cherche déjà à te posséder.*

Elle sentit la colère grandir en elle.

— Quel droit as-tu d'être fier de moi ? cria-t-elle. Je ne suis pas une de tes juments qui aurait gagné une course !

— Ce n'est pas ce que je voulais dire. J'étais seulement…

Il regarda vers le bas, et son expression changea.

— Tu saignes, dit-il. As-tu été blessée ?

Piria sentit le filet de sang courir le long de l'intérieur de sa cuisse. La brise marine avait entrouvert sa tunique déchirée, exposant à la vue la tache écarlate. La douleur éclata en elle, presque insupportable. *Ai-je été blessée ? Homme stupide ! Mon corps a été déchiré, ma chair battue et endolorie. Mon cœur et mon âme ont été ravagés et profanés. Et tu demandes si j'ai été blessée ?*

L'indignation jaillit du plus profond de son être, comme une inondation montant à l'assaut des terres. Ses yeux s'emplirent de larmes et sa vision se brouilla. Devant elle, elle ne voyait plus Calliadès, mais le père qu'elle avait aimé et qui l'avait trahie, le frère qu'elle avait adoré et qui l'avait négligée. La haine et le désespoir luttaient en elle pour prendre l'ascendant.

Des paroles coléreuses jaillirent de sa bouche comme un torrent.

— Tu crois que j'ignore qui tu es réellement ? hurla-t-elle. Tes paroles mielleuses sont des mensonges ! Ton amitié est un mensonge ! Tu veux ce que tous les hommes veulent, je le lis dans ton regard. Vas-y, n'hésite pas ! Bats-moi, mords-moi, étrangle-moi. Ensuite, tu t'éloigneras de moi en disant avec mépris : « Regarde ce que tu m'as forcé à faire, garce ! »

Le souffle court, elle recula. Dans le silence qui s'ensuivit, elle s'aperçut qu'elle avait hurlé et que les hommes d'équipage la regardaient. Calliadès ne bougea pas, et quand il parla, ce fut d'une voix basse et d'un ton conciliant.

— Je suis désolé, Piria. Je… je vais te laisser seule un moment. Si tu le désires, nous parlerons plus tard…

La douleur se calma de nouveau. Elle vit l'homme se tourner pour partir. Soudain terrifiée à l'idée de rester seule à la proue sous le regard de tous les autres marins, elle le rappela.

— Inutile de partir, dit-elle d'une voix rauque. Je… je suis désolée.

Il hésita, et elle le vit regarder l'équipage et remarquer son intérêt. Il revint et se planta entre elle et les regards curieux.

— C'est moi qui suis désolé... pour tout ce que tu as enduré, dit-il gentiment. Je ne te ferai jamais de mal, Piria. Essaie de garder cette idée à l'esprit.

Elle leva la tête vers lui.

— Es-tu amoureux de moi, Calliadès ? demanda-t-elle en regrettant aussitôt ses propos.

Elle se maudit intérieurement de sa stupidité. Quelle que soit la réponse, elle n'avait pas envie de la connaître.

Il posa sur elle ses yeux gris.

— Mes sentiments ne concernent que moi, répondit-il après un moment. Tout ce que je sais, c'est que tu te rends à Troie pour retrouver quelqu'un que tu aimes. Si tu m'y autorises, je m'assurerai que tu arrives à bon port, sans encombre.

— Je ne pourrais jamais aimer un homme de la façon dont il le désirerait. Tu comprends ce que je dis ?

— T'ai-je demandé de m'aimer ?

— Non.

— Alors, la question ne se pose pas.

Un mouvement dans l'eau attira son regard, et il se tourna.

— Regarde ! dit-il, la main tendue vers tribord.

Trois dauphins, élancés, d'une teinte bleu-gris, sautaient et plongeaient à travers les vagues.

— J'ai toujours adoré les regarder, dit-il.

Une manière un peu maladroite de changer de sujet, mais Piria lui en fut quand même reconnaissante.

— Ils sont très beaux, dit-elle.

Puis elle le regarda, voulant lui prouver qu'elle lui faisait confiance.

— Mon vrai nom est Calliope, dit-elle enfin.

Il sourit.

— Nous portons bien nos noms. Belle Voix et Beauté Cachée. Ta voix est plaisante à l'oreille, et mon nom devient de plus en plus adéquat à chaque nouvelle blessure. (Il marqua une pause.) Je suppose que ce nom doit rester secret ?

— Oui.

— Je te remercie de m'avoir fait confiance. Je ne te trahirai pas.

— Je le sais, Calliadès. Tu es le premier homme que je rencontre dont je puisse penser ça.

Ils continuèrent à regarder les dauphins dans un silence détendu. Puis Banoclès les rejoignit. Il portait toujours son lourd plastron, et son visage était couvert de sang.

— Sommes-nous tous amis de nouveau ? demanda-t-il.

— Nous sommes amis, dit Piria.

— Parfait, parce que j'ai des nouvelles ! (Banoclès sourit à Calliadès.) Nous pourrons participer aux jeux qui auront lieu à Troie pour le mariage d'Hector. Il y aura de la lutte, des combats à mains nues, des courses – à pied, à cheval et en char. Il y aura un tournoi de tir à l'arc et un concours de lancer de javeline. Je vais m'inscrire au combat à mains nues et, avec l'or que nous gagnerons sur les paris, nous vivrons tranquilles un bon moment. Nous pourrons même nous acheter des… (il regarda Piria et se racla la gorge) des chevaux. Bref, qu'est-ce que tu en dis ?

— Un bon plan, dit Calliadès. À quelques détails près. D'abord, nous ne représentons aucune nation ou cité. Ensuite, la dernière fois que nous sommes allés à Troie, nous étions des envahisseurs, et si quelqu'un nous reconnaît, nous ne serons pas les bienvenus. Et enfin – et c'est, je crois, le plus important –, tu es un batailleur qui n'a jamais réussi à arriver en finale du concours qui devait désigner le meilleur combattant de notre compagnie. Si je me souviens bien, Éruthros t'a vaincu.

— D'accord, dit Banoclès de mauvais gré. Je ne deviendrai peut-être pas champion, mais je gagnerai bien quelques combats. Nous pourrions quand même gagner un peu d'or. Et les courses à pied ? Y avait-il quelqu'un de plus rapide que toi, dans notre compagnie ?

— Non, mais je te rappelle qu'elle comptait seulement cinquante hommes. (Calliadès soupira.) Disons que je suis d'accord pour participer. Qui représenterions-nous ?

— Ah ! J'ai déjà réglé cette question, dit Banoclès, triomphant. J'ai demandé à Ulysse si nous pouvions être Ithaquiens.

— Et il a accepté ? demanda Calliadès, étonné.

— Pas vraiment. Il m'a fait remarquer que Leukon représentait Ithaque à la lutte et qu'il était le meilleur combattant à mains nues de l'équipage. Il a dit que je pourrai être un Ithaquien si je bats Leukon pendant le banquet funèbre.

— Et que pense Leukon de ça ?

— Il est content comme un cochon dans la fange ! Il dit que ça lui fera du bien de s'entraîner. Apparemment, aucun autre membre de l'équipage ne veut s'entraîner avec lui.

— As-tu réfléchi à ce que cela implique ?

— Bien sûr. J'imagine que c'est parce qu'il frappe aussi fort qu'un cheval.

— Et ça ne t'inquiète pas ? intervint Piria.

— J'ai déjà pris des coups de pied de cheval, et je me suis toujours relevé. Quand j'aurai gagné, tu seras d'accord pour participer aux jeux avec moi ?

Calliadès regarda Piria, qui souriait.

— Qu'en penses-tu ? demanda-t-il.

Elle regarda Leukon à son banc de rame, puis se tourna de nouveau vers Banoclès.

— Je crois que le cheval dont tu parles t'a flanqué un coup de pied à la tête, dit-elle.

Ulysse regarda ses trois passagers parler ensemble à la proue. La femme, Piria, était plus calme et souriait. Une vision assez rare. Il se souvint de ses visites au palais de son père. Elle était plus jeune et très renfermée, avec un visage toujours sérieux et des yeux bleus emplis de soupçons et de méfiance.

— Qui est-elle ? demanda Idoménée.

Ulysse haussa les épaules.

— Juste une fille enlevée par des pirates. Ils l'ont violée. Calliadès et son ami l'ont reprise aux pirates.

— Ils n'en tireront pas grand-chose. Elle est trop effrontée. Si une esclave me parlait comme ça, je la ferais fouetter.

— Ils n'ont l'intention ni de la vendre ni de la garder.

— Alors, pourquoi l'avoir volée aux pirates ?

— En effet, pourquoi ? dit Ulysse.

Il gagna le bastingage tribord, se pencha et estima leur vitesse. Le vent s'était levé, et ils approchaient de la baie du Bossu, à bâbord. La longue plage en forme de croissant de l'Arc d'Apollon se dessinait au loin. Plusieurs navires s'y étaient déjà installés pour la nuit.

Calliadès traversa le pont central pour rejoindre Ulysse.

— Pouvons-nous parler, roi Ulysse ?

— Les mots sont gratuits, répondit Ulysse.

— Votre marin, Leukon, est-il un bon lutteur ?

— Oui.

— Banoclès ne l'est pas, dit Calliadès. Mais il déborde d'enthousiasme et de courage.

— Alors, Leukon l'abattra comme on abat un arbre.

— Non, roi Ulysse. Leukon l'abattra, et Banoclès se relèvera pour se faire de nouveau cogner dessus. Il continuera à le faire tant que son cœur battra. Il combattra jusqu'à ce qu'il soit estropié ou mort. C'est dans sa nature.

— J'imagine que tu me dis ça pour une bonne raison ?

— Je te le dis parce que ça a pu te paraître amusant de laisser Banoclès penser qu'il pourrait devenir Ithaquien. Mais ce combat ne sera pas un amusement, sauf si vous appréciez le sang et la souffrance.

— Ton compagnon a demandé ce combat, dit Ulysse. Son sort est entre ses propres mains. Mais s'il souhaite se dédire, je ne penserai aucun mal de lui.

Idoménée, qui écoutait, sortit de l'abri de toile et s'approcha d'eux.

— C'est une belle épée que tu portes, dit-il à Calliadès. Puis-je la voir ?

Calliadès tira l'arme du fourreau, la retourna et en tendit la poignée au roi crétois. Le pommeau en bronze était façonné en forme de tête de lion, la poignée était entourée de cuir et la lame, tranchante.

— Elle est bien équilibrée, dit Idoménée. Elle a été faite par un maître forgeron. Ce n'est pas une arme qui risque de laisser tomber son maître pendant la bataille.

— C'était l'épée d'Argurios, dit Calliadès. Une arme précieuse.

— Accepterais-tu de l'échanger ?

— Non.

— Pour l'épée d'un héros, je te donnerai une jolie somme en or.

— Jamais je ne m'en séparerai, dit Calliadès.

— Dommage, dit Idoménée en rendant l'arme à Calliadès.

La proposition mit Ulysse mal à l'aise, car il avait lu de l'avidité dans le regard d'Idoménée.

— Le combat suivra les règles olympiques, annonça Ulysse. Quand un lutteur aurait été jeté cinq fois à terre, je déclarerai vainqueur son adversaire.

— Je te remercie, roi Ulysse, dit Calliadès.

Chapitre 10

Le marteau d'Héphaïstos

Le soleil se couchait quand le *Pénélope* fut tiré sur la plage. Plusieurs feux de cuisson avaient été allumés. Puis l'équipage alla chercher du bois et construisit un grand bûcher funéraire sur lequel ils installèrent les cadavres de leurs camarades.

Trois autres vaisseaux marchands étaient déjà au sec sur l'Arc d'Apollon, et leurs équipages regardèrent les hommes du *Pénélope* se rassembler autour du bûcher. Ulysse parla des morts, de leur loyauté et de leur courage, et il invoqua le grand dieu Zeus pour qu'il les guide le long de la route ténébreuse. Une grande amphore d'huile fut versée sur le bûcher. Quatre hommes autour d'un feu de camp voisin s'approchèrent d'Ulysse. Ils étaient des bardes itinérants en route vers Troie, et ils proposaient leurs services pour chanter le chant des défunts. Ulysse les remercia et alla s'asseoir avec l'équipage. Deux des bardes avaient une lyre, le troisième une sphère sonore de bois noir décoré de bandes de bronze. Le quatrième n'avait aucun instrument. Il était plus âgé, et sa barbe bien coupée était parsemée de fils d'argent.

Le silence tomba quand les bardes commencèrent. Une musique pure et douce sortit des lyres. L'homme mince et roux qui tenait le globe sonore mit des protège-doigts à la main droite et produisit un battement sourd et insistant. La voix du barde aux cheveux gris s'éleva, riche et puissante.

L'équipage écoutait les paroles familières du chant des défunts, mais le talent des bardes était tel qu'elles paraissaient nouvelles, créées uniquement pour la circonstance. Quelques-uns des hommes laissèrent couler leurs larmes, et tous furent émus. Quand le chant se termina, Ulysse approcha des quatre hommes pour les remercier, et il leur donna un anneau d'argent à chacun. Puis il alluma le bûcher funéraire. Le bois sec inondé d'huile prit feu instantanément. Le brasier devint rapidement si chaud que l'équipage fut contraint de reculer. La plupart des hommes restèrent debout, silencieux, sur la plage illuminée par le feu, chacun perdu dans ses souvenirs. D'autres, qui avaient été blessés, étaient assis sur le sable.

Ulysse rejoignit Calliadès, Banoclès et Piria au bord de l'eau.

— Tu es sûr de vouloir faire ça ? demanda-t-il à Banoclès. Une fois, j'ai vu Leukon frapper un bouclier renforcé de bronze et le briser en son milieu.

— Le bouclier lui rendait-il ses coups ? demanda Banoclès.

Ulysse gloussa.

— Non, dit-il. (Il examina Banoclès des pieds à la tête.) Tu as la taille qu'il faut pour un lutteur, et ton ami me dit que tu en as le courage. Je t'ai observé, et toute ta force est concentrée dans le haut de ton corps. Un bon lutteur frappe à partir des épaules. Un excellent lutteur frappe avec le talon.

Banoclès éclata de rire.

— Il donne des coups de poing avec ses pieds ? Encore un de tes récits…

— Non, mon garçon, c'est la vérité. Les grands lutteurs tordent tout leur corps pour mettre toute leur force derrière un coup. Leukon est un grand lutteur. Je m'attends à le voir arriver en finale à Troie et à couvrir de gloire le *Pénélope* et Ithaque. Il n'y aura aucun déshonneur pour toi si tu décides de ne pas le combattre.

— Et pourquoi ferais-je une chose pareille ? demanda Banoclès en se grattant la barbe. (Il ferma le poing.) Je l'appelle le Marteau d'Héphaïstos, dit-il fièrement. Donne-moi un bouclier, et je le briserai en deux.

Ulysse regarda Calliadès, puis secoua la tête et partit.

— Il essayait de me démoraliser, dit Banoclès. Pour un lutteur, la confiance en soi, c'est crucial !

— Ça, en tout cas, tu n'en manques pas !

— C'est vrai. Et toi, tu crois en moi ?

Calliadès posa une main sur la large épaule de son compagnon.

— J'ai toujours cru en toi, mon ami. Je sais que, même si les dieux se liguaient contre moi, tu serais à mes côtés. Alors, quand ce combat aura-t-il lieu ?

— Ulysse a dit que ce serait après l'arrivée du *Xanthos*. Il dit qu'Hector n'aime pas rater un bon combat. (Il baissa la voix, même s'il n'y avait que Piria dans les environs.) Tu crois qu'il se souviendra de nous ? Moi, je n'oublierai jamais ce sale type se débarrassant de nos camarades comme s'ils n'étaient que des gamins ! La seule fois de ma vie où j'ai eu peur, c'est quand j'ai vu Hector attaquer. Et peu m'importe que tu le saches, mais si tu en parles à quelqu'un d'autre, je dirai que tu es un menteur.

— Je n'en parlerai pas. J'ai éprouvé la même chose. Pendant un instant, j'ai vraiment cru qu'il s'agissait du dieu de la Guerre en personne.

La brise nocturne était fraîche, et le trio remonta de la plage vers un bosquet où ils ramassèrent du bois mort. Calliadès alluma un petit feu. Piria était assise, silencieuse, le dos contre un rocher. Non loin de là, les bardes recommencèrent à chanter autour d'un autre feu de camp. C'était une ancienne mélodie sur l'amour et la séparation. Calliadès frémit et s'enroula plus étroitement dans son manteau.

Quand la dernière lueur du crépuscule disparut, il vit arriver le *Xanthos.* Sa grande voile au cheval noir était ferlée, et ses deux rangées de rames plongeaient et se relevaient lentement tandis que le navire approchait de la plage. Piria le regardait aussi. Les rameurs poussèrent sur leurs rames pendant que la proue venait se placer sur le sable. De lourds rochers attachés à des bouts épais furent jetés depuis la poupe pour stabiliser le grand vaisseau. Puis l'équipage commença à débarquer. Calliadès vit Hector sauter sur la plage. Ulysse le rejoignit, et les deux hommes s'étreignirent. Hector salua aussi chaudement le roi Nestor et ses deux fils. Puis il serra brièvement la main d'Idoménée. Le groupe était assez éloigné de l'endroit où Calliadès était assis, mais il s'aperçut qu'Hector et le roi crétois ne s'aimaient pas beaucoup. Ce n'était pas étonnant. Même Calliadès, qui n'avait pas assisté au conseil des généraux et des rois, savait qu'une guerre se préparait entre Troie et les armées de Mycènes et de ses alliés. Idoménée, qui était un parent d'Agamemnon, avait autorisé deux garnisons mycéniennes à s'installer sur l'île de Crète. Normal qu'Hector l'ait salué si froidement !

Calliadès repensa à l'attaque de Troie, l'automne précédent. La grande porte leur avait été ouverte par des traîtres, mais Calliadès se souvenait des hautes murailles et des rues qui s'étendaient au-delà. Si une armée devait prendre ces murs d'assaut, elle subirait des pertes sévères. Même une fois entrés dans la cité, les envahisseurs devraient se battre pied à pied dans chaque rue, et toute avancée serait payée en morts et en sang. Et il restait encore la forteresse de Priam, entourée de murs et fermée par un portail. Les attaquants avaient été poussés à croire que les Troyens étaient de piètres combattants, mais c'était un mensonge. Les gardes du corps personnels de Priam – deux cents hommes connus sous le nom d'Aigles Royaux – avaient démontré leur férocité, leur courage, leur habileté et leur endurance. Et, quand d'autres soldats troyens étaient arrivés, ils s'étaient battus avec autant de ténacité que les guerriers mycéniens.

Agamemnon était déterminé à piller Troie et à s'emparer de ses légendaires richesses. Pour cela, il faudrait une armée immense. Calliadès savait qu'Agamemnon devrait rallier à lui tous les rois du continent et d'ailleurs.

— À quoi penses-tu ? demanda doucement Piria.

— À rien d'important, mentit-il.

Elle sembla accepter sa réponse et regarda dormir Banoclès.

— Il ne semble pas s'inquiéter du combat.

— Ce n'est pas un homme de nature soucieuse, répondit-il avec un sourire. Il ne s'attarde pas sur le passé et ne craint pas l'avenir. Pour Banoclès, seul *maintenant* existe.

— J'aimerais être comme lui. Le passé s'accroche à moi, l'avenir est menaçant. Pendant un court moment, j'ai su où j'étais et j'étais satisfaite de ma vie. Mais ça n'a pas duré.

— Alors, ce soir, soyons comme Banoclès, dit Calliadès. Nous sommes assis près d'un bon feu, l'estomac plein, les étoiles brillent et il n'y a aucun danger qui nous guette. Profitons-en tant que ça dure.

Banoclès se réveilla en sursaut quand le pied chaussé d'une sandale de Calliadès s'enfonça dans ses côtes.

— Qu'est-ce qu'il y a ? demanda-t-il d'une voix ensommeillée.

— Au cas où tu l'aurais oublié, tu dois combattre Leukon, lui dit son compagnon.

Banoclès sourit et s'assit.

— J'aimerais pouvoir parier quelque chose, dit-il. Ça ne semble pas bien de se battre sans faire un pari.

Il se leva, puis vit Piria assise dans l'ombre des rochers. Elle n'était pas son genre, mais il y avait une éternité qu'il n'avait partagé la couche d'une femme. Il lui sourit, et elle lui jeta un regard furieux. *Peut-être est-elle une sorcière,* se dit-il, *et a-t-elle deviné ce que je pensais.* Il détourna le regard, se sentant coupable. Près du feu de camp du *Pénélope,* il vit Leukon lever les bras au-dessus de la tête, puis faire pivoter son corps d'un côté à l'autre.

— En tout cas, il ressemble vraiment à un lutteur, dit Banoclès.

— Nous ferions aussi bien de nous persuader qu'il en est un, dit Calliadès. Il a une plus grande allonge que toi. Tu devrais passer sous sa garde et essayer de frapper au corps en restant le plus près possible de lui.

— Excellent plan, dit Banoclès. Mais on devrait faire un pari, quand même.

— Nous n'avons rien pour faire un pari. Tout ce que j'ai pris à Arelos a servi à payer Ulysse pour notre voyage.

— Je pourrais parier mon plastron.

— Concentre-toi sur le combat.

— Alors, allons-y, dit Banoclès. Je pourrais tuer quelqu'un pour une gourde de vin !

Ensemble, les deux hommes gagnèrent le feu de camp autour duquel étaient assis les marins du *Pénélope*. Banoclès vit Hector, le Troyen, assis avec Ulysse. Il n'avait plus l'air aussi impressionnant par cette nuit tranquille, mais l'estomac de Banoclès se noua quand il se souvint de son arrivée à la bataille, à Troie. Il avait eu l'air invincible, ce jour-là.

Ulysse se leva et s'approcha d'eux, puis il appela Leukon. Idoménée se joignit à eux. Il portait son plastron étincelant incrusté d'or et d'argent, qui brillait dans la lumière du feu de camp.

— Ferons-nous un petit pari amical ? demanda Idoménée.

— Je l'ai suggéré tout à l'heure, dit Banoclès, mais nous n'avons rien pour parier. Excepté mon plastron.

— Et l'épée de ton ami ? demanda Idoménée. Je parierai mon propre plastron contre elle.

— C'est vrai ! s'exclama Banoclès. Ton épée, Calliadès ! Nous l'avions oubliée.

— Oui, nous l'avions oubliée, dit Calliadès, regardant froidement le roi crétois.

Banoclès vit qu'Ulysse avait l'air exaspéré. Il ne comprenait pas. Calliadès avait l'occasion de gagner un fabuleux plastron, et il hésitait ? Une sombre pensée lui traversa l'esprit.

— Tu as confiance en moi, Calliadès ?

— Toujours, répondit celui-ci. C'est d'accord pour l'épée, dit-il à Idoménée.

Ulysse avança.

— Nous suivrons les règles olympiques pour ce combat, dit-il. Tu les connais ?

— Oui, dit Banoclès, qui n'avait pas la moindre idée de ce que le roi voulait dire.

— Tu devrais peut-être nous les rappeler, intervint promptement Calliadès.

— Le combat aura lieu à poings fermés seulement. Pas le droit de tirer, pousser, donner un coup de tête ou de pied, ni de mordre. Uniquement avec les poings.

— Bah ! fit Banoclès avec une grimace. Ce n'est pas drôle, avec ces règles-là ! Les coups de tête font partie de l'art de la lutte !

— On dirait que je n'ai pas été assez clair, dit aimablement Ulysse. Essayons d'une autre façon. Si tu enfreins ces règles, je t'écraserai les mains et les pieds à coups de massue, puis je t'abandonnerai sur cette plage pour que tu y crèves. (Il se pencha vers Banoclès.) Et cesse de me sourire de cet air idiot. Ce n'est pas une plaisanterie. Regarde-moi dans les yeux et tu le comprendras.

Banoclès regarda Ulysse dans les yeux et constata que l'homme était sérieux.

— D'accord, dit-il. Pas de coups de tête.

— Interdiction aussi de mordre, de pousser, de donner des coups de pied ou de tenter d'arracher les yeux à l'adversaire.

— Ça, tu n'en avais pas parlé, la première fois, dit Banoclès d'un ton amusé.

— J'en parle maintenant. Quand un homme sera projeté à terre, son adversaire reculera. L'homme qui sera tombé devra se relever et toucher l'épée qui sera plantée dans le sable. S'il veut abandonner, il sortira l'épée du sable et la laissera tomber sur le sol.

— Et si l'homme à terre est inconscient ? demanda Banoclès d'un ton innocent.

— Par les dieux, est-ce qu'un taureau t'a marché sur la tête quand tu étais bébé ?

— C'est une question raisonnable, répondit Banoclès. Si l'homme est inconscient, il ne peut pas toucher l'épée.

— Eh bien, dans ce cas, il a perdu, imbécile !

— Il suffisait de le dire, répondit Banoclès d'un ton aimable.

— Le premier homme qui sera jeté à terre cinq fois sera déclaré vaincu, continua Ulysse. Est-ce bien compris ?

— Oui, dit Banoclès. Quand commençons-nous ?

— Dès que tu seras prêt, dit Ulysse.

Banoclès hocha la tête, puis flanqua un féroce direct du droit à la bouche de Leukon, qui tomba sur le sable.

— Je suis prêt, dit Banoclès.

Leukon se releva avec un rugissement de colère et courut vers lui.

— Tu dois toucher l'épée, cria Banoclès en esquivant.

Ulysse saisit Calliadès par le bras et l'entraîna à l'écart. Leukon alla vers l'épée et lui flanqua une bonne claque. Puis il se détourna et avança. Banoclès fondit sur lui – et encaissa un direct du gauche qui ébranla tous les os de son corps. Seul l'instinct lui permit de plonger quand un poing s'abattit vers lui, par-dessus. Il se releva et flanqua deux solides coups au plexus de Leukon. Il eut l'impression de frapper du bois.

Ça va prendre plus longtemps que je le pensais, se dit-il.

À ce moment, un crochet du gauche le frappa à la tempe, l'arrachant du sol et le précipitant sur le sable. Il se releva, sonné, puis cracha du sang.

— Tu sais cogner, dit-il à Leukon. Il faut bien le reconnaître.

Tout l'équipage était maintenant rassemblé autour d'eux, et même des marins d'autres navires venaient observer le combat.

Banoclès revint plus prudemment vers Leukon. Ça ne servit à rien. La main gauche de Leukon passait sans cesse à travers ses défenses et trouvait son crâne chaque fois. Il tomba encore deux fois, et se releva chaque fois pour toucher l'épée. Leukon prit de l'assurance et attaqua avec des coups complexes combinant les droites et les gauches. Banoclès encaissa, cherchant une ouverture. Leukon enchaîna avec un direct du gauche et le manqua. Banoclès fonça dans la brèche et flanqua un uppercut vicieux à la mâchoire de Leukon, avec toute la force dont il disposait, et son adversaire tituba. Banoclès profita de son avantage et flanqua deux directs du droit, puis un crochet du gauche qui envoya Leukon sur le sol.

Il se releva aussitôt.

Banoclès continua maladroitement, mais il commençait à s'apercevoir que Leukon était un meilleur combattant que lui. Il plaça plusieurs bons coups, mais le géant semblait ne rien sentir et continuait, martelant de ses poings le visage et le corps de Banoclès. Le Mycénien se battait maintenant dans un brouillard de douleur, mais il continua, espérant toujours pouvoir placer un coup qui ferait une différence.

Quand ça arriva, ce fut une surprise complète. Leukon sembla glisser, et sa mâchoire se projeta en avant. Banoclès mit toute la force qu'il lui restait dans le coup, et son adversaire tituba puis tomba lourdement sur le sol. Et il ne se releva pas ! Les cris de la foule cessèrent. Banoclès resta un moment debout, clignant des yeux dans la lumière du feu de camp. Il se pencha pour mieux voir l'homme à terre, puis il s'affala sur les genoux. Calliadès courut vers lui et le remit sur pieds.

— Tu as réussi, mon ami, dit-il. Beau combat.

Banoclès ne répondit pas tout de suite. Il avait un œil fermé, et son visage le faisait souffrir des cheveux au menton.

— J'aimerais bien un peu de vin, marmonna-t-il.

Calliadès l'aida à regagner leur petit camp dans les rochers. Avec un gémissement, Banoclès s'allongea près du feu. Piria le rejoignit avec un seau d'eau de mer et un bout de tissu. Elle nettoya le sang qui maculait le visage de Banoclès, puis sortit une pierre plate du seau et l'appliqua sur l'œil enflé. La fraîcheur était délicieuse, et Banoclès soupira d'aise.

Les doigts de la jeune femme repoussèrent doucement ses cheveux blonds de son front.

— Il faut que tu te reposes, dit-elle. Tu as reçu une sacrée correction !

— Mais j'ai gagné !
— Tu es un combattant courageux, Banoclès.
— Je crois… que je vais dormir un peu, dit-il.
Et l'obscurité l'engloutit.

Chapitre 11

D'ENTRE LES MORTS

Calliadès regarda son ami, couvert de bleus et épuisé, puis il aperçut Leukon, un peu plus loin, désormais conscient et en conversation avec Ulysse. Autour du feu de camp du *Pénélope*, quelques prostituées locales s'étaient rassemblées et discutaient avec les hommes. Des éclats de rire résonnaient. Calliadès s'assit, et Piria quitta le chevet de Banoclès pour le rejoindre.

— J'ai vu pas mal de combats à mains nues, dit-elle, mais je n'avais jamais vu quelqu'un se faire rouer de coups à ce point et rester debout.

— C'est Banoclès tout craché, dit-il. Il n'a pas assez de bon sens pour comprendre qu'il a été vaincu ! C'est gentil d'avoir soigné ses blessures. Je croyais que tu ne l'aimais pas.

— Il est difficile de ne pas l'aimer, reconnut-elle à regret.

Il la regarda et sourit.

— Ça n'est pas la Piria que je connais !

— Et quelle serait cette Piria ? demanda-t-elle aussitôt.

— Une femme de qualité, qui n'a peur de rien. En vérité, tu ressembles beaucoup à Banoclès, sur certains points. Vous avez tous les deux beaucoup de courage. Toi aussi, tu es imprudente et téméraire, mais pas pour les mêmes raisons. Banoclès ne réfléchit pas plus loin que le bout de son nez. Il pense seulement à son prochain repas, sa prochaine bataille ou sa prochaine compagne d'un soir. Toi, tu es poussée par quelque chose de différent.

— Tu discernes beaucoup de choses, Calliadès. Es-tu aussi lucide à ton propre sujet ?

— J'en doute, reconnut-il. La plupart des hommes rationalisent leurs faiblesses et s'illusionnent sur leurs forces. Je ne suis pas différent.

— Peut-être que si… Tu as parié une épée à laquelle tu tiens beaucoup alors que tu pensais que Banoclès ne pourrait pas gagner le combat. Tu l'as fait pour l'encourager, parce que tu savais que si tu refusais le pari, ça minerait sa confiance en lui.

— C'est vrai, je tiens beaucoup à l'épée d'Argurios, mais ce n'est quand même qu'un objet. Banoclès est un ami. Il n'y a pas assez d'or dans le monde entier pour acheter une telle amitié.

— À ton avis, quelles autres choses est-il impossible d'acheter ? demanda Piria.

Il réfléchit un moment à sa question en regardant la mer d'un noir d'encre.

— Rien qui ait vraiment de la valeur ne peut être acheté, dit-il enfin. L'amour, l'amitié, l'honneur, le courage, le respect. Toutes ces choses, il faut les gagner.

— En parlant d'honneur, je constate qu'Idoménée ne t'a pas encore donné le plastron.

— Non, c'est vrai ! dit Calliadès, sentant la colère l'envahir.

Pourquoi un homme aussi riche qu'Idoménée essaierait-il de priver un simple guerrier de son épée, en trichant ?

Ils restèrent assis en silence un moment, puis elle prit son manteau et alla alimenter le feu avec les derniers morceaux de bois. Calliadès la regarda s'étendre à côté, la tête posée sur un bras.

Le temps passa. Calliadès ne se sentait pas fatigué. Il vit que Leukon était assis à l'écart, et le rejoignit.

— Que veux-tu ? demanda Leukon. Tu es venu te moquer de moi ?

— Pourquoi me moquerais-je ? Tu étais en train de gagner, puis tu as décidé de te coucher !

— Quoi ?

— Tu n'étais pas inconscient. Banoclès était épuisé, vers la fin. Il lui restait bien peu de forces, certainement pas assez pour t'envoyer à terre comme ça.

— Ne parle pas si fort, sinon tu vas perdre ce magnifique plastron étincelant !

— Alors, pourquoi ? murmura Calliadès.

— Ulysse me l'a demandé.

— Ça ne répond pas à ma question.

Leukon soupira, puis désigna un autre feu de camp, plus loin sur la plage.

— As-tu vu le type baraqué avec la barbe rousse fourchue qui est venu regarder le combat ?

Calliadès se souvenait de l'homme. Il était immense, et il avait regardé la lutte, ses bras puissants croisés sur la poitrine.

— Oui. Pourquoi ?

— Il s'appelle Hakros. C'est le champion de Rhodes, et un combattant féroce. L'été dernier, à Argos, il a tué un homme pendant un match. Il lui a défoncé le crâne.

— Et alors ?

— Lui et moi, nous combattrons probablement à Troie. Il y aura des paris importants sur l'issue des luttes. Particulièrement maintenant qu'Hakros m'a vu me faire battre par Banoclès. Perdre contre Banoclès, c'est de l'or en perspective pour Ulysse et pour moi !

Calliadès jura à voix basse.

— Ce n'était pas une bonne action, dit-il.

Leukon haussa les épaules.

— Ça ne fait de tort à personne. Banoclès a récolté quelques bleus, et j'ai l'impression d'avoir reçu des rochers sur tout le corps. Tu as gagné un plastron, et Banoclès pense qu'il est un champion.

— Oui, dit Calliadès froidement. Et c'est bien ça le problème. Il va aller combattre à Troie, ou un lutteur plus fort que lui, comme Hakros, lui brisera les os ou le tuera.

Leukon secoua la tête.

— Il n'y aura guère que quatre ou cinq hommes qui pourront le battre. Ton ami est fort, il est résistant comme un bœuf, et s'il apprenait quelques bons mouvements de lutte, il devrait très bien se débrouiller. Il gagnera quelques combats préliminaires, et, avec les paris, il se fera un peu d'or !

— Il reste pas mal de jours avant notre arrivée à Troie, dit Calliadès, et beaucoup de nuits sur la plage comme ce soir. Je veux que tu le formes, que tu lui enseignes ces mouvements.

Leukon éclata de rire.

— Et pourquoi ferais-je une telle chose ?

— Il pourrait y avoir deux raisons, dit Calliadès. Pour commencer, ce serait une preuve de bonne camaraderie. Sinon, je pourrais dire à Banoclès que tu l'as laissé gagner, et le couvrir de honte. Il serait obligé de te défier de nouveau, à l'épée, dans un duel à mort. J'ignore si tu es bon à l'épée, Leukon, mais je parierais que Banoclès te tuerait en un clin d'œil. Cependant, je suis un assez bon juge des hommes, et je sais que tu feras ce que je te demande parce que tu as bon cœur.

Leukon gloussa de rire.

— D'accord, je le formerai. Mais ni par peur ni à cause de la bonté de mon cœur ! J'ai besoin de pratique. Il fera tout ce que je lui dirai ?

— Oui.

— Et il apprend vite ?

Ce fut le tour de Calliadès d'éclater de rire.

— Je crois que ce serait plus facile d'apprendre à un cochon à danser ou à un chien à tirer à l'arc !

Des marins de différents équipages vinrent demander un récit à Ulysse, mais il refusa. Il se sentait le cœur lourd et n'avait pas envie de distraire les foules. Il quitta donc le feu de camp et se dirigea vers le *Xanthos*, le grand navire de guerre d'Hélicon. Il vit Hector avancer vers lui. Le Troyen n'avait cure des regards admiratifs des marins assis à proximité. C'était une des choses qu'Ulysse aimait chez lui. Il y avait une innocence et une douceur en Hector qui auraient été surprenantes chez n'importe quel guerrier, mais encore plus chez le fils d'un roi comme Priam.

Ulysse attendit que le Troyen arrive à sa hauteur, puis il l'entraîna loin de la foule, vers le bord de la mer.

— Il y a ce soir beaucoup d'hommes déçus, dit Hector.

Ulysse leva les yeux vers le Troyen, qui était plus grand que lui.

— Je ne suis pas d'humeur à raconter des histoires. Pourquoi navigues-tu sur la Grande Verte si peu de temps avant ton festin de mariage ?

— Père m'a envoyé. Il craignait que des pirates attaquent les invités du mariage. Avec Hélicon… (il hésita) avec Hélicon blessé, il a pensé que ce serait mieux que je patrouille un peu la mer pour leur inspirer quelque crainte.

— Blessé ? dit Ulysse dont le cœur rata un battement. On m'avait dit qu'il était mort.

— Ne te fais pas trop d'illusions, Ulysse. Il a été poignardé à deux reprises. Une des blessures a guéri, mais le second coup lui a transpercé l'aisselle et le poumon. Cette blessure-là refuse de guérir. Elle s'est infectée.

— Qui s'occupe de lui ?

— Le prêtre Machaon. Il est doué pour soigner les blessures. C'est lui qui m'a guéri il y a deux ans, quand j'ai failli mourir. Et Andromaque ne quitte pas son chevet. (Ulysse leva la tête, intrigué.) C'est une femme de qualité, continua Hector. Je l'aime bien.

— J'espère bien, puisque tu passeras le reste de ta vie avec elle !

Hector se tut et regarda la mer. Ulysse regarda le jeune homme. Quelque chose ne collait pas. Hector semblait distant, et Ulysse percevait du chagrin en lui. Était-ce de l'inquiétude pour Hélicon ? Il savait que les deux jeunes gens étaient très proches.

Hector regarda vers le feu de camp.

—Je n'aime pas Idoménée, dit-il. Ce type est un serpent. Je doute qu'il abandonne son plastron au jeune Mycénien.

—Tu as raison, dit Ulysse. Mais je l'obligerai à tenir sa promesse.

—Tu es un homme étrange, oncle de la mer.

Ulysse gloussa.

—Il y a quinze étés que tu m'as donné ce surnom pour la première fois. C'était un superbe voyage.

—J'en garde d'excellents souvenirs. Hélicon et moi échangions des histoires à ton sujet. Il m'a dit comment tu l'as poussé à sauter de cette falaise en faisant semblant de ne pas savoir nager. Il t'en sera reconnaissant à jamais ! Il dit que tu as fait de lui un homme.

—Bah ! Il aurait trouvé sa voie sans moi. Ça lui aurait juste pris un peu plus de temps.

Hector soupira, et son sourire s'effaça.

—Il est en train de mourir, Ulysse. Je te dis ces mots, et pourtant je n'arrive pas à les croire moi-même.

—Il peut encore te surprendre. Les hommes comme Hélicon ne meurent pas facilement.

—Tu ne l'as pas vu, Ulysse. Il n'est qu'à demi conscient. Parfois, il sait où il se trouve, mais la plupart du temps il est plongé dans le délire. Il est maigre comme une brindille et dévoré par la fièvre.

—C'est ça qui te fait souffrir ?

—En partie. (Hector ramassa un caillou et l'envoya ricocher sur la mer.) Une guerre se prépare. C'est ce que dit père. Je pense qu'il a raison. En général, il ne se trompe pas.

Ulysse regarda le jeune homme et comprit aussitôt qu'il avait détourné la conversation. Hector n'avait jamais su mentir. Quelle que soit la raison de son désarroi, le jeune prince n'avait nulle envie d'en parler.

— Il circule toujours des bruits de guerre, dit Ulysse. Peut-être la sagesse prévaudra-t-elle.

Hector secoua la tête.

— Pas la sagesse, l'or. Beaucoup des alliés dont Agamemnon aurait besoin reçoivent des richesses de la part de mon père. C'est pour ça que le rassemblement de Sparte n'a abouti à rien. Ça ne durera pas. Agamemnon trouvera le moyen d'unir les rois, ou il tuera ceux qui s'opposent à lui. D'une manière ou d'une autre, il mènera ses armées à nos portes. (Il lança encore un caillou, puis se pencha pour en ramasser d'autres.) Tu dessines toujours le visage de Pénélope dans le sable ?

— Oui. Presque toutes les nuits.

Hector s'assit sur le sable et regarda l'eau étinceler sous les étoiles.

— C'était le bon temps, Ulysse. Je n'avais encore tué personne conduit aucun assaut, pris aucune citadelle. Tout ce qui comptait était de transporter l'huile d'olive à Chypre et le cuivre en Lykie. Je ne vois plus le monde comme je le voyais alors. Je regarde une vallée et ses collines, et je vois un champ de bataille là où je voyais autrefois une terre fertile et des collines couvertes de fleurs. Sais-tu qu'il y a eu six mille morts à Qadesh ? Six mille !

— Les hommes se lasseront des chants et des femmes avant de se lasser de la guerre, dit Ulysse en s'accroupissant à côté d'Hector.

— J'en suis lassé ! Plus que lassé. Quand j'étais jeune, père me disait que j'en viendrais à apprécier les combats et la victoire. Mais ça n'a jamais été vrai. J'en suis venu à détester même la lutte à mains nues, Ulysse ! Tout ce que je veux, c'est vivre dans ma ferme et élever des chevaux. Pourtant, il y a toujours une bataille à livrer. Les Égyptiens font des raids sur les villes hittites, des alliés nous supplient de les aider en cas d'insurrection ou d'invasion. Et voilà maintenant que les Mycéniens veulent porter la guerre à Troie !

— Peut-être…, mais pas ce printemps. Ce printemps, tu vas te marier. Ne peux-tu repousser ces sinistres pensées pendant quelque temps, et te réjouir de prendre femme ?

L'espace d'un instant, l'expression d'Hector changea et ses épaules s'affaissèrent. Il se détourna et regarda de nouveau la mer.

— Andromaque est merveilleuse…, belle et charmante. On m'a dit qu'elle avait voyagé avec toi.

— Pour un bref moment. Je l'ai beaucoup appréciée.

— Et elle a rencontré Hélicon à ce moment…

— Oui, je pense.

— Sont-ils… devenus amis ?

— Je ne pense pas qu'ils aient eu le temps de se connaître suffisamment, mentit Ulysse. Pourquoi me poses-tu la question ?

— Elle est sans cesse à son chevet, et elle s'épuise à le soigner.

— Elle a fait de même pour Argurios, m'a-t-on dit, quand des assassins l'ont gravement blessé. C'est dans sa nature, Hector – peut-être dans la nature de toutes les femmes – de soigner et de guérir.

— Oui, je suppose que tu as raison. (Il sourit.) Même mon père dit grand bien d'elle, et c'est chose rare. Il n'hésite pas à se servir des femmes, mais il n'a aucun respect pour elles.

— Elle sera une bonne épouse pour toi, Hector, loyale et fidèle. Je n'en doute pas. Elle est comme ma Pénélope. Elle t'apportera un grand bonheur.

— Nous devrions retourner avec les autres, dit Hector en se levant.

Ulysse parla à voix basse.

— Tu sais, mon garçon, parfois un problème partagé devient un double fardeau. Mais la plupart du temps, il diminue quand on en parle. Tu sais que tu peux me parler et que je ne répéterai rien à personne. Je te dis ça parce qu'il me semble que tu portes un lourd fardeau. Ce n'est pas une bonne chose. Tu es Hector, prince de Troie. Ta renommée a fait le tour de la Grande Verte. Il n'y a pas un homme sur cette plage qui ne donnerait dix ans de sa vie pour être toi.

Hector regarda Ulysse dans les yeux et, quand il parla, sa voix était étouffée par le chagrin.

— Je ne peux pas partager mon fardeau, oncle de la mer – pas même avec toi. Mais tu peux me croire quand je te dis que, si la vérité était connue, pas un seul de ces hommes ne souhaiterait être à ma place.

Puis il retourna à grands pas vers le feu de camp.

Quand Piria se réveilla, l'aube pointait et des nuages de pluie se rassemblaient au sud. Non loin d'elle, Banoclès ronflait, et Calliadès était couché à côté de lui. Il ouvrit les yeux quand Piria bougea, et lui sourit avant de se rendormir.

Elle resta allongée un moment sur le sable. Pour la première fois depuis des mois, ses rêves avaient été paisibles, et elle n'avait pas non plus été réveillée par la douleur de ses blessures. Elle s'assit avec précaution. La douleur avait diminué, et elle sentit que son corps avait commencé à guérir. Le soleil levant brillait sur l'Arc d'Apollon et baignait les collines d'une douce lueur dorée. Piria avait l'âme légère, une sensation qu'elle n'avait plus éprouvée depuis longtemps. La rage qu'elle avait exprimée à Calliadès le jour précédent avait eu des effets remarquables. Elle avait l'impression d'avoir eu du poison à l'intérieur d'elle et de l'avoir fait sortir grâce à ces paroles coléreuses. Aujourd'hui, tout lui semblait différent : le ciel plus beau, l'odeur de la mer plus vivifiante. Même l'air lui semblait plus propre. Elle ne s'était pas sentie aussi heureuse depuis qu'Andromaque et elle avaient été ensemble sur Théra, croyant qu'elles y resteraient toujours.

Les feux de cuisson avaient été allumés, et Piria gagna un étal où on lui remit un bol en bois empli d'un ragoût d'aspect bizarre et un morceau de pain sec. Le ragoût était gras et des morceaux de viande filandreuse y flottaient, mais le goût était délicieux. Elle se demanda un instant si ce ragoût lui aurait semblé immangeable sur Théra, et décida que ç'aurait sans doute été le cas. Pourtant, ici, dans le matin frais, il était exquis !

Son repas achevé, elle retourna à l'étal et prit deux autres bols pour Calliadès et Banoclès. L'idée même la fit sourire. C'était très étonnant, pensa-t-elle, de se mettre à apprécier deux *hommes*.

Calliadès était assis quand elle revint, et il la remercia pour la nourriture. Banoclès gémit en se réveillant et prit le bol sans un mot. Il mangea voracement, tout en se plaignant d'avoir une dent déchaussée.

Les hommes commençaient à se réveiller autour du feu de camp du *Pénélope*, et, un peu plus loin, les hommes du *Xanthos* se préparaient au départ. Elle vit Hector assis, seul, et de sombres pensées envahirent son esprit en le regardant. C'était l'homme qui enchaînerait Andromaque à lui, qui briserait son esprit, qui planterait sa semence en elle, qui la forcerait à accepter l'invasion de son corps. À cet instant, toutes les vieilles haines tentèrent de ressurgir. Mais elles n'avaient désormais plus de pouvoir sur elle, et elle les repoussa aisément. Malgré tout, elle se sentait mal à l'aise en regardant Hector.

Il se leva, enleva sa tunique, gagna la mer et plongea. Il nageait avec aisance et alla presque à la limite de la baie. Puis il fit demi-tour et revint vers la plage.

— Dis-moi, entendit-elle Banoclès demander, derrière elle, est-ce qu'un troupeau en folie m'a piétiné, la nuit dernière ?

— Pas que je sache, répondit Calliadès.

— J'essaie de trouver une partie de mon corps qui ne me fasse pas mal, grommela Banoclès.

Son œil droit était très enflé, et ses deux joues étaient couvertes de bleus.

Piria se tourna vers lui.

— Tes pieds, peut-être, dit-elle. Il ne t'a pas frappé aux pieds.

Banoclès sourit, puis grimaça.

— Tu as raison ! Mes pieds sont en parfait état. (Il regarda Calliadès.) Je me suis réveillé, la nuit dernière, et je t'ai vu parler à Leukon. Est-il aussi endolori que moi ?

— Non.

— C'est bien ce que je pensais. Le salaud ! Alors, de quoi parliez-vous ?

— Il a accepté de t'entraîner pour les jeux.

— Bah ! ricana Banoclès. Quel besoin ai-je d'être entraîné par un homme que j'ai battu ?

— Un grand besoin, idiot ! C'est un excellent lutteur, et tu le sais. Tu l'as battu par un coup de chance. Et tu le sais aussi. Si tu veux t'enrichir à Troie, suivre son entraînement fera sans doute la différence. Je lui ai donc promis que toutes les nuits, quand nous descendrons sur la plage, tu feras exactement ce qu'il te dira.

— Un peu de pratique ne me fera pas de mal, j'imagine, acquiesça Banoclès.

Puis il regarda Hector sortir de l'eau.

— Je me souvenais de lui comme d'un homme bien plus effrayant, dit-il. C'est curieux. Ici, il ressemble seulement à un robuste et amical marin. Même Leukon est plus impressionnant. Et plus baraqué que lui. À Troie, Hector avait l'air d'un géant – un dieu de la Guerre !

Soudain, Banoclès s'abrita les yeux avec la main et regarda devant lui.

— Des problèmes approchent, dit-il.

Piria suivit la direction de son regard. Hector avait passé un pagne en lin et se séchait, torse nu. Une vingtaine de marins avançaient vers lui, conduits par un homme impressionnant à la barbe rousse taillée en fourche. Piria comprit ce que Banoclès avait voulu dire. L'expression du visage des hommes était fermée et dure, et ils étaient groupés comme s'ils partaient à la chasse et non pour une promenade le long de la plage.

— C'est Hakros, le champion rhodien, dit Calliadès. Leukon m'a parlé de lui, hier soir.

— Par les couilles d'Arès, c'est une vraie montagne ! Viens, je ne veux pas rater ça.

Les trois compagnons avancèrent vers le groupe, remarqué par d'autres marins qui se rapprochaient aussi.

Le géant à la barbe rousse s'arrêta devant Hector, les mains sur les hanches, et dévisagea le prince troyen. Hector continua à sécher sa chevelure blonde, ignorant le Rhodien. Piria vit le géant rougir. Puis il parla d'une voix dure.

— Ainsi, tu es le puissant Hector. Prendras-tu part à tes jeux nuptiaux ?

— Non, dit Hector, jetant la serviette sur ses épaules.

— Tant mieux. Maintenant que je t'ai vu, je sais que je pourrais te défoncer le crâne.

— J'ai de la chance, alors, dit doucement Hector.

Piria vit le Rhodien plisser les paupières.

— Je suis Hakros.

— Très bien, dit Hector d'un ton las. Maintenant, sois un bon garçon, Hakros, et va-t'en. Tu as impressionné tes amis, et tu m'as dit ton nom.

— Je partirai quand je le déciderai. J'ai bien envie de mettre ta légende à l'épreuve, Troyen.

— Ce ne serait pas avisé, dit Hector. Sur cette plage, il n'y a rien à gagner, ni or ni vivats.

Hakros se tourna vers ses camarades.

— Vous voyez ? Il a peur de m'affronter.

Quand Hector parla, il n'y avait aucune colère dans sa voix, mais ses paroles furent entendues de tous.

— Tu es un homme stupide, Hakros, un benêt et un moulin à paroles. Il te reste désormais deux solutions : partir d'ici sur tes pieds, ou être emporté par tes amis.

Pendant un instant, le calme régna, puis le Rhodien se jeta sur Hector. Le Troyen se porta à sa rencontre, baissa une épaule et lança un puissant crochet du droit à la mâchoire d'Hakros. Il y eut un craquement de mauvais augure, et Hakros tomba en criant. Il se remit maladroitement sur pied, et fut accueilli par un direct du gauche qui lui éclata les lèvres contre les dents, puis un uppercut qui lui écrasa le nez et le projeta, inconscient, sur le sable.

—Ah, oui ! dit Banoclès. *Ça*, c'est l'homme dont je me souviens !

Les hommes se rassemblèrent autour du champion évanoui, mais Hector était déjà en train de s'éloigner.

—Il a la mâchoire fracturée, dit quelqu'un.

Leukon rejoignit Calliadès, Banoclès et Piria.

—Cet homme est un vrai combattant, dit-il. La rapidité de ses coups de poing était inhumaine !

—Pourrais-tu le battre ? demanda Calliadès.

—Non. Je doute qu'il existe un homme vivant qui le puisse.

—Il y en a un, dit Piria sans pouvoir se retenir.

—De qui peut-il bien s'agir ? demanda Leukon.

—Le champion de Thessalie. Achille.

—Ah ! J'ai entendu parler de lui, mais je ne l'ai jamais vu combattre. À quoi ressemble-t-il ?

—Il est plus grand et plus fort qu'Hector, et tout aussi rapide. Mais il n'aurait pas essayé de persuader ce type de ne pas se battre. À l'instant où cet abruti serait arrivé devant lui, Achille l'aurait détruit. Il l'aurait laissé mort sur le sable.

—Et il participera aux jeux, dit Leukon. Ce n'est pas une pensée rassurante.

Il se tourna vers Banoclès et lui flanqua une bourrade amicale sur l'épaule.

—Heureusement que nous allons nous entraîner ensemble !

— Ne t'inquiète pas, Leukon, dit Banoclès. Je t'apprendrai tout ce que je sais.

Piria s'éloigna des hommes et regarda la mer. Quelque part, au loin, se dressait la Cité d'Or – où se trouvait Andromaque. Elle ferma les yeux, se représentant le visage de son amante, l'or roux de ses cheveux, le vert magnifique de ses yeux.

— Bientôt, je serai auprès de toi, mon amour, murmura-t-elle.

Livre deux

Un ennemi de Troie

Chapitre 12

Fantômes du passé

Le ciel au-dessus de Troie était lourd de nuages de pluie, et, à l'est, Andromaque vit les éclairs lointains d'un orage d'été. Le tonnerre grondait dans la fraîcheur de l'après-midi, et elle serra plus étroitement contre elle son châle de laine verte pour s'abriter du vent que les Troyens appelaient la Faux. Elle avait les orteils glacés malgré ses sandales ajustées en cuir et en laine, et elle tapa des pieds pour les réchauffer.

Dans la baie de Troie, loin en dessous d'elle, elle vit un navire arriver rapidement du nord. Il tentait de battre de vitesse l'orage imminent. Ses rames battaient en rythme et sa voile était gonflée par le vent.

Andromaque repensa à son propre voyage à bord du *Pénélope*, l'automne précédent. Elle avait le cœur lourd, et son avenir lui paraissait bien sombre alors. Il lui semblait impossible qu'un seul hiver se soit écoulé depuis qu'elle avait vu Calliope pour la dernière fois, depuis qu'elles avaient ensemble pratiqué le rituel pour calmer l'âme du Minotaure. L'île de Théra appartenait désormais à une époque différente, comme si elle était devenue un rêve. Tant de choses étaient arrivées depuis ! À cet instant, elle aurait voulu que Calliope soit avec elle sur ce flanc de colline sinistre. Elle savait que c'était une pensée égoïste, car Calliope n'était pas faite pour le monde des hommes. Elle était faite pour Théra, où elle était libre et heureuse. Penser à Calliope la plongeait maintenant dans la confusion. Au contraire de son amante, Andromaque n'avait jamais haï les hommes, n'avait jamais souhaité ardemment être débarrassée d'eux. Quand elle était avec Calliope, surtout la nuit, quand elle goûtait le vin sur les lèvres de son amante et caressait sa peau veloutée, c'étaient des moments merveilleux qui la remplissaient de satisfaction. Pourtant, les sentiments qu'Hélicon lui avait inspirés étaient tout aussi extraordinaires.

Déchirée par des émotions contradictoires, Andromaque soupira et se tourna vers la tombe nouvellement construite. Elle était sculptée de figures élaborées, des guerriers étincelants et de belles jeunes filles. La tombe faisait face à l'est, vers les terres mycéniennes. L'herbe ne poussait pas encore autour, et le marbre était blanc comme du duvet de cygne. À l'intérieur reposaient pour l'éternité, ensemble, les dépouilles d'Argurios et de Laodicé.

Andromaque sentit la douleur familière dans son cœur, le poids mort de la culpabilité. Si elle avait compris la gravité de la blessure de son amie, aurait-elle pu la sauver ? Elle s'était posé cette question mille fois. Elle en avait assez de traîner ce fardeau, comme si un démon attendait dans un coin de son esprit de jaillir soudain et de la tourmenter. Et pourtant, tous les jours, elle effectuait ce pèlerinage à la tombe et nourrissait le démon.

Laodicé avait été blessée quand les Thraces renégats avaient attaqué le palais. Andromaque l'avait transportée vers la relative sécurité des appartements de la reine, pendant qu'Hélicon et une compagnie d'Aigles Royaux combattaient les traîtres. La blessure de Laodicé avait semblé bénigne. Elle n'avait pas beaucoup saigné, et Laodicé allait relativement bien. Plus tard, pendant que le terrible siège continuait, la jeune femme avait perdu son entrain et avait glissé dans le sommeil. À ce moment, Andromaque avait appelé le médecin à son chevet. La lance était entrée profondément dans son dos, et la blessure était mortelle.

La douce Laodicé, une jeune femme ordinaire et bien en chair, avait découvert l'amour dans les jours qui avaient précédé le siège. Et, dans cette terrible nuit, ses espoirs de bonheur et sa vie l'avaient quittée. Andromaque n'oublierait jamais le moment où l'amant de Laodicé était venu à elle. Le puissant Argurios, qui avait tenu l'escalier comme un titan, agonisait lui aussi, une flèche enfoncée dans le flanc, tout près du cœur. Hélicon et Andromaque l'avaient aidé à se relever et à se rendre au chevet de Laodicé.

Andromaque n'avait pas entendu les paroles qu'ils avaient échangées, mais elle avait vu Argurios sortir une petite plume blanche de la bourse tachée de sang qu'il portait à la ceinture et la poser dans la main de Laodicé. La jeune femme avait souri, un sourire si plein de joie qu'Andromaque avait senti son cœur se briser.

Tant de gloire et tant de chagrin en une seule nuit…

Le roi Priam avait fait construire la tombe en marbre blanc en honneur d'Argurios. Andromaque se posait toujours des questions sur les aspects contradictoires du roi Priam. Cet homme lascif, parfois cruel, égoïste et avide avait quand même bâti un monument magnifique en honneur d'un guerrier qui était arrivé à Troie en étant son ennemi, et de la fille pour qui il avait eu si peu de considération ou de temps quand elle vivait. Les amants étaient désormais ensemble dans la mort – comme ils n'auraient jamais été autorisés à l'être s'ils avaient vécu.

— Que vos âmes demeurent ensemble à jamais, dit Andromaque à voix basse.

Puis elle se détourna et partit.

Elle traversa rapidement le fossé fortifié qui entourait la cité basse et commença à grimper la colline qui menait aux murs de la cité haute. Après le siège du palais, Priam avait fait accélérer les travaux des fossés. Ils n'étaient guère plus profonds que la hauteur de la hanche, mais ils avaient une largeur suffisante pour empêcher un cheval de sauter par-dessus. Ils arrêteraient efficacement un assaut de cavalerie contre la cité basse. Seuls trois ponts en bois permettaient de traverser, et, si nécessaire, ils pouvaient aisément être brûlés.

Mais la véritable défense de Troie était ses grands murs. S'élevant au-dessus d'elle, ils étaient gris par cette journée nuageuse et semblaient aussi infranchissables qu'une paroi rocheuse à pic. Les murs étaient percés de quatre grandes portes : la porte de Scée au sud, la porte de Dardanie au nord-est, la porte de l'Est, et la porte de l'ouest, que l'on appelait la porte de la Désolation, car le cimetière principal de la cité s'étendait sous son ombre.

Andromaque entra par la porte de Scée, gardée par la grande tour d'Ilion, puis elle pénétra dans la cité. Son humeur maussade s'améliora un peu, malgré le mauvais temps, à la vue de la cité d'or, de ses bâtiments sculptés et décorés et de ses jardins verdoyants. Elle y vivait depuis six mois, et elle aimait et détestait tout à la fois cette ville.

Par cet après-midi frais, les rues pavées étaient bondées. Andromaque prit à droite, puis grimpa les marches qui menaient aux remparts sud. Elle s'arrêta, sentant sur ces hauteurs le vent agiter plus violemment sa longue chevelure.

Elle regarda vers le sud, vers les pentes verdoyantes du mont Ida, la montagne sacrée où Zeus avait sa tour de garde. Derrière le mont Ida, invisible, s'étendait Thèbes sous Plakos, dont son père était roi.

Andromaque arriva au bout des remparts, au grand bastion du nord-est. Cette tour, plus massive et plus large que les autres, faisait face aux plaines du Nord et aux territoires des Hittites. On apercevait des pâturages pour les chevaux et les champs de céréales qui nourrissaient la population croissante de Troie.

En ce moment, dans les prairies les plus proches de la cité, on construisait des rangées de bancs solides, et des zones de terre étaient mesurées et délimitées par des cordes pour préparer les pistes et les circuits pour les courses de chevaux des jeux nuptiaux. Andromaque regarda pensivement les préparatifs, puis elle se tourna vers le sud du bastion, où d'autres équipes travaillaient toujours au fossé de fortification autour de la cité basse. Elle se dit, une fois encore, que c'était étrange que les rois de l'Ouest, qui avaient été invités aux jeux, soient les mêmes que ceux que les fossés étaient destinés à empêcher d'entrer.

La lumière commençait à baisser, et Andromaque se dirigea vers le palais d'Hector.

Quand elle passa à côté de la Maison du Serpent, le temple d'Esculape, dieu de la Guérison, elle vit un jeune homme sortir en courant. Andromaque sourit quand il s'approcha d'elle.

— Xander, je t'ai à peine reconnu ! Tu as tellement grandi ! Je te croyais retourné à Chypre.

Le jeune garçon avait grandi de la largeur d'une main depuis qu'elle l'avait vu pour la dernière fois. Son torse et ses épaules commençaient à s'épaissir. On pouvait déjà deviner l'homme qu'il deviendrait. Mais, quand il souriait, son visage parsemé de taches de rousseur montrait qu'il était encore presque un enfant.

— Machaon m'apprend l'art de la guérison. C'est très difficile, avoua-t-il. Il m'a dit que le seigneur Hélicon a été blessé et que vous vous occupez de lui.

Le sourire d'Andromaque s'évanouit.

— La blessure refuse de guérir, et la fièvre ne tombe pas.

Le jeune garçon ne se laissa pas abattre par ces nouvelles.

— Il est fort, Andromaque. C'est un grand guerrier. Il guérira. On dit qu'il a combattu aux côtés d'Argurios et tué un millier de Mycéniens. Un tel homme ne laissera pas une petite blessure avoir raison de lui.

— Il ne s'agit pas d'une petite blessure, Xander, dit-elle, retenant sa colère.

Le jeune garçon idolâtrait Hélicon, mais il ne l'avait pas revu depuis l'attaque. Il n'avait pas vu sa chair fondre, ses os saillir sur sa peau brûlante de fièvre. La mort était proche, et, quand elle arriverait, une partie d'Andromaque mourrait avec lui.

— Qu'est-il arrivé ? demanda Xander. Machaon m'a dit qu'il a été poignardé par un marin du *Xanthos.* Ça semble impossible !

— C'est pourtant vrai. Un marin du nom d'Attalus. Hélicon l'appréciait beaucoup. Il était près de lui quand Hélicon est sorti pour annoncer son mariage avec la reine

Halysia. Soudain, il a foncé sur lui et lui a plongé un couteau dans le corps.

— Attalus l'a poignardé ? demanda Xander, horrifié. Attalus a aidé à m'empêcher de tomber à la mer. Et il a sauvé la vie d'Hélicon au combat !

— Le monde des hommes doit-il toujours avoir un sens ? dit sèchement Andromaque.

La dureté de son ton étonna le jeune garçon. Andromaque l'attira vers elle et le serra dans ses bras.

— Je suis heureuse de te voir, Xander. Tu as illuminé ma journée.

Ils restèrent un moment silencieux. Puis Andromaque recula d'un pas.

— Hélicon a été poignardé deux fois, dit-elle. D'abord à la poitrine, mais le coup a été dévié par la chemise renforcée qu'il portait. Cette blessure-là a bien guéri. Puis Attalus l'a frappé à l'aisselle. La lame a pénétré profondément.

— Était-elle empoisonnée ? demanda Xander.

— Machaon dit que non. Mais le saignement interne ne veut pas s'arrêter. La reine Halysia l'a fait transporter à Troie avec l'espoir qu'on pourrait l'y guérir.

— Puis-je le voir ?

— Tu devras te préparer au pire, Xander. Il n'est plus le jeune dieu dont tu te souviens.

Ils allèrent ensemble au palais d'Hector et montèrent dans une chambre haute du côté est du bâtiment. L'endroit était lumineux et aéré et surplombait la rue des Danseurs et les baraquements et écuries du régiment d'Héraclion. Machaon lui avait dit que ce serait bon pour un malade d'être face au soleil levant, et il pensait que les bruits et les odeurs des chevaux et les allées et venues des soldats stimuleraient le blessé.

Ils furent accueillis à l'entrée de la chambre par un homme puissamment bâti à la barbe noire, qui sourit en voyant qui arrivait.

— Xander !

Il attira le jeune garçon dans une étreinte solide. Xander, rouge de plaisir, dit :

— Gershom ! Je pensais que tu étais parti sur le *Xanthos*.

— Non, petit. Hélicon a besoin d'un garde, et je n'ai jamais aimé ramer, de toute façon. Tu es venu lui rendre visite ? Il sera content de te voir.

Le lit était grand et couvert de draps blancs. À côté était assise une jeune femme enceinte qui travaillait à une broderie quelque peu froissée.

Hélicon était mortellement pâle, et il dormait. Andromaque regarda Xander. Son visage aussi avait pâli quand il avait vu dans quel état se trouvait réellement son héros. La sueur luisait sur le visage émacié d'Hélicon, et ses yeux fermés étaient enfoncés dans leurs orbites et entourés de cernes noirs. Une odeur de putréfaction flottait dans la chambre.

Xander resta silencieux, mais Andromaque vit que ses yeux s'emplissaient de larmes. La jeune femme enceinte leva les yeux vers le jeune garçon.

Andromaque dit :

— Xander, voici Hélène, une princesse de Sparte qui est maintenant l'épouse du prince Pâris.

Pendant un moment, il parut ne pas avoir entendu. Puis il inspira à fond et détourna le regard du blessé.

Hélène lui sourit timidement. C'était une jeune femme ordinaire aux cheveux blonds et aux yeux marron, et son sourire illumina la chambre de malade.

À ce moment, Hélicon cria :

— Argurios, à ta droite ! Bravo ! Dios, une autre épée !

Il s'assit tout droit dans le lit, ses bras décharnés repoussant d'invisibles ennemis. Gershom et Andromaque le rallongèrent doucement, et il s'endormit aussitôt, ses cernes noirs ressortant vivement contre le blanc des draps.

Quand ils sortirent de la chambre, Andromaque dit :

— Les nuits sont pires, quand tous les morts défilent devant son lit. Zidantas, Argurios, son frère Diomède… et d'autres dont je ne connais pas les noms.

Elle vit le regard blessé de Xander et regretta d'avoir parlé aussi librement.

— Vous avez l'air fatigué, ma dame, dit-il doucement.

La gentillesse de sa voix fit monter des larmes aux yeux d'Andromaque.

Quand le jeune garçon eut été escorté hors du palais par Gershom, Andromaque gagna sa propre chambre et se jeta sur son lit, rongée par l'angoisse, les yeux secs et braqués vers le plafond.

Elle pensa au jour où elle avait rencontré Hélicon sur la plage, après le siège. C'était la dernière fois qu'elle l'avait vu en bonne santé. Ils étaient convenu qu'ils devaient se séparer, qu'Andromaque devait rester et épouser Hector, et qu'Hélicon devait retourner en Dardanie et assumer le fardeau de la royauté.

Il lui avait dit : « Il n'y a rien au monde que je désire plus que partir en mer avec toi, vivre avec toi, être avec toi ! » Ils avaient su tous les deux que c'était impossible. Maintenant, elle regrettait qu'ils ne soient pas partis ensemble, faisant fi du devoir, pour naviguer loin des soucis du monde.

Elle se reposa un moment, puis se leva et retourna dans la chambre du malade. Hélène se leva et la serra brièvement dans ses bras. Hélicon dormait, le souffle rauque.

— Je dois y aller, dit Hélène. Je reviendrai demain.

Restée seule avec Hélicon, Andromaque s'assit à côté du lit et prit la main du jeune homme.

— Je suis là, Hélicon, dit-elle. Andromaque est près de toi.

Gershom dit joyeusement adieu à Xander et regarda le jeune garçon repartir en courant vers la Maison du Serpent. Puis le sourire et la bonne humeur apparente quittèrent son visage.

Hélicon se mourait.

Gershom n'avait désormais plus de doute à ce sujet. La blessure ne guérirait pas, et seuls les derniers vestiges de la résistance extraordinaire d'Hélicon le retenaient encore à la vie.

Il fallait donc qu'il agisse cette nuit. Gershom resta un moment sous les rayons de la lune, aux portes du palais. Cthosis l'eunuque lui avait donné les indications pour trouver le Prophète, mais cela l'obligerait à traverser le quartier égyptien de la cité.

— Si quelqu'un vous reconnaît, mon prince, avait dit Cthosis, quand ils étaient encore en Dardanie, aucun endroit ne sera plus sûr pour vous. Et il y aura de nombreuses personnes dans ce quartier qui vous auront déjà vu dans le palais de votre grand-père.

— Ce ne sera peut-être pas nécessaire, avait répondu Gershom. Il y a d'excellents guérisseurs à Troie.

— Si c'est ainsi, avait dit le marchand, vous devriez rester en Dardanie, où on trouve peu d'Égyptiens.

— Hélicon est mon ami. Je voyagerai avec lui. Ce prophète habite dans le désert ?

— C'est un prophète de l'Unique. Un homme dur. Et, comme pour vous, le pharaon a ordonné sa mort.

— Tu l'as rencontré ?

— Non, avait répondu Cthosis. Et je n'en ai nulle envie. (Il avait baissé la voix.) Il avait autrefois un serviteur qui lui a déplu, et d'un seul geste il l'a transformé en lépreux. Vous devez comprendre, mon prince, qu'il déteste tous les nobles égyptiens. S'il devine votre identité – et c'est fort possible, car il a de grands pouvoirs –, il vous maudira, et vous mourrez.

— Il faudra plus qu'une malédiction pour avoir raison de moi, avait affirmé Gershom.

Maintenant, debout dans l'ombre, Gershom n'était plus aussi sûr de lui. Il se doutait que la plupart des histoires que Cthosis lui avait racontées sur le Prophète étaient exagérées, mais quand même, l'homme devait avoir une certaine magie à sa disposition. Et, pour arriver à lui, Gershom devrait traverser le quartier est, qui grouillait de marchands et d'envoyés égyptiens. Si un d'eux l'identifiait, il pourrait réclamer son poids en or comme récompense.

C'est un risque stupide à prendre pour un homme en train de mourir, murmura en lui la voix de la raison.

— Non, pas si sa mort peut être évitée, se répondit-il à voix haute.

Relevant son capuchon sur sa tête, il partit sous le clair de lune, évitant la rue des Danseurs et gravissant la longue colline qui conduisait au quartier est. Il entendit au loin le bruit des marteaux des travailleurs qui terminaient les bâtiments pour les jeux, à la lueur des torches. Gershom réfléchit – pas pour la première fois ! – à la nature bizarre de ces gens de la mer.

Tous les ennemis de Troie étaient invités à un mariage. Et, durant leur séjour, ils seraient protégés par des soldats troyens, comme s'ils étaient des amis. *Quel sens cela a-t-il ?* se demanda-t-il. Les ennemis devaient être éliminés et leurs carcasses laissées sans sépulture. Mais non ! Ils amèneraient leurs suites, participeraient aux jeux nuptiaux, la course, le lancer, la lutte, les courses de chevaux. Et pour quelle récompense fabuleuse ces guerriers lutteraient-ils ? Pas les anneaux d'or, les trophées ou les ornements en argent. Pas les casques luxueux, les épées à la magnifique facture ou les boucliers étincelants.

Non, les guerriers se battraient pour obtenir les petites couronnes de feuilles de laurier rapportées des arbres qui poussaient au pied du mont Olympe, et placées sur la tête des vainqueurs.

Ils lutteraient, s'évertueraient et parfois mourraient pour quelques feuilles à moitié fanées…

Repoussant ces pensées ridicules, Gershom poursuivit sa route.

Au contraire de la cité haute, avec ses palais, ses vastes cours et ses jardins, la cité basse était bondée, manquait d'espace et sentait l'urine et les excréments. Les rues étroites étaient bordées de bâtiments sordides et de mauvaise facture. Gershom continua son chemin. Plusieurs femmes l'abordèrent et lui offrirent leurs faveurs, et plusieurs jeunes hommes au visage maquillé lui firent des signes d'encouragement. Gershom les ignora tous.

Quand il arriva enfin à la rue du Bronze, il coupa à droite et chercha l'allée que Cthosis lui avait décrite. Pendant qu'il examinait les bâtiments, un homme solidement bâti s'approcha de lui.

— Tu es perdu, étranger ? demanda-t-il.

— Non, je ne suis pas perdu, répondit Gershom.

Il vit les yeux de l'homme se porter vers la droite et entendit le bruit de mouvements furtifs derrière lui.

Gershom sourit, sentant sa tension le quitter. D'un geste vif, il saisit l'homme en face de lui et le fit pivoter derrière lui, dans le trajet de l'autre homme. Les deux voleurs se heurtèrent et tombèrent lourdement à terre, avant de se relever le plus vite possible. Gershom les regarda, les mains sur les hanches. Le deuxième homme avait une dague. Gershom ne sortit pas la sienne.

— Vous n'êtes pas des détrousseurs bien doués, dit-il.

L'homme à la dague jura et fonça sur lui. Gershom repoussa la main armée sur le côté et flanqua un magistral direct du gauche à la mâchoire du type. L'homme heurta le mur la tête la première et s'écroula, immobile.

Le premier homme le regardait.

— Tu ne sembles pas armé, dit Gershom. Tu as envie d'aller récupérer la dague de ton ami ?

Le voleur se lécha les lèvres.

— Est-il mort ? demanda-t-il.

— Je l'ignore, et je m'en fiche. Tu connais ce quartier ?

— Comment ? Oui, je le connais.

— On m'a dit qu'il y avait une allée dans le coin, où se trouve un petit temple dédié au dieu des Déserts.

— Oui. Pas au prochain tournant, mais à celui d'après, sur la droite.

L'homme qui était par terre gémit et essaya de se lever, puis il retomba.

Gershom reprit son chemin. Il se sentait tout ragaillardi.

L'allée était sombre, mais un peu plus loin il vit la lumière de lampes briller à une fenêtre basse. Avançant avec précaution, il arriva à un portail qui donnait sur une petite cour. Cinq hommes étaient assis sur des bancs de pierre. Ils le regardèrent quand il entra. Ils portaient la robe ample et claire des habitants du désert, des vêtements que Gershom n'avait plus vus depuis qu'il avait quitté l'Égypte.

— Je cherche le Prophète, dit-il.

Personne ne répondit. Il répéta sa phrase dans la langue du désert.

Ils le regardèrent, mais toujours sans rien dire.

— Un de mes amis agonise, continua-t-il. On m'a dit que le Prophète est un très grand guérisseur.

— Il n'est pas là, dit un jeune homme au visage maigre et sévère, dont les yeux noirs étaient froids, presque hostiles. Et s'il était là, pour quelle raison accepterait-il de vous recevoir, prince Ahmosis ?

Les autres hommes se levèrent et formèrent un demi-cercle autour de lui.

— Par curiosité, peut-être, répondit Gershom. Quand reviendra-t-il ?

— J'avais un frère, dit le premier homme d'une voix tremblante. Il a été écorché vif. Et une sœur dont on a coupé la gorge parce qu'elle avait osé regarder le visage d'un prince égyptien. Mon père s'est fait couper les mains parce qu'il s'était plaint qu'il n'y avait pas assez de paille pour faire des briques.

— Et moi, j'avais un chien qui est tombé dans un trou, dit Gershom. C'était dommage, car j'aimais ce chien. Mais je ne suis pas venu ici entendre l'histoire de ta misérable vie ou pleurer avec toi la malchance de tes proches.

Le jeune homme se raidit et posa la main sur la poignée de la dague incurvée qu'il portait à la ceinture.

— Et si tu sors cette dague, dit Gershom, un autre membre de ta famille maudite racontera la terrible histoire disant comment tu t'es retrouvé avec tes couilles pour collier !

La dague jaillit dans la main du jeune homme. Ses camarades tirèrent aussi leurs armes. Gershom recula, le couteau à la main. Il avait l'esprit clair. Quand ils attaqueraient, il tuerait le plus jeune en premier, puis se jetterait sur le reste du groupe et tailladerait à droite et à gauche. Avec un peu de chance, il en éliminerait trois rapidement et pourrait s'enfuir par l'allée.

Au moment où le jeune homme se préparait à attaquer, une voix impérieuse retentit.

— Yeshua ! Range ton arme ! Vous tous, reculez !

Gershom vit un homme de grande taille dans l'entrée du petit temple, la lumière de la lampe éclairant une barbe blanche fournie.

— Il s'agit d'un ennemi, saint homme, répondit Yeshua. C'est Ahmosis !

— Je sais qui il est, petit. Je l'attendais. Entre, Ahmosis. Yeshua, apporte de la nourriture pour notre invité.

Gershom rangea son couteau, remarquant que les autres avaient toujours leurs armes à la main.

— Y en a-t-il parmi vous qui ont hâte de devenir lépreux ? demanda le vieil homme d'une voix glaciale.

Les lames furent instantanément remises au fourreau et les hommes retournèrent sur le banc de pierre. Quand Gershom s'approcha du Prophète, il vit que l'homme, en dépit de sa barbe blanche, n'était pas très vieux, sans doute entre la quarantaine et la cinquantaine. Il portait lui aussi les longues robes des habitants du désert. La largeur de ses épaules montrait sa force. Il était aussi grand que Gershom, et ses yeux noirs étaient enfoncés sous des sourcils saillants. À l'instant où leurs regards se croisèrent, Gershom comprit qu'il n'était pas hors de danger, car une haine violente brûlait dans les yeux sombres de l'homme. Le Prophète fit signe à Gershom de passer devant lui. Gershom sourit.

— Après vous, saint homme, dit-il.

— La prudence est une qualité, répondit l'homme en se tournant et en entrant dans le bâtiment.

La pièce où ils débouchèrent était circulaire et dépourvue de décorations. Il n'y avait ni statues ni mosaïque, seulement quelques chaises et un petit autel rectangulaire en pierre avec des canaux pour l'écoulement du sang aux coins. Malgré les lampes qui brûlaient, l'éclairage n'était pas très fort.

Le Prophète s'assit sur un tapis simple placé devant l'autel, les jambes croisées. Gershom s'installa en face de lui. Aucun d'eux ne parla. Yeshua entra et posa un bol de figues sèches et de noix au miel entre eux. Le Prophète en prit une poignée et mangea. Gershom plongea aussi la main dans le bol et en retira une unique noix, qu'il avala rapidement.

— Ainsi, dit l'homme, tu as un ami mourant. Pourquoi penses-tu que je pourrais l'aider ?

— Un de vos fidèles m'a dit que vous étiez un grand guérisseur.

— Tu parles de Cthosis. Il est resté trop longtemps dans les couloirs du palais de ton grand-père. Son esprit est truffé de superstitions. (Il haussa les épaules.) Mais c'est un homme de bien, à sa façon. Tu l'as sauvé de Ramsès, si je me souviens bien. Pourquoi ?

— Doit-il toujours y avoir une raison à nos actes ? Peut-être cela me gênait-il de voir un esclave se faire tuer pour un si petit manquement. Peut-être que c'était simplement parce que j'ai toujours détesté Ramsès. J'ai toujours été sujet aux lubies.

— Et les gardes royaux qui ont attaqué une de nos femmes ? Tu les as tués. Une lubie, de nouveau ?

— J'avais bu. Et j'ignorais qu'elle était une esclave.

— Si tu l'avais su, aurais-tu agi différemment ?

— Peut-être.

Le Prophète secoua la tête.

— Je pense que non, Ahmosis. (L'homme éclata de rire.) Un nom parfait ! Tu as choisi un mot connu par les hommes du désert et qui signifie « étranger ». Un homme sans foyer, sans place en ce monde. Pas de tribu, pas de nation. Pourquoi avoir choisi un tel nom ?

— Je ne suis pas venu ici répondre à vos questions. Je suis venu vous demander votre aide.

— Pour sauver Hélicon.

— Oui. Je lui dois la vie. Il m'a récupéré dans la mer, où j'aurais fini par mourir. Il m'a donné une place parmi ses fidèles.

—Ne trouves-tu pas étrange, Gershom, que les seules deux bonnes actions de ta vie aient été en faveur de mon peuple, et que le nom que tu as choisi vienne aussi de nous ?

—Encore des questions ? Est-ce le prix à payer pour votre aide ?

—Non. Le prix que j'exigerai sera élevé.

—Je possède peu de chose.

—Je ne veux pas d'or ou de babioles.

—Quel sera le prix, dans ce cas ?

—Un jour, je te ferai appeler, et tu viendras me rejoindre, où que je sois. Puis tu feras ce que je t'ordonnerai pendant un an.

—Je deviendrai votre esclave ?

Le Prophète répondit doucement, du mépris dans la voix.

—Ce prix est-il trop élevé, prince Ahmosis ?

Gershom déglutit. Son orgueil le poussait à répliquer qu'en effet le prix était trop élevé. C'était un prince d'Égypte, pas un esclave. Pourtant, il ne dit rien. Il resta tranquillement assis, à peine capable de respirer tant il était tendu.

—Je suis d'accord, dit-il enfin.

—Bien. Et ne crains rien, tu ne seras l'esclave de personne. Et le moment où je te ferai appeler est encore loin.

Le Prophète mangea quelques figues de plus. Gershom se sentit soulagé. Au moins, il ne serait pas un esclave…

—Auriez-vous vraiment pu rendre vos fidèles lépreux ? demanda-t-il.

—Ils m'en croient capable. Et peut-être ont-ils raison.

—Cthosis m'a dit qu'un jour vous avez guéri un prince hittite de la lèpre.

— Certains le disent, en effet, répondit le Prophète. Le prince hittite serait sans doute le premier à l'affirmer ! Il est venu me voir parce qu'il avait la peau livide et écailleuse, et des bubons pleins de pus sur le corps. Quand il est reparti, sa peau était rose et lisse.

— Alors, vous l'avez *vraiment* guéri ?

— Non. Je lui ai ordonné de se baigner pendant sept jours dans le Jourdain.

— Vous dites donc que votre dieu l'a guéri au bout de sept jours ?

— Mon dieu a créé ce fleuve, donc on pourrait voir les choses comme ça. Mais il existe de nombreuses maladies de peau, Gershom, et de nombreux traitements. En été, le Jourdain pue. L'eau et la boue sont nocives. Mais, dans la puanteur, il y a aussi du bon. Ma famille sait depuis longtemps qu'on peut guérir beaucoup de maladies de peau en frottant le corps avec de la boue du Jourdain. Le prince hittite n'avait pas la lèpre. Simplement une maladie de peau que la boue et l'eau du Jourdain ont éliminée de son corps.

— Ce n'est donc pas un miracle, dit Gershom, ne parvenant pas à cacher sa déception.

Le Prophète lui fit un sourire glacial.

— J'ai découvert que les miracles sont simplement des événements qui arrivent au moment où on a besoin d'eux. Un homme mourant de soif dans le désert voit une abeille. Il décide que Jéhovah la lui a envoyée et la suit jusqu'à une mare emplie d'eau fraîche et pure. Est-ce un miracle ?

— On le dirait, fit Gershom.

— Un habitant du désert te dirait que les abeilles ne sont jamais très loin des points d'eau. Bien sûr, on peut se demander qui a envoyé l'abeille. Mais ton ami ne meurt pas de soif, il a été poignardé.

— Oui, à deux reprises. La seconde blessure s'est putréfiée à l'intérieur de son corps.

— Je peux enlever cette putréfaction. Mais il te faudra avoir confiance en moi, car ce que je ferai te semblera fou. Me fais-tu confiance ?

Gershom regarda le Prophète dans les yeux.

— Je suis un bon juge des gens. Je vous fais confiance.

— Alors, je vais revenir avec toi ce soir, et nous commencerons le traitement.

— Vous apporterez des potions ?

— Non, Gershom. J'apporterai ce qui se nourrit de la putréfaction et de la maladie. Des asticots.

Chapitre 13

Les vers de la guérison

La petite lampe crachota et s'éteignit, mais Andromaque s'en aperçut à peine. Assise au chevet d'Hélicon, elle lui tenait la main et regardait son visage, mortellement pâle sous les rayons de la lune qui brillaient par la fenêtre ouverte.

Cette nuit, il n'y avait eu ni rêves enfiévrés ni appels aux disparus.

Andromaque sentit que la fin approchait. Une colère irrésistible monta en elle. Elle haïssait cet abject sentiment d'impuissance. Toute sa vie, elle avait cru au pouvoir de l'action, pensé qu'elle seule déterminerait son destin et celui des gens qu'elle aimait. Quand Argurios avait été attaqué par des assassins et n'arrivait pas à recouvrer ses forces, elle l'avait poussé à aller nager, persuadée que cela l'aiderait. Et ç'avait été le cas. Chez elle, à Thèbes, quand le petit Salos était tombé malade et était resté plusieurs jours inconscient, elle était restée assise à côté de lui, lui avait parlé, l'avait appelé. Il s'était réveillé et lui avait souri. Toujours, par le passé, elle était parvenue à forcer les événements à se dérouler comme elle le désirait.

Puis il y avait eu la mort de Laodicé, qui avait entamé la forteresse de sa confiance. Maintenant, les murs étaient fissurés, et elle comprenait que ce qu'ils avaient caché n'était pas de la confiance, mais de la vanité.

La nuit était fraîche, mais un voile de sueur brillait sur le beau visage d'Hélicon. Elle leva une main et caressa la joue enfiévrée.

Ils avaient échangé un seul baiser, la nuit où le monde avait baigné dans le sang et où l'ennemi était proche. Un unique baiser. Une déclaration d'amour. Un espoir, celui d'être ensemble s'ils survivaient. Une nuit de victoire… et de désolation.

Hector, qui avait été présumé mort, était revenu, auréolé de gloire. Hector ! Elle aurait aimé pouvoir le haïr pour tout le chagrin qu'elle avait connu. Mais elle ne le pouvait pas. Ce n'était pas Hector qui lui avait ordonné de quitter l'île de Théra ou qui avait marchandé le montant de sa dot. Ce n'était même pas Hector qui l'avait choisie.

Son père avait traité avec le roi Priam pour obtenir des traités et de l'or. Il avait vendu sa fille à la famille troyenne, comme si elle avait été une vache sur le marché.

Une brise fraîche venait de la fenêtre, et Hélicon poussa un petit gémissement. Il ouvrit les yeux, leur bleu étincelant paraissant gris sous le clair de lune.

— Andromaque, murmura-t-il.

Elle lui serra la main.

— Je suis là.

— Pas un rêve… alors…

— Non, ce n'était pas un rêve.

Elle emplit une tasse d'eau et le fit boire un peu. Puis il ferma les yeux de nouveau.

— Hélicon, murmura-t-elle. M'entends-tu ?

Pas de réponse. Il était retombé dans le sommeil et dérivait lentement vers la route ténébreuse. L'estomac d'Andromaque se noua douloureusement.

— Te souviens-tu de la plage de la baie de la Chouette Bleue, dit-elle, où nous nous sommes rencontrés pour la première fois ? Je t'ai vu sous le clair de lune, et quelque chose en moi a compris que tu ferais partie de ma vie. Ulysse m'a emmenée auprès d'un devin. Il s'appelait Aclidès. Il m'a dit… il m'a dit… (Elle commença à pleurer, et sa voix trembla.) Il m'a dit que je connaîtrai un amour aussi grand et tourmenté que la Grande Verte. Je me suis moquée de lui, et je lui ai demandé qui je devais guetter. Et il m'a répondu « l'homme ayant une seule sandale ». Quand Ulysse et moi avons quitté sa tente, j'ai vu un soldat ordinaire à une certaine distance. La lanière de sa sandale s'est brisée, et il l'a jetée. J'ai ri, et j'ai demandé à Ulysse si je devais appeler ce soldat l'amour de ma vie. J'aurais dû le faire, Hélicon, parce que c'était toi, déguisé pour tromper ceux qui voulaient ta mort. Si je t'avais appelé à ce moment… Si tu t'étais tourné vers moi…

Entendant du bruit dans le couloir, elle s'essuya promptement les yeux sur la manche de sa robe verte.

La porte s'ouvrit et Gershom entra, tenant le battant ouvert pour laisser passer un étranger, un homme puissamment bâti dans une longue robe ample. Andromaque se leva et fit signe au nouvel arrivant. Il avait des yeux farouches sous ses épais sourcils hérissés.

— C'est un guérisseur, dit Gershom. Je lui ai demandé de venir.

— Tu ressembles plus à un guerrier, dit Andromaque.

— Je le suis, répondit l'homme d'une voix profonde.

Il la dépassa et s'approcha du lit. Il se pencha sur Hélicon et tira le drap pour regarder la blessure.

— Apporte de la lumière, ordonna-t-il.

Gershom quitta la pièce et revint avec deux lampes, qu'il plaça au chevet du lit. Le guérisseur barbu s'agenouilla et souleva le bras d'Hélicon pour mieux voir la blessure. Puis il la renifla.

— Très mauvais, dit-il en posant une main sur le front d'Hélicon. Pire que ce que je craignais.

Il sortit du sac qu'il portait à l'épaule un petit flacon en poterie couvert de gaze, puis une étroite cuiller en bois. À la lueur vacillante des lampes, Andromaque le vit appliquer avec soin sur la blessure une pâte blanche. Puis elle regarda de plus près. La pâte se tortillait !

— Que fais-tu ? hurla-t-elle en se jetant sur l'homme.

Gershom la retint.

— Vous devez lui faire confiance, dit-il.

— Ce sont des asticots !

— Oui, ce sont des asticots, dit l'homme. Et ils sont sa seule chance de survivre. Bien qu'il soit peut-être déjà trop tard.

— Vous êtes fous, tous les deux ! hurla Andromaque, se débattant pour se dégager de l'emprise de Gershom. Ce sont des créatures de la saleté !

— Tu es Andromaque, dit le guérisseur d'une voix inaltérable. La fille d'Ection, le roi de Thèbes sous Plakos. J'ai entendu parler de toi, petite. Une prêtresse du Minotaure, fiancée à Hector. Les récits de ton courage abondent à Troie. Tu as sauvé le roi d'un assassin. Tu as pris un arc et combattu les Mycéniens quand ils ont attaqué le palais de Priam. Tu as aidé le guerrier Argurios à guérir.

Tout en parlant, il déposait les minuscules vers blancs sur la blessure, puis il la recouvrit d'un morceau de gaze.

— Tu as du caractère et tu es orgueilleuse. Mais tu es aussi très jeune, et tu ne sais pas tout ce qu'il faut savoir.

— Et toi, tu le sais ? cria Andromaque.

— Écoute-moi, dit sèchement le guérisseur. Les asticots vont manger la chair pourrissante et dévorer la maladie qui est en lui. Tu as raison, ce sont des créatures de la saleté – et elles se régaleront de la saleté qui est en train de le tuer. Lâche-la, Gershom.

Andromaque sentit le solide gaillard hésiter, mais il relâcha son étreinte et elle se dégagea.

— Pourquoi devrais-je te faire confiance ? demanda-t-elle au guérisseur.

— Peu m'importe que tu me fasses confiance ou pas, répondit-il. Je vis dans ce monde depuis longtemps, et j'ai vu la gloire, et aussi des horreurs. J'ai vu de la compassion dans le cœur d'hommes mauvais, et l'obscurité tapie au fond du cœur des hommes bons. Je ne suis pas là pour te convaincre, petite. Tout ce qui compte est que tu saches que je n'ai aucun intérêt à la survie d'Hélicon. Son monde et le mien sont séparés. Quand je partirai, tu auras le choix : croire en ma sagesse, ou enlever les asticots de sa blessure. Peu m'importe.

Dans le silence qui suivit, elle regarda le visage farouche du guérisseur, puis se tourna vers le mourant, dans le lit.

— Il guérira si je laisse les asticots en place ?

— Je ne peux pas le dire. Il est très faible. Il aurait fallu appliquer les asticots dès que sa chair a commencé à se putréfier. Mais Gershom m'a dit qu'il est courageux, déterminé et autoritaire. Un homme comme lui ne mourra pas facilement.

— Combien de temps… doivent-ils se nourrir de sa plaie ?

— Trois jours. Les asticots vont grossir jusqu'à dix fois leur taille actuelle. Je les enlèverai, et j'en mettrai peut-être d'autres. Pendant ce temps, il faut que quelqu'un reste en permanence à côté de lui. Quand il se réveillera, il faut le faire boire le plus possible, de l'eau coupée de miel. (Il remit son sac à l'épaule, se leva et regarda Gershom.) Je reviendrai.

Il quitta la chambre sans rien ajouter, et Andromaque ne bougea pas jusqu'à ce que le bruit de ses pas s'estompe. Gershom approcha du lit et posa doucement une main sur l'épaule d'Hélicon.

— Battez-vous, mon ami, murmura-t-il.

Hélicon soupira et ouvrit les yeux. Andromaque fut aussitôt à côté de lui.

— Quelqu'un… est venu ?

— Oui, un guérisseur, répondit Gershom. Reposez-vous. Recouvrez vos forces.

— Tant… de rêves…

Andromaque remplit une coupe d'argent avec de l'eau. Gershom souleva la tête d'Hélicon, qui but une gorgée. Puis il se rendormit. Andromaque passa le reste de la nuit à son chevet. Gershom partit à l'aube, et Andromaque somnola. Quand elle se réveilla, elle vit Hélène, qui portait un pichet.

— Gershom a dit de mélanger du miel à l'eau, dit-elle en posant le pichet à côté du lit.

Andromaque se leva et s'étira, puis gagna le grand balcon qui surplombait la rue des Danseurs. Hélène l'y rejoignit.

— Il paraît que de plus en plus de visiteurs arrivent chaque jour, dit Hélène. Des rois et des princes pour célébrer ton mariage. La baie est pleine de navires. Pâris dit que beaucoup de nobles sont fâchés d'être contraints de quitter leurs palais pour héberger tous ces étrangers.

— Ils ne sont pas venus célébrer quoi que ce soit, dit Andromaque. Ils sont venus pour les cadeaux somptueux que Priam leur fera ou pour gagner des prix pendant les jeux. Peu leur importe le mariage, le mien ou celui d'une autre ! Un grand nombre d'entre eux ne sont que des bandits qui se sont emparés de territoires et se sont bombardés rois !

— Comme Agamemnon, dit tristement Hélène. Il s'est emparé de Sparte et en a nommé roi son frère.

Andromaque passa un bras autour des épaules de la jeune femme.

— Je suis désolée, Hélène. J'ai parlé sans réfléchir.

— Inutile de t'excuser, Andromaque. Mon grand-père avait conquis Sparte par la force et réduit son peuple en esclavage. Mon père s'est battu et est mort pour tenter de conserver ce que son propre père avait volé. C'était stupide de sa part. Il croyait pouvoir raisonner avec Agamemnon et les Mycéniens. Mais l'agneau ne peut pas raisonner avec le lion. Père a donné ma sœur à Agamemnon et l'a proclamé son fils. Puis il m'a proposée au frère d'Agamemnon, Ménélas. Tout ça en vain. Ce qu'Agamemnon veut, il l'obtient. Et il voulait Sparte. (Hélène haussa les épaules, puis eut un sourire triste.) Et maintenant, Ménélas est assis sur le trône, et les ossements de mon père pourrissent dans un champ.

— Peut-être que Ménélas, lui aussi, sera détrôné, fit remarquer Andromaque.

— Je ne crois pas. Père n'avait ni fils ni héritier. Il y aura quelques révoltes, mais même si les Spartiates sont un peuple fier, ils ne sont pas assez nombreux pour vaincre les Mycéniens.

Andromaque leva la tête vers le ciel, appréciant la chaleur du soleil levant sur son visage.

— Ton père a au moins eu la sagesse de t'envoyer à Troie. Ici, tu es en sécurité.

— C'est ce qu'ont dit Pâris, Antiphonès et Hector. Andromaque, j'ai vu l'armée mycénienne en marche ! Aucun lieu n'est à l'abri de l'ambition d'Agamemnon. Pâris dit qu'Agamemnon a essayé de former une coalition des rois de l'Ouest pour mener une attaque contre Troie.

— Et il a échoué. Les rois savent qu'une telle expédition serait un désastre.

Hélène ne parut pas très convaincue.

— Mon père avait dit la même chose. Il pensait que les Mycéniens ne marcheraient pas sur Sparte.

— Troie n'est pas Sparte, fit remarquer Andromaque. Nous sommes très loin, de l'autre côté de la mer, avec des tours et des murs massifs. Nous avons Hector et le Cheval de Troie. Nous sommes entourés d'alliés, et, au-delà, il y a l'Empire hittite. Ils ne permettront pas que Troie soit prise.

— Tu n'as jamais vu Agamemnon, dit Hélène. Je suis allée dans le Hall du Lion quand il a épousé ma sœur Clytemnestre. J'étais près de lui. Je l'ai entendu parler. À un moment, il s'est tourné vers moi et il m'a regardée dans les yeux. Il ne m'a rien dit, mais ses yeux m'ont terrifiée. Il n'y avait aucune expression en eux, Andromaque. Ni joie ni haine. Rien. Tous les trésors du monde ne pourraient pas remplir le vide que j'ai vu dans ces yeux-là.

Le troisième jour, le guérisseur revint. Andromaque et Gershom le conduisirent à la chambre du blessé. Hélicon avait un teint moins blafard, mais il avait toujours de la fièvre. Andromaque regarda le guérisseur retirer la gaze. Elle eut un haut-le-cœur quand elle le vit sortir un par un les asticots, maintenant gras, et les laisser tomber dans un récipient vide. Ils étaient énormes, enflés. Mais la blessure, bien qu'ouverte et à vif, avait l'air plus propre et moins enflammée.

— Devras-tu en placer d'autres ? demanda Andromaque.

Le Prophète se pencha et renifla la blessure.

— Il y a toujours de la corruption, dit-il. Encore trois jours.

Il saisit un autre récipient et plaça des asticots minuscules dans la blessure avant de la recouvrir de gaze.

Les jours passèrent lentement. Hélicon avait davantage de moments de lucidité, et il parvint même à manger un bol de bouillon de viande et un peu de pain. Les nuits restaient difficiles. Il criait pendant les rêves induits par la fièvre, appelant son ami Taureau ou son frère assassiné, Diomède.

Andromaque était épuisée quand le guérisseur revint pour la deuxième fois. La blessure était presque refermée, et le guérisseur, après l'avoir nettoyée, déclara que le moment était venu de la recoudre.

— As-tu enlevé tous les asticots ? demanda la jeune femme. Et s'il en reste quelques-uns à l'intérieur ?

— Ils mourront.

— Ils ne se transformeront pas en mouches et ne le dévoreront pas ?

— Non. Les mouches sont des créatures vivantes. Elles ont besoin de respirer. Une fois la blessure refermée, les asticots qui resteraient à l'intérieur étoufferaient.

Il prit une aiguille incurvée et du fil sombre et commença à fermer la blessure. En travaillant, il demanda à Andromaque ce que disait Hélicon pendant ses moments de lucidité. Il écouta soigneusement les réponses, et ne parut pas ravi.

— De quoi as-tu peur ? demanda Andromaque.

Il regarda l'homme endormi.

— Il est un peu plus fort, et son corps lutte vaillamment. C'est son esprit qui m'inquiète. Il ne combat pas le mal. Comme si son esprit ne voulait pas vivre, qu'il avait abandonné la lutte. Parle-moi de l'attaque qu'il a subie.

— J'en sais peu, dit Andromaque, se tournant vers Gershom. Tu étais présent ?

— Oui. Il revenait du chemin de la falaise, en compagnie de la reine Halysia. Elle était heureuse, radieuse, et ils se tenaient par la main. Quand ils sont arrivés en vue de la foule, Attalus s'est avancé pour les accueillir. Hélicon lui a souri, puis – si rapidement que personne n'a eu le temps de réagir – Attalus a sorti sa dague et l'a plongée dans le corps d'Hélicon. Quand il est tombé, j'ai couru vers lui, avec plusieurs autres personnes, et nous avons jeté Attalus sur le sol. Quelqu'un l'a poignardé à la poitrine, et il est mort peu après. C'est tout.

— Non, dit le Prophète. Ce n'est pas tout.

— C'est tout ce que je sais, dit Gershom.

— Attalus est-il mort rapidement, ou quelqu'un a-t-il découvert pourquoi il a poignardé son ami ?

— Hélicon s'est approché de lui et s'est agenouillé à son côté. L'assassin était déjà presque mort. Hélicon lui a demandé quelque chose, puis s'est penché vers lui. Attalus a répondu, mais je n'ai pas entendu ce qu'il a dit.

— Comment Hélicon a-t-il réagi à ce qu'il a entendu ?

— C'est difficile à dire, Prophète. Il était blessé, même si nous n'avions pas compris que c'était aussi grave. Il a pâli, et il a reculé. Puis il s'est levé en secouant la tête, comme s'il y avait quelque chose qu'il n'arrivait pas à croire. Ensuite, il a titubé, et nous avons tous vu à quel point sa blessure saignait. C'est à ce moment que nous avons fait venir le chirurgien.

— Et il n'a pas parlé de ce qu'il a appris ?

— Pas à moi. C'est donc important ?

— Je le pense, répondit le Prophète.

— Que pouvons-nous faire pour lui ? demanda Andromaque.

— Surveillez-le soigneusement, comme vous l'avez fait jusque-là. Qu'il entende des rires, des chants, de la musique. Quand il sera plus fort, amenez une jeune femme à son lit, ou un jeune homme, si telles sont ses préférences. Que quelqu'un s'allonge, nu, à côté de lui, et le caresse. Faites tout ce qui peut lui rappeler les plaisirs de la vie.

Il termina de recoudre la blessure, puis se leva.

— Je pars demain vers le sud. Je ne peux pas faire grand-chose de plus pour lui. (Il se tourna vers Gershom.) Souviens-toi de ta promesse. Moi, je ne l'oublierai pas.

— Je viendrai quand vous m'appellerez, Prophète. Je suis un homme de parole.

Andromaque regarda les deux hommes, sentant que ce moment était important mais sans savoir pourquoi. Quelque chose la frappa dans leur aspect : ils se ressemblaient beaucoup. Ils étaient tous les deux puissamment bâtis, avec des yeux perçants et un visage austère. Ils auraient pu être père et fils.

Le Prophète regarda Andromaque.

— Dans le désert, la vie est dure et dangereuse. Les hommes ont besoin de femmes fortes pour marcher près d'eux, des femmes fières et sans peur. Tu serais une bonne habitante du désert, à mon avis.

Puis il sortit de la chambre.

— Je crois qu'il vous aime, dit Gershom.

— Que voulait-il dire, au sujet de ta promesse ?

— Rien d'important, répondit-il.

Un peu plus tard, le guérisseur Machaon vint au palais. C'était un jeune homme aux épaules voûtées qui devenait chauve et avait en permanence l'air épuisé. Andromaque l'accueillit chaleureusement, puis le conduisit au chevet du malade.

— Il s'accroche toujours à la vie ? demanda Machaon.

— Mieux que ça, dit Andromaque. Sa blessure est propre et suturée.

Machaon eut l'air dubitatif, mais il se pencha sur Hélicon et l'examina. Andromaque vit la stupéfaction se peindre sur son visage.

— C'est impossible, dit-il. La blessure était purulente, au-delà de toute possibilité de guérison.

Elle lui parla du Prophète et des asticots. Il resta assis, sidéré, pendant qu'elle décrivait le processus.

— Il a de la chance qu'une telle folie ne l'ait pas tué, dit-il. Il doit y avoir une autre raison. A-t-il mangé quelque chose ou pris des potions dont je n'ai pas été informé ?

Andromaque le regarda, incrédule.

— Non, rien de plus qu'avant. Je ne te comprends pas, Machaon. Tu as vu de tes yeux l'efficacité du traitement. Pourquoi en doutes-tu ?

Machaon la regarda d'un air apitoyé.

— Les asticots sont de viles créatures. Je peux comprendre qu'un habitant barbare du désert croie en ce traitement, mais tu es une femme intelligente. Je ne peux que supposer que l'épuisement ait émoussé ton bon sens.

Andromaque sentit une colère glaciale monter en elle.

— Oh, Machaon ! Je ne m'attendais pas à ce que tu renforces ma croyance en la stupidité des hommes. Je te pensais différent… plus sage. Maintenant, j'ai une question à te poser. Il existe de nombreux traitements pour les maladies et les blessures. Combien d'entre eux ont été créés par toi ? Quel remède as-tu découvert depuis que tu es guérisseur ?

— J'ai étudié tous les grands traités…, commença l'homme.

Elle l'interrompit.

— Pas les travaux des autres, Machaon. Dis-moi quels traitements tu as découvert. (Le jeune guérisseur resta silencieux et tendu.) Tu dois y réfléchir, dit-elle d'un ton méprisant. Il n'y a eu ni potions ni élixirs secrets. Un homme est venu et a expliqué que les asticots mangent la chair pourrie. Je n'y croyais pas, mais j'ai vu que c'était vrai. Il avait un traitement qui n'était pas écrit dans tes anciens parchemins.

Le visage de Machaon se durcit, et il se leva.

— Hélicon est aimé des dieux, dit-il. Ce qui s'est passé est un miracle. Je remercierai Esculape et la déesse Athéna. J'ai apporté des potions que je vais te laisser.

Gershom s'écarta pour laisser le guérisseur sortir. Puis il regarda Andromaque et sourit.

— Vous avez été dure avec lui. C'est un homme de bien, et il travaille sans relâche pour les malades.

— Je sais. Mais il est arrogant. Combien de blessés soignés par lui mourront à cause de son obstination ?

— Vous devriez vous reposer, dit Gershom. Je resterai avec lui. Allez dormir un peu. Vous vous sentirez mieux après.

Andromaque savait qu'il avait raison. Elle vacillait presque d'épuisement. Quand elle arriva à ses appartements, une jeune servante lui demanda si elle voulait de l'eau chaude pour prendre un bain.

— Non, répondit-elle. J'ai besoin de dormir.

Elle renvoya la servante et entra dans sa chambre. Elle enleva ses vêtements et s'étendit sur le lit. Un vent frais soufflait de la fenêtre ouverte, et elle tira les couvertures sur son corps.

Pourtant, le sommeil refusa de venir. Des images virevoltaient dans son esprit. Hélicon sur la plage à la baie de la Chouette Bleue, jeune et séduisant. Calliope riant et dansant sous le clair de lune. Toute sa vie, les gens avaient parlé des merveilles de l'amour, de la joie et de la force qu'il apportait, de la musique et de la passion qui l'accompagnaient. Elle croyait alors que l'amour était un absolu, immuable et solide comme une statue de marbre. Pourtant, ce n'était pas vrai. Elle avait aimé Calliope, sa compagnie, la douceur de peau, la délicatesse de ses baisers. Et elle aimait Hélicon, elle désirait être près de lui, son cœur battait plus fort même à la vue de son lit de malade, quand elle lui tenait la main. C'était très troublant.

Les bardes chantaient le grand amour, la rencontre de deux âmes, exquis et unique. Le devin de la plage de la baie de la Chouette Bleue avait parlé de *trois* amours, un aussi tourmenté que la Grande Verte, un solide comme un chêne, et un lumineux comme la lune. Hélicon était le premier, l'homme avec une seule sandale. Quand elle avait demandé quels seraient les autres, le devin lui avait dit que le chêne viendrait à elle hors de la fange des cochons et que le troisième, éternel et brillant comme la lune, arriverait au milieu du sang et de la douleur.

Aucun des trois n'était Calliope.

Pourtant, se dit-elle, *je l'aime. Je sais que c'est la vérité.*

Ses pensées dérivèrent, et elle revit l'île de Théra et le grand Temple du Cheval. C'était presque midi, et les prêtresses devaient être occupées à préparer le vin qu'elles offriraient au Minotaure. Douze femmes entreraient dans le rocher tremblant. Elles chanteraient et danseraient, puis elles verseraient le vin dans la fissure crépitante, essayant de ne pas respirer les fumées nocives qui s'élevaient du sol.

Le souffle du Minotaure.

Calliope était peut-être avec elles en ce moment. La dernière fois qu'Andromaque avait pris part au rituel, Calliope lui avait fait un clin d'œil, et elle s'était fait tancer par la grande prêtresse.

Seule dans son grand lit, Andromaque ferma les yeux.

— J'aimerais que tu sois là en ce moment, murmura-t-elle, pensant à Calliope.

Puis l'image de Calliope se brouilla, et elle vit les yeux bleus étincelants d'Hélicon.

Le monde tel qu'Hélicon l'avait connu n'existait plus. Il flottait comme un fantôme à travers un chaos de rêves. Parfois, il était couché dans un grand lit près d'une fenêtre magique qui passait en l'espace d'un clin d'œil de la nuit au jour. À d'autres moments, il était debout sur le pont du *Xanthos* pendant qu'il naviguait sur la Grande Verte, ou bien il se tenait sur les falaises de Dardanos, regardant une flotte entière de navires en feu, les cris des marins résonnant comme les hurlements de mouettes démoniaques. Les images variaient, se mélangeaient. Seule la douleur était constante, même si la souffrance qu'il endurait quand les visions lui apparaissaient était bien plus grande.

Son petit frère, Diomède, jouait sous le soleil. Hélicon regardait l'enfant, écoutant le son joyeux de son rire. Puis il remarqua que l'ourlet de la tunique de l'enfant avait pris feu. Il cria pour le prévenir, mais l'enfant continuait à jouer pendant que les flammes rugissaient autour de lui. Hélicon essaya de l'atteindre, mais ses membres étaient de plomb et chacun de ses pas en avant augmentait la distance entre Diomède et lui. La peau de l'enfant noircit et, à ce moment-là, il se tourna vers son frère.

— Aide-moi ! hurla-t-il.

Mais Hélicon fut incapable de faire autre chose que le regarder brûler.

Puis il se retrouva sur le *Xanthos*, à côté de son vieil ami Taureau. Le soleil brillait, la brise était fraîche. Taureau se tourna vers lui, et Hélicon vit un filet de sang, comme un collier rouge, autour de sa gorge. Hélicon leva la main pour toucher la blessure, et la tête de son ami se détacha sous ses doigts.

Il ouvrit les yeux et se retrouva de nouveau dans le grand lit. Le clair de lune brillait par la fenêtre. Il entendit un mouvement et vit le visage d'Andromaque au-dessus de lui. Elle avait posé une main fraîche sur son visage.

— Reviens vers nous, Hélicon, murmura-t-elle.

Cette demande le remplit de confusion. D'où devait-il revenir, et vers où ? Il était déjà partout à la fois ! Il naviguait sur la Grande Verte, parcourait les Sept Collines avec Ulysse et Bias, qui se plaignait des moucherons grouillant dans les marais. Il était debout sur les remparts de Troie, regardant le soleil se coucher sur la mer. Il chevauchait avec Hector, affrontant les Amorites. Tous les événements de sa vie passaient devant ses yeux, depuis ses peurs enfantines et le suicide de sa mère jusqu'aux tragédies de sa vie d'adulte et à la mort de ceux qu'il aimait.

Maintenant, le soleil brillait et il marchait vers le palais à côté d'Halysia à la chevelure dorée. Elle allait devenir son épouse, et il savait qu'elle était heureuse, désormais. L'année précédente, les Mycéniens avaient tué son enfant et l'avaient violée, la laissant pour morte. Depuis, sa vie était faite de chagrin et de cauchemars. Désormais, il la protégerait, même s'il ne pouvait pas l'aimer. Il sentit la chaleur de sa main dans la sienne, qui serrait fort, comme si elle craignait qu'il la lâche. Quand ils s'approchèrent de la foule, il vit Attalus s'en détacher et foncer vers lui, un couteau à la main. Hélicon tenta de parer le coup, mais Halysia, paniquée par le mouvement soudain, s'accrocha à lui encore plus fort. Le couteau plongea dans sa poitrine. S'arrachant à l'étreinte d'Halysia, il leva les bras. La lame s'enfonça dans son aisselle. Puis les hommes les entourèrent et firent tomber Attalus sur le sol. Hélicon vit un de ses gardes du corps plonger une dague dans le ventre d'Attalus et la tirer vers le haut, lui déchirant les poumons.

Hélicon se fraya un chemin parmi la foule et s'agenouilla à côté de l'assassin.

— Pourquoi ? demanda-t-il à l'agonisant.

— Je… suis… Carpophorus, dit Attalus. C'est mon… devoir sacré.

— Tu as tué mon père !

— Oui.

— Qui t'avait embauché pour ce travail ?

Quand le tueur murmura le nom, Hélicon cria, puis la scène s'effaça. Une main lui caressait le visage, et il rouvrit les yeux. Le clair de lune brillait dehors, par la fenêtre, et il vit des nuages dans le ciel.

— Tu dois vivre, Hélicon, dit une vision qui ressemblait à Andromaque.

— Pourquoi ? demanda-t-il d'une voix fatiguée.

Et il se retrouva de nouveau en train de se battre dans l'escalier, Argurios à côté de lui. Il était épuisé, mais les Mycéniens continuaient à attaquer. Une main toucha son bras, et une voix dit :

— Marche avec moi, Bienheureux.

— Je dois combattre ! cria-t-il, plongeant sa lame dans le cou d'un guerrier ennemi.

— Le combat est déjà gagné, dit la voix d'Argurios. Viens avec moi.

Le monde virevolta, et Hélicon se trouva à côté du grand guerrier, observant le combat. Il se vit, éclaboussé de sang et continuant à se battre. Puis il vit l'infâme Kolanos bander son arc. Il savait que la flèche était pointée vers Argurios et qu'elle traverserait sa cuirasse endommagée.

— Non ! hurla-t-il. Argurios, attention !

— Je suis là, dit l'Argurios qui se tenait à côté de lui. La flèche s'est déjà envolée. Tu vois ? (Hélicon baissa les yeux et vit la flèche profondément enfoncée dans le flanc d'Argurios.) Tu ne peux pas empêcher ce qui doit arriver, Hélicon. C'était mon heure de mourir. Marche avec moi.

Puis il y eut un soleil éblouissant et un coucher de soleil automnal radieux. Ils étaient dans un jardin et regardaient le soleil disparaître à l'ouest. Argurios portait une simple tunique blanche, et son visage était bronzé par le soleil. Son visage était calme. Les rides creusées par les soucis et les luttes avaient disparu, ainsi que les cernes noirs sous ses yeux.

— Retourne dans le monde, Hélicon. Vis ! dit-il.

— J'ignore comment, répondit Hélicon.

— Moi aussi, je l'ai ignoré – toute ma vie, excepté les quelques derniers jours. Nous sommes des flammes minuscules, Hélicon, et nous brûlons seuls dans la grande obscurité pendant un bref moment. Quand nous luttons pour obtenir la richesse, la gloire et la renommée, cela n'a aucun sens. Les nations pour lesquelles nous nous battons cesseront un jour d'exister. Même les montagnes que nous contemplons s'écrouleront un jour en poussière. Pour vivre vraiment, nous devons chercher ce qui ne meurt jamais.

— Tout meurt, dit tristement Hélicon.

— Pas tout, répondit Argurios.

Un rayon de soleil illumina un banc de pierre au bout du jardin. Hélicon vit une femme assise qui regardait le coucher de soleil. Elle se tourna vers lui et sourit. C'était

Laodicé. Argurios la rejoignit et l'embrassa. Puis ils restèrent assis ensemble sur le banc, enlacés, pendant que la lumière diminuait. Hélicon se sentit seul et perdu. Argurios se tourna de nouveau vers lui.

— Retourne dans le monde, dit-il. Elle t'attend !

Hélicon ouvrit les yeux, et il vit la fenêtre magique à sa droite. Des étoiles scintillaient au firmament.

— Reviens vers nous, mon amour, murmura une vision d'Andromaque.

Hélicon sentit la chaleur d'un corps nu se glisser contre le sien. Ses bras se posèrent sur sa poitrine et sa jambe toucha sa cuisse.

— Andromaque ? murmura-t-il.

Peu lui importait qu'elle soit seulement un fantôme. La lune brillait, et il vit son visage, ses magnifiques yeux verts plongés dans les siens.

— Oui, c'est Andromaque, dit-elle.

Les lèvres de la jeune femme touchèrent les siennes, et il sentit les battements de son cœur s'accélérer. Sa main glissa plus bas, et il gémit quand il sentit l'excitation le gagner. Elle ouvrit la bouche, et le baiser devint plus passionné. La douleur de sa blessure s'effaça. Ce rêve-là était nouveau ! Une partie de son esprit s'attendait à le voir disparaître et se transformer en une scène d'horreur. Mais cela n'arriva pas. Il sentit la chaleur monter en lui et son cœur battre à tout rompre. De son bras valide, il lui entoura la taille et l'attira sur lui. Sa cuisse glissa par-dessus ses hanches, et elle se retrouva assise sur lui.

Désormais, les visions de cauchemar n'avaient plus de prise sur lui. Il sentit la chaleur douce et humide de son corps et se souleva pour la rejoindre. Elle cria quand il la pénétra, puis se pressa plus étroitement contre lui, ses mains entourant le visage d'Hélicon, ses lèvres contre les siennes.

Au plus profond de son corps, quelque chose se réveilla et grandit. C'était le désir de vivre, de connaître le bonheur. Le fantôme qui le chevauchait trembla, gémit, puis cria. Le son emplit un vide en lui. Puis une lueur blanche explosa derrière ses paupières, et il s'évanouit.

À son réveil, il fut accueilli par le chant des oiseaux et la lumière étincelante du soleil.

Hélicon inspira à fond et sentit l'odeur du sel dans l'air. Une jeune femme au visage ordinaire était penchée sur lui. Il eut du mal à se souvenir de son nom, puis il lui revint. Elle était Hélène, la princesse spartiate, qu'il avait rencontré au palais d'Hécube, avec Pâris.

— Comment te sens-tu ? lui demanda-t-elle.

— Affamé, dit-il.

Il tenta de se lever, et elle l'aida, arrangeant les oreillers derrière lui.

— J'ai de l'eau mélangée à du miel, dit-elle. Mais je vais aller te chercher de la nourriture solide.

— Merci, Hélène.

Elle lui sourit.

— C'est bon de te voir guéri. Nous étions tous très inquiets.

Il but un peu, et Hélène partit lui chercher un déjeuner. En se penchant pour poser la coupe vide sur la table de chevet, il sursauta. La blessure de son aisselle était toujours douloureuse. Il regarda sa poitrine et ses bras. *Je suis si maigre*, pensa-t-il en touchant ses clavicules saillantes et ses côtes apparentes.

La porte s'ouvrit et Andromaque entra, une coupe de fruits à la main. Elle portait une longue robe écarlate scintillante, et sa chevelure rousse était retenue en arrière par un bandeau d'argent orné d'émeraudes. Elle avait l'air pensive et inquiète en posant les fruits à côté du lit. Elle ne s'assit pas, mais le regarda sans rien dire.

— C'est bon de te voir, dit-il. Par les dieux, j'ai l'impression d'avoir été arraché à la tombe !

— Tu as été très malade, dit-elle doucement.

— Tu n'as plus besoin de t'inquiéter pour moi, dit-il. Mes forces reviennent. J'ai dormi la nuit dernière sans rêver. Enfin, à part un, à ton sujet.

— Tu as rêvé de moi ?

— Oui, et c'était un bon rêve – un rêve de vie. Je crois que c'est ce rêve qui m'a guéri.

Elle parut se détendre et s'assit au chevet d'Hélicon. Puis elle parla, d'une voix distante.

— Tout le monde pensait que tu agonisais, mais Gershom a trouvé un guérisseur. Il a nettoyé ta blessure. Quand elle sera parfaitement refermée, tu devras nager et marcher pour recouvrer tes forces.

— Qu'est-ce qui te trouble, Andromaque ? demanda-t-il.

— Rien, répondit-elle. Je suis… contente que tu sois guéri.

— Tu me parles comme à un étranger. Nous sommes amis, tous les deux !

— Nous ne sommes pas amis, dit-elle sèchement. Nous… Je vais me marier avec Hector, et toi avec Halysia.

— Et cela veut dire que nous ne pouvons pas être amis ?

— Je ne te considère pas comme un ami, Hélicon. Je ne peux pas.

Elle détourna le visage et regarda par la fenêtre.

— Tu sais que je t'aime, dit-il doucement. Comme je n'ai jamais aimé une autre femme. Cela restera vrai à jamais.

— Je sais, dit-elle amèrement. (Elle se tourna vers lui.) J'éprouve les mêmes sentiments. Et c'est pour ça que nous ne pouvons pas être amis. Je ne pourrais jamais rester assise à côté de toi, parler de futilités et rire de plaisanteries stupides. Tu emplis mon esprit, Hélicon. En permanence. Tu es même dans mes rêves.

— Je t'ai dit que j'ai rêvé de toi la nuit dernière.

Elle se leva.

— Je ne veux pas en entendre parler. Gershom attend pour te rendre visite. Et Antiphonès. Xander aussi est venu, hier. Il a dit qu'il reviendrait.

— Où est Hector ?

— Il est parti traquer les pirates à bord du *Xanthos*. Il devrait revenir bientôt.

Hélicon regarda la jeune femme.

— Je te remercie de m'avoir sauvé la vie, Andromaque.

— Ce n'était pas moi. Je te l'ai dit. Gershom a trouvé un guérisseur.

— Non, dit tristement Hélicon. C'était toi.

Chapitre 14

Des galères noires dans la baie

Andromaque sortit dans le grand jardin derrière le palais, son arc à la main et un carquois pendu à l'épaule. Des cibles en paille avaient été installées près du mur du fond, habilement façonnées en forme de daim, de sanglier et d'homme. Andromaque encocha une flèche à l'empennage noir, banda son arc et tira.

À une distance de trente pas, la flèche s'enfonça dans le ventre du daim de paille. C'était un mauvais tir. S'il s'était agi d'un véritable animal, la flèche lui aurait traversé les entrailles, provoquant une mort douloureuse et gâtant la viande. Pour un daim, elle le savait, la flèche devait transpercer les poumons. La mort serait rapide et la viande, tendre. Se calmant, elle tira quatre autres flèches dans la cible. Elles étaient mieux placées.

— Tu es douée, Andromaque, dit la voix d'Antiphonès.

Andromaque se tourna vers lui, masquant son irritation d'avoir été interrompue.

— Tu as l'air en forme, Antiphonès, dit-elle.

Il était toujours très gros, mais il avait perdu beaucoup de poids depuis l'automne. Son visage avait maintenant un air sain, et il ne haletait plus au moindre mouvement.

— Je suis toujours aussi gros que cinq cochons réunis, dit-il. Mais je continue mes efforts. Comme tu le sais, père m'a donné le commandement du régiment d'Ilos. Au printemps prochain, j'espère être capable de remonter sur un cheval et de partir avec ma cavalerie.

Elle sourit.

— Je suis heureuse qu'il t'ait récompensé, Antiphonès. Si tu n'avais pas découvert le complot, nous serions tous morts !

Il se raidit, puis son sourire revint. *Un peu forcé*, pensa-t-elle.

— Oui. Mon père m'en a été reconnaissant. Mais j'ai découvert depuis que sa bienveillance était toujours de courte durée.

— Mon père est pareil, dit-elle. Peut-être tous les rois le sont-ils. Ils pensent qu'ils n'ont pas besoin d'être reconnaissants. Les gens sont nés pour les servir. Donc, ceux qui le font fidèlement se contentent de faire ce qu'on attend d'eux.

— En tout cas, il s'est pris d'affection pour toi, dit Antiphonès en s'asseyant sur un banc de pierre à l'ombre d'un arbre en fleurs.

— Ce n'est pas de l'affection, dit-elle, seulement de la luxure. Et le désir d'obtenir ce qui lui a été refusé.

Antiphonès haussa les épaules.

— Tu peux continuer à lui dire non, Andromaque. Il est beaucoup de choses, mais il ne prendrait pas une femme contre son gré.

Andromaque éclata de rire.

— Comme tu es naïf, Antiphonès ! Tu veux dire qu'il ne la forcerait pas à coucher avec lui en usant de sa force physique. Mais crois-tu que les filles du palais ou les filles des nobles ouvrent les jambes pour lui uniquement à cause de son charme ? Ses cheveux d'or sont striés de gris. Il est vieux, Antiphonès. Les jeunes filles ne se disputent pas pour entrer dans le lit des vieux ! Elles partagent sa couche parce qu'elles le doivent. Parce qu'il est le roi et qu'elles redoutent son courroux.

— Mais toi, tu n'en as pas peur ?

— Je ne crains aucun homme.

— Alors, tu es à l'abri de ses avances.

— Oui, mais je sens quand même son regard sur moi. J'entends presque son cœur s'accélérer quand il est à côté de moi. J'imagine que ça cessera quand je serais l'épouse d'Hector.

— Ça ne l'a pas arrêté, avec les épouses d'autres hommes, dit doucement Antiphonès, regardant autour de lui pour vérifier qu'aucun serviteur ne l'entendait.

— Il n'y a pas d'espions ici, Antiphonès, dit Andromaque. Je suis sûre qu'il arrêtera. Hector n'est-il pas son fils préféré ? Même Priam n'oserait pas le mettre en colère.

— Oui, c'est son favori, répondit Antiphonès avec amertume. Pendant des années, j'ai eu du mal à digérer ça ! C'était encore plus dur pour Agathon, pour Politès. C'était dur pour tous ses fils. Comment quiconque pourrait-il se mesurer au *puissant* Hector ?

— Tu le détestes ?

— Père ?

— Non. Hector.

— Non. Personne ne déteste Hector. Même Agathon, qui détestait quasiment tout le monde à Troie – y compris moi, comme je l'ai découvert, alors que j'étais son frère et son ami. Pourquoi me demandes-tu ça ? Hector te déplaît ?

— Comment quelqu'un que je n'ai jamais vraiment rencontré pourrait-il me déplaire ?

Antiphonès eut l'air étonné.

— Pourtant, Hector est à Troie depuis le début de l'hiver !

— Oui, et pour une raison ou une autre il est rarement au même endroit que moi. Étrange comportement pour un homme qui sera bientôt mon époux. (Elle sentit la colère monter en elle et se maîtrisa.) Mais après tout, les filles de roi ne sont que des génisses reproductrices vendues à celui qui offre le meilleur prix. Pourquoi un homme voudrait-il parler avec une vulgaire vache ?

Antiphonès gloussa.

— Je n'ai jamais rencontré une femme comme toi, Andromaque !

— Un compliment, j'imagine ?

— En fait, je n'en suis pas sûr. J'ai été élevé pour penser que les femmes aiment être serviles et n'ont qu'une envie, se soumettre aux hommes.

— Si tu avais été élevé seulement par Priam, ce serait logique. Mais Hécube n'est pas une reine servile, et j'imagine qu'aucun homme ne l'a jamais dominée.

— C'est vrai, dit Antiphonès. Priam et Hécube, la passion et le poison, la force et la cruauté. Elle serait capable de dévorer ses enfants pour obtenir le pouvoir. (Il soupira.) Nous formons une famille vraiment aimante !

Elle s'écarta de lui et envoya une flèche dans le sanglier de paille. Puis deux autres flèches atteignirent la cible.

— J'ai remarqué que tu ne tirais pas sur l'homme en paille, dit Antiphonès.

— Je ne chasse pas les hommes.

— Pourtant, tu as tué l'homme qui tentait de poignarder père.

Elle se tourna vers lui.

— Je suis capable de toucher une cible à quatre-vingts pas cent fois sur cent. Les hommes disent-ils « quelle bonne tireuse à l'arc » ? Non. Mais si je tue un assassin à trente pas à peine, tout le monde est impressionné. Pourquoi ce lien entre les hommes et la mort, Antiphonès ? Pourquoi ai-je été obligée de tuer pour être respectée ?

— Tu ne te rends pas justice, Andromaque. Ce n'est pas parce que tu l'as tué. L'homme fonçait sur père, une lance à la main. Tu avais une fraction de seconde pour réagir. Tu n'as pas reculé. La peur et le choc n'ont pas paralysé tes membres. Tu as agi avec efficacité et rapidité alors que les autres étaient figés. Et ta flèche a fait mouche !

— Comme j'ai dit, c'était un tir facile. As-tu vu Hélicon ?

— Un moment. Puis il s'est endormi. Il a l'air mieux, aujourd'hui. Ses joues ont retrouvé des couleurs, et la fièvre est tombée. Il guérira. Et il faudra qu'il le fasse rapidement !

— Pourquoi ?

— La cité sera bientôt emplie de guerriers de l'Ouest venus participer aux jeux. Ils haïssent Hélicon. Agamemnon a ordonné sa mort. Il est presque sûr que d'autres tentatives d'assassinat auront lieu. Et pas seulement contre Hélicon. Beaucoup de ces rois se détestent entre eux. Avant longtemps, les rues grouilleront d'assassins.

— Mais les jeux…, dit Andromaque. Selon les lois de l'Olympe, toute cité qui organise des jeux en honneur des dieux est neutre. Toutes les inimitiés sont mises de côté. Il y aura une trêve. (Antiphonès la regarda bizarrement.) Qu'y a-t-il ? On dirait que je parle soudain une langue étrangère.

— Presque. Tu es un curieux mélange, Andromaque. À un moment, tu parles avec autorité de la nature des rois, et le suivant… (Il hésita, puis secoua la tête.) Tu m'as accusé d'être naïf. Tu dois certainement comprendre que la trêve est illusoire. Tout le monde le sait. Priam aura des soldats partout. Toute la famille se déplacera entourée de gardes du corps. Agamemnon aura ses Fidèles avec lui en permanence, la main à la dague, prêts à tuer quiconque s'approcherait trop de leur roi. Ça sera un moment de tension et de menace. Hélicon sera une cible privilégiée, n'en doute pas. Dès qu'il sera plus fort, fais-le transférer à son propre palais.

Antiphonès se hissa péniblement sur ses pieds.

— Il devrait peut-être repartir en Dardanie, dit Andromaque.

— Il ne voudra pas. Cela montrerait sa faiblesse à ses ennemis.

— Et voir un homme maigre comme une brindille tituber sous le soleil, ça les fera pâlir d'envie devant sa force ?

Antiphonès éclata d'un rire bon enfant.

— Ce n'est pas une langue, que tu as, mais un fouet ! Je me considère remis à ma place, et je vais de ce pas fuir ta présence !

Andromaque sourit.

— J'ai été contente de parler avec toi, Antiphonès. J'espère que tu reviendras me voir. Dans la mesure où il est convenable pour mon futur frère de me rendre visite en l'absence de mon fiancé.

— Oh, personne ne s'inquiétera à cause de moi, dit joyeusement Antiphonès. Il est bien connu que mes goûts ne m'ont jamais porté vers les femmes. Des tartes, des gâteaux… et des beaux jeunes hommes. Non, Andromaque, inutile de nous soucier de ce que diront les autres. (Il avança et lui planta un baiser sur chaque joue.) Et souviens-toi de ce que je t'ai dit. Parle à Gershom. C'est un combattant. Il saura comment protéger Hélicon.

La prostituée connue sous le nom de « la Grosse Rousse » regarda le tumulte augmenter sur la plage, et elle éclata de rire. Un combat à mains nues éclaterait bientôt, et peut-être plusieurs, pendant que les surveillants de la plage livraient une bataille perdue d'avance pour organiser les galères qui arrivaient. Les autres prostituées qui attendaient les navires n'étaient pas ravies. Des hommes en colère, cela signifiait peu de travail, alors que les femmes avaient espéré gagner des anneaux d'or et d'argent étant donné la quantité de navires qui mouillaient en même temps sur la plage de Troie. En fait, comme la Grosse Rousse l'avait compris en mettant un pied sur la plage, il y avait beaucoup trop de navires. Peu de marins, et encore moins de passagers, étaient d'humeur à vouloir laisser leur serpent à un œil s'amuser un peu.

La Rousse s'éloigna des autres prostituées et chercha un endroit ombragé. Plus tard, le soir, il y aurait des occasions de gagner beaucoup d'or dans les rues de Troie. Pour le moment, elle préférait se reposer et se distraire en regardant le spectacle. Elle arriva à un banc de pierre et passa sa main dessus pour vérifier qu'il n'y avait pas de fiente d'oiseau.

Sa robe rouge était neuve, et elle n'avait aucune envie de la salir. Le banc étant propre, elle posa avec précaution sa masse considérable, et se sentit immédiatement soulagée. Son genou gauche la faisait souffrir depuis quelque temps, et rester longtemps debout faisait enfler et se raidir l'articulation. Désormais à l'aise, elle regarda le chaos qui régnait sur la longue plage.

À perte de vue, dans les deux directions, la baie de Troie était bondée de navires grands et petits, et des dizaines d'autres arrivaient dans la brume de fin d'après-midi. Il n'y avait pas de place pour tous, et les surveillants de la plage, appuyés par des soldats, obligeaient certains vaisseaux à se remettre à l'eau pour faire de la place aux nouveaux arrivants. Ceux qui partaient gênaient ceux qui arrivaient, et le bruit des rames entrechoquées et des jurons des marins retentissait sur la mer.

Elle entendit des pêcheurs se plaindre amèrement, furieux qu'on leur ait pris des zones de mouillage que leurs familles utilisaient depuis des générations. Ils seraient obligés de naviguer plus haut sur le fleuve Scamandre pour pouvoir accoster. Des capitaines étrangers hurlaient des injures aux surveillants de la plage, qui leur disaient de débarquer leurs passagers importants puis de rebrousser chemin et d'aller pour la nuit dans la baie d'Héraclès, très loin de la cité. Des marchands et des colporteurs qui venaient juste d'arriver tournaient sur place, ne sachant où aller et inquiets pour leur cargaison au milieu de tout ce tintamarre.

La Rousse trouvait tout ça fort amusant. Des nuages d'insectes venus des marais qui entouraient la baie bourdonnaient autour des surveillants de plage rouges et en sueur, qui tentaient de maintenir l'ordre et de calmer les impatients tout en perdant rapidement leur propre calme. La Rousse n'était jamais la proie des insectes. Ils n'aimaient pas le parfum entêtant dont elle arrosait ses cheveux teints au henné.

— Fils pustuleux d'un rat de rivière!

La Rousse regarda, ravie, un marchand gyppto lancer un coup de poing au surveillant de plage Dresos. Le gros Dresos essaya d'esquiver, mais il perdit pied et s'affala sur le sable. Des soldats avancèrent et obligèrent le Gyppto furieux à retourner à son navire à la pointe de leurs lances.

D'autres personnes se mirent aussi à se moquer de Dresos quand il se releva. L'homme se tourna, furieux, vers la prostituée rousse.

— Ferme ta gueule, sale putain!

Elle n'en rit que plus fort. Mais un des jeunes soldats avança vers elle.

— Il vaut mieux que tu retournes derrière le mur, la Rousse. Il va y avoir des problèmes sous peu. Je ne voudrais pas que tu sois blessée.

— C'est gentil à toi, Iphéus, dit-elle.

Mais elle sentit son humeur se gâter. Le jeune soldat lui avait parlé avec une politesse impersonnelle, mais il n'avait pas montré le moindre désir en la regardant. Il n'avait pas fixé son regard dans ses yeux violets en rougissant. Il ne s'était pas léché les lèvres en passant d'un pied sur l'autre, bouleversé par sa sensualité. La Rousse regarda la robe écarlate qu'elle portait pour tenter de cacher son poids considérable. Autrefois – il n'y avait d'ailleurs pas si longtemps que ça – elle avait été désirable. Mais cela datait du temps où elle n'était pas encore connue sous le nom de « Grosse Rousse ». Elle soupira.

— Tout va bien, la Rousse ? demanda Iphéus.

— Viens me chevaucher, et tu verras comment je me porte ! dit-elle avec un clin d'œil appuyé.

Le soldat éclata de rire.

— Tu es au-dessus de mes moyens, la Rousse, dit-il.

Puis il rejoignit un autre groupe d'hommes en colère.

Le compliment du jeune homme ne rendit pas sa bonne humeur à la Rousse, et elle décida de rentrer chez elle et de noyer son chagrin dans le vin. Elle n'avait jamais été belle, à cause de sa carrure large et trapue. Mais il y avait eu autrefois un pouvoir magnétique dans ses yeux violets, aux jours de sa jeunesse, bénie par les dieux. Cette jeunesse n'était plus qu'un souvenir. Nombre de prostituées sur le retour cherchaient des époux à l'automne de leur vie, de vieux soldats ou des marchands solitaires. Mais, tout comme elle n'avait jamais voulu d'enfants, la Rousse ne voulait pas de mari.

Elle commença la longue marche vers la cité, mais s'arrêta soudain. Le bruit sur la plage avait cessé, ainsi que les disputes et les injures. On aurait dit que même les oiseaux de mer avaient interrompu leurs piaillements. La foule sur la plage regardait vers la baie. Dans le silence soudain, la Rousse s'aperçut qu'elle entendait les battements de son propre cœur.

Trois galères noires avançaient lentement à travers la masse de navires. Les rameurs des autres navires reculaient en hâte, laissant le passage aux trois galères. Personne ne se plaignit ni ne lança d'injures aux nouveaux arrivants. Les galères atteignirent la plage avant celles qui attendaient impatiemment leur tour depuis le début de l'après-midi.

Quand la première d'entre elles arriva, les rameurs relevèrent leurs rames noires. Le vaisseau continua à glisser sur l'eau, puis sa quille se posa doucement sur le sable.

La Rousse retourna près d'Iphéus, qui attendait, silencieux, l'air tendu.

— On penserait que le roi des morts vient d'arriver, dit-elle.

— Tu ne crois pas si bien dire. Ce sont des navires mycéniens. Agamemnon est là.

Agamemnon, un long manteau noir sur ses épaules maigres, son bouc noir ressemblant à la lame d'une épée, était debout à la proue et regardait la cité dorée de Troie. Son regard sombre et sinistre examina les hauts murs. Son visage ne révélait rien de ses émotions. À côté de lui se tenait Pélée, le roi débauché de Thessalie, et son fils Achille, un jeune guerrier imposant aux cheveux noirs vêtu d'une tunique blanche à l'ourlet brodé d'or.

— Vois combien ils te craignent, dit Pélée, envieux.

Pendant un moment, Agamemnon ne comprit pas ce qu'il voulait dire, puis il s'aperçut que les équipages des différents navires s'étaient tus et que personne ne protestait quand les galères mycéniennes accostaient sur la plage. Ce constat le laissa de glace : il ne s'attendait à rien de moins…

Agamemnon vit que des courtisans s'étaient réunis sur la plage pour l'accueillir, mais il ne bougea pas et ne leur fit aucun signe.

— Des murs puissants, dit Pélée. Impressionnants. Tu perdrais dix ou quinze hommes contre un seul des leurs pour escalader ces murs. Je pense qu'il vaudrait mieux défoncer les portes. Es-tu déjà venu ici ?

— Mon père m'y a amené quand j'étais enfant. Nous avons parcouru les murs. Ils sont plus faibles à l'ouest de la cité. C'est là qu'Héraclès les a brisés.

— Il avait dans son armée Arès, le dieu de la Guerre, dit-on, fit remarquer Pélée.

Agamemnon lui jeta un regard, mais ne dit rien. Les gens parlaient souvent des dieux qui marchaient au milieu des hommes, mais Agamemnon n'avait jamais été témoin d'un tel miracle. Il croyait aux dieux, bien entendu, mais il pensait qu'ils étaient très loin des affaires des hommes ou, du moins, indifférents à celles-ci.

Ses armées avaient conquis des cités qu'on disait protégées par des dieux, et aucun de ses hommes n'avait jamais été frappé par la foudre d'Arès ou par le marteau d'Héphaïstos. Ses prêtres étaient pour la plupart de fieffés hypocrites. Si son armée subissait un revers, c'était la volonté des dieux. Une victoire, et c'était aussi la volonté des dieux. Agamemnon avait bien l'impression que les dieux favorisaient les hommes qui avaient les meilleures épées et l'avantage du nombre. Malgré tout, il sacrifiait aux dieux avant chaque bataille. Il s'était même mis aux sacrifices humains, comme le faisaient autrefois les Hittites, avant des engagements particulièrement importants. Peu lui importait que cette méthode l'aide surnaturellement ou pas. Ce qui comptait était qu'un tel mépris de la vie humaine faisait naître la peur et la panique chez ses ennemis – tout comme massacrer tous les habitants des cités qui résistaient à son ambition. D'autres cités se rendaient alors sans qu'un siège prolongé soit nécessaire, et leurs chefs juraient avec enthousiasme allégeance à Mycènes.

Sur la plage, les courtisans attendaient toujours, leurs longs manteaux blancs flottant dans la brise légère.

— Te sens-tu fort, Achille ? demanda Agamemnon au fils de Pélée.

— Toujours, répondit Achille. Pensez-vous qu'Hector participera aux jeux ?

Ses yeux noirs brillèrent, et Agamemnon vit que le jeune homme ne vivait que pour le combat et la gloire.

Puis Agamemnon réfléchit à la question. Elle était intéressante. Le roi Priam voudrait impressionner les rois de l'Ouest avec le pouvoir de Troie. Quelle meilleure façon pour ce faire que d'humilier les champions de ces rois par l'entremise du puissant Hector ? Mais pourtant… si Hector ne gagnait pas ? Qu'arriverait-il si le champion des jeux venait des royaumes de l'Ouest ? Il regarda Achille. Sa force était évidente. Il avait des épaules larges, des muscles bien dessinés. Il avait fait ses preuves à la bataille et dans les luttes, quand ses poings massifs avaient jeté à terre ses adversaires. Hector pourrait-il vaincre Achille ? Priam prendrait-il un tel risque ?

Agamemnon se posait la question.

Mais je ne suis pas Priam, se dit-il. Il savait que le roi de Troie aimait le risque et que sa vanité forcerait son fils à s'aligner contre les autres athlètes. Il s'aperçut qu'Achille attendait toujours sa réponse.

— Non, je ne crois pas qu'Hector y prendra part. Mais nous pourrons peut-être faire en sorte qu'il change d'avis. Nous verrons.

— Je prie pour qu'il participe, dit Achille. J'en ai assez des récits laudatifs sur Hector le tueur d'hommes, Hector le héros. Qui a-t-il combattu ? Quels hommes de valeur ? Quelques Gypptos faméliques, une poignée de rebelles hittites. Des renégats thraces, mal armés et avec un mauvais chef. Sa légende est bâtie sur de la paille. Je l'arracherai de sous ses pieds !

— Ah ! dit Pélée, avec un large sourire. Voilà comment parle un prince de Thessalie ! Par les dieux, Agamemnon, mon fils humiliera ce fier Troyen.

Il flanqua une bourrade amicale sur l'épaule d'Agamemnon.

— Je n'en doute pas, répondit le roi mycénien, cachant son exaspération devant la familiarité de son interlocuteur.

Un jour, pensa-t-il, *je prendrai un grand plaisir à faire enfoncer des fers chauffés au rouge dans tes yeux.*

Il haïssait Pélée, mais ne le montrait jamais. Pélée était important pour ses ambitions, et, pour le moment, cela seul comptait. L'attaque de Troie, quand elle aurait lieu, demanderait un grand nombre de guerriers, et Pélée disposait de huit mille combattants dans son armée et d'un fils qui valait cent guerriers à lui seul. Pour une telle armée, Agamemnon était prêt à cacher sa haine sous des sourires amicaux et des promesses d'alliance. Il ignorait – pour le moment – les excès hideux du roi, les viols d'enfants et les meurtres des femmes esclaves, torturées et étranglées. Pélée était une brute qui tuait par plaisir. Agamemnon attendrait. Et, quand Troie serait à lui, Pélée serait le premier à mourir. Le premier d'un grand nombre… Pendant un instant, la haine qu'il éprouvait pour les autres rois remonta à la surface. Il revit le maigre Nestor, Idoménée le vantard, et Ulysse, le conteur d'histoires laid à faire peur. Et bien d'autres. Il déglutit et se lécha les lèvres d'une langue desséchée. Tous ses ennemis mourraient, mais chacun en son temps. Aujourd'hui, ce n'était pas le moment de penser au vil Pélée ou aux autres rois de l'Ouest. Aujourd'hui, tout tournait autour de Priam.

Il regarda de nouveau vers la cité d'or. Un char doré tiré par deux chevaux d'un blanc pur en sortit. Il était conduit par un homme aux larges épaules vêtu d'une tunique bleu pâle et d'un manteau blanc rebrodé de fils d'argent. Ses longs cheveux blonds et sa courte barbe étaient maintenant striés de blanc. Priam vieillissait, mais il irradiait toujours l'autorité. La foule lui fit place, et le roi conduisit son char vers la plage au milieu des acclamations. Agamemnon sentit un mélange puissant d'émotions en le voyant – haine et admiration. Même ceux qui ne connaissaient pas le roi de Troie s'apercevaient qu'ils étaient en présence de Priam.

Agamemnon savait parfaitement qu'il n'avait pas l'air imposant, pour sa part, avec ses épaules arrondies, sa maigreur et sa démarche sans grâce. Pourtant, malgré ces désavantages, il était devenu le roi guerrier le plus connu du monde occidental. Il savait pourquoi. Ce qui lui manquait en prestance était largement compensé par sa férocité sans limites. Ses ennemis mouraient. Leurs familles mouraient. Leurs pères, leurs mères, leurs oncles et leurs amis mouraient. Agamemnon semait la terreur sur son passage, et elle enveloppait ses ennemis comme une brume marine. Et il était capable de planifier une campagne ou une bataille et de la mener brillamment à terme jusqu'à ce qu'il ait gagné.

Il regarda de nouveau les puissants murs de Troie. *Voilà un trophée qui vaut la peine qu'on se batte pour le prendre*, se dit-il.

Une crainte soudaine le glaça et le fit frissonner. Troie n'était plus seulement un trophée et une cité à piller. Celui qui prendrait Troie s'assurerait une renommée immortelle et la possibilité de construire un empire. Échouer, ce serait reposer dans une tombe oubliée dans une nation dévastée. Il repoussa ces sombres pensées et se tourna vers ses compagnons.

— Maintenant, nous débarquons, dit-il au moment où le char du roi de Troie s'arrêta sur la plage, à proximité du navire mycénien. Le renard est venu nous accueillir. Nous flatterons son ego et nous sourirons à ses plaisanteries. Et, pendant ce temps, nous imaginerons le jour où il sera à genoux devant nous, sa cité en flammes, ses fils morts et sa vie à quelques battements de cœur de la fin.

Chapitre 15

L'Enfant Aigle

Antiphonès attendait sur la plage, son frère Politès ainsi qu'un certain nombre de courtisans à côté de lui. Il était venu accueillir le roi mycénien, mais il avait vite compris qu'Agamemnon ne quitterait pas son navire tant que Priam n'aurait pas daigné se montrer.

Il faisait très chaud. Antiphonès commençait à transpirer. Son imposante carcasse pesait sur ses genoux, qui commençaient à le faire souffrir. À côté de lui, le maigre Politès essuyait le milieu chauve de son crâne avec un linge brodé. Ils étaient silencieux, et Antiphonès aurait préféré être n'importe où plutôt que là.

Il regarda la proue de la sombre galère et aperçut un homme voûté avec un bouc noir. Serait-ce le terrible Agamemnon, le boucher de tant de cités ? Antiphonès soupira. Il perdait rapidement du poids, mais il était toujours grotesque, de son propre avis. Une créature molle et ronde que les autres hommes considéraient avec pitié ou avec mépris.

Être devenu un héros lors de l'attaque de la cité, l'automne précédent, ne signifiait pas grand-chose pour lui, parce que les gens, quand ils parlaient de ses exploits – avoir tué les assassins et avoir prévenu du raid imminent contre le palais de Priam –, l'appelaient le *héros gras*.

Et même à ce sujet ils se trompaient…

Il se souvint du jour où son père était venu à son chevet alors qu'Antiphonès récupérait des blessures infligées par les ennemis et qui auraient sûrement tué un homme moins gros que lui, car sa couche de graisse avait empêché les lames de pénétrer trop profondément.

Priam était entré dans la chambre et était resté à côté du lit, regardant son fils avec un mélange de mépris et d'inquiétude.

— Eh bien, mon garçon, on m'a dit que tu as agi courageusement. Je dois dire que j'en suis étonné.

— Pourquoi, père ? Ne suis-je pas le fils de Priam et le frère d'Hector ?

Priam avait haussé les épaules.

— Ne nous disputons pas, Antiphonès. Disons simplement que je t'avais mal jugé. Hélicon m'a affirmé que seul ton avertissement nous a permis de fermer les portes à temps. Les Thraces auraient fondu sur nous avant que nous puissions monter une défense.

— Est-ce tout ce qu'il vous a dit ?

— Pourquoi, il y a autre chose ?

— Il y a toujours autre chose, père. (La colère l'avait envahi, enflammant ses blessures.) Aimeriez-vous l'apprendre ?

— Puisque je suis là, vas-y, avait répondu le roi en s'asseyant au bord du lit. As-tu d'autres surprises pour moi ?

— J'ai comploté avec Agathon pour vous tuer. Je me suis retiré au dernier moment parce qu'il avait prévu d'assassiner tous mes frères et leurs familles.

Antiphonès s'était attendu à un éclat de colère, puis à être tiré de son lit et assassiné par les soldats que Priam n'aurait pas manqué d'appeler. Mais le roi s'était contenté de hausser les épaules.

— Je le savais, avait-il dit. Tu n'aurais pas pu être au courant de ses plans, sinon. Je suppose que tu as été assez bête pour t'opposer à lui, d'où les assassins ?

— Oui. Stupide Antiphonès ! Je pensais pouvoir lui faire entendre raison. « Tue seulement le vieux roi, Agathon. Inutile que des innocents meurent ! Juste un vieil homme déplaisant… »

Priam avait éclaté de rire, et ses manières avaient changé.

— Agathon aurait été un roi épouvantable, Antiphonès. Tu t'en serais mieux sorti. Tu es raisonnable, et tu comprends très bien les complexités du commerce et du profit.

— Vraiment ? Et c'est pour ça que vous avez fait de Politès votre chancelier ? Un homme qui doit enlever ses sandales pour compter jusqu'à vingt ? C'est pour ça que vous m'avez nommé votre maître des chevaux, moi, un gros bonhomme incapable de monter à cheval ? Vous êtes un monstre, et je vous hais !

— Il n'y a rien de mal à haïr, dit Priam d'un ton indifférent.

— Qu'adviendra-t-il de moi, père ? Le bannissement ? La mort ?

— J'avais envisagé la mort, si tu n'avais pas reconnu ta participation au complot. Mais là, je suis plutôt fier de toi. Ce qui, ainsi que tu peux l'imaginer, est une chose rare en ce qui te concerne. Je te donne le commandement du régiment d'Ilos.

— Pourquoi ?

Priam s'était levé et avait toisé son fils.

— Je suis le roi, mon garçon. Les rois n'ont pas besoin de s'expliquer. Tu veux ce commandement ?

— Oui.

— Parfait. Pour le moment, repose-toi et recouvre la santé. Nous en reparlerons quand tu quitteras les maisons de guérison. (Priam avait gagné la porte, puis il s'était arrêté et tourné vers son fils.) J'imagine qu'il n'y aura plus de complots de ta part ?

Sans attendre la réponse, il était parti.

Revenu dans sa maison, quelques semaines plus tard, Antiphonès avait découvert que ses serviteurs lui avaient préparé un festin. Les tables étaient chargées de ses plats favoris, des confiseries et des tartes. Il les avait regardés sans envie, à sa grande surprise. La jeune Cassandre était là. L'enfant de douze ans l'avait regardé avec sérieux.

— Je le leur ai dit, Antiphonès, mais ils ne m'ont pas crue.

— Que leur as-tu dit, ma chère petite ?

— Que tu n'aurais plus envie de ce genre de nourriture.

— Et comment le savais-tu ?

— Xidoros me l'a dit. Il a dit que tu as passé des années à manger pour compenser ton chagrin, mais que tu n'as jamais pu être rassasié. Maintenant, ton chagrin s'est envolé, et tu n'as plus faim.

Antiphonès l'avait embrassée sur le front et n'avait pas posé de questions. Xidoros avait été le premier professeur de l'enfant, et il était mort depuis quatre ans.

Mais cet esprit imaginaire avait eu raison. Son appétit pour les sucreries avait disparu. Il lui faudrait cependant plus que quelques mois pour réparer les dégâts de toutes ces années d'excès. Et voilà qu'il était sur la plage, ses articulations endolories, suant comme un bœuf et avec en tête une seule idée : s'asseoir.

Puis – grâce aux dieux – le char de son père était arrivé.

Il y avait désormais du mouvement sur la galère noire. Plusieurs hommes descendirent sur la plage. Le premier était celui au bouc noir, suivi par un homme d'âge mûr au visage rebondi, sans barbe. Le troisième… était un dieu !

Antiphonès ne put détacher son regard du jeune guerrier à la tunique blanche rebrodée d'or. Son corps était doré par le soleil, ses muscles élégants et bien dessinés. Son visage était le plus beau qu'Antiphonès ait jamais vu. Ses yeux d'un noir profond, ses pommettes hautes, ses lèvres pleines au-dessus d'un menton volontaire, tout en lui était extraordinaire. Antiphonès en oublia la douleur de ses articulations, et sa bouche s'assécha. D'autres hommes, des officiers d'Agamemnon, rejoignaient leur seigneur. Antiphonès se força à détourner les yeux du splendide jeune homme et à se concentrer sur la rencontre des rois.

— Tu reviens enfin à Troie, dit Priam en avançant et en passant un bras puissant autour des épaules d'Agamemnon. La dernière fois que tu es venu ici, tu étais haut comme trois pommes, agrippé au manteau de ton père. Sois le bienvenu, Agamemnon. Que ta visite ici soit heureuse, et riche de la compagnie de tes amis.

— C'est toujours agréable d'être entouré d'amis, dit Agamemnon. Je suis content d'être ici et de pouvoir te dire en personne mon chagrin que des renégats mycéniens se soient joints à ton fils dans son complot. Sache que j'ai fait mettre ces hommes à mort à leur retour. J'imagine que c'est pour cela que tu les as libérés, pour que je puisse faire justice de ma propre main ?

— Je les ai laissé partir parce qu'ils ne valaient pas la peine d'être tués, dit Priam avec un grand sourire. Ils ont combattu comme des enfants. Les pires guerriers que j'aie jamais vus ! J'aurais eu honte qu'ils appartiennent à mon armée. Je ne m'étonne pas qu'ils aient été des renégats. Aucun roi digne de ce nom n'aurait voulu de ces hommes ! Mais assez bavardé, il fait déjà chaud !

Antiphonès réprima un sourire en entendant ces paroles. Les envahisseurs mycéniens avaient été l'élite des forces d'Agamemnon, et ils avaient combattu comme des lions.

— Permets-moi de te présenter mes fils Antiphonès et Politès, dit Priam.

Les présentations continuèrent jusqu'à ce qu'Antiphonès se trouve devant le jeune homme pareil à un dieu, Achille.

— J'ai entendu des récits merveilleux de ta bravoure, dit Antiphonès. C'est un grand honneur pour nous que tu sois venu dans notre cité.

Achille sourit, semblant apprécier la chaleur de cet accueil.

— Moi aussi, j'ai entendu dire des merveilles sur Troie. Où est votre grand héros, Hector ?

— En mer, chassant les pirates. Il devrait revenir dans les prochains jours. Du moins je l'espère, sinon il ratera son propre mariage !

— Participera-t-il aux jeux ?

— Non, je ne pense pas.

— Ah ! C'est dommage, dit Achille. Maintenant, ma victoire ne sera plus aussi satisfaisante.

— Mais elle sera merveilleuse à contempler, dit Antiphonès. J'attendrai ce moment avec impatience.

Achille eut l'air étonné et se pencha vers Antiphonès.

— Tu es si sûr que je l'emporterai ?

— Je ne puis croire qu'il existe un homme capable de te vaincre, répondit Antiphonès.

— Pas même Hector ?

— Ça, je ne peux pas l'affirmer, répondit honnêtement Antiphonès. Hector n'est pas un homme. Il est, comme toi, un jeune dieu. De simples humains ne peuvent pas émettre de jugement sur ces questions.

Achille rit.

— Je t'aime bien, Antiphonès. Viens dîner avec nous un de ces soirs.

Puis il s'éloigna.

Priam fit monter Agamemnon dans son char, tandis que les autres officiers et les dignitaires montaient à pied la pente qui menait à la grande porte.

Antiphonès resta où il était, perdu dans son émerveillement.

— Ils se haïssent ! cria Cassandre, debout sur le grand mur et désignant du doigt le char qui ramenait son père et Agamemnon. Regarde toute cette brume rouge autour d'eux et derrière eux, comme un grand manteau !

Andromaque sourit à l'étrange enfant et caressa ses cheveux noirs. Cassandre leva la tête vers elle et répondit à son sourire. Andromaque prit conscience que l'enfance de Cassandre était en train de s'achever. Elle était dans sa treizième année, de petits seins pointaient déjà sous sa tunique, et ses hanches n'étaient plus aussi étroites.

— Je ne vois aucune brume, dit Andromaque.

— Non, bien entendu. Je suis bête.

Elle se pencha le plus possible pour mieux voir le char doré passer les portes de la cité.

— Fais attention, dit Andromaque en lui prenant le bras.

— Je ne tomberai pas, affirma Cassandre.

Puis elle traversa le chemin de ronde pour voir le char entrer et aller vers la cité supérieure.

— Hélicon est malheureux, dit-elle soudain.

— Il a été malade. Il est en train de guérir.

— Hélène m'a dit qu'il t'avait demandée, mais que tu n'es pas allée le voir.

— Hélène parle trop, dit sèchement Andromaque.

Le soleil était très chaud, et elle sentit une nausée soudaine. C'était la troisième fois de la journée.

— Regarde, les bagarres ont recommencé sur la plage, dit Cassandre. Des tas d'hommes se frappent avec leurs poings ou des bâtons. (Elle éclata de rire.) Et voilà les soldats, qui les séparent. C'est trop drôle !

Andromaque se mit à l'ombre des grandes portes de la tour et s'assit, respirant profondément et lentement.

Cassandre s'assit à côté d'elle.

— Tu es toute pâle, dit-elle.

— J'ai mangé du poisson séché hier soir. Il devait être gâté.

Cassandre se rapprocha et posa sa tête sur l'épaule d'Andromaque.

— Tes gardes du corps sont de beaux garçons, murmura-t-elle. J'aime bien Chéon.

La nausée passa, et Andromaque soupira. Puis elle regarda le grand et jeune soldat qui se tenait à une dizaine de pas d'elle, avec son camarade Téachos. Comme Antiphonès l'avait prévu, Priam avait ordonné à tous les membres de la famille royale d'être accompagnés par des gardes pendant les jeux et les célébrations du mariage. Chéon et Téachos étaient de bonne compagnie, même si Andromaque aurait préféré Polydorus, qui était intelligent et parlait bien. Mais il avait été affecté à Hélène.

— Tu aimes Chéon parce qu'il te fait des clins d'œil, dit Andromaque.

Cassandre gloussa.

— Il a des avant-bras splendides. J'aime la façon dont ses muscles bougent.

— Tu m'as tout l'air d'une gamine amoureuse, dit Andromaque.

— Oh, non ! je ne suis pas amoureuse de lui, répondit Cassandre avec un grand sérieux. De toute façon, ça ne servirait à rien. Chéon mourra bien avant moi, et moi, je ne vivrai pas très longtemps.

— Tu ne devrais pas dire ce genre de choses, la réprimanda Andromaque.

— Pourquoi tout le monde est-il si inquiet quand on parle de la mort ? demanda Cassandre en regardant Andromaque dans les yeux. Tout le monde meurt.

— Mais tout le monde ne meurt pas jeune, Cassandre.

— Laodicé est morte jeune.

— Laodicé a été tuée par des hommes mauvais. Je n'ai pas envie d'en parler.

— Ce n'était pas ta faute, tu sais. Elle était condamnée dès l'instant où la lance l'a frappée.

Andromaque se leva.

— Il fait trop chaud ici. Retournons au palais. Nous pourrons nous asseoir dans le jardin.

— Tu me montreras comment me servir de ton arc ?

— Oui.

L'enfant sourit, mais son expression changea soudain. Elle pencha la tête comme si elle écoutait quelqu'un. Puis elle soupira.

— Tu ne pourras pas me montrer, dit-il. Quand nous arriverons au palais, un messager viendra te dire que père veut te voir.

— Qui écoutais-tu, à l'instant ?

— Xidoros.

— Xidoros n'a-t-il rien de mieux à faire que de hanter les petites filles ?

— Je suppose qu'il s'ennuierait beaucoup s'il n'avait que moi, dit l'enfant. Mais il a tout un tas d'autres esprits avec qui parler.

Andromaque ne posa pas d'autres questions. Les conversations avec Cassandre étaient toujours difficiles. L'enfant avait souffert d'une fièvre cérébrale quand elle était très jeune et, depuis, elle entendait des voix. Parfois, elle avait l'air pratiquement normale, comme quand elle parlait de Chéon et de ses muscles. Mais, la plupart du temps, sa façon de penser défiait la raison.

Elles redescendirent toutes les deux les marches de la tour de garde et sortirent dans les ombres de la porte de Scée. Andromaque attendit que Chéon et Téachos passent devant, pour leur ouvrir le chemin. Puis elles retournèrent lentement vers la cité haute et le palais d'Hector.

Andromaque laissa les gardes dans l'entrée et emmena Cassandre dans les jardins intérieurs. Elle prit son arc et ses flèches et appela la petite fille.

— Tu vois, Priam ne m'a envoyé aucun messager, et je vais pouvoir t'apprendre à tirer à l'arc.

Elle encocha une flèche et tendit l'arme à l'enfant.

— Tire sur la corde autant que tu peux, puis dirige la flèche vers le daim en paille.

Cassandre tira sur la corde, qui se brisa. La flèche tomba mollement sur le sol. À cet instant, un serviteur arriva.

— Dame Andromaque, un messager du roi est là. Priam veut vous voir.

Andromaque remercia l'homme, puis prit l'arc brisé des mains de Cassandre.

— Très bien, petite prophétesse, tu avais raison. Peut-être voudrais-tu me dire pourquoi le roi veut me voir ?

— Il te veut dans son lit, dit Cassandre. Il a prévu de te séduire.

— Ça, ça n'est pas une prophétie ! Je pense que tout le monde au palais a deviné ses intentions. Il n'est pas discret quand il fait un compliment. Dis-moi quelque chose que personne ne pourrait normalement savoir.

— C'est un jeu idiot, fit remarquer Cassandre. Si personne ne le sait, alors toi non plus tu ne le sais pas. Si je te le disais, il n'existerait aucun moyen pour moi de prouver que c'est vrai. Comme si je t'affirmais qu'un moineau est mort sur le toit du palais et a été mangé par un corbeau. D'ailleurs, pourquoi essaies-tu de me mettre à l'épreuve ?

Andromaque s'assit sur un banc de pierre.

— Je suppose que j'aimerais savoir si les voix sont réelles ou imaginaires.

Cassandre secoua la tête.

— Non. Tu *veux* qu'elles soient des illusions. Tout le monde préférerait. J'ai dit à père qu'Hector n'était pas mort, et il s'est mis en colère. Mais Hector n'était pas mort, et il est revenu au palais, comme je l'avais dit. Père pense que c'est une coïncidence. Je t'ai dit que tu aurais besoin de ton arc, et je te l'ai apporté la nuit où les Thraces ont attaqué. Personne ne croit en mon don, Andromaque. Peu importe ce que je dis aux gens…

Andromaque attira la fillette contre elle et l'embrassa sur la joue.

— Hélas, je crois que tu as raison, Cassandre. Tout le monde craint les prophéties. À partir de maintenant, je ne mettrai plus ton pouvoir en doute et je ne tenterai plus de te mettre à l'épreuve. Et je t'apprendrai à tirer à l'arc. D'accord ?

— Oui, tu le feras, dit Cassandre avec un sourire timide.

— Et maintenant, je dois aller résister au charme de ton père. Toi, reste ici et flirte avec Téachos. Je reviendrai avant le coucher du soleil.

— Prends de l'eau avec toi, dit Cassandre. Ta nausée reviendra quand tu marcheras.

— À l'avenir, j'éviterai le poisson séché.

— Ce n'est pas le poisson, dit l'enfant.

Andromaque traversa la cour en face du grand temple d'Athéna, avec ses portes de cuivre et d'ambre, et s'arrêta un moment au pied de la grande statue de la déesse. Elle représentait Athéna en tenue de guerrière, coiffée de son casque, une lance à la main et le Bouclier du Tonnerre à ses pieds. Andromaque regarda le bouclier de pierre. Il était rond et portait un éclair en zigzag gravé en son centre.

— Vous vous arrêtez toujours ici, dit son garde, Chéon. Puis vous levez la main et vous touchez le bouclier. Pourquoi ?

— Pourquoi tires-tu toujours sur le lobe de ton oreille avant de poser une question ? répliqua-t-elle.

L'homme eut un sourire juvénile.

— Je n'en avais pas conscience. Athéna est la déesse patronne de votre cité ?

— Non, c'est Hermès qui a la place d'honneur. Mon père aime la richesse, et Hermès est le dieu des Voyageurs et des Marchands. Mais ma mère était une fidèle de la déesse. Elle a appris les mystères. La nuit de ma naissance, elle a failli mourir, mais une prêtresse d'Athéna l'a sauvée – ainsi que moi.

Andromaque reprit sa marche, pensant au jour ancien où, assise sur les genoux de sa mère, elle avait entendu le récit de cette terrible nuit.

— Tu as été bénie par la déesse, mon cœur. Elle a volé au-dessus du palais, déguisée en aigle, lui avait dit Olectre.

— Comment le savons-nous ?

— Beaucoup de gens l'ont vue.

— Ils ont vu un aigle. Comment savaient-ils qu'il s'agissait de la déesse, mère ?

Olectre avait eu l'air momentanément incertaine. Puis elle avait souri.

— Tu comprendras quand tu seras plus grande, et plus sage.

— Mais *vous,* mère, comprenez-vous ?

Olectre l'avait serrée contre elle et avait murmuré à son oreille :

— Peut-être, quand *je* serai plus vieille et plus sage.

Ce souvenir fit sourire Andromaque.

De la cité haute, la totalité de Troie s'étendait devant elle, les toits étincelants des palais opulents, ses larges rues, ses hauts murs dorés et ses tours, la Grande Tour d'Ilion faisant paraître toutes les autres minuscules. Au-delà se trouvaient la cité basse et ensuite la baie de Troie, encombrée de navires. Au sud-ouest s'étendait le palais d'été d'Hécube, la Joie du Roi, d'un blanc éblouissant sous le soleil. Et, au loin, elle apercevait des petits points noirs : les galères voguant sur la Grande Verte.

Elle jeta un coup d'œil à Chéon. La place où ils se tenaient n'était pas très fréquentée, mais il avait une main sur la poignée de son épée et regardait autour de lui pour repérer tout danger éventuel.

Andromaque sentit la nausée revenir, et elle resta immobile jusqu'à ce que cela s'estompe. Puis elle se dirigea rapidement vers le palais de Priam.

Là régnait le chaos. Les portiques aux piliers rouges étaient encombrés. Des gardes – les Aigles Royaux, en armure de bronze et d'argent – interrogeaient les gens avant de les laisser entrer un par un. Andromaque se glissa au milieu de la rangée de soldats, remerciant d'un sourire l'Aigle qui l'avait reconnue et s'était écarté pour la laisser entrer. Le mégaron était plus bondé qu'elle l'avait jamais vu. Des marchands et des pétitionnaires attendaient, surveillés par des soldats. Des esclaves allaient et venaient, et les scribes se tenaient prêts, leur panier d'osier empli de tablettes d'argile tendre. Il y avait également des courtisans, des conseillers du roi, des visiteurs étrangers portant des costumes extraordinaires, et des soldats partout.

— Dois-je rester avec vous, ma dame ? demanda Chéon en regardant la foule d'un air suspicieux.

— Non, je ne risque rien, ici. Va te trouver quelque chose à manger, je serai là un bon moment.

Il inclina la tête et repartit vers l'entrée du mégaron. Elle savait qu'il serait là quand elle sortirait. Il attendrait le temps qu'il faudrait.

Andromaque chercha des yeux un visage familier. Elle vit le chancelier du roi, Politès, descendre les marches de pierre qui menaient aux appartements de la reine, et elle tenta de traverser la foule pour le rejoindre, mais un marchand corpulent lui écrasa le pied, manquant lui faire perdre l'équilibre. Elle foudroya le malotru du regard, mais il ne la connaissait pas et se contenta de lui retourner un regard méprisant.

Puis elle entendit une voix familière.

— Ma sœur, permets-moi de te conduire hors d'ici.

— Dios ! C'est une vraie ménagerie, ici !

Le demi-frère d'Hector lui sourit avec une affection sincère. Elle se souvint de leur première rencontre, quand il lui avait reproché son manque de pudeur. Il avait insisté pour qu'elle l'appelle « prince Déiphobos », pour ne pas perdre la face devant ses courtisans. Puis il y avait eu le siège. Dios avait changé, ce jour-là, comme bien d'autres. Quand il s'était dressé dans l'escalier, protégeant le roi de son corps au péril de sa vie, il avait gagné l'estime de tout le monde. Il était désormais moins arrogant, et la foule de laquais et de courtisans serviles qui le suivait partout avait disparu comme par magie. Et, pendant le long hiver, il était devenu un excellent ami pour Andromaque.

— Suis-moi dans les jardins, dit-il en lui prenant le bras. C'est plus calme, dehors. Où est ton garde du corps ?

— Je l'ai renvoyé. Je pensais qu'il ne me servirait à rien ici, avec tous ces soldats.

Dios éclata de rire.

— Andromaque, pourquoi cherches-tu toujours des ennuis ? Tu es entourée par une foule d'inconnus, et tu renvoies ton garde du corps ! Il est exact que, si tu étais attaquée, une centaine d'Aigles fondraient sur l'assassin et le tueraient, mais ce serait peut-être trop tard pour te sauver. Hélicon a bien failli y rester, tu te souviens ? (Puis il redevint sérieux.) Comment va-t-il, ces temps-ci ?

— Mieux, beaucoup mieux. Il est revenu à la Maison aux Chevaux, et il rentrera bientôt à Dardanos.

— J'en suis heureux. Et maintenant, dis-moi pourquoi tu es ici.

— Priam veut me voir.

— Vraiment ?

Dios se rembrunit, et la jeune femme sentit son inquiétude. Elle se demanda si tout le monde était au courant des intentions de Priam à son sujet. Puis Dios reprit la parole.

— Il s'est isolé avec Agamemnon depuis le début de la journée. Tu devras peut-être attendre longtemps.

— Faire attendre leurs sujets est le privilège des rois, dit-elle.

Mais, intérieurement, elle était furieuse des petits jeux de Priam. Elle sentit la bile monter dans sa gorge, mais elle la ravala.

Protégés du vent omniprésent de Troie par des hauts murs, les jardins royaux sentaient bon les fleurs et l'air marin. De l'autre côté des jardins, Andromaque aperçut Créüse, la fille favorite de Priam. La jeune beauté aux cheveux noirs vit Dios et sourit, puis se dirigea vers lui. À cet instant, elle remarqua la présence d'Andromaque et, l'air furieuse, tourna les talons. Ce n'était pas la première fois qu'Andromaque se posait des questions sur Créüse. Où était-elle la nuit du siège ? On disait qu'elle s'était attardée dans la maison d'un ami qui l'avait invitée et qu'elle avait été prévenue de l'attaque avant d'atteindre le palais. Priam considérait que c'était la protection des dieux, mais Andromaque pensait que c'était très suspect.

— Désolé de devoir te laisser ici, Andromaque, dit Dios, mais Politès et moi devons nous occuper du roi. Veux-tu que je te fasse porter à manger ou à boire ?

Elle refusa poliment, puis le regarda retourner dans le mégaron.

L'après-midi se transforma lentement en crépuscule, et des serviteurs allumèrent des torches dans les jardins. La foule avait enfin commencé à se raréfier. L'air devint plus frais. Andromaque s'enveloppa dans son châle vert. La lune se leva au-dessus des toits du palais, et elle attendait toujours, bouillante de colère. Elle envisagea un instant de retourner au palais d'Hector, mais elle savait que Priam l'enverrait chercher en pleine nuit. Elle attendit donc, essayant de calmer la rage dans son cœur et la nausée dans son corps.

Enfin, elle aperçut un Aigle Royal de grande taille s'approcher d'elle.

— Le roi va vous recevoir, ma dame, dit-il. Il est dans les appartements de la reine.

Le garde détourna les yeux. Tout le monde au palais savait que Priam utilisait les appartements de la reine pour ses rendez-vous galants, qu'il s'agisse d'esclaves du palais ou de femmes de la noblesse.

Elle suivit le soldat dans le mégaron et monta le grand escalier de pierre. Elle n'était pas revenue dans les appartements de la reine depuis la nuit du siège. Elle entendit de nouveau les bruits de la bataille, le claquement du métal, les grognements des guerriers et les cris des blessés. Elle traversa la pièce où Laodicé était morte. Elle était désormais vide, glaciale et silencieuse. Un tapis usé couvrait le sol, et des moutons de poussière virevoltaient dans la lueur des torches.

L'Aigle la conduisit dans une grande pièce ornée de lourdes tapisseries. Elle était meublée d'un grand lit, de plusieurs canapés avec des coussins et d'une table chargée de confiseries et de gâteaux. Il y faisait chaud, presque étouffant. Des serviteurs débarrassaient la table et apportaient des flacons de vin. Priam était assis sur un canapé. Il avait l'air fatigué et bien plus vieux que la première fois où ils s'étaient rencontrés, pensa Andromaque.

— Andromaque, je suis désolé de t'avoir fait attendre.

Il agita la main en direction d'un canapé et elle s'y assit, regardant autour d'elle.

— Vous avez reçu Agamemnon ici ?

— D'homme à homme, dit le roi, haussant les épaules. Nous avons bu du bon vin et nous avons ri ensemble. Si je reçois les dignitaires en visite dans le mégaron, ils se sentent aussitôt mes subordonnés.

— Qu'y a-t-il de mal à ce qu'Agamemnon se sente inférieur à vous ? On dit que c'est un serpent.

— Oui, c'est exact, c'est un serpent. Mais un serpent *dangereux.* (Il esquissa un sourire las.) Donc, je le charme et lui joue de la musique douce… jusqu'à ce que je sois prêt à lui couper la tête. Prendras-tu un peu de vin ?

— De l'eau me suffira.

Il se leva et lui servit un gobelet d'eau. Elle remarqua que tous les serviteurs avaient quitté la pièce et qu'ils étaient seuls.

— Tu as rendu visite à Hécube, hier, dit le roi. Comment va-t-elle ?

Andromaque pensa à la reine agonisante, revoyant sa peau jaune recouvrant comme un fin papyrus ses os fragiles, et entendant sa voix pareille au froissement de feuilles mortes sur une mare glacée. Mais les yeux noirs et fiévreux de la reine perçaient toujours ses interlocuteurs comme une lance.

— Elle est décidée à assister au mariage de son fils préféré, répondit Andromaque. Je n'ai aucune raison de croire qu'elle n'y arrivera pas.

— Souffre-t-elle ?

Andromaque regarda le roi, intriguée.

— N'avez-vous jamais posé cette question à personne, jusqu'ici ?

— Je ne peux pas discuter de la santé de la reine avec n'importe qui. C'est pour ça que je te le demande, à toi. (Son visage exprima son chagrin.) Tu dois comprendre, Andromaque, que c'est une femme que j'ai honorée entre toutes.

Alors, pensa Andromaque, *ce serait bien de montrer ce respect en allant lui rendre visite pendant qu'elle agonise.* Elle se mordit la lèvre et ne dit rien.

Priam but une gorgée de vin et se pencha vers elle, la regardant dans les yeux.

— Pourquoi penses-tu que je t'ai appelée ici ce soir ? demanda-t-il pour changer de sujet.

— Pour demander des nouvelles de votre femme agonisante ?

Priam rougit.

— Tes pensées sont de glace et ta langue est acérée comme une épée. C'est pour cette raison que je m'intéresse à toi. Une des raisons, en tout cas, ajouta-t-il en souriant. (Ses yeux se posèrent sur ses longues jambes et ses hanches étroites.) Tu es une belle femme, Andromaque. La plupart des hommes préfèrent les jolies blondes stupides et minaudières avec des hanches plantureuses. Toi, tu as la beauté sévère d'Athéna, et c'est ça qui m'excite. Tu le sais.

Andromaque était trop fatiguée pour jouer à son petit jeu.

— Je ne deviendrai pas votre maîtresse, Priam, dit-elle en se levant et en espérant qu'il la laisserait partir.

— Et je pense que si.

— Jamais ! Je suis promise à votre fils Hector. Je connais la nature du devoir, et j'entends être une épouse fidèle.

Il se rassit, de nouveau souriant et détendu.

— Assieds-toi, petite. Je ne te toucherai pas avant que tu me le demandes.

— Et ça n'arrivera jamais !

— Alors, je vais me distraire en te racontant une histoire. Elle te plaira peut-être, parce qu'elle te concerne. Il y a longtemps – bien avant ta naissance –, je suis allé sur Théra avec ma jeune et belle épouse. Nous nous rendions en Crète pour y rencontrer le roi de l'époque, Deucalion, le père de ce vantard d'Idoménée. Il y a eu un terrible orage en mer, et nous craignions que le navire sombre. Hécube était enceinte et malade. Je ne me souviens plus de quel enfant il s'agissait. Nous avons survécu à l'orage, mais nous avons dû nous mettre à l'abri sur Théra pour la nuit. Nous avons été très aimables avec la grande prêtresse, une femme au visage en lame de couteau. Quand ces ennuyeux devoirs ont été terminés, la reine a voulu s'isoler avec une jeune prophétesse qu'elle connaissait, puisqu'elle avait été prêtresse sur Théra avant de m'épouser. Elles ont parlé pendant des heures, puis la prêtresse – elle s'appelait Mélite – a emmené Hécube auprès du feu de prophétie. Quand la fumée lui est montée à la tête, Mélite est tombée sur le sol en hurlant. Hécube n'a pas compris la plus grande partie de son discours, parce que Mélite parlait en des langues qui lui étaient étrangères. Mais, juste avant que la prophétesse perde conscience, sa voix a changé, devenant celle d'un enfant, et elle a dit un joli poème. Tu veux l'entendre ?

Andromaque resta un instant silencieuse. Le récit l'intriguait. Elle aussi avait connu Mélite, et elle se souvenait parfaitement que la vieille femme avait prophétisé son départ de Théra, des semaines avant qu'arrive le message d'Hécube.

— Oui, je veux bien, dit-elle.

— Je pense que tu le trouveras intéressant, dit le roi. *« Sous le Bouclier du Tonnerre attend l'Enfant Aigle, sur ses ailes d'ombre, pour s'élancer au-dessus des portes de toutes les cités, jusqu'à la fin des temps et la chute des rois. »* Hécube a été très impressionnée par ces vers, mais elle n'en a pas compris la signification. Pendant des années, elle a consulté des mystiques et des prophètes. Puis, vers la fin de l'hiver, il y a deux ans, elle a rencontré un devin hittite. Il a réussi à interpréter les vers dans un sens qui convenait à Hécube. Le Bouclier du Tonnerre, a-t-il dit, n'était pas un objet mais une personne. Une femme. L'Enfant Aigle naîtrait d'elle. Comme tu le sais, l'aigle est le symbole de la royauté. Donc, cette femme porterait l'enfant d'un roi. *S'élancer au-dessus des portes de toutes les cités* signifie qu'il ne sera jamais vaincu à la bataille, et *jusqu'à la fin des temps* veut dire que sa cité sera éternelle.

— Même si cette prophétie est vraie, dit Andromaque, il y a des centaines de rois et des milliers de jeunes femmes qui servent Athéna. Toutes, à un moment ou un autre, se seront tenues devant sa statue, étant ainsi sous le Bouclier du Tonnerre.

— C'est exact, dit Priam. Mais combien d'entre elles sont nées avec l'image du bouclier sur leur crâne ?

Andromaque soupira.

— On m'a parlé de ma marque de naissance, mon seigneur, mais c'est seulement une zone de chair rouge avec une zébrure blanche au milieu.

— Mon ambassadeur, Héraclitès, était présent la nuit de ta naissance. Il a vu le bouclier et il a entendu les paroles de la prêtresse. Quand Mélite a parlé, sur Théra, elle a mentionné une femme ayant la force d'un homme. Hécube s'en est souvenue, mais pas à temps. Le peuple de ton père vient d'au-delà de la mer, et il a apporté avec lui beaucoup de mots de la langue occidentale. *Andros*, qui signifie « homme », et *machos*, pour « la force ». Ton nom est formé à partir de ces deux termes. Le Bouclier du Tonnerre, c'est *toi*, Andromaque, et ton enfant sera le fils d'un roi. Il rendra ma cité éternelle, immortelle et la plus grande de toutes.

— Supposons que ce soit vrai, même si personnellement je n'y crois pas, dit Andromaque en se levant. Qu'est-ce qui vous fait croire que vous serez son père ? Vous pourriez mourir, Priam. Hector deviendrait roi, et son fils serait l'Enfant Aigle. N'y avez-vous pas pensé ?

— Sur ce sujet, il y a peu de chose qui a échappé à ma réflexion, Andromaque. Tu peux me laisser, maintenant. Nous reparlerons de tout ça quand Hector sera de retour.

— Puis-je vous poser une question, Sire ?

— Fais vite, car je suis fatigué.

— Si je suis le Bouclier du Tonnerre, pourquoi avez-vous fait venir ma sœur Paleste pour qu'elle épouse Hector ?

Priam soupira.

— Une stupide erreur d'Héraclitès. Il nous a dit que Paleste était le nom de l'enfant qui portait la marque du bouclier. Il était très malade, et son esprit s'égarait parfois.

— Pourtant, il ne s'était pas trompé, mon seigneur. À ma naissance, ma mère m'a nommée Paleste. Mais mon père a changé mon nom quand il est revenu de ses campagnes.

Priam ne l'écoutait plus. Il prit le pichet de vin et le gobelet et retourna dans sa chambre, fermant la porte derrière lui.

Andromaque sentit la nausée revenir, mais elle la ravala. Elle avait le front en sueur quand elle quitta les appartements et retourna au mégaron. Une servante lui apporta de l'eau, et elle attendit, assise, que son estomac se calme.

Elle pensa à ce moment à la timide et douce Paleste. Comme cette cité avait dû lui paraître impitoyable et terrible ! Priam avait-il tenté de la séduire ? Avait-elle été impressionnée et effrayée par Hécube, la reine agonisante ? Elle frissonna violemment quand le sens réel des paroles cruelles de Priam la frappa. Paleste avait été « une stupide erreur ».

Comme cela avait dû arranger tout le monde que l'innocente et confiante Paleste soit tombée malade et meure…

Andromaque se leva et sortit dans l'air frais de la nuit. Chéon l'attendait. Au moment où il arrivait près d'elle, Andromaque défaillit, tomba à genoux et vomit sur le sentier. Le soldat fut aussitôt à ses côtés et la soutint pendant qu'elle vomissait encore deux fois. Puis la nausée passa, et Andromaque se releva.

— Voulez-vous voir un médecin ? demanda Chéon, inquiet.

— Non.

Ils marchèrent lentement dans les rues désertes, et Andromaque se sentit remise quand ils arrivèrent aux portes du palais. Elle demanda à une servante qu'on lui apporte un peu de pain et de fromage dans sa chambre, puis s'y retira.

Cassandre dormait sur un sofa, mais elle s'éveilla à l'arrivée d'Andromaque.

— Je rêvais de dauphins, dit la petite fille en bâillant.

Andromaque s'assit à côté d'elle.

— Tout à l'heure, tu m'as dit que mon malaise n'était pas dû au poisson.

Cassandre sourit.

— C'est l'Enfant Aigle, murmura-t-elle. Le fils d'Hélicon.

Chapitre 16

La mort d'un roi

Le palais qui avait été réservé à Agamemnon surplombait le temple d'Hermès et la baie. L'endroit était parfait, mais la qualité du bâtiment n'était pas excellente. Agamemnon vit que le poli des pierres n'était pas impeccable et que beaucoup de bas-reliefs semblaient avoir été gravés à la hâte. De plus, l'architecte devait manquer de sens commun, parce que d'immenses fenêtres faisaient face à l'est dans les appartements principaux, à l'étage. En été, les pièces devaient se transformer en fours !

Agamemnon était assis dans le grand jardin clos. Trois gardes étaient restés avec lui, et ses hommes fouillaient les quinze pièces du palais. Le roi mycénien ne s'attendait pas à y débusquer des assassins, mais cette inspection maintiendrait ses soldats sur le qui-vive. La nourriture et le vin des cuisines avaient été jetés pour être remplacés par des produits frais achetés au marché. Agamemnon regarda, irrité, les fleurs aux couleurs criardes qui poussaient dans le jardin. Elles attiraient les insectes.

—À qui est ce palais ? demanda-t-il à son aide de camp.

—Au fils du roi, Politès, répondit Kleitos en grimaçant.

Il se frotta la mâchoire. Il avait eu trois dents cassées quand le renégat Banoclès l'avait attaqué. Le médecin en avait extirpé deux, mais la troisième s'était brisée au ras de la gencive et le faisait constamment souffrir.

Un soldat vêtu du long manteau noir des Fidèles arriva dans le jardin.

— Les pièces ont été vérifiées, roi Agamemnon.

— Et le toit ?

— Je m'en occupe, mon seigneur.

Kleitos attendit que l'homme ait quitté le jardin, puis il demanda :

— Vous pensez que Priam posterait un assassin sur le toit ?

Agamemnon ne daigna pas répondre.

— Qu'as-tu découvert sur Hélicon ?

— Il est en convalescence, mon seigneur. Dans son palais de la ville basse.

— Bien gardé ?

— Il a neuf serviteurs avec lui, tous des hommes. Mais aucun Troyen n'est présent, et il n'a pas amené avec lui de soldats dardaniens. Il a un unique compagnon, un colosse du nom de Gershom. Un Gyppto, paraît-il.

Agamemnon se demanda à combien de tentatives d'assassinat un homme pouvait survivre. Kolanos l'avait piégé, à la baie de la Chouette Bleue, mais il avait échappé aux tueurs en se déguisant en simple soldat. L'automne précédent, un groupe de guerriers l'avait affronté au temple d'Hermès. Hélicon avait survécu. Et voilà que même la lame du légendaire Carpophorus n'avait pas réussi à le tuer…

— Il a de la chance, dit Agamemnon.

— On murmure qu'il est le fils d'Aphrodite, dit Kleitos. Peut-être est-il protégé par la déesse ?

Agamemnon se força à ravaler sa colère. Quand il parla, sa voix était calme.

— Sa mère était une pauvre folle qui mâchait trop de racine de *meas*. Elle s'est jetée du haut d'une falaise et s'est tuée sur les rochers en contrebas. Et ne me raconte pas qu'on l'a vue s'envoler vers le mont Olympe ! J'ai parlé à l'homme qui est allé chercher son cadavre pour les funérailles. Elle avait le crâne fracassé, un œil qui pendait hors de son orbite et la mâchoire arrachée.

— Oui, mon roi. Je répétais seulement ce que j'ai entendu dire.

— Le Thrace est-il arrivé ?

— Oui, mon seigneur. Le roi Éionée est là depuis hier. Il est logé dans un palais, à la périphérie de la cité. Il a amené deux chevaux de guerre avec lui, et il voulait être près des collines afin de pouvoir les monter.

— Combien de gens avec lui ?

— Trente soldats et son fils, Rhésos. Plus le contingent de Thraces pour les jeux, environ vingt hommes.

Agamemnon réfléchit un moment.

— Éionée est un homme routinier. Fais-le surveiller, puis va te poster sur le chemin qu'il empruntera. Tu trouveras bien un endroit où te dissimuler en l'attendant.

— Nous avons de bons archers avec nous, mon seigneur. Okotos peut atteindre un oiseau en plein vol.

— Non, pas d'archer. Sers-toi d'une fronde. Éionée est un vieil homme. Une chute de cheval pourrait suffire à le tuer. L'idéal serait que la pierre qui le frappera ne soit pas vue par ceux qui l'accompagneront. Sa mort passera pour un malencontreux accident.

Quand la lumière commença à baisser, Agamemnon se leva et rentra au palais. Les lampes avaient été allumées, et il sentait une odeur de viande rôtie. Un soldat lui apporta un gobelet de vin coupé d'eau, qu'il but à petites gorgées. Un peu après la tombée du crépuscule, le roi Pélée arriva, furieux, le visage empourpré.

— Par les dieux, on m'a donné un taudis ! se plaignit-il. À côté des fabricants de teinture ! La puanteur me retourne l'estomac.

— Où est Achille ?

— Il est parti avec deux compagnons dans les collines.

— Ont-ils des gardes avec eux ?

Pélée éclata de rire.

— Crois-tu que quelqu'un serait assez fou pour attaquer Achille ? Il lui arracherait les poumons !

— Ou bien une flèche pourrait transpercer les siens, fit remarquer Agamemnon.

— Crois-tu que Priam enfreindrait la trêve ?

— Tous les hommes ne sont pas aussi honorables que toi et moi, dit Agamemnon.

Chaque jour, les forces d'Hélicon lui revenaient davantage. Quand il était retourné dans son palais de la cité basse, il était à peine capable de monter l'escalier, devant s'arrêter plusieurs fois pour reprendre son souffle. Autrefois mince et puissant, son corps était devenu squelettique et ses muscles avaient fondu. Mais la disparition de l'infection lui avait redonné de l'appétit, et Gershom supervisait la préparation de ses repas. Pas de pâtisseries ni de vin, mais beaucoup de fruits et de viande fraîche.

— Mon grand-père était un grand guerrier en son temps, dit-il à Hélicon, et il a reçu plus de vingt blessures. Il affirmait qu'un organisme blessé a besoin d'une nourriture simple : de l'eau pour nettoyer le corps, des fruits et de la viande pour redonner des forces. Et, comme pour un bon cheval, le corps doit être exercé afin de retrouver sa force.

La peau d'Hélicon perdit rapidement sa pâleur fantomatique, et les cernes sous ses yeux s'estompèrent. Gershom avait emprunté deux chevaux aux écuries de Priam pour monter à cru sur les collines. La chevauchée fatigua Hélicon, et Gershom les conduisit jusqu'à une ferme où se trouvait un puits. Les deux compagnons s'assirent à l'ombre de la maison. Hélicon posa la main sur sa cicatrice. Il ne portait plus de bandage, mais la chair était encore rouge vif.

— Qu'en est-il de la douleur ? demanda Gershom.

— Elle a presque disparu, mais la blessure me démange. (Il regarda Gershom.) Comment as-tu pu laisser un étranger me couvrir d'asticots ? demanda-t-il avec un sourire fatigué.

— Je m'ennuyais, répondit Gershom. J'ai pensé que ça serait distrayant.

Hélicon s'appuya contre le mur et ferma les yeux.

— Je n'ai plus fait de rêves depuis cette nuit-là. En un sens, ils me manquent. J'avais l'impression de pouvoir me déplacer à travers le monde en un instant. Je croyais que la pièce était enchantée. Les jours se transformaient en nuits en l'espace d'un clin d'œil.

— D'après ce que j'ai entendu quand vous déliriez, vos rêves parlaient tous de sang, de douleur et de mort.

— Oui, la plupart du temps. Mais j'ai aussi rêvé que je rencontrais Argurios et Laodicé. C'était comme un baume sur mon esprit… Et j'ai…

Il se tut.

— Oui ? demanda Gershom.

Hélicon soupira.

— J'ai fait un rêve qui m'a aidé à guérir. Andromaque en faisait partie. J'ai eu l'impression qu'on me tirait d'un puits noir pour me ramener à la lumière du soleil.

Gershom regarda son ami. Hélicon regardait dans le vague, et le Gyppto sentit de la tristesse émaner de lui. Il se demandait quelle en était la raison. Hélicon était revenu des frontières de l'Hadès. Il était roi, jeune, et la vie lui souriait. Sa ravissante épouse l'attendait en Dardanie, et sa flotte voguant sur la Grande Verte faisait de lui un homme riche. Pourtant, depuis le début de sa convalescence, il n'avait ni ri ni plaisanté.

Un grognement résonna près d'eux. Un gros chien noir tourna l'angle du mur et leur montra les crocs. Les chevaux s'agitèrent, et la main de Gershom se porta à sa dague.

— Non, mon ami, dit Hélicon. Ne lui fais pas de mal. Ce chien fait son devoir, il protège la maison de son maître. Ignore-le. Détourne la tête et ne le regarde surtout pas dans les yeux !

— Comme ça, il pourra se régaler d'un morceau de mon postérieur ?

Hélicon tendit lentement la main et fit claquer ses doigts. Le chien ne bougea pas, mais il continua à gronder, les poils hérissés. Puis Hélicon claqua des doigts et appela :

— Ici ! Viens ! (Le chien trottina jusqu'à lui. Hélicon leva lentement la main pour que l'animal puisse la renifler.) Tu es une brave bête.

— Et vous, je le crains, un sacré idiot ! grommela Gershom. Avec des mâchoires comme les siennes, il aurait pu vous arracher la main !

— Sais-tu quel est le problème d'avoir grandi dans la maison royale d'Égypte, Gershom ? Tu regardes, mais tu n'es pas obligé de voir. Partout, des esclaves s'occupent de tout, te préparent ta nourriture, te sortent tes vêtements. (Le chien s'éloigna vers le puits et se laissa tomber dans une zone ombragée.) Ce chien est vieux. Il a du gris autour des mâchoires. Ce n'est pas un animal jeune et fougueux. Des tas de gens doivent venir à cette ferme. Aucun fermier ne laisserait un chien de garde mal dressé sans l'attacher. Les visiteurs du jour doivent être les bienvenus. La nuit, il aurait peut-être réagi différemment. Et puis, tu oublies les chevaux. Si ce chien avait été d'humeur à attaquer, ils l'auraient senti et auraient paniqué. Mais ils sont juste devenus un peu méfiants. Donc, nous n'étions pas en danger. Il nous suffisait de montrer au chien que nous n'avions pas de mauvaises intentions.

Gershom n'était pas d'accord.

— Vous ne m'avez pas convaincu, Hélicon. Vous rationalisez vos actes et, comme le résultat est favorable, vous en déduisez que vous avez raison. Mais ce chien aurait pu avoir mal aux dents ou même être enragé, et il aurait pu ne pas agir en accord avec son dressage. Les chevaux auraient pu ne pas percevoir ses intentions. Ils ne sont pas réputés pour être de grands penseurs. Votre méthode était dangereuse. La mienne, poignarder le chien, aurait abouti au même résultat, sans risques pour nous.

— Mais tu aurais tué un brave chien, fit remarquer Hélicon.

Gershom haussa les épaules.

— Ce n'est pas mon chien.

Pendant qu'ils parlaient, deux hommes arrivèrent des champs. Ils étaient tous les deux roux et lourdement charpentés, mais l'un d'eux était plus vieux et avait du gris dans les cheveux.

— Vous me cherchiez ? demanda celui-ci.

Hélicon se leva.

— Non. Nous chevauchions, et nous avons voulu nous reposer un peu à l'ombre.

— Vous êtes les bienvenus ! dit le fermier. Mais vous avez eu de la chance. Cerbère, ici présent, a croqué un bout du dernier voyageur qui est arrivé sans prévenir !

Gershom éclata de rire.

— Ce n'était pas drôle, grommela le fermier. Ça m'a coûté deux moutons pour me faire pardonner. Ce chien vieillit, et il lui arrive d'oublier son dressage. Vous allez vers la cité ?

— Oui.

— Vous devriez éviter les bois du côté de la cité. Il y a eu un accident, et ça grouille de soldats qui arrêtent les voyageurs et leur posent des questions.

— Que s'est-il passé ? demanda Hélicon.

— Un étranger s'est tué en tombant de son cheval. Un homme important qui était venu pour les festivités du mariage, je crois. Bref, pendant que je parle, la journée avance ! Vous voudrez bien m'excuser. Viens ici, Cerbère !

Le chien noir suivit l'homme pendant qu'il s'éloignait.

— Surtout, pas un mot, Gershom, dit Hélicon.

— Que pourrais-je dire ? Moi qui suis né dans un palais, qui regarde mais ne vois pas ?

Hélicon soupira.

— Tu vas m'en vouloir pendant combien de temps ?

— Difficile à dire. La plus grande partie de l'été, pour sûr !

Hélicon éclata de rire et sauta sur son cheval.

— Pour ta peine, tu pourras avaler ma poussière sur le chemin du palais !

Il partit au galop.

Gershom le suivit. Leurs bêtes étaient puissantes et rapides, mais Gershom était beaucoup plus lourd que le roi de Dardanie, et il ne parvint pas à le rattraper. Quand ils approchèrent de la cité, Hélicon fit ralentir sa monture et laissa celle de Gershom le rejoindre. Le jeune roi avait de bonnes couleurs aux joues, et son humeur semblait meilleure. Ils passèrent la crête d'une colline et virent la baie s'étaler devant eux, d'un bleu étincelant sous le soleil. Une brise légère soufflait sur les collines. Hélicon arrêta son cheval et regarda la mer. Gershom vit que son humeur changeait de nouveau, car ses traits se durcirent.

— Qu'y a-t-il ?

— Un homme vient à Troie, que j'ai juré de tuer.

— Vos forces reviennent rapidement. Dans quelques semaines, vous serez en état de lui lancer un défi.

Hélicon n'ajouta rien, et talonna son cheval. Quand ils arrivèrent au palais, il était épuisé, et il se mit aussitôt au lit. Gershom ramena les chevaux aux écuries, où il apprit que l'homme tué par la chute de cheval était le roi de Thrace,

Éionée. Il chevauchait en tête, et quand ses compagnons l'avaient rejoint, au détour d'un sentier, ils l'avaient trouvé étendu sur le sol, son cheval à côté de lui.

Cette mort était considérée comme un mauvais présage pour le mariage, et une soirée d'hommage avait été organisée par le roi Priam. Elle aurait lieu cinq jours plus tard dans le temple de Poséidon. On espérait qu'à ce moment tous les rois de l'Ouest et de l'Est seraient arrivés. Le roi mycénien, Agamemnon, s'était proposé pour faire l'éloge funèbre du défunt.

La terrible certitude d'être enceinte emplissait les jours et les nuits d'insomnie d'Andromaque d'une profonde colère contre elle-même. Comment avait-elle pu faire quelque chose d'aussi stupide ? Pourquoi les dieux la punissaient-ils si durement ?

Elle essaya de se convaincre qu'elle s'était glissée dans le lit d'Hélicon uniquement pour suivre le conseil du Prophète, celui de placer un corps chaud à côté du mourant pour le ramener à la vie. Mais elle n'avait jamais été douée pour se duper elle-même. Quand elle avait vu Hélicon sur la plage de la baie de la Chouette Bleue, elle avait presque instanément eu envie de se trouver près de lui, nue, peau contre peau. Même maintenant, alors que la redoutable conséquence de ses actes planait sur elle comme un oiseau annonciateur de tempête, elle se souvenait du frisson délicieux qui l'avait envahie.

Sa servante, Axa, vaquait dans l'appartement, ramassant des vêtements épars en babillant. Elle était de bonne humeur, comme depuis le début de l'hiver. Son époux, qu'on avait cru mort en même temps qu'Hector, était revenu à la maison, et la joie d'Axa était totale. Son bébé grandissait bien, son homme était en vie, et le monde était un lieu de délices !

— Aujourd'hui, peut-être la robe safran, dit-elle. Le soleil brille. Je pourrais tresser des fils d'or dans votre chevelure. Ça attirerait la lumière.

— Je ne veux pas de tresses, aujourd'hui. Et la robe jaune est trop voyante. Donne-moi la vert pâle.

— Vous portez toujours du vert, dit Axa, déçue. Avez-vous vu le *Xanthos* dans la baie, hier ? Peut-être le seigneur Hector viendra-t-il vous voir, cette fois. La robe jaune l'éblouirait.

— Je ne tiens pas à l'éblouir. D'ailleurs, il ne viendra pas.

Axa eut l'air intrigué.

— Vous croyez ?

— Combien de fois est-il venu dans son propre palais depuis que j'y suis installée ?

— Plusieurs fois. Je l'ai même aperçu, une fois !

— Il est venu voir Hélicon, et toujours en mon absence.

— Oh, je suis sûre que…

— Je t'en prie, Axa, ne lui cherche pas d'excuse. C'est une union arrangée, dont Hector n'a pas envie, de toute évidence. Je pense qu'il va se rendre à sa ferme et que je ne le verrai pas avant le banquet du mariage.

Axa se rembrunit.

— Je vous en prie, ma dame, ne pensez pas une chose pareille ! Hector est un homme merveilleux. Mon époux, Mestarès, le vénère. Il m'a dit qu'Hector pense que vous êtes la plus belle des femmes.

— Si belle qu'il ne supporte pas l'idée de passer un moment avec moi. Mais cela suffit. Et tu as raison : donne-moi la robe safran.

Andromaque n'avait pas envie de porter une couleur aussi éclatante, mais elle savait qu'en cédant à Axa, celle-ci cesserait de lui parler d'Hector. La servante aux courbes généreuses sourit de plaisir et courut chercher la robe.

Andromaque sortit sur le balcon. Il était encore dans l'ombre, mais la lumière du soleil illuminait la cité, et elle entendit les bruits des travailleurs préparant l'aire des jeux nuptiaux. Plus loin, elle vit des hommes construire un talus le long de l'hippodrome, où auraient lieu les courses de chars et de chevaux. Dans la cité affluaient les voyageurs et les athlètes avides de participer aux jeux et de remporter de l'or. Au nord, la plaine était devenue une ville de tentes et de huttes construites à la va-vite.

Une nausée la submergea, et elle inspira à fond.

Sur Théra, elle avait, avec les autres prêtresses, grimpé les pentes de la montagne en colère, chantant des hymnes pour apaiser le Minotaure qui grondait dans les entrailles de la terre. Elle avait l'impression de vivre un danger similaire. En apparence, elle était Andromaque, princesse vierge de Thèbes, sur le point d'épouser l'héritier du trône de Troie. Mais, grandissant en elle, il y avait un Minotaure dont la présence, quand elle serait connue, entraînerait sa destruction.

Quand Priam découvrirait son infidélité, il la ferait tuer. Le roi, même s'il la désirait, pouvait être impitoyable. Au cours des dernières années, il avait ordonné la mort de plusieurs de ses fils qui l'avaient trahi. Avec elle, sa rage ne connaîtrait pas de bornes, parce qu'elle avait repoussé ses avances et qu'il considérerait que ses raisons n'avaient été que prétexte. Priam estimerait qu'elle avait tenté de le tromper. Et son ego ne le supporterait pas.

Que pouvait-elle faire ? se demanda-t-elle. Aller voir Hélicon ? Lui dire que son rêve n'en avait pas été un ? Elle sentit le désespoir l'envahir. Il voudrait la protéger, et s'attirerait l'inimitié de Priam. La petite armée de Dardanie ferait-elle le poids devant la puissance de Troie ? Hélas, elle connaissait la réponse...

Puis Andromaque pensa à Hector. Elle essaierait de le séduire. Si elle y parvenait, il croirait que l'enfant était le sien. Mais elle repoussa cette idée aussitôt qu'elle se présenta à son esprit. Toute sa vie elle avait cru à l'honnêteté, particulièrement entre amants. Andromaque n'avait jamais menti à Calliope. Comment une union pouvait-elle commencer par un tel mensonge ? Ce serait comme du poison dans son sang. Non, il y avait une seule façon honorable d'agir : aller voir Hector, lui raconter toute la vérité et accepter ce qui s'ensuivrait comme étant la volonté des dieux.

Axa revint et l'aida à mettre la robe safran. C'était un vêtement splendide, bordé de délicats fils d'or et d'argent.

— Je vais faire une promenade, dit-elle à Axa, accroupie pour attacher les lanières de ses sandales.

— Dois-je vous accompagner ?

— Non, Axa. Je n'aurai plus besoin de toi, aujourd'hui. Rentre chez toi et occupe-toi de ton bébé.

— Il grandit à merveille, dit Axa. Et il sera beau comme mon Mestarès, pas ordinaire comme moi.

Andromaque regarda le visage rond de la jeune servante et sentit sa gorge se nouer.

— Axa, tu n'es pas ordinaire. Tout ce que tu es se reflète sur ton visage : ta force, ta loyauté, ton amour et ton courage.

Axa rougit.

— Vous dites les choses les plus étranges, parfois, ma dame. Maintenant, que penseriez-vous de fils d'or dans vos cheveux ?

— Non, je les porterai dénoués.

Axa se leva et regarda la chevelure rousse d'Andromaque.

— Vos cheveux ont pris le soleil, remarqua-t-elle d'un ton critique. Il y a des mèches blondes dedans. Vous devriez porter un voile plus souvent.

Andromaque éclata de rire, son humeur momentanément allégée.

— Tu n'es jamais contente, Axa ! À un moment tu veux tresser de l'or dans mes cheveux, et l'instant d'après tu te plains parce qu'il s'y trouve déjà !

— Vous savez ce que je voulais dire, répondit Axa. Seules les paysannes ont des mèches blondes dans leurs cheveux, parce qu'elles sont au soleil toute la journée.

— Alors, je suis sûrement une paysanne, dit Andromaque. Et maintenant, file retrouver ton enfant !

Aux portes du palais, Andromaque vit Chéon, assis tranquillement sur un banc, son casque de bronze étincelant posé à côté de lui, son plastron reflétant le soleil. Il se leva en l'apercevant.

— Allons-nous à la tombe ?

— Non. Nous irons à pied à la ferme d'Hector.

— C'est à une bonne distance d'ici, ma dame, et dans cette chaleur… Dois-je appeler un char ?

— J'aime marcher.

Il n'ajouta rien, et ils quittèrent ensemble la cité. Chéon mit son casque. C'était un modèle à protection faciale complète, et, heureusement pour Andromaque, il rendait toute conversation pratiquement impossible. Chéon ouvrit le chemin à travers la foule, dans la cité, puis ils passèrent la porte de Dardanie et empruntèrent la route pavée qui en sortait.

Chéon avait raison. La marche était longue et il faisait chaud. À midi, ils étaient encore loin de leur destination. Andromaque était trop fière pour reconnaître son erreur et elle avançait avec obstination, la sueur tachant sa robe safran, les pieds endoloris par ses sandales. Chéon la regarda discrètement.

— Si vous n'y voyez pas d'objection, ma dame, j'apprécierai une petite halte à l'ombre, dit-il en retirant son casque.

Elle le regarda et sourit.

— Tu es très courtois, Chéon, mais je ne vois pas une goutte de sueur sur toi. Mais oui, j'aimerais bien m'arrêter un peu à l'ombre.

Il lui rendit son sourire, puis désigna un petit bosquet où un autel blanc avait été érigé. Dans une niche, on voyait la statue d'une femme armée d'un arc. Des fleurs séchées le décoraient. Andromaque tendit la main et effleura la statue en souriant. Elle lui rappelait Calliope. Derrière l'autel, elle entendit un bruissement d'eau. Elle traversa des buissons et aperçut un ruisseau qui coulait sur des pierres blanches. Elle s'agenouilla et but dans ses mains en coupe. L'eau avait un arrière-goût indéfinissable mais un peu déplaisant. Chéon resta debout à côté d'elle, la main sur la poignée de son épée.

— Tu ne bois pas ? demanda Andromaque.

— Je n'ai pas soif.

Elle trempa le bord de sa manche dans l'eau et s'en humecta le visage, puis elle se releva et se tint à côté de lui, dans l'ombre.

— À qui appartient cet autel ?

— La mère du lutteur Archéos l'a fait construire en l'honneur de la déesse Artémis. On dit qu'Archéos avait remporté plus de victoires aux jeux que n'importe quel homme.

— Il était troyen ?

— Non, ma dame. Il venait de Samothrace.

Le garde se tripota l'oreille d'un air gêné, comme s'il hésitait à dire quelque chose.

— Tu veux me poser une question, n'est-ce pas ?

— Je me demandais pourquoi vous vous rendiez chez le seigneur Hector sans être annoncée.

— Comment sais-tu que je ne me suis pas annoncée ?

— Il aurait envoyé une voiture et un détachement de gardes pour vous prendre.

— Tu le connais ?

— Il m'a déjà adressé la parole, mais je ne le connais pas vraiment. C'est un grand homme.

— C'est ce que tout le monde me dit.

Il la regarda et sourit, ce qui lui donna l'air d'un petit garçon.

— Mon frère sert sous les ordres d'Hector. Il était avec lui à Qadesh.

— Oui, oui, c'est un grand guerrier, je sais ! On me l'a déjà rapporté.

— Je n'allais pas vous parler de la guerre, ma dame. Tout le monde sait qu'Hector est un combattant. Mais sa grandeur réside dans les petites choses. Il connaît le nom de chacun de ses hommes et celui de leurs épouses. Mon frère n'est pas un officier. Il s'est entretenu une seule fois avec Hector, pendant qu'ils se reposaient près d'un ruisseau. Il lui a parlé de son épouse enceinte. Après la naissance de l'enfant, Hector a envoyé une coupe en or comme cadeau. (Il détourna la tête, gêné.) J'imagine que ça ne signifie pas grand-chose pour vous.

— Au contraire, dit Andromaque. Je serais étonnée d'apprendre que mon père ait pu connaître le nom d'un seul de ses soldats. Et il ne lui serait jamais venu à l'idée d'envoyer un présent de naissance à l'un d'entre eux.

Elle sortit de l'ombre et se remit en marche, Chéon à côté d'elle. Une légère brise se leva, et quelques nuages cachèrent le soleil. Pendant qu'ils descendaient la colline, elle se sentit rafraîchie.

Ils aperçurent enfin la ferme et les pâturages des chevaux dans le lointain. Le corps de bâtiment principal était ancien, en pierre, et comportait un seul niveau et un toit. Les trois structures qui le flanquaient étaient en bois, assez hautes et munies de grandes portes. L'une était de toute évidence une écurie, et les deux autres, pensa Andromaque, des magasins ou des granges.

En face du bâtiment principal, des hommes tentaient de capturer un cochon qui était passé à travers une barrière. L'animal se retourna et fonça vers les hommes, qui s'éparpillèrent. Puis il glissa dans la boue, se mit sur le dos et se heurta à la barrière cassée. À cet instant, un homme de grande taille, torse nu, se jeta sur l'animal, qui lui échappa. Le géant tomba face contre la barrière, salué par les rires moqueurs de ses compagnons.

Andromaque se sentit de meilleure humeur en entendant les rires portés par le vent. Pendant que Chéon et elle descendaient la colline, les hommes s'étaient placés en demi-cercle autour du cochon et essayaient de le pousser vers la barrière. Mais il les chargea de nouveau. Cette fois, le géant couvert de boue calcula mieux son bond, et ses bras massifs se refermèrent sur l'animal ; celui-ci grogna et se débattit, mais l'homme ne lâcha pas prise. Puis il se leva, l'énorme cochon dans les bras. Il avança vers l'enclos, dérapant dans la boue.

Ses compagnons glissèrent une nouvelle barrière devant l'enclos. L'homme laissa tomber le cochon et fonça vers la barrière. Aussitôt, l'animal le poursuivit. L'homme y parvint juste avant le cochon et sauta par-dessus. Il atterrit dans un endroit boueux et perdit pied de nouveau. Les rires fusèrent aussitôt. L'homme s'assit et tenta de se débarrasser de la boue qui couvrait son visage et ses cheveux. Puis il vit Andromaque.

Hector se leva lentement.

— Voilà un plaisir inattendu, dit-il.

Andromaque ne répondit pas. Elle revit mentalement la tente où le devin Aclidès lui avait parlé des trois grands amours de sa vie. Le premier était Hélicon. Le deuxième, le chêne.

— Comment le reconnaîtrai-je ? avait-elle demandé.

— Il sortira de la boue, son corps sera couvert de la fange des cochons.

Andromaque sentit sa bouche s'assécher et sa tête tourner. La nausée désormais familière noua son estomac.

— Nous avons des choses à nous dire, vous et moi, parvint-elle à articuler.

Chapitre 17

Le choix d'Andromaque

Andromaque attendit dans la fraîcheur de la pièce principale, dont la fenêtre était fermée pour isoler la salle du soleil. Une jeune servante lui apporta une coupe de fruits et un pichet d'eau à la surface duquel flottaient des tranches de fruits jaunes. La jeune fille remplit un gobelet et le tendit à Andromaque, qui la remercia. La servante était mince et blonde, avec de grands yeux bleus. Un instant, elle rappela Calliope à Andromaque.

— Tu es vraiment ravissante, dit Andromaque, en caressant le visage de la jeune fille.

— Merci, princesse, répondit la servante, dont les pupilles s'étaient dilatées.

Comme les émotions sont bizarres, pensa Andromaque. *Je vais affronter mon destin, et pourtant j'éprouve du désir pour cette servante et le besoin de l'attirer dans mes bras.*

Avec un léger soupir, elle se détourna de la jeune fille et regarda autour d'elle. Les meubles étaient fonctionnels, sans sculptures ni dorures. Il y avait trois longs canapés et cinq fauteuils profonds. Le sol de pierre était recouvert d'un grand tapis aux couleurs automnales. Malgré son austérité, la pièce était accueillante. Sans le fardeau qu'elle portait à présent, Andromaque aurait pu s'y sentir à l'aise.

Elle but son eau à petites gorgées, essayant de penser à ce qu'elle allait dire quand le prince troyen sortirait de son bain. Mais, dans son esprit troublé, des images se bousculaient. Hélicon criant de plaisir dans son délire, Calliope dansant sous la lune pendant la Nuit d'Artémis, elle-même debout dans la galerie du mégaron du roi, arrosant de flèches les soldats mycéniens. Tant de choses étaient arrivées en quelques mois...

Et maintenant, cela! Le voyant avait dû mal interpréter sa vision, se dit-elle. Oui, il avait vu cette scène, c'était certain, et il avait sans doute senti le poids des émotions d'Andromaque. Pourtant, Hector ne pouvait pas être un des grands amours de sa vie. Elle n'éprouvait rien en le regardant, aucun désir, aucune envie de le toucher, de sentir ses lèvres sur les siennes.

Elle gagna le mur du fond et regarda le bouclier qui y était accroché. C'était un objet ancien, fait de cuir de veau noir tendu sur un cadre en bois. Le centre était décoré de l'image d'un cerf blanc en plein saut.

— Il appartenait à un rebelle thrace, dit Hector en entrant dans la pièce. Il me l'a donné. Je l'apprécie. Il est simple, mais bien fait.

Elle se tourna vers lui. Sa chevelure dorée était encore humide, et il portait une tunique jaune clair. Pendant un moment, elle eut l'impression que la grande pièce avait rapetissé. Quand il approcha d'elle, elle fut sidérée par sa taille.

— Tu te déplaces bien silencieusement pour un homme de ta carrure.

— J'ai appris à me déplacer avec précaution en compagnie des femmes, dit-il avec un sourire timide.

— Ou à éviter totalement de les rencontrer.

Il détourna le regard.

— Je te prie de m'excuser, Andromaque. Je t'ai négligée.

— Peu importe. Je suis venue te demander de me libérer du devoir de t'épouser.

Il ne dit rien. Il emplit un gobelet d'eau et but. Le silence se prolongea. Andromaque ignorait comment sa requête serait accueillie, mais elle s'attendait au moins à une certaine colère. Mais il lui adressa un sourire triste et s'approcha d'un canapé.

— Viens t'asseoir près de moi, dit-il doucement. Parlons un peu.

— Qu'y a-t-il à dire ?

Hector la regarda avec sérieux, et il parla d'une voix douce mais pleine de regrets.

— Si seulement les choses étaient aussi simples, je t'accorderais ta demande immédiatement. Tu es une femme noble et courageuse, et tu mérites bien plus que je ne peux t'offrir. Mais ce mariage n'a pas été arrangé par moi, mais par Hécube et Priam. Je suis tout aussi prisonnier que toi de leur décision. Nous ne pouvons pas échapper à notre destin, Andromaque.

— Il ne s'agit pas d'échapper à quoi que ce soit, répondit-elle. Je ne peux pas t'épouser.

Il la regarda, et elle sentit toute la puissance de ses yeux bleus.

— Tu en aimes un autre. Je comprends. Peu de gens de naissance royale parviennent à épouser la personne qu'ils aiment.

— Oui, j'en aime un autre, dit-elle en inspirant à fond. Mais le problème n'est pas là.

Le moment était venu. Elle ne pouvait plus tergiverser.

— Je suis enceinte.

Ses yeux verts brillèrent de défi. Elle s'apprêta à essuyer sa colère – justifiée. Mais l'homme n'éleva pas la voix.

— Père n'a jamais aimé perdre du temps, dit-il. Et maintenant, tu connais la honte d'Hector. (Il ne la regarda pas, mais se força à parler.) J'ai affronté de nombreux dangers dans ma vie, et de nombreuses peurs, mais ce moment est le pire. Bien entendu, je comprends que tu ne veuilles pas m'épouser. Qui le voudrait ?

Andromaque resta immobile un moment. Il était persuadé que Priam était le père, c'était clair, mais le reste de son discours l'intrigua. Elle se leva et traversa la pièce pour s'asseoir à côté de lui.

— Je n'ai pas partagé la couche de Priam, dit-elle. J'ai refusé ses avances.

Il se tourna, et ses yeux bleus plongèrent dans le regard vert de la jeune femme.

— Alors, qui est le père ? demanda-t-il d'une voix douce.

À cet instant, plusieurs pensées traversèrent l'esprit d'Andromaque. Elle était assise près d'un homme à la force physique incommensurable, mais elle ne se sentait pas menacée. En fait, sa proximité la réconfortait plutôt, et cela la déconcerta. Quand elle avait pensé à cet entretien, elle n'avait jamais imaginé qu'elle se sentirait en sécurité. Toute tension la quitta, et, dans le calme de la pièce ombragée, elle lui raconta tout : la maladie d'Hélicon, ce que le Prophète avait dit, et la stupidité dont elle avait fait preuve en partageant sa couche. Il écouta tranquillement, puisil dit :

— Hélicon est celui que tu aimes ?

— Oui.

— Et il t'aime ?

— Il me l'a dit, à un moment où nous pensions tous les deux que tu étais mort.

— Et il a épousé Halysia… Comme les nobles que nous sommes sont stupides… Est-il au courant, pour l'enfant ?

— Non. Et il ne le sera jamais. Il délirait, et il croit que ce qui est arrivé entre nous était un rêve.

À cet instant, sa résistance la quitta et elle sentit le désespoir l'envahir. Ses larmes coulèrent, et bientôt elle ne put retenir ses sanglots. Hector se pencha vers elle et l'attira contre lui. Elle ne s'était plus sentie ainsi protégée depuis son enfance, quand son père la serrait dans ses bras. Hector ne dit rien. Il lui tapota gentiment le dos, comme si elle était un bébé.

Après un moment, elle put se contrôler et cessa de sangloter, mais son souffle était encore court.

— Priam ne doit rien savoir, dit Hector. Je l'aime, mais il te ferait emmurer vivante ou enfermer dans un coffre et jeter à la mer. Ses colères sont redoutables et ses punitions, barbares. Mais j'ignore comment nous pouvons faire pour lui dissimuler la vérité.

— Souhaites-tu toujours m'épouser ?

Hector lui sourit.

— Ce serait le plus grand des honneurs pour moi.

Le soulagement envahit Andromaque.

— Alors, le problème est résolu. Le mariage est tout proche. Ma grossesse n'est pas encore très avancée, et personne ne posera de questions si j'accouche quelques jours trop tôt.

— Le problème n'est pas résolu, dit Hector tristement. Père ne croira jamais que cet enfant est le mien.

— Pourquoi ?

— Tu ne sais rien, alors ? (Il ferma les yeux et se détourna.) Je redoutais ce moment, dit-il. Il me hante, même dans mes cauchemars.

Elle lui prit la main.

— Si je dois devenir ton épouse, je serai loyale envers toi. Rien de ce que tu me diras ne sera répété.

Il resta un moment silencieux, puis alla se servir un verre d'eau.

— Je préférerais affronter des hommes en armes qu'avoir cette conversation.

— Alors, ne me dis rien. Je ne veux pas te causer du chagrin.

— Non, je dois te le dire. Je ne suis peut-être pas un homme, mais je ne suis pas un lâche. (Il revint s'asseoir à côté d'elle.) Il y a deux ans, j'ai été blessé et j'ai failli mourir. J'ai reçu un coup de lance à l'entrejambe. J'ai recouvré mes forces, mais quelque chose de vital m'a été enlevé. (Il inspira à fond.) Je suis incapable d'engendrer des enfants, Andromaque, ou de pénétrer une femme. Seul Priam et le chirurgien le savaient, et Priam a fait étrangler le chirurgien. Il ne supportait pas que quelqu'un soit au courant de la honte de son fils.

Andromaque le regarda, ses craintes et ses inquiétudes soudain diminuées par le poids de la douleur d'Hector.

— Un homme n'est pas défini par sa bite. (Il sursauta, stupéfait.) Oui, dit-elle en souriant, même une prêtresse connaît les termes vulgaires. La bite, le serpent à un œil, le zob… Écoute-moi, Hector. Si je l'ignorais jusqu'à ce jour, je sais maintenant que tu es un homme bon. Et je suis désolée pour ce que tu as perdu, car je sais combien les hommes sont fiers de leurs parties intimes. Ils se vantent de leur taille, de leur épaisseur… Je ne te mentirai pas, Hector. Ce que tu as perdu me manquera aussi. Mais sache que je préfère épouser un homme de cœur qui se soucie des autres et qui aimera mon enfant plutôt qu'un imbécile indifférent à la queue raide. Toi, tu ne serais pas un homme ? Sottises !

Il se tourna vers elle et lui prit la main, qu'il porta à ses lèvres.

— Je te remercie, dit-il. C'était gentil de me dire ça.

— Non, dit-elle. Ne crois pas que je suis une flagorneuse qui essayait de te faire plaisir. Je suis Andromaque, et je dis la vérité. Regarde-moi dans les yeux, Hector, et dis-moi si tu y vois des mensonges.

Elle le regarda avec aplomb, et elle sentit qu'il se détendait.

— Non, dit-il. Il n'y a pas de mensonge dans tes yeux.

— Me feras-tu confiance pour régler ce problème, sans remettre en question ma décision ?

— Je te ferai confiance.

— Parfait. Alors, appelle une voiture pour me ramener à la cité. Demain, je m'installerai ici afin que nous puissions parler et apprendre à nous connaître.

Un peu plus tard, devant la voiture à chevaux, Hector lui prit la main.

— Je serai un bon époux pour toi, Andromaque de Thèbes.

— Je le sais, Hector de Troie. (Elle sentit l'émotion la submerger, et des larmes perlèrent à ses yeux.) Tu seras mon chêne, dit-elle, sa voix se brisant.

Elle demanda au cocher de les ramener, Chéon et elle, aux portes du palais de Priam. Chéon, s'étant sans doute rendu compte de son besoin de réfléchir, ne dit rien de tout le trajet. Une fois arrivée au palais, elle lui ordonna de l'attendre, puis traversa le mégaron. Elle dit à un serviteur qu'elle voulait voir le roi pour une affaire urgente.

Cette fois, Priam ne la fit pas attendre.

Il était dans les appartements de la reine. Il se leva à son entrée et attendit que le serviteur soit reparti.

— Qu'y a-t-il de si urgent ? demanda-t-il.

— Je suis allée voir Hector, dit-elle.

La similitude de carrure entre les deux hommes la frappa. Priam était un peu moins puissamment bâti qu'Hector, mais la forme de son visage et le magnétisme de ses yeux étaient presque identiques à ceux de son fils.

— Et ?

— Je comprends désormais pourquoi vous me poursuivez de vos assiduités.

— Il te l'a dit ? Ça a dû être difficile pour lui. Pourquoi es-tu ici ?

— Vous le savez, dit-elle, de la colère dans la voix.

— Tu veux annuler le mariage ?

— Non. Si je le faisais, je ne survivrais pas. Comme le chirurgien qui l'a traité.

— Tu es une femme intelligente.

— J'accéderai à vos désirs, mais sous certaines conditions.

— Parle. Je te les accorde toutes.

Elle vit la luxure briller dans les yeux du roi et son visage s'empourprer.

— Je viendrai dans votre lit à chaque pleine lune, pour une nuit, et je continuerai jusqu'à ce qu'un médecin confirme que je suis enceinte. Ensuite, vous n'essaierez plus jamais de coucher avec moi. Vous acceptez ?

— J'accepte. (Il éclata de rire et ouvrit les bras.) Viens à moi, Bouclier du Tonnerre !

Elle vint se lover dans son étreinte.

Chapitre 18

La peur de Calliadès

Les ouvriers avaient travaillé toute la nuit, à la lumière des torches, pour terminer l'installation de l'aire des jeux. Une grande zone avait été aplanie et tassée, transformée en stade pour les coureurs, les lanceurs de javelot, les sauteurs et les lutteurs. À quatre cents pas du stade, vers l'ouest, ils avaient installé un hippodrome bordé d'un haut talus sur lequel avaient été placés des sièges et des tribunes. Les courses de chars et de chevaux se dérouleraient là. L'estrade principale des juges se trouvait à l'hippodrome. Les sièges, en bois incrusté d'or, étaient richement décorés d'ivoire. Une autre estrade, plus petite, avait été installée près du stade. L'organisation des jeux, présidée par Politès, le fils du roi, n'avait pas été simple. Le nombre total de participants était inconnu, de même que l'importance de la foule qui assisterait aux compétitions. Au début, Politès avait pensé que quelques centaines d'athlètes viendraient à Troie, mais ils étaient déjà plus d'un millier. Quant à l'estimation de l'ampleur du public, elle était passée de six mille personnes à seize mille, au minimum.

Politès faisait les cent pas devant la plus petite des deux estrades, dans le stade. Le soleil venait de se lever, et la fin des travaux approchait. Des charpentiers installaient des rangées de bancs. D'autres ouvriers sortaient des tables à tréteaux des carrioles ou tendaient de la toile pour abriter les tribunes des nobles.

Seize mille ! Politès se frotta les tempes. Il avait mal à la tête depuis cinq jours. Seize mille personnes qui auraient besoin de manger, d'uriner, de déféquer, d'être approvisionnées en eau fraîche. Pour les gens du commun, il avait fait creuser des latrines à ciel ouvert, mais des bâtiments spéciaux avaient été construits pour que les nobles puissent pisser dans des pots comme des gens civilisés.

Politès traversa le stade en passant sous le toit à colonnes de la nouvelle palestre, où les athlètes se prépareraient. Isolés des regards du public, les concurrents discuteraient tactique avec leurs entraîneurs, loueraient des masseurs et prendraient des bains froids. Elle abriterait aussi les salles d'Esculape, où les médecins et les chirurgiens traiteraient les blessés. On y recoudrait les coupures sur le visage des lutteurs, on y réduirait les fractures des conducteurs de char. Les courses de chars, et en particulier celles à quatre chevaux, provoqueraient le plus grand nombre de blessures. Politès savait qu'elles ne résulteraient pas des collisions, mais des virages serrés à la fin de chaque longue et étroite piste. Pour diminuer la distance parcourue en fin de piste, les conducteurs de chars tireraient sur les rênes des chevaux intérieurs et laisseraient les chevaux de l'extérieur courir à leur guise. Les chars passeraient donc autour des poteaux de délimitation à grande vitesse. Mais le minutage était vital. Deux ans plus tôt, en Thrace, Politès avait été le témoin d'un accident épouvantable. Le conducteur de char Creutos, célèbre pour son habileté, était en tête. Il avait mal calculé son virage, et le moyeu de la roue avait heurté le poteau. L'axe s'était brisé et avait propulsé le char dans les airs. Creutos était allé s'écraser sur la rambarde qui séparait la foule des concurrents. Sa jambe droite avait presque été arrachée à son corps. L'homme était mort quelques jours après.

Dans la palestre, Politès vit les ouvriers remplir les bains, qui venaient d'être achevés sous les ordres du contremaître Choros, un Thrace à la silhouette longiligne. Politès avait toute confiance en cet homme. Sous des dehors amènes, Choros était d'une efficacité redoutable. Les hommes ne chômaient pas quand ils travaillaient pour lui.

— Salutations, mon seigneur, dit Choros. Ne craignez rien : nous serons prêts.

— Les régiments arriveront bientôt, répondit Politès.

Choros n'ignorait pas que c'était le Jour des Juges. Politès avait la gorge sèche et le cœur battant. Priam arriverait peu après les régiments, et avec lui une bonne partie de ses invités. Quelle honte, si quelque chose allait de travers le premier jour ! Priam ne le ménagerait pas...

De toute façon, il trouvera un moyen de m'humilier, pensa-t-il. *Si un oiseau chie sur la piste de course, ce sera ma faute.* Mais peut-être pas, après tout. Quand Politès avait vu le roi, le matin même, celui-ci était de fort bonne humeur. *Pourvu que ça dure pendant les cinq jours des jeux*, pria Politès.

Il traversa le bâtiment et sortit à l'arrière, dans une allée étroite qui menait aux écuries. Elles étaient vides pour le moment, mais bientôt les chevaux arriveraient pour être examinés par les juges et marqués pour les compétitions.

Politès continua, dépassa l'endroit où la foule se rassemblerait, puis franchit la porte et déboucha sur la piste de course. Il enleva ses sandales. Les esclaves travaillaient depuis des jours pour enlever toutes les pierres de la surface et piétiner la terre jusqu'à ce qu'elle soit bien plane. Mais les roues des chars mordraient profondément dans le sol, et il était presque certain que des pierres acérées seraient expédiées au milieu de la foule. Politès marcha lentement le long de la piste et arriva aux poteaux qui marquaient le tournant. Les nouveaux juges effectueraient le même trajet un peu plus tard, et leur regard serait encore plus critique que le sien.

Lors des derniers jeux, cinq ans auparavant, Politès avait été un simple spectateur. Il n'appréciait pas l'intensité du travail exigé par les préparatifs. Sans l'aide de son demi-frère Antiphonès, il savait que ç'aurait été une catastrophe. Une pensée déprimante… Politès quitta la piste et monta sur les rebords, où il s'assit sur un banc neuf. Il passa une main à sa surface. Pas d'échardes. Bien.

— La première chose à faire, lui avait dit Antiphonès quand leur père lui avait confié cette tâche, c'est trouver de bons contremaîtres, des hommes à qui tu puisses faire confiance. Donne à chacun une tâche précise, puis nomme un surveillant pour coordonner le travail.

Antiphonès était encore en convalescence, mais il avait gardé un œil fraternel sur l'organisation du chantier. Politès lui en était reconnaissant, mais il lui en voulait quand même un peu. Antiphonès était intelligent et vif d'esprit. Il comprenait tout avec facilité. Politès, lui, avait besoin de temps pour étudier les problèmes et se perdait souvent dans les possibilités, incapable de prendre une décision.

Il sentit son humeur s'assombrir. *Dans quel domaine excelles-tu, Politès ?* se demanda-t-il. *Tu ne sais ni courir ni chevaucher suffisamment bien. Tu n'es ni un lutteur ni un penseur.* Puis il pensa à son jardin, et aux joies qu'il lui apportait. Mais même cette idée ne le réconforta pas, car il était sûr que de nombreuses jeunes plantes allaient mourir maintenant qu'il avait été obligé de céder son palais à Agamemnon. Si personne ne s'en occupait, elles se flétriraient sous la chaleur.

Au loin, Politès entendit un bruit de pas cadencés. Les régiments arrivaient et se rassembleraient bientôt pour choisir les cent juges, les Incorruptibles. Voilà au moins une chose qui remonta le moral de Politès. Il aurait pu être soldat, et être sélectionné pour cette tâche ingrate. Il se demanda pourquoi les soldats ordinaires acceptaient de devenir juges. Pendant cinq jours, sous le regard malveillant des rois et des nobles, les juges prendraient des décisions au sujet de courses et de compétitions sur lesquelles des fortunes étaient pariées. Ils devraient supporter la colère des monarques et les huées de la foule. Et, pour toute récompense, ils recevraient une babiole, un petit disque d'argent gravé de l'image du père Zeus. Pendant cinq jours, ces anciens paysans disposeraient d'un pouvoir supérieur à celui des rois, et on s'attendrait à ce qu'ils l'exercent avec sagesse et sans favoritisme.

En théorie, du moins… Un juge oserait-il aller contre la volonté de Priam, sachant que cinq jours plus tard il redeviendrait un simple soldat, sujet aux caprices de son roi ? C'était peu probable.

Politès se leva et revint à l'entrée de la piste, où il remit ses sandales, puis il retraversa les écuries et la palestre pour assister à la sélection des juges. Son père arriverait bientôt. L'estomac de Politès se noua. *Qu'ai-je pu oublier ?* se dit-il. *Quelle erreur terrible père découvrira-t-il ?*

Calliadès et Banoclès avançaient vers la porte de Scée, au milieu d'une vaste foule. Banoclès était content de ne plus être sur le bateau, Mais Calliadès avait éprouvé de l'angoisse en approchant de la cité. Le voyage s'était déroulé comme dans un rêve. Calliadès avait marché avec Piria sur des plages illuminées par la lune, avait parlé avec elle sur le pont du *Pénélope,* avait ri et plaisanté avec elle. Et voilà qu'ils arrivaient au terme de leur voyage. Bientôt, il devrait lui dire adieu, et cette idée le terrorisait. *Elle ne pourra jamais t'aimer*, se dit-il. Mieux valait la quitter maintenant que la regarder courir dans les bras de son amante, sans un regard pour lui. Mais il ne pouvait s'en persuader. L'idée de se réveiller un jour sans voir son visage était impensable.

— Tu avais déjà vu Ulysse si fâché ? demanda Banoclès. Je croyais l'avoir vu en rage quand nous avons combattu les pirates, mais aujourd'hui il avait le visage si rouge que j'ai cru qu'il allait avoir un coup de sang.

— Il était furieux, reconnut Calliadès, se souvenant du moment où Ulysse avait essayé de guider le *Pénélope* vers la plage privée de Priam.

Un petit bateau conduit par un maître du port s'était interposé.

— Vous ne pouvez pas vous amarrer ici, avait crié le maître du port.

Ulysse avait couru à la proue et avait regardé l'homme avec colère.

— Imbécile, avait-il crié, je suis Ulysse, le roi d'Ithaque. Et j'ai avec moi Nestor de Pylos, et Idoménée de Crète. C'est ici que les vaisseaux des rois s'amarrent. Maintenant, dégagez, ou je vous coule !

Le maître du port avait appelé des soldats sur la plage. Une vingtaine étaient arrivés, les mains sur la poignée de leur épée.

— Mes ordres sont clairs, roi Ulysse. Plus aucun vaisseau ne doit s'amarrer ici. Vous pouvez couler le bateau si vous voulez, mais les soldats vous empêcheront de débarquer. Il y aura une effusion de sang, je vous avertis.

Calliadès s'était éloigné d'Ulysse. L'homme avait été humilié devant son équipage et devant d'autres rois. Le roi laid était resté figé, presque incapable de parler. Son second, Bias, avait donné l'ordre d'inverser les rames et de reculer. Le *Pénélope* avait navigué plus loin dans la baie, et le navire s'était amarré à une bonne distance de la cité. Les hommes étaient descendus, mais Ulysse était resté debout à la poupe, les bras croisés sur la poitrine. Les autres rois, Nestor et Idoménée, ne lui avaient pas parlé et avaient eux aussi quitté le navire. Même Bias s'en était allé sans un mot.

Piria s'était approchée de Calliadès.

— Cette insulte l'a profondément blessé, avait-elle dit.

— Je le crains. Banoclès et moi nous rendrons à la cité demain pour nous enrôler dans les jeux. Aimerais-tu nous accompagner ?

— Je ne peux pas. Je pourrais être reconnue par… par ceux qui me voudraient du mal. Ulysse a dit que je pouvais rester ici.

Calliadès et Banoclès l'avaient donc laissée derrière eux.

Calliadès s'arrêta pour demander son chemin à un soldat à la porte de Scée. Puis les deux compagnons continuèrent en bifurquant à l'écart de la foule. Banoclès aperçut deux prostituées debout à l'ombre d'un bâtiment, et il leur fit un signe de la main.

— Nous devons trouver le terrain de rassemblement, dit Calliadès.

Banoclès soupira.

— De toute façon, nous n'avons pas d'argent. J'aurais dû savoir que ce salaud ne me donnerait pas son plastron. Que les rois soient tous maudits !

Calliadès s'était arrêté. Des rues partaient en tous sens, et il observa les bâtiments.

— Nous sommes perdus ?

— Pas encore, dit Calliadès en recommençant à marcher.

— On a déjà un plan ?

— Un plan pour quoi ?

— Pour ce que nous ferons à Troie. Par exemple, où dormirons-nous ?

Calliadès éclata de rire.

— Tu étais là quand Ulysse a dit que nous serions logés dans le palais d'Hector ! Tu étais juste à côté de moi !

— Je n'écoutais pas. Ce genre de choses, c'est ton affaire. Tu as vu la dimension des murs, pendant que nous montions vers la cité ? Ils étaient impressionnants la dernière fois que nous sommes venus ici, mais sous la lumière du soleil ils sont encore plus massifs. Je n'aimerais pas avoir à les escalader avec une échelle !

— Tu n'en auras pas besoin. Nous ne sommes plus mycéniens. Au fait, pendant que j'y pense… Si tu vois quelqu'un que nous connaissons, ne le salue pas ou ne va pas vers lui.

— Pourquoi ferais-je quelque chose d'aussi stupide ?

— Désolé, mon ami. Je pensais à haute voix. Il y a une trêve pour les jeux, mais notre tête est toujours mise à prix, et il y aura de nombreux Mycéniens ici.

Ils arrivèrent enfin au lieu de rassemblement, au nord-est de la cité. Des dizaines de tentes y avaient été installées, et des scribes notaient les noms des concurrents. Quand Calliadès et Banoclès se furent inscrits, ils reçurent des pièces en cuivre portant des numéros et une image de la discipline qu'ils avaient choisie. On leur dit de revenir le lendemain à l'aube pour les épreuves éliminatoires.

Au bord du champ, deux puits emplis de charbons ardents servaient à rôtir des taureaux entiers embrochés sur une pique. Les deux hommes s'assirent à l'ombre d'une grande tente de toile et mangèrent.

— Je suis sûr que ce taureau est mort de vieillesse, grommela Banoclès. Je n'ai pas mangé de viande aussi coriace depuis que nous avons envahi Sparte. Tu te souviens ? La vieille chèvre qu'Eruthros avait tuée ? Elle était tout en sabots, en os et en nerfs. Pas une miette de viande dessus !

— Les rations étaient plutôt maigres, convint Calliadès. Je me rappelle avoir déterré des racines et arraché de l'écorce d'arbre pour les ajouter au ragoût.

— De bons combattants, ces Spartiates ! S'ils avaient été plus nombreux, nous aurions eu de gros problèmes. (Banoclès éclata de rire.) Ils avaient vraiment dû mettre les dieux en colère, non ? D'abord, ils se font battre, puis ils se retrouvent avec Ménélas en guise de roi !

— Je l'ai toujours bien apprécié, dit Calliadès.

— Il n'est pas désagréable, reconnut Banoclès. Mais il est aussi mou que du caca de chiot ! Et il a un ventre de truie enceinte !

— Je lui ai parlé une fois, dit Calliadès. La nuit avant la prise de Sparte. Il était terrifié et il n'arrêtait pas de vomir. Il a dit qu'il n'avait qu'une seule envie : retourner à sa ferme. Il avait croisé ses troupeaux avec des taureaux de Thessalie. Il disait que la production de lait de ses vaches avait presque doublé.

— La production de lait ? ricana Banoclès. Par les dieux, n'importe qui peut devenir roi, de nos jours !

— Oui, à condition d'être le frère d'Agamemnon. Mais reconnaissons que Ménélas, bien qu'effrayé, a mis son armure et a pris part au combat. Il n'y était pas obligé. Il aurait pu attendre avec l'arrière-garde.

Banoclès n'eut pas l'air convaincu. Puis son visage s'éclaira.

— Tu crois qu'il y aura des filles esclaves, au palais d'Hector ?

— Je l'ignore, dit Calliadès avec un petit rire. Mais s'il y en a, je doute qu'on leur ordonne de coucher avec des marins.

— Et pourquoi pas ?

— Il vaudrait mieux te trouver une prostituée. Comme ça, tu ne risqueras pas d'offenser Hector.

— Un plan génial, ricana Banoclès. Tu as oublié qu'il faut les payer, les prostituées ?

Calliadès sortit cinq anneaux d'argent de la bourse accrochée à sa ceinture. Banoclès écarquilla les yeux.

— Comment t'es-tu procuré ces pièces ?

— Ulysse me les a données. Et il m'en a promis cinquante de plus. Je lui ai vendu le plastron d'Idoménée.

— Il vaut bien plus que cinquante-cinq anneaux d'argent !

— Non, pas pour moi. Idoménée est roi. Je ne peux pas exiger qu'il honore sa dette, mais Ulysse le peut. C'est aussi simple que ça. Alors, tu les veux, ces anneaux ?

Banoclès sourit.

— Je veux ce que je peux acheter avec.

— D'accord. Trouvons d'abord le palais d'Hector.

Les deux amis quittèrent le lieu de réunion et retournèrent dans la cité.

— Avec cinq anneaux, je pourrai m'acheter combien de femmes ? demanda Banoclès.

— J'ai omis de demander à Ulysse le tarif des prostituées.

— Ça ne te ressemble pas, d'oublier les choses primordiales, fit remarquer Banoclès. Tu viendras avec moi à la chasse aux prostituées ?

— Non. Je retournerai à la plage. Ulysse a dit à Piria de dormir à bord du *Pénélope.* Elle viendra plus tard au palais.

— Pourquoi ?

— Ulysse veut découvrir si d'autres rois se sont installés à côté du palais d'Hector. Si elle est reconnue, elle pourrait être en grand danger.

— Alors, tu vas passer la nuit à la protéger ?

Devant eux, la route s'élargissait, et ils virent bientôt un marché aux nombreux étals. Il y avait aussi des boutiques et des tavernes avec des tables installées sous des toiles aux couleurs éclatantes. Banoclès saisit Calliadès par le bras.

— Viens, dit-il. Nous devons parler.

— Nous étions en train de parler.

— J'ai besoin de quelque chose à boire pour ce genre de conversation, dit Banoclès.

Calliadès le suivit à une petite table placée contre un mur de pierre frais. Banoclès commanda du vin, emplit un gobelet et le but cul sec.

— Tu es dans la lune, Calliadès ?

— Je ne vois pas de quoi tu parles.

— Je pense que si. Tu es tombé amoureux d'elle.

— Je m'inquiète seulement pour sa sécurité.

— Et la merde de cochon sent le jasmin ! J'aime bien cette fille, Calliadès, ne t'y trompe pas. Elle est courageuse et bonne et, si c'était dans sa nature, elle ferait une bonne épouse. Mais ce n'est pas dans sa nature. Tu sais aussi bien que moi que c'est une femme qu'elle est venue rejoindre ici, pas un homme.

Calliadès soupira.

— Je n'ai pas *décidé* de l'aimer. Mais j'ai décidé de la protéger, et je lui ai promis de l'amener saine et sauve auprès de son amante. Je le ferai, puis nous nous séparerons.

— Est-ce une promesse ?

Calliadès se versa un gobelet de vin et le but. Le silence se prolongea.

— Je m'en doutais, dit Banoclès. Alors, qu'espères-tu, en réalité ? Que son amante la rejettera ? Qu'elle te tombera dans les bras ? Que tu calmeras tous ses chagrins ? C'est impossible. Un frère ne peut pas faire ça pour sa sœur. Et c'est ainsi qu'elle te considère – comme un frère. Et ça ne changera pas.

— Je le sais, répondit Calliadès. Je sais que tout ce que tu dis est vrai, et pourtant… je sais également qu'elle est entrée dans ma vie pour une raison. Je ne peux pas l'expliquer,

Banoclès. J'étais *destiné* à la rencontrer. C'est une vérité que mon âme comprend.

Il regarda dans les yeux clairs de son ami et n'y vit pas le reflet de cette connaissance. Puis Banoclès haussa les épaules et sourit.

— Fait ce que tu dois faire, mon ami. Va marcher sous le clair de lune avec la femme que tu aimes. Moi, j'irai trouver une femme qui ne m'aime pas et je la baiserai jusqu'à ce que les yeux me sortent de la tête.

La tension entre eux s'évapora. Calliadès éclata de rire.

— C'est un bon plan, dit-il. Simple, direct et avec des objectifs clairs. J'espère que tu pourras t'y tenir.

— Et pourquoi pas ?

— Parce que, quand tu es bien aviné, tu as tendance à chercher des rixes et à t'y mêler.

— Pas cette nuit, dit Banoclès. Cette nuit sera consacrée au vin et aux femmes. Je t'en donne ma parole !

Chapitre 19

Un arc pour Ulysse

Beaucoup de gens parlaient de leur amour pour Troie et de la beauté de la cité. Pour la Grosse Rousse, ce n'était qu'une ville de pierre, un endroit où gagner des anneaux d'argent et des babioles en or. Elle pensait que l'amour dont parlaient ces gens était simplement l'attrait de la richesse. Troie était riche, et ceux qui prospéraient entre ses murs devenaient riches aussi. Même le vieux boulanger vers la maison de qui elle se dirigeait présentement portait des anneaux d'or et avait une voiture à cheval pour le transporter dans la cité. Ses pains et ses gâteaux étaient achetés par les nobles et servis aux fêtes et aux réunions. Le boulanger possédait six esclaves et une ferme proche de la cité, qui lui fournissait son grain. C'était un client agréable. Il bandait mou et se contentait de peu, et il récompensait généreusement celle qui le satisfaisait. À la fin d'une longue journée, la Rousse n'avait pas envie de se casser la tête avec un client plus jeune.

Elle emprunta des rues peu fréquentées, les anneaux d'argent qu'elle avait gagnés dans la journée enfilés sur une lanière et dissimulés dans les plis de sa longue robe rouge. Entre chaque anneau, il y avait un petit morceau de bois afin que le métal ne fasse pas de bruit quand elle marchait. Les rues de la cité basse grouillaient maintenant de voleurs, dont la plupart travaillaient pour Silfanos. Et même si elle lui payait un tribut mensuel, comme toutes les prostituées de la ville basse, il valait quand même mieux cacher sa richesse. Elle portait, dans une bourse attachée à sa taille, quelques anneaux de cuivre, pour le cas où un voleur entreprenant s'en prendrait à elle.

La journée avait été profitable et, si le boulanger ne l'avait pas payée en nature, elle serait retournée chez elle et se serait installée dans son petit jardin, un gobelet de vin à la main. Mais il n'y avait plus rien dans son garde-manger, et elle adorait les gâteaux au miel qu'il confectionnait.

Ses reins la faisaient souffrir, mais elle avait faim. L'idée des gâteaux au miel la fit aller de l'avant.

Elle longea une allée et déboucha sur une petite place. Elle entendit des éclats de rire et vit un groupe d'hommes assis. L'un d'eux était Silfanos. Ses hommes et lui buvaient avec un jeune guerrier puissamment bâti portant un vieux plastron. Il était évident que l'homme était saoul et heureux. Un homme devrait toujours mourir heureux, se dit-elle. Quand la nuit serait tombée et que les rues seraient vides, Silfanos et ses sbires dévaliseraient l'ivrogne. Son plastron rapporterait sans doute une dizaine d'anneaux.

La Rousse reprit son chemin, mais l'homme la vit et se leva lourdement.

— Attends ! appela-t-il. Je t'en prie !

Elle lui jeta un regard mauvais, prête à repousser ses avances maladroites. Il n'essaya pas de la toucher, mais resta bouche bée devant elle.

— Par les dieux, dit-il enfin. Je crois que tu es la plus belle femme que j'aie jamais vue !

— Toutes les femmes sont belles pour un homme imbibé de vin, dit-elle sèchement.

— J'ai souvent bu du vin, mais je n'ai jamais vu quelqu'un comme toi. Tiens.

Il sortit un anneau d'argent de sa bourse et le lui mit dans la main.

— Reprends-le, dit-elle. Je n'ai rien à t'offrir.

— Non. Garde-le. Pour ta beauté. T'avoir vu me réjouit le cœur. Par les dieux, ça valait la peine de traverser la Grande Verte pour me retrouver ici et pouvoir te contempler.

Elle regarda derrière l'homme et vit Silfanos lui faire signe de s'en aller. Elle hocha la tête et se détourna.

— Quel est ton nom ? cria l'homme.

— On m'appelle la Rousse.

— Je suis Banoclès. Nous devons nous revoir, la Rousse.

Elle l'ignora et reprit son chemin. Silfanos était un tueur et un sadique. Si elle devait rencontrer de nouveau l'homme au plastron, ce ne serait pas de ce côté de la route ténébreuse.

Quand elle arriva à la maison du boulanger, les rues étaient sombres. La Rousse s'aperçut qu'elle tenait toujours à la main l'anneau d'argent que l'homme lui avait donné. Elle s'arrêta et glissa l'anneau dans sa bourse. Cet imbécile avait payé juste pour la regarder… Malgré elle, elle était émue. Puis la colère la submergea. Ce type était un idiot, se dit-elle.

Le boulanger avait préparé un plateau de gâteaux au miel, mais, malgré sa faim, elle l'ignora, et lui caressa le visage en lui disant combien il lui avait manqué. Il passa un bras autour d'elle et la conduisit dans sa chambre. Puis il s'allongea et la laissa le caresser et lui murmurer des mots gentils.

— Pourquoi ne veux-tu pas m'épouser, la Rousse ? demanda-t-il, comme il l'avait déjà fait de nombreuses fois.

— Satisfais-toi de ce que tu as, dit-elle.

— Je veux plus, la Rousse.

— Tous les hommes veulent plus.

— Je ne peux pas imaginer ma vie sans toi.

— Tu n'en as pas besoin. Je suis là !

Puis elle utilisa les techniques qu'elle avait apprises en vingt ans de prostitution. Le boulanger fut satisfait en quelques brefs instants. Elle resta allongée à côté de lui, par politesse, jusqu'à ce qu'il somnole, puis elle alla dans la cuisine et mangea plusieurs gâteaux. S'il avait été aussi bon amant que boulanger, elle l'aurait épousé sans hésiter.

Il avait aussi préparé un panier de pain pour elle. Elle le prit et quitta la maison. Elle avait prévu de rentrer chez elle par un autre chemin, ne voulant pas tomber sur le cadavre de l'homme blond ou, pire, arriver au moment où Silfanos et ses hommes seraient en train de le tuer. Mais elle était fatiguée et n'avait plus l'énergie de faire un détour. Elle décida de se glisser avec précaution le long de la place et de rester dans l'ombre si cela était nécessaire.

Quand elle arriva au coin, elle n'entendit rien. Pas de chants, pas de rires. Elle supposa que le crime avait déjà eu lieu. Elle jeta un coup d'œil et fut sidérée de voir que le grand blond était toujours assis là, un gobelet de vin à la main. Autour de lui gisaient les corps de quatre hommes. Elle ne put retenir un halètement. Le guerrier l'entendit et leva la tête.

— La Rousse ! cria-t-il, ravi. Tu es revenue !

Il se leva, puis retomba assis.

— Ouh là, dit-il. Je crois que j'ai bu un peu trop de vin…

La Rousse avança et regarda les corps. Silfanos n'était pas parmi eux.

— Sont-ils morts ? demanda-t-elle.

— Ça se peut, fit-il après avoir réfléchi à la question avec une solennité d'ivrogne. (Il flanqua un coup de pied à l'homme le plus proche, qui gémit.) Probablement pas, conclut-il.

— Où est leur chef ?

— Il s'est enfui. Par les dieux, il courait plus vite qu'un chien ! (Il gloussa, puis rota.) J'ai passé une excellente journée, la Rousse. J'ai fait un bon repas, j'ai baisé… (il leva la main et compta sur ses doigts) quatre fois, et je me suis bien amusé à me battre contre ces types. Mais le mieux, c'est que je t'ai vue !

— Il faut que tu partes de là, dit-elle. L'autre homme va revenir, et il amènera du renfort.

— Je les écraserai comme des mouches, cria le blond en agitant les bras et en tombant de son siège. (Il grogna, puis se remit péniblement debout.) Faut que je pisse.

Il souleva sa tunique et urina sur l'homme inconscient le plus proche de lui.

— Stupides voleurs, marmonna-t-il. Tant que j'ai eu des anneaux, ils ont bu et plaisanté avec moi. Puis, une fois tous mes anneaux envolés, ils ont essayé de me voler !

— Ils voulaient ton plastron, dit-elle. Maintenant, lève-toi. C'est le moment de partir.

— Je n'ai plus d'anneaux, la Rousse. Plus rien à te donner.

— Viens avec moi, idiot ! cria-t-elle. Sinon, tu seras bientôt allongé sur le sol, mort !

Elle lui prit le bras et le tira à travers la place. Il lui sourit, puis regarda le panier qu'elle portait.

— Oh, du pain ! On peut s'arrêter et manger ? J'ai une petite faim.

— Dans un moment, dit-elle, le tirant toujours par le bras. Où loges-tu ?

— Au palais, dit-il. Quelque part, avec Calliadès. Mon ami.

— Je ne connais pas de Calliadès.

Ils empruntèrent des allées et des rues étroites avant de déboucher dans une artère principale.

— Besoin de dormir, maintenant, annonça Banoclès en s'appuyant contre un mur.

La Rousse entendit des cris de colère au loin.

— Tu ne peux pas dormir ici. Ma maison n'est pas loin. Tu pourras y arriver ?

— Avec toi ? Dans ta maison ? (Banoclès inspira à fond et se décolla du mur.) Je te suis, ma belle !

Une rue plus loin, Banoclès s'arrêta, tomba à genoux et vomit.

— Maintenant, ça va mieux, annonça-t-il.

Deux hommes tournèrent le coin en courant. La Rousse se dissimula promptement dans l'ombre. Les hommes foncèrent sur Banoclès. L'un d'eux portait une massue. Voyant cela, Banoclès poussa un cri et se jeta sur eux. Le premier homme fut expédié à bonne distance. Quand le second bondit sur Banoclès, celui-ci le saisit, le souleva au-dessus de sa tête et le jeta sur son camarade inconscient.

Puis, comme l'homme tentait de se relever, il lui balança un direct du droit qui l'étendit pour le compte.

Banoclès ramassa la massue et repartit en direction de l'avenue.

— Pas par là, idiot ! siffla la Rousse en le rattrapant.

— Oh, salut, la Rousse ! Je croyais que tu étais partie.

— Suis-moi, ordonna-t-elle.

Il obéit, la massue sur l'épaule. Elle le fit passer par un portail à l'arrière de sa maison, puis remit la barre de fermeture en place.

Pendant qu'elle allumait une lanterne, Banoclès se laissa tomber sur une chaise. Sa tête partit en arrière et il commença à s'endormir. La Rousse le regarda à la lueur de la lanterne.

— Bâti comme un taureau, avec la cervelle d'un moineau, dit-elle.

Elle le laissa sur la chaise et gagna sa chambre, à l'arrière de la maison. Elle enleva sa robe, cacha les anneaux d'argent dans une niche du mur et se mit au lit. Elle s'endormait quand elle entendit l'homme se déplacer et l'appeler.

— Je suis là, fit-elle, irritée.

Nu, l'homme se découpa dans le pas de la porte. Il entra, trébucha sur une chaise et s'affala sur le lit. Puis il se glissa sous les couvertures.

— Je n'amène jamais de client dans mon lit, dit-elle.

— Oh, ne t'en fais pas, la Rousse. Je serais bien incapable de baiser, là !

En quelques instants, il s'endormit, son corps chaud contre celui de la femme.

Ulysse traversa le champ du rassemblement, son arc, Akilina, à la main et un carquois de longues flèches pendu à son épaule. Il regardait droit devant lui, l'air serein, mais son cœur battait à tout rompre et il se sentait nerveux comme un poulain. De tous les plaisirs du monde, il n'y en avait, pour lui, que deux qui pouvaient se comparer à celui de participer à des jeux : tenir sa femme contre lui par une froide nuit d'hiver ou voir la brise printanière enfler la voile du *Pénélope.*

Même l'immense satisfaction qu'il éprouvait à conter ses récits pâlissait devant la joie de la compétition, quand il encochait une flèche dans son splendide arc et l'envoyait sans coup férir frapper sa cible. Peu lui importait si c'étaient des cibles mouvantes tirées sur des charrettes ou des modèles en paille d'hommes ou d'animaux. Si Ulysse possédait un talent en lequel il croyait fermement, c'était celui de se servir d'un arc mieux que quiconque !

Une grande foule était déjà réunie au bout du champ, et de nombreux concurrents étaient présents. Ulysse aperçut Mérionès – qui l'avait battu une fois en cinq concours – et les fils de Nestor, des gamins sans expérience qui auraient de la chance s'ils passaient les épreuves éliminatoires.

C'était une belle journée, chaude et lumineuse. Une légère brise soufflait. D'un doigt mouillé, Ulysse la testa : elle n'était pas assez forte pour affecter une flèche tirée par Akilina.

Malgré son enthousiasme, il se sentait encore nerveux et irritable. Avoir été contraint d'amarrer le *Pénélope* si loin de Troie l'avait mis en rage et humilié. Devoir souffrir une telle indignité était déjà inconcevable, mais sous les yeux de Nestor et d'Idoménée, c'était carrément insupportable.

Aucun des deux n'avait fait de commentaires, ce qui rendait en fait les choses pires. S'ils s'étaient un peu moqués de lui, Ulysse aurait pu tourner toute l'affaire à la plaisanterie.

Mais aujourd'hui, le monde lui souriait. Dès qu'il était arrivé à la cité, Ulysse avait demandé des nouvelles d'Hélicon, et il avait appris que le jeune homme se remettait des blessures infligées par son agresseur. La nouvelle lui avait rendu sa bonne humeur – mais il n'oubliait pas pour autant l'insulte subie la veille. Le maître de la plage n'aurait pas osé prendre une telle décision si quelqu'un de haut placé ne l'avait pas approuvée. Et il ne pouvait s'agir que de Priam, ce qui intriguait Ulysse. En effet, même s'il n'était pas un ami du roi troyen, il était neutre. En une époque aussi troublée, alors que la guerre menaçait, il aurait été fou de s'en faire sciemment un ennemi. Mais peut-être, se dit-il, l'insulte n'était-elle pas dirigée contre lui, mais contre Nestor et à Idoménée. C'était quand même idiot, car Priam aurait besoin de ces deux souverains s'il voulait contrer les ambitions d'Agamemnon.

Ulysse se força à penser au présent, et gagna la partie du champ réservée aux archers. Il sentit tous les yeux se poser sur lui quand il s'approcha des concurrents du tournoi. Il regarda les cibles, de simples mannequins de paille, et vit qu'elles se trouvaient à moins de cinquante pas.

— Par Hermès, Mérionès, on pourrait se contenter de lancer la flèche à la main, sur une distance aussi courte !

— Effectivement, mon ami. Presque personne ne sera éliminé, avec une portée si réduite.

Pour distraire la foule, Ulysse et Mérionès avancèrent et tirèrent plusieurs flèches chacun dans les cibles les plus éloignées. Des hommes applaudirent, frappèrent du pied et poussèrent des vivats. Puis les deux amis partirent récupérer leurs flèches.

— C'était bizarre, hier, non ? dit Mérionès.

— Une insulte, à n'en pas douter. Peut-être ne m'était-elle pas destinée. Priam n'apprécie pas beaucoup Idoménée.

— Peut-être, mais prendrait-il le risque de se l'aliéner, alors qu'il y a tant en jeu ? Aurais-tu, par hasard, fait quelque chose pour lui déplaire ?

— Pas à ma connaissance.

Comme ils revenaient vers les autres archers, un soldat troyen qui portait la ceinture jaune de juge appela les hommes dont les pièces portaient les numéros allant de un à vingt.

Ulysse avait le onze. Il avança, suivi par Mérionès.

Le juge était un beau jeune homme aux cheveux roux et aux intelligents yeux bleus. Il regarda les arcs des deux hommes.

— Ayez l'amabilité de laisser vos armes à la garde d'un ami, leur dit-il. Tous les concurrents recevront des arcs standards de l'armurerie de la cité.

— Quoi ? rugit Ulysse, furieux.

Les autres archers poussèrent aussi des cris de colère.

Le juge leva la main pour réclamer le silence.

— Par ordre du roi, le concours doit permettre de juger uniquement les mérites personnels de chaque archer. Nombre d'entre vous ont des arcs magnifiques, en corne, en bois et en cuir. Vous-même, roi Ulysse, vous portez le légendaire Akilina. Tout le monde sait qu'il peut expédier une flèche plus loin que n'importe quel autre arc. Serait-il juste de vous laisser l'utiliser ? Certains des concurrents n'ont aucune fortune et ont taillé leurs arcs dans du bois de basse qualité. Devraient-ils être désavantagés parce que vous possédez Akilina ?

Ulysse ne dit rien, mais Mérionès prit la parole.

— C'est juste. Apportez vos arcs, mais laissez-nous au moins nous entraîner un peu avec.

Plusieurs soldats arrivèrent avec des arcs minces de facture égyptienne, faits chacun d'une seule pièce de bois, sans élément supplémentaire pour leur ajouter de l'élasticité et de la force. Un jeune soldat portant deux arcs s'approcha de Mérionès. Il tendit le premier à Mérionès, puis hésita et se tourna vers le juge.

— Continue, ordonna le juge.

Le jeune homme donna l'autre arc à Mérionès, qui le prit et tira plusieurs fois sur la corde. Il remit le premier à Ulysse, qui le soupesa.

— Par les dieux, dit le roi d'Ithaque à voix haute, je pourrais faire un meilleur arc que ça avec de la bouse de vache séchée ! Si on envoie une flèche à un lapin avec ce truc, il se grattera le derrière en se demandant où est le moucheron qui l'a piqué !

Des rires éclatèrent dans la foule.

D'autres soldats apportèrent des seaux emplis de flèches, qu'ils placèrent devant les concurrents.

— Chaque archer a droit à cinq flèches, dit le juge. Les dix meilleurs seront sélectionnés pour le deuxième tour.

— Ces armes sont trop légères, se plaignit Mérionès. Elles ne permettront pas de compenser la brise. (Il se tourna vers le juge.) Avons-nous au moins le droit de nous entraîner avec ces arcs ?

Le juge secoua négativement la tête et signala le début de l'épreuve.

Quand les hommes tirèrent sur leurs cordes, il y eut un craquement soudain. L'arc d'Ulysse se brisa et sa flèche tomba sur le sol.

—Apportez-moi un autre arc! cria-t-il.

Un soldat lui remit une autre arme. Ulysse se calma, visa soigneusement et lâcha sa flèche. Celle-ci, déviée par la brise, passa juste à côté de la cible. Ayant désormais pris l'arc en main, Ulysse envoya les trois flèches suivantes dans la poitrine de paille du mannequin. Puis il réclama sa cinquième flèche.

—Vous avez eu cinq flèches, Ulysse, dit le juge.

—Vous êtes idiot ou quoi? gronda Ulysse. L'arc s'est cassé avant que je puisse tirer la première flèche.

—C'était la volonté des dieux. Vous avez touché trois fois la cible sur cinq. Je suis désolé, roi Ulysse. Vous êtes éliminé.

La foule resta silencieuse, sidérée. Ulysse, le plus grand des archers, connu dans tous les pays autour de la Grande Verte, n'avait pas passé les éliminatoires. Il jeta l'arc sur le sol, saisit Akilina et envoya une flèche qui traversa la cible la plus éloignée. Elle frappa le poteau où était attachée la cible avec tant de force que le mannequin de paille tomba sur l'herbe.

Ulysse se tourna vers le juge.

—Espèce de vacher ignorant! Tu crois que tous ces gens sont venus pour regarder des abrutis s'amuser avec ces misérables bouts de bois et de ficelle que tu appelles arcs? Ils sont venus voir les meilleurs archers, les arcs les plus splendides! Ils sont venus voir Akilina et l'arc noir de Mérionès! Ils ne sont pas ici pour une exhibition déplorable de médiocrité!

Puis il s'éloigna à grands pas, brûlant de honte.

Mérionès courut pour le rattraper.

—Mon ami, attends! Viens avec moi, trouvons-nous quelque chose de frais à boire.

—Je ne suis pas d'humeur à bavarder, Mérionès.

—Je sais. Je réagirais de la même façon, à ta place. Écoute-moi, Ulysse. Ce juge a été un peu trop zélé. Tu aurais dû avoir droit à une autre flèche.

—Je n'aime pas perdre, Mérionès. Tout le monde le sait. Mais il y a autre chose dans l'air, ici, et je n'aime pas cette odeur! As-tu remarqué que le soldat qui nous a donné nos arcs t'avait d'abord tendu celui qu'il portait dans la main gauche, avant de se raviser et de t'offrir celui qu'il avait dans la main droite?

—Oui, j'avais remarqué. Penses-tu que c'était volontaire? Qu'on t'a trompé?

—Je l'ignore, Mérionès. Ce que je sais, c'est que j'ai été humilié deux fois dans la même journée!

Les juges rappelèrent les archers pour la suite. Mérionès se pencha vers Ulysse.

—Je suis désolé, mon ami. Quoi qu'il en soit, chacun sait que tu es toujours le plus grand archer du monde!

—Va, et débrouille-toi pour gagner ce fichu tournoi!

Mérionès partit reprendre sa place. Ulysse se promena et regarda d'autres concours. Bias passa les deux premiers tours au javelot, et Leukon élimina deux adversaires dans le tournoi de lutte. Même Banoclès, cette grande andouille, passa plusieurs tours. Il faisait chaud, et la cérémonie d'ouverture n'aurait pas lieu avant la fin de l'après-midi. Ulysse décida de retourner au *Pénélope*.

Piria était assise tranquillement sous l'auvent qui protégeait le pont arrière du soleil.

— Je ne pensais pas vous revoir si tôt, dit-elle.

La remarque n'améliora pas son humeur. Piria lui tendit un gobelet d'eau.

— Avez-vous vu Andromaque ?

Il vida le gobelet et secoua la tête.

— Non. Elle a quitté le palais pour s'installer dans la ferme d'Hector.

— Alors, je vais y aller.

— Oui, mais pas tout de suite. La cité grouille d'étrangers. Ton père est là, avec ton frère, et pas mal de courtisans, m'a-t-on dit. Tu risques fort d'être reconnue. Dans cinq jours, tous les rois repartiront.

— Je suis prête à prendre le risque d'y aller maintenant, dit-elle.

La colère rentrée d'Ulysse explosa alors.

— Bien entendu, idiote ! rugit-il. Bien sûr, tu es prête à prendre le risque ! Et si tu te fais capturer quand tu essaieras de rejoindre ton amante, mon équipage entier risque la mort ! Le dernier homme qui a aidé une fugitive de Théra a été brûlé vif, et toute sa famille avec lui ! Tu crois que je permettrais que la vie de mes hommes soit menacée, pour cinq malheureux jours ? Par les dieux, ma fille, si tu me désobéis sur ce point, je te livrerai moi-même à ceux qui te recherchent !

Elle le regarda en silence, les yeux écarquillés de peur. Ulysse sentit sa colère le quitter. *Qu'es-tu en train de faire ?* se demanda-t-il. *Cette fille a souffert plus que sa part, et pas seulement ces derniers jours. Et maintenant, tu la terrorises ?*

— Oublie ce que je viens de te dire. J'ai passé une journée épouvantable, et je ne suis pas un homme calme de nature. Tu es en sécurité avec moi, Piria. Mais donne-moi cinq jours, et tu seras aux côtés d'Andromaque.

— Je suis désolée, moi aussi, Ulysse, dit la jeune femme. J'ai parlé sans réfléchir. Je ne voudrais pas que ton équipage souffre à cause de moi. Bien entendu, j'attendrai. Qui serai-je censée être, quand nous arriverons au palais d'Hector ?

Il rougit.

— J'y ai pensé. Je ne peux pas dire que tu es une esclave ou une servante, car on te logerait avec ceux qu'emploie Hector et on te donnerait des tâches pour lesquelles tu n'as aucune formation. Je ne peux pas dire que tu es de ma famille, car tout le monde sait que je n'en ai pas, excepté Pénélope. Donc – ne te rebiffes pas avant que j'ai terminé – je te présenterai comme ma concubine. On te donnera un appartement, et je pourrai demander pour toi des vêtements afin de remplacer cette robe en lambeaux. Ne crains rien. Je ne te demanderai pas de jouer ce rôle devant les autres.

Elle sourit.

— Je te remercie, Ulysse.

— Bon, c'est réglé, alors. Et maintenant, je vais me rafraîchir en nageant un peu, puis je revêtirai mes robes royales pour la cérémonie d'ouverture.

Il alla à la proue et descendit sur le sable. Puis il enleva sa tunique et ses sandales et avança dans l'eau, où il plongea dès qu'elle fut assez profonde. La fraîcheur de la mer lui fit du bien, mais les doutes continuèrent à le tourmenter.

C'était seulement un arc brisé, se dit-il. *Ni plus ni moins.*

Chapitre 20

L'ennemi de Troie

Vêtu d'une longue robe blanche et portant un chapeau de paille à large bord, Ulysse alla au stade dans un des chars de Priam. Il y fut accueilli par Politès, un des fils de Priam, un jeune homme timide et terne à la conversation limitée. Le prince le conduisit à une enceinte où il se retrouva en compagnie d'Agamemnon, de Pélée, d'Idoménée et de Nestor. Le roi mycénien le salua.

— J'ai entendu dire que la chance ne t'a pas favorisé au tournoi de tir à l'arc, dit-il.

— L'arc s'est cassé, dit Ulysse en essayant de faire comme si l'événement n'avait eu aucune importance.

Il savait pourtant qu'Agamemnon ne s'était pas laissé abuser. L'homme avait un esprit aussi acéré que les crochets d'une vipère.

Dans le stade, un jeune soldat aux cheveux noirs portant un manteau brodé d'or mesurait la piste de course. Trois cents grands pas imitant la foulée d'Héraclès, qui avait établi la première piste de course, des générations auparavant.

— Le Seigneur des jeux devrait être de naissance noble, marmonna Idoménée, et pas un paysan en armure.

Ulysse ne releva pas le commentaire. Le grand-père d'Idoménée avait été un paysan guerrier qui s'était emparé d'une partie de la Crète et s'était proclamé roi. Nestor regarda Ulysse, un sourcil levé. Lui aussi connaissait la vérité sur les ascendants d'Idoménée.

Quand la piste eut été établie, les poteaux terminaux furent enfoncés dans le sol. De l'autre côté du champ, les premiers athlètes quittaient la palestre et se mettaient en position. Ulysse vit Calliadès faire des moulinets des bras pour se dégourdir les muscles.

— Je connais cet homme, dit Agamemnon, l'air sombre. C'est un renégat mycénien.

— Lequel ? demanda innocemment Ulysse.

— Celui-ci ! Le grand type, là ! dit Agamemnon, désignant Calliadès.

— C'est un membre de mon équipage, dit Ulysse. Il concourt pour Ithaque.

— L'homme qui porte l'épée d'Argurios, dit Idoménée.

— Encore un traître ! siffla Agamemnon.

— Le monde est plein de traîtres, reconnut Ulysse. Comment se fait-il que tu connaisses cet homme ?

— Il a tué Kolanos, un Fidèle loyal, et il a été condamné à mort pour ce crime. Mais il a échappé à la justice et s'est réfugié… chez toi, apparemment.

— Si j'avais su…, dit Ulysse. Bien entendu, je l'obligerai à quitter mon équipage dès que les jeux seront terminés.

— Il devrait être dénoncé immédiatement, dit Agamemnon. Je vais faire prévenir Priam.

— Cela pourrait provoquer quelques tensions, dit Ulysse. Il me semble me souvenir qu'à la suite de l'attaque de Troie, l'automne dernier, le roi Priam a libéré les prisonniers mycéniens. Il leur a ordonné de tuer leur général, un homme qui avait proposé de trahir son roi pour avoir la vie sauve.

— Un vil mensonge troyen ! dit Agamemnon. Kolanos ne m'aurait jamais trahi.

— Quoi qu'il en soit, Kolanos a été tué à la demande de Priam. Tu peux difficilement lui demander de punir un homme qui a exécuté ses ordres. Et, d'un certain point de vue, Kolanos t'avait déjà trahi en attaquant Priam, qui était – et reste – ton allié.

Agamemnon hésita.

— Tes paroles sont sages, Ulysse. Je suis bien triste que nous ne soyons pas alliés. Sûrement, tu comprends la menace que représente Troie ? Tu penses que Priam, avec toute sa fortune et ses armées grandissantes, n'a aucun désir de conquêtes des terres de l'Ouest ?

— J'ignore ce que pense Priam. Mais je crois quand même que la richesse est la seule chose qu'il désire. Et il n'a pas besoin d'envahir d'autres territoires pour la voir croître. Troie rapporte de l'or tous les jours, à chaque navire, à chaque caravane.

— J'ai des agents ici, à Troie, dit Agamemnon à voix basse. Priam a récemment acheté un millier d'arcs phrygiens, et il envoie du cuivre et de l'étain à ses armureries. Des plastrons, des casques, des boucliers, des épées. Si nous ne réglons pas son compte à cet homme rapidement, il fondra sur nos royaumes.

Ulysse sourit.

— Je suis l'homme sans ennemis, Agamemnon. Ni Troie, ni les Mycéniens, ni les Hittites, ni les Gypptos ne sont mes ennemis. Mes navires sont bienvenus dans toutes les baies, tous les ports.

Agamemnon sembla se détendre.

— J'apprécie ta franchise, Ulysse. Je serai tout aussi direct. Quand la guerre arrivera – car c'est inévitable –, ceux qui continueront à commercer avec Troie seront considérés comme des ennemis. Il n'y aura plus de neutralité possible.

— Il est dangereux d'être neutre, ces temps-ci. Le vieil Éionée était neutre. J'ai entendu dire qu'il était tombé de cheval et qu'il était mort.

— Une perte tragique pour son peuple, dit Agamemnon. Et je crains qu'il ne soit pas le dernier. On m'a dit qu'un autre d'entre nous allait être déclaré ennemi de Troie. Qui que ce soit, il aura de la chance s'il quitte la cité vivant.

— Suggères-tu que Priam a fait tuer Éionée ?

— Je n'avais aucun différend avec lui. Peut-être se préparait-il à dénoncer son alliance avec Troie.

Ulysse ne crut pas un instant à ce mensonge, mais il garda ses réflexions pour lui.

— Et qui donc est cet autre ennemi qui va être dénoncé ? demanda-t-il.

— Je l'ignore. Et j'aimerais bien le savoir. C'est une histoire assez étrange.

À cet instant, un rugissement jaillit de la foule, quand les coureurs furent appelés à la ligne de départ, à l'extrémité ouest de la piste. Le Seigneur des jeux leva la main. La foule se tut.

— Partez ! cria le Seigneur.

Les vingt coureurs foncèrent vers le poteau d'arrivée. Plusieurs juges attendaient pour relever les noms des cinq premiers. Ceux-là auraient le droit de disputer la prochaine épreuve.

Calliadès arriva deuxième. D'autres courses suivirent. Ulysse les regarda, pariant parfois avec Idoménée et Nestor. Puis il quitta l'enceinte et fit le tour du stade, où les dernières épreuves de javelot se déroulaient. Bias lançait bien, mais Ulysse le vit se frotter l'épaule. *Il semble déjà fatigué*, se dit Ulysse. *Aux prochains tours, son épaule sera atrocement douloureuse.*

Puis, à une certaine distance, à côté de Priam, il vit Hélicon. Ravi, il agita la main pour attirer son attention. Il lui sembla qu'il y était parvenu, car le jeune homme aux cheveux noirs regarda dans sa direction avant de détourner le regard. Ulysse le regarda traverser lentement la foule, puis disparaître de son champ de vision.

Le jeune homme avait l'air maigre et fatigué, pensa Ulysse. Et, avec tant de Mycéniens à Troie, il n'aurait pas dû se promener en public. *Mais, quand je le verrai, je lui remonterai le moral. Il sera content d'apprendre que la production d'étain dans les Sept Collines a dépassé toutes nos espérances et que les profits de cette saison ont été énormes.*

Affamé, Ulysse gagna une échoppe où il s'assit à l'ombre et mangea une spécialité troyenne, de la viande et des fines herbes enveloppées dans une feuille de vigne marinée dans le vin. Puis il refit le tour du stade et revint à l'enceinte où se tenait Agamemnon avec le roi Pélée et son fils, Achille.

Ulysse regarda le roi et pensa à Piria, qui avait tailladé ses longues boucles blondes quand elle était enfant. Comme bien des rois de l'Ouest, il connaissait les goûts sexuels dépravés de cet homme, mais il savait désormais que ce n'était pas le seul crime qu'il avait commis.

« Regarde ce que tu m'as forcé à faire, garce ! »

C'était déjà horrible de violer sa propre fille, mais lui faire croire que c'était sa faute était une lâcheté qui dépassait tout.

— Bienvenue, Ulysse, dit Pélée en lui tendant la main.

— Pardonne-moi, répondit Ulysse en évitant le contact, mais je viens de manger des friandises, et mes mains sont couvertes de miel. (Il se tourna vers Achille.) Ravi de te voir, mon garçon. On dit que tu seras le champion de ces jeux.

— Il n'y a aucun concurrent digne de ce nom, dit amèrement le jeune homme. Excepté, peut-être, cet homme de ton équipage, Leukon.

— C'est un excellent lutteur.

D'autres courses furent disputées. Pélée et Achille s'éloignèrent pour rejoindre Idoménée et Ménesthée, le roi athénien.

Agamemnon se pencha vers Ulysse.

— Tu n'apprécies pas beaucoup Pélée, on dirait ?

— Je le connais à peine. Alors, parle-moi de cet ennemi de Troie...

— J'ai entendu l'histoire par bribes. En temps voulu, j'en apprendrai plus. Tu connais Carpophorus l'assassin ?

— De réputation seulement.

— Il est mort après avoir poignardé cet horrible Hélicon. Il n'est pas mort immédiatement, toutefois. Il semble que Carpophorus ait aussi été responsable du meurtre du père d'Hélicon.

Ulysse sentit soudain le froid l'envahir et son estomac se nouer.

— Qu'y a-t-il ? demanda Agamemnon, scrutant le visage du roi laid.

— Un peu trop de friandises, répondit Ulysse. Continue.

— Je n'ai plus grand-chose à te dire. Carpophorus a révélé à Hélicon l'identité de l'homme qui a ordonné la mort de son père, et Hélicon a transmis l'information à Priam. Comme tu le sais, Priam était un parent du père d'Hélicon, un cousin, je crois. Donc, son honneur réclame qu'il désigne comme ennemi de Troie l'homme qui a loué les services de l'assassin. Je doute qu'il s'agisse d'un simple marchand. C'est probablement un roi. Mais la question est : lequel ? Anchise n'était pas l'ennemi des Mycéniens. Il y a là un sombre mystère, me semble-t-il.

Ulysse vit qu'Agamemnon le regardait attentivement.

— Je ne doute pas que la lumière sera bientôt faite sur la question, dit-il avant de s'éloigner.

Puis il vit Calliadès et Banoclès passer non loin de lui. Il les appela. Banoclès avait une enflure sous l'œil gauche et une lèvre fendue, mais il était d'excellente humeur.

— M'avez-vous vu, Ulysse ? demanda-t-il. J'ai descendu ce Hittite six fois ! (Il leva le poing.) Le marteau d'Héphaistos !

— Tu t'es bien débrouillé, dit le roi. Vous retournez au palais ?

— Non, dit Banoclès. Je vais dans la cité basse rejoindre une amie.

— Je rentre au *Pénélope.* Je serais ravi d'avoir votre compagnie, dit Ulysse, regardant Calliadès.

Le guerrier plissa les yeux, puis il hocha la tête.

— Nous serons honorés de vous y accompagner, roi Ulysse.

— Ah bon ? demanda Banoclès.

— La Loi de la Route, dit Calliadès.

— Restez près de moi et ouvrez l'œil, dit Ulysse en partant vers la cité supérieure.

Les deux guerriers le suivirent.

Tandis qu'il marchait, une colère froide montait en Ulysse, bien plus violente que les rages volcaniques pour lesquelles il était connu. Elle bouillonnait en lui et réveillait des pensées et des sentiments qu'il avait repoussés près de quinze ans plus tôt.

Priam savait désormais qu'Ulysse avait loué les services de Carpophorus pour tuer le père d'Hélicon.

Donc, il allait être déclaré « ennemi de Troie. » Cela serait un sujet de regret pour le roi d'Ithaque, mais il comprenait.

Mais Priam ne s'était pas contenté d'agir de façon honorable, en convoquant Ulysse au palais et en le bannissant de Troie. Au contraire, il s'était mis en devoir de l'humilier. Sa colère enfla. Ce qui suivrait était désormais évident. Pendant les jeux, Priam s'arrangerait pour diviser les rois de l'Ouest en corrompant ou en contraignant les plus faibles ou les plus avides. Il ne pouvait pas permettre à Ulysse de quitter la cité vivant pour s'allier à Agamemnon. Priam savait certainement que Nestor de Pylos et peut-être même Idoménée se laisseraient influencer si Ulysse se joignait aux comploteurs mycéniens.

En marchant, Ulysse examinait les visages dans la foule, à l'affût d'un signe de tension ou de quelqu'un qui le regarderait un peu trop intensément. Sur sa gauche, il vit Calliadès faire de même. À droite, Banoclès regardait lui aussi la foule avec attention.

Repoussant de son esprit la crainte d'un assassinat, Ulysse se consacra au problème majeur. *Il doit y avoir un moyen de le résoudre*, se dit-il. *Tu es Ulysse le planificateur.*

Tu es connu pour ta ruse et tes stratagèmes. Il étudia toutes les possibilités une à une. Et s'il allait voir Priam pour régler la question ? Non. Priam ne l'écouterait pas. Ulysse avait provoqué la mort de quelqu'un de son sang. Et le sang appelait le sang.

Que faire d'autre ? Réunir ses hommes et se glisser hors de Troie à l'aube, puis retourner en Ithaque, de l'autre côté de la Grande Verte ? Et après ? Passer le reste de sa vie à craindre des assassins envoyés par Priam ? Puis il y avait Hélicon. Le fait qu'il soit allé trouver Priam indiquait que lui aussi déclarerait Ulysse son ennemi. Le terrible *Xanthos* sillonnerait la Grande Verte, pourchassant les navires ithaquiens – comme le feraient les cinquante autres navires de la flotte d'Hélicon. S'ils bloquaient la route commerciale des Sept Collines, en moins d'un an Ithaque serait ruinée et son peuple, frappé de pauvreté.

Affronte la vérité, Ulysse, se dit-il. *La décision de Priam ne te laisse qu'une issue. Tu es comme un navire poussé par des vents incontrôlables vers une terre de haine et de sang que tu n'as aucune envie de visiter.* Cette idée le remplit de chagrin. Il aimait Hélicon et il avait beaucoup d'affection pour Hector et sa nouvelle épouse, Andromaque. Dans la guerre imminente, toute sa sympathie irait à Troie. Il n'aimait pas le mégalomane Agamemnon et détestait l'épouvantable Pélée. Il méprisait le mesquin Idoménée et n'avait aucune sympathie pour l'Athénien Ménesthée. En fait, parmi tous les rois de l'Ouest, il n'avait de l'affection que pour Nestor. Sa colère flamba de nouveau, froide et dévastatrice.

Ulysse regarda les grands murs et la puissante porte de Scée. Il vit le palais de Priam, au sommet d'une colline, et les bâtiments qui bordaient les étroites rues sinueuses. Il ne les considérait plus comme des œuvres architecturales impressionnantes. Il les voyait désormais sous un autre jour. Il calcula froidement le nombre d'hommes nécessaires pour escalader les murs, et se représenta les rues comme des champs de bataille.

À un moment, pendant qu'ils traversaient une foule, Calliadès se pencha vers lui.

— Quatre hommes, dit-il. Ils nous suivent, un peu à l'arrière. Depuis que nous avons quitté le champ des tournois.

Ulysse ne regarda pas en arrière. Calliadès et Banoclès n'étaient pas armés, et Ulysse portait seulement un petit couteau incurvé dans un fourreau incrusté de gemmes. L'arme pouvait couper un fruit, mais pas plus.

— Sont-ce des soldats ? demanda-t-il.

— Peut-être, mais ils ne portent pas d'armures. Et ils ont des couteaux, pas des épées.

Ulysse se représenta le chemin devant eux. Bientôt, ils quitteraient l'artère principale et emprunteraient des rues résidentielles plus étroites. Il s'arrêta devant un étal et prit un petit bracelet en argent incrusté d'opale.

— Une pièce magnifique, messire, dit le marchand. Vous n'en trouverez pas de plus belle ailleurs.

Ulysse reposa le bracelet et se remit à marcher.

— Deux d'entre eux ont coupé par l'allée de gauche, murmura Calliadès.

— Ils savent que nous allons vers mon navire, dit Ulysse. Il y a une petite place avec un puits, non loin d'ici. La route que nous suivons coupe l'allée qui s'y trouve. (Il regarda Banoclès.) Le marteau d'Héphaïstos est d'attaque ?

— Toujours, répondit Banoclès.

— Alors, prépare-toi à t'en servir.

Ulysse pivota et rebroussa chemin. Deux hommes grands aux larges épaules et portant de longs manteaux s'arrêtèrent soudain. Ulysse les rejoignit, puis, sans dire un mot, il flanqua un magistral coup de poing au visage du premier homme. Banoclès sauta sur le second et le fit tomber d'un crochet du droit bien senti. Le premier homme tituba. Ulysse le suivit et le fit tomber d'un coup de pied. Il accompagna l'homme dans sa chute et lui arracha son couteau du fourreau. Sa victime tenta de se relever, puis s'immobilisa quand il sentit la pointe de son propre couteau sur sa gorge.

— Tu as quelque chose à dire ? demanda Ulysse.

L'homme se lécha les lèvres.

— J'ignore pourquoi vous m'avez attaqué, étranger.

— Ah, dit Ulysse. Maintenant, je sais que tu mens, car je t'ai vu dans la foule lors du tournoi de tir à l'arc, et tu sais que je ne suis pas un « étranger ». Je suis Ulysse, le roi d'Ithaque. Et tu es un assassin.

— C'est absurde ! À moi ! cria soudain l'homme. On m'attaque !

Ulysse le frappa. Sa tête résonna contre les pierres de la rue. Il gémit. Ulysse le frappa de nouveau, et il se tut.

Ulysse se leva et fit signe à Calliadès et à Banoclès de le suivre vers la rue qui menait à la place. Derrière lui, plusieurs badauds s'étaient attroupés autour des hommes assommés. Lançant le couteau volé à Calliadès, le roi partit le long de la rue étroite. Banoclès, armé du couteau du deuxième homme, se plaça à sa droite.

— Laissez les armes bien en vue, dit Ulysse. Je veux que les deux autres comprennent que nous ne nous laisserons pas faire.

Ils arrivèrent enfin à la petite place et au puits. Les deux autres assassins les y attendaient. Ils regardèrent Ulysse, puis les armes que ses compagnons portaient. Ils cherchèrent des yeux leurs camarades. Ulysse les foudroya du regard et continua à marcher. Les assassins se regardèrent, puis se détournèrent et partirent.

— Voulez-vous que nous les suivions pour les tuer ? demanda Banoclès.

— Non. Retournons au navire. J'ai besoin de réfléchir. La reine Hécube a demandé à me voir, et je veux que vous veniez avec moi, vous deux.

Hélicon n'assista pas à l'après-midi entier de jeux. Il était pratiquement épuisé quand Gershom et lui retraversèrent la foule pour arriver aux voitures à chevaux. Hélicon trébucha, et Gershom le saisit par le bras. Il faisait très chaud, presque comme au milieu de l'été, et Hélicon était couvert de sueur.

Hélicon grimpa dans la voiture à six places et se laissa aller contre son siège avec soulagement. Gershom s'assit en face de lui, examinant la foule, la main sur la poignée de son épée. Hélicon sourit.

— Je doute que même Agamemnon essaie de me tuer devant Priam.

Le conducteur agita les rênes, et la voiture à deux chevaux démarra. Sur le sol inégal, devant le nouveau stade, ils furent secoués, mais ils arrivèrent bientôt à la route. Gershom se détendit quand la voiture prit de la vitesse, mais il garda quand même l'œil ouvert pour repérer des archers ou des hommes armés de frondes.

— Nous n'aurions pas dû venir, grommela-t-il. Tout le monde verra à quel point vous êtes faible. Cela encouragera les attaques.

— On m'attaquera de toute façon tôt ou tard, répondit Hélicon. Et ce moment viendra quand Agamemnon sera encore à Troie ! Il n'a qu'une envie, se réjouir de ma mort !

La voiture continua à rouler dans des rues presque désertes.

— Ulysse était là, dit Gershom. Il vous a fait signe.

— Je l'ai vu, dit Hélicon. Si tu entends dire qu'il désire me rencontrer, trouve une excuse.

— Il est votre meilleur ami, dit Gershom.

Hélicon ne répondit pas. Sortant un mouchoir de sa ceinture, il s'essuya le visage. Gershom le regarda attentivement. Son teint était bon. Sa peau avait perdu la couleur cendreuse qu'elle avait eue pendant sa maladie. Il était en bonne voie de rétablissement et avait seulement besoin de recouvrer ses forces.

La voiture continua à travers la ville basse, jusqu'au palais d'Hélicon. Deux gardes armés ouvrirent les portes pour les laisser entrer. Une fois dans le bâtiment, Hélicon gagna une grande pièce et s'allongea sur un sofa. Un serviteur apporta un pichet d'eau fraîche et en versa un gobelet au roi de Dardanie. Hélicon but avidement, puis ferma les yeux et posa sa tête sur un coussin. Gershom alla dans le jardin arrière, où deux autres gardes patrouillaient. Il parla avec eux, puis retourna dans le palais. Les gardes servaient surtout à faire illusion. Ce bâtiment n'aurait pas été facile à défendre. Il y avait des fenêtres sur deux côtés, donnant sur la rue, et les murs des jardins étaient bas. Des assassins pouvaient s'introduire par vingt endroits différents sans alerter les gardes. Et, à un moment quelconque, ces cinq prochains jours, ils le feraient. La raison voulait qu'ils partent immédiatement pour la Dardanie, mais Hélicon refusait d'en entendre parler.

Gershom regagna la fraîcheur de la pièce principale. Il vit Hélicon assis, les coudes sur les genoux. Il avait l'air fatigué et troublé.

— Pourquoi ne voulez-vous pas voir Ulysse ? demanda Gershom en s'asseyant à côté du roi dardanien.

— Je le verrai, mais j'ai besoin de temps pour mettre mes pensées en ordre. (Il gratta machinalement la blessure en voie de guérison de son aisselle.) Quand Attalus agonisait, il m'a parlé. C'est étrange, Gershom, mais je crois que ses paroles étaient plus empoisonnées que sa lame.

— Comment est-ce possible ?

— Il m'a dit qu'Ulysse avait commandité le meurtre de mon père.

Le silence se fit pesant. Gershom ne connaissait pas grand-chose du passé d'Hélicon, excepté ce que ses marins lui avaient dit. Il avait connu une enfance triste et solitaire, mais Ulysse l'avait pris sous son aile pendant deux ans, sur le *Pénélope* et en Ithaque. À son retour en Dardanie, son père avait été assassiné, et Hélicon avait refusé la couronne, apportant son soutien à son demi-frère, le jeune Diomède, et à la mère de l'enfant, Halysia, la veuve du roi.

Les assassinats étaient choses courantes entre rivaux et ennemis, mais même Gershom, dont l'éducation n'avait pas été axée sur les peuples de la mer, savait qu'Ithaque était très éloignée de la Dardanie. Il n'y avait aucune raison pour que ces contrées soient ennemies, et apparemment aucune raison pour qu'Ulysse ait voulu la mort du roi dardanien. Quel profit en aurait-il retiré ?

— Attalus a menti, dit enfin le Gyppto.

— Je ne pense pas. C'est pour cela que j'ai besoin de temps pour me préparer à la rencontre.

— Qu'aurait gagné Ulysse à cet assassinat ? Votre père bloquait-il ses routes commerciales ? Étaient-ils en froid à cause de quelque action passée ?

— Je l'ignore. Peut-être se sont-ils querellés quand ils étaient plus jeunes.

— Alors, vous devriez poser la question à Ulysse.

— Ce n'est pas aussi simple, mon ami. J'ai juré sur l'autel d'Arès que je retrouverai et tuerai le responsable du meurtre de mon père. Si je demande à Ulysse et qu'il reconnaît que c'est lui, je serai contraint de le déclarer mon ennemi et de le tuer. Je ne veux pas qu'une telle chose arrive. Ulysse était mon ami et mon mentor. Sans lui, je ne serais rien.

— Vous aimiez votre père ?

— Oui – même s'il ne me le rendait pas. C'était un homme dur et froid qui me considérait comme un minable qui n'aurait jamais la force de gouverner.

— Quelqu'un d'autre sait-il ce qu'Attalus vous a dit ? demanda Gershom.

— Non.

— Alors, laissez tomber. Un homme qui vous méprisait est mort. Un homme qui vous aime est vivant. Vos dieux comprendraient sûrement que vous renonciez à votre serment.

— Ils ne sont pas connus pour leur compréhension des dilemmes humains.

— Exact, dit Gershom. Ils préfèrent se déguiser en cygnes ou en taureaux et coucher avec des mortelles et des mortels, ou se disputer comme des gamins. Je n'ai jamais entendu parler d'immortels aussi irresponsables !

Hélicon éclata de rire.

— Il est évident que tu n'as pas peur d'eux !

— À côté de ce que Seth a fait à son frère, vos dieux semblent à peine plus inquiétants que des chiots turbulents.

Hélicon emplit un gobelet d'eau et but.

— À t'écouter, tout serait si simple, Gershom ! Mais c'est faux. J'ai été élevé, comme tous les fils de maisons nobles, dans la croyance que la famille et l'honneur sont plus importants que tout. Les liens du sang, voilà ce qui nous tient unis. Attaquer un membre de la famille, c'est attaquer toute la famille. Nos ennemis savent qu'en faisant du mal à l'un d'entre nous, tous les autres se retourneront contre eux. Une telle unité, c'est la sécurité. L'honneur exige la vengeance contre ceux qui se dressent contre un des nôtres.

— Il me semble, dit Gershom, que vous autres gens de la mer passez beaucoup de temps à parler d'honneur, mais une fois les grands mots envolés vous n'êtes pas différents de toutes les autres races. La famille ? Priam n'a-t-il pas fait tuer plusieurs de ses fils qui s'étaient révoltés ? Quand un roi meurt, ses fils ne se font-ils pas la guerre pour lui succéder ? Les gens parlent de la façon dont vous avez réagi à la mort de votre père. Ils s'étonnent que vous n'ayez pas ordonné l'exécution de votre petit frère. Votre race aime le sang et la mort, Hélicon. Vos vaisseaux font des raids sur les côtes d'autres nations, enlèvent des esclaves, pillent et brûlent. Les guerriers se vantent du nombre d'hommes qu'ils ont tués et du nombre de femmes qu'ils ont violées. Presque tous vos rois sont des hommes qui se sont emparés du trône par l'épée et le meurtre – ou les enfants d'hommes qui se sont emparés du trône de la même manière ! Alors, mettez de côté cette curieuse notion d'honneur. La seule chose que je sache au sujet de votre père est qu'il vous a déshérité et a nommé votre frère son héritier. Ulysse, me dites-vous, vous a aidé à devenir un homme et ne vous a rien demandé en échange. Trouvez-vous logique et sain de tuer un ami pour venger le meurtre d'un ennemi ? Car c'est bien un ennemi que votre père était pour vous.

Hélicon resta un moment silencieux, puis il regarda Gershom.

— Et ta famille ? Tu ne m'en as jamais parlé. Pardonnerais-tu à l'homme qui aurait tué ton père ?

— Je n'ai pas connu mon père, il est mort avant ma naissance, dit Gershom. Je ne peux donc répondre à votre question. Le fait est que vous avez cru Attalus – ou Carpophorus, qu'importe ! En supposant qu'il ait dit la vérité, il n'en possédait qu'une partie. Ulysse a l'autre partie, et le tout serait peut-être cohérent. Vous devez lui parler.

Hélicon se frotta les yeux.

— J'ai besoin de repos, mon ami. Mais je réfléchirai à ce que tu m'as dit.

Une fois Hélicon couché, Gershom quitta le palais. Il rejoignit deux hommes qui semblaient bayer aux corneilles près d'un puits, de l'autre côté de la rue. Les deux hommes étaient minces et avaient le regard sévère.

— Quelque chose ? demanda Gershom.

— Trois hommes sont venus aujourd'hui, répondit un des hommes. Ils ont fait le tour de palais en observant les fenêtres. Je les ai suivis au palais de Politès. C'étaient des Mycéniens.

Gershom retourna dans le palais et vérifia toutes les barres de fermeture des fenêtres des niveaux inférieurs. Ça ne servait pas à grand-chose, car les volets étaient peu solides et ne pourraient pas empêcher l'intrusion d'un homme déterminé. Une simple dague suffirait à soulever les barres de fermeture.

Revenu dans la pièce principale, Gershom s'allongea sur un sofa et ferma les yeux. Il s'était mis à dormir l'après-midi, afin de pouvoir monter la garde la nuit. Il dormit un peu, mais d'un sommeil troublé par les cauchemars.

Un serviteur le réveilla juste avant le crépuscule et lui dit que le prince Déiphobos était arrivé et demandait à voir le roi Énée.

Gershom envoya le serviteur réveiller Hélicon et alla accueillir le jeune prince aux cheveux noirs. Dios avait l'air troublé, mais il ne dit rien. Quand un serviteur apporta un plateau de nourriture et un pichet de vin coupé d'eau, il refusa poliment et attendit.

Quand Hélicon entra, Dios se leva et le serra dans ses bras.

— Tu sembles plus fort de jour en jour, mon ami, dit-il.

Gershom attendit pendant que les deux hommes parlaient, mais il sentait de la tension dans l'air. Finalement, Dios dit :

— Ulysse va être déclaré ennemi de Troie.

— Quoi ? s'exclama Hélicon. Pourquoi serait-il soudain un ennemi ?

Dios eut l'air étonné.

— Pour avoir ordonné le meurtre de ton père, bien entendu.

Toute couleur quitta le visage d'Hélicon.

— Priam a donné cet ordre ?

— Oui.

— Comment a-t-il su ?

— Il est venu te voir quand tu étais malade et que tu délirais. Tu lui as dit, pour Carpophorus.

— Je n'en ai aucun souvenir, dit Hélicon. Et c'est la pire nouvelle que j'aie entendue depuis longtemps ! Priam va commettre une terrible erreur qu'il regrettera amèrement si nous ne parvenons pas à le faire changer d'avis.

— Ce jour-là, le soleil sera vert, dit Dios. Mais je ne te comprends pas, Hélicon. Pourquoi est-ce une erreur ? Ulysse a fait tuer ton père.

— Seulement si on en croit Attalus, répondit Hélicon, du désespoir dans la voix. Nous devrions au moins donner à Ulysse la possibilité de s'expliquer.

— Hector a suggéré la même chose, dit Dios. Père n'a pas voulu l'écouter. De toute façon, c'est trop tard, maintenant. Tu as cru ce que disait l'assassin, et tu as communiqué cette conviction à père. Il refusera de changer d'avis, Hélicon. « L'honneur exige la vengeance », a-t-il dit. Le sang doit venger le sang.

Gershom n'avait pas besoin d'en entendre davantage. Il se leva et quitta la pièce, pour errer dans le crépuscule.

Chapitre 21

Une reine du poison

La reine Hécube se sentait comme une déesse perchée sur l'Olympe quand elle regarda vers les deux baies, loin en dessous. De son point de vue élevé de la Joie du Roi, elle voyait, à sa droite, la baie de Troie, peu profonde, dont les eaux étaient troublées par tous les vaisseaux qui tentaient de trouver un espace sur la plage. À sa gauche se trouvait la baie d'Héraclès, plus profonde, dont les eaux étaient étincelantes et bleues. Là aussi il y avait des dizaines de vaisseaux, et les plages s'emplissaient rapidement. Hécube ne souriait plus très souvent, mais un gloussement sec quitta sa gorge quand elle pensa à tous ces capitaines de navires en colère et aux maîtres de plage surmenés.

Une douleur violente naquit dans son ventre et se répandit dans ses reins. Ces jours-ci, elle se considérait comme un récipient que chaque jour emplissait d'une douleur renouvelée. Les doigts tremblants, elle saisit la fiole de médicament et l'ouvrit en coupant d'un ongle la couche de cire qui la scellait. Elle porta la fiole à sa bouche, mais hésita. *Pas encore*, décida-t-elle, car elle voyait toujours les navires dans les baies et les gens fourmiller sur les plages.

Quand les opiacés commenceraient à faire effet, les navires deviendraient des monstres de légende, les gens, des insectes magiques voletant à travers les airs. Malgré le soulagement temporaire que ces drogues procuraient, Hécube détestait ces moments où son esprit s'embrumait et s'emplissait de confusion. Elle pouvait supporter que l'âge et la maladie détruisent son corps, mais pas les drogues. Autrefois, elle était célèbre pour sa beauté, mais ces vingt dernières années, sa réputation avait reposé sur le pouvoir de son esprit. Les gens la révéraient et la redoutaient pour sa capacité à penser mieux et plus vite que les ennemis de Troie, à voir les dangers avant qu'ils surgissent et à les éliminer comme si elle arrachait de mauvaises herbes dans son jardin.

Elle resta assise sans bouger, essayant de détacher son esprit de la douleur provoquée par le cancer qui se répandait. Elle laissa les souvenirs de son enfance l'envahir, puis ceux des premières et brillantes années avec Priam, et enfin l'idée du mariage tout proche de son fils. Son travail était presque fini, et la prophétie serait bientôt réalisée. Quand Andromaque serait enceinte, Hécube pourrait mourir enfin, car l'avenir de Troie serait assuré.

La tente jaune vif qui avait été dressée au-dessus de sa tête pour la protéger du soleil brûlant du matin donnait une teinte criarde à tout ce qui l'entourait. La douleur dans son ventre la poignarda et lui arracha un cri. Elle inspira à fond et porta la fiole à ses lèvres, presque malgré elle. Le liquide amer lui brûla la langue. La douleur reflua un peu. Au début, quand elle prenait ce médicament, il l'éliminait totalement. Désormais, le cancer était plus fort, et rien ne pouvait masquer totalement ses effets. Rares étaient les jours où elle ne souffrait pas constamment.

De temps en temps, des silhouettes passaient devant ses yeux. Parfois, elles flottaient dans les airs. Elle ignorait de qui il s'agissait. Les gens lui parlaient, mais leurs voix étaient creuses et distantes. Elle les ignorait.

Puis quelqu'un s'arrêta devant elle, masquant le soleil. Irritée, elle cligna des yeux et tenta de voir de qui il s'agissait. Elle voulut parler, mais sa bouche était aussi sèche et cartonnée qu'une vieille sandale. La silhouette approcha, et une main lui tendit un gobelet d'eau fraîche. Hécube but avec plaisir, et le goût des opiacés s'atténua. Sa vision s'éclaircit, et elle vit que sa visiteuse était sa nouvelle fille, Andromaque aux cheveux de flamme.

Elle me ressemble tant, pensa-t-elle. *Si fière, si pleine de vie et de vitalité.* Elle regarda la jeune femme avec aménité.

— Andromaque, murmura-t-elle. Une des rares personnes que je tolère.

— Comment allez-vous aujourd'hui, mère ? demanda la jeune femme.

— Je suis toujours en train de mourir. Mais, par la volonté d'Héra et ma propre force, j'oblige l'Hadès à m'attendre !

Hécube but une autre gorgée d'eau, mais le gobelet se tortilla dans sa main. Il était devenu un serpent aux crochets acérés. Hécube le saisit par la gorge.

— Tu ne me mordras pas, vipère, dit-elle à sa vision. Je peux encore t'écraser !

Andromaque lui enleva doucement le serpent des mains.

— Fais attention, petite, avertit la reine. Sa morsure est mortelle.

Puis elle vit que la vipère était redevenue un gobelet, et elle se détendit. Andromaque embrassa la joue desséchée de la reine, puis elle s'assit à côté d'elle. Hécube tendit la main et tapota le bras de la jeune femme.

— Nous sommes tellement semblables, toi et moi. Surtout maintenant.

— Pourquoi maintenant ? demanda Andromaque.

— Mes espions m'ont dit que Priam t'avait mise dans son lit. Je t'avais dit qu'il le ferait. Maintenant, tu as connu la joie qui m'a été refusée depuis si longtemps.

— Ce n'était pas joyeux, dit Andromaque. Simplement nécessaire.

Hécube éclata de rire.

— Pas joyeux ? Priam a de nombreux défauts, mais être un mauvais amant n'en fait pas partie.

— Je ne souhaite pas en parler, mère.

— Bientôt, tu seras enceinte, et cet enfant assurera l'avenir de Troie. La prophétie aura été accomplie. Encore un fils pour Priam, dit la reine avec satisfaction. Les gens adoreront ce garçon parce qu'ils croiront qu'il est le fils d'Hector. Ils l'appelleront le Seigneur de la Cité.

Elle regarda Andromaque d'un œil critique.

— Hum… Tu es mince, comme moi. L'accouchement n'est pas facile pour nous, contrairement aux filles aux hanches larges de la campagne. Tu souffriras, petite, mais tu es forte. J'ai donné huit enfants à Priam. Chacun d'eux est venu au monde dans la douleur et le sang. Mais chaque fois, j'ai gagné la bataille. Et maintenant, regarde-moi…

Sa voix s'éteignit, et elle resta un moment silencieuse. Elle vit les silhouettes obscures des dieux marchant à l'horizon. Des chevaux et des ours les accompagnaient, et une grande créature cornue qu'elle ne reconnut pas. Elle sentait les vibrations de leurs pas résonner dans son épine dorsale.

Elle se pencha vers la jeune femme et murmura d'une voix insistante :

— La Maison de Priam vivra pendant encore mille ans, et j'ai joué mon rôle là-dedans. Je l'ai bien joué. J'ai fait ce que j'avais à faire.

Elle se souvint de la journée, près d'un an plus tôt, où la menue Paleste s'était tordue de douleur sur le sol des appartements de la reine, tachant les tapis de ses vomissures, ses hurlements étouffés par un vieux châle.

Son esprit dériva, et elle revint aux jours où son seigneur et elle avaient navigué sur la Grande Verte. Ils avaient vécu à bord du navire, et ses souvenirs avaient tous le vert de la mer, le goût du sel sur ses lèvres. Jeunes et amoureux, ils avaient visité des îles verdoyantes et des cités de pierre, rencontré des rois et des pirates, dormi dans des lits d'or et d'ivoire, ou sur des plages fraîches sous les étoiles. Elle essaya de se souvenir du nom du navire, mais il lui échappa…

Une tristesse étrange l'effleura.

— *Scamandrios !* dit-elle soudain. C'est ça : *Scamandrios.*

Andromaque eut l'air intrigué.

— Qui était-ce, mère ?

Hécube sentit la confusion revenir.

— Je ne me souviens plus. Un roi, peut-être. Nous en avons tant rencontré. Ils ressemblaient aux dieux, à cette époque. Maintenant, ce sont de petits hommes mesquins… Parle-moi des jeux, dit-elle, luttant contre les drogues qui l'engourdissaient. Que raconte-t-on ? Ces petits rois sont-ils déjà en train de s'entre-tuer ? Des jeux réussis finissent toujours par quelques morts. Quelques trônes mineurs changent de mains. C'est comme ça que marche le monde. J'ai entendu dire que le roi de Thrace était déjà mort. Agamemnon en est responsable, ça ne fait aucun doute. As-tu rencontré Agamemnon ? Il n'arrive pas à la cheville de son père, dit-on.

— Les jeux viennent à peine de commencer, dit Andromaque. Je n'ai pas entendu beaucoup de ragots, pour le moment. Mais j'ai appris qu'Ulysse avait perdu le tournoi de tir à l'arc. Il n'a pas été autorisé à utiliser son propre arc, et celui qu'on lui a remis s'est brisé. On dit qu'il était furieux !

Hécube sentit la colère monter en elle.

— Ulysse, dit-elle avec méchanceté. Il ne reverra pas Ithaque. J'y veillerai !

— Que voulez-vous dire ?

— Ah ! Ulysse le conteur. Ulysse le bouffon ! Voilà comment les gens le considèrent, ces temps-ci. Mais je le connais depuis longtemps. C'est un tueur de sang-froid. Il a payé un assassin pour tuer Anchise, qui était de la famille de Priam.

— Comment le savez-vous ? demanda la jeune femme, choquée. Pas Ulysse !

— L'assassin, celui qui a aussi blessé Hélicon, le lui a dit avant de mourir. Et Hélicon en personne l'a dit à Priam.

— C'est insensé, dit Andromaque. Qu'y aurait gagné Ulysse ?

— C'est ce que se demande Priam. Tous ses conseillers sont intrigués. Ils parlent d'anciennes querelles, d'accords commerciaux... Les imbéciles ! La réponse est pourtant évidente. Ulysse aime Hélicon. Le jeune garçon était peut-être son catamite. Peu importe. Anchise détestait son fils et l'a déshérité. Je connaissais bien Anchise. C'était un bon roi, mais un homme dépourvu de sentiments. Il avait sans doute ordonné qu'Hélicon soit discrètement assassiné. Ulysse est rusé, et il l'a deviné. Pour sauver le jeune garçon, il a ordonné la mort de son père.

— Il l'a fait pour sauver la vie d'Hélicon ?

— Bien entendu.

— Et pourquoi cela ferait-il de lui un ennemi de Troie ? demanda Andromaque. Hélicon est notre ami, et, si vous avez raison, Ulysse lui a sauvé la vie.

— Je me moque parfaitement du meurtre d'Anchise, dit Hécube. Et Priam aussi. Mais avant que cette guerre commence, nous devons être sûrs de nos alliés et éliminer toute menace possible. La participation d'Ulysse à la mort d'Anchise nous donne l'occasion de le tuer sans nous aliéner nos alliés.

— Je ne comprends pas, murmura Andromaque. Ulysse est neutre. Pourquoi serait-il une menace ?

Hécube soupira.

— Tu as beaucoup à apprendre, petite, sur la nature de la politique. Il ne s'agit pas de ce qu'Ulysse est *actuellement*, mais du danger qu'il représente pour l'avenir. Si ses terres étaient plus proches de Troie, nous pourrions le lier à nous avec de l'or et notre amitié. Mais c'est un roi de l'Ouest, qui est étroitement lié aux Mycéniens. Et, même s'il existe une petite chance qu'il reste neutre, nous ne pouvons pas risquer l'avenir de Troie. La vérité, c'est que, une fois la guerre devenue inévitable, Ulysse doit mourir. Agamemnon est un vrai guerrier, et sera un ennemi avec qui il faudra compter, mais nous pouvons le vaincre. Mais Ulysse est rusé et astucieux. De plus, c'est un chef charismatique, et là où iront ses sympathies, d'autres rois suivront. Nous ne pouvons pas risquer qu'il s'allie avec Agamemnon.

— Donc, vous avez toujours eu l'intention d'assassiner Ulysse ?

— Bien sûr. Je l'ai invité à venir me rendre visite ce soir. Il ne se méfiera pas d'une vieille femme mourante. On dit que le roi laid est rusé, mais il n'a jamais eu affaire à Hécube. Il quittera la Joie du Roi vivant, mais il tombera malade et mourra dans son lit, chez lui. Reste avec moi, Andromaque. Tu parleras et riras avec lui, tu le mettras à l'aise. Il arrivera bientôt.

Hécube avait de nouveau la bouche sèche, et son gobelet était vide.

— Andromaque, remplis mon gobelet d'eau. J'ignore où sont passées les servantes.

La jeune fille s'absenta un assez long moment. Hécube somnola un peu, puis se réveilla et vit Andromaque à côté d'elle. Elle versa une petite fiole de médicament dans le gobelet, y ajouta de l'eau et le lui tendit. La reine but avidement. Le médicament avait un goût amer, et un arrière-goût inhabituel qu'Hécube ne reconnut pas. Elle resta silencieuse pendant que la drogue calmait ses douleurs. Après un moment, miraculeusement, toute souffrance disparut. Elle se sentit libre pour la première fois depuis des mois.

— Ce médicament est nouveau, dit-elle, tandis que son esprit se désembrumait.

— Machaon l'a donné à Laodicé l'automne dernier, dit Andromaque. La douleur a cessé ?

— Oui. J'ai presque l'impression que je pourrais danser, dit Hécube avec un sourire. C'est une journée magnifique, tu ne trouves pas ?

— Je suis enceinte, dit calmement Andromaque. Et le père n'est pas Priam.

Hécube fronça les sourcils.

— Pas Priam ?

— Le père de mon enfant est Hélicon. Maintenant, parlez-moi de Paleste.

La jeune fille était-elle devenue folle ? se demanda Hécube. Quand Priam découvrirait la tromperie, il serait furieux.

— Idiote, siffla la reine. Tu as condamné Hélicon et l'enfant. Priam les fera tuer. Tu auras de la chance s'il te laisse la vie sauve, pour accomplir la prophétie. Je te croyais plus intelligente que ta sœur. Il semble que les filles d'Ection soient toutes les deux aussi bêtes.

Andromaque s'agenouilla à côté de la vieille femme.

— Vous n'avez pas saisi, Hécube. J'ai couché avec Priam pour qu'il croie que l'enfant est de lui. Le roi ne saura jamais rien. Et maintenant, dites-moi comment vous avez tué Paleste.

Hécube revit la jeune fille se tordant de douleur, et ses lèvres se retroussèrent.

— Elle était une erreur, une stupide erreur d'Héraclitès, cet abruti. Elle n'était rien. L'avenir de la famille royale de Troie était tout ce qui comptait. Paleste ne comptait pas.

Andromaque s'assit sur ses talons et regarda la reine un long moment. Hécube crut voir des larmes dans ses yeux, mais sa propre vision s'était brouillée. Elle regarda autour d'elle, alertée.

— Où est Pâris ? demanda-t-elle.

— Parti assister aux jeux, avec Hélène.

— Et les servantes ? Où sont-elles ?

— Je leur ai dit de nous laisser seules.

Andromaque se leva et épousseta sa robe, comme si elle se préparait à partir. Elle prit la fiole sur la table et la mit dans une bourse à sa ceinture.

Puis, comme si le soleil perçait soudain les brumes matinales, Hécube comprit. La drogue donnée à Laodicé en automne… C'était un médicament puissant. Pourquoi ne le lui avait-on pas prescrit plus tôt ? Parce qu'il était le dernier recours, le don ultime quand la douleur deviendrait insupportable. Hécube sut à cet instant quel était l'arrière-goût qu'elle avait senti. De la ciguë ! La reine posa une main sur sa cuisse maigre et appuya. Elle ne sentit rien. La mort rampait dans ses veines. Elle soupira.

— Ne me crois pas stupide pour m'être laissé ainsi abuser, Andromaque. Ce sont les drogues qui m'ont obscurci l'esprit. Tu as vengé ta sœur, et c'est un acte honorable. J'aurais fait la même chose, à ta place. Tu vois, j'avais raison : nous nous ressemblons beaucoup.

Elle regarda Andromaque dans les yeux et y vit un éclair de colère.

— Si je le croyais, Hécube, j'aurais pris le poison moi-même. Ce n'est pas pour Paleste que je l'ai fait, même si ça aurait dû l'être, car elle était douce, tendre et aimante, et elle méritait mieux que de finir dans votre monde de tromperie, de traîtrise et de meurtre. Mais je l'ai fait pour Ulysse, un homme de bien, un homme fier et bon, et pour Antiphonès, qui est mon ami, et pour qui sait combien d'autres innocents que vous auriez essayé de détruire.

— Des innocents ? dit Hécube, du mépris dans la voix. Sur les montagnes de l'ambition, il n'y a aucun innocent. Tu crois que Priam serait toujours roi si j'avais vu le monde avec des yeux aussi naïfs ? Tu penses que Troie aurait survécu à des rois puissants si je ne m'étais pas occupée d'eux, si je ne les avais pas soudoyés, séduits et tués ? Tu veux vivre parmi les *innocents*, Andromaque ? Parmi les moutons ? Oui, dans n'importe quel village de paysans, ils vivent leur vie aimante, au milieu d'amis sincères, ils dansent et chantent les jours de fête, et pleurent quand ceux qu'ils aiment meurent. Gentils petits moutons ! Mais nous, nous ne sommes pas des moutons, pauvre idiote. Nous sommes des lions. Des loups. Nous dévorons les moutons, et nous nous entre-déchirons. Juste comme tu viens de le faire – et comme tu feras de nouveau quand ce sera nécessaire.

— Vous vous trompez, Hécube. Je suis peut-être idiote, comme vous le pensez, de croire à l'honneur, à l'amitié et à la loyauté indéfectibles. Mais ce sont des vertus précieuses, car sans elles nous ne sommes pas mieux que des bêtes sauvages écumant la contrée.

— Pourtant, tu as fait semblant de m'aimer, dit Hécube, dont l'esprit commençait à se troubler. Tu as menti et triché pour te gagner mes bonnes grâces. C'est ça, ton honneur ?

— Je n'ai pas feint, mère, dit Andromaque, la voix se brisant. Je vous ai aimée dès que je vous ai vue, et j'admire votre courage et votre force. Que les dieux vous accordent le repos et la paix.

— Le repos et la paix ? Pauvre imbécile ! Si Ulysse vit, Troie devra affronter sa ruine.

Hécube leva les yeux vers le bleu du ciel. Elle songea vaguement à ses plans, ruinés par les faiblesses et les erreurs des autres. Puis elle se trouva soudain sur le pont du *Scamandrios*. Devant elle, elle vit une silhouette dorée irradiant une lumière éblouissante. Elle pensa que c'était sûrement Priam, et la joie enfla dans son cœur.

— Où naviguerons-nous aujourd'hui, mon seigneur ? murmura-t-elle.

Chapitre 22

Le Pillard des cités

Priam déclara une journée entière de deuil. Toutes les compétitions cessèrent, et même les commerçants se virent refuser la permission de vendre leurs articles. Cent taureaux, soixante chèvres et deux cents moutons furent sacrifiés à Hadès, le Seigneur de l'Au-delà. Puis la viande fut utilisée pour nourrir la multitude de gens qui grouillaient autour de la cité. Le corps d'Hécube fut ramené au palais, enveloppé de robes tissées d'or et exposé dans les appartements de la reine.

Des nuages sombres se rassemblèrent, une pluie drue tomba pendant presque toute la journée et le Grand Prêtre du temple de Zeus affirma que même les cieux se lamentaient.

Certains prêtres murmurèrent que la mort de la reine était un mauvais présage pour le mariage de son fils, mais ils n'osèrent pas en parler trop librement.

Dans le palais de Politès, Agamemnon, le roi mycénien, dut se retenir de manifester sa joie. Hécube était un adversaire redoutable dont les agents avaient provoqué la mort de nombreux espions mycéniens. Par le passé, ses conseils avaient tempéré certaines des décisions les plus irréfléchies de Priam. Sans elle, Priam était affaibli, et les plans d'invasion d'Agamemnon en seraient facilités.

Les portes de la salle principale avaient été fermées et gardées la plus grande partie de l'après-midi, car les paroles qui s'échangeaient là ne devaient pas être entendues par des tiers. Les rois rassemblés avaient parlé de logistique et d'approvisionnement, des mouvements des armées et des défenses de la cité.

Agamemnon les avait écoutés parler, sans beaucoup participer. Il savait comment la guerre devrait être menée, et ses plans progressaient déjà, en secret. Il n'y avait toutefois aucun mal à laisser d'autres personnes exposer leurs idées, ce qui leur laissait croire à leur importance. Idoménée avait longuement parlé, ainsi que Pélée.

Ulysse non plus n'avait pas dit grand-chose. Il n'avait opposé aucune objection aux idées les plus folles d'Idoménée. Pourtant, même si Ulysse était plus un conteur qu'un stratège, il avait attiré les autres avec lui, et d'autres suivraient sûrement. Il y avait désormais seize monarques décidés à faire la guerre, avec quatre cent soixante-dix vaisseaux et près de six mille soldats. Agamemnon regarda Idoménée. Il existait encore une possibilité que le roi de Crète se retire, alléché par l'or de Priam. Idoménée serait toujours le même, se vendant au plus offrant. C'était dans sa nature de fils de paysan. Puis Agamemnon regarda le vieux Nestor. Lui n'était pas d'origine paysanne, mais son esprit était avant tout tourné vers le commerce et le profit. La guerre lui coûterait en marchandises et en or. Mais il se joindrait à eux – surtout maintenant qu'Ulysse avait annoncé sa décision.

Quel plaisir cela avait été ! Le roi laid était arrivé avec cinq gardes du corps la veille au soir. Agamemnon l'avait accueilli, et les deux hommes s'étaient isolés dans une petite pièce annexe.

— Je ne peux pas rester ce soir, avait dit Ulysse. J'ai des problèmes à régler. Mais je suis venu vous dire qu'Ithaque, forte de cinquante vaisseaux et de deux mille hommes, sera à votre disposition, Agamemnon.

Agamemnon était resté un moment silencieux, puis il avait regardé Ulysse dans les yeux.

— Excellente nouvelle, avait-il dit. Mais je dois avouer que je suis étonné.

— Nous en reparlerons, dit Ulysse, sombre. Avez-vous des projets pour demain soir ?

— Rien que je ne puisse changer.

— Alors, je viendrai, avec Idoménée et Nestor.

— Ils sont également avec nous ?

— Ils le seront.

Agamemnon lui avait tendu la main.

— Je te souhaite la bienvenue, Ithaque. Tu es désormais le frère des Mycéniens. Tes problèmes sont les nôtres, tes rêves sont les nôtres.

Ulysse prit la main tendue dans la sienne.

— Je te suis reconnaissant, Mycènes, répondit-il solennellement. Avec cette poignée de mains, tes ennemis deviennent nos ennemis, et tes amis, les nôtres.

Dans la pièce principale, le roi de Thessalie était ivre, la tête renversée sur l'appui de son fauteuil. Il leva sa coupe.

— Adieu à la vieille sorcière, dit-il.

— Ne jubile pas, mon ami, dit Agamemnon. Même au milieu de notre animosité, nous devrions avoir un peu de sympathie pour Priam, car on dit qu'il avait un grand amour pour elle.

— Au diable la sympathie, marmonna Pélée. La vieille peau avait dépassé le temps qui lui était alloué !

— Comme nous tous, dit Ulysse, certains avant d'autres !

Pélée se redressa et regarda méchamment le roi ithaquien.

— Qu'est-ce que ça veut dire ? cracha-t-il.

— Tu as eu l'impression que je parlais dans quelque obscur dialecte hittite ? demanda Ulysse nonchalamment.

Pélée le foudroya du regard.

— Je ne t'ai jamais apprécié, Ulysse, dit-il.

— Ça n'a rien d'étonnant. Tu n'as jamais apprécié quiconque ayant dépassé l'âge de la puberté.

Pélée bondit de son fauteuil et saisit sa dague. Agamemnon vint rapidement s'interposer entre les deux hommes.

— Maintenant, mon ami, ça suffit, dit-il en saisissant le poignet de Pélée. Il n'est pas nécessaire que nous nous aimions. Il y a un ennemi commun, qui demande notre attention.

Il sentit Pélée se détendre et comprit que l'homme lui était reconnaissant de l'avoir arrêté. Le roi mycénien se tourna vers Ulysse.

— Tu es de mauvaise humeur depuis le début de la soirée, dit-il. Viens te promener avec moi dans le jardin. L'air te fera du bien.

En parlant, Agamemnon ouvrit les portes et sortit dans la fraîcheur du soir. Le roi laid le suivit. Les gardes reculèrent pour ne pas être à portée d'oreille.

— Es-tu toujours déchiré, Ulysse ? demanda doucement Agamemnon.

— Les émotions sont des monstres complexes. Je déteste Pélée. J'aime Hector et Hélicon. Et voilà que Pélée est mon allié, et que mes amis sont devenus mes ennemis. Bien entendu, je suis déchiré ! Mais j'ai choisi ma route, et ma voile est prête ! Ils m'ont déclaré ennemi de Troie, et maintenant, ils vont voir ce que ça implique.

Agamemnon hocha la tête.

— En parlant d'Hélicon, cette nuit, mes hommes vont le tuer.

C'était un mensonge, mais Agamemnon avait besoin de voir comment Ulysse réagirait.

Le roi laid éclata de rire.

— J'étais persuadé que tu essaierais, un jour ou l'autre. C'est un plan raisonnable. Hélicon est un bon combattant, un bon général et un brillant marin. Mais ce ne sera pas cette nuit.

— Vraiment ? Et pourquoi ?

— Deux raisons. D'abord, tu n'es pas encore sûr de ma loyauté, Agamemnon. Je pourrais partir et aller le prévenir. Ce qui pourrait amener à la capture de tes hommes, ce qui te mettrait en cause. Ou bien, s'ils réussissent, je pourrais aller voir Priam et lui parler de ton rôle dans sa mort. Tu serais traduit en justice pour avoir rompu la trêve. La gratitude de Priam pourrait aller jusqu'à le faire changer d'avis et me déclarer de nouveau un ami de Troie.

— Tu as l'esprit vif, Ulysse.

— Oui, je sais. (Il regarda Agamemnon et soupira.) Je te dirais bien d'oublier tes craintes à mon sujet, mais ce n'est pas dans ta nature. Je continuerai donc à parler franchement jusqu'à ce que tu comprennes que mon alliance est sincère. J'espère qu'Hélicon survivra. Pourtant, afin que nos projets réussissent, il faut que la Dardanie connaisse une période troublée. Ce ne sera qu'à cette condition que tes troupes pourront traverser l'Hellespont à partir de la Thrace et envahir Troie par le nord.

Agamemnon sursauta. Personne ne savait que ses troupes se rendaient en Thrace. Si quelqu'un le découvrait avant la fin des jeux, il ne quitterait pas Troie vivant.

— J'ignore de quoi tu parles, parvint-il à dire.

— Pas de petits jeux entre nous, Agamemnon. Troie ne peut pas être prise par un assaut frontal. Tu pourrais stationner une armée de l'autre côté du Scamandre, comme Idoménée l'a suggéré, mais les routes du nord et de l'est resteraient ouvertes, et les mercenaires et le ravitaillement continueraient à arriver. Pour encercler totalement Troie, il te faudrait cent fois plus de soldats qu'aucun de nous n'en possède. Nourrir une telle multitude demanderait des milliers de chariots et, surtout, des terres arables et du bétail, ainsi que des esclaves pour faire les moissons. Une armée de cette taille dénuderait la contrée jusqu'à l'horizon et provoquerait la consternation dans la capitale hittite. Elle serait difficile à gérer, et lente à répondre aux menaces. Les alliés de Troie attaqueraient ses flancs et couperaient les routes de ravitaillement. Hector et le Cheval de Troie sortiraient de la cité, frapperaient comme l'éclair, puis retourneraient se mettre à l'abri derrière les murs. En une saison, nos coffres seraient vides et nos armées, démoralisées. Et si les Hittites résolvaient leur problème de guerre civile, ça libérerait des troupes pour venir à l'aide de Troie.

» Non, Agamemnon. Il n'y a qu'une seule façon de prendre cette cité. Elle doit être encerclée lentement par-dessus et par-dessous, en bloquant les routes maritimes. Au nord se trouve la Dardanie, au sud, Thèbes sous Plakos. Dardanos garde l'Hellespont, et de l'autre côté du détroit se trouve la Thrace – une alliée de Troie. Donc, tu dois d'abord prendre la Thrace et la tenir pour la préparer à servir de base pour le ravitaillement de ton armée. Alors seulement, la force d'invasion pourra traverser l'Hellespont et entrer en Dardanie. Au sud, ce sera plus simple. Des troupes et des fournitures peuvent arriver par mer, de Kos, de Rhodes et de Milétos. Puis Thèbes sous Plakos pourra être prise, fermant ainsi les routes qui passent par le mont Ida et empêchant l'arrivée de renforts envoyés par le Roi Gras, Kygonès, en Lykie, et d'autres amis de Troie.

Agamemnon regarda Ulysse comme s'il le voyait pour la première fois. Son large visage habituellement si jovial s'était durci, et ses yeux étincelaient. Le pouvoir à l'état pur émanait de lui.

— Tes paroles sont fascinantes, dit Agamemnon, voulant gagner du temps. Continue, je te prie.

Ulysse éclata de rire.

— Elles sont peut-être fascinantes, mais tu sais déjà ce que je vais dire. Car tu comprends la stratégie aussi bien que moi. Cette cité ne pourra pas être prise et pillée en quelques jours, ni même en quelques saisons. Mais cela ne doit pas non plus prendre trop longtemps, nous le savons tous les deux.

— Et quelle en serait la raison ?

— L'or, Agamemnon. Les coffres rebondis de Priam. Il aura besoin d'or pour embaucher des mercenaires, pour s'acheter des alliés. Si nous l'empêchons de commercer, ses revenus diminueront et son trésor finira par s'épuiser. Je n'ai pas envie d'entrer dans dix ans dans une cité ruinée et de la trouver vide de tout or. Et toi ?

Agamemnon ne répondit pas tout de suite. Puis il fit signe à un garde de leur apporter du vin. Pendant qu'ils buvaient, il dit :

— Je t'avais mal jugé, Ulysse. Je te prie de m'excuser. Je ne voyais que l'aimable conteur. Maintenant, je comprends pourquoi tu as autrefois été connu sous le nom de « Pillard des cités ». Tout ce que tu as dit est vrai. (Il marqua une pause.) Dis-moi, que sais-tu du Bouclier du Tonnerre ?

Ce fut le tour d'Ulysse d'être étonné.

— Le bouclier d'Athéna ? Pourquoi ?

Agamemnon le regarda avec attention, mais il était clair qu'Ulysse ne savait rien.

— Un de mes prêtres a suggéré que nous offrions des sacrifices à Athéna et que nous demandions au Bouclier du Tonnerre de nous protéger. Je me demandais si tu avais entendu des récits le concernant.

Ulysse haussa les épaules.

— Seulement ceux qu'on raconte aux enfants. Le bouclier a été donné à Athéna par Héphaïstos, ce qui a mis Arès en colère, car il le désirait. Arès a été si furieux qu'il a écrasé le pied d'Héphaïstos avec une massue. Je n'ai jamais entendu parler de gens demandant la protection du bouclier. Mais pourquoi pas ? Piller cette citadelle demandera toute l'aide que nous pourrons obtenir. Ça vaut bien quelques taureaux, au minimum.

Plus tard, quand ses invités furent partis, Agamemnon grimpa sur le toit du palais et s'assit dans un grand fauteuil en osier, sous les étoiles. Il réfléchit aux événements des derniers jours. Son esprit ne cessait de retourner à la conversation qu'il avait eue deux nuits plus tôt, quand le prince troyen Antiphonès s'était joint à eux pour le dîner. Le gros homme avait été ébloui par la beauté d'Achille, et il était resté à le regarder comme s'il en était tombé amoureux. Le vin avait coulé à flots, et Antiphonès, désireux de plaire à Achille, avait raconté de nombreuses histoires amusantes. Comme Agamemnon le lui avait ordonné, Achille avait flatté le prince troyen, suspendu au moindre de ses mots et riant de ses plaisanteries. Malgré tout, ils n'avaient pas appris grand-chose, en dépit de l'ivresse d'Antiphonès – jusqu'à ce qu'Achille parle avec admiration de Troie et de ses merveilles.

— C'est une cité magnifique, avait dit Antiphonès. Bientôt, elle sera immortelle.

— De quelle façon sera-t-elle immortelle, mon ami ? lui avait demandé Achille, pendant qu'Agamemnon écoutait, un peu en retrait.

— Il existe une prophétie. Priam et Hécube y croient, et de nombreux prophètes ont déclaré qu'elle était vraie.

Puis il avait cité la prophétie.

« Sous le Bouclier du Tonnerre attend l'Enfant Aigle, sur ses ailes d'ombre, pour s'élancer au-dessus des portes de toutes les cités, jusqu'à la fin des temps et la chute des rois. »

— Intéressant, avait dit Achille. Et que signifient ces vers de quatre sous ?

— Ah ! avait répondu Antiphonès, en prenant des airs de conspirateur. C'est un secret. Le secret d'Hécube. En réalité, je ne devrais pas être au courant. Mais la douce Andromaque me l'a révélé. (Il vida sa coupe et gloussa.)

Une bonne petite. Elle fera… une excellente épouse… pour Hector.

— J'ai entendu dire qu'elle a tué un homme au moment où il allait assassiner Priam, avait dit doucement Agamemnon.

— Une flèche en plein cœur, avait répondu Antiphonès. Une fille étonnante ! Elle sait se servir d'un arc. Elle est mon amie, savez-vous ? Le délicieux Bouclier du Tonnerre. (Il avait eu l'air gêné, et il s'était essuyé la bouche d'une main dodue, comme pour ravaler les mots. Puis il s'était mis péniblement debout.) Il faut… que je m'en aille, maintenant.

Sur un geste d'Agamemnon, Achille avait aidé Antiphonès à quitter le palais et à retourner dans ses propres appartements.

Agamemnon avait fait mander ses conseillers et les avait interrogés sur la prophétie. Aucun d'eux n'en avait entendu parler. Le jour suivant, elle avait continué à le hanter. Il avait envoyé des messages aux espions mycéniens afin qu'ils rassemblent le plus d'informations possible sur Andromaque. Finalement, ils avaient déniché un marchand qui avait autrefois travaillé à Thèbes sous Plakos et connaissait un peu l'histoire de sa famille royale. Il leur avait parlé de l'histoire de l'enfant née avec une curieuse marque de naissance sur le crâne, ronde comme un bouclier et traversée d'un éclair blanc en son centre.

Donc, Andromaque était le Bouclier du Tonnerre, et l'Enfant Aigle qui s'élancerait au-dessus des portes de toutes les cités serait son fils et celui d'Hector. Priam et Hécube faisaient grand cas de la prophétie. Pourtant, de toute évidence, elle était fausse ! Tous les Fidèles des dieux savaient que le Bouclier du Tonnerre portait un serpent, et non un éclair comme ces rois de l'Est le croyaient. Malgré tout, ils étaient persuadés du bien-fondé de la prophétie…

Qu'elle ait été vraie ou simplement un vœu pieux faisait peu de différence. Agamemnon savait que cette croyance fortifierait la résolution de Priam quand la guerre éclaterait. Donc, si la femme de la prophétie venait à mourir, le chagrin et le désespoir des Troyens seraient considérables. Cela montrerait aussi à Troie et au reste du monde que Priam était incapable de protéger les siens. Plus de jeux ni de fêtes de mariage ! La guerre imminente frapperait un peuple déjà touché par la tragédie et le désastre. Ce serait parfait !

Assis sur le toit, il prit sa décision, et appela Kleitos. Le guerrier arriva immédiatement.

— Rappelle tous les hommes de la Maison aux Chevaux de Pierre. Nous n'attaquerons pas Hélicon.

— Mais, seigneur, nous sommes presque prêts !

— Non, le moment n'est pas propice. Je veux que tu fasses suivre Andromaque. Découvre si elle dort au palais du roi ou dans celui d'Hector, le nombre de gardes qui la protègent, si elle se rend au marché, où une dague bien placée pourrait l'éliminer. Je veux tout savoir sur elle, Kleitos. Tout !

Dans la grande cour du palais d'Hector, où campait l'équipage du *Pénélope*, l'humeur était sombre. Bias, bien qu'il ait réussi à se qualifier pour la finale du lancer de javelot, pouvait à peine lever le bras, et le fourmillement dans ses doigts ne présageait rien de bon. Leukon avait une joue enflée et une petite coupure au-dessus de l'œil droit. Son poing gauche était meurtri et enflé. Il avait récolté toutes ces blessures en triomphant à grand-peine du champion mycénien, un lutteur solide et endurant dont la tête semblait faite de pierre. Les espoirs de Leukon d'être champion de la compétition de lutte diminuaient à vue d'œil, surtout depuis qu'il avait vu Achille démolir ses adversaires avec une facilité effrayante. Calliadès avait perdu le cent mètres à cause du coude d'un coureur crétois qu'il avait reçu en pleine figure, et le tricheur avait gagné la course. Et même Banoclès, habituellement enjoué, faisait la tête parce qu'il avait perdu lors d'un combat sauvage l'après-midi précédent.

— J'aurais juré que je l'avais eu avec cet uppercut, dit Banoclès à Calliadès. La Grosse Rousse a dit que j'avais été malchanceux.

Calliadès, assis avec son ami sous le clair de lune, acquiesça.

— La lutte était serrée. Mais regarde plutôt le bon côté des choses. Si tu avais gagné, nous serions de nouveau sans le sou, alors que là, nous avons quinze anneaux d'or, trente-huit anneaux d'argent et une poignée d'anneaux de cuivre.

— C'est bien ça qui me chiffonne, dit Banoclès. Que tu aies parié contre moi !

— Nous étions d'accord pour suivre les conseils de Leukon, dit Calliadès d'une voix fatiguée. Il devait me prévenir quand tu affronterais un adversaire que tu ne pourrais pas battre, et je devais parier sur lui.

— Ça me déplaît quand même, grogna Banoclès. Tu aurais pu me le dire !

— Si je te l'avais dit, qu'aurais-tu fait ?

— J'aurais aussi parié sur lui !

— Voilà une chose qui n'aurait pas été très correcte ! Bref, tu avais vraiment envie d'affronter Achille ? C'est lui que ton adversaire va rencontrer en demi-finale, demain. Et nous, nous avons de l'argent, un toit sur la tête, et tu n'as aucun os brisé.

Leukon les rejoignit avec un pichet de vin. Il remplit la coupe de Banoclès.

— Quelques semaines de travail supplémentaire sur ton jeu de jambes, et tu l'aurais vaincu, mon ami, dit-il en s'asseyant à côté du guerrier meurtri. Mais ton crochet du gauche n'était pas assez rapide !

— J'ai eu l'impression d'être frappé par une avalanche ! dit Banoclès. J'ai hâte de voir Achille recevoir quelques-uns de ces coups, dit-il, morose. Ça effacera de son visage son petit sourire suffisant.

— Achille le balaiera en deux temps trois mouvements. Et ce crochet du gauche ne l'effleurera même pas. Jamais vu un homme de sa carrure se déplacer aussi vite, dit Leukon.

— Tu le battras en finale, dit Banoclès.

Leukon ne répondit pas, et les trois hommes restèrent assis à boire lentement leur vin.

Ulysse, suivi par ses cinq gardes du corps, entra dans la cour et la traversa sans parler à personne.

— Je vais aller rendre visite à la Rousse, dit Banoclès. Donne-moi quelques anneaux d'argent, Calliadès.

Calliadès ouvrit la bourse bien remplie qui pendait à sa ceinture et laissa tomber plusieurs anneaux dans la main tendue de Banoclès.

— Ça ne te ressemble pas d'honorer de tes faveurs une seule femme !

— Jamais vu de femme comme la Rousse ! répondit Banoclès, ravi.

Il termina son vin et partit vers les portes.

Calliadès se tourna vers Leukon.

— Banoclès est un homme sans soucis. Pas comme toi, on dirait.

Leukon ne répondit pas immédiatement. Puis le marin blond parla en un murmure.

— Achille n'a aucune faiblesse. Il possède la vitesse, la force et une résistance extraordinaire. Et il encaisse bien ! Je l'ai vu démolir un adversaire hier. J'ai combattu le même homme l'été dernier. Il m'a fallu un après-midi pour le vaincre. Achille l'a battu en moins de temps qu'il n'en faut pour boire un gobelet de vin. La vérité, c'est que je ne suis pas assez bon pour affronter Achille, et c'est dur pour moi de l'admettre.

Il remplit sa coupe et but avidement.

Calliadès lui donna une tape amicale sur l'épaule.

— Courage, mon ami. Avec un peu de chance, tu ne gagneras pas la demi-finale, et ton adversaire devra affronter Achille.

— Pourquoi ne remporterais-je pas la demi-finale ? J'ai combattu trois fois cet homme, et j'ai toutes mes chances contre lui.

— Je plaisantais.

— Leukon n'est pas un homme avec qui plaisanter, dit Ulysse, se joignant à eux. Comment va ton poing ? demanda-t-il au lutteur.

— La journée de repos supplémentaire m'aidera, comme le bandage pour le combat. (Leukon regarda de l'autre côté de la cour, où Bias se massait l'épaule avec de l'huile d'olive.) On ne peut pas en dire autant de Bias. Son épaule est enflée et le fait atrocement souffrir.

— Je le verrai un peu plus tard, dit Ulysse. Pour le moment, j'ai à te parler. Suis-moi.

Calliadès regarda le roi laid et le lutteur entrer dans le palais, puis il rejoignit Bias, qui massait son épaule endolorie.

— Laisse-moi faire, dit-il en prenant le flacon d'huile et en en versant un peu dans ses mains.

— Merci, dit Bias. Je n'arrive pas à atteindre le dessous de mon omoplate.

L'épaule de Bias était chaude au toucher, les muscles enflés et irrités. Calliadès lui pétrit délicatement l'épaule, soulageant la tension.

— J'ai vu Banoclès sortir, dit Bias. Il est reparti aux putes ?

Calliadès gloussa.

— C'est ce qu'il sait le mieux faire.

— De ma jeunesse envolée, c'est ça qui me manque le plus, dit Bias. Ça, et le fait qu'avant je pouvais lancer un maudit javelot sans me déchirer tous les muscles du dos !

— Malgré tout, trois hommes seulement l'ont lancé plus loin que toi.

— Demain, ils lanceront tous le javelot plus loin que moi.

— Peut-être pas, dit Calliadès. Nous allons appliquer des linges mouillés et froids sur ton épaule. Ça aidera tes muscles à se décontracter.

Plus tard, assis dans la fraîcheur de la nuit avec Calliadès, Bias demanda :

— Avez-vous pensé à ce que vous ferez, tous les deux, quand les jeux seront terminés ?

— Nous partirons vers le sud, probablement. Jusqu'à Thèbes sous Plakos, et peut-être en Lykie. Puis nous nous engagerons dans un régiment de mercenaires.

— Vous emmènerez la fille avec vous ?

— Non. Elle restera à Troie avec une amie.

Il n'y avait personne à portée d'oreille, mais Bias se pencha vers Calliadès et baissa la voix.

— Peut-être que son amie ne l'accueillera pas volontiers, tu le sais ?

— Elles sont plus qu'amies, répondit Calliadès.

— Je sais, mon garçon. L'équipage ignore qui est Piria, mais Ulysse m'a dit que tu le savais. Le temple de Théra a été construit avec de l'or troyen. Priam en est le maître. Crois-tu qu'il autorisera une fugitive à vivre libre à Troie ? Tant qu'elle sera ici, elle représentera un danger pour tous ceux qui lui donneront asile.

— Que suggères-tu, Bias ?

— Je sais que tu tiens à elle. Emmène-la avec toi. Loin de la cité, là où personne ne la reconnaîtra.

Calliadès regarda le grand Noir dans les yeux.

— C'est uniquement pour Piria que tu t'inquiètes ?

— Non, mon garçon. C'est aussi pour moi et les autres marins du *Pénélope.* Si elle est capturée à Troie et interrogée, nous serons impliqués dans sa fuite. Et je n'ai nulle envie d'être brûlé vif.

Calliadès se tut. Lors de leurs récentes conversations, Piria lui avait parlé d'Andromaque avec enthousiasme et amour, le visage brillant de joie anticipée. Quel effet cela lui ferait-il si Andromaque la rejetait ? Ou, pire, si les gardes d'Hector la faisaient prisonnière ? Cette pensée lui glaça les sangs. Piria avait beaucoup de courage, mais elle était fragilisée par ses malheurs. Combien de trahisons pourrait-elle encore endurer ?

— Elle ne sera pas capturée, dit-il enfin. Je la protégerai.

Chapitre 23

Les loups se rassemblent

Priam était assis, seul, dans les appartements de la reine. Le cadavre d'Hécube, couvert d'un linceul, était installé sur une estrade au centre de la pièce principale. Un puissant parfum se dégageait du tissu, pour masquer la puanteur de la mort. Priam s'était senti incapable de s'approcher du corps. Il était assis de l'autre côté de la pièce, une coupe de vin à moitié vide à la main. Comme le voulait la coutume funéraire de la maison d'Ilos, sa tunique blanche était déchirée à l'épaule, et de la cendre grise avait été répandue sur la manche droite ainsi que sur ses cheveux.

Priam but le reste de son vin. Il lui semblait percevoir la présence d'Hécube dans la pièce, le regardant avec désapprobation.

— J'aurais dû venir te voir, murmura-t-il. Je le sais. Mais cela m'a été impossible. C'était plus que je ne pouvais en supporter. Tu le comprends, Hécube. Je le sais ! Tu as été autrefois la plus belle des femmes. Je voulais me souvenir de toi de cette façon, pas comme une vieille femme rongée par la maladie, à la peau jaune et aux os saillants.

Il jeta un regard furtif sur le cadavre et ferma les yeux, revoyant les jours glorieux de leur jeunesse, quand ils se sentaient tous les deux immortels. Il se souvint du moment où leurs appartements avaient été terminés, quand Hécube et lui étaient sortis sur le balcon et avaient regardé la cité. Elle était enceinte d'Hector, à ce moment.

« Il n'y a rien que nous ne puissions faire, Priam, avait-elle dit. Nous sommes puissants ! »

— Nous *étions* puissants, Hécube, dit Priam à voix haute. Maintenant, tu m'as quitté, et les loups se rassemblent. Ils sont tous en bas, dans le mégaron, attendant avec impatience ton banquet funèbre. Ils viendront vers moi, me présenteront des condoléances et me souhaiteront tout le bien possible. Ils me regarderont avec des yeux de loups, et ils devineront ma faiblesse. Agamemnon ne se tiendra plus de joie. Tout comme l'épouvantable Pélée, l'avide Idoménée, le rusé Nestor et le fourbe Ulysse.

Il se leva et marcha de long en large, sans regarder le corps dans son linceul. Il baissa les yeux sur sa coupe de vin vide et la jeta violemment contre le mur.

— Où es-tu, maintenant que j'ai besoin de toi ? cria-t-il.

Puis il se laissa retomber dans son fauteuil. Une image lui traversa l'esprit, celle d'Andromaque se dévêtant pour lui et lui tournant le dos quand sa robe était tombée sur le sol. Il se revit avancer vers elle, ses mains caressant la peau douce. Ce souvenir le hantait depuis des jours. Il y pensait en se réveillant, pendant la journée et en s'endormant.

— Mon esprit n'est pas clair, Hécube, dit-il. J'ai couché avec Andromaque, comme tu savais bien que je le ferais. J'ai cru que ça mettrait fin à mon besoin constant d'elle. Mais ça n'a pas été le cas. Elle a enflammé mes sens d'une manière que je n'ai plus connue depuis… depuis que toi et moi, nous étions jeunes. Était-ce cela que tu espérais ? Le cadeau que tu m'as fait ? Elle te ressemble tant, mon amour. Je te reconnais dans ses yeux, j'entends ta voix dans la sienne.

Il se tut, puis avança en titubant jusqu'à la petite table où se trouvait le pichet de vin. Il le souleva et but avidement. Le liquide foncé déborda et tacha sa tunique.

— Et maintenant, elle refuse de venir partager ma couche. Elle me rappelle l'accord que nous avons conclu. Une fois par mois, à chaque nouvelle lune. Elle ose me le rappeler ! Ne suis-je pas le roi ? N'est-ce pas à moi de conclure ou de rompre les accords ? (Il se frotta les yeux.) Non, je ne dois pas penser à elle, pour le moment. Je dois me concentrer sur les loups. Ils commencent à former une meute, et je dois les séparer. Je peux soudoyer Idoménée et certains des chefs mineurs. Je peux peut-être encore faire entendre raison à Nestor. Les autres, je dois trouver un moyen de les intimider. Et Ulysse doit mourir.

Il entendit la porte s'ouvrir et pivota. Son fils, le gros Antiphonès, entra discrètement dans la salle funéraire.

— Qu'est-ce qui te prends ? hurla Priam. Tu ne vois pas que je parle à ta mère ?

— Oui, père, je le vois, et d'autres aussi, sans doute… Mais *elle,* je crains qu'elle ne puisse vous entendre.

Priam se tourna vers le corps, perdit l'équilibre et commença à tomber. Antiphonès le saisit à temps et le porta à moitié sur un sofa.

— Apporte-moi du vin, ordonna le roi.

— Non, dit Antiphonès. Vos ennemis se rassemblent dans le hall. Ce n'est pas le moment de devenir aussi sentimental. Je vais vous apporter de l'eau, vous allez la boire et pisser un bon coup pour vous défaire de cette faiblesse. Ensuite, vous irez voir vos invités comme le puissant roi de Troie que vous êtes, et pas comme un imbécile ivre pleurnichant à cause de la mort de sa femme bien-aimée.

Les mots d'Antiphonès piquèrent Priam au vif. Il saisit son fils par la tunique et le força à s'asseoir à côté de lui sur le sofa.

— Tu oses me parler sur ce ton ? Par l'Enfer, je vais te faire arracher la langue !

— Voilà le Priam dont nous avons besoin en cet instant, dit doucement Antiphonès.

Priam cligna des yeux et sentit sa colère le quitter. Il inspira à fond et lâcha Antiphonès. Son fils avait raison. Il s'allongea de nouveau sur le sofa, et sentit tout tourbillonner autour de lui.

— Va me chercher de l'eau, marmonna-t-il.

Antiphonès lui prit le bras.

— D'abord, allons sur le balcon. L'air frais aidera à vous éclaircir les idées.

Priam se leva avec peine, puis, soutenu par son fils, sortit en titubant sous le clair de lune. Il se pencha par-dessus la rambarde du balcon et vomit. Sa tête commença à le lancer, mais il sentit les effets du vin diminuer. Antiphonès lui apporta un pichet d'eau, qu'il se força à boire. Après un moment, il inspira à fond et se redressa.

— Je suis de nouveau moi-même, annonça-t-il. Maintenant, allons rencontrer la meute de loups.

Les rois de l'Ouest et de l'Est étaient assis à la grande table du mégaron de Priam, sous les torches à la lueur vacillante ou dans l'ombre portée des statues dorées des héros de Troie. Des serviteurs portant des plateaux dorés où reposaient des coupes de vin pleines se déplaçaient autour de la grande table en forme de fer à cheval. Priam n'était toujours pas arrivé, et les rois commençaient à s'impatienter. Le roi athénien, Ménesthée, fut le premier à s'en plaindre. L'Athénien trapu à la barbe rousse était connu pour son caractère coléreux.

— Combien de temps va-t-il encore nous faire attendre ? grogna-t-il. C'est intolérable !

— Calme-toi, mon ami, dit Agamemnon, assis de l'autre côté de la table. Il est désespéré, et très perturbé. Je suis sûr qu'il n'a pas l'intention de nous insulter. Son chagrin lui a simplement fait oublier ses bonnes manières.

À côté de lui, Hector à la chevelure d'or rougit violemment.

— Je te remercie de ta courtoisie, Agamemnon, dit-il froidement, mais mon père n'a pas besoin que quelqu'un d'autre s'excuse à sa place.

Ulysse était assis près des grandes portes. Il n'avait aucune envie de participer à ce banquet, et il n'avait jamais éprouvé d'affection pour la reine. Il savait ce qu'elle était : un mélange empoisonné. Le sourire d'une sirène, les yeux d'un léopard et le cœur d'un serpent. Ulysse ne regrettait pas sa mort, et il n'avait aucun désir de débiter des platitudes à Priam. Néanmoins, la courtoisie voulait qu'il soit présent pour l'oraison funèbre. Donc, il attendrait patiemment que le Grand Prêtre d'Athéna chante les innombrables vertus de la reine, et il regarderait sept colombes blanches se faire égorger. Ces imbéciles de Troyens étaient persuadés que les oiseaux morts s'envoleraient vers le lointain mont Olympe pour régaler les dieux de l'histoire de la vie d'Hécube.

Comment les dieux pourraient-ils ignorer les détails de la vie d'Hécube, et la perfidie et la duplicité dont elle était entachée ? *Quel rituel stupide*, pensa Ulysse.

Un serviteur posa un gobelet doré devant Ulysse, mais il l'ignora. Il regarda un peu plus loin, là où Hélicon était assis, entre Agapénor, le jeune roi d'Arcadie, et Ection, le roi d'âge mûr de Thèbes sous Plakos, le père d'Andromaque. Hélicon ne regarda pas une seule fois dans la direction d'Ulysse.

Les portes de l'autre extrémité du mégaron s'ouvrirent, et six Aigles Royaux entrèrent, vêtus d'une armure de bronze et d'argent, d'un manteau blanc et d'un casque au cimier blanc. Ils s'écartèrent et firent résonner leur lance contre leur bouclier rond pour annoncer l'arrivée du roi Priam.

Il entra, suivi par son fils obèse, Antiphonès. Ulysse regarda le roi d'un œil froid. Priam était toujours grand et avait toujours de larges épaules, mais l'âge commençait à le rattraper et minait ses forces. Son visage empourpré indiquait qu'il avait bu, et pas qu'un peu. Mais il gagna d'un pas ferme sa place, à la tête de la table, et s'assit sans dire un mot à ses invités. Puis il fit signe au prêtre de commencer l'oraison.

L'homme était grand et maigre, et plus jeune que la plupart des grands prêtres. *Encore un autre bâtard de Priam*, pensa Ulysse. Mais le prêtre avait une voix riche et profonde, et il conta avec émotion la vie d'Hécube. Il parla de ses fils, et de la fierté qu'elle avait éprouvée aux victoires remportées par le héros Hector. Le prêtre était éloquent et, quand il eut terminé, les rois frappèrent en rythme sur la table pour montrer qu'ils avaient apprécié. Puis Priam se leva.

— Je vous remercie d'être venus ce soir, dit-il à ses invités. Nombre d'entre vous sont des amis de Troie depuis bien avant ma naissance. D'autres peuvent devenir des amis. C'est ce que je souhaite. Tous, nous avons été des guerriers. Parfois, la guerre nous a été imposée par d'autres. D'autres fois, nous sommes partis à la recherche de gloire ou de richesse. La guerre est une noble poursuite, et souvent nécessaire, pour redresser les torts causés à nos Maisons ou pour frapper d'un coup mortel ceux qui envisageraient de faire de même. Mais ce soir, nous dînons ensemble comme des amis et nous pleurons ensemble la disparition de la beauté. Mangez et buvez, mes amis, et profitez du spectacle que mes fils ont organisé. Nous avons des danseurs de Crète, des jongleurs de Milétos, des chanteurs et des musiciens. Cette nuit doit être consacrée à la joie, en l'honneur d'une vie éteinte qui comptait tant pour moi.

Priam claqua des mains, et la musique commença. Des serviteurs apportèrent en grande hâte des plateaux débordant de nourriture et les posèrent sur la table.

Ulysse mangea peu. Dès la fin du repas, juste après le début du spectacle, il se leva et se dirigea vers la porte. Il fut étonné d'entendre Priam l'appeler :

— Tu nous quittes déjà, roi d'Ithaque ? Sans un mot de commisération ?

La musique cessa. Ulysse se tourna lentement, dans le silence soudain.

— Que voudrais-tu que je dise, roi Priam ? Que je suis désolé du deuil qui te frappe ? Je suis désolé pour tout homme qui perd un être cher. Mais je ne mentirai pas. L'honneur et la coutume m'ordonnaient d'être présent ce soir et d'assister aux jeux demain. Ensuite, je repartirai d'ici sans un regret.

— Tu partiras d'ici en tant qu'ennemi de Troie ! gronda Priam. Chacun saura que tu as loué les services d'un assassin et que tu as rompu tes promesses. Et, la prochaine fois que nous nous rencontrerons, assure-toi d'avoir une arme à la main !

— Je l'aurai, répondit Ulysse, furieux. Ce sera Akilina, et non le débris misérable que tes lèche-bottes de juges m'ont donné ! Je ne voulais pas d'une guerre contre Troie. Souviens-t'en, Priam ! Souviens-t'en quand tes fils mourront et que ton influence déclinera. Souviens-t'en quand les flammes dévoreront ton palais !

— Je tremble de peur, ricana Priam. La minuscule Ithaque contre la puissante Troie ? As-tu une arme pour démolir mes murs ? Une armée pour vaincre le Cheval de Troie ? Non, tu ne les as pas ! Toi et cent autres de tes pareils ne feriez pas plus de mal à Troie qu'une piqûre de moustique. Cent mille hommes ne pourraient pas prendre cette cité. Tu as cent mille soldats, petit roi ?

À cet instant, Ulysse comprit que Priam avait manigancé cet affrontement pour faire comprendre aux rois assemblés qu'ils ne pourraient rien contre Troie. Il resta silencieux un moment, puis éclata de rire.

— Souviens-toi aussi de cette vantardise, Priam, dit-il. Je veux que tous les hommes ici présents la répètent à travers la Grande Verte. Moi et cent autres comme moi unis contre toi ne pourrions infliger plus qu'une piqûre de moustique à Troie. Que les vallées résonnent de ces paroles. Que les montagnes en renvoient l'écho. Que la mer les murmure sur toutes les plages du monde.

Sur ces mots, il se détourna et sortit.

Il entendit quelqu'un le suivre et se retourna. C'était Hélicon. Ulysse sentit un grand chagrin l'envahir.

— Profère rapidement ta menace et finissons-en, dit-il. Je ne suis pas d'humeur à m'attarder ici.

— Je n'ai aucune menace à faire, Ulysse, dit tristement Hélicon. Je ne voulais rien de tout ça.

— Tu aurais mieux fait d'y penser avant de filer te plaindre à Priam, répondit le roi laid. Notre amitié comptait-elle si peu pour toi que tu n'as pas pu attendre de me parler avant de me faire déclarer ennemi de Troie ?

Partagé entre la peine et la colère, il se détourna, mais le jeune homme lui saisit le bras.

— Les choses ne se sont pas passées comme tu le crois ! Aucun homme ne mérite plus mon affection que toi, Ulysse. Je ne me souviens pas que Priam soit venu me voir. J'étais très malade et je délirais. Je ne me souviens pas des choses qu'on m'a dites. Je dérivais dans un monde de rêves, des rêves de mort et de désespoir.

Ulysse sentit sa colère le quitter. Une terrible fatigue s'abattit sur lui.

— Demande-moi tout de suite ce que tu as besoin de savoir.

— Carpophorus a-t-il menti ? Dis-moi que c'était le cas, et nous pourrons oublier tout ça.

Ulysse vit qu'Hélicon désirait intensément que ce mensonge soit une vérité.

— Rien ne peut être comme avant, Bienheureux. L'assassin n'a pas menti. Je lui ai payé le poids d'un mouton en argent pour qu'il tue Anchise.

Hélicon resta silencieux, son expression montrant son incrédulité.

— Je ne comprends pas. Pourquoi aurais-tu fait ça ? Tu n'avais rien à y gagner. Mon père me détestait, mais il n'avait aucun grief envers toi. Explique-moi, afin de soulager mon âme de cette douleur !

Ulysse soupira.

— Je crains que ma révélation serve seulement à provoquer un autre genre de douleur. J'aurais donné dix ans de ma vie plutôt que te voir découvrir la vérité. Même maintenant, j'hésite à te la révéler.

— J'ai besoin de savoir, Ulysse. (Hélicon regarda intensément Ulysse.) Pourtant, en ce moment même, je crois avoir une idée de la réponse…

— Lors de notre dernier voyage, en route vers la Dardanie, nous avions trois passagers. Deux marchands et un voyageur. Ce voyageur était Carpophorus. Je l'ai reconnu, et j'ai deviné pourquoi il était là. Nous avons parlé, une nuit, loin de l'équipage. Je lui ai dit que je connaissais sa cible, et je lui ai fait une offre. Il n'avait pas le choix : s'il ne l'avait pas acceptée, je l'aurais tué immédiatement.

— J'étais sa cible ?

— Oui. Anchise t'avait déjà déshérité. Il prétendait que tu étais un enfant illégitime. Il avait désigné Diomède pour héritier. Mais il voulait être sûr que tu ne lui causerais jamais de problème. Il voulait ta mort. Je le savais déjà, parce qu'il m'avait offert une récompense pour te tuer pendant que tu naviguais avec moi. J'ai cru, à tort, qu'il changerait d'idée et serait fier de toi quand il verrait l'homme que tu étais devenu. Quand j'ai compris qu'il avait loué les services de Carpophorus, j'ai compris que rien ne l'arrêterait. J'ai donc payé Carpophorus pour qu'il le tue, lui. Et, même maintenant, je n'ai aucun remords !

Hélicon se détourna et fit quelques pas pour s'éloigner d'Ulysse.

— Pourquoi ne pas me l'avoir dit plus tôt ? demanda-t-il. J'aurais compris.

— Oui, je le sais. Mais, en dépit de tout, tu admirais toujours Anchise. Je n'ai vu aucune raison de ternir son souvenir à tes yeux. Maintenant, je regrette de ne pas l'avoir fait.

— J'ai besoin de marcher, dit Hélicon, faisant de nouveau face à Ulysse. Quittons cet endroit, allons sur la plage pour sentir l'air de la mer sur notre visage.

— Non, Hélicon. Nous ne pouvons pas nous promener ensemble, dit tristement Ulysse. Mes gardes du corps m'attendent de l'autre côté de la porte. Il est possible que Priam envoie des assassins pour m'intercepter. Quant à toi, tu sais déjà que des tueurs mycéniens sont à ta recherche. Il n'y aura plus de promenade tranquille pour toi ou pour moi.

Ils restèrent un moment silencieux, puis Ulysse reprit la parole.

— La grande guerre est imminente, et nous serons ennemis, toi et moi. Cela m'attriste plus que je ne saurais le dire.

— Tu vas t'allier à Agamemnon ? Il plongera le monde dans un bain de sang.

Ulysse haussa les épaules.

— Rien de tout ça n'est de mon fait, Hélicon. Je ne me suis pas déclaré moi-même ennemi de Troie. Et, même si je le souhaitais, je ne peux me cacher nulle part ! Priam m'a déjà humilié trois fois. Je suis un roi, et les rois ne règnent pas longtemps si les autres rois pissent sur leurs sandales ! Mes navires n'attaqueront pas les navires dardaniens, et je ne prendrai pas part à une éventuelle invasion de ton royaume. Mais je ferai la guerre à Troie, jusqu'à la chute de Priam !

— Et je me battrai aux côtés de Priam et d'Hector, dit Hélicon.

— La seule possibilité honorable, reconnut Ulysse. Mais reprends tes forces, mon garçon. Tu n'as que la peau et les os.

— Et les Sept Collines ? demanda Hélicon. Nous avons bâti la colonie ensemble, et des Ithaquiens et des Dardaniens y travaillent côte à côte.

Ulysse réfléchit un instant.

— Elle est située bien à l'écart des lieux où se déroulera cette guerre. Tu peux me faire confiance pour la superviser et m'assurer que tes profits seront gardés en réserve pour toi. Je ferai de mon mieux pour qu'il n'y ait aucun problème entre les gens qui y travaillent. Espérons qu'un jour nous pourrons parcourir les Sept Collines ensemble, amis de nouveau.

— Je prierai pour que ce jour arrive, Ulysse, mon ami.

Des larmes perlant à ses paupières, Ulysse serra le jeune homme dans ses bras et l'embrassa sur les joues.

— Que les dieux te favorisent, dit-il.

— Et qu'ils veillent sur toi, roi laid. Toujours.

Les jeux recommencèrent le lendemain du banquet funéraire d'Hécube. Le ciel était clair, une brise fraîche soufflait sur les collines. Des milliers de gens se réunirent à l'hippodrome et au stade. Les paris pour ce dernier jour étaient faramineux. Mais pas un seul anneau de cuivre ne fut placé sur Achille, car il n'existait pas une seule personne qui voulût parier sur sa défaite.

Malgré les avertissements de ses amis, Hélicon se mêla à la foule pour regarder les compétitions. La façon dont Ulysse et lui s'étaient séparés pesait lourdement sur son cœur, et il ne s'intéressait plus vraiment aux jeux. Il était venu seulement afin d'apercevoir Andromaque. Gershom l'accompagnait, la main sur la poignée de sa dague. Il scrutait la foule pour y détecter les éventuels assassins.

— C'est de la folie, répéta Gershom tandis qu'ils se frayaient un chemin au milieu de nombreux spectateurs, à l'hippodrome.

— Je refuse de vivre dans la peur, lui dit Hélicon. J'ai déjà essayé une fois. J'ai découvert que ça ne me convient pas.

Des bancs de bois avaient été installés autour de la piste de course, mais ils étaient déjà pleins. Hélicon conduisit Gershom vers une tribune royale fermée où il fut reconnu par les deux Aigles Royaux qui gardaient l'entrée.

— Ça fait plaisir de vous voir de nouveau dans le monde des vivants, dit l'un d'eux, un vétéran aux larges épaules qui portait une barbe noire striée de fils blancs. L'homme était un des soldats qui avaient combattu aux côtés d'Hélicon l'automne précédent, lors de l'attaque contre le palais de Priam. Hélicon flanqua une tape amicale sur l'épaule de l'homme et entra dans la tribune, suivi par Gershom. Un serviteur apporta des boissons fraîches à base de fruits pressés aromatisées avec des épices.

À l'arrière de la tribune, Hélicon vit le mince Dios à la chevelure noire et le gros Antiphonès. Ils discutaient des mérites des conducteurs de char qui allaient s'affronter dans la course suivante. Dios, apercevant Hélicon, lui fit un grand sourire et vint le serrer dans ses bras. Puis Antiphonès lui serra la main.

— Tu commences à avoir bien meilleure mine, dit Dios. Tu m'en vois ravi !

— Mais il est encore un peu maigre, dit Antiphonès. Hélicon, j'ai dû perdre plus de poids que celui que tu fais actuellement !

Sur l'hippodrome, ils virent Politès et une vingtaine de juges parcourir la piste avec attention, cherchant les cailloux qui pourraient être projetés dans la foule par les roues des chars.

— Il a bien travaillé, dit Hélicon. Les jeux ont été magnifiquement organisés.

Quand les juges eurent terminé leur examen de la piste, les conducteurs de char sortirent en une seule file pour que la foule puisse voir les chevaux, estimer leur valeur et décider des paris. Ménesthée, le roi athénien aux cheveux roux, était le premier de la ligne. Ses quatre hongres noirs semblaient vifs et puissants. Derrière lui venait le conducteur de char lykien, Supolos, suivi du champion mycénien, Ajax, qui était le seul à avoir un casque et un plastron de cuir. Tous les autres concurrents portaient une simple tunique.

Hélicon observa le comportement des chevaux. Certains étaient nerveux, secouaient la tête et frappaient le sol de leurs sabots. D'autres étaient sereins. Les hongres noirs de Ménesthée attirèrent particulièrement son regard.

— Tu vas parier ? demanda Dios.

— Peut-être.

— Le Lykien, Supolos, a été magnifique pendant tous les jeux. Je n'ai jamais vu un équipage aussi rapide.

Hélicon sourit.

— Je parie cent anneaux d'or que Ménesthée et ses chevaux noirs finiront devant lui.

— C'est d'accord !

Après avoir effectué lentement un tour complet de la piste, les douze chars arrivèrent à leurs positions de départ. Les chars devraient atteindre le premier poteau, le contourner, puis foncer et faire de même autour du deuxième poteau, pendant dix tours. La ligne de départ était décalée afin que la distance soit identique pour tous les concurrents. Ménesthée s'était vu attribuer la position la plus extérieure, et le Lykien, Supolos, la plus intérieure. Les conducteurs de char enroulèrent les longues rênes autour de leur poignet et attendirent que la trompette sonne.

La foule se tut.

La trompette sonna.

Quarante-huit chevaux se lancèrent sur la piste, et la course commença. Les hongres noirs de Ménesthée coupèrent la route à l'attelage suivant, ce qui obligea le conducteur du char à tirer sur ses rênes. À l'intérieur, l'attelage de Supolos filait à une vitesse stupéfiante. Il arriva le premier au poteau. Son char se souleva sur une roue tandis qu'il tirait sur les rênes de la paire intérieure de chevaux pendant que la paire extérieure augmentait sa vitesse. La dextérité de Supolos était extraordinaire. Les roues de son chariot passèrent à moins d'une paume du poteau. Ménesthée était juste derrière lui, et Ajax, le Mycénien, en troisième position.

La foule hurlait maintenant, et l'excitation montait. Deux chars parmi les derniers entrèrent en collision dans un tournant. L'un perdit une roue et l'autre se renversa, projetant le conducteur sur le sol. Des soldats se précipitèrent sur la piste pour emporter les chars endommagés. Les deux conducteurs se relevèrent, indemnes tous les deux.

Au cinquième tour, il semblait que Supolos remporterait la couronne de laurier, mais Ménesthée et Ajax étaient tous les deux d'excellents conducteurs, habiles et patients, attendant l'erreur qui leur permettrait de passer en tête.

Elle se produisit au neuvième tour. Supolos prit un tournant insuffisamment serré, et Ajax fouetta son attelage pour tenter de se glisser dans l'étroit espace. Supolos se reprit rapidement et essaya d'empêcher Ajax de profiter de son moment d'inattention. Ils foncèrent sur la piste, côte à côte. Au tournant suivant, ils étaient trop près l'un de l'autre, et leurs roues se heurtèrent. Une des roues du Lykien se détacha, et son char, endommagé, alla s'écraser contre la rambarde. Mais les chevaux continuèrent à courir, traînant derrière eux Supolos par les rênes toujours enroulées étroitement autour de ses poignets. La collision avait forcé Ajax à ralentir, et l'Athénien, Ménesthée, profita de sa chance et cria à pleins poumons :

— Allez-y, mes beautés ! Foncez !

À la sortie du tournant, les hongres noirs accélérèrent. Supolos était sur leur chemin. Le hongre de l'extérieur bondit par-dessus lui, mais la roue du char le frappa au cou avec une force redoutable, et la foule comprit aussitôt qu'il avait été tué.

Ménesthée fonça jusqu'au poteau pour le dernier tournant, juste devant Ajax, et effectua une manœuvre parfaite. Puis il fouetta ses chevaux pour les inciter à un dernier effort. Ajax ne put le rattraper et termina deuxième. Les autres conducteurs de char arrivèrent derrière eux sans autre incident. À ce moment, des porteurs de civière coururent récupérer le corps de Supolos.

— J'ai vraiment manqué de chance, dit Dios.

— Pas autant que le Lykien, fit remarquer Hélicon.

— Ménesthée aurait pu l'éviter, fit remarquer Antiphonès. Il lui suffisait de tirer sur les rênes de ses chevaux et de faire une embardée.

— Ça lui aurait coûté la course, dit Dios.

Hélicon attendit que Ménesthée reçoive sa couronne de laurier sous les applaudissements, puis Gershom et lui retournèrent à l'entrée du stade. Gershom continuait à scruter la foule d'un œil soupçonneux.

La finale du lancer de javelot était en cours quand ils arrivèrent. Le vainqueur fut un Rhodien à la force de lancer colossale, mais Hélicon fut content de voir son vieil ami, Bias, terminer deuxième. L'équipage du *Pénélope* se rua vers lui, et les hommes le hissèrent sur leurs épaules comme s'il avait gagné. Bias vit Hélicon et lui fit un geste de la main accompagné d'un grand sourire. Hélicon lui rendit son salut et son sourire, mais le cœur n'y était pas. *La prochaine fois que nous nous rencontrerons, qui sait ce qui se passera*, pensa Hélicon tristement.

Du côté opposé du stade se trouvait la seconde tribune royale. Hélicon et Gershom se frayèrent un chemin dans la foule pour s'en rapprocher. Hélicon s'arrêta soudain. Deux trônes dorés avaient été installés à l'avant. Sous la tente brodée d'or qui protégeait la tribune, Hector et Andromaque y étaient assis. Ection, le père d'Andromaque, un homme mince aux yeux méfiants profondément enfoncés, était assis à sa droite, et Priam à côté de son fils.

Hélicon regarda en silence la femme qu'il aimait. Elle portait une robe d'un jaune chatoyant, qui lui arrivait aux genoux, et une ceinture d'or. Ses longs cheveux roux étaient tressés de fils d'or et retenus en arrière par un bandeau d'or. Sa beauté frappa Hélicon au cœur comme un coup de lance.

— Vous allez entrer ? demanda Gershom.

— Non. Tu ne serais pas autorisé à me suivre. Nous resterons ensemble.

Gershom gloussa.

— Croyez-moi, mon ami, je préférerais que vous entriez ! Parcourir la foule avec vous en essayant de repérer les assassins m'a mis les nerfs en boule. Je vous retrouverai ici quand Achille aura gagné son combat.

Inspirant à fond, Hélicon entra dans la tribune. Priam le vit et lui sourit. Le voir rappela à Hélicon les événements de la nuit précédente. Ulysse avait répondu aux moqueries de Priam par des paroles de guerre. À cet instant, Hélicon l'avait compris, le monde avait changé. Il se souvint de la vision de son épouse, Halysia : des flammes et du sang, les combats et une flotte de navires sur une mer de sang.

Un sentiment d'irréalité le submergea. À moins de cinquante pas, les rois de l'Ouest, réunis dans leur propre tribune, regardaient les athlètes et plaisantaient entre eux. Ulysse, Agamemnon, Idoménée et le roi athénien, Ménesthée, toujours coiffé de sa couronne de laurier. Non loin, il vit Pélée de Thessalie, Nestor de Pylos, Pélémos de Rhodes, et le grand Agapénor d'Arcadie. Ces hommes quitteraient Troie et retourneraient dans leur pays pour y lever une armée et revenir. Et ce ne serait pas pour des compétitions amicales récompensées par des couronnes de laurier. En armure de bronze, une épée au côté, ils tenteraient d'assassiner ou de prendre en esclavage les gens qui regardaient, ravis, leurs futurs tueurs concourir les uns contre les autres. Quand la course à pied fut gagnée par un mince Mycénien, la foule applaudit et lança des vivats. Ces gens étaient en train d'acclamer l'homme qui leur couperait peut-être un jour la gorge ou violerait leur épouse.

Hélicon gagna l'arrière de la tribune, où des serviteurs attendaient pour offrir des boissons fraîches aux nobles. Il prit une coupe et but à petites gorgées. C'était le même mélange de fruits et d'épices qui était servi à l'hippodrome. Puis il vit Andromaque se lever et marcher dans sa direction. Son cœur cogna à tout rompre, et il se retrouva aussitôt la bouche sèche et le souffle court. Andromaque prit le gobelet d'eau que lui proposa une servante, puis, sans rien dire à Hélicon, elle partit en direction de son siège.

— Tu es plus que belle, dit Hélicon.

Elle s'arrêta et le regarda.

— Je suis contente de voir que vous retrouvez vos forces, roi Énée.

Le ton d'Andromaque était calme, et malgré leur proximité physique, il se sentit aussi éloigné d'elle que la lune du soleil. Il aurait voulu trouver des mots pour la rapprocher de lui, lui arracher un sourire. Mais rien ne lui vint à l'esprit. À ce moment-là, il vit Priam s'approcher d'Andromaque et lui passa un bras autour de la taille, la main posée sur la hanche de la jeune femme. Hélicon sentit son estomac se nouer devant une telle familiarité, et il fut étonné qu'Andromaque accepte ce geste sans protester.

— Tu es contente du jour qui t'est réservé, ma fille ? demanda Priam, qui se pencha et posa un baiser sur ses cheveux.

— En vérité, j'ai hâte de rentrer à la ferme, ce soir.

— Je pensais que tu resterais au palais.

— Je vous remercie, mais je suis fatiguée. La ferme est tranquille et fraîche. Je m'y plais beaucoup.

Hélicon vit la déception dans les yeux du roi. Puis Priam se tourna vers lui.

— Tu sembles aller de mieux en mieux, Énée. J'en suis content. Qu'as-tu pensé des paroles d'Ulysse, la nuit dernière ? Tu penses que je devrais craindre sa piqûre de moustique ?

— Oui, je crois que tu le devrais, dit Hélicon. De tous les ennemis, tu as choisi le plus dangereux : Ulysse.

— Je ne l'ai pas *choisi,* cracha Priam. Il a tué un membre de ma famille. Ton propre père ! J'aurais cru que cela aurait suffi à provoquer ta haine…

— Il est désormais mon ennemi, convint Hélicon. Mais il faudra que ça suffise, car je ne pourrais jamais le haïr.

— Je croyais que la lame était entrée dans ton aisselle, et pas qu'elle t'avait émasculé, siffla Priam, ses yeux pâles luisant de colère.

Le ton d'Hélicon se fit glacial quand il répondit.

— Je vois que ton désir de te faire de nouveaux ennemis n'a pas encore été assouvi. N'en as-tu pas suffisamment, mon oncle ? Ou essaies-tu de me pousser à rejoindre le camp d'Agamemnon ?

— Tu as raison, Énée, dit Priam, se forçant à sourire. Nous ne devons pas nous fâcher, Énée. Mes paroles étaient irréfléchies et mal avisées.

Après une dernière caresse sur la hanche d'Andromaque, il retourna à son siège pour regarder les jeux.

Andromaque but une gorgée d'eau, puis elle regarda Hélicon.

— Tu es maintenant un ennemi d'Ulysse ? Réellement ?

— Pas de mon propre chef, dit-il, car je l'aime profondément.

— Et il sera un ennemi redoutable, dit Andromaque à voix basse.

— Oui. Agamemnon est assoiffé de sang et avide. Ulysse est un penseur, quelqu'un qui fait des plans. La guerre qu'il fera sera bien plus menaçante que tout ce qu'Agamemnon pourrait mettre sur pied, seul.

— J'ai parlé à Hécube avant sa mort. Elle a dit qu'Ulysse était une menace. Je ne l'ai pas crue. Quand retourneras-tu à Dardanos ?

— Demain, dès que les jeux seront finis. À moins qu'Agamemnon ait d'autres projets… Des espions mycéniens hantent les abords de mon palais. Les assassins suivront certainement.

Elle pâlit, sa peur se reflétant dans ses yeux.

— Pourquoi me dis-tu cela ?

Il se pencha vers elle.

— Pour voir si tu éprouves encore des sentiments pour moi. Nous nous sommes déclaré notre amour, Andromaque. Le sort a décidé que nous ne pouvions pas être ensemble, mais cet amour n'est pas mort – pour moi, du moins. Pourtant, tu es devenue très froide, et je ne vois pas de raison à cela.

— Ce n'est pas correct de parler d'amour le jour de mon mariage, dit-elle. (Hélicon crut détecter une trace de chagrin dans sa voix.) Je sais ce qui est en mon cœur, Hélicon. Je sais ce que mon âme réclame. Mais je sais aussi que je ne peux pas l'obtenir, et y penser, en parler, n'aide pas à soulager cette douleur. Retourne chez toi, vers ton épouse, Hélicon, et je retournerai auprès de mon mari.

Elle se tourna, s'arrêta puis lui fit face de nouveau.

— Je ne m'inquiète pas au sujet de ces assassins, Hélicon, dit-elle. Je te connais. Tu peux être doux, et tu protèges farouchement ceux que tu aimes, mais tu es aussi un tueur froid et impitoyable. Quand ils viendront, tu les tueras sans hésiter.

Sur ces mots, elle partit.

À mesure que la journée avançait, la chaleur devenait torride, et même la petite brise cessa. La finale du tournoi de tir à l'arc fut gagnée par le jeune soldat troyen Chéon, qui réussit de justesse à devancer Mérionès.

Vers la fin de l'après-midi, on enleva les cordes qui retenaient la foule, et des milliers de spectateurs envahirent le stade, avides de voir le dernier combat, où le puissant Achille gagnerait la couronne de laurier du champion.

Hélicon regarda le prince thessalien traverser le terrain découvert. Il portait un court pagne de cuir souple et il était torse nu, ses cheveux noir de jais attachés derrière sa nuque. La foule le suivit, mais sans oser trop approcher. Hélicon pensa qu'il ressemblait à un lion entouré par des moutons. Le Dardanien regarda autour de lui, essayant de voir où était son adversaire, mais il n'était pas là. Achille s'arrêta devant les deux trônes et attendit.

Les rois de l'Ouest, conduits par Agamemnon, quittèrent leur tribune et traversèrent la foule, qui s'écarta devant eux. Ulysse avança et se campa devant Priam.

— Je viens juste d'apprendre, dit-il à haute voix, que mon lutteur, Leukon, a été blessé. Il a trébuché en venant au stade et s'est cassé deux doigts. Il ne pourra pas combattre aujourd'hui.

Un rugissement de déception monta de la foule. Hélicon sentit son estomac se nouer. Il était persuadé que l'histoire des doigts était un mensonge, et il sentit le danger approcher.

Priam se leva et fit signe à la foule de se taire.

— Ce sont là de mauvaises nouvelles, Ulysse, dit-il. C'est toujours dommage pour un homme de devenir champion par défaut. Toutefois, peu de gens prétendraient qu'Achille ne mérite pas la couronne.

Il tendit la main et souleva la couronne de laurier, se préparant à l'offrir au Thessalien.

À cet instant, Achille parla.

— Avec votre autorisation, roi Priam, il me semble que les spectateurs rassemblés ici méritent de voir une compétition. Pourquoi ne pas autoriser une joute amicale ? On me dit que votre fils, Hector, est un excellent combattant. Je me considérerais honoré de me mesurer à lui, et je suis sûr que le peuple de Troie serait ravi !

Une ovation éclata, et la foule scanda :

— Hector ! Hector !

La colère s'empara d'Hélicon. Hector ne s'était pas entraîné pour ces jeux, et il était resté assis toute la journée à manger et à boire. Achille avait parlé d'une joute amicale, mais c'était un mensonge. Dès que l'affrontement entre les deux hommes débuterait, ce serait un combat sans merci. Il comprit que tel était le plan : que les jeux se terminent par le héros troyen inconscient dans la poussière, et l'humiliation de Troie par les rois de l'Ouest.

Avec tout autre adversaire, Hélicon n'aurait pas douté du résultat. Hector était un combattant aguerri. Mais, pour la première fois, il se demanda si Hector n'avait pas trouvé son maître avec Achille. Cette simple pensée lui fit l'effet d'une trahison, mais Hélicon avait vu les deux hommes à l'œuvre. Hector était très fort, courageux et rapide. Mais Achille était plus froid, et il émanait de lui une cruauté qui en faisait un adversaire redoutable. Il regarda Priam, espérant qu'il comprendrait le danger. Mais il fut vite déçu, car l'œil de Priam s'était allumé. Cet homme ne pouvait pas concevoir que son fils puisse être vaincu. Pour Priam, Hector était l'incarnation de Troie et ne pouvait donc pas être battu. Priam leva de nouveau la main pour réclamer le silence, et il se tourna vers son fils.

— Feras-tu honneur à ton peuple en acceptant ce défi ?

Hector se leva, l'expression fermée.

— Comme toujours, j'obéirai aux ordres de mon père, dit-il.

Il descendit de l'estrade, enleva sa ceinture ornée de pierres précieuses et sa tunique. Un soldat lui apporta un pagne de cuir, qu'il enroula autour de sa taille et attacha. Hélicon le rejoignit.

— Tu es conscient que ce ne sera pas une joute amicale ? murmura-t-il.

— Bien entendu. Je sais qu'il s'agira de sang et d'humiliation.

Chapitre 24

Le héros déchu

Plus de vingt mille personnes étaient présentes pour le combat, même si seulement un dixième d'entre elles pouvait affirmer avoir réellement vu le déroulement de la lutte. Les gens situés plus loin que les quelques premiers rangs apercevaient parfois les deux hommes, sans plus, et ceux qui étaient à l'arrière devaient se contenter des hurlements de la foule. Pourtant, des dizaines d'années plus tard, des hommes de toutes les nations raconteraient que leurs pères ou leurs grands-pères avaient assisté de près aux événements. Deux cents ans plus tard, un roi appelé Antipas prétendrait que son ancêtre avait tenu le manteau du vainqueur. Pendant sept générations sa famille s'attribuerait le titre de Porteur du Manteau. Des bardes chanteraient ce combat, affirmant que Zeus et les dieux de l'Olympe étaient venus à Troie ce jour-là, déguisés en mortels, et qu'ils avaient parié la propriété des étoiles sur l'issue du combat.

Ulysse ne vit aucun dieu de là où il était assis, du côté le plus éloigné de la tribune des rois de l'Ouest. Il vit deux hommes fiers, dans toute la vigueur de leur jeunesse et de leur force, s'affronter sous un soleil de plomb. Achille attaqua le premier. Il feinta du gauche, avant d'écraser son poing droit sur le visage d'Hector. Le champion troyen répondit par un uppercut qui s'enfonça dans le ventre de son adversaire, puis par un crochet du gauche qui effleura la tempe d'Achille. Puis ils se séparèrent et recommencèrent à se tourner autour. La fois suivante, ce fut Hector qui passa à l'attaque. Achille tituba sous un direct du gauche, puis passa sous la garde de son adversaire et lui infligea une série de coups qui le forcèrent à reculer. Les coups de poings étaient rapides comme l'éclair, chacun s'écrasant sur le visage d'Hector. Le Troyen bloqua les coups avec ses avant-bras, puis contre-attaqua par un crochet du gauche qui frappa violemment Achille à la joue.

Achille était plus grand et plus rapide que le Troyen, et il touchait plus souvent son adversaire. Ulysse regarda avec attention tandis que les combattants se tournaient autour une fois de plus. Ils s'étaient testés, et tous deux avaient compris que cette lutte ne se terminerait pas rapidement.

Ulysse se leva calmement. Il savait qu'Achille était le plus fort, mais il savait également que l'habileté et la vitesse seules ne détermineraient pas l'issue de la joute. Ce plan avait été conçu par Agamemnon, et Ulysse n'y avait vu aucun inconvénient. Si Hector était vaincu, cela ferait grand mal au moral des Troyens, tandis que si Achille perdait, ce ne serait qu'une petite éraflure dans l'assurance des Thessaliens, et n'aurait que peu ou pas d'effet sur les hommes des autres nations.

Malgré tout, il était déchiré entre des sentiments contradictoires en regardant le combat. Il appréciait Hector, et il n'avait aucune envie d'être témoin de son humiliation.

Pourtant, il aurait aimé voir la tête que ferait Priam quand son bien-aimé fils serait battu. Ulysse regarda Priam, qui observait la lutte l'air calme et tranquille.

Mais ça changera, pensa Ulysse.

Les deux lutteurs luisaient de sueur, et Hector avait une enflure sous l'œil droit. Achille était encore indemne. Il fonça, plongea sous un direct du droit meurtrier et assena deux coups au visage d'Hector. La chair sous l'œil gauche du Troyen éclata, et le sang gicla sur les spectateurs les plus proches. La foule haleta. Hector contra par un crochet du gauche qui passa au-dessus de la tête d'Achille, qui l'avait vu à temps pour l'esquiver. Achille frappa violemment Hector dans le ventre, puis propulsa son poing droit sur le menton d'Hector. Déséquilibré, Hector tomba dans la poussière et roula sur le dos.

Ulysse jeta un coup d'œil à Priam. Le roi troyen était livide, la bouche ouverte sous l'effet du choc.

Hector se mit à genoux, secoua la tête et resta ainsi un moment, prenant de grandes inspirations. Puis il se leva, alla vers la lance plantée dans le sol et tapota sa poignée. Le sang dégoulinait sur son visage.

Désormais, la foule était silencieuse.

Achille lança une attaque rapide, mais il ne s'était pas assez méfié et s'écrasa contre un direct du droit qui l'ébranla des pieds à la tête, puis il encaissa un uppercut dans le ventre qui le souleva de terre. Hector voulut presser son avantage, mais Achille pivota et s'éloigna, avec un rapide coup de poing au visage qui aggrava la coupure sanguinolente.

La journée passait lentement, et le soleil commençait à s'enfoncer paresseusement dans la mer.

Hector ralentissait et touchait Achille de moins en moins souvent, alors qu'Achille semblait gagner des forces à mesure qu'il combattait. Hector mordit la poussière deux fois de plus, et il se leva deux fois pour toucher la lance.

À ce moment, Ulysse pensa que la fin était inéluctable. À chaque coup, les forces d'Hector le quittaient un peu plus. Seuls le courage et l'orgueil le maintenaient debout.

Achille, sentant la victoire proche, fonça sur son adversaire et lui flanqua deux crochets du droit au visage, l'envoyant bouler sur le sol.

Hector atterrit sans grâce, puis roula pour se mettre à genoux. Il essaya de se lever, retomba, puis parvint à se remettre debout avant d'aller toucher la lance.

Puis Achille commit une terrible erreur.

— Viens par là, chien de Troyen, se moqua-t-il. J'ai encore pas mal de souffrances à t'infliger !

Ulysse vit le changement se produire en Hector. Il releva la tête, et ses yeux clairs s'étrécirent. Puis, étrangement, il sourit.

Achille, ne s'étant pas aperçu du changement d'attitude de son adversaire, fonça vers lui. Hector avança, bloqua son direct du droit et flanqua un uppercut dans le ventre d'Achille. Les poumons du Thessalien se vidèrent de tout leur air. Puis un crochet du gauche s'abattit sur son front, déchirant la peau de son arcade sourcilière droite. Achille tenta de reculer, mais Hector le frappa d'un gauche féroce, puis d'un droit qui lui éclata les lèvres contre les dents. Achille essaya désespérément de passer sous la garde de son adversaire tout en se protégeant le visage de l'avant-bras. Un uppercut passa entre ses bras levés, et la tête d'Achille fut repoussée violemment en arrière. Il tituba, recula, mais il ne put échapper à la suite. Hector le suivit, frappant encore et encore son visage tuméfié et ensanglanté. Du sang coulait dans ses deux yeux, et Achille ne vit pas venir le coup qui termina le combat. Hector recula d'un pas, puis, de toute sa force, il frappa son adversaire d'un direct du droit explosif qui fit faire un tour complet au Thessalien avant qu'il s'affale, inconscient, dans la poussière.

Des acclamations montèrent de la foule. Hector se tourna et revint vers l'estrade, où il souleva la couronne de laurier. Puis il revint vers Achille et laissa tomber la couronne sur sa poitrine. Ensuite, il fit face à Ulysse et aux rois de l'Ouest. Quand les vivats se calmèrent, il désigna du doigt le héros déchu. Quand il parla, sa voix était froide comme la glace.

— Honneur au puissant Achille, dit-il. Honneur au Champion des jeux.

Banoclès était furieux d'avoir raté le combat. Il n'avait pas eu envie de voir Leukon se faire démolir par le terrifiant Achille, et il était donc reparti dans la cité basse pour prendre du bon temps avec la Grosse Rousse. En revenant vers le palais d'Hector, il entendit parler de la compétition qu'il avait ratée. La foule qui quittait le stade ne parlait que de ça, et l'humeur était à la jubilation.

Au palais, l'équipage du *Pénélope* rassemblait ses affaires pour le départ. Banoclès trouva Calliadès assis à l'ombre d'un arbre en fleur dans les jardins de derrière. Il s'affala à côté de lui et grommela :

— J'aurais parié sur Hector.

Calliadès éclata de rire.

— Tu as dit que tu pensais qu'Achille était imbattable. En fait, tu as dit que même Hector n'aurait aucune chance contre lui. Je m'en souviens !

— Tu te souviens de trop de choses, grogna Banoclès. C'était une belle joute ?

— La plus fantastique que j'ai jamais vue.

— Et j'ai raté ça…

— Ne fais pas cette tête, mon ami. Plus tard, tu pourras te vanter d'avoir été présent, et personne ne pourra te contredire !

— C'est vrai, dit Banoclès, retrouvant sa bonne humeur.

Plusieurs marins quittèrent le palais, emportant leurs sacs de couchage avec eux.

— Où vont-ils tous ? Je croyais qu'ils repartiraient demain matin.

— Ulysse quitte la cité immédiatement, répondit Calliadès. Il a dit qu'il trouverait une baie quelque part, plus loin sur la côte.

— Pourquoi ?

— La neutralité liée aux jeux prend fin ce soir. J'ai entendu dire que la plupart des rois de l'Ouest partaient en même temps que lui.

— Et nous, que ferons-nous ? demanda Banoclès.

— Nous irons vers le sud, jusqu'à Thèbes sous Plakos. Son roi est ennuyé par des raids de bandits contre ses caravanes commerciales.

— C'est loin de Troie ?

Calliadès le regarda.

— Pourquoi, tu as les jambes fatiguées ?

— Non, je demandais, c'est tout. (Il appela un serviteur qui passait et lui demanda du vin, mais l'homme l'ignora.) On dirait que nous ne sommes plus les bienvenus ici.

Ulysse sortit du palais à grands pas.

— Vous deux, vous pouvez rester sur le *Pénélope,* si vous le souhaitez. J'ai parlé à Agamemnon, et il a consenti à annuler la sentence portée contre vous. Dorénavant, pour lui, vous êtes des guerriers ithaquiens, et je serais ravi que vous vous joigniez à nous.

— C'est une bonne nouvelle, dit Banoclès. (Puis il regarda Calliadès.) C'en est une, non ?

Calliadès se leva.

— Je vous remercie, roi Ulysse, mais j'ai promis de conduire Piria auprès de son amie. De la conduire en sécurité jusqu'à la fin de son voyage.

— Un homme doit toujours honorer sa parole, dit Ulysse. Mais je crains qu'il n'y ait pas de lieu sûr pour cette petite. Vous comprenez ?

— Je pense que oui.

— Ses actes, même s'ils ont été inspirés par l'amour et la prophétie, ont été téméraires. Je crois qu'elle commence à s'en rendre compte.

— Il n'y a pas si longtemps, répondit Calliadès, vous m'avez dit qu'elle aurait besoin d'amis. D'amis loyaux. Elle les a, Ulysse. Nous la protégerons. Banoclès et moi, nous empêcherons quiconque de lui faire du mal ou de l'enlever. Si son amie n'est pas heureuse de l'accueillir, elle pourra nous accompagner à Thèbes sous Plakos. Là, personne ne saura qui elle est.

— Je ne crois pas qu'elle la repoussera, dit Ulysse, même si le bon sens l'exigerait. (Il saisit la main de Calliadès.)

Soyez prudents, vous deux. Si jamais vous avez besoin d'amis, vous pouvez vous tourner vers Ithaque, ou vers tout navire ithaquien. Dites simplement que vous êtes des amis d'Ulysse, et on vous emmènera où vous voulez aller.

— C'est une bonne chose, dit Calliadès.

— Mes derniers conseils sont les suivants. J'ai donné à Piria les indications pour trouver la ferme d'Hector. Dites-lui d'attendre qu'il fasse nuit. Il reste un certain nombre de Thessaliens dans la cité qui risqueraient de la reconnaître s'il fait encore jour.

— Nous l'accompagnerons pour qu'elle arrive saine et sauve, promit Calliadès.

Ulysse se tourna vers Banoclès.

— Je ne t'ai pas vu lors du combat, mon grand.

— Pourtant, j'étais là, dit Banoclès. Je n'aurais pas raté ça pour tout l'or du monde.

— Oui, c'était quelque chose ! Je doute qu'Achille l'oublie de sitôt ! On ne provoque pas un homme comme Hector. Les héros peuvent toujours faire appel à des réserves de forces que n'ont pas les hommes ordinaires. Leur courage est incommensurable. Je pense que vous deux, vous comprenez ça. Je suis content de vous avoir rencontrés.

Il s'éloigna, et Bias, Leukon et d'autres membres de l'équipage d'Ulysse vinrent leur dire adieu. Puis Calliadès et Banoclès se retrouvèrent seuls dans les jardins.

Un peu plus tard, Piria vint les rejoindre. Elle portait un long manteau à capuchon vert foncé et elle était armée d'un arc phrygien, un carquois de flèches pendu à l'épaule.

— Tu pars à la chasse ? demanda Banoclès.

— Non, répondit la jeune fille blonde. C'est l'arc d'Andromaque. Une servante m'a dit qu'elle avait demandé qu'on le lui apporte à la ferme. J'ai dit que je m'en chargerais. Pourquoi êtes-vous toujours ici ?

— Nous avons pensé que tu aimerais peut-être que nous t'accompagnions sur ton chemin, dit Calliadès.

Piria lui fit un sourire timide.

— Oui, je l'apprécierais… mes amis, dit-elle.

Banoclès retourna à la pièce qu'il avait partagée avec Calliadès. Il mit sa vieille cuirasse et attacha son ceinturon. Cette nuit, ils quitteraient Troie. Cette idée le déprimait. Il se remémora la Grosse Rousse telle qu'il l'avait vue pour la dernière fois, assise dans un vieux fauteuil en osier dans son petit jardin. Elle était en train de réparer l'ourlet d'une robe. Elle l'avait regardé quand il s'était préparé à partir.

— Tu as des miettes de gâteau dans ta barbe, avait-elle dit.

Banoclès les avait fait tomber.

— Je te verrai demain ? avait-il demandé.

— Les jeux se sont terminés aujourd'hui, avait-elle répondu. Tout le monde va partir.

Ils ne s'étaient pas embrassés ou enlacés une dernière fois. Il pensa à retourner dans la cité basse pour la voir. Mais à quoi bon ? Il n'avait pas envie de lui dire adieu. Avec un soupir, il quitta la pièce et traversa le palais. *Il y aura des femmes partout, à la campagne*, se dit-il. Avec un peu de chance, il pourrait même s'acheter une esclave pour s'occuper de lui.

Bizarrement, cette idée l'attrista.

Andromaque se tenait fermement à la rambarde de bronze du char de guerre que Chéon conduisait le long des rues pavées de la cité puis sur les chemins de terre qui menaient à la ferme. Le char, tiré par deux hongres bais, était de construction légère, son étroite base d'osier, moulée à la chaleur, renforcée à son bord supérieur par du fil de cuivre. Un râtelier était prévu pour quatre javelots, et deux crochets de cuivre permettaient de ranger un arc et un carquois. Il y avait à peine assez de place pour deux à bord, mais c'était un véhicule construit pour la rapidité et la maniabilité sur le champ de bataille, pour amener l'archer à portée de l'ennemi et le mettre à l'abri avant qu'une contre-attaque soit lancée. Chéon l'avait réquisitionné au palais parce que tous les chariots de passager étaient utilisés, et Andromaque avait hâte de retourner à la ferme.

Elle regarda le jeune et beau soldat aux cheveux noirs. Son casque était pendu au crochet prévu pour l'arc, car il portait toujours la couronne de laurier qu'il avait remportée au tournoi de tir à l'arc. Sur le chemin, des gens le reconnurent et l'acclamèrent à grand bruit.

Quand ils eurent quitté la cité, la foule se fit moins dense et Chéon laissa les hongres ralentir et se mettre au pas, au grand soulagement d'Andromaque car le char avait tremblé de manière inquiétante sur les pavés, et ses efforts pour rester debout lui avaient meurtri les genoux.

— Je suis désolée d'avoir raté ta victoire, dit-elle au jeune soldat.

Il lui sourit.

— J'ai eu de la chance que Mérionès n'ait pas eu son propre arc à sa disposition. Je me suis entraîné un an avec le mien, et pourtant il a bien failli me battre avec un arc qu'il n'avait jamais utilisé avant. Et quand aux regrets, rien ne peut égaler les miens, car j'étais dans la palestre en train de me faire masser quand Hector a vaincu Achille. Vous devez être très fière.

Andromaque ne répondit pas, mais la question résonna dans sa tête. Était-elle fière ? Était-ce le sentiment qu'elle avait éprouvé quand les deux champions s'étaient saoulés de coups de poing, faisant éclater la chair et jaillir le sang ? Était-ce la fierté qui lui avait retourné l'estomac au point qu'elle avait dû faire un violent effort de volonté pour ne pas vomir ? Elle avait détourné les yeux pendant la plus grande partie de la joute, regardant les réactions des hommes autour d'elle. Au début, Priam avait semblé sûr de lui, attendant la victoire inéluctable de son fils. Puis elle l'avait vu perdre lentement confiance. Il avait vieilli de dix ans en quelques instants. Mais à la fin, quand Achille était tombé pour la dernière fois, il s'était levé d'un bond.

Pourtant, malgré la brutalité du combat, Andromaque était soulagée par son issue – surtout quand elle avait vu le visage défait de Pélée, le roi thessalien. C'était l'homme qui avait violé Calliope, qui lui avait ravi son enfance. C'était le misérable qui avait souillé l'âme de sa fille au-delà de toute guérison. Même dans le sanctuaire de Théra, où les hommes étaient interdits, Calliope s'éveillait souvent en hurlant, couverte de sueur. Puis elle se réfugiait dans les bras d'Andromaque, sanglotant à cause des horribles souvenirs.

Quand le combat s'était terminé, Andromaque était revenue au palais du roi avec Hector. Il n'avait pas dit grand-chose sur le chemin. Il respirait avec peine, et il marchait en tenant son bras serré contre son flanc. Andromaque avait été avec lui quand le médecin l'avait examiné. Il avait trois côtes cassées, et plusieurs de ses dents avaient été ébranlées.

Elle était restée assise à côté de lui un moment, puis il lui avait tapoté le bras.

— Retourne à la ferme, avait-il dit. Je me reposerai un peu ici.

— Tu t'es bien battu, avait-elle répondu. Avec beaucoup de courage.

Sa réponse l'avait stupéfiée.

— J'ai détesté ça ! Chaque instant brutal de ce combat ! Je suis malade à l'idée de ce qu'Achille doit ressentir en ce moment, sa fierté réduite en poussière.

Elle avait regardé son visage contusionné, ses yeux bleu brillants. Sans réfléchir, elle avait levé une main et repoussé doucement les cheveux dorés de son front.

— Nous sommes ce que nous sommes, Hector. Tu n'as pas besoin de t'apitoyer sur les problèmes d'Achille. C'est une brute, venue d'une famille de brutes. Viens me rejoindre à la ferme dès que tu pourras.

Il avait pris sa main menue dans sa grande patte et l'avait portée à ses lèvres.

— Je suis heureux que tu sois mon épouse, Andromaque. Tu es tout ce que j'aurais jamais pu désirer. Je suis désolé de ne pas pouvoir…

— Inutile de le répéter, avait-elle dit doucement. Repose-toi, et viens à la ferme dès que possible.

Elle avait quitté la pièce et était sortie sur la galerie, les yeux embués de larmes. Enveloppée de tristesse, elle avait compris soudain qu'Hector et Calliope n'étaient pas si différents, après tout. Ils avaient tous les deux étés malmenés par la vie. Tous deux, de manière différente, avaient été maudits par la destinée.

Des serviteurs allaient et venaient en silence, et elle avait soudain entendu des voix s'élever du mégaron, en dessous. Priam avait dit d'une voix tonitruante :

— Vous êtes devenu fou ? Elle est la femme de mon fils !

Andromaque s'était avancée vers la rambarde de la galerie et avait regardé en direction du mégaron à colonnes. Priam était assis sur son trône, devant le roi mycénien, Agamemnon, et certains des rois de l'Ouest. Andromaque avait reconnu le vil Pélée, Nestor, Idoménée et Ménesthée. Hélicon, Antiphonès et Dios se tenaient à côté de Priam.

— Tu dois comprendre, roi Priam, avait dit Agamemnon, qu'il n'est pas dans mes intentions de t'offenser. Tu as autorisé le mariage de Pâris avec Hélène. Ce n'était pas ton droit, car Hélène est une princesse spartiate, envoyée ici par son père pendant la guerre récente. Mon frère, Ménélas, est désormais roi de Sparte, et Hélène est sa sujette. Il a décidé, dans l'intérêt de son peuple, de l'épouser.

Priam avait lâché un rire méprisant.

— Ménélas a conduit une armée mycénienne à Sparte et a tué le roi. Il s'est emparé du trône, et se trouve maintenant confronté à des insurrections. Afin de soutenir ses prétentions illicites au trône, il veut maintenant épouser une femme de sang royal. Crois-tu que je renverrais Hélène chez elle pour qu'elle soit obligée de coucher avec l'homme qui a tué son père ?

Agamemnon avait secoué la tête.

— Tu n'as pas le choix. Nous tous ici, nous sommes alliés, parce que nous sommes convenus de respecter les droits et les frontières des autres, ainsi que leurs lois. Sans ce respect, il ne peut pas y avoir d'alliance. Supposons qu'une de tes filles soit en visite dans un royaume de l'Ouest et que le roi la marie soudain à un de ses fils. Quelle serait ta réaction ? Et qu'attendrais-tu, quand tu exigerais son retour ?

— Épargne-moi tes saillies, Agamemnon. Tu désires une guerre contre Troie, et tu cherches des alliés pour cette entreprise depuis des années. J'en ai assez de ta duplicité et des beaux discours qui cachent les actes malhonnêtes. Je serai simple et clair : Hélène restera à Troie. L'alliance est brisée. Et maintenant, dégage de ma cité !

Agammenon avait écarté les bras, et avait répondu d'un ton déçu :

— Cela m'attriste de t'entendre parler ainsi, roi Priam. Toutefois, comme tu l'as souligné, notre alliance est dissoute. Tu en viendras peut-être à regretter cette décision.

Puis il était sorti, suivi par les autres rois.

La voix de Chéon la ramena au présent.

— Voulez-vous vous arrêter à l'autel d'Artémis ? demanda-t-il quand le char approcha du petit ruisseau.

— Pas aujourd'hui, Chéon. Ramène-moi à la maison.

Le trajet semblait interminable, et le soleil de l'après-midi brillait dans un ciel sans nuages. Quand ils arrivèrent à la vieille ferme en pierre, Andromaque était épuisée. Ils furent accueillis par l'intendante d'Hector, la vieille Ménesthi, une Hittite dont l'âge réel était un mystère. Chéon prétendait qu'elle était la femme la plus vieille du monde – et Andromaque était encline à le croire, car le visage de la vieille femme avait la texture de la pierre ponce.

Dans le bâtiment principal, l'époux de Ménesthi, le très vieux Vahusima, prépara un bain pour Andromaque. Elle enleva sa robe jaune et se glissa dans l'eau, la tête appuyée contre une serviette pliée. La sensation de l'eau fraîche sur sa peau surchauffée était exquise. Elle appela Ménesthi pour qu'elle retire les fils d'or entremêlés dans ses cheveux, puis elle plongea la tête sous l'eau.

Ménesthi lui apporta des vêtements propres, une simple robe en lin blanc. Sortant du bain, Andromaque resta debout, nue, laissant l'air chaud la sécher. Puis elle gagna la fenêtre de derrière et regarda à travers champs en direction de la colline boisée.

À cet instant, elle aperçut deux hommes plonger dans l'ombre des arbres. Elle eut l'impression qu'ils agissaient furtivement. Elle continua à regarder, mais ne vit plus de mouvements. Le premier des deux hommes lui avait semblé familier, mais elle n'arrivait pas à se souvenir de son identité. Un des bûcherons d'Hector, probablement.

Elle enfila la robe et retourna vers l'avant de la maison. Chéon était assis sous le porche, à l'ombre, et regardait deux jeunes garçons conduire un puissant étalon gris autour de l'enclos. L'animal était nerveux et plein d'énergie et, quand un des garçons essaya de le monter, il rua et le précipita dans l'herbe. Chéon éclata de rire.

— Ce cheval n'a aucune envie d'être monté, dit-il. Ces gamins auront de sacrés bleus, ce soir.

Andromaque sourit.

— Je vois que tu portes toujours ta couronne de laurier. Tu as l'intention de dormir avec ?

— Absolument, dit-il en lui rendant son sourire.

Andromaque s'assit à côté de lui.

— La ferme semble déserte.

— La plupart des hommes sont allés à la cité pour le dernier jour des jeux. Ils sont sûrement en train de s'enivrer, à l'heure qu'il est. Je doute qu'on les revoie avant demain. Et ils seront tout honteux et auront les yeux injectés de sang !

Quand la lumière commença à baisser, Andromaque rentra dans le bâtiment. Ménesthi lui apporta un repas frugal, du pain, du fromage et un bol de salade de fruits. Quand elle eut terminé, Andromaque s'allongea sur un sofa, la tête posée sur un épais coussin.

Elle fit des rêves confus et inquiétants, et se réveilla en sursaut. Soudain, elle se rappela où elle avait vu l'homme qu'elle avait aperçu plus tôt dans le bois. Ce n'était pas un des serviteurs d'Hector. Elle l'avait remarqué le jour où il était resté à côté de Cassandre, quand Agamemnon était arrivé à Troie.

L'homme était un soldat mycénien.

Effrayée, elle se leva et retourna vers les salles principales. C'étaient peut-être des assassins venus tuer Hector qui n'avaient pas compris qu'il était resté au palais. Elle devait trouver Chéon et le réveiller.

En approchant de l'avant de la ferme, elle vit une lueur rouge à travers la fenêtre. Elle ouvrit la porte. Le vieux Vahusima et les deux garçons d'écurie couraient vers une grange enflammée d'où montaient les hennissements terrifiés des chevaux. Elle sortit pour les aider, au moment où Chéon sortait à son tour de la maison.

Un des garçons d'écurie tituba et tomba. Vahusima arriva aux portes de l'écurie et essaya de soulever la barre de fermeture. Puis il hurla – et Andromaque vit une flèche plantée dans son dos.

Des silhouettes sombres jaillirent des ombres, brandissant des épées.

Chapitre 25

Du sang pour Artémis

La lune était parfaitement ronde et son contour, clairement défini quand les trois compagnons quittèrent la cité, au crépuscule.

Ils sortirent par la porte Est et traversèrent les fossés des fortifications dans l'ombre du grand bastion du nord-est, avant de prendre vers le nord. La marche était aisée, à travers des collines ondoyantes et des prés, et ils avancèrent rapidement. Ils emportaient avec eux tout ce qu'ils possédaient, car ils n'avaient pas l'intention de revenir à Troie. L'épée d'Argurios pendait au ceinturon de Calliadès. Banoclès portait à l'épaule un petit sac de provisions, dont une lourde gourde en terre qui gargouillait à chaque pas. Sous son manteau à capuchon, Piria n'avait que l'arc et le carquois d'Andromaque.

La jeune femme était profondément troublée, et la marche, trop facile, ne faisait rien pour la calmer. Si elle avait été sur Théra, elle serait partie courir sur la plage de sable noir ou sur les collines désertes jusqu'à ce que l'épuisement la libère momentanément de ses angoisses.

Ou bien elle se serait blottie dans les bras d'Andromaque, qui savait toujours apaiser son cœur tourmenté.

Pourtant, c'était maintenant Andromaque qui était l'objet de ses peurs. Depuis des mois, son seul but avait été de rejoindre la femme qu'elle aimait, et elle y avait consacré toute son énergie. Maintenant, au bout du voyage, elle était submergée par le doute.

Et si Andromaque ne voulait plus d'elle ?

Elle imagina plusieurs scénarios. Andromaque serait devant la porte de la ferme, le visage fermé, les yeux froids. *Que fais-tu ici ?* demanderait-elle. Et elle répondrait *J'ai traversé la Grande Verte pour te rejoindre.* Alors, Andromaque dirait *Cette vie-là est révolue. Personne ne veut de toi, ici.* Et elle lui fermerait la porte au nez.

Elle essaya de penser plutôt à la scène joyeuse qu'elle avait imaginée si souvent. Andromaque se précipitant dans ses bras, lui avouant qu'elle haïssait Hector, son époux, suppliant Piria de l'emmener loin de Troie pour qu'elles vivent ensemble à tout jamais dans un petit village paisible au bord de la mer. Mais elle ne pouvait s'empêcher de laisser les doutes la ronger. *Et comment vivriez-vous, dans ce petit village ? Vous élèveriez des chèvres ou vous coudriez des vêtements pour les paysans ? Ou vous vendriez du pain ?* Mais aucune d'elles ne possédait ces capacités. Deux princesses fugitives pourchassées par leurs familles et par les grandes puissances de Troie et de Théra pourraient-elles vivre anonymement dans un village ? Elle savait bien que c'était impossible. Alors, que feraient-elles ? Cette idée la déprima, et elle poussa un profond soupir.

— Tu sembles troublée.

Calliadès avait ralenti pour lui parler, laissant Banoclès avancer devant eux. Elle ne trouva rien à répondre, et il n'insista pas. Ils marchèrent en silence, suivant l'ombre allongée de Banoclès sur le flanc d'une petite colline.

Ses deux ans avec Andromaque sur Théra étaient la seule période heureuse de sa vie. *J'aurais dû rester sur Théra*, pensa-t-elle en imaginant la porte de la ferme se refermer sur elle et ses rêves.

Elle s'aperçut qu'elle s'était arrêtée et que les deux hommes la regardaient, intrigués.

Elle sentit la panique enfler en elle, ses mains trembler, son estomac se nouer. Ils étaient arrivés en haut d'une petite colline et, devant, sur le côté de la route, un petit autel blanc luisait sous les rayons de la lune. Pour éviter que ses compagnons s'aperçoivent de son état, elle gagna l'autel. Les ossements de petites créatures gisaient à sa base, et une petite niche renfermait la statue d'une femme armée d'un arc.

C'était la déesse Artémis, la chasseresse, qui méprisait les hommes. Sur Théra, un temple lui avait été consacré en haut du lieu le plus élevé, un éperon calcaire dressé à l'écart du reste de l'île. Andromaque et elle s'étaient souvent rendues à ce temple pour marcher dans ses couloirs baignés de soleil et entendre le vent siffler entre les colonnades blanches. Elles se sentaient toutes les deux à l'abri dans le sanctuaire de la déesse de la Lune, qui accueillait les hommes seulement s'ils étaient des victimes sacrificielles.

Calliope regarda l'arc dans sa main et sentit le cuir de la poignée, souple contre sa paume. Quelques jours plus tôt, c'était dans la main d'Andromaque qu'il était niché…

Sur l'autel, elle vit plusieurs petites offrandes : des statues de bois représentant des femmes enceintes, sculptées sans grand talent mais avec soin, des têtes de flèches en bronze, des cailloux colorés peints d'images de la déesse, et plusieurs animaux en argile, des daims, des chiens et des cailles.

— Ô dame des créatures sauvages, murmura-t-elle, je n'ai rien à vous offrir.

Tous ses biens terrestres se résumaient à une tunique usée et une paire de sandales. Elle portait l'arc d'Andromaque et la dague de Calliadès. Elle ne possédait rien. Même plus sa chevelure blonde, coupée après les viols.

Debout devant l'autel, elle répéta :

— Je n'ai rien à vous offrir. Rien.

Soudain, elle sortit la dague de Calliadès et avança vers l'autel.

— Accepte mon sang, déesse de la Lune, murmura-t-elle. Accepte mon offrande.

Elle sentit une main se poser sur son bras et sursauta, effrayée et furieuse.

— Artémis ne réclame pas le sang des femmes, dit doucement Calliadès.

— Je n'ai rien d'autre, dit Piria, qui fondit en larmes.

Il resta un moment sans parler, puis leva sa main gauche vers elle. Elle la regarda, les sourcils froncés.

— La déesse acceptera *mon* sang, dit-il doucement.

Elle hésita brièvement, puis fit une minuscule entaille dans la paume de la main de Calliadès. Il gagna l'autel et leva son poing serré au-dessus de la statue. Des gouttes écarlates tombèrent, sombres sur la pierre blanche. Puis il recula et regarda Banoclès.

Intrigué, celui-ci les regarda à tour de rôle, puis il haussa les épaules et avança. Piria fit une petite coupure sur le tranchant de sa main gauche, et son sang se mêla à celui de Calliadès sur la pierre de l'autel.

— Artémis, déesse vierge, maîtresse de la Lune, voici mon offrande : le sang de deux hommes. Que ta lueur nous éclaire dans les ténèbres, et que nos désirs les plus chers soient réalisés.

Un silence soudain se fit autour d'eux. La brise tomba, et tous les bruits de la nuit cessèrent, comme si la nature retenait son souffle. Dans le ciel noir, la lune était énorme et brillante.

Pour la première fois depuis des jours, Piria sentit un grand calme l'envahir. Elle sourit à ses deux compagnons.

— Merci, dit-elle simplement. Je suis prête, maintenant.

Banoclès s'éclaircit la voix et dit d'un ton bourru :

— Si jamais tu t'aperçois que tu n'es pas la bienvenue… tu pourras toujours venir avec nous… avec Calliadès et moi. Nous allons vers le sud, en direction des montagnes.

Des larmes lui montèrent aux yeux et elle lui fit un signe de tête, la gorge trop serrée pour parler. Calliadès se pencha vers elle.

— Allons trouver ton amie. Ensuite, tu décideras du chemin que tu suivras.

Ils revinrent sur la route. Pendant qu'ils grimpaient le flanc de la colline, Piria regarda les deux guerriers qui l'accompagnaient. Un sentiment de paix, qu'elle avait perdu depuis ses douze ans, l'inonda soudain. Elle avait confiance en ces hommes et se sentait en sécurité près d'eux.

Ils s'arrêtèrent en haut de la colline et regardèrent vers la vallée en contrebas. Ils virent une lueur rouge de mauvais augure et sentirent l'odeur acre de la fumée. Puis ils distinguèrent des bâtiments en flammes et entendirent les hennissements de chevaux paniqués.

— La ferme brûle ! cria Calliadès.

Des silhouettes sombres se mouvaient devant les flammes, et le bruit des épées et les cris de blessés résonnaient.

Piria dévala la colline.

— Andromaque ! hurla-t-elle.

Ses deux amis la suivirent, l'épée au clair.

Un bref instant, Andromaque se figea. Puis elle entendit une voix crier :

— La voilà ! Tuez-la !

Elle vit un soldat barbu armé d'une épée se jeter sur elle. Chéon, son épée à la main, fonça sur le tueur le plus proche, évita un coup d'épée et plongea sa lame dans le visage de l'assaillant. L'homme recula. Chéon le suivit, mais une flèche s'enfonça dans son flanc. D'autres assassins vêtus de noir se jetèrent sur le Troyen agonisant, le lacérant de coups d'épée et de dague.

Une flèche siffla à côté du visage d'Andromaque. Abandonnant le cadavre de Chéon sur le sol, cinq hommes coururent vers elle. Elle pivota et fonça en direction du terrain dégagé qui menait au flanc de la colline. À ce moment, elle entendit une voix de femme crier :

— Andromaque ! Par ici, rejoins-moi !

Malgré sa peur, elle reconnut cette voix, et regarda vers le haut.

Calliope était debout sur le flanc de la colline, un arc à la main. Il y avait deux guerriers avec elle, un grand aux cheveux foncés et un blond plus petit mais plus robuste qui portait une cuirasse renforcée de disques en bronze.

— Attention ! cria le plus grand des deux hommes.

Andromaque pivota. Un assassin barbu se rapprochait d'elle, une dague à la main.

— Je te tiens, maintenant, salope ! cria-t-il.

Andromaque lui flanqua un maître coup de pied qui le toucha à la poitrine. L'homme tomba. Mais d'autres assassins le suivaient de près. Une flèche tirée par Calliope s'enfonça dans la gorge du plus proche d'entre eux, puis le guerrier blond dépassa Andromaque et bloqua un coup d'épée avant d'ouvrir la gorge de l'assassin d'un revers de sa lame. Du sang jaillit de la blessure. Il renversa un autre homme d'un coup d'épaule puis se jeta sur le reste du groupe, qu'il attaqua à coups d'épée. Le plus grand des deux guerriers rejoignit son compagnon et combattit à ses côtés. Andromaque vit d'autres assassins arriver. Ils étaient une dizaine en tout à converger sur les deux défenseurs, qui semblaient mal partis. Puis un des deux jeunes garçons qui avaient tenté de monter l'étalon un peu plus tôt tituba jusqu'à la porte de l'écurie en flammes et réussit à retirer la barre de fermeture. Les chevaux, terrorisés, sortirent en trombe pour s'éloigner du brasier.

— Viens vers moi, mon amour ! cria Calliope.

Andromaque courut vers elle. Calliope arrosait toujours de flèches les assassins. En arrivant près de son amante, Andromaque vit un archer à une cinquantaine de pas. Il lâcha une flèche, et Andromaque se jeta sur le sol.

Mais la flèche ne lui avait pas été destinée.

Elle vit Calliope tituber et lâcher son arc, une flèche empennée de noir fichée dans la poitrine.

Une colère froide envahit Andromaque. Elle courut rejoindre Calliope, ramassa l'arc et encocha une flèche. Son adversaire lâcha une autre flèche, qui traversa les plis de sa robe blanche et lui érafla la hanche. Ignorant la douleur, elle visa. L'homme, soudain effrayé, fonça vers le bois pour s'y réfugier. Andromaque estima sa vitesse, redirigea son arc et tira sa flèche. Un instant elle crut l'avoir raté, mais la flèche s'était enfoncée dans le cou de l'homme, qui tomba.

Elle en encocha une autre et pivota vers les deux guerriers, qui combattaient furieusement, dos à dos. Quatre cadavres gisaient déjà sur le sol. Un assassin hurla quand l'épée du plus grand des deux guerriers s'enfonça dans sa poitrine. Puis un autre contourna les combattants et fonça vers Andromaque.

Elle le laissa venir, puis lui ficha une flèche dans le corps. L'homme tituba, puis, dans une dernière tentative pour accomplir sa mission, il lança son épée vers elle. L'arme retomba à plusieurs pas d'Andromaque, et l'assassin s'effondra.

Elle vit le guerrier blond trébucher, mais son camarade s'interposa pour bloquer un coup d'épée et l'aida à se relever. Six corps entouraient maintenant les deux hommes, et les deux assassins qui avaient survécu firent volte-face et prirent la fuite, passant à côté de l'écurie en flammes. Andromaque tira, mais rata sa cible.

Jetant l'arc sur le sol, Andromaque se laissa tomber à côté de Calliope. Celle-ci tenta de se relever, mais retomba en arrière avec un cri de douleur. Les deux hommes la rejoignirent, et le plus grand s'agenouilla également. Andromaque vit le désespoir sur son visage.

Un sentiment d'irréalité saisit soudain Andromaque. *C'est un rêve*, se dit-elle. *Calliope ne peut pas être ici et, si elle était venue, elle ne serait pas accompagnée par deux hommes. Une attaque contre la ferme d'Hector, si près de la cité ? C'est impossible ! Je vais me réveiller, je suis encore sur le sofa. C'est un simple rêve !*

Puis, quand elle bougea, une vive douleur lui traversa la hanche. Baissant les yeux, elle vit le sang maculant sa robe blanche fendue par la flèche. La main de Calliope se posa sur son bras.

— Je suis venue pour toi, dit-elle. Je t'en prie, ne me renvoie pas ! Ne me renvoie pas !

— Jamais ! cria Andromaque. Oh, jamais !

Calliope essaya de nouveau de se lever. Le plus grand des deux guerriers la souleva doucement et la soutint en position assise.

— Pose ta tête contre mon épaule, Piria, dit-il d'une voix altérée.

— Suis-je blessée ? demanda la jeune femme.

— Oui, tu es blessée, petite.

Calliope leva la main gauche et trouva le fût de la flèche. Ses yeux s'écarquillèrent de peur, puis elle sourit et soupira.

— Il m'a tuée, n'est-ce pas ? Dis-moi la vérité, Calliadès.

Andromaque vit l'homme baisser la tête.

— J'avais promis de veiller sur toi, dit-il. Et j'ai échoué.

— Ne dis pas ça ! Tu n'as pas échoué, Calliadès. Tu m'as rendu ma vie. Toi et Banoclès. Votre amitié m'a sauvée… (Elle leva les yeux vers Andromaque, qui se pencha et l'embrassa.) C'était Mélite…, murmura-t-elle d'une voix qui faiblissait. Elle m'a dit… que des hommes mauvais viendraient te faire du mal. Je… Il fallait que je… sois là.

— Tu l'as été, murmura Andromaque.

Calliope se tut. Le guerrier blond se pencha vers elle, et Andromaque vit des larmes dans ses yeux.

— Vous avez tous l'air si triste…, dit Calliope. Moi, je ne suis pas triste. Tous les gens… que j'aime… sont auprès de moi. (Ses yeux se fixèrent sur la lune.) Et… Artémis… veille sur moi…

Puis elle se tut.

Andromaque regarda le visage pâle et immobile de son amante, et elle se remémora les paroles d'Aclidès. Sa vision était exacte, mais il l'avait mal interprétée. Il avait vu Hélicon avec une seule sandale, et Hector se dressant devant elle, couvert de la fange des cochons.

Mais il avait également vu une silhouette venir à elle sous les rayons de la lune, accompagnée de sang et de douleur. Mais, à cause des cheveux courts, il avait cru qu'il s'agissait d'un jeune homme. Andromaque tendit la main, saisit celle de Calliope et embrassa ses doigts.

— Tu es ma lune, murmura-t-elle. Reste avec moi, Calliope, je t'en supplie !

Banoclès posa une main sur son bras.

— Elle est partie, ma dame. La courageuse petite est partie.

Livre trois

La bataille pour la Thrace

Chapitre 26

Le chien de berger devenu loup

En contrebas des hautes falaises grises d'Ithaque, le littoral sablonneux était silencieux, exception faite du cri des mouettes. Les cabanes en bois qui abritaient les pêcheurs et leurs familles semblaient désertes sous le soleil de l'après-midi.

Sa coque couverte de bernaches, la vieille galère *Pénélope* avait été hâlée loin sur le sable. Autrefois étincelantes, ses poutres étaient maintenant blanchies et gauchies par le soleil de plomb et le manque d'entretien.

Depuis le portique ombragé de son palais, la reine d'Ithaque contemplait tristement le vieux navire qui portait son nom. Depuis trois longues années, il était à l'abandon. Ulysse naviguait désormais à bord de la galère de guerre *Faucon de Sang*. Quoique idéal pour le fret, le *Pénélope* n'était pas un navire de guerre. Pendant une saison, il avait été utilisé par un marchand ithaquien, mais la guerre qui ensanglantait la Grande Verte avait rendu le commerce maritime de plus en plus dangereux, et la galère avait été abandonnée au profit d'embarcations plus petites et plus rapides pour lesquelles la traversée entre Ithaque, la

Céphalonie et le continent serait moins périlleuse et qui pourraient aussi rejoindre la colonie des Sept Collines, loin au nord-ouest.

Pénélope s'enveloppa plus étroitement dans son châle et scruta la mer. Elle était très calme aujourd'hui. Mais la reine savait que des hommes bien loin d'Ithaque mouraient en cet instant même, quand leurs navires coulaient ou leurs villages brûlaient. Sur toute la côte de la Grande Verte, des épouses et des mères pleuraient leurs disparus, leurs rêves réduits à néant par la vindicte de l'ennemi. Chaque raid allait semer la graine de nouvelles haines dans le cœur des survivants, et des enfants grandiraient assoiffés de vengeance.

Malgré tout, elle avait soutenu la décision d'Ulysse. « Tu n'avais pas le choix, mon époux », avait-elle dit lorsqu'il était revenu trois ans plus tôt, encore furieux après les insultes subies à Troie. « Il t'était impossible d'ignorer un tel affront. »

Mais comme elle aurait souhaité qu'il puisse en être autrement ! Si les rois étaient des hommes raisonnables, prévoyants et aux idées claires, de tels conflits n'éclateraient jamais. Seulement, les hommes raisonnables accédaient rarement au trône, et, quand ils y parvenaient, ils ne survivaient pas longtemps. Les monarques couronnés par le succès étaient brutaux et cupides, des hommes de sang et de mort, des guerriers qui croyaient seulement au pouvoir de l'épée et de la lance. Pénélope soupira. Son époux bien-aimé avait essayé d'être raisonnable. Mais sous ses manières affables, le roi guerrier était toujours présent.

Il avait passé le premier hiver avec elle sans décolérer, puis, au printemps, il avait monté une expédition punitive contre les territoires de ses nouveaux ennemis. Le nom de *Faucon de Sang* était désormais redouté des côtes de Thrace jusqu'aux vastes îles du continent oriental et à la Lykie, au sud. Pénélope n'avait pas revu son roi depuis le début de l'année. Contraint de passer l'hiver à Chypre pour réparer les avaries de son navire, Ulysse était revenu en Ithaque pour une brève visite. Pénélope lissa sa robe, toute à ses souvenirs des précieuses journées – et des nuits – où ils avaient été réunis.

Sa tristesse croissait à chaque saison. Chaque fois qu'Ulysse lui revenait, il avait régressé. Au début, il était parti guerroyer à regret, aiguillonné par la colère et la fierté. Mais à présent, il se complaisait à revivre sa jeunesse. Ulysse le marchand et le conteur, qui avançait calmement vers une vieillesse paisible, n'était plus. Il avait été remplacé par Ulysse le pillard, le planificateur implacable, le stratège. Et la reine regrettait profondément l'homme qu'il avait été.

Pénélope s'abrita les yeux d'une main et vit arriver à l'horizon plusieurs navires qui voguaient vers l'île. Elle eut un tressaillement de joie. Se pourrait-il que ce soit Ulysse ? Puis elle se souvint que, quelques jours plus tôt, on lui avait rapporté que le *Faucon de Sang* voguait vers le nord après avoir quitté la colonie mycénienne de Kos.

Elle vit qu'il s'agissait d'une vaste flotte. Le navire de tête fendait les flots loin devant les autres.

Le *Xanthos* ! Un navire de cette taille, ça ne pouvait être que lui.

Elle entendit courir derrière elle. Elle se retourna et vit Bias. Le vieux guerrier tenait une épée de la main gauche. Un écu en bois rond avait été maladroitement sanglé au moignon de son bras droit.

— Ma reine, c'est le *Xanthos* ! Nous devons regagner le fortin de la colline !

Derrière lui, des pêcheurs sortaient des huttes, et les hommes de la modeste garnison d'Ithaque, surtout des adolescents et des vieillards, fonçaient vers la plage, l'air effrayé ou la mine sombre. Ulysse avait laissé deux cents guerriers pour protéger sa souveraine et sa forteresse. Pénélope étudia la flotte. Elle compta trente et un navires, près de deux mille combattants.

Elle haussa le ton pour que tous l'entendent.

— Je suis la reine d'Ithaque, l'épouse du grand Ulysse. Je ne me terre pas comme une paysanne terrorisée !

Le *Xanthos* fonçait vers la côte à une vitesse d'éperonnage, sa grande proue fendant les vagues à l'allure d'un cheval au galop. Pénélope entendait le chant vigoureux des rameurs et distingua clairement le faciès barbu d'un marin penché à la proue.

— Attention ! beugla-t-on à bord.

Les chants s'interrompirent quand les marins relevèrent leurs rames. L'espace d'un instant, le *Xanthos* paru suspendu au-dessus de la grève, puis il retomba lourdement sur le sable, faisant voler des graviers à la ronde.

Alors que l'imposante galère s'immobilisait, sa coque dégoulinante d'eau, la souveraine se tourna vers sa modeste force défensive.

— Regagnez le fortin et préparez-vous à le défendre. Immédiatement ! (Les hommes ne bougeaient toujours pas.) Dépêchez-vous !

À contrecœur, ils rebroussèrent chemin, longèrent le palais et gravirent le flanc de la colline pour atteindre la sécurité illusoire de la minuscule fortification en bois. Bias était resté où il était.

— La reine n'a-t-elle pas ta loyauté ? lui demanda-t-elle.

— Elle est maîtresse de mon respect et de ma vie. Je ne me retrancherai pas derrière des palissades en bois pendant que vous risquerez la vôtre.

Prise de colère, elle allait lui ordonner d'obéir lorsque l'écu glissa du moignon ratatiné et tomba sur le sable. Elle fut sensible à l'embarras et à la honte du vieil homme.

— Viens avec moi, Bias. Ta force me rassurera.

Côte à côte, ils longèrent la plage. Pénélope, qui n'avait encore jamais vu le *Xanthos,* était impressionnée par sa taille et sa beauté, mais elle ne le laissa pas paraître.

Hélicon descendit à terre, se servant d'une corde lancée par-dessus le bastingage. Pénélope regarda tristement le tueur notoire qu'était devenu le jeune garçon pour qui elle avait autrefois eu de l'affection. Il portait un pagne en lin défraîchi et avait noué ses cheveux noirs avec une cordelette en cuir. Il était tanné par le soleil, et portait une blessure recousue à peine guérie sur la cuisse et une autre – récente – sur la poitrine. En gravissant la berge, il jeta un coup d'œil aux restes du vieux navire d'Ulysse sans trahir la moindre émotion.

— Salutations, ma reine, dit-il en inclinant légèrement la tête.

Elle croisa le bleu intense de son regard et y lut de la tension et de la lassitude. Pourquoi était-il là ? Pour les massacrer, elle et son peuple ? Elle s'avisa qu'elle ne savait plus rien de lui à présent, hormis sa réputation de tueur impitoyable.

Évitant de poser son regard sur les autres navires prêts à accoster, elle se força à lui sourire en signe de bienvenue.

— Hélicon, salutations ! Trop d'étés sont passés depuis la dernière fois où nous t'avons accueilli chez nous. Je vais ordonner qu'on apporte de la nourriture et du vin. Nous pourrons évoquer des temps plus heureux.

Il eut un sourire crispé.

— Merci, ma reine, mais mes navires sont bien approvisionnés. En chemin, nous avons goûté l'hospitalité du vieux Nestor et de son peuple. Nous avons de l'eau et des vivres pour plusieurs jours.

Pénélope fut choquée, même si elle n'en montra rien. Elle ne s'était pas doutée que Pylos avait été attaqué. *Combien de morts ?* se demanda-t-elle. Elle y avait beaucoup d'amis et de parents.

— Mais tu rompras le pain avec moi, comme au bon vieux temps ? insista-t-elle, chassant implacablement de son esprit la vision des victimes de Pylos.

Elle ne pouvait plus rien pour elles, mais seulement sauver son propre peuple.

Acquiesçant, il jaugea du regard le vieux fortin et les hommes en armes postés derrière les palissades.

— Oui, ma reine, nous romprons le pain. (Il se tourna vers Bias.) On m'a dit que tu as perdu ton bras lors d'un combat au large de la Crète. Je suis heureux que tu y aies survécu.

L'homme noir plissa le front.

— J'espère que tu finiras dans les flammes, Hélicon, rétorqua-t-il froidement, et ton navire de mort avec toi.

Pénélope lui fit signe de reculer et, regardant toujours férocement le nouveau venu, le vieillard obéit.

— Je ne suis pas en danger, Bias. Retourne au fort.

Baissant la tête, il jeta un autre coup d'œil à Hélicon avant de tourner les talons et de s'éloigner.

Des serviteurs apportèrent une couverture. Hélicon et la reine s'y assirent. Malgré la chaleur du soleil, Pénélope ordonna qu'on allume un feu de bienvenue, comme le voulait la coutume quand on recevait des amis. On disposa devant eux du pain et du vin, qu'ils touchèrent à peine.

— Donne-moi des nouvelles, Hélicon. Très peu nous parviennent jusqu'ici, si loin de tout.

Il la dévisagea.

— Elles concernent toutes la guerre, ma reine. Et, j'en suis certain, vous n'avez pas vraiment envie d'en entendre parler. Partout autour de la Grande Verte, des gens meurent. Il n'y a pas de vainqueurs. Votre époux est en vie, à ce qu'on m'a dit. Nous ne nous sommes pas affrontés. Je n'ai pas de nouvelles récentes du *Faucon de Sang.* Je suis venu ici pour une raison : vous saluer...

— Je connais la raison de ta venue, répliqua Pénélope, en colère. (Se penchant en avant, elle ajouta d'une voix sourde :) Pour montrer à Ulysse que tu pouvais le faire ! Tu menaces son peuple...

Le visage crispé, il répondit :

— Je ne vous menace pas, et je n'ai pas l'intention de le faire.

— Ta seule présence ici *est* une menace. C'est un message destiné à Ulysse lui prouvant qu'il ne peut protéger ceux qu'il chérit. Les premiers mots que tu m'as adressés étaient pour te vanter d'avoir attaqué Pylos, où j'ai de la famille. Je ne suis pas idiote, Hélicon. J'étais déjà la reine d'Ithaque quand tu étais encore au berceau. Je *sais* pourquoi tu es là.

— Il vous a laissée avec une bien piètre protection…

Il désigna la modeste force de défense d'Ithaque.

Ils restèrent assis en silence quelque temps. Pénélope était furieuse contre elle-même. Sa priorité était de préserver son peuple. S'aliéner Hélicon était plus que stupide. Elle ne pensait pas qu'Hélicon lâcherait ses tueurs sur son peuple, mais la tension qui émanait de lui indiquait que des conflits l'agitaient toujours.

Se calmant, elle demanda gentiment :

— Et comment va ton petit garçon ? Il doit avoir trois ans, maintenant…

Hélicon se détendit.

— C'est un amour ! Chaque jour que je passe loin de lui, il me manque. Mais ce n'est pas mon fils. J'aurais aimé qu'il le soit.

— Pas ton fils ?

Il expliqua que la souveraine avait été violée à l'époque de l'attaque mycénienne et que l'enfant était le fruit de ce viol.

— J'avais espéré que ça resterait un secret – dans l'intérêt d'Halysia. Mais de telles choses restent rarement cachées. Des servantes le savaient, et ça s'est ébruité.

— Comment Halysia le prend-elle ?

Hélicon s'assombrit de nouveau.

— Elle ne peut pas regarder son fils sans que ça ravive sa douleur. Le voir lui rappelle l'horreur de l'attaque, son enfant livré aux flammes et précipité du haut de la falaise, et le viol qui a suivi. Voilà le genre d'hommes auxquels votre mari s'est allié.

Elle le vit lutter pour contenir sa colère.

— Mais tu aimes ce petit, dit-elle vivement.

Il se détendit.

— En effet. C'est un bel enfant, intelligent, affectueux et drôle. Mais elle est incapable de le voir. Elle refuse même de le toucher.

— Il y a tant de tristesse en ce monde, dit Pénélope. Tant d'enfants non désirés et privés d'amour… et de femmes qui donneraient tout ce qu'elles ont pour en avoir… Toi et moi, nous avons tous deux perdu des gens que nous aimions.

— C'est exact, répondit-il, attristé.

En cet instant d'empathie, elle abattit son meilleur atout.

— J'attends un bébé, Hélicon. Après tout ce temps… Dix-sept ans après la mort du petit Laërte… Je suis retombée enceinte. Je n'aurais jamais cru pouvoir donner un autre fils à Ulysse. Sûrement, la Grande Déesse en personne veille sur moi. (Elle l'observa attentivement, le vit se radoucir et sut qu'elle était proche de remporter cette bataille.) Le commerce des Sept Collines est florissant. Ulysse met tes profits de côté, comme il l'a promis. Et il y a eu peu de dissidence entre les peuples de la colonie. Elle est maintenant protégée par des murs de pierre.

Hélicon se releva.

— Je dois partir, mais j'espère que vous me croyez quand je dis que j'ai été content de vous revoir, Pénélope. Vous m'avez jadis accueilli dans votre foyer, et je garde d'Ithaque de bons souvenirs. Je prie pour que votre enfant vienne au monde sans problème et grandisse dans un monde en paix.

S'éloignant d'elle, il se dirigea vers une petite hutte au toit de chaume qui surplombait la plage. Sous l'œil soupçonneux de la garnison d'Ithaque, il détacha une poignée de chaume puis revint vers Pénélope. Sans mot dire, il plongea la paille dans les flammes du petit feu.

Quand le chaume s'embrasa, il le jeta sur le sable. Il tira son épée et la plongea à travers le chaume, dans le sable. Puis, sans un mot, il gagna son navire et remonta à bord.

Pénélope le regarda partir avec un soulagement mêlé de regret. Le message était clair. Il disait à Ulysse qu'Hélicon aurait pu détruire Ithaque par l'épée et par le feu. Mais il avait choisi de n'en rien faire.

Pour l'instant…

Campé sur le pont arrière surélevé du *Xanthos*, Hélicon contemplait les falaises d'Ithaque qui rapetissaient au loin. Déjà, il ne discernait plus la fière silhouette de Pénélope, mais il apercevait encore les volutes de fumée du feu de bienvenue.

Il ne lui avait pas menti. Dès l'instant où il avait accosté, toute pensée belliqueuse s'était évanouie et des souvenirs heureux lui étaient revenus en mémoire : Ulysse, ivre et satisfait, juché sur une table du mégaron, en train d'enchanter son auditoire de ses récits épiques de dieux et de héros, Pénélope lui souriant avec affection, Bias qui gloussait en secouant la tête…

J'espère que tu finiras dans les flammes, et ton navire de mort avec toi…

Les propos de Bias, si inattendus et si durs, l'avaient profondément blessé.

Bias et lui avaient pourtant fait voile ensemble, combattu les pirates ensemble, ri et plaisanté ensemble… Lire tant de haine dans les yeux d'un ami était difficile à encaisser. Autrefois, Bias était toujours de bonne humeur. Quand Hélicon avait rejoint l'équipage du *Pénélope*, il lui avait apporté aide et soutien. Bias était l'homme sur qui comptaient les marins pour régler les querelles et arbitrer les différends. L'équipage l'adorait, car ses actes étaient toujours régis par l'affection sincère qu'il portait à ses marins.

Et voilà que cet homme plein de bonté et de compassion voulait sa mort… Le poids de la haine du vieillard lui serrait le cœur. Bias devait bien savoir qu'il n'avait pas voulu cette guerre, qu'il subissait les événements.

Une fois Ithaque hors de vue, Hélicon ordonna un léger changement de cap le long du littoral, en direction du nord. En l'absence de vent, les rangs jumeaux de rameurs entrèrent en action en rythme sous les ordres du second, Oniacus. Une fois la cadence établie, le marin costaud aux cheveux bouclés s'approcha de lui. Lui aussi avait changé depuis que la guerre avait éclaté. Il était plus distant, et il ne chantait ou ne riait presque plus. Il y avait beau temps qu'il ne s'asseyait plus le soir près d'Hélicon pour s'interroger sur le sens de la vie ou relater les derniers « exploits » de ses enfants.

— C'est triste de voir le vieux Bias estropié comme ça.

Hélicon jeta un coup d'œil au jeune marin.

— La tristesse semble sans fin, ces jours-ci, répondit-il.

— Avez-vous vu le *Pénélope* ? En train de pourrir au soleil… Ça rend malade ! C'était si beau de le voir danser sur la mer. Et le voir revenir vers la plage promettait toujours une nuit à écouter les formidables récits d'Ulysse. Ces jours me manquent. Ils brillent maintenant comme de l'or dans ma mémoire. Je doute qu'ils reviennent jamais.

Il s'éloigna.

Oniacus avait raison. Ces jours de camaraderie ponctués par les récits d'Ulysse appartenaient au passé. Comme tant d'autres rêves.

Trois ans plus tôt, Hélicon avait été un simple marchand sillonnant la Grande Verte, bravant ses grains, grisé par sa beauté. Dans toute la gloire de sa jeunesse et de sa force, il avait rêvé de prendre femme uniquement par amour. Nulle pensée de traités dynastiques ou d'alliances ne le troublait. C'étaient là des problèmes que son frère cadet aurait à affronter, car il avait été désigné héritier du trône de Dardanie.

Trois ans.

Comme le monde avait changé depuis ! Le petit Diomède, l'enfant souriant et heureux de ses souvenirs, avait été aspergé d'huile et transformé en torche vivante par les pillards de Mycènes avant d'être précipité, hurlant, du haut d'une falaise. Devenu roi, Hélicon s'était marié pour le bien du royaume.

Il contempla la mer mouchetée de soleil et tenta de repousser la vague d'amertume qui menaçait de le submerger. Une telle colère, il en avait conscience, était injuste envers Halysia, qui était une femme estimable et une bonne épouse. Mais elle n'était pas Andromaque. Il parvenait toujours à se remémorer son visage d'une façon si nette qu'il avait l'impression de la voir devant lui, sa longue chevelure rousse illuminée par le soleil. Quand il se la représentait, souriante, une tristesse quasi insoutenable l'envahissait. Elle avait maintenant un enfant, un fils adorable appelé Astyanax. Hector en était fou, et les voir ensemble était tout à la fois une joie et une dague plantée dans son cœur.

Hélicon remonta le pont central, où une vingtaine de blessés étaient assis sous des dais en toile. Le raid contre Pylos avait été brutal et rapide. Pourtant peu nombreux, les défenseurs avaient durement combattu pour sauver leurs foyers et leurs familles. Les hommes d'Hélicon les avaient vite terrassés, puis ils avaient brûlé les villages et abattu les barrages qui irriguaient les champs de lin. Puis ils avaient ensuite pris d'assaut et pillé le palais de Nestor.

Le fils aîné de Nestor, Antilochos, s'était bien battu. Hélicon lui avait accordé la vie sauve, mais le jeune homme avait refusé de se rendre, menant une dernière charge avec l'espoir de tuer Hélicon en personne. Lui et ses quelques défenseurs avaient été taillés en pièces.

C'était le quatrième raid réussi par Hélicon au cours de la saison. Ses troupes avaient envahi les îles mycéniennes puis le continent. Ils avaient affronté une flotte mycénienne au large des côtes d'Athènes. Les Lanceurs de Feu du *Xanthos* avaient coulé quatre navires. Les galères de guerre d'Hélicon en avaient éperonné plusieurs autres. À la fin du combat, onze navires ennemis avaient sombré, contre une seule galère dardanienne. Plus de six cents marins mycéniens avaient péri, certains dans les flammes, d'autres noyés ou tués par les archers.

Néanmoins, la tactique qui consistait à lancer des raids contre les villages s'avérait moins efficace qu'escompté. Priam avait pensé que les attaques contraindraient les envahisseurs à retirer des bataillons du front en Thrace et en Lykie pour défendre leurs pays. Au début, le plan avait paru porter ses fruits. Les rapports du front indiquaient que certains régiments se retiraient de Thrace, mais des bandes mercenaires originaires des contrées du nord leur succédaient.

Hélicon marcha parmi les blessés, dont beaucoup étaient en voie de guérison. Un jeune guerrier à l'avant-bras pansé leva les yeux vers lui sans mot dire, le regard inexpressif. Hélicon parla aux hommes, qui l'écoutèrent attentivement mais ne répondirent pas grand-chose. Il y avait désormais entre Hélicon et ses marins un fossé impossible à combler. En tant que marchand, il pouvait plaisanter et s'esclaffer avec eux, mais en qualité de roi guerrier, détenteur du droit de vie et de mort sur eux tous, il s'était aperçu que ses hommes prenaient leurs distances et restaient sur leurs gardes.

— Vous vous êtes tous bien battus. Je suis fier de vous.

Le guerrier à l'avant-bras bandé leva la tête vers lui.

— Vous pensez que la guerre s'achèvera cette saison, seigneur ? Que l'ennemi réalisera qu'il est vaincu ?

— Je l'espère.

Sur ces mots, Hélicon s'éloigna.

En réalité, l'ennemi, loin de mordre la poussière, gagnait en force.

La première année du conflit, il avait semblé que les plans d'Agamemnon allaient échouer. La guerre contre Troie ne pourrait jamais être gagnée à moins que les Mycéniens mettent en coupe réglée les territoires thraces. Chercher à traverser la mer depuis le continent occidental en ferait les proies désignées de la flotte de combat de la Dardanie. Si la Thrace était sous contrôle mycénien, Agamemnon pourrait regrouper ses navires et faire passer le détroit à ses armées, puis envahir d'abord la Dardanie et ensuite Troie.

Initialement, l'invasion mycénienne de Thrace avait été repoussée. Hector et le jeune souverain thrace, Rhésos, avaient remporté une bataille décisive aux abords de la capitale, Ismaros. Mais s'était ensuivie une révolte des tribus orientales, attisée par les barbares du Nord. Hector avait rapidement écrasé la rébellion, mais un second corps d'armée mycénien était arrivé de l'ouest, à travers la Thessalie.

Les pertes avaient été considérables. L'année suivante, Priam avait donné deux mille hommes supplémentaires à Hector. Trois batailles majeures avaient été gagnées, mais la guerre faisait toujours rage. Quant aux nouvelles qui leur parvenaient maintenant des contrées dévastées de la Thrace, elles étaient bien sombres. Vaincu, Rhésos avait dû se retrancher dans sa capitale. Les rebelles de l'Est avaient déclaré leur indépendance sous le règne d'un nouveau monarque. Hélicon connaissait bien la Thrace, ses imposantes chaînes montagneuses aux cols étroits, ses vastes étendues marécageuses et ses plaines verdoyantes flanquées d'immenses forêts… Déplacer des armées sur un tel terrain était difficile, et choisir des champs de bataille propices à des victoires décisives l'était encore plus. Les fantassins et les archers ennemis pouvaient se réfugier dans la forêt, où la cavalerie était inutile, ou fuir par les marais et les tourbières, où l'infanterie leur donnerait la chasse à ses risques et périls. Ses premières victoires, Hector les devait au fait que l'ennemi, sûr de sa supériorité numérique, avait cru pouvoir battre le Cheval de Troie… Son choix arrogant d'un terrain dégagé pour livrer bataille s'était soldé par leur défaite dans un bain de sang.

Ayant désormais gagné en sagesse, l'ennemi lançait maintenant des raids éclairs ou harcelait les caravanes d'approvisionnement.

Sur le continent sud, au-delà de Troie, la situation était tout aussi préoccupante. Le roi de Crète, Idoménée, avait envahi la Lykie à la tête d'une armée, où il avait battu par deux fois Kygonès, l'allié de Troie. Et Ulysse, avec vingt navires et un millier d'hommes, avait multiplié les raids le long du littoral, pillé trois cités mineures et obtenu la reddition de deux forteresses côtières, maintenant occupées par des garnisons mycéniennes.

Chassant de son esprit ses sombres pensées, Hélicon rejoignit Gershom à la proue. Il avait rejoint la flotte juste avant le dernier raid sur le continent. Depuis, son humeur n'avait cessé de s'assombrir, et il desserrait rarement les lèvres.

— Et maintenant ? demanda-t-il.

— Nous ferons voile le long du littoral, puis nous filerons à l'ouest, vers les terres des Siculi.

— Sont-ils alliés aux Mycéniens ?

— Non.

— C'est bien. Ensuite, nous cinglerons vers nos foyers ?

— Non, nous irons d'abord au nord-ouest, vers les Sept Collines. Un périple long mais nécessaire. (Hélicon regarda Gershom avec attention.) Qu'est-ce qui te trouble ?

L'homme haussa les épaules.

— Je commence à haïr ce mot, « nécessaire », maugréa-t-il. (Puis il soupira.) Peu importe. Je vous laisse à vos pensées.

Hélicon s'avança à l'instant où Gershom s'apprêtait à quitter le pont.

— Attends ! Que se passe-t-il donc ? Un mur s'est érigé entre nous. Avec les autres, je peux le comprendre, car je suis leur souverain et leur chef, mais toi, Gershom, tu es mon ami !

Celui-ci s'immobilisa. Quand il reprit la parole, ce fut d'un ton froid, le regard dur.

— Que voudriez-vous m'entendre dire ?

— De la bouche d'un ami ? La vérité serait une bonne chose. Comment pourrais-je crever l'abcès si j'ignore tout de ses causes ?

— Voilà le problème, répondit Gershom. L'homme que j'ai rencontré il y a trois ans l'aurait compris en un instant. Par le sang d'Osiris, je n'aurais même pas *cette* conversation avec *lui* ! Qu'est-ce qui cloche chez vous, Hélicon ? Une harpie aurait-elle dérobé votre cœur pour le remplacer par une pierre ?

— Qu'est-ce qui cloche chez *moi* ? Tout le monde serait-il devenu fou ? Je n'ai pas changé !

— Comment pouvez-vous croire ça ? répliqua sèchement Gershom. Nous écumons la Grande Verte pour semer la terreur parmi des innocents, incendier leurs foyers, massacrer leurs familles… La guerre devrait rester une affaire de soldats, sur un terrain de bataille dûment choisi ! Elle ne devrait pas s'attaquer aux foyers des paysans, qui ont déjà fort à faire pour assurer leur subsistance !

Hélicon fut pris de colère.

— Et tu crois que j'aspire à de telles boucheries ? Que le massacre d'innocents villageois me transporte de joie ?

Gershom garda le silence un instant avant de se redresser de toute sa taille. Puis il avança vers le Dardanien, les yeux étincelants. Un instant, Hélicon crut qu'il allait le frapper. Puis Gershom se pencha vers lui. Un frisson le parcourut. Il avait le sentiment de voir un étranger devant lui, un élémental doté d'un pouvoir illimité.

— Quelle importance pour la veuve, votre joie ou votre remords ? dit Gershom d'une voix basse mais intense. Tout ce qu'elle aimait n'en aura pas moins disparu. Tout ce qu'elle avait bâti n'en sera pas moins réduit en cendres. Jadis, vous étiez un héros. À présent, Vous massacrez des époux, des vieillards et des enfants à peine capables de soulever une épée… Ulysse racontera peut-être un jour l'histoire de l'enfant blond de Pylos avec son petit couteau à fruit et son sang qui gicle.

La vision affreuse secoua Hélicon. Il revit le petit garçon blond de sept ou huit ans qui avait couru après l'un des guerriers d'Hélicon pour le piquer à la jambe. Sous le coup de la surprise et de la douleur, l'homme avait pivoté et ouvert la gorge de l'enfant d'un revers d'épée. Quand il avait vu l'enfant tomber, le guerrier avait crié d'horreur. Lâchant son épée, il avait pris le garçonnet mourant dans ses bras, essayant en vain d'étancher le flot de sang.

D'autres visions affluèrent alors dans sa mémoire : des femmes éplorées devant des cadavres et des maisons incendiées, des enfants hurlant de terreur et de douleur, leurs habits enflammés. Il sentit la colère l'envahir à ces souvenirs.

— Je ne suis pas à l'origine de cette guerre ! Commercer à travers la Grande Verte me convenait très bien. C'est à Agamemnon que nous devons des temps aussi sombres.

Le regard de Gershom ne perdit rien de son intensité.

— Agamemnon n'est pas responsable de la mort de cet enfant – vous l'êtes. Je m'attends à ce que *lui* massacre des petits. Je ne m'y attendais pas de votre part. Quand le loup dévore les moutons, on hausse les épaules en disant que c'est dans sa nature. Lorsque le chien de berger se retourne contre le troupeau qu'il garde, on a le cœur brisé devant tant de fourberie. Par tout ce qui est sacré, Hélicon, les marins ne vous battent pas froid parce que vous êtes leur roi ! Ne le comprenez-vous pas ? Vous avez fait de ces hommes de bien des êtres maléfiques. Vous leur avez brisé le cœur.

Sur ces mots, Gershom se tut et détourna le regard. En cet instant terrible, Hélicon comprit la haine que lui vouait Bias. Aux yeux du vieillard, les héros luttaient contre les ténèbres tandis que les hommes mauvais s'y vautraient. Pour lui, les choses étaient simplement noires ou blanches. Hélicon avait trahi tout ce en quoi le vieux Bias croyait. Les héros ne s'en prenaient pas aux faibles et aux gens sans défense. Ils n'incendiaient pas les maisons des pauvres.

D'un coup d'œil à Gershom, il vit que son ami le regardait de nouveau. Mais cette fois, seule de la tristesse habitait ses yeux. Hélicon n'avait aucun argument contre ce que Gershom venait de dire : tout était vrai. Pourquoi ne l'avait-il pas compris avant ? Il revit en pensée les raids et les massacres – sous un tout autre jour, cette fois.

— Que suis-je devenu ? lâcha-t-il, étreint par l'angoisse.

— Le reflet d'Agamemnon, répondit Gershom d'une voix douce. Vous vous êtes perdu en devenant un guerrier avant tout, en ne pensant qu'armées et stratégie, en calculant les pertes et les gains comme s'il s'agissait encore de marchandises, comme naguère, et non de vies humaines.

— Pourquoi ne l'ai-je pas compris ? M'aurait-on jeté un sort ?

— Il n'y a aucun sortilège là-dedans. La vérité est bien plus prosaïque que ça. Il y a une part de ténèbres en vous, comme en nous tous, j'imagine. Des démons que nous gardons enchaînés. Les hommes ordinaires doivent se munir de chaînes très résistantes car, si nous déchaînons ces démons, la société se retournera contre nous et nous punira promptement. Mais les rois… Qui peut se dresser contre eux ? Donc, leurs chaînes sont de paille. Voici la malédiction des rois, Hélicon : ils sont libres de devenir des monstres. (Il soupira.) Et c'est généralement ce qui se passe.

La bise soufflait du pont arrière, et Hélicon frissonna.

— Nous ne lancerons plus de raids contre des villages.

Gershom sourit. Hélicon vit qu'il se détendait.

— C'est bon à entendre, Bienheureux.

— Il y a bien longtemps que tu ne m'avais plus appelé ainsi.

— En effet, conclut Gershom.

À l'approche du crépuscule, le vent se leva, ballottant la flotte et ralentissant sa progression. La fatigue pesait lourdement sur les rameurs. Certains des navires les plus vieux, acquis par Hélicon auprès de nations alliées, n'étaient pas aussi bien entretenus que ses propres galères. Les bernaches qui colonisaient leurs coques les alourdissaient et les empêchaient de soutenir l'allure des navires plus rapides. Progressivement, la flotte perdait sa cohésion.

Hélicon s'en inquiétait car, si leur route venait à croiser celle de galères ennemies, les traînards risquaient d'être coulés. Il avait espéré aller plus vite. S'ils n'avaient pas eu le vent debout, ils auraient dû pouvoir arriver jusqu'au littoral neutre d'Aia. Maintenant, il n'en était plus question.

Alors que la lumière du jour baissait, Hélicon fit signe à sa flotte de le suivre dans une large baie. Ils étaient en territoire ennemi, et n'avaient aucun moyen de savoir quelles forces étaient postées là. Le danger était double : un corps d'armée hostile pouvait se trouver à distance de frappe de la baie, et une flotte ennemie pouvait leur fondre dessus pendant qu'ils seraient installés sur la plage pour la nuit.

En abordant la baie, Hélicon découvrit une communauté, à l'extrémité droite. Un fortin perché sur une colline abritait tout au plus une centaine de soldats.

Huit navires marchands d'un faible tirant d'eau avaient été halés sur la plage près du village. Les feux de cuisson étaient déjà allumés.

Au coucher du soleil, les galères commencèrent à accoster à cinq cents pas des habitations. Hélicon fut le premier à toucher terre, appelant à lui ses capitaines pour leur ordonner de ne commettre aucun acte hostile, mais de se contenter d'allumer également des feux de cuisson et de donner un peu de repos aux équipages. Personne ne devait approcher du village.

Alors que de plus en plus de marins sautaient à terre, Hélicon repéra une vingtaine de soldats quittant le fort pour descendre à leur rencontre. Piètrement armés, les défenseurs avaient pour tout équipement des lances légères, des plastrons en cuir et des casques. Hélicon s'aperçut que Gershom le regardait. L'Égyptien pensait sûrement à la promesse de son ami de ne plus attaquer les villages.

Hélicon se porta au-devant des émissaires. Leur chef, un jeune homme grand et maigre atteint de calvitie précoce, plaqua le poing sur son plastron à la manière des Mycéniens.

— Salutations, voyageur. Je suis Calos, le commandant de la garde.

— Salut à toi, Calos. Je suis Athénos, un ami d'Ulysse.

— Tu as beaucoup de navires, Athénos, et de nombreux hommes. Le village est petit. Il y a seulement cinq putains et deux auberges. Si tu laisses tes hommes aller à leur guise, je crains qu'il y ait du grabuge.

— Tu as raison, Calos. J'ordonnerai à mes équipages de ne pas quitter la grève. Dis-moi, as-tu des nouvelles d'Ulysse ? Je devais le retrouver en Ithaque, avec une autre flotte alliée.

Calos secoua la tête.

— Cette année, nous n'avons pas vu du tout le roi laid. La flotte de Ménados est passée par-là il y a quelques jours. Selon les rumeurs, il y aurait eu de nouveaux raids troyens à l'ouest.

— C'est vrai, hélas. Pylos a été attaquée il y a plusieurs jours, et le palais a été brûlé.

Le jeune chef de milice en fut choqué.

— Oh, non ! Quelle sombre nouvelle… N'y aura-t-il donc aucune limite à la vilenie de ces Troyens ?

— Apparemment pas. Où se dirigeait Ménados ?

— Il ne m'a pas fait part de ses plans, messire. Il s'est contenté de faire le plein de fournitures et de nourriture avant de repartir.

— J'espère qu'il était à la tête d'une flotte puissante. Il paraît qu'il y avait une cinquantaine de galères, lors du raid contre Pylos.

— Ménados avait au moins quatre-vingts navires, même si nombre d'entre eux étaient de simples bâtiments de fret. C'est un très bon marin, qui a coulé par le fond de nombreux navires pirates ces dernières saisons.

Le jeune homme allait poursuivre sur sa lancée lorsque Hélicon le vit jeter un coup d'œil sur sa gauche… et écarquiller les yeux en changeant d'expression. Hélicon suivit la direction de son regard. Les derniers rayons du soleil couchant avaient illuminé le *Xanthos*. Un nœud lâche s'était détendu et la voile s'était en partie défaite, dévoilant la tête du cheval noir qui y était peint... Bien peu d'hommes vivant autour de la Grande Verte n'avaient jamais entendu parler du cheval noir d'Hélicon.

Calos recula. Hélicon se retourna vers lui et dit rapidement mais calmement :

— L'heure n'est pas à la précipitation. La vie de tes hommes et de ces villageois est entre tes mains. Tu as des amis ici ? De la famille ?

Le jeune chef le toisa, vibrant de haine.

— Tu es le bouteur de feu ! l'incendiaire ! Tu es maudit !

— Je suis ce que je suis, admit Hélicon, mais ça ne change rien au fait que des vies humaines sont dans la balance. Je lis dans tes yeux que tu es un homme de courage. Tu n'hésiterais pas à t'aventurer sur la route ténébreuse afin de terrasser un adversaire. Mais les gens que tu as juré de protéger ? Les vieillards, les enfants, les bébés ? Dresse-toi contre moi, et tous mourront. Accepte que mes hommes se reposent ici pour la nuit, puis nous reprendrons la mer et n'importunerons personne. En choisissant la voie de la sagesse, tu auras honoré ton devoir de protection envers ton peuple. Personne ne périra, et aucune maison ne brûlera.

Le jeune chef resta un moment sans voix, indécis. Certains des hommes d'Hélicon se rapprochèrent. Les miliciens firent de même, lance pointée, prêts à en découdre.

— En arrière ! ordonna Hélicon à ses guerriers. Pas question de verser le sang ici. J'ai donné ma parole à ce vaillant jeune officier... (Il se tourna vers Calos et soutint son regard aux prunelles noires.) Le choix te revient, alors. La vie ou la mort pour ton peuple.

— Vous resterez tous sur la plage ?

— Oui. Et tu t'en assureras en nous tenant compagnie. Mes cuisiniers vont mijoter un succulent dîner que nous partagerons en buvant du bon vin.

— Je n'ai nul désir de rompre le pain avec toi, Hélicon.

— Et je n'ai nul désir de vous voir, toi et tes hommes, vous éclipser à la faveur de l'obscurité et revenir avec des renforts. Tu restes avec nous. Tu n'auras rien à craindre.

— Nous ne vous abandonnerons pas nos armes.

— Je ne vous l'ai pas demandé. Vous n'êtes pas nos prisonniers. Je n'ai pas exigé votre reddition. Pour cette nuit au moins, et sur cette plage, nous sommes neutres. Avant de manger, nous offrirons des actions de grâces et des libations aux mêmes dieux, et nous parlerons en hommes libres sous des cieux tout aussi libres. Tu m'entretiendras de la vilenie des Troyens, et je te parlerai du jour où un raid mycénien a fondu sur mes terres, a capturé un enfant de ma famille pour lui mettre le feu et le précipiter du haut d'une falaise. Puis, comme des hommes intelligents et civilisés, nous déplorerons ensemble les horreurs de la guerre.

La tension diminua. On alluma les feux de cuisson. Hélicon rassembla autour de lui la milice mycénienne. Assis, tous observèrent un silence embarrassé pendant que la nourriture cuisait. On apporta du vin, une offre que les Mycéniens commencèrent par décliner. À mesure que s'écoulait la nuit dans l'inconfort et la gêne, on pria Oniacus de chanter – ce qu'il accepta. Il avait un beau timbre grave, et les chants qu'il choisit étaient profonds et mélancoliques. Pour finir, les Mycéniens acceptèrent du vin et de la nourriture.

Hélicon établit des tours de garde pour patrouiller le long de la plage et prévenir toute incursion dans la communauté. Cela fait, il gagna le bord de mer. Il était profondément troublé.

Gershom le rejoignit.

— Vous avez bien agi, Bienheureux.

— Quelque chose ne va pas… Ces hommes ne sont pas des guerriers, et leur piètre armement est nouveau. Il s'agit de villageois équipés à la hâte. Pourquoi ?

— Les garnisons des parages ont été appelées en renforts ailleurs, avança Gershom.

— Si loin des combats ?

Calos avait parlé de la flotte de Ménados et avait révélé que de nombreux navires étaient destinés au fret. Ils servaient à transporter des hommes et des chevaux. Une force d'invasion.

Sa propre flotte n'avait pourtant repéré aucun bâtiment ennemi. Donc, cette flotte avait délibérément navigué près du littoral en se dirigeant vers le nord-est. Il ne s'agissait donc pas d'une attaque contre la Lykie, située plus bas à l'est. La flotte de Ménados voguait près de la côte mycénienne, transportant une armée… où ?

En Thrace, pour renforcer les armées affrontant Hector ? C'était une possibilité. Et pourtant, en quoi était-ce nécessaire ? Les armées du roi thessalien, Pélée, pourraient investir la Thrace. Pourquoi priver les contrées du Sud de leurs guerriers et leur faire risquer leur vie en mer alors qu'il était tellement plus simple pour les alliés du Nord de monter une offensive par voie terrestre ?

Soudain, il comprit. Et l'impact de la révélation lui fit l'effet d'un coup de poing dans le ventre.

La Dardanie ! Si Agamemnon pouvait faire traverser l'Hellespont à une armée et la débarquer en dessous de la

Thrace, Hector serait bel et bien pris au piège. La citadelle de Dardanos serait isolée, les quelques bataillons placés sous les ordres d'un général octogénaire seraient débordés et terrassés… Toutes les contrées sises au nord de Troie tomberaient alors sous la coupe de Mycènes.

Une fois encore, il s'aperçut, le cœur lourd, qu'il était retombé dans ses vieux travers, penser seulement aux forteresses prises et aux terres conquises. Halysia se trouvait à Dardanos, ainsi que le petit, Dex. Lors du dernier raid des Mycéniens, la jeune femme avait été violée et poignardée et son fils, assassiné sous ses yeux.

— Dès l'aube, nous retournons chez nous, dit-il.

Chapitre 27

Les fils du désespoir et de la joie

Le petit garçon aux boucles d'or courait dans le couloir poussiéreux, ses pieds nus silencieux sur les pierres polies par l'âge. Au bout, il bifurqua pour s'assurer que la Grise ne l'avait pas rattrapé, puis il se jeta à plat ventre et rampa dans une petite niche sombre.

L'antique forteresse de Dardanos était un labyrinthe de couloirs, de tunnels et de petites cavités où seul un gamin de trois ans pouvait se faufiler. Il rampa dans le creux qui serpentait entre les murs pour déboucher dans la pénombre d'une antichambre, derrière une tapisserie poussiéreuse. Puis traversa vivement la salle déserte pour atteindre la porte en chêne massif du mur opposé. Elle était entrebâillée. En appuyant le visage contre le chambranle, il pouvait voir dans la grande salle adjacente. La Femme Soleil n'était pas là, mais il savait qu'elle viendrait. Il s'accroupit plus confortablement sur le sol, ses bras menus autour des genoux, et patienta. Depuis trois ans qu'il était né, il en savait déjà long sur l'attente.

Un cri strident et lointain lui parvint. La Grise le cherchait. Elle commencerait par la cour, mais il se dénichait chaque jour une nouvelle cachette et la Grise, la pauvre vieille, était toujours à la traîne.

Une aube resplendissante filtrait par les hautes fenêtres de la chambre. Il sentit les bonnes odeurs du pain et du bouillon en train de cuire, pour le petit déjeuner de la maison royale. Il avait le ventre vide, et ces odeurs alléchantes lui faisaient monter l'eau à la bouche. Mais il tint bon, attendant la Femme Soleil.

Chaque jour, il réussissait à tromper la surveillance de la Grise pour rechercher la Femme Soleil. Pourtant, il ne la laissait pas le voir, car il savait qu'elle serait en colère, et ça l'effrayait, même s'il n'en comprenait pas la cause. Dans son petit lit chaud, la nuit, il rêvait au jour où la Femme Soleil le rechercherait *lui*, lui ouvrirait ses bras et l'appellerait. Elle le prendrait dans ses bras, le serrerait contre elle et lui murmurerait des mots doux.

Il entendit du bruit dans le mégaron et regarda par l'entrebâillement de la porte, mais ce n'étaient que des soldats et Vieux Rouge. Celui-ci gesticulait en distribuant ses ordres. Puis les hommes quittèrent les lieux. Des serviteurs passèrent tout près du garçonnet à leur insu, à une longueur de bras de sa cachette – mais ils ne viendraient pas l'antichambre. Le matin, ils étaient très occupés.

Quand les gens commencèrent à se rassembler dans le mégaron, il avait des crampes dans les jambes. Il s'allongea et ouvrit grands les yeux. Arrivaient tous les vieillards dans leur longue robe, leurs sandales traînant sur le sol… Suivaient les soldats en armure, leurs grèves de cérémonie rutilant sous le soleil. Les dames de la cour murmuraient et gloussaient. L'enfant les reconnaissait uniquement grâce à leurs anneaux d'orteil et à leurs bracelets de cheville. L'une d'elles portait à la cheville une chaîne ornée de poissons verts. Fasciné, l'enfant regarda les breloques tinter au rythme des mouvements de la jeune femme.

Le brouhaha cessa soudain, et le petit se pressa un peu plus contre la porte.

La Femme Soleil avança vers le trône, regardant un moment autour d'elle. Elle portait une longue tunique sans manches d'un blanc immaculé décoré de points argentés. Ses cheveux d'or bouclés étaient ramenés sur le dessus de sa tête et tressés de rubans de couleurs vives. Comme toujours, sa beauté éblouit le petit garçon, et des larmes montèrent à ses yeux.

— Commençons, dit la Femme Soleil. Nous avons beaucoup à faire.

Elle avait un timbre de voix aussi mélodieux qu'un carillon d'argent. Elle s'assit, et on passa à l'ordre du jour. Elle s'adressa à Vieux Rouge et aux autres anciens puis, l'un après l'autre, des gens furent amenés devant elle. L'un d'eux était un soldat aux poings liés. Empourpré, il parla avec de la colère dans la voix. L'enfant eut un instant peur pour la Femme Soleil, mais elle répondit d'une voix calme. Puis des guerriers firent sortir le prisonnier.

Midi approchait, et le garçonnet sommeillait à demi lorsque la Femme Soleil se leva de son trône et balaya de nouveau le mégaron du regard.

— Où est Dexios ? L'enfant doit être présent pour le rituel. Lila !

La Grise avança en traînant la patte et en tordant ses mains toutes ridées, le visage creusé par l'anxiété.

— Je n'ai pas réussi à le retrouver, ma reine ! Je suis navrée. Il court si vite, je ne peux pas le rattraper…

— As-tu fouillé les écuries ? Il se cache parfois dans le foin, m'a-t-on dit.

— Oui, ma reine. Il n'y était pas.

Derrière la porte, Dexios fut tétanisé quelques secondes, en croyant à peine ses oreilles. La Femme Soleil voulait le voir ? Il se leva d'un bond, prêt à courir vers elle, mais dans sa joie il claqua la porte en chêne au lieu de l'ouvrir tout à fait. Elle se referma sans un bruit, et la barre de fermeture retomba. Il était coincé.

Il martela le chêne de ses petits poings.

— Je suis là ! Ouvrez ! S'il vous plaît, ouvrez-moi !

Épée au poing, un soldat la rouvrit brusquement. En larmes, Dexios apparut dans l'encadrement, baigné de soleil, tous les regards des courtisans braqués sur lui.

Tombant à genoux devant Halysia, reine de Dardanie, il l'implora :

— Je suis là, maman…, ne soyez pas fâchée !

Du sang rouge vif giclant de sa gorge, le taureau noir s'effondra dans la cour. La trachée-artère sectionnée, il ne fit aucun bruit excepté un râle rauque d'agonie. Ses pattes battirent faiblement le sol, puis il s'immobilisa. Le prêtre d'Apollon, un jeune homme vêtu seulement d'un pagne, tendit à son assistant le couteau rituel et entreprit de réciter les paroles d'adoration pour le Seigneur de l'Arc d'Argent.

Halysia écouta le rituel quelques instants en essayant de ne pas voir ou sentir le sang. Puis ses pensées revinrent à ses devoirs.

Elle nota que l'enfant se trouvait à côté d'elle, et l'irritation la saisit. Pourquoi était-il encore là ? Pourquoi Lila ne l'avait-elle pas ramené dans sa chambre ? De temps à autre, il levait les yeux vers elle, ses cheveux d'or retombant sur les côtés… Elle évitait toujours de le dévisager, de croiser ses yeux noirs.

Elle aurait voulu qu'Hélicon soit là. Elle avait régné quinze ans sur la Dardanie, enfant craintive d'abord, puis jeune mère, puis veuve, le cœur mortellement brisé ou presque par le meurtre de son fils. Chaque jour, elle débattait calmement avec ses conseillers du péril qui les guettait du nord et de la mer. Ils prêtaient l'oreille à ses plans, à ses suggestions, et exécutaient ses ordres. Mais même le vieux Pausanias ne se doutait pas un instant de la peur panique qui lui serrait le cœur chaque fois qu'elle imaginait un second raid mycénien… Elle revoyait une fois de plus les guerriers couverts de sang envahir sa chambre, tuer son amant Garus et les traîner, hurlants, elle et son fils Dio, jusqu'au bord de la falaise, et l'horreur indicible qui avait suivi. Elle se rappelait la brute aux yeux noirs, un Hittite, lui avait-on dit, qui l'avait violée. Elle était hantée par les hurlements de douleur de son enfant pendant qu'il tombait de la falaise, en flammes…

Elle n'arrivait pas à regarder le petit enfant, près d'elle, à lui tenir la main, à l'étreindre… Elle aurait voulu qu'il ne soit jamais né, ou qu'il parte. Quand il serait un peu plus vieux, elle l'enverrait à Troie sous un prétexte quelconque afin qu'il soit éduqué avec les enfants royaux.

Baissant les yeux, elle vit qu'il avait les siens levés vers elle, avec une expression qu'elle ne put déchiffrer. Lui faisait-elle peur ? Savait-il seulement qui elle était ? Elle s'avisa qu'elle comprenait les pensées de cet enfant moins bien que celles des chevaux qu'elle chérissait… Le garçonnet dardait sur elle un regard sombre empli d'un besoin indicible et, irritée, elle s'en détourna. Elle fit signe à Lila, pour que la vieille nourrice emmène rapidement l'enfant.

Lentement, le rituel se termina. Pendant que les prêtres découpaient le taureau en quartiers, Halysia regagna le palais, entourée de son état-major : le vieux Pausanias ; son petit-neveu, Ménon à la chevelure rousse ; l'agaçant Troyen Idaios et ses deux jeunes aides de camp.

Il lui restait une seule tâche pour la journée : le compte-rendu quotidien du déroulement de la guerre. Dans une antichambre du mégaron, elle s'assit lourdement sur une banquette tandis que les cinq officiers faisaient cercle autour d'elle. On avait fermé les portes pour que les serviteurs ne risquent pas d'entendre.

— Eh bien, Pausanias, quoi de neuf aujourd'hui ?

Le vieux général s'éclaircit la voix. Ayant passé les quatre-vingts ans, il servait les dirigeants de Dardanie depuis plus de soixante ans. Ces jours-ci, un air soucieux s'affichait toujours sur son visage buriné.

— Pas de nouvelles de la Thrace, ma reine. Il n'y a plus eu de messagers depuis cinq jours.

Une troupe d'infanterie de Dardanie s'était rendue en Thrace avec le Cheval de Troie. Il était trop tôt pour avoir des nouvelles, et pourtant Halysia craignait chaque jour d'apprendre que les forces alliées avaient été massacrées et que les rebelles mycéniens et thraces fonçaient vers le détroit. Elle se força au calme et demanda :

— Et les messagers à cheval ? Mes plans ont-ils été menés à bien ?

Pausanias hésita et s'éclaircit de nouveau la voix.

— Oui, ma reine. Il en sera fait selon votre volonté. D'ici quelques jours, nos plans auront été menés à terme.

En l'absence d'Hélicon, Halysia avait pris sur elle de mettre sur pied une compagnie de cavaliers royaux à travers toute la Dardanie, d'après l'exemple des Hittites, avec des points de ravitaillement armés distants d'une journée de cheval. Ainsi, les cavaliers porteraient des messages de Troie et à Troie, pour partager avec Priam les renseignements sur l'ennemi. Des compagnies montées transmettraient également des messages aux alliés de Dardanos à l'est, en Phrygie et à Zéleia.

Pausanias avait d'abord été dubitatif, contrarié à l'idée de priver l'armée et les défenses de la ville de cavaliers aguerris.

— La communication est vitale, lui avait-elle dit. Si les Mycéniens viennent, nous devrons être avertis le plus tôt possible. En cas d'invasion, les cavaliers royaux ont ordre de retourner dans la cité sans attendre. Et ils nous donneront ainsi l'alerte plus rapidement.

Le vieil homme avait suivi les instructions de la reine. Des cavaliers avaient été sélectionnés parmi les soldats dardaniens. La plupart étaient à peine sortis de l'adolescence, mais ils avaient grandi au milieu des chevaux, tout comme Halysia, si bien que la monte leur était plus naturelle que la marche. Elle s'était entretenue personnellement avec chacun d'eux. Les cavaliers avaient été très fiers de se voir confier une mission aussi importante.

— J'ai un souci, ma reine, dit Idaios.

Découragée, Halysia n'en maintint pas moins un air d'intérêt détaché.

— Lequel, Idaios ?

L'officier se tenait à l'écart des Dardaniens, d'un côté de la salle, avec ses compatriotes troyens. En l'absence d'Hélicon, Priam avait dépêché les trois hommes afin d'apporter leurs conseils et leur soutien à la défense de Dardanos. Aux yeux d'Halysia, leur seul « titre de gloire » jusqu'à présent était de contrecarrer et de discuter toutes ses décisions. D'après les rumeurs, leur porte-parole, Idaios – un homme râblé et courtaud dont la moustache blonde tombante servait à dissimuler une dent de devant cassée –, aurait été un fils illégitime de Priam.

— Navré, ma reine, mais vous connaissez mon avis sur ces messagers. Le roi Priam… (il marqua une pause pour que chacun réfléchisse à son brillant entregent) s'accorde avec moi à reconnaître que l'information est inestimable et devrait être préservée au lieu d'être répandue par monts et par vaux par la bouche de jeunes gens auxquels nous n'avons aucune raison de nous fier.

— Oui, nous connaissons ton avis, Idaios, répondit Halysia d'un ton las. Nous en avons déjà débattu. Ces jeunes gens ont été choisis parce que ce sont de bons cavaliers, mais également parce qu'ils sont intelligents et ont l'esprit vif. Ce sont tous des Dardaniens loyaux envers leur souverain. Ils ne peuvent pas transporter d'écrits car les destinataires, pour la plupart, ne savent pas lire. Nous comptons sur eux pour livrer les messages à qui de droit, sans erreur.

— L'un de mes petits-fils a été choisi comme cavalier royal ! s'insurgea Pausanias, irrité. Suggérerais-tu que c'est un traître ?

Idaios s'inclina.

— Nul ne doute de la loyauté du jeune Pammon, général. Je souligne simplement la possibilité d'une trahison quand l'information circule trop librement.

Halysia leva les mains.

— Le sujet est clos ! Parlons maintenant des cinq bourgs.

Il s'agissait de grands villages côtiers situés au nord de Dardanos, et dont l'emplacement stratégique permettrait d'avertir très vite d'une tentative d'invasion par le détroit. Y vivaient des Phrygiens, des Mysiens et quelques Thraces qui avaient choisi de résider sur les territoires tempérés du littoral plutôt que dans l'arrière-pays, plus hostile. De nombreuses familles vivaient là depuis des générations. Halysia avait pris une mesure controversée : armer les villages, en partant du principe que les populations récompenseraient sa confiance par leur loyauté. Elle savait qu'Idaios désapprouvait fortement ce plan, et elle le soupçonnait d'avoir transmis ses sentiments sur la question à Priam, à Troie.

Ménon, un jeune général avenant qui soulageait de plus en plus Pausanias de ses lourdes responsabilités, avait déclaré que les chefs des cinq bourgs avaient reçu des armures légères et des armes : des arcs, des lances, des épées et des boucliers. Les chefs du cru avaient été chargés d'organiser eux-mêmes la répartition des armes parmi les leurs.

— Face aux Mycéniens, ils seront inutiles, fit Pausanias d'un ton maussade. Quelques centaines de villageois armés contre des milliers de guerriers…

Ménon sourit.

— Je le sais, mon oncle, mais si tu étais menacé par un millier de guerriers, préférerais-tu les affronter épée au poing ou bien désarmé ?

À contrecœur, le vieil homme opina. Halysia entendit Idaios inspirer pour reprendre la parole et leva la main.

— Je ne veux rien entendre, Idaios. Je ne doute pas que tes compagnons et toi considériez ce plan comme défaillant et que ces gens ne devraient pas être armés, de crainte qu'ils retournent leurs armes contre nous ou les uns contre les autres. En temps de paix, ce pourrait bien être le cas, car un Phrygien pourrait tuer un Thrace à propos d'une vache… Mais avec la menace de l'autre côté de l'Hellespont pesant constamment sur eux, ils seront soulagés qu'on leur distribue des armes et ils nous en remercieront par leur loyauté.

Idaios reprit son souffle. Elle le battit de nouveau de vitesse.

— Dis-moi, toi qui es chargé de la défense de la plage… Tous les voyageurs en visite à Dardanos sont-ils dûment fouillés et désarmés, comme je l'ai ordonné ?

Il eut l'air mécontent. Elle savait qu'il était contrarié du rôle qu'elle lui avait confié. Confisquer de vieux gourdins en bois et des épées émoussées aux marins de passage avant de les restituer à leurs légitimes propriétaires dès qu'ils s'en retournaient n'était pas digne de lui.

— Oui, ma reine, c'est fait. Quoique…

— Bien. C'est une tâche vitale. Ne la sous-estime pas. (Avant que quiconque puisse ajouter quoi que ce soit, elle se leva.) Général Pausanias, accompagne-moi, je te prie.

Ils sortirent, traversèrent la cour baignée de soleil et parvinrent aux écuries pleines d'animation de la garde royale. Le visage tourné vers l'astre solaire, Halysia respira à pleins poumons l'odeur des chevaux, du foin blanchi par le soleil et du cuir. Elle ralentit le pas pour permettre au vieux guerrier de soutenir son allure. L'infirmité de plus en plus prononcée de Pausanias l'attristait. Depuis l'attaque contre Dardanos, trois ans plus tôt, l'âge paraissait peser plus lourdement sur ses épaules.

Des écuries montait le raffut d'une bête qui piaffait et hennissait de colère. Halysia pénétra dans le bâtiment en bois. Pausanias sur les talons, elle gagna la stalle la plus éloignée, où un imposant cheval noir se cabrait et ruait en martelant les parois de ses sabots, les faisant trembler et grincer. Alors qu'elle s'approchait, l'animal l'avisa et bondit, le regard fou, les narines frémissantes. Il heurta de son poitrail massif la porte de la stalle, et la poutre supérieure se fendit. Sans broncher ni céder un pouce de terrain, Halysia lui parla à voix basse. Le cheval darda sur elle un œil furibond avant de reculer dans l'ombre.

— J'ignore pourquoi vous gardez cette créature, grommela Pausanias. Nous l'avons transférée ici parce qu'elle causait des ravages dans les enclos. Et voilà maintenant que ce cheval sème le trouble parmi les montures de la garde !

— Je croyais que l'éloigner des juments le calmerait. Il y a en lui une telle colère… Je me demande pourquoi.

— Si on lui coupait les couilles, ça l'apaiserait, et il deviendrait peut-être une bonne monture.

— Hélicon pense qu'il fera un bel étalon, apte à engendrer une nouvelle race de chevaux de guerre.

Pausanias secoua la tête.

— Trop de fougue pour lui lâcher la bride… Sais-tu qu'il a failli estropier un de mes meilleurs cavaliers ? Il l'a désarçonné puis lui a piétiné les jambes ! Les deux ont été fracturées. Il n'est pas bien dans sa tête, ma reine.

— Ouvre la stalle, Pausanias.

Le vieil homme hésita.

— Ne faites pas ça, ma reine.

Elle lui sourit.

— Ce n'est qu'un cheval. Pas un tueur fou. Obéis-moi.

Pausanias avança, souleva la barre de verrouillage et entrouvrit la porte. Halysia se glissa à l'intérieur et vit le vieil homme tirer son épée, prêt à égorger l'animal s'il devenait menaçant.

— Range cette lame, et referme derrière moi.

Elle entra, puis, fredonnant une mélodie apaisante, elle leva doucement la main pour flatter l'encolure de l'animal. Les oreilles aplaties sur son crâne, le cheval piaffa.

— Un jour, lui chuchota-t-elle, nous galoperons tous les deux à travers la plaine. Tu seras roi parmi les tiens, et les juments se presseront vers toi.

Elle prit une poignée de paille pour l'étriller. Après un instant, il releva les oreilles, tournant la tête vers elle.

— Tu es si beau ! Si fringant, si fort !

Elle lâcha la paille et elle regagna lentement la porte de la stalle, que Pausanias rouvrit pour la laisser sortir. Alors que la barre de verrouillage retombait en place, l'étalon rua brusquement, puis fonça en avant. Pausanias recula précipitamment et faillit trébucher.

Halysia gloussa.

— Quel merveilleux cheval il fera !

— J'ignore comment vous faites. À croire qu'il vous comprend quand vous lui parlez !

Au-dehors, elle se tourna vers le vieux général.

— M'accompagneras-tu en promenade ?

— J'en serais honoré, ma reine.

Il héla un garçon d'écurie pour qu'il aille chercher des montures. L'adolescent amena le vieux hongre alezan d'Halysia, Danseur, ainsi qu'une jument au dos ensellé et au caractère doux dont Pausanias s'était récemment entiché. Ils traversèrent à cheval la cour des écuries puis gagnèrent la porte de la Mer, qui dominait le port. Faisant halte au bord de la déclivité abrupte et rocailleuse, ils observèrent, de l'autre côté de l'étroit ruban de mer du détroit, les côtes de la Thrace déchirée par la guerre.

Pausanias parla de ses appréhensions.

— Si la Thrace de l'Est tombe, les armées de l'Ouest ainsi que les Thraces rebelles débarqueront sur nos côtes par milliers.

Se retournant, Halysia regarda la porte de la Mer. Hélicon avait ordonné qu'on renforce les tours et qu'on recouvre de marbre vert importé de Sparte l'entrée en pierre. Depuis le port, la pente rendrait presque impossible toute tentative de forcer ces portes. Des ennemis gravissant péniblement la colline offriraient des cibles faciles aux archers, du haut des remparts.

— Si nous avions assez de guerriers, nous pourrions tenir des mois, dit Halysia.

Le vieil homme grommela.

— Oui, avec cinq fois nos effectifs actuels !

Sans un autre mot, Halysia tourna bride et entama l'ascension de l'étroite sente pierreuse qui serpentait au pied des remparts, au-delà du point le plus élevé des falaises, appelé la Marche d'Aphrodite. Elle sourit à la pensée du vieux général qui la suivait. Le terrain était accidenté et, par endroits, la sente était si étroite que son pied extérieur pendait au-dessus de l'abîme.

Pausanias n'avait pas peur pour lui, mais pour elle. Il ne comprenait pas pourquoi elle courait de tels risques. Halysia n'avait jamais essayé de le lui expliquer. Dans le pays natal de la jeune femme, l'été, il y avait de nombreux départs de feu. Ils dévoraient l'herbe sèche, attisés et poussés par le vent vers les habitations. Le seul moyen de les combattre consistait à établir des feux contrôlés, en aval. Quand l'incendie arrivait aux zones déjà brûlées et dénudées, il s'éteignait, faute de carburant.

Ces excursions périlleuses étaient pour Halysia une façon de composer avec la terreur constante qu'elle éprouvait, en s'exposant à des peurs moindres qu'elle contrôlait mieux.

Ils finirent par atteindre un sentier moins étroit menant au second grand portail de Dardanos. La porte de la Terre constituait la partie la plus ancienne de la ville, érigée par les artisans d'antan dont l'histoire n'avait pas retenu les noms. Le bastion massif faisait face au sud, en direction de Troie. Ses murailles étaient imposantes et la porte à deux vantaux était étroite et haute. Les abords de la porte offraient cependant un terrain plat et dégagé. Des envahisseurs pourraient y camper en toute sécurité pendant une saison entière en attaquant à volonté.

De la porte de la Terre partait le mince ruban d'une route qui traversait la plaine desséchée avant de plonger dans un long défilé encaissé. Les deux cavaliers l'empruntèrent, se dirigeant vers un profond ravin qu'enjambait un étroit pont de bois, avec un garde posté en permanence à chaque extrémité. La route de Troie s'étirait ensuite en direction du sud. Les sabots des chevaux résonnèrent sur le bois pendant la traversée. Halysia jeta un coup d'œil en contrebas. L'à-pic était vertigineux. À l'autre extrémité, la souveraine tira sur la bride de sa monture et jeta un nouveau coup d'œil en arrière, émerveillée par le courage et le talent des hommes qui avaient construit le pont. Il ne mesurait pas plus de trois longueurs de lance, mais préparer le terrain n'avait pas dû être une mince affaire. Les poutres croisées et les solives avaient été profondément fichées dans la roche, sous le pont. Suspendus à des cordages, les hommes avaient dû tailler la pierre pour y creuser de profondes niches – le type de travail pour lequel le peuple d'Halysia était réputé.

Loin de la cité, Halysia inspira à pleins poumons, savourant l'odeur de terre humide, le parfum de l'herbe estivale et la caresse de la brise qui soufflait librement sur la plaine. Le jour baissait lorsque Pausanias reprit :

— Nous devrions retraverser la Folie et rebrousser chemin. Je n'ai nul désir de revenir par ce chemin dangereux après la tombée de la nuit.

Halysia tira sur la bride de son hongre.

— La Folie ?

— Je parlais du pont, ma reine.

— Pourquoi la qualifies-tu de Folie ? Elle permet de raccourcir le trajet jusqu'à Troie. Les voyageurs gagnent un bon jour de voyage.

— L'endroit s'appelait ainsi bien avant la construction du pont. Il n'y a que de vieilles gens comme moi pour se le rappeler. La Folie de Parnio. (Il soupira.) Un jeune cavalier avait parié avec ses amis que son cheval pourrait franchir le gouffre d'un seul bond, à l'endroit le plus étroit. Il se trompait. Il a fallu deux jours pour remonter son cadavre brisé. Quelques années plus tard, on a lancé un pont au-dessus du vide, là où il avait péri.

— Tu le connaissais ?

— En effet, je le connaissais. Un garçon vaniteux et insouciant, mais sans une once de méchanceté. Comme tous les jeunes gens, il se croyait immortel. Eût-il survécu qu'il aurait soixante ans aujourd'hui, et des cheveux blancs. Il aurait vitupéré l'intrépidité des jeunes gens en nous expliquant que, de son temps, ça ne se passait pas comme ça. (Glissant un regard à la souveraine, il lui sourit.) Étrange, non, que je me rappelle si bien une époque révolue, alors que je ne saurais dire ce que j'ai mangé ce matin au petit déjeuner. Je crains de devenir de plus en plus inutile, ma reine.

—Absurde, Pausanias ! Je m'en remets à ta sagesse.

Il lui sourit de gratitude.

—Et moi, je m'en remets de plus en plus au jeune Ménon. Vous le ferez aussi, lorsque je ne serai plus.

—Tu as de l'affection pour ce garçon, et ça se voit.

Pausanias sourit de plus belle.

—Vous aurez du mal à le croire, mais c'est tout moi à son âge ! C'est un brave garçon, même s'il est criblé de dettes. Il adore les paris. Ce qui était aussi mon travers, autrefois.

—Me sera-t-il aussi loyal et sincère que tu l'es ?

Pausanias se crispa.

—Je ne suis pas toujours aussi sincère que je le voudrais. Et ça me préoccupe, ces derniers temps. Nous sommes seuls en ce moment, personne ne peut surprendre cette conversation. Alors, si vous me le permettez, j'aimerais vous dire ce que j'ai sur le cœur.

—J'avais espéré que tu te sentirais toujours en mesure de le faire.

—Pour toutes les questions d'ordre martial, je n'y manque pas. Mais là, il ne s'agit pas de choses militaires.

—Parle donc, tu m'intrigues.

—Vous vous souciez de ce cheval sauvage, vous vous efforcez de comprendre sa douleur et sa colère. Dès que vous le caressez, il s'apaise car il sent l'affection que vous avez pour lui. Pourtant, il existe un autre petit cheval assoiffé d'amour qui meurt d'envie qu'on le caresse, lui aussi… Et lui, vous l'ignorez.

Halysia sentit la colère monter en elle.

— Tu es pourtant le mieux placé pour comprendre ma révulsion ! Le père de cet enfant était un être nuisible qui a assassiné mon fils et planté sa vile semence dans mon ventre à mon corps défendant !

— En effet. Et Hélicon a cloué ce misérable sur les portes de sa forteresse, où il a connu une mort atroce. Mais cet enfant n'est pas son père. Il est le fils d'Halysia, une reine pleine de courage et de dignité, de droiture et de compassion. Il a hérité de son sang et de son âme combative.

Elle leva la main.

— Tu n'aborderas plus ce sujet. Tu avais tout à fait raison, général, de garder tes réflexions pour toi. Ne manque pas de continuer à l'avenir.

Tournant bride, elle reprit le chemin de la citadelle.

Réveillée en plein rêve, Andromaque resta immobile, tâchant de retenir les lambeaux du songe. Calliope s'était trouvée avec elle, ainsi que Laodicé. Toutes trois naviguaient à bord d'un grand navire blanc. Il n'y avait pas de rames, de voilure ni même d'équipage, et le navire glissait pourtant sur l'onde en direction d'une île lointaine nimbée de l'or du soleil levant. Andromaque était heureuse, le cœur libéré par la présence de ses amies. En cet instant du rêve, elle ne se rappelait pas ce qui était arrivé en réalité aux deux femmes.

Puis un quatrième personnage les avait rejointes, une jeune femme aux cheveux noirs et à la beauté éblouissante. Il y avait quelque chose de familier dans son regard froid, mais Andromaque ne l'avait pas reconnue tout de suite.

— Et te voilà en train de naviguer avec celles que tu as tuées…, lui avait-elle lancé.

Toutes s'étaient tenues coites, leur attention fixée sur Andromaque. Une tache rouge avait commencé à se répandre sur la robe claire de Laodicé, et une flèche à hampe noire était apparue, fichée dans la poitrine de Calliope. La jeune femme aux cheveux noirs s'était campée devant elle, sans mot dire. Puis elle avait vieilli de manière accélérée, sa peau s'était parcheminée, et Andromaque avait reconnu la reine Hécube.

— Vous méritiez la mort, avait-elle dit.

— Avais-je tort, Andromaque ? Ulysse ne s'est-il pas révélé un adversaire redoutable ?

Andromaque s'était réveillée sur une banquette de la terrasse orientale dominant les écuries de la caserne. Les hennissements des chevaux et le bruit de leurs sabots lui parvenaient aux oreilles mêlés aux clameurs et aux imprécations distantes des soldats. Le rêve s'agrippait à elle de ses doigts de brume, vecteur de culpabilité et de chagrin.

Près de la banquette, sa servante Axa, assise dans un siège à dossier droit, était toute à sa broderie, plissant de temps à autre le front pour mieux voir les points minuscules. Elle leva les yeux.

— Oh, vous voilà réveillée, maîtresse. Puis-je vous apporter quelque chose ?

Secouant la tête, Andromaque referma les yeux. N'y avait-il donc aucun moyen d'échapper à ce sentiment de culpabilité ? se demanda-t-elle.

Je n'aurais pas pu sauver Laodicé, la blessure était trop profonde…

Mais le visage de Calliope s'imposa alors à elle, et son cœur se serra. Quand elle avait vu le tueur tendre la corde de son arc, elle avait cru que la flèche lui était destinée, et avait plongé à plat ventre au sol. Si seulement elle avait crié un avertissement, Calliope aurait peut-être pu éviter le trait mortel.

Elle ouvrit les yeux, se rassit et inspira à fond. En vérité, la culpabilité ne la quittait plus, et il ne s'agissait pas simplement de la perte de ses amies. Un tel sentiment paraissait s'imposer en toutes circonstances… Elle se sentait même coupable de la joie qu'elle éprouvait. En dépit de la guerre, des craintes et des privations que cela valait à Troie, malgré le fait que les deux hommes qu'elle aimait combattaient au loin, malgré le fait que sa famille à Thèbes était menacée… en dépit de tout cela, elle était plus heureuse qu'elle ne l'avait été de toute sa vie.

La raison de tant de bonheur se trouvait dans une pièce à l'arrière. Elle savait, sans avoir besoin de le voir, qu'Astyanax dormait sur le dos, bras et jambes en croix à la façon de l'étoile de mer qu'ils avaient découverte un jour sur la plage. Ils l'avaient rapportée à la maison dans un peu d'eau, mais l'étoile de mer était morte, et l'enfant avait oublié son existence. Alors qu'Andromaque, elle, la conservait cachée dans une vieille boîte à bijoux. De temps en temps, elle la ressortait en souvenir de cette journée de bonheur et du ravissement du tout-petit en découvrant la minuscule créature marine.

La simple pensée de l'enfant suffisait à lui serrer le cœur. Andromaque réprima la folle envie de courir le retrouver, de tenir contre le sien son corps lourd de sommeil, chaud et sentant le lait.

L'accouchement avait été pénible, ainsi qu'Hécube l'avait prédit, à cause des hanches étroites d'Andromaque. Le travail avait pris presque une nuit et le matin suivant.

Les douleurs avaient été terribles, déchirantes. Pourtant, ce n'était pas le souvenir de l'instant où on avait placé le nouveau-né dans ses bras qui l'émeuvait le plus, mais celui, quelques jours plus tard, par une belle et fraîche matinée, où le bébé avait levé la tête et l'avait regardée. Ses yeux étaient d'un bleu saphir brillant.

Les yeux d'Hélicon.

Axa coupa court à ses réminiscences.

— Cassandre est venue vous voir.

— Cassandre ? Où est-elle ?

— Vous aviez besoin de sommeil, expliqua Axa, non sans un brin de défi. Je ne voulais pas vous déranger. Je l'ai donc renvoyée.

— *Tu* l'as renvoyée ? (Andromaque en sourit presque. La princesse Cassandre, fille du roi, congédiée par une servante. Puis une inquiétude la saisit.) Si le roi Priam entend parler d'un tel affront, il ordonnera sûrement que tu sois fouettée. Envoie une servante la prier de revenir. Ou mieux, va l'en prier toi-même.

L'air contrite, Axa rassembla son nécessaire à couture et quitta la terrasse. Andromaque l'entendit marmonner :

— Elle ne viendra pas.

Et elle se dit qu'elle avait probablement raison. Cassandre avait été une enfant difficile. Sa nature étrange et son don de prophétie avaient toujours effrayé et repoussé les gens. Même ceux qui l'aimaient, comme Andromaque et Hélicon, redoutaient sa troublante capacité à prédire l'avenir. Cassandre avait maintenant quatorze ans et, depuis la mort de sa mère, elle s'était repliée sur elle-même. Enfant, elle avait toujours eu la parole facile et ne craignait pas de dire ce qu'elle pensait. À présent, elle parlait avec tant de retenue que c'était pénible à voir. Elle se cachait dans le gynécée et le temple d'Athéna, et Andromaque la voyait de moins en moins.

C'était Cassandre qui avait été à l'origine de la dernière dispute entre Priam et Andromaque. Le roi avait annoncé que l'adolescente devait être consacrée à l'île de Théra, comme sa mère Hécube et Andromaque l'avaient été. Cassandre avait accepté la décision sans protester, alors qu'en l'apprenant Andromaque avait été furieuse.

Elle était allée affronter Priam au mégaron, le théâtre de tant de leurs batailles. La dévorant des yeux, il l'avait regardée parcourir toute la longueur du grand hall pour venir se camper devant lui. Elle avait entendu dire que le monarque était malade, mais il avait l'air en bonne santé, même s'il portait une robe tachée de vin et que ses prunelles brillaient d'un éclat anormal.

— Andromaque, on ne te voit plus beaucoup en mon palais, ces temps-ci. Mais je devine la raison de ta venue. Pas pour rendre hommage à ton souverain, mais, comme d'habitude, pour te mêler de ce qui ne te regarde pas.

— J'ai entendu dire que Cassandre devait être consacrée à l'Île Bénie, avait-elle d'un ton posé. J'aurais cru que vous auriez cherché à me consulter, vu que j'y ai vécu deux ans.

Il avait éclaté de rire.

— Et qu'aurais-tu dit, ma fille, si je t'avais consultée ?

— J'aurais répondu, père, que le trajet pour Théra est trop périlleux. J'avais une amie qui a subi les horreurs d'un viol et les menaces de mort des pirates. Or des flottes ennemies rôdent maintenant sur ces mers.

— Une amie ? avait-il ricané. Tu parles de Calliope la fugitive qui, en trahissant sa vocation, m'a forcé à envoyer ma fille pour la remplacer ? Mais à quoi pouvait-on s'attendre de la part de la fille de Pélée – une famille plongée dans la fourberie et la vilenie !

La réaction d'Andromaque avait été aussi instantanée que glaciale.

— Sans la *fourberie* de Calliope, je pourrirais en ce moment au fond d'une tombe, et mon fils ne serait jamais venu au monde.

À la mention d'Astyanax, Priam s'était radouci.

— Il avait toujours été convenu que Cassandre servirait le Dieu Endormi. Sa mère Hécube le souhaitait, et Cassandre en personne l'avait prédit.

— Vous n'avez jamais cru aux prédictions de Cassandre.

— Non, mais *toi,* si.

Andromaque avait su qu'elle ne pouvait rien répondre. Par le passé, elle avait parlé à Priam de la justesse des prophéties de Cassandre. Comment soutenir à présent que l'adolescente se trompait ?

— La flotte d'Hélicon l'escortera au début du printemps prochain, avait ajouté Priam. Rien de ce que tu pourras dire n'altérera ma décision.

Une brise soufflait par la fenêtre du balcon ; Andromaque se leva de sa banquette en étirant les bras. Entendant un bruit sur la terrasse, dans son dos, elle pivota, s'attendant à voir Cassandre. Mais c'était le prince Dios qui la rejoignait, sortant de l'ombre du palais.

— Dios ! (Elle courut le saluer, et il lui tendit les mains.) Tu es revenu vite ! Quelles nouvelles de Thèbes ?

— Ton père va bien, Andromaque, ainsi que tes frères. Ils s'apprêtent à guerroyer, mais pour l'instant ils sont en sécurité.

— Et Hector ? A-t-on des nouvelles de lui ? Chaque jour, je m'en inquiète, mais personne ne semble savoir quoi que ce soit.

— La guerre civile sème la confusion en Thrace. Et il est difficile de juger du bien-fondé des informations qui nous parviennent. Aux dernières nouvelles, Hector et le Cheval de Troie livrent bataille en montagne.

— Comment les Thraces peuvent-ils se battre entre eux alors que la menace de Mycènes pèse si lourd ? s'emporta-t-elle. C'est tellement stupide !

— Que sais-tu de l'histoire récente de la Thrace ?

— Très peu, admit-elle. Le roi Éionée était un bon chef, et il n'existait pas de conflits parmi le peuple. À présent, le territoire est assailli par les rebelles.

Dios s'assit sur la banquette et se versa un gobelet d'eau.

— Te parlerai-je de Thrace, ou évoquerons-nous plutôt des sujets plus agréables ?

— Des sujets plus convenables pour les oreilles d'une femme ?

Dios éclata de rire.

— Tu n'es pas comme la plupart des femmes, Andromaque, et je refuse de me laisser attirer dans un tel nid de scorpions !

— Alors parle-moi de la Thrace.

— Le problème est d'ordre tout à la fois tribal et historique. Plusieurs tribus occupent les contrées thraces, mais les deux plus importantes sont les Kikonès et les Idonoï. Avant ta naissance, Éionée, le roi des Kikonès, avait conquis les tribus orientales des Idonoï, annexant leurs terres sous la bannière d'une fédération thrace. Afin d'asseoir ses succès, il massacra des milliers de gens. Les chefs des Idonoï furent presque tous tués et la lignée royale, anéantie. Éionée tempéra cette sauvagerie en se montrant magnanime envers les cités vaincues, leur octroyant une certaine autonomie. Il fonda aussi des routes commerciales lucratives qui apportèrent la prospérité aux Idonoï et établirent une paix malgré tout précaire pendant toute une génération. Mais la mort d'Éionée à Troie, lors de tes jeux nuptiaux, a déchaîné les vieilles rivalités tribales. Les Idonoï ont maintenant l'appui d'Agamemnon, qui les a poussés à se dresser contre Rhésos pour reconquérir leurs terres ancestrales et s'affranchir de la domination des Kikonès.

— Pour que lui succède la domination de Mycènes, dit Andromaque.

— En effet. Mais les vieilles rancœurs ont la vie dure.

— Hector fait l'éloge de Rhésos, ajouta Andromaque. Alliés, ils pourraient sans doute vaincre.

Dios y réfléchit.

— Rhésos est un jeune homme courageux, et il ferait un bon roi pour peu que son peuple le suive. Mais même sans les agitateurs extérieurs et les renforts mycéniens, la guerre civile aurait été dure à gagner. Et avec les bataillons ennemis qui affluent de Thessalie et de Macédoine, sa situation est désastreuse. Les bataillons loyaux combattent déjà à un contre cinq. Hector veut que Rhésos tienne la plaine de la Thrace de même que les terres à l'est du fleuve Nestos pour établir une zone butoir entre Mycènes et l'Hellespont. Or ça semble de plus en plus impossible.

— Hector est connu pour réussir l'impossible, souligna Andromaque.

— En effet. Mais la triste vérité, c'est qu'il pourrait remporter tout un tas de batailles sans pour autant gagner la guerre, alors qu'il suffirait qu'il en perde une pour précipiter la chute de la Thrace…

Il lui sourit, et elle fut de nouveau frappée par sa ressemblance avec Hélicon. Leurs pères étaient cousins, et le sang d'Ilos coulait indéniablement dans leurs veines. Repenser à Hélicon ramena ses pensées vers l'enfant endormi et, comme s'il lisait dans son esprit, Dios reprit :

— À présent, parlons de sujets plus agréables ! Comment va le petit ?

— Viens donc voir !

Ils passèrent ensemble dans la chambre d'Astyanax. Réveillé, l'enfant roux s'agitait, impatient de sortir jouer. Nu, il se glissa hors de son petit lit et, échappant aux bras tendus de sa jeune nourrice, courut sur la terrasse de toute la vitesse de ses petites jambes potelées.

La nourrice l'appelait en vain.

— Astyanax ! lança Dios avec fermeté.

Impressionné par la voix grave, l'enfant s'immobilisa et se tourna vers son oncle. Bouche bée, il dévisagea Dios.

Le jeune homme le souleva dans ses bras en le faisant tournoyer en l'air. Le petit gazouilla, puis éclata en cris stridents de ravissement qui leur transperça les tympans. Dios, qui n'avait pas de fils, sourit, enchanté par la réaction joyeuse de son neveu. Alors que Dios le reposait par terre, Astyanax lui tendit les bras pour refaire des pirouettes aériennes.

— Quel enfant courageux ! Le fils de son père !

Il le refit tournoyer, de plus en plus haut. Observant la scène bruyante, Andromaque ne vit pas arriver Cassandre sur la terrasse. Quand elle l'avisa, elle se tourna vers elle en souriant. Les mains dans le dos, l'adolescente avait comme toujours le visage à demi voilé par sa longue chevelure noire. Elle portait une robe sombre en toile grossière, sans ceinture, et elle allait pieds nus.

— Cassandre, je ne t'avais plus revue depuis des jours… Tu désirais me parler ?

Dios posa l'enfant et fit mine de saluer sa sœur, mais elle recula dans les ombres du bâtiment.

— Tu as voulu m'empêcher de me rendre à Théra, répondit-elle d'une voix tremblante, ignorant Dios et l'enfant.

— Dans l'immédiat seulement, tant que la guerre fait rage, souligna Andromaque. Une fois que naviguer sur la Grande Verte ne sera plus dangereux, tu pourras aller sur l'Île Bénie si tu le souhaites. Tu as tout le temps… Tu n'as que quatorze ans !

— Je n'ai *pas* le temps ! répondit l'adolescente, en colère. Je dois m'y rendre, je n'ai pas le choix ! Père a raison, Andromaque. Tu cherches toujours à régenter la vie des autres ! Quand donc me laisseras-tu en paix ?

— Je cherche uniquement à te protéger, ma sœur.

Cassandre se redressa de toute sa taille et, quand elle reprit la parole, les tonalités aiguës avaient disparu de sa voix :

— Tu ne peux pas protéger les autres, Andromaque, dit-elle doucement, tu devrais pourtant le savoir. Ces dernières années ne t'ont-elles rien appris ? Tu n'as pu sauver ni Laodicé ni Calliope. Pas plus que tu pourras sauver ton enfant des cruautés de ce monde. (Elle désigna le bambin qui, silencieux, dévisageait l'adolescente de ses yeux ronds.) Et tu ne peux pas protéger son père sur la Grande Verte.

— Non, en effet, répondit Andromaque tristement. Mais j'essaierai quand même de sauver ceux que j'aime. Et je t'aime, Cassandre.

L'adolescente plissa le front.

— Mère me dit que tu l'aimais, elle aussi…

Tournant les talons, elle quitta la pièce.

Chapitre 28

Le Cheval de Troie

Une brise soufflait des monts Rhodope, faisait onduler les herbes folles de la plaine thrace et bruisser le faîte des arbres qui flanquaient les hautes collines qui s'étendaient au-delà.

Caché à la lisière du bois, juché sur sa monture, Banoclès patientait aux côtés d'un millier d'autres cavaliers du Cheval de Troie. Sur la plaine en contrebas, mille cinq cents Troyens faisaient semblant de préparer la halte de la mi-journée et de préparer des feux de cuisson. Trois cents cavaliers thraces se trouvaient parmi eux, ainsi que deux cents archers. Banoclès s'intéressait peu à la stratégie. Ou l'ennemi tomberait dans le piège – ou pas. Le robuste guerrier s'en fichait. Ils écraseraient les rebelles aujourd'hui, ou demain. Ou après-demain…

Il lança un coup d'œil au cavalier sur sa gauche, le svelte et blond Scorpios. L'homme avait ôté son casque. Il était anormalement pâle et avait le visage couvert de sueur. Banoclès survola du regard le front de cavalerie. Partout transparaissaient la nervosité et la peur. Il n'arrivait pas à le comprendre. *Nous sommes le Cheval de Troie,* songea-t-il, *nous ne perdons pas de batailles.* Et Scorpios était un combattant doué doublé d'un excellent cavalier. Alors, qu'est-ce qui le préoccupait ainsi ?

Mystère. Or, Banoclès détestait les mystères. Il s'empressa de chasser Scorpios de son esprit. Il y avait des choses plus importantes auxquelles penser.

Pour commencer, il avait faim. Les chariots de vivres ne les avaient pas rejoints et il n'y avait pas eu de petit déjeuner, ce qui lui était insupportable. Personne ne devrait avoir à livrer bataille le ventre vide. Les chariots qui avaient réussi à passer le haut col avaient transporté des épées et des flèches. Et si les guerriers dont les lames avaient été abîmées pendant les récents combats s'en étaient félicités, Banoclès, lui, avait été déçu. Il ne restait plus ni fromage ni viande séchée, et les hommes n'avaient rien mangé hormis de la bouillie d'avoine à l'eau…

Son aisselle se mit à le démanger. C'était tout particulièrement agaçant du fait que l'armure des cavaliers du Cheval de Troie était complexe : de petits disques en bronze se chevauchaient comme des écailles de poisson et couvraient le torse, le ventre et la gorge. Glisser une main dessous pour soulager ses démangeaisons était impossible.

Son cheval s'ébroua puis secoua la tête. D'une main distraite, Banoclès flatta son encolure noire.

— Doucement, Face de Cul, dit-il.

— Par les dieux, pourquoi ne viennent-ils pas par ici ? lança un autre homme nerveux à sa droite, un guerrier costaud à la barbe soigneusement taillée en forme de trident.

Justinos enleva son casque, prit un chiffon pendu à son ceinturon et essuya la sueur de sa tête rasée. Banoclès ne sut comment lui répondre. Par les Enfers, comment aurait-il su pourquoi l'ennemi n'arrivait pas ?

— Je hais cette satanée attente ! ajouta Justinos.

— Il nous aurait fallu un meilleur petit déjeuner.

— Quoi ?

— L'avoine fait péter toute la journée. De la viande rouge avant une bataille, voilà ce qu'il faut.

Justinos le dévisagea, puis remit son casque et se détourna.

Jetant un coup d'œil à la ligne de cavalerie, Banoclès vit Calliadès mettre pied à terre, avancer au pied d'un grand arbre, enlever son ceinturon d'arme et son casque puis se hisser de branchage en branchage en quête d'une vue dégagée des coteaux du nord. Ils ne s'étaient plus parlé depuis plusieurs jours, ou alors juste pour échanger quelques mots au sujet de l'endroit où attacher les chevaux. Calliadès était maintenant un officier, et se mêlait peu aux hommes. Même aux noces de Banoclès le printemps passé, il avait paru distant et réservé.

Il ne s'était jamais remis de la mort de Piria. Voilà ce qu'affirmait la Rousse. Calliadès s'était replié sur lui-même. Banoclès ne le comprenait pas. Lui aussi avait été triste de la mort de la petite, mais il avait quand même été ravi d'avoir survécu au combat. Hector les avait récompensés en les couvrant d'or et en les intégrant au Cheval de Troie. Grâce à l'or, Banoclès avait acheté une petite maison et avait convaincu la Rousse de venir l'y rejoindre. Ce qui n'était pas allé sans mal…

« Pourquoi t'épouserais-je, idiot ? Je sais que tu n'auras rien de plus pressé que d'aller te faire tuer quelque part ! »

Mais il avait fini par venir à bout de ses résistances, et les noces avaient été joyeuses.

Banoclès fit jouer son sabre dans son fourreau. Calliadès descendit de son perchoir et parla à son aide de camp, qui fit passer le mot.

— Ils arrivent !

Banoclès se pencha, cherchant à voir à travers les arbres. Il discernait les contreforts des monts Rhodope sans apercevoir encore l'infanterie ennemie. En plaine, les Troyens se mettaient rapidement en formation de combat, se bousculant les uns les autres en paraissant céder à l'affolement. Il vit Hector passer en revue la ligne de front, perché sur son cheval clair, son armure de bronze et d'or luisant au soleil de l'après-midi.

— Tu penses que les chariots de vivres seront passés, maintenant ? demanda Banoclès à Scorpios.

Le guerrier blond, qui s'apprêtait à mettre son casque, se tourna vers lui.

— Comment le saurais-je ? Et qu'est-ce que ça peut bien me faire ? D'un instant à l'autre, nous allons être entourés par le sang et la mort.

Banoclès lui sourit.

— Mais ensuite, nous aurons faim !

Par une trouée dans les frondaisons, il vit se profiler les premiers rangs adverses. Il y avait des guerriers lourdement armés portant de longs boucliers, mais le gros des troupes était composé de rebelles en plastron de cuir ou de lin rembourré. Ils avaient des vêtements aux couleurs vives, depuis leurs manteaux d'un jaune et d'un vert criards jusqu'à leurs jambières en tissu rayé ou à carreaux. Nombre d'entre eux s'étaient peint le visage de grandes lignes écarlates ou bleues. Ils portaient des lances et des haches, mais certains avaient d'imposantes épées dont la lame faisait la longueur d'une jambe.

Un ululement belliqueux monta des rangs ennemis, qui s'élancèrent au pas de charge vers les troupes troyennes. Ayant mis pied à terre, Hector s'était posté au centre de la ligne de front, bouclier au poing.

La horde rebelle emplissait maintenant leur champ de vision, et Banoclès vit qu'elle était dix fois plus importante que la troupe troyenne de la plaine. Vingt mille hommes couvraient à la course le terrain dégagé, en vociférant leurs cris de guerre.

Une volée de flèches s'abattit sur les assaillants, sans les freiner.

Le long de la ligne de front troyenne, les hommes se préparèrent à l'impact, leurs boucliers dressés, leurs lances pointées. À l'instant où l'ennemi fut sur eux, les vétérans troyens bondirent… Dans la forêt, le fracas des armes était étrangement assourdi. Banoclès prit les rênes de sa monture de la main gauche, la lourde lance calée dans la droite.

— Au pas ! cria Calliadès.

Les mille cavaliers talonnèrent leurs montures. Banoclès évita une branche basse et fit sortir son hongre noir de la forêt. Un soleil radieux auréolait les cavaliers en armure qui arrivaient sur le flanc de la colline.

Les rebelles ne les avaient pas encore vus, mais ils les entendraient bien assez tôt.

— En formation serrée !

Banoclès lança son hongre au trot, le fracas de ses sabots résonnant à flanc de colline.

Soupesant sa lance, il en cala la hampe contre la saignée de son coude, pointe légèrement baissée. Le cheval était maintenant lancé au galop. Banoclès vit, sur le flanc, les rebelles pivoter face à la charge de cavalerie. Il était assez près pour voir la panique sur leurs visages peinturlurés.

Le Cheval de Troie percuta alors la horde de plein fouet. Banoclès plongea sa lance dans la poitrine d'un puissant guerrier. Quand l'homme tomba, Banoclès perdit prise sur sa lance. Il tira son sabre du fourreau et fendit en deux le crâne d'un rebelle. À présent, tout n'était plus que chaos, l'air vibrant des hurlements des blessés et des mourants. Banoclès poussa son hongre de l'avant et s'enfonça dans les rangs adverses. Un coup de hache frappa l'animal au cou. Alors que son cheval s'effondrait, Banoclès se dégagea d'un bond et sauta sur l'homme à la hache. N'ayant pas le temps de lever son sabre, il le fit reculer d'un coup de tête. Un autre guerrier se fendit, épée au poing, et Banoclès para le coup et égorgea l'homme d'un revers d'épée. Justinos chargea et dispersa les rebelles qui cernaient Banoclès. Puis d'autres cavaliers l'encerclèrent. Avisant un cheval sans cavalier, Banoclès courut après lui. Alors qu'il l'atteignait, la bête se cabra puis s'éloigna au galop. Deux rebelles se précipitèrent sur Banoclès, le premier fendant l'air de sa hache. Sabre levé, Banoclès tenta de parer. La lame fut fracassée. Banoclès jeta la poignée à la tête du second guerrier, qui l'esquiva. L'homme à la hache revint à la charge. Banoclès chargea, empoigna le manche et assena un coup de tête au visage de son adversaire. Celui-ci tomba et perdit sa prise sur sa hache. Banoclès s'en empara et, rugissant un cri de guerre, bondit vers le second ennemi, dont les nerfs lâchèrent. Il tenta de fuir, mais Scorpios le transperça de sa lance.

Banoclès courut vers un cavalier désarçonné. Il lâcha la hache, s'empara du sabre de l'homme et retourna comme un forcené dans la mêlée, multipliant les coups de taille et d'estoc. Les adversaires étaient courageux et coriaces, mais manquaient d'entraînement. Ils combattaient individuellement, cherchant assez de marge de manœuvre pour manier leurs longues épées, leurs lances ou leurs haches. Mais ils avaient affaire à un corps de vétérans hautement organisés et résolus à les terrasser. En quête désespérée d'espace pour pouvoir combattre, les guerriers commençaient à se débander et couraient vers des espaces plus dégagés. Le Cheval de Troie les taillait en pièces sitôt qu'ils se désolidarisaient du gros de leur armée. Banoclès savait ce qui allait arriver ensuite. Il en avait été témoin à plusieurs reprises. La horde commença à s'éparpiller, et l'armée perdit sa cohésion. Sans ligne de défense pour leur opposer une quelconque résistance, les cavaliers lourdement armés déferlèrent sur l'ennemi, et ce fut le signal du massacre.

Un vent de panique souffla parmi les Thraces. Un peu partout sur le champ de bataille, les rebelles battirent en retraite. Des cavaliers les prirent en chasse et en tuèrent le plus possible.

Privé de monture, Banoclès demeura où il était. Hector le rejoignit. Son casque et son plastron étaient maculés de sang, et son bras était écarlate du coude au poignet.

— Tu es blessé ?

— Non, répondit Banoclès.

— Alors, aide ceux qui le sont, ordonna-t-il.

Il continua son chemin.

— Pas de nouvelles des chariots de vivres ? lui lança Banoclès.

Hector l'ignora.

Banoclès essuya sa lame et la remit au fourreau. Puis il regarda le champ de bataille.

La victoire était complète, mais les pertes, élevées. Il prêta main-forte aux soldats et aux porteurs de brancards jusqu'à l'approche du crépuscule. Il avait aidé à transporter une bonne centaine de cadavres. En tout, plus de quatre cents Troyens avaient péri. Et peu importait qu'on compte les morts par milliers chez l'ennemi. D'autres milliers attendaient pour leur succéder. On délestait les cadavres des Troyens de leurs armures et de leurs armes, que l'on distribuait aux soldats qui avaient perdu les leurs. Banoclès récupéra une épée courte et son fourreau ouvragé. Du haut d'un cheval, le sabre constituait une arme parfaite, mais, dès qu'on remettait pied à terre, il n'était pas aussi efficace qu'une épée.

Sur la droite, il voyait des officiers troyens – dont Calliadès – interroger des prisonniers thraces. S'il ne pouvait entendre ce qui se disait, il était clair rien qu'à la mine renfrognée des captifs qu'ils ne disaient pas grand-chose. Hector ne tolérait pas qu'on soumette les prisonniers à la torture, ce qui paraissait stupide à Banoclès. Les hommes ne se faisaient pas prier pour parler si on leur tenait les mains au-dessus d'un feu. Ce n'était pourtant pas la vue du sang qui gênait Hector ! Banoclès l'avait vu se jeter sur l'ennemi tel un lion furieux. L'esprit des généraux et des princes était un mystère pour Banoclès.

Les chariots de vivres arrivèrent juste après la tombée de la nuit, et Banoclès se joignit à un groupe de guerriers autour d'un feu de cuisson. Justinos le chauve était là, ainsi que Scorpios, dont la longue chevelure blonde attachée en queue-de-cheval soulignait l'étroitesse des épaules. Trois hommes étaient des inconnus pour Banoclès. Le dernier était un svelte cavalier un peu voûté appelé Ursos. Banoclès et lui s'étaient entraînés ensemble à Troie.

— Encore une victoire, commenta Ursos alors que son compagnon d'armes s'asseyait près de lui. On ne les compte plus.

— J'ai perdu ma monture, grommela Banoclès. Ce vieux Face de Cul était un bon cheval…

— C'est peut-être bien lui qu'on a mis à rôtir, là…, marmonna Ursos. Il n'y avait pas de viande dans les chariots. Rien que cette saleté d'avoine !

Tandis qu'ils bavardaient, un cavalier arriva au triple galop dans le campement. Les hommes s'égaillèrent sur son passage. Le nouveau venu tira sur les rênes de sa monture près de l'endroit où Hector s'était installé avec ses officiers et sauta à terre.

— Ça semble important, dit Ursos, qui se leva et s'approcha pour écouter.

Banoclès resta où il était. La nuit était fraîche, le feu agréablement chaud, et l'odeur de la viande en train de rôtir lui mettait l'eau à la bouche.

Ursos revint peu après et s'assit lourdement près de ses compagnons.

— Eh bien, voilà qui ôte tout son sens à notre victoire d'aujourd'hui.

— Pourquoi ? demanda Banoclès.

— Achille est arrivé à la tête de toute l'armée thessalienne et il a conquis Xantheia. Rhésos a dû se retrancher à Calliros, dans les montagnes. Encore pire, Ulysse a pris Ismaros, et des galères ennemies bloquent l'accès par la mer.

— Pas très chouette, tout ça, admit Banoclès.

Ursos le fixa, les yeux ronds.

— Tu ne sais pas où se trouvent ces endroits, n'est-ce pas, ni pourquoi ils sont importants ?

Banoclès haussa les épaules.

— Des cités amies ou des cités ennemies. Voilà tout ce que j'ai besoin de savoir.

Ursos secoua la tête.

— Xantheia gardait le fleuve Nestos. Nos navires d'approvisionnement l'empruntent pour remonter jusqu'à Calliros, l'ancienne capitale. Xantheia étant tombée aux mains de l'ennemi, nous n'aurons plus d'approvisionnement. Et si Calliros est prise aussi, nous serons encerclés par trois armées. Au nord, au sud et à l'est.

— Et nous les battrons à plate couture, répondit Banoclès.

— J'admire ton optimisme. Mais nous avons démarré avec plus de huit mille hommes, et il nous en reste environ trois mille. L'ennemi se renforce de jour en jour, Banoclès. Avec Ismaros, Ulysse a le contrôle de la mer. Sa flotte pourrait cingler vers Carpéa et couler nos barques. Alors, nous n'aurions plus aucun moyen de rentrer chez nous.

Banoclès n'avait pas le cœur à discuter avec lui. Il avait déjà oublié les noms des villes qu'Ursos avait cités si soigneusement. En ce qui le concernait, ils venaient de remporter une bataille, de manger de la bonne viande rouge, et ils avaient pour chef Hector, le meilleur des généraux sur la Grande Verte. Ils combattraient et gagneraient. Ou ils combattraient et perdraient. D'une façon ou d'une autre,

Banoclès n'y pourrait rien. Il se leva et revint près du feu de cuisson prendre une part supplémentaire de viande de cheval.

L'interrogatoire des prisonniers n'avait pas livré grand-chose que Calliadès ne sache déjà. Il s'agissait d'Idonoï originaires des cités de l'extrême ouest. Leur défaite les retarderait un temps, mais elle ne mettrait pas fin au soulèvement.

Il s'éloigna des captifs, contemplant les monts Rhodope qui se dressaient au loin. De la neige en couronnait encore les cimes, et le ciel se couvrait de nuages noirs annonciateurs de pluie.

Combien de batailles pourraient-ils encore remporter ? Quatre cent onze hommes avaient péri ce jour, et plus de deux mille étaient trop gravement blessés pour pouvoir combattre avant un bon moment. En outre, presque tous les hommes avaient récolté des blessures mineures, entorses, meurtrissures, ou petites fêlures aux doigts ou aux orteils.

La Thrace occidentale et les contrées des Idonoï étaient désormais perdues et ne seraient pas près d'être reconquises. Au-delà des monts Rhodope, un vent de révolte soufflait. Au sud, seuls le large fleuve Nestos et la citadelle de Calliros dissuadaient l'ennemi de fondre sur la Thrace orientale pour couper toute retraite aux Troyens. Et voilà qu'Achille s'était rendu maître de Xantheia.

La bise se leva, venue des cimes enneigées, et souleva le manteau de Calliadès. Quand Hector le lui avait donné, un an plus tôt, le jour où il l'avait promu officier, le vêtement était d'une couleur éclatante et lumineuse. À présent, il était d'un gris sale, maculé de sang séché. Un aide de camp lui apporta un plat de viande. Calliadès le remercia, puis alla s'asseoir sur un tronc d'arbre. Ayant peu d'appétit, il mangea machinalement. À quelque distance, il vit Banoclès assis près d'un feu, bavardant avec Ursos aux joues creuses.

La compagnie du robuste guerrier lui manquait. Puis il pensa alors à Piria et soupira. Ça faisait trois ans maintenant, et son visage le hantait encore. Le chagrin causé par sa mort était toujours aussi vif, et Calliadès savait qu'il ne supporterait pas un autre deuil comme celui-là. Mieux valait ne jamais aimer, décida-t-il, et même éviter les amitiés.

L'instant décisif s'était présenté aux noces de Banoclès. Il se tenait près du mur du fond dans le jardin à observer les danses, à écouter les rires avinés. Banoclès gambadait de joie, ivre et heureux, sous l'œil affectueux de la Grosse Rousse. Calliadès s'était soudain fait l'effet d'un spectre, en retrait et désincarné. La joie de l'événement flottait autour de lui sans le toucher ni l'affecter. Il était resté encore un peu, puis s'était éclipsé. En remontant les belles avenues de Troie, il avait été abordé par une prostituée, une femme mince et blonde. Calliadès s'était laissé entraîner dans une modeste demeure empestant le parfum bon marché. Comme dans un rêve, il s'était dévêtu, la rejoignant au lit. Elle n'avait pas ôté sa robe jaune, se contentant de la relever pour qu'il puisse la pénétrer. À un moment, il avait chuchoté : « Piria ! »

— Oui, je suis Piria pour toi…, avait répondu la putain.

Mais elle ne l'était pas. Et Calliadès s'était couvert de honte en éclatant en sanglots incoercibles. Il n'avait plus pleuré ainsi depuis sa tendre enfance, assis à côté du cadavre de sa sœur. La prostituée s'était alors écartée de lui, et il l'avait entendue verser du vin. Il avait lutté pour refouler ses larmes, sans y parvenir.

Pour finir, la femme s'était penchée au-dessus de lui.

— Il faut que tu t'en ailles.

L'indifférence de sa voix avait coupé court à son chagrin. Il avait sorti quelques anneaux de cuivre de sa bourse et les avait jetés sur la couche. Puis il s'était rhabillé et était parti.

Assis sur son tronc d'arbre, il entendit quelqu'un approcher. Il pivota et vit venir Hector. Le prince apportait deux petites coupes de vin coupé d'eau. Il en donna une à Calliadès avant de s'asseoir près de lui.

— Une nuit bien froide… J'ai parfois la sensation que l'été n'a pas sa place dans ces montagnes. Comme si la roche cristallisait l'hiver en ses profondeurs.

— Il fait toujours froid après une bataille, répondit Calliadès. J'ignore pourquoi.

— Je ne le sais pas non plus. Mais ça semble pourtant faire sens. J'imagine que les prisonniers Idonoï ne nous ont rien appris ?

— Non. Je ne comptais pas dessus. Dès qu'ils ont compris qu'ils ne seraient pas torturés, leur courage est revenu.

Hector eut un sourire las.

— Tu n'es pas le seul à réclamer le recours à la torture, Calliadès. Nombre de mes officiers m'adjurent de me montrer plus dur.

— Et ils ont raison. Si ma mémoire est bonne, nous avons retrouvé l'an dernier un de nos éclaireurs les mains tranchées et les yeux arrachés… Les règles auxquelles vous tenez nous coûtent cher en vies humaines.

— En effet. Mais je refuse de laisser la cruauté de l'ennemi me dicter ma conduite. Il incombe aux généraux de savoir voir plus loin que les événements du jour ou de la saison… À ton avis, pourquoi la rébellion s'est-elle accélérée à ce point ?

— La mort du roi Éionée, quand il est tombé de son cheval lors des jeux nuptiaux…

— Il n'est pas tombé. Un frondeur à la solde d'Agamemnon lui a décoché une pierre. Mais son trépas seul n'explique pas les combats que nous livrons ici. Quand Éionée a envahi et conquis les contrées idonoï il y a une vingtaine d'années, il a massacré la dynastie royale, hommes, femmes et nourrissons. Dans les cités conquises, il tranchait la main droite aux hommes qui le combattaient ou bien il leur crevait les yeux. Par sa démonstration de barbarie et de férocité, il a semé la terreur dans le cœur des vaincus.

— Et il a gagné, fit remarquer Calliadès. Les terres ont été unifiées.

— Oui, il a réussi. Mais en semant la graine de *cette* rébellion. Pas une famille idonoï qui ne compte en son sein un martyr ou un membre qui ait atrocement souffert. Les enfants idonoï ont grandi avec la haine au cœur pour les tribus kikonès. *Voilà* pourquoi Agamemnon a pu si facilement soulever ce peuple. Un jour – prochain, je l'espère –, Troie devra conclure des traités avec les Idonoï, en vue de futures alliances. Nous aurons besoin de nouer des liens amicaux avec eux. Je ne suivrai donc pas l'exemple d'Éionée. Nul ne dira que les Troyens ont massacré leurs enfants, violé leurs épouses et leurs mères. Aucun homme aveugle ne pourra dire à ses fils : « Regarde ce qu'ils m'ont fait, ces maudits ! »

Calliadès regarda le prince.

— Vous vous trompez, Hector. Cette guerre n'a que deux dénouements possibles. Soit Agamemnon triomphe et Troie sera livrée aux flammes et au pillage, soit nous anéantissons Agamemnon et ses alliés. Si torturer un prisonnier permet de connaître les plans de l'ennemi, nous aurons une meilleure chance de le battre. C'est aussi simple que ça.

— Rien n'est aussi simple, le contredit Hector. D'ici une centaine d'années, quel sens aura encore notre victoire ou notre défaite de ce jour ?

Calliadès fut perplexe.

— J'ignore ce que vous voulez dire. Dans cent ans, nous ne serons plus là.

— En effet. Mais les Kikonès, si, ainsi que les Idonoï, les Mycéniens et, espérons-le, les Troyens. Ce que nous accomplissons maintenant aura du sens *alors*. Continuerons-nous à nous haïr les uns les autres et à brûler de nous venger des atrocités passées, ou vivrons-nous en bonne intelligence comme amis et voisins ?

— Je me fiche bien de ce qu'il pourra advenir dans cent ans ! s'insurgea Calliadès. Nous sommes là *maintenant*, et nous livrons bataille *maintenant* ! Une bataille que nous sommes en passe de perdre, Hector…

Celui-ci finit son vin et soupira.

— C'est exact. Et tu crois que torturer quelques prisonniers y changera quelque chose ? Avec la chute d'Ismaros, l'ennemi déferlera le long de la côte, nous coupant toute retraite. Sans renforts, sans approvisionnements et sans armes de rechange, nous nous ferons tailler en pièces. En ma qualité de général, je sais que nous devrions tout de suite battre en retraite vers le littoral, atteindre Carpéa et traverser avec nos barques jusqu'en Dardanie. La Thrace est perdue, et nous devrions sauver l'armée. Mais en tant qu'Hector, fils de Priam, je ne puis suivre mes propres conseils. Mon père m'a ordonné de vaincre tous nos ennemis et de rétablir Rhésos comme souverain d'une Thrace unifiée.

— C'est désormais impossible.

— Probablement, oui. Mais jusqu'à ce que la défaite devienne inéluctable, Calliadès, je dois rester. J'irai à Calliros apporter mon soutien au jeune roi. Avec un peu de chance, nous terrasserons Achille et ses Thessaliens, puis nous lèverons une nouvelle armée pour reprendre Xantheia.

— Vous savez que nous ne ferons rien de tel, répondit Calliadès. Au mieux, nous retarderons nos adversaires pendant quelques mois.

— Et tout peut arriver durant ces quelques mois. Les pluies diluviennes d'automne compromettront leurs approvisionnements tout en nous ouvrant la voie maritime. Si l'hiver est rude, il sapera le moral de leurs hommes. Priam pourrait faire la paix avec Agamemnon.

— Ça, n'y comptez pas. Vous avez raison, Hector, nous sommes des soldats et nous devons faire notre devoir. Seulement, les ordres nous ont été donnés lorsqu'il y avait un espoir de succès. À présent, les suivre aveuglément nous précipiterait à notre perte.

— En effet, reconnut Hector. M'accompagneras-tu donc dans ma chevauchée, Calliadès ?

— Nous vous accompagnerons *tous*, Hector. Vers la victoire ou vers la mort !

Chapitre 29

Des orphelins perdus dans les bois

Six jours durant, l'armée d'Hector marcha vers le sud à travers les monts Rhodope. Le périple était lent et semé d'embûches. Sur ses arrières, l'armée idonoï progressait à marche forcée pour la rattraper. Au-devant coulait le fleuve Nestos, où les bataillons thessaliens et un second corps d'armée idonoï affrontaient le roi Rhésos à Calliros. Tous les hommes savaient que, dès que la cité serait en vue, une bataille décisive éclaterait.

L'armée troyenne était désormais coupée de tout approvisionnement. Les rations étaient congrues, et des escouades de chasseurs à cheval partaient chaque jour débusquer des daims et du gibier. Même lorsque les prises étaient bonnes, c'était bien insuffisant pour nourrir trois mille hommes.

Juché sur une nouvelle monture – un cheval gris pommelé à l'œil mauvais –, Banoclès, accompagné d'Ursos et de vingt autres hommes, chevauchait en éclaireur en avant du corps principal de l'armée. Les cavaliers avaient troqué leurs lances contre des arcs phrygiens et des sabres.

Leurs ordres étaient clairs : éviter les conflits directs et, à la vue de l'ennemi, envoyer un homme au rapport.

Ursos était en charge des éclaireurs, et une telle responsabilité le rendait maussade. Le fait que Banoclès l'appelle tout le temps « général » – une habitude vite prise par les autres cavaliers – n'améliorait en rien son humeur.

Au cours de l'après-midi, un jeune cavalier, Olganos, aperçut un cochon sauvage dans un fourré. Justinos, Scorpios et lui s'élancèrent à sa poursuite. Durant la chasse, Ursos ordonna une halte. Les cavaliers mirent pied à terre dans un bosquet. De l'ennemi, il n'y avait pas trace. Plus tôt dans la journée, ils avaient simplement repéré des bûcherons en train de débiter des rondins près d'une rivière. Des Kikonès, qui avaient expliqué à Ursos qu'ils avaient échappé deux jours plus tôt à des cavaliers idonoï en maraude.

Olganos et les chasseurs revinrent, exhibant triomphalement le cochon mort. C'était une bête étique, qu'ils vidèrent et dépecèrent avant d'allumer un feu et d'embrocher la viande pour la faire cuire.

Banoclès gagna la limite des arbres et s'assit, scrutant les terres qui s'étendaient au sud : verdoyantes, vallonnées et boisées. De bonnes terres agricoles, se dit-il. Rien à voir avec la ferme aride où il était né, au sein d'une famille qui arrachait à peine au sol de quoi ne pas mourir de faim. Il se représenta une maison à flanc de colline, en contrebas. Un ruisseau coulait à proximité. De l'eau fraîche en été, la brise soufflant à travers les frondaisons. Un bon endroit pour élever des chevaux, des cochons ou des moutons. Les trois, peut-être. Banoclès se demanda si la Rousse aimerait vivre dans les montagnes, loin de toute cité.

Puis il aperçut de la fumée à l'horizon, d'énormes panaches s'élevant au-delà des lointaines collines.

Il se releva en appelant Ursos. Le chef de la bande le rejoignit, regardant à son tour la fumée.

— Un feu de forêt, tu crois ? dit-il enfin.

Banoclès haussa les épaules.

— Possible. J'ignore ce qui se trouve derrière ces collines.

Les autres hommes firent cercle. Olganos, un jeune homme au nez crochu et aux boucles noires, donna voix à l'inquiétude qui les taraudait tous.

— Selon les éclaireurs thraces, nous devrions atteindre Calliros demain. Et si cette fumée était celle de la cité en flammes ?

— Ne dis pas ça ! siffla Ursos entre ses dents. Si Calliros est tombée, nous sommes tous des hommes morts !

— Parle pour toi, général, rétorqua Banoclès. J'ai promis à la Rousse que je reviendrais, et ce n'est pas un Idonoï baiseur de chèvres qui va m'en empêcher, ni aucun autre salaud baiseur de chèvres d'un de ces pays de baiseurs de chèvres !

— L'esprit d'un philosophe, le langage d'un poète, commenta le jeune Olganos avec le sourire. Tes talents sont-ils donc infinis ?

Banoclès ne daigna pas répondre. La fumée, au loin, obscurcissait son humeur.

Revenant vers les arbres, les hommes mangèrent leur content de porc rôti puis remontèrent à cheval pour continuer vers le sud.

Ils chevauchaient prudemment, les uns derrière les autres, à cause de la nature accidentée du terrain, avec ses brusques déclivités, ses ravines et ses bosquets susceptibles de dissimuler des ennemis embusqués. Plusieurs cavaliers gardaient l'arc au poing, une flèche encochée. Banoclès, qui était un piètre archer, demeurait sur le qui-vive, prêt à fondre sur les premiers adversaires en vue, ou à fuir, selon le cas.

Le crépuscule approchait lorsqu'ils gravirent la dernière colline. Ursos ordonna une halte près de la crête. Ils mirent pied à terre et se rapprochèrent prudemment du bord. Et leurs pires craintes s'avérèrent fondées. Au-delà, la cité fortifiée de Calliros brûlait, et ils virent, au pied des murs d'enceinte, des guerriers ennemis emportant leur butin. Au coin d'un immense feu de camp, Banoclès en vit d'autres brandir de longues lances où ils avaient fiché des têtes coupées. Près de cette scène macabre, les vainqueurs braillaient de joie en agitant leurs épées. Banoclès s'intéressa à la zone dégagée, près de la muraille est. Plusieurs milliers de combattants étaient en vue. De nombreux autres devaient se trouver dans la cité, et d'autres encore au pied de la muraille ouest, hors de vue. Sur le fleuve, on apercevait des dizaines de bateaux.

Ursos rejoignit Banoclès.

— Combien de soldats, à ton avis ?

Banoclès haussa les épaules.

— De dix à quinze mille, je dirais… Beaucoup ne sont pas des Idonoï. Ni peintures ni jambières. Je pense plutôt à des Thessaliens ou à des Macédoniens.

Ursos jura à voix basse.

— Regarde du côté du fleuve… D'autres galères arrivent. Si l'ennemi instaure un blocus sur l'Hellespont, nous ne rentrerons jamais chez nous, même si nous atteignons nos barques à Carpéa.

— Ma foi, ça ne sert à rien de rester planté là, dit Banoclès. Nous devrions rebrousser chemin.

Ursos ôta son casque, se passant les doigts dans ses longs cheveux noirs.

— Hector aura besoin de savoir quand ils vont se remettre en marche et la direction qu'ils prendront. Ils pourraient bifurquer à l'est pour nous bloquer, ou au nord pour nous affronter dans les montagnes.

— Ou les deux, commenta Olganos, qui avait suivi l'échange.

— En effet.

— Sans parler de l'autre armée idonoï, quelque part sur nos arrières, renchérit Olganos.

Ursos se tourna vers Banoclès.

— Reste là avec cinq hommes et surveille la progression de l'ennemi. Je ramènerai les autres à Hector pour lui dire ce qui se passe. Une fois que l'ennemi se sera remis en route, tu fonceras au nord nous rejoindre aussi vite que possible.

— Pourquoi ne restes-tu pas ici, toi ? protesta Banoclès.

— Parce que c'est moi le corniaud de général, comme tu te plais à le rappeler ! Je te charge du commandement, Banoclès. Ne fais rien d'inconsidéré. Contente-toi de réunir les informations, et pars dès que tu les auras.

— Oh, tu ne veux donc pas qu'on fonce vers la forteresse pour la reconquérir ?

— Non… (Ursos soupira.) Contente-toi de ne pas prendre de risques. (Il pivota vers Olganos.) Tu restes aussi, en qualité de commandant en second.

— Commandant en second de cinq hommes ? Je ne suis pas certain de pouvoir assumer une telle responsabilité !

— Et moi, je suis *sûr* que tu en es incapable ! riposta Ursos. Mais tu as l'esprit vif, ajouta-t-il, radouci, et tu as du cran. Je te laisse Ennion, Scorpios, Justinos et Kério. Ça te pose un problème ?

Banoclès y réfléchit. Kério était un fauteur de troubles, un type retors qui cherchait constamment à l'agacer. Mais il était un bon combattant et un archer doué.

— Aucun, Ursos.

— Tu aurais intérêt à changer la monture d'Ennion, intervint Olganos. Elle est plus âgée et plus lente que les autres, et nous aurons peut-être besoin d'être rapides demain.

— Bien vu, approuva Banoclès. J'adore avoir quelqu'un près de moi pour réfléchir à ma place.

Haute dans le ciel, la lune dominait la forêt. Pourtant, Scorpios ne trouvait pas le sommeil. Il en avait assez des combats, de la guerre et, du fond du cœur, il aurait voulu n'avoir jamais quitté la ferme de son père pour s'engager dans l'armée. Il se rappelait encore la matinée radieuse, deux ans plus tôt, lorsque le capitaine chargé du recrutement était arrivé dans son village, son armure rutilante, le soleil se réfléchissant sur son casque. C'était le plus bel homme qu'il ait jamais vu, avait convenu Scorpios ce jour-là. L'officier avait mis pied à terre sur la place du marché et s'était adressé aux hommes présents.

— Votre nation est en guerre, Troyens. Y a-t-il des héros parmi vous ?

Scorpios, qui n'avait pourtant que quatorze ans à l'époque, avait avancé avec d'autres pour écouter l'officier parler de la vilenie des Mycéniens, qui avaient envoyé des tueurs pour assassiner la femme d'Hector. Scorpios n'était jamais allé à Troie, mais il avait entendu parler du puissant seigneur de la guerre et de sa dame, Andromaque, qui avait abattu d'une flèche un assassin à l'instant où il s'apprêtait à tuer le roi. Aux yeux du Scorpios d'alors, les noms des grands s'apparentaient à ceux des dieux. Émerveillé, il avait écouté l'officier parler de la cité d'or et de la nécessité pour des âmes vaillantes de prendre leurs épées pour la défendre.

En cet instant de gloire, une telle action avait paru à l'adolescent infiniment plus excitante que garder des troupeaux, tondre les moutons ou décapiter les poulets. L'officier avait précisé que seuls les hommes âgés de plus de quinze ans pouvaient s'enrôler, mais Scorpios était grand pour son âge. Il s'était avancé avec une vingtaine d'autres jeunes gens. L'officier leur avait dit quels guerriers exemplaires ils feraient, et combien il était fier d'eux. Or, Scorpios n'avait jamais entendu son père se déclarer fier de lui. Il l'entendait surtout le traiter de « flemmard », « d'indolent », « d'insouciant » et de « bon à rien ».

Deux ans plus tard, les mots de l'officier recruteur avaient perdu de leur lustre. Quatre des amis de Scorpios avaient été mutilés et cinq autres, tués. Le reste avait été disséminé dans divers bataillons troyens. À seize ans, Scorpios était un vétéran, doué dans le maniement de l'épée et de l'arc. Blessé à deux reprises, il priait maintenant chaque jour la Grande Déesse pour qu'elle le ramène sain et sauf dans la ferme de son père, où il ramasserait d'un cœur léger et joyeux des bouses de vache pour le restant de ses jours.

De doux ronflements lui parvinrent. Il se rassit, le regard braqué sur Banoclès qui dormait sous les branchages d'un arbre. Cet homme ignorait totalement la peur. Scorpios se disait que tant de vaillance, chez ce guerrier, aurait dû l'inspirer, mais c'était le contraire. Plus Banoclès paraissait calme au combat, plus Scorpios tremblait en s'imaginant déjà couché sur un champ de bataille, les tripes dans les mains.

Au clair de lune, il vit Justinos, assis, se raser le fin duvet qui lui couvrait la tête à l'aide d'un petit couteau en bronze. Il survola le campement du regard. Ennion et Olganos manquaient à l'appel, contrairement au svelte rouquin Kério. Scorpios ne l'aimait pas, car il se plaignait sans cesse. Malgré tout, Kério était un vaillant combattant et quelqu'un qu'il faisait bon avoir à ses côtés dans les affrontements.

Kério se leva avec grâce et rejoignit Justinos et Scorpios, s'accroupissant près d'eux.

— Écoutez-le ronfler, chuchota-t-il d'un ton lourd de mépris. Comment Ursos a-t-il pu lui laisser le commandement ? J'ai deux molosses à la maison qui ont plus de cervelle que lui !

Haussant les épaules, Justinos continua à se raser la tête. Scorpios lorgna Kério, et son antipathie prit le pas sur son intellect.

— Je remarque que tu murmures, et que tu dis ça pendant qu'il dort…

— Es-tu en train de me traiter de lâche, sale petit sodomite ?

— Il faisait juste une observation, intervint Justinos calmement.

— Oh, maintenant, il a besoin que tu le défendes, c'est ça ?

Scorpios aurait voulu répliquer, mais en fait, il avait peur de Kério. Il y avait quelque chose chez cet homme, une étrangeté dans le regard. Il garda le silence. Justinos finit de se raser et remit le couteau dans son étui au ceinturon. Il reprit, d'un ton plat et plein d'ennui :

— Tu sais, Kério, je ne t'ai jamais aimé. Si j'avais le choix entre suivre Banoclès ou te suivre toi, ce serait Banoclès à tous les coups. En fait, si j'avais le choix entre te suivre toi ou un des molosses dont tu viens de parler, je choisirais le molosse.

Ce fut au tour de Kério de garder le silence. Jetant un coup d'œil féroce à Scorpios, il retraversa le campement et s'assit au pied d'un arbre.

— Ce n'est pas un bon ennemi à avoir, dit Scorpios.

— Aucun ennemi n'est bon à avoir, mon garçon, observa Justinos avec gravité. Je t'ai vu te battre. Tu n'as aucune raison d'avoir peur de lui.

Scorpios tenta de dissimuler son embarras.

— Je n'ai pas peur de lui. (Haussant les épaules, Justinos s'étira. Scorpios soupira.) En fait, si. C'est différent au combat, quand on charge l'ennemi aux côtés de ses frères d'armes. Mais Kério… Je craindrais de m'assoupir et de me faire égorger dans mon sommeil.

Justinos hocha la tête.

— Je vois ce que tu veux dire. Mais je ne pense pas que Kério soit un homme foncièrement mauvais. C'est juste une tête brûlée. En vérité, il a autant la peur au ventre que nous tous. Ce pays est un piège mortel.

— Tu as peur ?

— Oh, oui !

— Et Banoclès ? Tu crois que lui aussi… ?

Justinos sourit.

— Tu connais les histoires aussi bien que moi. Il a sauvé une princesse des griffes de pirates, et dame Andromaque d'une clique de tueurs. Si ça ne le rend pas spécial ! Mais ce qui coupe vraiment le souffle, c'est qu'il ait épousé la Grosse Rousse, la plus terrifiante des putains de Troie ! Tout homme capable d'un tel exploit n'a peur de rien.

Le guerrier Ennion revint, passant d'arbre en arbre, lâcha son arc et son carquois puis s'affala près des deux hommes. Ôtant son casque, il bâilla à s'en décrocher la mâchoire.

— Je pourrais dormir toute une saison… J'ai tant de poussière dans les yeux que si je cillais trop, j'ai l'impression que j'en saignerais à mort…

Il gratta son bouc noir et s'étendit sur le sol.

— Tu as vu quelque chose ? demanda Scorpios.

— Beaucoup de gens fuyant vers l'est, et la ville brûle toujours. Au matin, je serai heureux de prendre la direction de l'est, moi aussi. Calliros étant tombée, nous rentrerons chez nous. Ça me convient tout à fait.

— Tu ne penses pas qu'Hector tentera de reprendre la ville ? persista Scorpios.

Ennion se rassit en jurant.

— Pourquoi a-t-il fallu que tu me plantes cette idée-là dans le crâne ? Du coup, je ne vais pas arriver à dormir !

— Nous ne sommes pas assez nombreux pour conquérir une cité, répondit Justinos. Alors, dors en paix. Demain, nous verrons dans quelle direction l'ennemi s'est mis en marche. Puis ce sera Carpéa, et le retour dans nos foyers.

— Puisse Zeus t'entendre et faire que ce que tu dis soit vrai, dit Ennion. Bon, lequel de vous va relever Olganos ?

— J'y vais, répondit Scorpios. Je n'arrive pas à dormir, de toute façon.

À cet instant, ils entendirent un cri d'enfant dans les bois. Réveillé en sursaut, Banoclès se leva aussitôt en dégainant son épée. Justinos remit son casque. Scorpios se leva à son tour hâtivement, ainsi qu'Ennion et Kério.

Le jeune Olganos revint en courant. Banoclès se porta à sa rencontre, et les autres firent cercle.

— Un détachement d'Idonoï..., chuchota Olganos. Dix guerriers, peut-être un peu plus...

— Prenez vos arcs, ordonna Banoclès.

— Ursos nous a demandé d'éviter les affrontements, fit remarquer Kério.

— En effet, répondit Banoclès. Heureux que tu le soulignes. À présent, allez prendre vos satanés arcs et voyons à quoi nous avons affaire !

Sur ces mots, il s'enfonça entre les arbres. Scorpios courut prendre son arc et son carquois avant de s'élancer à la suite de Banoclès.

Les étoiles brillaient au-dessus de la clairière. La vieille nourrice Myrine s'éloigna des enfants endormis. Un ruisseau coulait non loin de la cabane de bûcheron à l'abandon où ils se terraient. Relevant sa vieille robe grise, Myrine s'y rendit. La raideur de ses genoux enflés lui interdisait de s'agenouiller sur la berge pour boire, mais elle avait déniché dans la cabane une vieille coupe qu'elle plongea dans l'eau. Puis elle but à longs traits. Une fissure dans la coupe laissa filtrer un peu de liquide sur sa main. Se passant les doigts dans sa chevelure grisonnante, elle enleva une partie de la suie qui y était collée.

Au clair de lune, elle vit que sa robe était roussie aux hanches et que les manches portaient des trous de brûlures.

Myrine ne connaissait rien aux sièges et aux batailles, mais elle avait entendu les soldats du palais se vanter de pouvoir tenir des mois durant. Elle les avait crus. C'étaient des soldats de métier, rompus à l'art de la guerre.

C'est alors que les flammes avaient balayé les bâtiments en bois et que les guerriers ennemis avaient déferlé dans tout Calliros en vociférant leurs terribles cris de guerre. À ce souvenir tout frais, Myrine frémit. Un vent de panique avait soufflé au palais. Le jeune monarque – son doux Rhésos – avait entraîné la garde royale à l'attaque. Son intendant, le vieux Polochos, avait ordonné à Myrine d'emmener les deux enfants du roi à l'ouest de la ville, dans les casernes.

Mais l'incendie faisait déjà rage dans la ville basse, et Myrine avait dû emprunter les rues au nord. Portant le prince Obas, âgé de trois ans, elle serrait la main du frère aîné de celui-ci, Périclos, douze ans. La panique régnait, les soldats couraient dans les rues éclairées par les flammes, les citadins affolés convergeaient vers les portes est et le terrain dégagé qui s'étendait au-delà. Myrine avait progressé en direction du nord. Puis, à la vue des combats, elle avait réalisé qu'elle ne pourrait pas atteindre les casernes.

Indécise, elle avait finalement choisi de quitter la ville par la poterne nord et de se réfugier dans la forêt pour attendre la fin des combats. Sur le moment, ça avait paru raisonnable, car à coup sûr le roi Rhésos allait anéantir les vils envahisseurs. Dès le lendemain, elle lui ramènerait ses enfants. Mais de leur point d'observation, en haute forêt, ils avaient vu les incendies se propager. Pire, ils avaient vu la cavalerie ennemie franchir au galop la poterne nord pour attaquer les fuyards. Ça avait tourné au massacre, et

Myrine avait entraîné les enfants au cœur des bois afin qu'ils n'assistent pas au carnage.

Le petit Obas aux cheveux d'or avait pleuré. Les flammes et les cris de guerre l'avaient effrayé, mais Périclos l'avait réconforté. C'était un garçon courageux, comme son père, avec des cheveux et des yeux noirs, toujours grave. Obas tenait davantage de sa mère, la douce Asiria, qui était morte en couches l'été précédent.

— Je veux rentrer à la maison ! se lamentait Obas. Je veux papa !

— Père combat les mauvais hommes, dit Périclos. Nous rentrerons dès qu'il les aura vaincus.

Même là, en haute forêt, Myrine voyait encore les flammes, au loin, au-dessus de la ville. Elle savait au fond d'elle que Rhésos n'avait pas triomphé de l'ennemi. Elle savait aussi que jamais il n'aurait fui en laissant son peuple face au danger. Il était trop vaillant pour cela. Autrement dit, lui aussi avait péri. Des larmes roulèrent sur ses joues, mais elle les essuya en tentant de réfléchir à ce qu'elle devrait faire. Où pouvaient-ils aller ?

La panique enfla en elle et lui noua l'estomac. Ils n'avaient ni nourriture ni argent, et ses genoux gonflés l'empêcheraient d'aller bien loin. En cet instant même, l'ennemi ratissait sûrement la cité à la recherche des princes, résolu à exterminer la lignée royale.

Exterminer la lignée royale.

Une fois de plus, repenser à Rhésos lui serra le cœur. Le vent faisait bruisser les feuillages, et elle leva les yeux vers la lune, se rappelant le jour où on l'avait emmenée pour la première fois dans les appartements royaux. C'était il y a si longtemps… Le petit Rhésos, lui avait-on dit, était un enfant rebelle qui avait besoin d'une discipline sévère. Le roi Éionée lui avait dit de battre son fils à coups de bâton s'il lui désobéissait. Myrine n'en avait jamais rien fait. Dès l'instant où elle l'avait vu, elle l'avait adoré. Corpulente et laide, Myrine n'avait jamais été courtisée, et elle s'était résignée à une vie de servante solitaire. Avec le petit Rhésos, elle avait découvert toutes les joies et les vicissitudes de la maternité. Elle l'avait vu grandir, de petit garçon maigrelet devenir un bel adolescent puis un jeune homme fort. Même en tant que roi, accablé par les contraintes de la guerre, il souriait toujours en la revoyant et la serrait contre lui. Quand son premier fils, Périclos, était né, il avait amené Myrine en son palais pour lui servir de nourrice. Et ça avait été la seconde grande joie de sa vie, car Périclos était le portrait craché de son père. Abstraction faite de ses genoux, dont l'état empirait constamment, c'était comme si les années s'étaient envolées et qu'elle redevenait une jeune « mère ».

Même la guerre et les combats n'avaient pas empiété sur son bonheur. Au sein du palais, tout n'était que quiétude et sécurité, comme toujours.

Jusqu'à aujourd'hui.

En entendant du bruit dans son dos, elle pivota, transie de peur. Mais il ne s'agissait pas d'un soldat ennemi… Le jeune Périclos s'accroupit près d'elle, qui remplit aussitôt sa coupe fendue pour lui offrir de l'eau fraîche.

— Que devons-nous faire, mon prince ?

Dès que cette question lui échappa, elle se sentit honteuse. Certes, il était brillant et avait l'esprit aussi acéré que le faucon fondant sur sa proie, mais il n'en restait pas moins un enfant. Elle le vit se crisper, ses yeux sombres s'écarquillant sous l'empire de la frayeur.

— Oh, je suis navrée, mon chéri… Je réfléchissais à voix haute, voilà tout. Tout se passera bien. J'en suis sûre !

— Mon père est mort. Rien ne se passera bien, Myrine. Ils vont venir pour nous tuer, Obas et moi.

Myrine ne sut quoi répondre, et ces paroles la remplirent d'épouvante. L'obscurité qui s'épaississait autour d'eux paraissait menaçante, le chuchotement du vent dans les branches étrange et inquiétant.

— Nous nous cacherons dans la forêt. Elle est grande et… personne ne nous trouvera.

Périclos réfléchit.

— Ils offriront de l'or pour notre capture. Des chasseurs afflueront. Nous ne pouvons pas rester là. Nous n'avons aucune nourriture.

Un cri d'enfant déchira la quiétude nocturne.

— Périclos ! Périclos ! hurlait le petit Obas en accourant de la cabane délabrée.

Son aîné courut le rejoindre et s'agenouilla près de lui.

— Tu ne dois pas faire autant de bruit ! l'admonesta-t-il avec sévérité. Sinon, les hommes mauvais nous retrouveront.

— Je veux papa ! Je veux rentrer à la maison !

— Les hommes mauvais sont chez nous, Obas. Nous ne pouvons pas rentrer à la maison.

— Où est papa ?

— Je l'ignore.

Myrine se remit péniblement debout, rejoignant à son tour les garçons. C'est alors qu'elle entendit du mouvement dans les arbres, derrière eux. Se levant vivement, Périclos balaya les parages du regard.

— C'est papa ! C'est papa ! cria Obas.

Trois hommes émergèrent des broussailles. Élancés, la chevelure blonde nattée, le visage barbouillé de peinture… Myrine se rapprocha des enfants, prit Obas dans ses bras et le serra contre elle. Périclos ne bougea pas et regarda les Idonoï et leurs longues épées. Il y avait du sang sur leurs vêtements.

— Laissez-nous tranquilles ! cria Myrine. Fichez le camp !

L'air dur, le regard cruel, sept autres guerriers surgirent du couvert des arbres.

Myrine recula vers la cabane. Le chef des Idonoï dévisagea Périclos.

— Tu ressembles à ton père. Je planterai ta tête sur une pique à côté de la sienne.

Obas fondit en larmes, et Myrine lui caressa le dos.

— Allons, mon chéri, allons…

Épée haute, le guerrier avança vers Périclos qui, immobile, dardait sur lui un regard brillant de défi.

— Essaie donc, espèce de lâche !

Une autre voix s'éleva dans la clairière.

— Pas étonnant que vous vous peinturluriez la trogne, sales baiseurs de chèvres ! Vous êtes bien les salauds les plus repoussants que j'aie jamais vus !

Myrine se tourna pour voir un homme bâti en force et portant une armure brillante surgir de derrière la cabane. Il portait un sabre et une épée courte.

L'Idonoï pivota vers lui, les autres se massant en garde.

Le nouveau venu s'arrêta à quinze pas du chef de la bande.

— Eh bien ? Qu'est-ce que vous attendez ? Par les couilles d'Arès, êtes-vous des mauviettes, en plus d'être laids à faire peur ?

Avec un rugissement de rage, les Idonoï se précipitèrent sur lui.

À la surprise de Myrine, le nouveau venu mit soudain un genou en terre. Une volée de flèches fendit les airs, fauchant le groupe en pleine charge. Quatre hommes tombèrent, deux autres reculèrent en titubant, des hampes noires saillant de la partie supérieure de leur corps. Le guerrier en armure rutilante se releva et fondit sur les survivants. L'échauffourée fut aussi brève que sanglante. Le nouveau venu ne fit qu'une bouchée de ses adversaires. Le chef idonoï s'effondra, la gorge tranchée. Deux autres furent tués par des flèches. Le dernier tourna les talons et s'enfuit.

Un instant après, arc au poing, deux cavaliers sortirent du bois et poursuivirent l'unique survivant.

Prise d'un accès de faiblesse, Myrine voulut reposer Obas, qui se cramponna à elle. Le tenant toujours, elle s'assit par terre et grogna de douleur – son genou gauche la lançait.

Le guerrier à l'armure éclatante passa devant elle pour aller planter sa lame courte entre les omoplates d'un Idonoï blessé qui tentait de ramper vers les arbres.

Trois autres hommes à l'armure analogue apparurent. Sous le regard de Myrine, l'un d'eux rejoignit celui qui venait de les sauver.

— Nous avions ordre d'éviter tout affrontement, dit-il en ôtant son casque.

Il était jeune, avec des boucles sombres.

— Par les dieux, Olganos, ça n'avait rien d'un affrontement ! À peine… une escarmouche !

— Escarmouche ou pas, ça accroît le danger que nous courons.

— Tu regrettes d'avoir sauvé les enfants ?

— Bien sûr que non. Je suis heureux qu'ils soient en vie. Mais plus encore que nous le soyons. Tu sais très bien que nous aurions dû rester cachés. Si un seul d'entre eux en avait réchappé, nous aurions été contraints de fuir sans possibilité de mener notre mission à bien. Et cette mission est plus importante que la vie de deux enfants !

Banoclès vit la vieille femme le regarder, les yeux ronds et craintifs. Laissant Olganos, il vint s'accroupir près d'elle. Le petit, blond et potelé, se mit à pleurer.

— Par Arès, mon garçon, tu brailles plus qu'un âne châtré ! s'exclama Banoclès.

— Mon frère est très jeune et très effrayé, intervint l'adolescent aux cheveux sombres.

Se relevant, Banoclès se tourna vers lui.

— Et toi, tu ne l'es pas, effrayé ?

— Si.

— Très sage. Les temps que nous vivons sont effrayants. J'ai bien aimé ta façon de tenir tête à ces brutes. Tu as du cran, mon garçon. Maintenant, console ton frère, qu'il cesse de brailler ! J'en ai les oreilles qui bourdonnent.

À cet instant, le fracas d'une cavalcade leur parvint. Banoclès se releva à son tour alors que Kério surgissait dans la clairière et le rejoignait.

— Je suppose que tu l'as rattrapé et achevé ?

— Naturellement ! répondit le cavalier au physique maigre et nerveux. Et j'ai laissé Justinos à la limite des arbres pour surveiller les parages.

Son ton méprisant ne plaisait pas du tout à Banoclès, qui peina pour se maîtriser.

— As-tu traîné le cadavre dans les bois ?

— Non, pauvre balourd ! Je l'ai cloué à un arbre avec une pancarte pointant dans cette direction.

Faisant passer sa jambe de l'autre côté, Kério sauta de cheval.

— Tu devrais faire quelque chose contre ce saignement de nez, conseilla Banoclès.

— Quel saignement de… ?

D'un direct au visage, Banoclès l'expédia à la renverse. Son casque roula au pied d'un arbre. Après un rude atterrissage, Kério tenta de se relever, mais Banoclès l'empoigna par les cheveux pour le remettre debout de force.

— Je te repose la question : as-tu ramené en forêt le cadavre de ce baiseur de chèvres ?

— Oui !

Le rouquin avait le nez en sang.

Banoclès le lâcha, et il s'effondra. Puis il rejoignit les trois autres hommes.

— L'un de vous, sales bouses de vache, désire encore me traiter de balourd ? Allez ! Dites ce que vous avez sur le cœur !

Ennion s'avança tranquillement, tirant sur son bouc comme en pleine réflexion.

— En vérité, Banoclès, dit-il enfin, je n'ai pas à me laisser entraîner dans ce débat puisque je t'ai déjà traité de balourd en de nombreuses occasions. La dernière fois, je m'en souviens, c'était à tes noces quand tu as décidé de danser sur la table, que tu t'es ramassé et que tu t'es coincé le pied dans un seau à pisser.

Tous éclatèrent de rire.

Sa colère refluant, Banoclès sourit.

— Une sacrée fête. À ce que je me suis laissé dire. Je ne me souviens pas de grand-chose.

Justinos survint à son tour.

— Des hommes affluent sur la route, Banoclès ! Ils semblent à la recherche de quelque chose ou de quelqu'un… Nous devons partir.

— Qui diable peuvent-ils bien chercher au beau milieu de la nuit ? maugréa Banoclès. Ils devraient être en train de célébrer leur victoire…

Lui tapotant l'épaule, Olganos désigna la vieille femme assise et les deux garçons. Banoclès revint vers eux.

— C'est vous qu'on recherche ?

— Je le crains, en effet.

— Pourquoi ?

— Ces enfants sont les fils du roi Rhésos. Les Idonoï veulent leur mort.

Il l'aida à se relever. Le gamin joufflu se remit à pleurer. Olganos s'approcha de la nourrice.

— Laisse-moi m'occuper de lui…, dit-il doucement en le prenant dans ses bras. Nous partons en balade sur un cheval magique… En as-tu déjà vu un ?

— Où est le cheval magique ? demanda l'enfant, aussitôt distrait.

— Là-bas, entre les arbres… Nous le chevaucherons et, si des hommes mauvais reviennent, le cheval magique étendra ses ailes pour nous emmener dans les cieux, loin d'eux… Quel est ton nom ?

— Obas.

— Un joli nom, fit remarquer Olganos.

L'escouade retourna derrière la cabane où les chevaux étaient attachés. Banoclès aida la vieille nourrice à se mettre en selle, l'installant derrière lui sur son gris pommelé avant de se hisser à son tour à cheval. D'un coup d'œil, il vit Kério tituber vers sa monture.

— Eh, Nez Cassé, prends l'autre enfant avec toi !

Kério monta en selle, puis se pencha pour soulever le prince aux cheveux noirs et l'installer derrière lui. Dans le lointain, Banoclès entendit des clameurs, et devina que l'ennemi venait de retrouver le corps de l'Idonoï achevé par Kério et Justinos. Talonnant sa monture, il entraîna ses compagnons au cœur de la forêt.

— Serons-nous en sécurité, seigneur ? chuchota la vieille femme.

Banoclès ne lui répondit pas.

Ils chevauchèrent toute la nuit, gravissant péniblement des collines abruptes et pierreuses, traversant des zones touffues. Leur progression était lente et laborieuse, les amenant à mettre souvent pied à terre pour que les bêtes soufflent un peu. Celle de Banoclès s'épuisait rapidement à mesure que l'aube approchait. La vieille nourrice était trop affaiblie pour gravir les pentes à pied, et le cheval gris l'avait portée en permanence.

Alors que les premières lueurs du jour pointaient à l'horizon, Banoclès ordonna une halte. Ils avaient atteint une cime boisée en haute montagne et, de ce point d'observation, ils voyaient les panaches de fumée à la dérive s'élever toujours de la lointaine cité de Calliros. En contrebas, les bois et les coteaux qu'ils venaient de franchir étaient encore plongés dans l'obscurité. Banoclès ne repérait aucun signe de mouvement mais, au fond de lui, il savait que l'ennemi n'avait pas abandonné sa traque.

Pendant que ses compagnons se reposaient au creux d'une déclivité, Banoclès revint à la lisière des arbres et s'assit pour observer leurs poursuivants. Il n'y avait aucune chance de fuir – pas avec la vieille nourrice et les enfants. L'unique issue consistait à les abandonner. Une perspective qui le mettait mal à l'aise. Lors de la chevauchée nocturne, la nourrice n'avait cessé de le remercier de son héroïsme. En réalité, Banoclès composait difficilement avec son rôle de chef, et avait décidé d'attaquer les Idonoï pour se calmer les nerfs. Combattre avait toujours sur lui cet effet apaisant, lui permettait de se sentir maître de la situation. Il ne le comprenait ni le remettait en cause. Mais Banoclès avait toujours détesté les questions. Pourtant, l'escarmouche de la nuit précédente ne l'avait pas calmé. Il avait cassé le nez d'un de ses hommes, s'était collé sur le dos trois fardeaux aussi imprévus que malvenus…

La nourrice voyait en lui un héros. En toute autre circonstance, ç'aurait été agréable. Être considéré comme un héros était enviable, surtout dans le confort d'une taverne, quand le vin coulait à flots. Après le sauvetage d'Andromaque, Calliadès et lui avaient été couverts de louanges aux quatre coins de la cité. Et il s'était écoulé des mois avant que Banoclès soit prié de régler son verre ou son repas.

Sans en savoir long, il n'ignorait pas qu'en temps de guerre les héros étaient souvent des imbéciles. Pire, ils mouraient jeunes. Banoclès n'avait aucune intention de mourir. Non, décida-t-il, il fallait abandonner les enfants et leur nourrice. L'annoncer à la vieille femme n'aurait rien d'aisé. Soudain, une brillante idée lui vint. Pourquoi ne pas s'éclipser pendant que la nourrice et les enfants dormiraient ?

Il jura à voix basse quand le visage de Calliadès lui apparut en pensée. *Lui*, il ne les abandonnerait jamais... Au contraire, il aurait concocté un plan brillant pour sauver la nourrice, les enfants, tous ses hommes – et probablement le Cheval de Troie au complet.

Ôtant son casque, Banoclès s'adossa à l'arbre.

« Puissent les dieux te bénir, mon cher, avait dit la vieille femme. »

Peste soit des bénédictions ! grogna-t-il en son for intérieur. *Qu'on me donne juste un cheval rapide qui ne trébuche pas et une lame qui ne se brise pas.*

Olganos le rejoignit à la limite des arbres.

— Des signes de poursuite ?

— Non.

— On est en train de nous rabattre vers le nord-ouest, ajouta-t-il.

— Pas d'autre moyen de rester caché, souligna Banoclès.

— Je sais. Mais on ne peut pas continuer à aller dans cette direction.

Banoclès opina du chef.

— Nous couperons au nord dès que nous aurons semé nos poursuivants.

— Nous manquerons peut-être de temps, répondit Olganos. Ursos a dû rejoindre l'armée, et il y a toutes les chances pour qu'elle prenne la direction de l'est, vers le col de Kilkanos. Qu'en penses-tu ?

Banoclès n'avait pas la moindre idée de la direction que prendrait l'armée. Il ne se souvenait même pas du non du col.

— Continue, dit-il.

— Nous savons qu'une armée idonoï était à ses trousses. Si nous ne parvenons pas bientôt au col, il y a des chances pour que les Idonoï nous devancent. Nous nous retrouverons alors pris en tenaille, des ennemis derrière nous à la recherche des enfants et une armée devant nous à la poursuite d'Hector.

— Tu as un plan ?

— Oui, mais tu ne vas pas aimer. Nous devrons galoper à bride abattue. Or, nous ne le pourrons pas à moins de semer nos poursuivants. Nous devrons continuer… sans fardeau.

— Tu veux laisser les enfants ? dit Banoclès, son humeur s'améliorant.

— Non, je ne le *veux pas !* Écoute-moi, Banoclès, je sais que tu as la réputation d'être un grand héros. Tu as combattu des pirates pour sauver une princesse, puis repoussé vingt tueurs qui tentaient d'assassiner l'épouse d'Hector. Mais là, la situation est différente. Calliros est tombée, Rhésos est mort, la Thrace est perdue. Que les enfants soient de sang royal n'a plus d'importance. Ils n'ont pas d'armée, pas d'influence et donc aucune valeur. Tout ce qu'ils peuvent faire, c'est nous ralentir.

— En effet…, commença Banoclès.

— Je sais ce que tu vas dire, coupa Olganos. Alors, laisse-moi le dire le premier : oui, ils nous ralentiront, mais les héros n'abandonnent pas les malheureux dans la détresse et, oui, j'ai mauvaise conscience vis-à-vis de tout ça… (Il rougit.) C'est juste que j'essaie de raisonner en soldat, Banoclès.

— Il n'y a rien de mal à ça, assura Banoclès.

Jurant, Olganos se détourna. Il reprit la parole d'un ton vibrant de regret :

— Voilà que tu tentes de me réconforter à propos de ma couardise… (Il soupira.) Les héros ne devraient pas s'effrayer à l'idée de mourir pour une bonne cause. Cette nuit, quand tu as risqué ta vie pour ces enfants, je n'arrivais pas à le comprendre. Maintenant, si, et à ma grande honte… (Le jeune homme le regarda dans les yeux.) Oublie ce que j'ai dit. Je te soutiendrai.

Banoclès ne sut quoi répondre. Par Hadès, mais de quoi parlait-il ? Soudain, il capta dans le lointain du mouvement, aux abords de la cité.

— Tu as une vue plus perçante que la mienne, Olganos. Distingues-tu des hommes en marche ?

Olganos leva une main en visière.

— Oui, en direction du sud, semble-t-il. Vers la côte…

— Loin de nous, en tout cas.

— Dans un premier temps. S'ils bifurquent à l'est, ils intercepteront l'armée d'Hector quand elle descendra des montagnes… Nous devons rejoindre Hector et le prévenir.

— Je suis d'accord. À combien de soldats estimes-tu cette armée ?

— Difficile d'en juger. Elle est encore sur le départ… Cinq à six mille, peut-être.

— Le Cheval de Troie peut battre facilement une armée de cette force.

— Tu ne serais pas en train d'oublier Ismaros ?

— Et alors ? grogna Banoclès, qui avait effectivement perdu de vue la cité portuaire.

— Ulysse l'a conquise ; autrement dit, il y aura un autre corps d'armée posté sur le littoral. Et s'il effectue la jonction avec celui-là, il y aura deux fois plus d'ennemis à combattre.

Banoclès se fit silencieux. Tous ces satanés endroits étaient un mystère pour lui. Des armées marchant çà et là, au sud, au nord, à l'est, se dirigeant vers des zones qu'il ne connaissait pas et des cols dont il n'arrivait pas à se souvenir. Ursos lui avait fait ça exprès ! C'était sa vengeance pour l'avoir appelé « général ».

— Surveille ces pentes, ordonna-t-il à Olganos avant de regagner le couvert des arbres puis la petite dépression où ils avaient établi leur campement.

La vieille nourrice était assise à l'écart avec les enfants, le petit Obas dans son giron et Périclos blotti contre elle, un bras passé sur ses épaules.

Banoclès sourit à Myrine, qui lui adressa un regard soupçonneux. Les hommes firent cercle, l'air farouche.

Ennion à la barbe noire prit le premier la parole :

— Olganos t'a-t-il parlé du... problème ?

— En effet. Tu désires ajouter quelque chose ?

— Nous en avons discuté, Banoclès. Nous voudrions que tu saches que nous sommes avec toi.

— Avec moi ?

Ennion eut l'air gêné.

— Je sais que nous plaisantons avec toi et que nous paraissons nous moquer, mais nous sommes tous fiers de nous battre à tes côtés. Aucun de nous n'aurait sauvé ces enfants, comme tu l'as fait. Et nous savons tous comment tu as attaqué ces tueurs pour sauver la dame Andromaque. Nous ne sommes pas de grands guerriers, nous autres, mais nous sommes des soldats du Cheval. Nous ne te décevrons pas.

Banoclès jeta un coup d'œil aux autres.

— Vous voulez que nous gardions les enfants avec nous ?

Scorpios acquiesça. Justinos, l'air dubitatif, se frotta le crâne.

— Je dois dire qu'à mon avis Olganos a raison. Avec eux, nous n'en réchapperons probablement pas. Mais, oui, je suis avec toi, Banoclès. Nous ramènerons les enfants à Hector – ou nous mourrons en essayant.

C'était comme dans un mauvais rêve. Banoclès pivota vers Kério, qui avait les deux yeux au beurre noir et du sang séché sur le nez.

— Et toi ? Qu'en dis-tu ?

— Ne t'en fais pas pour moi, répondit Kério, je suis avec vous tous.

Olganos dévala la pente du campement.

— Une vingtaine de guerriers pas loin d'ici !

Banoclès se dirigea vers l'endroit où la vieille nourrice était assise avec les petits. Périclos se leva et vint à sa rencontre.

— Pas question de l'abandonner ! déclara l'adolescent avec fermeté. Prends Obas avec toi, et je resterai avec Myrine.

— Personne ne sera abandonné, mon garçon, répondit Banoclès avec aigreur. Reste près des chevaux. Si tu vois des Idonoï dévaler cette pente, file comme le vent ! (Se retournant vers ses hommes, il lança :) Allez chercher vos arcs !

Olganos se rapprocha de lui.

— Nous allons tous les combattre ?

Sans lui répondre, Banoclès courut à son cheval attraper son arc et son carquois de flèches. Puis les six guerriers gravirent la pente, se faufilant à la faveur des broussailles jusqu'à la limite des arbres. Banoclès écarta doucement les branches d'un buisson touffu pour jeter un coup d'œil à l'autre versant.

En contrebas, il aperçut une bande d'Idonoï s'engageant en terrain découvert. Il en compta vingt-deux. Un homme maigre au manteau jaune délavé avait pris la tête, suivant les empreintes des chevaux.

Le coteau était escarpé.

— Vous voyez cet amas de roches, à flanc de colline ? demanda-t-il à ses hommes. Dès qu'ils parviendront à sa hauteur, nous frapperons. S'ils n'ont pas de tripes, ils se débanderont et prendront la fuite. Nous, nous continuerons notre chemin. Dans le cas contraire, ils chargeront et nous ferons front. Quand vous me verrez lâcher mon arc et leur tomber dessus à bras raccourcis, foncez dans le tas vous aussi ! Maintenant, déployez-vous, mais sans trop vous éloigner les uns des autres.

Les cinq guerriers reculèrent à pas de loup, puis rampèrent vers de meilleures positions de tir.

Banoclès se sentait mieux. Il n'y avait plus de décisions à prendre. Encochant une flèche à son arc, il attendit l'instant propice.

Les vingt-deux Idonoï s'approchaient du repère rocheux. Massés, ils bavardaient, ne s'attendant nullement à une embuscade. Ils avaient dû voir les empreintes et en déduire qu'il n'y avait que six chevaux. À un contre trois, les Troyens avaient *certainement* préféré fuir…

L'homme fluet au manteau jaune passa devant les roches et leva les yeux. Banoclès bondit sur ses pieds et lui décocha une flèche qui, manquant son but, se ficha dans la cuisse du guerrier posté derrière. Cinq autres traits atteignirent les Idonoï. Un guerrier en reçut deux à la poitrine. Puis une deuxième volée frappa l'ennemi. Banoclès rata de nouveau sa cible, sa flèche ricochant contre un bloc de pierre. Sept adversaires étaient à terre.

Banoclès pria pour que les survivants tournent les talons et détalent.

Ils chargèrent.

Tirant sur la corde de son arc, il réussit cette fois à décocher un trait mortel dans le crâne d'un Idonoï, le foudroyant en pleine course. Son cadavre dévala le versant. Deux autres guerriers succombèrent, victimes de tirs précis. Les Idonoï n'étaient plus qu'à vingt pas de la limite des arbres, désormais. Banoclès tira une dernière flèche, lâcha son arc et dégaina son sabre et sa lame courte.

Rugissant un cri de guerre, il surgit des broussailles et fonça sur les douze survivants. Un Idonoï élancé à la face peinte lui bondit dessus, l'épée haute. Banoclès esquiva, lui plongea sa lame courte dans la poitrine et lui flanqua un coup de tête féroce. Alors que son adversaire s'effondrait, Banoclès récupéra son épée et frappa un deuxième ennemi, son sabre lui entaillant l'avant-bras.

Banoclès vit Ennion et Kério se jeter dans la mêlée. Deux autres Idonoï s'écroulèrent. Un coup lui arracha son casque. À demi sonné, il pivota et se rua sur son adversaire. Tous deux roulèrent au sol. Se relevant tant bien que mal, Banoclès lui plongea son sabre dans le crâne. La lame s'y coinça. Lâchant la garde, Banoclès fit volte-face à temps pour parer l'attaque d'un lancier. Empoignant la lance de la main gauche, il déséquilibra l'homme, lui fauchant les jambes pour l'abattre. Il lui plongea l'épée courte dans le cou. L'épée haute, un autre Idonoï le menaçait. Le guerrier hoqueta soudain, du sang bouillonnant de sa gorge. Alors qu'il s'effondrait dans l'herbe, Banoclès découvrit derrière lui le blond Scorpios, le sabre dégouttant de sang au poing.

Les cinq Idonoï survivants détalèrent si vite que deux d'entre eux trébuchèrent dans la pente abrupte et perdirent leurs armes dans leur dégringolade.

Banoclès se releva. Olganos lui rapporta son casque. Justinos l'appela, et Banoclès vit que le guerrier s'était agenouillé près de Kério, qui gisait sur le sol. Il chercha les autres du regard. Ennion s'était assis, une longue coupure à la tête expliquant le sang qui lui coulait sur le côté gauche du visage. Arpentant le champ de bataille, Scorpios achevait les ennemis blessés. Les entailles qu'Olganos avait aux avant-bras saignaient abondamment.

Banoclès s'agenouilla à son tour près de Kério. L'homme était mort, la gorge tranchée.

— Enlève-lui son armure, ordonna Banoclès.

Il fit le tour des Idonoï morts. Deux d'entre eux portaient des paquetages. Il fouilla le premier, y trouva des miches de pain et de la viande séchée. Son humeur s'améliora. Il rompit un des pains pour y mordre à belles dents. C'étaient des galettes de pain salé, celles qu'il préférait. Reposant le paquetage, il ouvrit le second.

Il contenait encore de la nourriture, et une petite amphore scellée à la cire. Brisant le sceau, il leva le flacon à ses narines et huma l'odeur magnifique du vin en soupirant d'aise. Olganos le rejoignit.

— Voilà qui valait la peine qu'on se batte ! conclut Banoclès en soulevant l'amphore pour y boire à longs traits.

Chapitre 30

Le Temple de l'Inconnu

Hélicon était debout à la poupe du *Xanthos*, près d'Oniacus qui tenait la barre du gouvernail bâbord. Le long périple autour de la côte ouest s'était déroulé sans encombre. Ils avaient croisé peu de navires – et encore, il s'était agi de petites embarcations commerciales qui serraient le littoral et fonçaient vers la terre ferme dès qu'elles avisaient la flotte dardanienne.

Aucune galère ne sillonnait les mers, et cela inquiétait Hélicon.

À présent, les flottes d'Agamemnon étaient immenses, et une question troublante demeurait : où étaient-elles ?

Le littoral déchiqueté d'Argos se profilait par bâbord devant, et la flotte longeait des hameaux et des ports, obliquant vers l'est et les îles sises au sud-ouest de Samothrace.

À l'approche du crépuscule, Hélicon et les siens repérèrent une galère marchande à haute proue filant vers l'est. Elle ne fit aucun effort pour les éviter, et Hélicon fit signe à deux de ses galères de flanc de l'intercepter. Le négociant céda, amenant son navire à côté du *Xanthos*.

Hélicon se porta au bastingage tribord et regarda les ponts du navire marchand. Les rameurs étaient maintenant désœuvrés, les rames relevées. Un marchand ventripotent aux robes volumineuses d'un pourpre éclatant leva la tête vers lui. Il avait de longs cheveux sombres et une barbe bouclée aux fers chauds à la mode hittite.

— Nous naviguons sous la protection de l'empereur et ne prenons aucune part à vos guerres ! lança-t-il.

— Quel est votre cap ? demanda Hélicon.

— Nous traversons l'Hellespont pour rentrer chez nous.

— Monte à bord et partage une coupe de vin avec moi.

On passa un bout par-dessus bord, et le marchand potelé se hissa à la force des poignets à bord du grand navire, enjambant le bastingage tout empourpré, le souffle court. Il jeta des regards curieux à la ronde.

— J'ai entendu parler du *Xanthos*, roi Énée, dit-il. Un magnifique navire.

— Mes amis m'appellent Hélicon, et j'ai toujours été l'ami de ceux qui servent l'empereur.

L'homme s'inclina.

— Je suis Oniganthas. L'an dernier, j'aurais pu me qualifier de riche marchand. Ces jours-ci, le spectre de la pauvreté menace... Vos conflits ruinent le négoce.

Hélicon ordonna qu'on apporte du vin, et entraîna Oniganthas vers le gaillard arrière. Le marchand savoura son vin, murmurant des commentaires flatteurs sur la qualité du breuvage, puis il fixa son royal hôte de ses grands yeux sombres.

— Où t'entraîne ton voyage ? demanda Hélicon.

— D'Athènes, nous remontons la côte jusqu'à la Thrace. Il n'y a plus de commerce possible.

— Vous faisiez donc voile vers Argos ?

Oniganthas acquiesça.

— En vendant mon fret légèrement à perte… Nous vivons des jours bien sombres, Hélicon.

— Et quelles nouvelles apportiez-vous à Argos ?

— Quelles nouvelles ? Je transportais des épices et des parfums.

— Ne jouons pas au plus fin, Oniganthas. Ton navire est neutre. Si j'étais un des généraux ou des amiraux d'Agamemnon, je chercherais à l'utiliser pour véhiculer des informations. T'a-t-on demandé de rendre pareil service ?

— Nous devons être sur nos gardes, répondit le marchand avec un sourire matois. Bien des gens bavarderont sur les plages ou dans les ports mais, si je veux rester neutre, il serait malvenu que j'aille offrir mes services à un camp ou à l'autre. Cela ferait de moi un agent d'une des puissances en conflit, et j'en perdrais ma neutralité.

Hélicon réfléchit. À première vue, l'argument semblait se tenir. Cela étant, Agamemnon et ses généraux ne respecteraient jamais la neutralité d'un navire hittite – à moins que ça serve leurs desseins. La seule possibilité qu'avait Oniganthas de naviguer en zone de guerre sans tout risquer, c'était de posséder un sauf-conduit mycénien. Le commerce étant tellement compromis, le marchand hittite complétait probablement ses revenus en transmettant des messages aux généraux de Mycènes.

— Je vois bien que tu es un homme subtil, répondit enfin Hélicon.

Le Hittite vida sa coupe, la rendant au matelot qui patientait près de lui.

— Comme tout négociant qui se respecte, je recherche le profit. Or, sans neutralité, il n'y en a aucun. La neutralité me permet de faire affaire avec les cités-États et les nations qui bordent la Grande Verte. J'ai toujours nourri l'espoir de renforcer mes tractations avec la Dardanie.

— Il n'y a aucune raison pour que ça ne se fasse pas, assura Hélicon. Je cherchais justement un homme doué de l'esprit d'entreprise pour lui confier mon or en prévision du jour où j'en aurai peut-être besoin.

Il vit alors une lueur de cupidité poindre dans les yeux de son interlocuteur.

— De quelle quantité d'or parlons-nous, Hélicon ?

— Suffisamment pour construire plusieurs navires de commerce si c'était nécessaire, et certainement assez pour compenser une piètre saison commerciale.

Il marqua une pause, le temps que son offre implicite de pot-de-vin fasse son petit effet sur le Hittite.

— Et l'homme dont vous parlez n'aurait qu'à simplement conserver votre or ? s'enquit-il.

Hélicon sourit.

— Ou peut-être à le faire fructifier à notre avantage mutuel.

— Ah, vous recherchez donc une alliance commerciale ?

— En effet. Nous devrions en reparler. Et tu devrais peut-être rester avec nous cette nuit.

— J'en serais ravi, répondit Oniganthas, car je n'ai été que trop privé de bonne et intelligente compagnie ces temps-ci. Je passe la plupart de mes nuits à écouter les marins et les soldats de Mycènes… (il regarda Hélicon droit dans les yeux)… avec leurs discours interminables sur la guerre, ses stratégies et ses triomphes.

La flotte accosta pour la nuit sur une île déserte. Sous l'œil d'Hélicon, Oniganthas à son côté, Oniacus et des matelots sortirent les objets pillés durant leurs raids : des coupes, des gobelets sertis d'or et de gemmes, et des bijoux opulents de facture mycénienne. Tout fut disposé sur la couverture qu'on avait étalé sur le sable.

Agenouillé, Oniganthas examina les pièces à la faveur de la lumière déclinante.

— C'est superbe, dit-il.

Tandis qu'on allumait les feux de cuisson, Hélicon l'entraîna à l'écart des hommes et, assis, ils devisèrent jusqu'à ce qu'on les appelle pour manger. Ensuite, une fois le marchand endormi, Hélicon s'éloigna du campement et gravit un haut coteau pour atteindre la crête. Ce qu'il tenait de la bouche d'Oniganthas était décourageant.

Gershom et Oniacus le rejoignirent.

— En avez-vous beaucoup appris du marchand ?

— Oui, et rien de bon, je le crains. J'ai besoin de temps pour réfléchir. Marchons un peu.

L'île était rocailleuse et inhospitalière mais, sur une colline proche, on avait édifié un temple. Le clair de lune chatoyait sur ses piliers blancs.

— Je me demande à quel dieu il est consacré, dit Oniacus.

Hélicon s'en moquait, mais il gagna avec ses compagnons l'édifice désert. Il n'y avait aucune statue autour du temple ou à l'intérieur. La poussière des siècles recouvrait le sol dallé. Le plafond s'était en partie effondré, laissant entrer le clair de lune. Ils explorèrent le temple sans trouver de sculptures, de matériel, de coupes ou de lanternes brisées.

S'agenouillant, Hélicon chassa l'épaisse couche de poussière, dévoilant une ligne courbe profondément gravée dans les dalles. Gershom et Oniacus le rejoignirent et, ensemble, ils dépoussiérèrent les dalles adjacentes. Le symbole qu'ils découvrirent occupait tout l'espace. Il y avait deux cercles, le plus grand enveloppant le plus petit, tous deux traversés par une diagonale.

— Qu'est-ce que ça signifie ? s'enquit Oniacus.

— C'est un antique symbole, lui expliqua Hélicon. On en voit encore sur de vieilles cartes. Les marchands l'employaient jadis pour repérer les zones de commerce ou de puissance militaire. Le cercle extérieur, s'il était brisé, signifiait qu'il n'y avait pas de forces hostiles. Un cercle intérieur coupé voulait dire qu'il y avait peu de commerce dans le secteur. Des cercles parfaits signifiaient le contraire : de bonnes défenses, mais un commerce florissant.

— Et quand il y avait une ligne comme celle-là, traversant deux cercles parfaits ? demanda Oniacus.

— Cela signifiait que la contrée était inexplorée. Inconnue.

Gershom contempla le symbole.

— Donc, quelqu'un a débarqué sur ce gros caillou aride et a édifié un temple à la gloire de l'inconnu ?

— On dirait bien, répondit Hélicon. Comme c'est bizarre… Ces gens ont dû transporter le marbre et les poutres par la Grande Verte avant de les haler jusqu'ici. Des dizaines, voire des centaines de travailleurs et de maçons bâtissant un temple que personne ne visiterait sur une île que nul ne coloniserait…

Gershom rit.

— Quelle belle blague ! Si on me demande mon avis… Nous vénérons tous l'inconnu et l'inconnaissable. C'est l'essence même de nos existences. Tout ce que nous pouvons savoir concerne le passé, et non l'avenir. Pourtant, nous aspirons à la connaissance et rêvons de percer le mystère. Ceux qui ont bâti ce temple avaient le sens de l'humour. Un temple dédié à l'inconnu, érigé par des inconnus dans un dessein inconnu… C'est magnifique !

— Eh bien, moi, je suis d'avis que c'est absurde ! se plaignit Oniacus. Du marbre et du dur labeur gâchés.

Quand ils ressortirent à l'air libre, au clair de lune, Hélicon contempla la mer qui miroitait.

— Êtes-vous prêt à nous dire ce que vous avez appris ? demanda Gershom.

Hélicon prit une grande inspiration.

— Ismaros est tombée, tout comme Xantheia. Reste seulement Calliros. Or, ses fortifications ne sont guère solides. Nous devons donc supposer que cette ville est assiégée, ou même qu'elle est déjà tombée aux mains de l'ennemi.

— Mais Hector est en Thrace, rappela Oniacus. Et il ne perd jamais. Il balaiera l'ennemi.

— À en croire Oniganthas, Hector a remporté plusieurs batailles, mais l'ennemi afflue de la Thessalie et des contrées mycéniennes. D'après les derniers rapports, Hector se trouvait dans les monts Rhodope, face à trois armées.

— Il les affrontera et les vaincra, insista Oniacus.

— Peut-être, dit Hélicon, mais de petites victoires n'auront aucune incidence. La Thrace est perdue. Je pense qu'Hector tentera de ramener son armée à Carpéa pour traverser le détroit et gagner la Dardanie. C'est son unique espoir de survie.

— Et la flotte de Ménados ? intervint Gershom.

— Ou elle fait voile vers l'Hellespont pour intercepter Hector, ou elle escompte lancer un raid contre la Dardanie. Dans le premier cas, si les barques d'Hector tentent de traverser le détroit sans protection, elles seront coulées.

— Vous me pardonnerez de souligner qu'il y a là un certain nombre d'hypothèses, dit Gershom. Hector peut *ne pas* se diriger vers Carpéa. Il a pu voler à la rescousse de Calliros. Et même si vous avez raison, il se trouve peut-être déjà à Carpéa, s'apprêtant à effectuer la traversée. Il n'y a aucune certitude que nous arrivions à temps pour lui prêter main-forte.

Hélicon s'éloigna de quelques pas, laissant ses deux compagnons continuer à discuter de la question. Il avait besoin de temps pour réfléchir.

S'il cinglait vers Carpéa et que l'amiral mycénien Ménados attaquait la Dardanie, ce serait un véritable massacre. S'il réintégrait sa patrie pour défendre ses terres et que les Mycéniens terrassaient Hector et le Cheval de Troie, la guerre serait perdue.

Une autre pensée le tourmentait, qu'il n'avait nullement l'intention de partager avec ses lieutenants... La forteresse de Dardanos pouvait résister à un siège, sauf si l'ennemi était sûr que quelqu'un leur ouvrirait les portes de la cité. Agamemnon était un adversaire rusé qui avait déjà eu recours à la traîtrise contre Troie quand il avait soudoyé Agathon, le fils de Priam, pour qu'il se révolte contre son géniteur. Et s'il avait des agents à Dardanos ?

Il repensa alors à Halysia. La dernière fois que les Mycéniens étaient passés à l'attaque, ils l'avaient violée, poignardée, avaient assassiné son fils sous ses yeux…

Vas-tu donc la voir en repasser par tout ça ? lui chuchota une petite voix.

Hélicon n'était pas homme enclin aux éclats ou à la grossièreté, mais il égrena soudain une série de jurons pittoresques. Ses compagnons se turent.

— Il n'y a pas de moyen rationnel de prendre une décision, dit-il enfin. Il y a trop d'impondérables. Ménados est peut-être déjà dans l'Hellespont, ou bien il a débarqué son armée en Dardanie. Hector se bat peut-être à Calliros ou essaie de rallier la côte. Sans compter les flottes qu'Ulysse a lancées à l'attaque d'Ismaros… Où sont-elles passées ? Nous ne savons rien.

— Alors nous sommes au bon endroit, conclut Gershom avec un autre coup d'œil au temple éclairé par la lune.

Banoclès poussa son cheval gris à l'écart des arbres, puis il négocia le versant. Derrière lui venaient Justinos avec le jeune prince Périclos en selle, et la nourrice Myrine et Obas juchés sur la monture de Kério. Scorpios et Ennion fermaient la marche. Banoclès jeta un coup d'œil par-dessus son épaule. Scorpios portait son arc. Ses blessures au crâne saignant encore un peu à travers les points de suture, Ennion avait l'air bien mal en point, épaules voûtées, tête basse.

Un peu au-devant, Banoclès vit Olganos mettre pied à terre près de la crête d'une colline basse pour ramper au sommet et jeter un coup d'œil aux terres qui s'étendaient au-delà.

Du haut de cieux purs et dégagés, le soleil de midi dardait ses rayons, mais un vent frais soufflait des montagnes. Banoclès en avait assez d'être le chef. Un mal de crâne lancinant cognait dans ses tempes. Il n'avait aucune idée de l'endroit vers lequel ils se dirigeaient, hormis le fait qu'Olganos avait mentionné un haut col. Banoclès se remémorait avoir traversé un tel lieu, mais n'aurait su le retrouver si sa vie en avait dépendu.

Ce qui, bien sûr, était le cas.

Son mal de crâne empira. Il ôta son casque, laissant la brise rafraîchir ses cheveux blonds trempés de sueur.

Justinos se rapprocha et tira sur les rênes de sa monture.

— Ennion souffre, dit-il. Ce coup lui a peut-être fracturé le crâne.

Banoclès remit son casque et lança son cheval gris au trot pour gravir le versant. Pilant près de la monture d'Olganos, il rampa ensuite aux côtés du jeune homme.

— Tu vois quelque chose ?

Olganos secoua la tête.

— Je pense que nous sommes tout près du col, répondit-il en désignant les montagnes imposantes aux cimes couronnées de neige qui leur barraient la route de toute leur masse. Nous devrons traverser cette vallée aride ainsi que les collines au-delà. Il y a des bosquets de hêtres et de pins, sur le chemin, susceptibles de dissimuler une armée.

Banoclès jeta un coup d'œil en direction de la vallée. Il n'y avait pas trace de cavalerie ou d'infanterie. Cependant, ainsi qu'Olganos l'avait fait remarquer, des soldats pouvaient fort bien être cachés dans les bois. Olganos poursuivit sur sa lancée.

— Une fois que nous serons en terrain découvert, des éclaireurs ennemis postés sous le couvert des arbres nous repéreraient très vite.

— Tu as un plan ? demanda Banoclès, plein d'espoir.

— Nous n'avons pas le choix, nous devons atteindre le col.

Banoclès fut soulagé. Il ne voulait plus avoir le choix.

— Bien. Y serons-nous d'ici à la tombée du jour ?

— Si nous disposions de chevaux frais, certainement. Les nôtres sont épuisés et, dès que nous aborderons la vallée, nous serons en terrain ascendant jusqu'au col.

Se relevant, Banoclès fit signe aux autres d'avancer, puis enfourcha son cheval gris et les guida par-delà la cime.

Alors qu'ils s'approchaient du fond de la vallée, la chaleur monta. Les chevaux traînaient la patte, leurs sabots soulevant de petits panaches de poussière, leurs flancs lustrés de sueur. La vallée était chaude et sèche, avec peu de végétation.

Ils avancèrent lentement, et l'après-midi tira à sa fin. Puis Scorpios appela. Banoclès se tourna et vit qu'Ennion était tombé de cheval. Ordonnant une halte, Banoclès tourna bride et rejoignit l'homme qui tentait de se redresser. Il mit pied à terre, le prit par le bras et l'aida à se relever. Ennion avait le regard vitreux, le teint cendreux. Se pliant soudain en deux, il tomba à genoux et vomit.

Banoclès s'écarta, puis inspecta la petite troupe. Les chevaux étaient proches de l'épuisement, tout comme les cavaliers.

— À quelle distance sommes-nous encore du col ? demanda-t-il à Olganos.

Le jeune homme haussa les épaules.

— Dans l'état où nous sommes ? Nous n'y serons pas avant la tombée de la nuit, je dirais.

Sur leur droite se trouvait un bosquet touffu de hêtres.

— Va voir si tu trouves de l'eau.

— Si nous n'atteignons pas le col avant les Idonoï...

— Je sais ce qui *pourrait* arriver, l'interrompit sèchement Banoclès. Maintenant, va !

Olganos s'éloigna à cheval. Banoclès aida Ennion à se remettre sur pied puis à remonter en selle.

— Ne tombe plus, tu m'entends ?

— Je t'entends..., marmonna le guerrier.

— Allons sous les arbres, ajouta Banoclès, il y fera plus frais.

Olganos dénicha une clairière et y conduisit le groupe. Entre des rochers de marbre blanc poussaient des buissons en fleur, leur floraison écarlate traçant une ligne droite jusqu'à un large bassin minéral d'eau fraîche alimenté par le courant qui dévalait les roches en une succession de minuscules cascades. De la belle herbe drue croissait, et la scène était d'une telle beauté que Banoclès aurait presque cru que des nymphes et des dryades y folâtraient, à l'abri du regard des hommes.

La vieille nourrice clopina jusqu'au bord de l'eau, s'agenouilla, s'aspergea le visage et les cheveux puis se désaltéra longuement. Les deux princes allèrent avec elle. Justinos et Scorpios aidèrent Ennion à descendre de cheval et l'installèrent au pied d'un arbre. Banoclès remplit son casque d'eau pour l'apporter au blessé. Ennion but un peu. Il avait le teint encore grisâtre, mais la prunelle moins vitreuse. Banoclès examina sa blessure à la tête. On avait recousu la longue coupure sur son crâne, mais les lèvres de la plaie étaient maintenant gonflées et décolorées. Les blessures à la tête se révélaient souvent problématiques. Banoclès avait jadis connu un homme qui avait reçu une flèche à la tempe et y avait survécu. Un autre soldat, costaud et coriace, avait encaissé un direct au cours d'une rixe de taverne et était mort sur le coup.

Laissant Ennion se reposer, les autres soignèrent leurs chevaux, bouchonnant leurs flancs en sueur à l'aide de poignées d'herbes sèches. Une fois étrillées, les montures, conduites au bord de l'eau, purent à leur tour boire tout leur content.

Tandis que les hommes s'installaient à l'ombre des hêtres, les équidés broutant l'herbe verdoyante, Banoclès se défit de son armure pour se plonger dans le bassin naturel. Il était plus profond qu'il ne l'avait cru, et il disparut sous la surface. L'eau était froide, et il éprouva une délicieuse sensation à s'y enfoncer tout entier. Les sons disparurent, ainsi que le mal de tête qui l'avait taraudé presque toute la journée.

Crevant la surface, il regagna à la nage le bord, où il se hissa au sec. Il vit qu'Olganos et le blond Scorpios étaient tranquillement assis de leur côté. De Justinos, il n'y avait pas trace. Banoclès se sécha et rejoignit les deux guerriers.

— Vous devriez aussi aller piquer une tête, les gars.

— Et si l'ennemi survient ? s'inquiéta Olganos.

Banoclès ricana.

— S'il envoie une armée, nous serons tout aussi morts, qu'on crève de chaud et qu'on pue comme des porcs ou qu'on soit propres et rafraîchis.

— C'est pas faux, reconnut Scorpios en se levant et en délaçant les liens de sa cuirasse.

— Où est Justinos ? ajouta Banoclès.

— Je lui ai demandé de se poster à la lisière du bois pour surveiller la vallée, répondit Olganos.

— Bien. Pendant ce temps, je pense que je vais piquer un somme.

Olganos et Scorpios plongèrent dans le bassin dans de grands éclaboussements, tandis que Banoclès alla s'asseoir près d'Ennion.

— Comment tu te sens ?

— Mieux. J'ai l'impression qu'un cheval est coincé sous mon crâne et cherche à se libérer en ruant. Dommage, pour Kério. C'était un sale type, mais il savait se battre...

— Il sera bien temps de penser à nos morts une fois que nous serons sains et saufs chez nous.

— Tu penses que nous rentrerons chez nous sains et saufs ?

— Et pourquoi pas ?

Ennion sourit.

— Que nous soyons débordés et piégés en territoire ennemi ne te trouble pas ?

— Je n'ai jamais compris pourquoi il faudrait se faire du souci pour ce qui arrivera demain, lui répondit Banoclès. Pour le moment, nous avons de l'eau, les chevaux se reposent et broutent, et je suis sur le point de goûter un merveilleux sommeil réparateur... Si nos adversaires surviennent, j'en massacrerai autant que possible à tour de bras. Sinon, eh bien, nous poursuivrons notre chevauchée, trouverons Hector et les autres, puis regagnerons nos foyers. Dors un peu, mon garçon.

— Je crois, oui... (Soudain, Ennion gloussa.) Toute ma vie j'ai rêvé d'accomplir quelque haut fait d'armes, une prouesse qui me vaudrait d'être dans toutes les mémoires… Et voilà que j'ai sauvé deux fils de roi et repoussé vingt ennemis ! C'est magnifique, Banoclès, magnifique… Tout ce que j'aurais pu rêver – ne serait-ce ce satané mal de tête.

— Demain matin, il n'y paraîtra plus, assura Banoclès en s'étendant sur l'herbe et en fermant les yeux.

Il s'endormit presque aussitôt.

Il faisait nuit lorsqu'il se réveilla, les étoiles brillant au firmament. Il se rassit et jeta un coup d'œil à Ennion. Allongé sur le dos, le guerrier contemplait les astres.

— Comment va ta tête ?

Ennion ne répondit pas. Banoclès lui passa une main sur le visage. Pas de réaction. Penché au-dessus de lui, Banoclès baissa les paupières du mort, puis se releva.

Olganos nageait, Justinos étant assis au bord de l'eau. La nourrice et les enfants dormaient. Olganos sortit du bassin et Banoclès le rejoignit.

— Tu as chargé Scorpios de faire le guet ?

— Oui.

— Bien. Je le relaierai d'ici peu.

— Comment va Ennion ? Tu penses qu'il sera en état de voyager demain ?

— Il voyage déjà, répondit Banoclès. Il a pris la route ténébreuse. Son cheval est en meilleure forme que les nôtres. Laissons-le à la grosse et vieille nourrice. Tu devrais lui prendre son épée. La tienne est dans un sale état, et risque de s'ébrécher la prochaine fois que tu la manieras.

— Par Arès, quel salaud sans cœur tu es ! dit Olganos.

— Il est mort. Nous pas. Nous partirons dès l'aube.

La route émaillée de rochers qui serpentait à travers le haut col était jonchée des débris d'une armée en retraite. Des épées cassées gisaient entre les pierres. Un casque fracassé luisait au soleil matinal. Des objets délaissés qui avaient jadis eu de la valeur prenaient maintenant la poussière. Çà et là, Calliadès voyait des traînées de sang séché aux endroits où on avait soigné des blessés. Le col lui-même, étroit et sinueux, grimpait toujours plus haut en montagne. Calliadès et ses trois cents volontaires avaient pris une position défensive à environ quatre-vingts pas au-dessous du point culminant, là où le col s'étrécissait jusqu'à faire moins de trente pas de large. Les parois rocheuses les dominaient de toute leur hauteur. Calliadès y posta ses cent archers de part et d'autre, abrités derrière des roches. L'infanterie, disposant d'armures plus lourdes, occupait le centre. Les hommes étaient tous des Kikonès n'ayant plus aucun endroit où fuir.

Des éclaireurs avaient averti Hector qu'une armée idonoï forte de quelque sept mille soldats arrivait dans leur direction. Elle serait en vue avant midi.

Calliadès s'était porté volontaire pour rester avec l'arrière-garde et tenir le col pendant deux jours – la durée qu'Hector avait requise. Hector avait essayé de dissuader Calliadès de rester.

— J'aurai besoin de toi dans les jours à venir, Calliadès. Je ne veux pas que tu meures sur un rocher perdu en Thrace.

— Si vous connaissez un meilleur candidat pour planifier nos défenses, qu'il prenne donc ma place ! avait répondu Calliadès. Les Thraces sont de bons combattants, mais on ne trouve pas un seul stratège parmi eux. Et vous avez besoin qu'on tienne ce col. On ne peut pas se permettre de laisser deux corps d'armée adverses nous prendre en tenaille.

À contrecœur, Hector s'y était résigné et, ce matin-là, ils s'étaient fait leurs adieux.

Les Thraces étaient des hommes taciturnes qui avaient bien combattu pendant cette longue campagne. Qu'elle se soit si mal terminée les contrariait. Hector leur avait offert la possibilité de le raccompagner à Troie, mais ils avaient préféré rester pour poursuivre la lutte contre les envahisseurs.

Calliadès circulait parmi eux en donnant ses ordres, qui étaient exécutés immédiatement mais sans enthousiasme. S'ils se fiaient à son jugement et respectaient ses talents, il n'en restait pas moins un étranger et un inconnu à leurs yeux.

Un étranger et un inconnu.

Il lui vint soudain à l'esprit qu'il l'avait toujours été, même au sein de son propre peuple. Grimpant sur une haute roche, il s'y assit et regarda vers le col. Lorsqu'il apparaîtrait, l'ennemi serait déjà fatigué par l'ascension. Des volées de flèches pleuvraient dru sur lui. Puis, quand les survivants se rapprocheraient, ils subiraient des lancers de javelots à pointe en bronze. Les parois abruptes compresseraient leur formation, leur rendant difficile d'éviter les tirs nourris. Calliadès lancerait son infanterie thrace aux armures lourdes contre l'ennemi, le forçant à reculer. Mais il reviendrait à l'assaut, Calliadès n'en doutait pas. Les défenseurs résisteraient à plusieurs assauts, mais cela n'irait pas sans pertes. Les carquois se videraient rapidement, et les attaques concertées d'un adversaire bénéficiant de la supériorité numérique mineraient l'endurance des défenseurs. Peu importaient les tactiques que Calliadès pourrait élaborer, le résultat serait toujours le même. Si les adversaires étaient déterminés et courageux, ils traverseraient le col avant le crépuscule.

Hector l'avait compris. L'arrière-garde était condamnée. Selon toute probabilité, aucun d'eux ne quitterait le col en vie.

Il revit le visage de Piria, le soleil allumant des reflets dans ses cheveux blonds coupés court. Dans son souvenir, elle se tenait sur la plage, riant de voir les hommes du *Pénélope* cavaler après des cochons en fuite. Ç'avait été une bonne journée, et les trois années écoulées l'avaient nimbée d'un halo doré dans son esprit.

Puis la vision se brouilla, et il revit la Grosse Rousse se tenant dans l'encadrement de la porte de sa petite demeure, en robe écarlate et noir. C'était la veille du jour où l'armée devait repartir pour la Thrace, pour la campagne printanière. Calliadès l'avait invitée à entrer, mais elle n'avait pas bougé d'un pouce.

— Je n'entrerai pas chez toi, Calliadès. Je ne t'aime pas, et tu n'as aucune affection pour moi.

— Alors que viens-tu faire là ?

— Je veux que Banoclès rentre chez lui sain et sauf. Je ne veux pas qu'il soit entraîné par ton désir de mort.

Les mots l'avaient stupéfié.

— Je n'ai nul désir de mourir, la Rousse. Qu'est-ce qui te fait croire une chose pareille ?

Elle le dévisagea, radoucie.

— J'ai changé d'avis. Je veux bien entrer. Tu as du vin ?

Il l'avait guidée jusqu'à son jardinet, à l'arrière de la maison, et ils s'étaient assis sur un banc incurvé, à l'ombre d'un haut mur.

Le vin était bon marché et un peu amer, mais la Rousse n'avait pas paru en prendre ombrage. Elle avait posé sur lui un regard franc et direct.

— Pourquoi as-tu volé au secours de la prêtresse ?

Il avait haussé les épaules.

— Elle m'a rappelé ma sœur, qui a été tuée par des hommes violents.

— C'est sans doute vrai, mais ce n'est pas la seule raison. Banoclès te tient en haute estime et a beaucoup d'affection pour toi. Je connais tous les récits de tes périples. Je ne suis plus jeune, Calliadès, mais ma sagesse a grandi au fil des années. Je connais les hommes. Par Héra, j'en sais plus sur eux que je l'aurais jamais souhaité ! Vous êtes tellement nombreux à détecter les défauts et les faiblesses chez vos semblables tout en vous aveuglant complètement sur vos propres fautes et craintes… Pourquoi n'as-tu aucun ami, Calliadès ?

La question l'avait mis mal à l'aise, et il s'était surpris à regretter de l'avoir invitée sous son toit.

— J'ai Banoclès.

— En effet. Et pourquoi personne d'autre ? Pourquoi pas d'épouse ?

Il s'était levé.

— Je n'ai pas de comptes à te rendre.

— Tu as peur, Calliadès ?

— Je ne crains rien.

Il n'avait pu se soustraire à son regard, et ça l'avait déconcerté.

— *Voilà* ce que j'appelle un mensonge, avait-elle répondu doucement.

— Tu ne me connais pas. Personne ne me connaît.

— Personne ne te connaît. Et là encore, tu as tort. Je te connais, Calliadès. J'ignore *pourquoi* tu es comme tu es. Un de tes poneys préférés est peut-être mort dans ton enfance, ou tu as été sodomisé par un oncle un peu trop empressé. Ou peut-être que ton père est tombé du haut d'une falaise et s'est noyé. Peu importe. Je te connais.

Il avait été pris de colère.

— Va-t'en ! Quand j'aurai besoin des perles de sagesse d'une grosse pute, je t'enverrai chercher !

— Ah, avait-elle répondu, sans que nulle colère ne transparaisse dans son ton, et je vois maintenant que tout au fond de toi, tu le savais aussi. Tu es juste trop effrayé pour l'entendre.

À cet instant, il avait voulu la frapper, effacer de ses traits cette expression suffisante. Au lieu de quoi il s'était écarté d'elle, se sentant prisonnier dans sa propre maison.

— Je t'écoute, dans ce cas. Profère cette terrible vérité. Je ne la redoute pas.

— La terrible vérité, c'est qu'au tréfonds de toi-même est tapie une grande peur. Oui, tu as peur de la vie.

— Quelle est cette absurdité ? Aurais-tu mâchonné des racines de *meas* ?

— Tu as sauvé une femme qui ne t'était rien, en affrontant une mort quasi certaine.

— Elle valait la peine d'être sauvée.

— Je n'en disconviens pas. En soi, c'était une belle prouesse. Héroïque. L'étoffe des légendes. Quand Ulysse est descendu se mesurer aux pirates, tu y es allé avec lui. Tu as dit à Banoclès que tu voulais voir ce qui allait se passer. Tu es un homme intelligent. Tu *sais* ce qui aurait dû arriver. Tu aurais dû te faire tailler en pièces. Banoclès te tient pour quelqu'un d'extraordinairement courageux. Mais moi, je ne suis pas Banoclès. Une partie de toi, Calliadès, aspire à la mort. Une partie vide, sans rien pour la combler… Pas d'amour, pas d'intimité, de rêves ou d'ambition… Voilà pourquoi tu n'as pas d'amis. Tu n'as rien à leur donner, alors que tu redoutes ce qu'ils pourraient t'apporter.

Ses paroles avaient transpercé ses défenses comme une lame glaciale.

— J'ai connu l'amour, avait-il protesté. J'aimais Piria. Et ça, ce n'est pas un mensonge.

— Je te crois. Et voilà comment j'en suis venue à te connaître. Tu vas bientôt avoir trente ans, et tu as connu *un* grand amour. Comme c'est étrange, dans ce cas, qu'il ait fallu que tu tombes amoureux d'une femme incapable d'avoir les mêmes sentiments que toi… Une femme dont tu *savais* pertinemment qu'elle ne te paierait jamais de retour ! Veux-tu que je te dise ce que tu as vu chez cette enfant apeurée, maltraitée et condamnée d'avance ? Un reflet de toi-même. Perdu et seul, sans ami ni personne…

Elle s'était levée brusquement en défroissant sa robe.

— Banoclès est mon ami…, avait-il dit en se rendant compte du ton défensif de sa protestation.

Elle avait secoué la tête, écartant jusqu'à cette faible tentative de défendre sa position.

— Mon Banoclès n'est pas un penseur, ou bien il t'aurait mieux cerné. C'est ton ami, certes, mais que tu en aies conscience ou pas, au fond de toi, il n'est rien de plus qu'un grand molosse dont l'adoration te permet de te bercer d'illusions, de te croire comme tout le monde. Il t'a sauvé la vie, Calliadès, et toi, tu l'entraînes sans cesse dans chaque folie dangereuse qui te vient à l'esprit. Des amis ne se comportent pas ainsi. Le jour où tu décideras de mourir, ne laisse pas Banoclès mourir avec toi.

Sur ces mots, elle s'était éloignée, mais il l'avait rappelée.

— Je suis navré que tu me méprises, Rousse.

— Si je te méprise, avait-elle répondu, de la tristesse dans la voix, c'est seulement parce que je me méprise moi-même. Nous sommes tellement semblables, Calliadès. Coupés de la vie, sans amis ni bien-aimés… Voilà pourquoi nous avons besoin de Banoclès. Lui, *c'est* la vie, dans toute sa richesse et sa vigueur, dans toute sa gloire. Ni subtilité ni duplicité. C'est le feu autour duquel nous nous pressons, et sa lumière repousse les ombres dont nous avons peur…

Elle s'était tue un moment, puis elle l'avait regardé.

— Pense à un souvenir d'enfance. (Il avait cillé tandis qu'une vision s'imposait à lui.) Que vois-tu ?

— J'étais enfant, caché dans un champ de lin pour échapper aux pillards.

— Le jour où ta sœur est morte ?

— Oui.

Elle avait soupiré.

— La voilà, la tragédie de ta vie, Calliadès. En réalité, tu n'es jamais ressorti de ce champ de lin. Tu t'y terres toujours, tout petit, effrayé, te cachant du monde entier…

Du haut de son perchoir, Calliadès chassa de son esprit tout souvenir de la Rousse. Les hommes avaient allumé des feux de cuisson, et il était sur le point de descendre manger avec eux quand il aperçut des cavaliers au loin.

De simples points en mouvement, tout d'abord, mais, dès qu'ils se rapprochèrent, il reconnut l'éclat de l'armure troyenne.

À l'extrémité du col, il vit que des archers avaient aussi repéré le groupe en approche et encochaient des flèches à leurs arcs. Il leur cria de ne pas tirer et descendit à leur rencontre.

Banoclès arrêta son cheval gris épuisé devant lui et mit pied à terre.

— Je suis content de te revoir ! Nous avons sauvé les fils de Rhésos et, maintenant, tu peux reprendre le commandement. J'en ai ma claque ! (Il jeta un regard circulaire.) Où est l'armée ?

— En route pour Carpéa. Je suis à la tête de l'arrière-garde.

— Tu n'as pas assez d'hommes. Nous avons aperçu au loin les hordes idonoï... Elles se rapprochent. Ces bouseux arrivent par milliers !

— Il nous suffira de les tenir en échec pendant deux jours.

— Oh, bon, nous devrions y arriver.

— Il n'y a pas de « nous » qui tienne, Banoclès. C'est mon devoir. Tu dois emmener les fils de Rhésos à Carpéa. Hector sera ravi de les savoir sains et saufs.

Banoclès retira son casque, grattant ses cheveux blonds coupés court.

— Tu ne raisonnes pas clairement, Calliadès. Tu auras besoin de mes garçons et moi, ici. Ces baiseurs de chèvres de Thraces détaleront probablement comme des lapins dès qu'ils apercevront une trogne peinturlurée.

— Non, hélas, soupira Calliadès en repensant à sa conversation avec la Rousse. Écoute, c'est ta troupe. Ursos a dit à Hector qu'il t'avait confié le commandement. Je t'ordonne donc maintenant de poursuivre ta route avec eux. Je te reverrai à Carpéa, ou en Dardanie si tu as déjà traversé l'Hellespont.

— As-tu oublié que nous sommes des frères d'armes ?

Calliadès ignora la question.

— Reste sur tes gardes en te dirigeant à l'est. Il y a d'autres cols encore plus étroits en montagne, et des cavaliers ennemis peuvent très bien y rôder.

— J'imagine que tu n'élèveras aucune objection si nous laissons les chevaux se reposer un moment, répondit froidement Banoclès. L'ascension les a vidés de leurs dernières forces.

— Naturellement. Mange un peu, toi aussi.

Sans un mot de plus, Banoclès entraîna sa monture au sommet du col. Calliadès regarda ses cavaliers lui emboîter le pas.

Midi approchait lorsqu'ils reprirent la route. Banoclès ne lui fit pas ses adieux et partit sans un coup d'œil en arrière. Calliadès les regarda disparaître au-delà de la cime du col.

— Adieu, Banoclès, mon ami, chuchota-t-il.

— Je les vois ! cria un archer en désignant la base du col.

Calliadès tira son épée et appela ses fantassins. Loin en contrebas, il voyait le soleil se refléter sur des milliers de lances et de casques.

Chapitre 31

Général malgré lui

Banoclès était toujours furieux quand il conduisit sa petite troupe de l'autre côté du col et vers la vaste plaine, en dessous. Après tout ce qu'ils avaient vécu ensemble, pourquoi Calliadès l'avait-il traité si froidement ? Il se sentait blessé et perturbé.

Myrine, la vieille nourrice, poussa son cheval à côté du sien. Elle n'avait pas l'habitude de chevaucher et semblait mal à l'aise sur la jument baie d'Ennion, accrochée d'une main aux rênes et de l'autre à la crinière de l'animal. Son visage était rouge à cause des efforts qu'elle faisait pour garder l'équilibre.

— Carpéa, c'est loin ? demanda-t-elle.

— Oui, répondit Banoclès.

— Je ne crois pas pouvoir rester encore longtemps sur ce cheval. Mes genoux sont en mauvais état, ils me font très mal.

Banoclès ne sut quoi répondre. Elle était trop vieille pour marcher jusqu'à Carpéa.

— Monter deviendra plus facile avec le temps, dit-il.

Il ignorait si c'était vrai. Il fit pivoter son cheval et rejoignit Justinos et Scorpios à l'arrière.

— Sais-tu à quelle distance se trouve Carpéa ? demanda-t-il à Justinos.

Le robuste guerrier haussa les épaules.

— Quelques jours, je crois. Peut-être quatre. Je n'ai pas compté les jours de voyage quand nous sommes venus.

— Moi non plus.

— Olganos dit que ça nous prendra environ trois jours, dit Scorpios.

— Je propose qu'Olganos soit responsable de notre détachement, dit Banoclès. Il semble savoir ce qu'il fait.

— Non, dit Justinos. Il est trop jeune. Nous préférons que ce soit toi. La vieille femme semble près de tomber de sa jument.

— Elle a les genoux abîmés.

Scorpios poussa sa monture et rejoignit la nourrice, suivi par Banoclès et Justinos. L'adolescent descendit de cheval et tint les rênes pendant que Myrine passait sa jambe droite par-dessus le dos de l'animal pour s'asseoir sur le côté.

— La jument d'Ennion est une créature très douce, dit Scorpios. Elle ne risque pas de s'affoler et de vous jeter à bas. Est-ce plus facile pour vos genoux ?

— Oui, dit la vieille femme, installant Obas plus confortablement sur son giron. Merci. Vous êtes un gentil garçon.

Le soleil de l'après-midi était chaud, mais un vent frais venait des montagnes. La contrée était vaste et découverte, et le chemin ondoyait entre des collines boisées et des ravins. Banoclès vit un vol d'oies, très haut, qui se dirigeait vers un lac lointain, au nord. Il avait toujours aimé les oies – surtout bien rôties dans leur propre graisse. Il sentit l'eau lui monter à la bouche.

Le jeune prince aux cheveux noirs, Périclos, amena la monture de Scorpios à côté de la sienne tandis qu'ils s'approchaient d'un petit bois. Banoclès le regarda. Sa tunique claire était ourlée de fils d'or, et il y avait plus d'or sur sa ceinture que Banoclès n'en gagnerait en une saison.

— Il te faudrait une épée, dit Banoclès. Ou peut-être une longue dague.

— Pourquoi ? Je ne pourrais pas vaincre un ennemi en armure.

— Peut-être pas, dit Banoclès, mais tu pourrais lui couper les couilles pendant qu'il te tuerait.

Périclos sourit. Ça lui donnait l'air encore plus jeune et plus vulnérable.

— Je suis désolé, pour ton père. Tout le monde dit que c'était un homme de bien.

Le sourire de l'enfant s'effaça.

— Que ferons-nous, à Troie ?

— Je ne comprends pas de quoi tu parles.

— Comment y serai-je accueilli ? Je n'ai ni terres, ni armée, ni fortune.

Banoclès haussa les épaules.

— Moi non plus. Tu pourrais peut-être devenir apprenti d'un forgeron. J'ai toujours eu envie de faire ce métier, quand j'étais jeune. Faire fondre le métal et le battre…

— Ça ne me dit rien, répondit le prince. Les forgerons finissent tous infirmes. Mon père disait que le chauffage du minerai rendait l'air nocif. Et tous les forgerons perdent la sensibilité dans leurs doigts, puis dans leurs orteils.

— Tu as raison, dit Banoclès. Je n'y avais jamais vraiment réfléchi. Un air nocif, tu dis ? Jamais entendu parler de ça.

— Il y a des grottes profondes dans nos montagnes, où l'air est vraiment mauvais. Les gens y entrent pour dormir et meurent. Quand j'étais petit, des voyageurs se sont réfugiés dans une de ces grottes. Cinq hommes et plusieurs femmes. Quelqu'un les a trouvés, tous morts, et a prévenu le chef du village voisin. Quand ils sont retournés à la grotte, il faisait nuit, et ils avaient pris des torches. Le chef est entré dans la grotte, et il y a eu un bruit de tonnerre et un grand éclair. Le chef a été projeté hors de la grotte, ses sourcils et sa barbe roussis.

— Il était mort ?

— Je ne crois pas. Après ça, personne ne s'est plus approché des grottes. On dit qu'un monstre qui crache du feu y vit.

— Il aime peut-être l'air nocif, dit Banoclès.

Périclos soupira.

— À quoi ressemble Troie ?

— C'est grand.

— Vivais-tu dans un palais ?

— Non. Quoique j'y sois resté un certain temps. Mais j'y ai ma maison, et mon épouse, la Rousse.

— Tu as des enfants ?

— Non.

— Peut-être qu'Obas et moi pourrions rester avec vous. Myrine pourrait faire la cuisine.

— Voilà qui m'intéresse, dit Banoclès. La Rousse est une femme merveilleuse, mais la nourriture qu'elle prépare a un goût de crotte de chèvre. À part les gâteaux – mais elle ne les fait pas, c'est un boulanger qu'elle connaît qui les lui donne. De toute façon, je suppose qu'Hector aura une place pour vous trois dans son palais. Tu l'as déjà rencontré ?

— Oui. Mon père l'aime beaucoup. (Il baissa la tête.) *L'aimait* beaucoup, je veux dire. (Puis son expression se durcit.) Un jour, je reviendrai avec une armée et je tuerai tous les Idonoï. Il ne restera rien d'eux, pas même un souvenir.

— C'est toujours bien d'avoir un plan, dit Banoclès.

— Quel est le tien ?

Banoclès sourit.

— Rentrer chez moi, me blottir contre la Rousse, dans notre lit, et dormir plusieurs jours. Après m'être saoulé, bien sûr.

— J'ai été saoul une fois. Je m'étais glissé dans les appartements de mon père et j'avais bu une coupe de vin, sans eau. C'était horrible. La pièce a tournoyé autour de moi et je suis tombé. Puis j'ai vomi, et je me suis senti malade pendant plusieurs jours.

— Ça demande du travail, l'informa Banoclès. Avec un peu d'expérience, on trouve le moment magique. C'est comme ça que mon père l'appelait. Tous les soucis s'effacent, les ennuis s'éloignent, et le monde semble… heureux.

— Et après ?

— Après, la pièce tourbillonne, on vomit et on est malade pendant des jours.

Périclos éclata de rire.

— Je ne boirai plus jamais de vin. Même l'idée me retourne l'estomac. (Ils chevauchèrent un moment en silence, puis Périclos demanda :) Tu avais l'air en colère quand tu as parlé à l'officier, dans le col. Pourquoi ?

— Nous étions frères d'armes. Mais quand j'ai proposé de l'aider à tenir le col, il a refusé.

— Peut-être ne voulait-il pas que tu meures avec lui. J'ai parlé à quelques Kikonès. L'un d'eux était officier au palais. Il m'a dit qu'ils étaient là pour combattre jusqu'à la mort.

Banoclès secoua la tête.

— Calliadès doit avoir un plan. Il sera plus malin que l'ennemi. Il l'a toujours été.

— Si tu le dis…

Banoclès poussa sa monture et grimpa en haut d'une petite colline. Périclos n'était qu'un gamin et ignorait tout des capacités de Calliadès. Pourtant, le pessimisme du jeune garçon le troublait. Banoclès avait vu la horde d'Idonoï. Quelques défenseurs ne tiendraient pas longtemps devant elle.

Perdu dans ses pensées, il passa la crête de la colline – et tomba sur un groupe d'une cinquantaine de cavaliers dont les visages étaient couverts de peinture.

Banoclès jura et tira ses deux épées.

Calliadès était revenu sur le *Pénélope,* dont un vent frais gonflait la voile. Piria était à côté de lui, regardant un cochon noir se débattre dans la mer. Elle avait l'air inquiète.

— Va-t-il s'en tirer ? demanda-t-elle.

— Il vivra plus longtemps que nous, répondit Calliadès.

Elle essaya de parler, mais sa voix fut couverte par le vacarme des épées et les hurlements des hommes. Puis son visage disparut lentement.

Calliadès ouvrit les yeux. Il était couché au milieu d'un tas de rochers, la tête endolorie et la vue trouble. Il lutta pour se redresser, mais sentit une vive douleur à la poitrine. L'épée d'Argurios, couverte de sang, reposait sur le sol à côté de lui. Calliadès regarda ses bras. Ils étaient également couverts de sang. Il roula sur les genoux et essaya de se mettre debout, mais ses jambes le trahirent et il retomba sur le dos. Il essuya le sang qui lui coulait dans l'œil droit. Il réussit à ramper un peu à l'écart du champ de bataille et s'adossa à un rocher. Son œil droit enflait rapidement. Il était déjà presque fermé. Il se souvint alors de la hache en bronze qui avait heurté son casque, l'avait fracassé et jeté à terre.

Ils avaient survécu à cinq attaques. Lors de la première, l'ennemi n'était même pas arrivé jusqu'à l'infanterie, repoussé par la pluie de flèches mortelles venues du surplomb. Puis les adversaires s'étaient regroupés, avaient mis les porteurs de bouclier à l'avant et avaient foncé. Les flèches avaient encore fait des dégâts. Calliadès avait conduit une charge qui avait dispersé leur ligne de front, et ils avaient de nouveau reculé.

La troisième attaque avait été lancée rapidement, ce qui avait indiqué à Calliadès que le général ennemi faisait régner une discipline stricte dans son armée. Ses troupes ne craqueraient pas. Elles reviendraient à l'attaque contre les Thraces comme une mer déchaînée.

Puis leur stratégie avait changé. Des archers ennemis s'étaient glissés vers l'avant et avaient arrosé de flèches les archers thraces, qui avaient été immobilisés.

Ensuite était venue la charge de la cavalerie. Calliadès avait ordonné à ses hommes de tenir bon, leurs boucliers formant un mur ininterrompu contre lequel les chevaux hésiteraient à se jeter. Mais les cavaliers idonoï s'étaient contentés de sauter par-dessus et d'atterrir au milieu des soldats de Calliadès, qui s'étaient éparpillés. Le combat avait été bref et sanglant. Les cavaliers ennemis portaient des armures légères, mais les pertes thraces avaient été élevées.

Au cinquième assaut, les archers thraces avaient été à court de flèches, et l'ennemi avait avancé avec une confiance accrue.

Plus de la moitié des Thraces étaient morts, et il restait juste assez d'hommes à Calliadès pour tenir le col étroit.

Calliadès regarda ce qui restait de ses hommes – une centaine – continuer le combat. Il aurait voulu les rejoindre, mais ses membres étaient vidés de toute énergie. Une grande fatigue le prit. Il s'adossa au rocher et regarda le ciel. Les nuages au-dessus des montagnes étaient striés d'or par le soleil couchant. Il vit des oiseaux voler. C'était magnifique. *Comme ça doit être fantastique d'ouvrir les bras et de s'envoler dans l'azur, loin au-dessus des soucis de ce monde.*

La douleur dans sa poitrine se réveilla. Il regarda son plastron et vit qu'il était déchiré et que du sang suintait entre les écailles. Il ne se souvenait pas de la manière dont il avait été blessé, mais finalement il revit le cheval qui avait bondi vers lui et la lance qui l'avait frappé.

De là où il était assis, il voyait les rangs des combattants. Le front devenait de plus en plus concave, prêt à s'effondrer et à laisser passer l'ennemi. Quand ça arriverait, la bataille serait terminée. Le front s'éparpillerait en petits îlots de résistance qui ne tarderaient pas à céder.

Instinctivement, Calliadès regarda autour de lui, cherchant un endroit où se cacher. *À quoi penses-tu ?* se reprocha-t-il. *Il n'existe aucun moyen de fuir.*

Puis il revit l'enfant qu'il avait été, caché dans le champ de lin.

La Rousse avait raison. Une partie de lui n'avait jamais quitté ce champ. Sa sœur avait été tout pour lui, et son amour, une constante à laquelle il pouvait se fier. Sa mort, si soudaine et violente, lui avait infligé une blessure psychique plus grave qu'il n'aurait pu le croire. Le petit garçon du champ de lin avait décidé de ne plus jamais laisser l'amour entrer dans sa vie, avec la douleur terrible et l'angoisse insupportable qu'il engendrait.

Veux-tu vivre ? se demanda-t-il.

À cet instant, alors que le soleil couchant illuminait le col, il sut qu'il le voulait.

Alors, sors de ce champ de lin !

Avec un cri de rage et de douleur, Calliadès ramassa l'épée d'Argurios et se remit debout. Puis il avança d'un pas mal assuré vers la mêlée.

Il entendit alors un bruit de galop. Il se tourna et vit une cinquantaine de cavaliers dévalant la pente à toute allure.

Au milieu, l'épée au clair, Banoclès chevauchait.

Calliadès essaya de remettre son épée au fourreau, mais son bras n'avait plus de force, et l'épée tomba sur le sol. Il s'assit sur un rocher, avec – chose bizarre – le bruit du ressac dans les oreilles.

Puis il glissa du rocher.

Quand il se réveilla, il s'aperçut qu'on lui avait ôté son armure, et que la blessure de sa poitrine avait été recousue. Des feux de camp brûlaient, et Banoclès était assis à côté de lui.

— Content de te voir, dit Calliadès.

— Que la peste t'emporte, cervelle de moineau, répondit Banoclès. Tu aurais pu me dire que tu t'attendais à mourir.

— Serais-tu parti, si je te l'avais dit ?

— Bien sûr que non ! Les frères d'armes combattent ensemble !

Calliadès saisit le bras de Banoclès et s'assit.

— Où as-tu trouvé la cavalerie ?

— Sur la plaine. Ils avaient réussi à s'enfuir quand la cité est tombée. Je les ai pris pour des ennemis, et je leur ai foncé dessus. Ils se sont éloignés de moi en riant, les misérables ! Bref, une fois qu'ils ont eu fini de s'amuser, je leur ai dit qu'une bataille allait avoir lieu, et je les ai amenés ici. Bonne idée, non ? Qui de nous deux est celui qui réfléchit, maintenant ?

— Toi, bien entendu, Banoclès, mon ami. Mon très cher ami.

Banoclès le regarda d'un air soupçonneux.

— Ce coup sur le crâne semble t'avoir fait perdre ton bon sens. Bon, combien de temps devons-nous encore tenir le col ?

— Ce n'est plus nécessaire, dit Calliadès. Rester, maintenant, serait idiot et ne servirait à rien. Laisse les feux allumés et emmène les chevaux aussi silencieusement que possible. Enveloppe leurs sabots de chiffons. Nous nous esquiverons à la faveur de l'obscurité, et nous foncerons vers la mer, à Carpéa. Avec un peu de chance, les Idonoï n'attaqueront pas avant l'aube. D'ici là, nous devrions être loin.

— J'aime mieux ça, dit Banoclès, ravi. Repose-toi. Je vais demander à Olganos d'organiser la retraite. Il est doué pour l'organisation. Il te reste un peu de vin ?

— Non, dit Calliadès.

Avec un juron, Banoclès s'éloigna.

Calliadès somnola, rêvant de nouveau de Piria. Elle était sur le pont d'un navire noir qui se dirigeait vers le soleil couchant. Il était debout sur une plage dorée. Calliadès leva une main et lui fit signe, mais elle regardait vers l'ouest et ne le vit pas.

Le voyage vers l'est fut lent, car une grande partie de la plaine était marécageuse et infestée de mouches et de moucherons. Les forces alliées, cent quarante-deux hommes conduits par Banoclès, le général malgré lui, furent obligées de contourner les marécages pour trouver un terrain plus ferme. Le premier matin, ils étaient tombés sur six chariots de fournitures abandonnés. Ils avaient été pillés, et les chevaux avaient disparu. Banoclès, sur les conseils du jeune Olganos, avait fait atteler des chevaux aux chariots. Les blessés les plus graves, dont Calliadès, y avaient été installés.

Vers le milieu de l'après-midi, ils avaient rencontré d'autres soldats thraces en fuite, quarante-trois fantassins et vingt cavaliers. Ils se dirigeaient vers le nord-ouest, où un fort de garnison avait été pris par une force idonoï.

Banoclès avait espéré que Calliadès serait suffisamment remis pour prendre le relais à la tête des troupes, mais son état s'était aggravé dans la nuit. Il dormait maintenant dans le chariot de tête et, quand il reprenait brièvement conscience, son esprit battait la campagne. Il avait de la fièvre et transpirait abondamment. Banoclès avait recousu la blessure de sa poitrine, mais il n'y avait aucun moyen de savoir si un organe vital avait été touché.

Olganos avait envoyé des éclaireurs dans les quatre directions pour chercher des signes de l'ennemi. Ils rencontrèrent d'autres guerriers kikonès et les envoyèrent rejoindre le corps principal de l'armée. Au crépuscule, il y avait plus de trois cents soldats sous le commandement de Banoclès.

— Nous les attirons comme la merde attire les mouches, se plaignit-il à Olganos.

Le jeune homme haussa les épaules.

— Nous serons plus forts, en cas d'attaque.

Les premières bonnes nouvelles arrivèrent quand ils dressèrent le camp pour la nuit. Un des éclaireurs de l'ouest annonça que l'armée idonoï du col n'avait pas essayé de marcher vers l'est et qu'elle était maintenant à une journée derrière eux.

Pendant que les hommes se reposaient, Banoclès alla voir Calliadès. Il était réveillé mais faible. Banoclès lui apporta un peu d'eau.

— Il n'y a rien à manger, dit-il.

Calliadès, le visage cendreux, ne répondit pas tout de suite.

— Il doit y avoir des fermes ou des villages vers le nord-est, dit-il. Envoie des cavaliers demain matin et dis-leur de ramener du bétail ou des moutons.

— Bonne idée, dit Banoclès.

— Et montre-toi aux hommes, Banoclès. Parle-leur, fais-leur sentir ta présence. Les Thraces sont des hommes fiers mais lunatiques, prompts à la colère comme au désespoir. Tu dois les rassurer.

Calliadès s'étira et se mit à frissonner. Banoclès le couvrit de son manteau.

— Tu vas t'en tirer, dit-il. Tu es solide. Tu te remettras.

Toujours tremblant, Calliadès s'assoupit. Banoclès resta un moment avec lui, puis il se leva. Autour de lui, les hommes étaient assis en petits groupes, parlant peu, l'air morose. Banoclès rejoignit Périclos, assis à côté de la vieille nourrice et d'Obas qui dormait.

— Nous trouverons à manger demain, dit-il. Il y aura des fermes à l'est.

Périclos hocha la tête, mais lui aussi semblait morose.

Banoclès rejoignit un autre groupe, des cavaliers qu'il avait conduits dans le col. Ils levèrent les yeux à son approche.

— Un de vous connaît-il cette région ? demanda-t-il.

Ils secouèrent la tête.

— Nous sommes de Calliros, dit un des hommes, un grand avec des traces de peinture bleue sur le front ; Hillas, se souvint Banoclès.

— Vous êtes de bons combattants à Calliros.

— Pas assez bons, grogna Hillas.

— Vous avez sacrément bien botté le cul de ces Idonoï, au col ! Et vous êtes encore en vie. Par Hadès, les gars, j'ai été dans des situations pires que celle-là, et je tiens toujours le coup.

Hillas jura et cracha sur le sol.

— Que pourrait-il y avoir de pire que ça ? Nos familles ont été massacrées, ou emmenées en esclavage. Toutes nos cités sont tombées, et nous fuyons vers la mer.

Banoclès ne sut quoi répondre. Puis Périclos arriva.

— Mon grand-père avait pris toutes les cités des Idonoï, dit-il. Ils étaient eux aussi un peuple vaincu. Et regardez-les, maintenant ! Les choses changeront, avec le temps. Servez-moi loyalement, et un jour nous reviendrons et nous récupérerons notre pays natal.

Les guerriers se turent, puis l'homme au front peint en bleu se leva.

— Nous avions prêté allégeance au roi Rhésos. Un jour, tu seras peut-être un grand homme comme lui. Mais pour le moment, tu n'es qu'un gamin. Je suis Hillas, seigneur des montagnes de l'Ouest. Je ne prêterai pas serment à un gamin.

Périclos ne se laissa pas démonter par l'insulte.

— Tu dois voir plus loin que le nombre de mes années, Hillas. Mon père était l'allié de Troie et, en tant que son fils et héritier, *je* représente cette alliance. À Troie, nous nous regrouperons et nous formerons une nouvelle armée. Cela prendra du temps et, pendant ce temps, je deviendrai adulte.

— Et, pendant ce temps, demanda Hillas, qui sera notre chef de guerre ? Celui qui aura cette charge essaiera d'établir ses droits à la couronne. Prends Vollin, par exemple. (Il désigna un groupe de guerriers non loin du sien.) Il ne me suivrait pas, et je refuserais d'aller au combat s'il était le chef !

Vollin, un homme chauve au torse nu, se leva, imité par ses hommes. Épées et couteaux sortirent de leurs fourreaux.

— Personne ne bouge ! beugla Banoclès. Par les dieux, vous êtes une bande de minables ! Toi, dit-il, foudroyant Hillas du regard, peu m'importe que tu sois le seigneur baiseur de chèvres de je ne sais quelle fichue montagne. Tu n'es plus le chef de rien, maintenant, c'est clair ? Et toi, grogna-t-il à l'attention du guerrier chauve, ne tire pas ton épée contre un de mes hommes. Qu'est-ce qui ne va pas avec vous, les gars ? Vous n'avez pas assez d'ennemis comme ça ? Vous avez besoin de vous entre-tuer ?

— Nous ne sommes pas *tes* hommes, Troyen, cracha Hillas.

Banoclès s'apprêtait à aller assommer le type quand le jeune prince parla de nouveau.

— Il est *mon* général, dit-il. Et il a raison. C'est idiot de nous battre entre nous. Hier, Vollin, tu étais prêt à mourir dans ce col, comme un véritable héros kikonès. Aujourd'hui, tu es vivant, et pourquoi ? Parce qu'un autre héros kikonès – Hillas, le seigneur des montagnes de l'Ouest – est venu à ton secours. C'est comme ça que nous survivrons, et que nous reviendrons pour reconquérir notre pays. En restant unis et en ignorant nos petits différends.

Hillas inspira à fond, puis il remit son épée au fourreau. Il regarda Banoclès d'un œil mauvais.

— Comment cet homme pourrait-il être notre général ? C'est un Troyen !

Banoclès était sur le point de dire qu'il n'était pas troyen, mais Vollin, le chauve, parla le premier.

— Je pense que c'est une bonne idée, dit-il.

— Oui ! Juste parce que j'y suis opposé ! ricana Hillas.

— Peut-être, mais ce que dit le garçon donne à réfléchir. Il y a toujours eu des discordes entre les nobles. Il y en aura sans doute toujours. C'est pourquoi nous avons besoin d'un roi fort. Si j'avais vingt ans de moins, j'essaierais peut-être de conquérir la couronne, et je te couperais la gorge en même temps. Mais j'ai l'âge que j'ai, et mes fils sont tous morts. Avec un étranger comme chef de guerre, il n'y aurait aucune jalousie, personne ne lutterait pour prendre une meilleure place. Nous pouvons nous unir derrière Périclos.

— Nous sommes trois cents, dit Hillas, sa colère le quittant. Nous ne reprendrons pas la Thrace.

— Nous sommes trois cents *pour le moment,* dit Périclos. Hier, nous étions moins de la moitié. D'autres ont dû s'échapper et, avec l'aide des dieux, ils se rendront à Troie. Quand nous reviendrons, nous enrôlerons les hommes des tribus des montagnes du Nord, et tous ceux qui seront lassés de la domination de Mycènes et des Idonoï.

— Il parle comme son père, n'est-ce pas ? dit Vollin.

— Oui, reconnut Hillas. Mais je ne suis toujours pas convaincu que le chef de guerre doive être un Troyen.

— Il vous a déjà conduit à la bataille, dit Périclos. Et à la victoire. Et surtout, quand j'étais seul dans la forêt, entouré de guerriers idonoï prêts à me tuer, cet homme a risqué sa vie pour moi. Je l'ai vu dans trois batailles, à ce jour. Chacune d'elles aurait dû être perdue, mais Banoclès est un grand guerrier et un bon chef.

Hillas éclata soudain de rire.

— Quand il a vu mes cinquante guerriers, il nous a foncé dessus ! (Banoclès sentit l'humeur des hommes changer, comme si un vent frais s'était levé après un orage.) Très bien, continua Hillas. Je l'accepte comme général.

Banoclès s'éloigna, affamé et intrigué. Personne n'avait songé à lui demander s'il voulait être général, et personne n'avait mentionné de paiement. De toute façon, peu importait, car, une fois arrivé à Carpéa, il remettrait avec joie le commandement aux vrais officiers.

Une brise fraîche soufflait, et Banoclès trouva un endroit abrité par un épais fourré. Il s'étira et se prépara à dormir d'un sommeil sans rêves. Il commençait à s'assoupir quand il entendit quelqu'un approcher. Il ouvrit les yeux et vit le jeune Périclos venir s'accroupir à côté de lui.

— Je te remercie pour ce que tu as fait tout à l'heure. J'ai craint une effusion de sang.

— Quel âge as-tu ? demanda Banoclès.

— Presque treize ans. Pourquoi ?

— Tu ne parles pas comme les autres garçons de treize ans que je connais.

— J'ignore comment parler autrement, dit Périclos.

— Tu ne parles pas comme un gamin, mais comme un vieux professeur. *J'ai craint une effusion de sang*, répéta-t-il. Les garçons ne parlent pas comme ça, d'où je viens. Ils parlent de jeux, de filles, et ils se vantent des actes héroïques qu'ils accompliront quand ils seront grands.

— Tous mes professeurs étaient des hommes âgés, dit Périclos. Mon père pensait que les jeux étaient inutiles, sauf s'ils avaient un but ; par exemple, courir pour me rendre plus fort, ou manœuvrer des formations de petits soldats pour m'apprendre la stratégie. Je passais la plus grande partie de mes journées avec des hommes âgés qui parlaient d'anciennes guerres et des exploits des héros. Je sais à quelle profondeur il faut construire les fondations d'une maison, et comment assembler des poutres avec des tenons et des mortaises. Mon père me préparait à devenir roi.

— Ne jouait-il jamais avec toi, quand tu étais jeune ?

— Jouer ? Non. Nous passions peu de temps ensemble. L'année dernière, pour mon anniversaire, il m'a dit qu'il avait un cadeau spécial pour moi. Il m'a emmené dans les donjons du palais, où un traître était agenouillé sur le sol, les mains liées derrière le dos. Père m'a autorisé à lui couper la gorge et à le regarder mourir.

— Ce n'est pas exactement ce que j'avais à l'esprit, dit Banoclès.

— Je passerai du temps avec mes fils – si je vis assez longtemps pour en avoir. (Il regarda Banoclès.) Cela t'ennuie si je dors ici avec toi ?

— Non, mentit Banoclès.

Il n'avait pas la moindre envie de dormir à côté d'un étrange jeune garçon qui égorgeait les gens pour son anniversaire. Périclos s'allongea sur le sol, la tête sur les bras. Banoclès décida d'attendre que le jeune garçon soit endormi, puis de chercher un autre endroit où dormir.

Chapitre 32

La bataille de Carpéa

Pélée de Thessalie n'avait jamais cru aux principes héroïques selon lesquels un roi combattait au premier rang parmi ses hommes. C'était tout simplement stupide, car une flèche perdue ou un javelot bien placé pouvait changer le cours d'une bataille. Ce n'était pas de la couardise, se dit-il. Le roi devait rester assez près des combats pour prendre des décisions adéquates, mais hors de portée des armes ennemies.

Il était donc assis sur son grand cheval blanc, entouré par ses gardes du corps, une élite de trois cents fantassins en armure, pendant que ses guerriers thessaliens et leurs alliés idonoï chargeaient les Troyens sur la plaine de Carpéa. C'était un champ de bataille parfait, large et plat, aucune colline haute que l'ennemi aurait pu tenir, pas de bois pour les abriter. Seulement des prés, et la mer, plus loin. Le petit village n'offrirait aucun refuge à l'ennemi. Carpéa n'était même pas fortifiée.

Pélée savait que, dans des circonstances plus favorables, Hector se serait retiré vers un champ de bataille plus adéquat contre une armée près de quatre fois plus grande que la sienne. Mais cette fois, c'était impossible, car sur la plage se trouvaient les barques dont il avait besoin pour s'enfuir de Thrace.

Toutefois, un commandant moins hardi se serait retiré, sachant que sa cause était perdue contre douze mille soldats ennemis. Mais Pélée s'était douté – et il avait eu raison – que l'arrogance d'Hector le conduirait à risquer le tout pour le tout dans une dernière bataille. Il n'avait pas de bois où cacher sa cavalerie, et pas le temps d'élaborer des stratégies complexes. Ses hommes, moins de trois mille, luttaient maintenant pour leurs vies.

Pélée sentit la satisfaction l'envahir à mesure que la bataille progressait. De son poste d'observation, il voyait que le front des Troyens reculait. L'ennemi se battait surtout à pied, mais une petite force montée chevauchait sur la droite, tenant à distance la cavalerie idonoï qui essayait d'attaquer l'ennemi par le flanc.

Hector avait adopté une formation en phalange, trois blocs d'environ neuf cents hommes, armés chacun d'une longue lance et d'un grand bouclier. C'était une bonne manœuvre défensive pour une armée en infériorité numérique. Pélée pensait qu'elle offrait même une chance de succès contre un ennemi deux fois plus nombreux. Mais l'armée thessalienne était bien plus importante. À tout moment, maintenant, un des blocs céderait, et ses soldats s'éparpilleraient parmi les ennemis, ce qui limiterait leur capacité de mouvement et de combat. À ce moment, le massacre commencerait. Et Pélée n'aurait plus très longtemps à attendre…

Il se régalait d'avance à l'idée de voir la tête d'Hector au bout d'une pique. Ce plaisir éliminerait le goût de bile qu'il avait dans la bouche depuis plusieurs années.

Pélée avait toujours été fier de son fils Achille, et se réjouissait de ses exploits. Il était connu comme le fils du roi Pélée, et les triomphes de son rejeton avaient rejailli sur le père. Mais un changement était récemment survenu, amer et détestable. Achille, le héros de la guerre, avait commencé à briller de sa propre lumière. Et, en même temps, la célébrité de Pélée avait diminué. Il était simplement le père du héros…

Ces termes auraient pu signifier la même chose. Fils de Pélée, ou père d'Achille. Mais le centre de l'attention s'était déplacé, et cela irritait profondément Pélée. Avec chaque nouvelle victoire, l'étoile d'Achille brillait plus vivement au firmament. Le conquérant de Xantheia et de Calliros, le libérateur de la Thrace.

Pour tenter de regagner sa part légitime de gloire, Pélée avait conduit sa propre armée contre la ville d'Ismaros. Ulysse avait reçu la tâche de bloquer le port, puis il avait conduit un raid nocturne. Ses hommes avaient escaladé les murs et ouvert les portes pour Pélée et ses Thessaliens. La cité avait été prise. Et qui récoltait toute la gloire ?

Ulysse, le Pillard des cités. Le rusé Ulysse. L'intelligent Ulysse.

Mais pas question que ça continue. Aujourd'hui, le triomphe serait celui de Pélée, le roi de la bataille, le vainqueur du puissant Hector.

À un endroit vers la gauche, la phalange troyenne semblait sur le point de céder. Pélée regarda avidement. Sa victoire approchait. Il en sentait déjà le goût.

Puis il vit Hector, dans son armure de bronze et d'argent, se porter en avant de la phalange défaillante. Ses hommes se rassemblèrent autour de lui, encouragés.

Bon. Pas tout de suite. *Tant mieux*, pensa Pélée. L'avoir attendue rendrait la victoire encore plus douce.

Son plastron, trop serré, lui irritait le cou. Au cours des dernières années, il avait régulièrement grossi. Il comprit que la guerre était bonne pour lui. Il redeviendrait fort et mince comme il avait été autrefois. Comme ses enfants l'étaient.

Il pensa alors à Calliope. Elle était mince, et il avait pris un grand plaisir à la serrer contre lui quand elle était enfant. Elle ressemblait tant à sa mère !

Mais, tout comme sa mère, elle l'avait trahi. Sournoise gamine ! N'avait-elle pas été élevée dans le luxe, ne manquant de rien ? Et comment l'avait-elle remercié ? En s'exhibant nue, en le séduisant. Oui, voilà ce qu'elle avait fait. Elle l'avait transformé en Gyppto, ces hommes qui couchent avec leurs filles.

Il n'aurait pas dû être surpris. Toutes les femmes étaient des salopes. Certaines déguisaient leur nature mieux que d'autres, mais elles étaient toutes pareilles.

Et maintenant, elle était morte. Ce qui prouvait que les dieux étaient justes.

Kovos, le général de ses gardes du corps, vint vers lui. L'homme était un vétéran et un bon soldat, mais il manquait d'imagination.

— Nous devrions avancer, mon seigneur. Ils sont prêts à céder.

— Pas encore, Kovos, dit Pélée.

— Si nous nous jetons contre le centre, nous passerons à travers. Les Troyens sont épuisés.

Oui, et je serai obligé d'avancer avec vous, pensa Pélée, *à portée des épées tranchantes et des lances acérées.*

— Nous avancerons quand je le dirai, dit-il à son général.

Kovos retourna avec ses hommes.

Il devrait m'être reconnaissant, pensa Pélée. *Il n'est pas obligé d'affronter la mort. Mais c'est un homme stupide, sans assez de cervelle pour apprécier sa chance.*

Au-delà du champ de bataille, Pélée voyait les huttes et les abris du petit village de pêcheurs, et les barques rangées sur la plage, derrière. Les barques qui permettraient bientôt à son armée de traverser le détroit qui la conduirait en Dardanie. Pélée avait eu peur de devoir traverser dans ces embarcations effrayantes aux bords si proches de l'eau. Mais maintenant, après la défaite d'Hector, il pourrait retourner triomphalement en Thessalie et laisser Achille et ses hommes traverser la mer.

Portant de nouveau son attention sur le champ de bataille, il vit que son armée avait souffert de lourdes pertes. Excepté ses gardes du corps, les soldats thessaliens portaient des armures légères, de simples plastrons de cuir rembourré qui offraient peu de protection contre les lances lourdes du Cheval de Troie. Mais les plastrons de bronze étaient chers, et les hommes, bon marché. Les Idonoï payaient eux aussi un lourd tribut. Chaque fois qu'un Troyen tombait, trois Idonoï trouvaient la mort. Ils étaient encore moins bien protégés que sa propre armée. Beaucoup ne portaient aucune armure.

Peu importait. La bataille touchait à sa fin.

Puis il vit les hommes de sa garde rapprochée se tourner pour regarder vers l'ouest. Pélée les imita.

Une rangée de cavaliers était apparue, la pointe de leur lance étincelant sous le soleil.

Pélée appela Kovos.

— Envoie-leur un messager. Dis-leur d'attaquer sur le flanc.

— Ce ne sont pas nos hommes, dit Kovos d'un ton sinistre.

— Bien sûr que ce sont nos hommes ! Il n'y a pas de forces ennemies derrière nous.

— Regardez l'homme au centre, dit Kovos, sur le cheval gris. Il porte une armure troyenne.

— Prise à un cadavre, dit Pélée.

Malgré tout, un petit doute le saisit.

L'homme montant le cheval gris sortit deux épées et les brandit.

Puis les cavaliers avancèrent, d'abord lentement, puis le tonnerre des sabots gronda tandis qu'ils se rapprochaient de l'arrière-garde thessalienne.

— Formez les rangs ! cria Kovos. Tournez-vous, vermine ! La mort approche de vous !

Les trois cents hommes de la garde du roi ne portaient pas de lance, seulement des épées courtes et de grands boucliers. Ils tentèrent hâtivement de reformer les rangs, face à l'ouest.

Pélée voyait distinctement l'homme sur le cheval gris, maintenant. Il avait des épaules larges et une barbe blonde. Il ne portait aucun bouclier. Dans une main, il tenait un sabre de cavalerie, et dans l'autre une épée courte.

Il sera obligé de se détourner, pensa Pélée. *Aucun cheval n'accepterait de charger un mur de boucliers.*

Mais le mur de boucliers n'était pas entièrement formé. Le cavalier trouva un espace et fonça. Son sabre ouvrit la gorge d'un garde du corps.

Soudain, ce fut le chaos. Pélée ne sortit même pas son épée. La panique enfla en lui quand il vit que la ligne protectrice avait été enfoncée. Il n'eut plus qu'une idée en tête : fuir. Il poussa son cheval à travers ses hommes, les éparpillant et aggravant les brèches dans leurs rangs. Puis, une fois en terrain découvert, il lança son étalon au galop. Les gardes les plus proches, voyant que le roi s'enfuyait, l'imitèrent. En quelques instants, la bataille se transforma en déroute.

Pélée s'en moquait. Son esprit était comme engourdi, habité seulement du besoin de fuir et de ne jamais s'arrêter. De trouver un endroit où se cacher. N'importe où ! Derrière lui, il entendit les cris d'agonie de ses hommes.

L'étalon galopait de toutes ses forces vers l'ouest, le long du rivage.

Une lance passa tout près de lui, puis une autre. Il regarda vers l'arrière et vit quatre cavaliers ennemis se rapprocher. Puis une lance frappa son cheval entre les pattes. L'étalon blanc trébucha, et Pélée passa par-dessus son encolure. Il atterrit durement, roula au sol et se releva sur les genoux, le souffle coupé. Les cavaliers l'encerclèrent.

Il se releva péniblement.

—Je suis le roi Pélée, parvint-il à dire. On paiera une bonne rançon pour moi.

Un des cavaliers poussa sa monture et approcha de lui. Il était blond et mince, avec des traces de peinture bleue sur le front.

— Je suis Hillas, seigneur des montagnes de l'Ouest, dit-il. Une rançon de combien ?

Le soulagement envahit Pélée. Il serait emmené devant Hector, qui était un homme d'honneur. Achille pourrait payer la rançon, avec le butin de Xantheia et de Calliros.

Puis le cavalier au cheval gris apparut.

— Que se passe-t-il ?

— Le roi, là, dit qu'on pourrait avoir une bonne rançon pour sa vie, dit Hillas.

— Tue ce misérable. La bataille n'est pas encore terminée.

Hillas sourit.

— À vos ordres, général.

Pélée entendit les paroles, mais il ne parvint pas à les croire.

— Je suis Pélée ! cria-t-il. Le père d'Achille !

Le cavalier à la peinture bleue poussa son cheval vers lui, lance pointée. Pélée leva les bras, mais la lance passa entre eux et lui déchira la gorge.

Le roi tomba à genoux, étouffé par son propre sang. Puis son visage frappa le sol, et il sentit l'odeur de l'herbe brûlée de soleil.

— Allez, baiseurs de chèvres ! entendit-il quelqu'un crier. Tuez-les tous !

Chapitre 33

La mort sur la mer

Sous l'effet d'une agréable fatigue, Calliadès s'assit à l'ombre d'une paroi rocheuse proche de la plage. Sa blessure le faisait encore souffrir, mais elle guérissait bien. Le plus gros problème semblait être la déchirure des muscles de la poitrine, qui restreignait les mouvements de son bras gauche. Le coup à la tête lui donnait de temps en temps des étourdissements, mais ses blessures ne pouvaient rien contre l'euphorie qui s'était emparée de lui depuis qu'il avait survécu à la bataille dans le col.

Il lui semblait qu'un monde nouveau l'attendait, empli de lumière, de couleurs et d'odeurs qui lui avaient échappé jusque-là. Certes, il avait toujours été capable d'apprécier la beauté d'un ciel estival ou la magnificence d'un coucher de soleil, mais de manière froide et rationnelle. La beauté du monde ne l'avait pas remué comme elle le faisait maintenant.

Même les barques sur la plage, avec leurs fonds plats et leurs lignes sans grâce, lui semblaient étrangement belles, avec leur bois huilé qui luisait sous le soleil comme de l'or en fusion. Partout il y avait du bruit et de la confusion, mais qui signifiaient la vie et le mouvement et lui procurait un sentiment de joie.

Banoclès vint s'asseoir lourdement à côté de lui.

— Apparemment, je n'aurais pas dû tuer le roi, hier, grommela-t-il en enlevant son casque, qu'il posa sur le sable.

— J'ignorais que c'était toi qui l'avais tué.

— Je ne l'ai pas tué directement, mais j'ai donné l'ordre. Les généraux d'Hector disent que nous aurions pu nous servir de lui pour obliger les Thessaliens à quitter la Thrace.

Calliadès secoua la tête.

— Achille n'aurait jamais accepté.

— C'est ce qu'a dit Hector. Ses généraux ne m'aiment pas. Les fils de putes !

Calliadès sourit.

— Tu as gagné la bataille, Banoclès. Avec une seule charge complètement folle.

— Folle ? Pourquoi ?

— Elle n'aurait jamais dû réussir. Tu as attaqué la partie la plus forte de l'armée – la garde royale thessalienne. Si son roi avait été plus courageux, ils auraient résisté à la charge et mis tes cavaliers en pièces.

— Mais ils ne l'ont pas fait, non ? dit Banoclès.

— Non, mon ami, ils ne l'ont pas fait. Tu as été le héros du jour, Banoclès et ses Thraces. Quelle belle histoire ça fera !

Banoclès gloussa.

— C'est vrai. En un sens, ils vont me manquer.

— Te manquer ?

— Ils seront abandonnés ici.

— Pourquoi ?

— Il y a environ quarante barques. Pas assez pour faire passer tout le monde en une seule fois. Hector fait d'abord traverser le Cheval de Troie, laissant les blessés et les Thraces en arrière. Il dit qu'il renverra les barques demain. Mais d'ici là, il y aura sûrement une flotte ennemie dans le détroit ou une autre armée de fils de putes à l'horizon.

— Et toi ? Que feras-tu ? demanda Calliadès.

— Moi ? Je pars avec le Cheval de Troie.

— Toi et moi, nous avons livré de nombreuses batailles. Qu'aurais-tu pensé si un des généraux avait décidé de s'enfuir en nous abandonnant sur un rivage ennemi ?

— Oh, ne commence pas avec ça ! Je savais que j'aurais mieux fait de ne pas venir te voir. Fuir ? Je ne fuis pas. Je suis un soldat du Cheval de Troie, pas un fichu général !

— Pour eux, tu es un général, Banoclès. Ils t'ont fait suffisamment confiance pour te suivre au combat.

Banoclès regarda Calliadès, furieux.

— Tu as le chic pour prendre quelque chose de simple et le rendre compliqué.

— Parce que rien n'est jamais aussi simple que tu aimerais le croire. De toute façon, je reste avec les blessés. Et, comme tu l'as fait remarquer, nous sommes frères d'armes. Nous devrions rester ensemble.

— Bah ! Frères d'armes quand ça te convient ! Tu n'en avais rien à faire, dans le col, non ?

— Je ne voulais pas que tu meures, mon ami. Mais là, c'est différent. Ces Thraces te révèrent. Ce sont de vrais guerriers, Banoclès. Ils ont subi des défaites, leur honneur a été traîné dans la fange. Tu le leur as rendu. Au col, quand ils ont mis l'ennemi en déroute, et hier, quand ils ont tué un des rois qui ont apporté la ruine dans leur pays. Tu es une sorte de talisman, pour eux. Tu as sauvé les fils de leur roi et, grâce à toi, ils sont de nouveau des hommes fiers. Tu ne comprends pas ? Tu ne peux pas les quitter maintenant.

— J'ai fait tout ça ?

— Oui.

— Bon, supposons que ce soit vrai. (Banoclès marqua une pause.) J'imagine que je pourrais rester avec eux – au moins jusqu'à Troie.

— Ce serait bien.

— Je dois reconnaître que je m'étais trompé à leur sujet. Ces garçons savent se battre.

Calliadès éclata de rire.

— Ils ont combattu pour toi, général !

— Ne commence pas à m'appeler comme ça ! Je te préviens, Calliadès, j'en ai assez. Et la Rousse me tuera quand elle l'apprendra. Tu verras si ce n'est pas vrai !

Calliadès sourit et regarda le village désert. Il y avait une vingtaine d'abris et plusieurs grandes huttes pour le fumage du poisson.

— Où sont donc allés tous les habitants ? demanda-t-il.

— Ils ont traversé le détroit sur leurs bateaux de pêche, dit Banoclès. Ils ne voulaient pas être là quand l'ennemi arriverait. Ne les blâme pas. Je n'ai pas envie d'être là non plus quand il reviendra. Comment va ta blessure ?

— Elle guérit bien. Elle commence à me démanger.

— C'est bon signe, dit Banoclès. (Il soupira.) Je déteste être général, Calliadès. Je veux seulement un endroit où dormir, un ventre plein de bonne nourriture et un pichet de vin à côté de moi.

— Je sais, mon ami. Quand nous serons de retour à Troie, tout deviendra plus simple. Les Thraces pourront se choisir un autre général, et tu pourras te remettre à boire et à voir les prostituées, une vie sans responsabilités, comme tu l'aimes.

— Pas les prostituées, dit Banoclès. La Rousse me briserait le crâne. Mais le reste, ça me plaît bien !

La fumée des bûchers funéraires de la plaine commença à dériver vers le village.

— Combien d'hommes avons-nous perdu, hier ? demanda Calliadès.

— Je n'ai pas posé la question. D'après la taille des bûchers, plusieurs centaines. L'ennemi a perdu des milliers de soldats. C'est ça l'ennui, quand on essaie de fuir. Mes gars ont continué à les tuer jusqu'à ce qu'ils soient trop fatigués pour lever leurs lances. Malgré tout, quelques milliers d'entre eux ont réussi à fuir, je suppose. Ils pourraient se regrouper et revenir.

Deux hommes approchèrent. Calliadès leva la tête et vit un guerrier de grande taille aux cheveux blonds et au visage portant des traces de peinture bleue, accompagné de Vollin, le guerrier chauve et râblé qui avait servi avec lui au col. Ils paraissaient furieux tous les deux.

— On va nous laisser ici ? demanda le plus grand des guerriers.

— Seulement jusqu'à demain, dit Banoclès, puis ils renverront les barques pour nous chercher.

— Ils nous abandonnent à la mort, dit Vollin. C'est une trahison !

Banoclès se leva, et Calliadès le suivit.

— Hector n'est pas un traître, dit-il. Les barques reviendront.

— Si c'est le cas, demanda Peinture Bleue, pourquoi pars-tu avec eux aujourd'hui ?

— Je ne pars pas. Quel fils de pute baiseur de chèvres a prétendu ça ?

Calliadès vit les deux Thraces échanger un regard.

— Tes trois hommes, Olganos et les autres. Ils sont déjà à bord des barques. Nous pensions que tu irais avec eux.

— Et vous laisser en arrière ? Comment avez-vous pu croire une telle chose, après tout ce que nous avons vécu ensemble ?

Les deux hommes eurent l'air honteux, puis le plus grand parla.

— Si tu restes, je croirai que les barques reviendront. Ils ne t'abandonneraient pas.

— Bien, dit Banoclès. Alors, c'est réglé.

— Je vais envoyer des éclaireurs, dit Vollin. Comme ça, si les Idonoï reviennent, nous serons prévenus.

La plupart des barques avaient pris la mer. Calliadès regarda les rameurs se débattre contre les forts courants. Bien que la côte de Dardanie soit clairement visible de l'autre côté du détroit, le courant entraînerait les barques vers le sud-ouest, et elles accosteraient plus loin. Dans le détroit, trois galères dardaniennes s'apprêtaient à escorter la flottille.

La dernière des quarante et une barques rejoignit les autres, qui s'étiraient dans le détroit étréci. Le ciel était sans nuages et il y avait peu de vent, ce qui était une excellente nouvelle, Calliadès le savait. Surchargées comme étaient les barques, avec un faible tirant d'eau, il faudrait peu de chose pour provoquer une catastrophe : un vent plus fort, un orage, ou même une panique parmi les chevaux. La distance entre le bord supérieur de la coque et l'eau était inférieure à la longueur d'un avant-bras. Si une barque s'inclinait, fût-ce d'une fraction, l'eau s'engouffrerait à bord et l'embarcation coulerait comme une pierre. Les hommes à bord, avec leurs lourdes armures, n'auraient aucune chance de survivre.

— Que Poséidon nous accorde une mer calme, dit-il.

Soudain, Banoclès jura.

— Oublie Poséidon, dit-il en désignant le nord-est du détroit. Inquiète-toi plutôt à cause de ces fils de putes !

Une flotte d'environ vingt galères noires arrivait en vue. Les navires s'étaient cachés derrière le promontoire.

Calliadès sentit le froid l'envahir. Les barques, chargées à bloc, étaient sans défense contre des galères de guerre. Elles seraient éperonnées et coulées bien avant d'avoir pu se mettre en sécurité sur le rivage.

Olganos n'avait jamais été un bon marin. C'était une constante source d'embarras pour sa famille, des pêcheurs du fleuve Scamandre. Même par temps calme, son estomac se rebellait. Son père lui avait affirmé que ce serait seulement temporaire et que son corps s'habituerait aux mouvements de la mer, mais ça n'était jamais arrivé. Voilà pourquoi il avait été le premier de sa famille à s'engager dans l'armée.

À l'instant où il avait mis le pied dans la barque à fond plat, le matin, la nausée l'avait saisi. Justinos lui avait flanqué une claque amicale dans le dos, en riant.

— Par les couilles d'Hadès, gamin, on est encore sur la plage, et tu as déjà le visage gris !

Olganos n'avait pas répondu. Stoïquement, il attendit le rituel habituel mais détestable : le vertige, la chaleur montant dans son ventre, puis la conclusion inévitable : les vomissements. La corde à l'avant de la barque se raidit quand la galère dardanienne tira l'esquif hors de la plage. Olganos agrippa la rambarde et regarda les flots. La barque tangua, puis quitta la plage et flotta.

Olganos regarda autour de lui. Quatre-vingts hommes et vingt chevaux étaient entassés sur le pont. Les guerriers qui l'entouraient étaient contents, car ils quittaient le royaume maudit de Thrace pour rentrer à Troie et retrouver leurs familles. Olganos rota, puis sentit la bile lui remonter dans la gorge. Il détestait vraiment la mer!

Les huit rameurs par côté avaient peu de place pour manier leurs longues rames, et ils juraient quand les soldats s'approchaient trop. À l'arrière du navire, les deux responsables du gouvernail riaient de tout ce chaos.

Olganos regarda tristement la plage. Il aurait préféré y rester, avec Banoclès et les Thraces, mais ça aurait seulement retardé l'inévitable.

La dernière barque venait d'être mise à la mer. Olganos la regarda ballotter. Il ferma les yeux sous le coup d'une nouvelle vague de nausée.

— Peut-être nous emmèneront-ils comme ça jusqu'à Troie, dit Scorpios.

Cette idée emplit Olganos de panique. Puis le bon sens l'emporta. Les barques devaient revenir chercher les Thraces et Banoclès. Il regarda Scorpios, qui souriait de toutes ses dents.

— Très drôle, grommela-t-il.

— Rien de tel que les mouvements d'un bateau pour réjouir le cœur, dit Justinos à Scorpios. En avant, en arrière, en haut, en bas…

Olganos leur lança un juron, puis il se pencha par-dessus la rambarde et vida son estomac dans la mer.

Ce qui n'arrangea rien. La nausée était toujours présente et, en plus, il avait maintenant mal à la tête.

En se redressant, il vit une flotte de navires noirs sortir de derrière le promontoire, au nord-est. Un instant, il crut qu'ils étaient dardaniens, puis il comprit.

À côté de lui, Justinos marmonna un juron.

Les trois galères dardaniennes avaient vu la flotte ennemie et viraient de bord pour l'affronter. Le courant était rapide, et les galères mycéniennes approchaient des barques lentes à une vitesse terrifiante.

Un navire de guerre dardanien parvint à bloquer la première galère, mais trois le dépassèrent. Horrifié, Olganos regarda la dernière barque se faire éperonner par le milieu. Avec un craquement sinistre, le bois se fendit et la barque s'inclina abruptement. La galère mycénienne recula, laissant un trou béant dans la barque, où la mer s'engouffra aussitôt. L'embarcation se renversa. Les hommes et les chevaux furent projetés dans les vagues. Les chevaux commencèrent à nager, mais les soldats troyens à la lourde armure se débattirent désespérément en appelant à l'aide. Le cœur brisé, Olganos regarda leur lutte sans espoir. Un par un, ils coulèrent. Quatre-vingts hommes, morts en l'espace de quelques battements de cœur.

— Enlevez vos armures ! cria Olganos aux soldats qui l'entouraient.

Il arracha les lanières de cuir qui retenaient sa cuirasse.

— Pas la peine, pour moi, dit Justinos. Je ne sais pas nager.

— Je t'aiderai à rester à la surface, mon ami.

Justinos secoua la tête.

— Dès que ces salauds nous auront éperonnés, je grimperai à bord de leur navire.

Olganos laissa tomber sa cuirasse sur le pont.

— Tu n'en auras pas le temps. Ils nous éperonneront, puis ils reculeront aussitôt. Fais-moi confiance.

Scorpios enleva aussi son armure. La plupart des hommes faisaient de même, ce qui fit tanguer dangereusement la barque.

Une galère mycénienne se rapprocha d'eux, mais fut elle-même éperonnée par un navire de guerre dardanien. Les hommes de la barque acclamèrent leur allié, mais leur joie ne dura pas. Une autre galère mycénienne se jeta sur le navire dardanien et fracassa sa coque.

Sur la barque, les rameurs donnaient tout ce qu'ils avaient, mais, dans leur panique, ils perdirent le rythme. La barque pivota lentement sous l'effet du courant, offrant alors une cible bien plus grande à l'ennemi.

Olganos s'accroupit et retira ses jambières de bronze. Puis il se releva, juste à temps pour voir la proue menaçante d'une galère ennemie. Son bélier s'enfonça dans le bois de la barque. Des hommes tombèrent. Les chevaux paniquèrent quand le pont s'inclina. Ils se cabrèrent, ruèrent, puis sautèrent par-dessus les soldats et plongèrent dans la mer. La barque tangua de plus belle quand la galère recula. De l'eau s'engouffra sur le pont. Puis la barque se renversa. Olganos fut projeté par-dessus la rambarde et tomba à la mer.

Quand il remonta, une flèche siffla à côté de sa tête. Il inspira à fond et plongea. Quand il refit surface, la galère s'éloignait, cherchant de nouvelles barques à éperonner.

Il entendit un cri et vit Scorpios soutenant Justinos, dont la lourde armure les tirait tous deux vers le fond. Il rejoignit rapidement les deux hommes et aida à soutenir le puissant guerrier tout en essayant de dénouer les liens de sa cuirasse.

D'autres flèches passèrent tout près. L'une d'elle effleura le bras de Scorpios et lui zébra la peau de rouge. Olganos avait réussi à desserrer les liens de la cuirasse de Justinos, mais il n'y avait aucun moyen de la retirer.

— Il va te falloir plonger pour te débarrasser de ton armure, dit-il à son ami. Laisse-toi couler et repousse-la.

Justinos avait les yeux écarquillés de peur.

— Non, dit-il.

— Tu dois le faire ! Sinon, tu nous tueras tous. Je ne te laisserai pas te noyer. Je te le jure.

Justinos inspira un grand coup, leva les bras, et coula.

Pendant que Scorpios tirait sur l'armure, Olganos plongea sous la surface. Justinos était débarrassé de la lourde cuirasse, mais il paniqua soudain et battit l'eau de tous ses membres, expulsant des bulles d'air. Olganos plongea plus bas, saisit la tunique de Justinos et essaya de refaire surface. Mais le poids était trop important et les tirait vers le fond. Puis Scorpios le rejoignit et, à eux deux, ils tirèrent Justinos à la surface.

— Calme-toi et respire ! ordonna Olganos.

Justinos aspira de grandes goulées d'air.

Juste en dessous de la surface, le corps d'un soldat dériva, une flèche en travers du cou. Une autre galère mycénienne arrivait vers eux. Olganos vit une rangée d'archers sur la proue, à bâbord. Certains souriaient en encochant les flèches à leurs arcs. Leur seule chance de survie était de plonger profondément. Mais, dès qu'ils le lâcheraient, Justinos se noierait.

Justinos le comprit et dit :

— Pensez d'abord à vous ! Allez-y !

Puis Olganos vit un objet sombre voler vers la galère, une boule d'argile sèche de la taille d'un crâne. Elle frappa un marin et se fracassa, répandant ce qui semblait être de l'eau sur l'homme et ceux qui l'entouraient. Puis une autre frappa le pont.

Olganos se tourna et vit un immense navire doré dont la voile était ornée d'un cheval noir. Il se dirigeait vers la galère mycénienne. Les archers massés sur son pont envoyèrent une volée de flèches enflammées sur l'ennemi.

Ce qui arriva fit sursauter Olganos. Il pensait que les flèches allaient s'éteindre, ou peut-être mettre le feu à la voile mycénienne, mais ce fut le pont tout entier qui s'embrasa. L'archer qui avait été frappé par la boule d'argile était transformé en torche vivante. Olganos le vit sauter à la mer. Quand il refit surface, il brûlait toujours, et poussait des cris terribles.

Le navire doré éperonna la galère mycénienne, fracassant sa coque. Olganos vit des boules d'argile voler vers les autres galères mycéniennes.

De la fumée noire montait du navire en flammes, et les archers, qui s'apprêtaient un instant auparavant à utiliser Olganos et ses amis comme cibles d'entraînement, sautaient tous dans la mer. Partout, Olganos vit les navires mycéniens se détourner aussi vite que possible pour s'éloigner, tandis que de plus en plus de galères dardaniennes se rapprochaient d'eux.

Un navire dardanien arriva à portée d'Olganos et de ses amis. Un marin demanda :

— Qui êtes-vous ?

— Des hommes du Cheval de Troie, cria Olganos.

On leur envoya des bouts. Justinos saisit la première et se hissa sur le pont. Scorpios suivit, puis Olganos. Un marin râblé s'approcha d'eux et donna un bout de tissu à Scorpios pour bander sa blessure au bras.

Olganos gagna la rambarde et regarda la bataille navale. Six navires mycéniens brûlaient, quatre autres avaient été éperonnés et coulaient. Le *Xanthos* continuait à faire pleuvoir le feu sur les navires restants. Le fort courant qui avait permis aux Mycéniens de rattraper si rapidement les barques était maintenant leur pire adversaire. Les rameurs, épuisés par le rythme qu'ils avaient dû soutenir pour intercepter les galères troyennes, n'avaient plus beaucoup de forces pour échapper aux Dardaniens déchaînés. Un groupe d'archers arriva à côté d'Olganos, puis se pencha par-dessus la rambarde. Dans la mer, des marins mycéniens appelaient à l'aide. Ils trouvèrent tous la mort.

Vers la fin de l'après-midi, la bataille était terminée. Cinq navires mycéniens avaient réussi à fuir vers le nord, et un autre s'était glissé entre les galères dardaniennes pour se diriger vers le large.

Le crépuscule approchait quand le navire dardanien transportant Olganos et ses amis arriva de l'autre côté du détroit et fut hissé sur la plage pour la nuit, à côté des barques.

Dès qu'ils débarquèrent, Olganos, Scorpios et Justinos rejoignirent l'endroit où campait l'armée troyenne. L'humeur était sombre parmi les survivants, car près de deux cents hommes et soixante chevaux avaient été perdus lors des combats.

Les soldats se réunirent autour des feux de camp, mais ils parlèrent peu. Olganos s'allongea sur le sol, profitant de la chaleur des feux de cuisson, et il dormit un peu.

Quand Justinos le réveilla, il faisait nuit. Olganos s'assit et se frotta les yeux. Tout autour de lui, les hommes mettaient en hâte leurs armures et rassemblaient les chevaux. Olganos se mit debout, encore fatigué.

— Que se passe-t-il ? demanda-t-il.

— Des incendies au sud. Dardanos brûle, dit Justinos.

Chapitre 34

La porte du traître

Un peu plus tôt dans l'après-midi de cette même journée, Ménados, le général mycénien, était assis sur le flanc d'une colline et regardait son armée, qui campait sur la plage. Mais il ne pensait ni à sa mission ni à la nature capricieuse de la guerre. Il pensait à ses petits-enfants. Depuis quarante ans qu'il était dans l'armée, il avait appris que souvent, devant un problème particulièrement complexe, il valait mieux penser à autre chose pendant un moment. Il avait donc revécu mentalement sa dernière visite à la ferme de son fils, à la course-poursuite dans les bois, aux enfants criant de peur tandis qu'il faisait semblant d'être un monstre à leur recherche. Quand il avait attrapé le petit Kénos, caché dans un fourré, le gamin avait éclaté en sanglots et avait crié :

— Ne sois plus un monstre !

Ménados avait pris son petit-fils dans ses bras et l'avait embrassé.

— Ce n'est qu'un jeu, Kénos. C'est moi, ton grand-père.

Le vieil amiral, après avoir caché son armée et sa flotte dans une baie isolée, mais à une courte distance de

Dardanos, força son esprit à repousser les souvenirs heureux et à se concentrer sur la sinistre réalité qui l'attendait.

Son instinct martial lui soufflait qu'il aurait été mieux avisé de rembarquer ses hommes sur les navires et de partir. Hélas, en tant que fidèle d'Agamemnon, il savait que la guerre était étroitement liée à la politique.

Agamemnon lui avait ordonné de prendre la forteresse de Dardanos et de tuer la femme et l'enfant d'Hélicon pour se venger des sauvages attaques contre les terres mycéniennes. Son raid devait être combiné à une invasion conduite par Pélée, qui aurait triomphé. Un plan intéressant. Avec une armée qui écumerait la campagne dardanienne et la forteresse de Dardanos tenue par de loyaux Mycéniens, la Dardanie tomberait. Cela donnerait à Agamemnon une route de terre sûre vers Troie.

Ménados gratta sa barbe noir et argent. Un bon plan… mais Pélée ne l'avait pas suivi. Aux dernières nouvelles, qui dataient de l'avant-veille, le roi thessalien s'était lancé à la poursuite d'Hector. Et maintenant, s'il fallait en croire le traître dans la forteresse, Pélée était mort et la flotte de guerre d'Hélicon avait été aperçue naviguant en direction de l'Hellespont. Ménados ignorait combien de soldats du Cheval de Troie avaient survécu à la bataille contre Pélée mais, d'après le nombre de barques qui avaient été utilisées, toujours selon le traître, ils étaient environ deux mille. Hélicon possédait environ quinze navires, soit deux mille combattants de plus, au minimum.

Bientôt, les Mycéniens devraient livrer bataille sur deux fronts : contre le Cheval de Troie sur la terre ferme, et contre les galères de guerre d'Hélicon au large de la baie. Prendre la forteresse n'était pas un problème. Son armée pourrait même tenir Dardanos un certain temps mais, sans nourriture et sans moyens d'approvisionnement, elle résisterait difficilement jusqu'à l'automne.

Pourtant, s'il décidait de s'en aller et de retourner auprès d'Agamemnon, il serait taxé de couardise. Le vil Kleitos dirait :

— Voyons, voyons, général. Vous aviez un homme dans la cité prêt à ouvrir les portes d'une forteresse qui comptait à peine deux cents défenseurs dardaniens. Et vous, avec vos trois mille hommes, vous avez décidé de fuir ?

Agamemnon serait furieux, et Ménados ne survivrait pas à son courroux.

Donc, se retirer n'était pas possible. Le message du traître avait été clair : attaquez cette nuit ! La porte de la Mer sera ouverte !

Et ensuite ?

Une fois la reine et son fils morts, il pourrait tenter de tenir la forteresse, puis envoyer sa flotte à Ismaros pour demander des renforts et des fournitures. Ménados écarta immédiatement cette idée. Pour ramener les renforts, sa flotte devrait se forcer un chemin au milieu des troupes du terrible Hélicon. Elle ne s'en tirerait pas. La plupart de ses marins étaient des nouvelles recrues, et les équipages n'étaient pas assez expérimentés. Les Dardaniens n'en feraient qu'une bouchée.

De même, ses soldats n'étaient pas la fine fleur de l'armée. Agamemnon avait levé des troupes à travers tout le pays, et les hommes de Ménados étaient de qualité diverse. Il y avait des mercenaires des hautes terres, d'anciens pirates des îles, des voleurs et des brigands. Ces hommes se battaient uniquement pour l'or. Ménados n'avait aucun moyen de savoir s'ils tiendraient le coup quand les choses se compliqueraient. Mais il savait qu'ils étaient durs, cruels, violents et impitoyables.

Les officiers ne valaient guère mieux, excepté, peut-être, Kathéos et Aréion. Kathéos était jeune et ambitieux, déterminé à s'attirer les bonnes grâces d'Agamemnon et à prendre du galon. Il s'était montré habile et plein de ressources, et ça compensait un peu le fait qu'il avait été choisi pour cette mission afin d'espionner Ménados. Aréion était plus âgé, et servait avec lui depuis près de vingt ans. Sans imagination mais solide. Un homme sur qui on pouvait compter pour obéir aux ordres et mener sa mission à bien.

Ménados réfléchit aux issues possibles d'une attaque contre Dardanos. Certes, ils prendraient la forteresse, mais comment la garder ? Pélée était mort, mais il y aurait des armées à Ismaros. Achille y était peut-être arrivé. Serait-il assez rapide à réunir ses hommes et à traverser pour attaquer les Troyens ? Peu probable. Son père mort, Achille était désormais le roi de Thessalie. La coutume et l'honneur exigeraient qu'il ramène le corps de son père dans son pays pour lui offrir des funérailles appropriées.

Finalement, Ménados prit la seule décision qui lui semblait logique. Il prendrait la forteresse cette nuit et incendierait les portes, les entrepôts et tous les autres bâtiments en bois. Cela paralyserait Dardanos pendant des mois. Puis il se retirerait et naviguerait pour Ismaros, ayant au moins accompli la partie principale de sa mission, le meurtre d'Halysia et de l'enfant.

Il descendit de la colline et appela ses officiers. Il sortit de sa tunique le dessin des défenses intérieures de la cité, fourni par le traître, qui indiquait où la reine et son fils seraient susceptibles de se trouver.

— Il est impératif, dit-il, que le traître ne soit pas tué accidentellement quand nous attaquerons. C'est un officier supérieur. Il doit survivre, et rejoindre Hélicon. Il portera une tunique blanche, pas d'armure, et il aura deux épées à son ceinturon. Assurez-vous que tous les hommes soient informés de cette description.

Il se tourna vers un jeune officier maigre aux yeux bleus et au bouc fourchu.

— Toi, Kathéos, tu conduiras l'attaque par la porte de la Mer. Tiens les salles de garde de la porte jusqu'à ce que les renforts arrivent, conduits par Aréion. Dès qu'ils seront là, envoie rapidement une force dans le palais pour chercher la reine et l'enfant. Le reste encerclera les défenseurs et brûlera tous les bâtiments qui peuvent l'être.

— Ne devions-nous pas tenir la forteresse ? demanda Aréion à la barbe grise.

Ménados secoua la tête.

— Il semble que notre allié thessalien, Pélée, se soit fait tuer. Nous n'aurons pas de renforts en provenance de Thrace, et le Cheval de Troie risque d'arriver bientôt. Ce sera donc un raid punitif, et ensuite nous partirons pour Ismaros. Nous devons provoquer le plus de dégâts possible. Il se peut que nous revenions cette saison, et si c'est le cas, il vaudra mieux que Dardanos soit handicapée. Inondez les portes d'huile, et empilez du bois sec et des fougères autour. Il y a un pont près de la forteresse, un raccourci entre la cité et Troie. Nous le brûlerons aussi. Le succès de ce raid dépendra de la discipline et de la vitesse. Que les hommes soient informés qu'il n'y aura ni viol ni pillage.

— Je ne suis pas sûr que nous pourrons les arrêter, amiral, dit Kathéos. Ils ne sont pas ici par loyauté pour le roi, mais pour assouvir leur désir de luxure et de richesse.

Ménados réfléchit un instant.

— Tu as raison, Kathéos. Dis-leur qu'une partie du trésor d'Hélicon sera partagée entre eux. Cela tempérera leur avidité. Dis-leur aussi que tout homme qui sera surpris à violer ou se remplir les poches sera étranglé avec ses propres entrailles.

Kathéos eut un sourire sinistre.

— Oui, ça aidera un peu, amiral. Mais certains suivront quand même leur nature de meurtriers. Il y a aussi un problème : aucun de nous ne sait à quoi ressemblent la reine ou son marmot.

— Notre homme nous a dit où nous risquerions de les trouver. La reine devrait être facile à identifier. Une jeune femme aux cheveux blonds, très belle, qui portera les vêtements qui conviennent à son rang.

— C'est peut-être vrai, amiral, interrompit Aréion, mais une fois qu'ils sauront que nous arrivons, elle pourrait changer de vêtements et s'enfuir au milieu des servantes. J'imagine que le roi Agamemnon voudra une preuve de sa mort.

— Le traître identifiera son corps et celui de son fils, dit Ménados, mais tu as raison : nous ne pourrons pas rester longtemps dans la forteresse, et nous ne pouvons pas prendre le risque qu'ils nous échappent. Vous devrez mettre à mort toutes les femmes aux cheveux clairs et tous les enfants en bas âge.

Kathéos eut l'air mal à l'aise devant cet ordre.

— Un problème, général ? demanda Ménados.

— Seulement de minutage, amiral. Nous avons une nuit pour tuer les Dardaniens, prendre la forteresse, brûler les portes, les bâtiments et le pont, puis remonter à bord de nos navires. Écumer la cité pour trouver toutes les femmes blondes et les jeunes enfants nous prendra beaucoup de temps.

— Organise trois escouades de la mort, dix hommes dans chaque. Donne-leur l'ordre de ratisser chaque bâtiment de la forteresse. Le crépuscule approche. Mettons-nous en route.

Le vieux général sortit de son appartement obscur et plissa les yeux dans la faible lumière de la soirée. Des nuages d'orage surplombaient la forteresse, mais le soleil couchant brillait comme un bouclier d'or à l'horizon. Pausanias s'arrêta un instant, puis il prit son bâton en bois noir et se dirigea vers la porte de la Mer.

La douleur qui le tourmentait constamment avait un peu diminué. Il y avait un an qu'elle le torturait et rongeait le bas de son dos et son entrejambe. Le médecin lui avait donné des potions de plus en plus dégoûtantes.

— Et elles vont me guérir ? avait demandé Pausanias.

— Seuls les dieux pourraient vous guérir, général, avait répondu l'homme. Mes potions atténueront en grande partie la douleur, mais pas en totalité.

Dans les quelques derniers jours, la douleur avait augmenté. Il avait du mal à penser à autre chose, et il était resté confiné dans ses appartements. Il lui était devenu très douloureux et presque impossible d'uriner, et quand il arrivait enfin à faire quelques gouttes, elles étaient sanguinolentes. Un frisson de peur lui parcourait l'échine chaque fois. Heureusement, un peu plus tôt, il avait finalement réussi à se vider la vessie dans le pot de chambre, ce qui était un soulagement indicible.

Pausanias vit que la nuit serait sans lune. En regardant par le balcon de sa chambre un peu plus tôt, il avait vu que deux nouvelles galères étaient arrivées. Bizarre, qu'elles viennent s'amarrer si tard dans la nuit… Et d'où venaient-elles ? Il avait décidé de le découvrir.

Le jeune Ménon en serait exaspéré, il le savait. Le jeune homme était de plus en plus inquiet pour la santé de son oncle. Dans l'après-midi, il lui avait dit :

— Tu as besoin de repos.

— J'ai le sentiment que bientôt je me reposerai plus longuement que je ne le souhaiterais, avait grommelé Pausanias. Va me chercher un peu de vin, mon garçon, je te prie.

Ils étaient restés assis ensemble un moment, à parler des problèmes qu'ils affrontaient. Pausanias avait regardé le jeune homme avec affection. Le soleil jouait dans sa chevelure blond-roux. *Il me ressemble tellement*, avait pensé le vieillard.

— À quoi pensez-vous, mon oncle ?

— Je suis fier de toi, Ménon. Je sais que ça n'a pas été facile pour toi, de suivre mes traces. Mais tu as l'étoffe d'un grand homme, et tu aideras à sauver ce royaume. J'espère que les dieux te béniront tout comme ils m'ont béni.

Ménon avait rougi. Comme Pausanias, il était mal à l'aise quand on lui faisait un compliment. Le vieux général avait gloussé.

— Est-ce que j'ai l'air de ressasser mes jours les meilleurs ?

— Pas du tout, mon oncle. Repose-toi et reprend des forces. Demain, si tu te sens mieux, nous chevaucherons ensemble.

Mais Pausanias n'avait plus envie de se reposer. Depuis près de soixante ans, il était chargé de la sécurité de la forteresse, et peu de visiteurs arrivaient sans qu'il en soit informé. Il continua donc son chemin vers la porte de la Mer.

Il s'inquiétait au sujet de cet imbécile d'Idaios. Priam avait-il si peu confiance en l'armée dardanienne pour penser qu'un abruti pareil pourrait les aider à quelque chose ? Idaios avait reçu la responsabilité de la porte de la Mer. Une tâche simple : ne pas laisser entrer quiconque portait une arme. Mais Pausanias doutait que l'homme soit à la hauteur, même pour ça.

Pendant qu'il marchait, il se remémora sa conversation avec la reine, quatre jours plus tôt. Il regrettait d'avoir critiqué la manière dont elle traitait l'enfant, Dexios. Elle avait déjà assez de problèmes comme ça. L'adversité était un bon maître, mais rude. Peut-être le jeune garçon était-il trop sensible et avait-il besoin de s'endurcir. Pausanias repoussa aussitôt cette pensée. Dex n'avait que trois ans, sa mère ne l'aimait pas, et il était élevé par des servantes. Hélicon, lors de ses rares visites, parlait à l'enfant, l'emmenait chevaucher ou sur le lac abrité. Quand le roi était absent, il y avait peu de divertissements pour le petit garçon.

Pausanias s'était réjoui de voir Ménon jouer avec l'enfant, quelques jours plus tôt. Le jeune soldat avait mis Dex sur ses épaules et courait en tous sens, imitant le hennissement d'un cheval. Le rire de l'enfant avait fait plaisir à entendre.

Pausanias pensa à son fils, mort depuis trente ans. Quand il avait entendu pour la première fois le canyon être appelé « la Folie de Parnio », il avait été furieux, comme si on avait fait une plaisanterie de sa tragédie privée. Mais, au fil des ans, son chagrin avait été irrésistiblement emporté par le temps qui passe.

Il continua son chemin. Il traversa la cour des écuries, toujours en ébullition, et descendit avec précaution le chemin pavé qui menait à la porte de la Mer. Quand il y arriva, il fut surpris de voir que les portes étaient ouvertes. Elles étaient toujours fermées avant le coucher du soleil. Qui les avaient ouvertes ? Il chercha les gardes, mais n'en vit aucun. Il sentit une peur insidieuse le saisir.

Pendant qu'il regardait, une troupe de soldats arriva au pas de course, traversa la porte et le dépassa. Pausanias les regarda, mais sa vue était troublée par ses quatre-vingts ans et la lumière déclinante du crépuscule. *Par Arès, ce sont des Mycéniens !* comprit-il soudain. *Des Mycéniens dans la forteresse ?* Un moment, il pensa que la douleur lui donnait des hallucinations et lui ramenait à l'esprit l'invasion, trois ans plus tôt.

Une autre troupe de Mycéniens portant l'armure caractéristique aux disques de bronze fonça à travers la porte et s'engouffra dans la forteresse. Au loin, Pausanias entendit des bruits de bataille, des cris, et des épées qui s'entrechoquaient.

Troublé, il avança en titubant, lourdement appuyé sur son bâton. Par la porte ouverte, il vit les troupes mycéniennes sortir des deux navires et escalader la colline qui menait à la forteresse. D'autres navires accostaient, dont les occupants descendaient sur la plage. Un groupe d'officiers mycéniens se tenait à l'extérieur de la porte, discutant paisiblement. Ils jetèrent un coup d'œil au vieil homme, puis l'oublièrent.

Les gardes de la porte étaient morts. Sur une vieille table en bois, derrière les corps, Pausanias vit une pile de vieilles épées, de massues et de couteaux confisqués aux visiteurs de la journée. Comme Pausanias l'avait craint, cet imbécile d'Idaios n'avait aucun système de rangement de l'armement. Les armes étaient juste jetées sur la pile, et gardées par deux soldats qui s'ennuyaient. Désormais, deux soldats morts.

Le cadavre d'Idaios gisait à côté des leurs, la gorge ouverte.

Le traître! pensa Pausanias, furieux. *Je le prenais pour un simple imbécile, mais il était aussi un traître. Il a ouvert la porte à ses nouveaux maîtres, puis il s'est fait tuer. Un imbécile et un traître à la fois!*

Un des groupes de Mycéniens le remarqua et dit quelque chose aux autres. Tous se tournèrent pour regarder le vieux général. Certains sourirent. Un homme vêtu entièrement de blanc avança, deux épées à son ceinturon.

Ménon parla.

— Je suis désolé que tu sois là, mon oncle.

Le choc fut presque plus que Pausanias ne pouvait en supporter. Il se plia en deux, comme sous le coup de la douleur. Idaios n'était pas le traître. L'homme qui avait livré la forteresse aux Mycéniens était de son propre sang.

— Comment as-tu pu faire une telle chose, Ménon ? Pourquoi ?

— Pour le royaume, mon oncle, dit calmement Ménon. Tu as dit que je pouvais aider à le renforcer. Et je le ferai. En tant que roi. Crois-tu que la Dardanie et Troie puissent vaincre, contre tous les rois de l'Ouest réunis ? Si nous continuons à résister à Agamemnon, le pays sera dévasté et le peuple, massacré ou emmené en esclavage.

Pausanias le regarda, puis il se tourna vers les officiers mycéniens. Au loin, les bruits du combat résonnaient dans la forteresse.

— Des gens qui avaient confiance en toi sont en train de se faire tuer en ce moment même. Tu m'as brisé le cœur, Ménon. J'aurais préféré mourir que te voir devenu un traître à ton pays !

Ménon rougit et recula.

— Tu n'as jamais compris la nature du pouvoir, mon oncle. Quand Anchise est mort, *tu* aurais pu t'emparer du trône. C'est ainsi que naissent les dynasties. Mais tu as prêté allégeance à une femelle minaudière et à son rejeton. Et regarde où ça nous a menés. À une guerre que nous ne pouvons pas gagner. Retourne dans tes appartements, mon oncle. Il n'est pas nécessaire que tu meures.

— Bien sûr qu'il doit mourir, dit un des officiers mycéniens, qui portait une barbe fourchue. Il te connaît et, quand nous serons partis, il dira tout à Hélicon.

— Écoute ton maître, petit roquet, dit Pausanias d'un ton méprisant. Quand il te dit d'aboyer, tu aboies !

Le visage de Ménon devint cramoisi. Il tira une de ses épées du fourreau et avança.

— Je ne voulais pas te tuer, dit-il, car tu as toujours été bon avec moi. Mais tu as vécu trop longtemps, vieil homme.

Le corps du général était celui d'un vieillard, mais il se souvenait de soixante ans de combats. Quand l'épée descendit vers son cou, maniée avec une assurance insultante, il plongea et flanqua un coup de tête au jeune homme. Puis il saisit la tunique blanche de Ménon, le tira vers lui et posa la main sur la poignée de la seconde épée du jeune homme. Son nez cassé pissant le sang, Ménon se dégagea sans remarquer que Pausanias s'en était emparé. Le vieux général avança et transperça la jugulaire de Ménon d'un seul coup. Du sang jaillit sur la tunique blanche. Ménon poussa un cri étouffé et recula, les mains à la gorge, essayant d'étancher le flot de sang.

Pausanias tomba à genoux, toute force le quittant. Il entendit des bruits de course, puis un coup d'épée dans son dos, et un autre. Toute douleur cessa. Ménon s'effondra contre lui, sa tête tombant sur l'épaule de Pausanias. Le vieux général regarda l'agonisant, tandis que sa vue se troublait et s'obscurcissait.

—Je… t'aimais tant… petit, murmura-t-il.

Chapitre 35

Le cavalier dans le ciel

Dex se réveilla en sursaut et se frotta les yeux de ses poings minuscules. Il s'assit et regarda autour de lui. Il faisait sombre dans la chambre, malgré l'unique chandelle qui brûlait bas. Il vit que la Grise n'était pas dans son lit. Il était seul.

Il se souvint avoir quitté sa propre chambre après un cauchemar, et être venu se réfugier en pleurant dans la chambre de la Grise. Il avait tapé doucement à la porte, et elle lui avait ouvert, comme elle le faisait toujours, et l'avait gentiment grondé pour ses peurs. Puis, comme d'habitude, elle l'avait porté dans son lit et l'avait couché à côté d'elle.

— Dors, mon petit Dex, tu es en sûreté, avait-elle murmuré. Je suis là.

Mais elle n'était plus là !

Des sons étouffés venaient de l'extérieur, à la fois de la cour et des escaliers, de l'autre côté de la porte. Il entendit des cris rauques et des bruits de métal entrechoqué.

À trois ans, il n'avait pas l'habitude d'être seul dans le noir, et il était effrayé. La Grise était toujours là quand il se réveillait, et elle l'emmenait aux cuisines pour le petit déjeuner.

Il avança vers le bord du lit et se laissa glisser sur le sol. Il foula la pierre froide et les tapis douillets, puis tira un tabouret en bois vers la fenêtre ouverte. Il y grimpa pour regarder dans la cour. Il faisait sombre à l'extérieur, aussi, mais il vit des feux et sentit de la fumée, qui le fit éternuer. Il voyait des hommes et des femmes courir partout en criant.

La vue des feux le fit penser au petit déjeuner. La Grise ferait griller le pain de la veille et le tartinerait de miel. Il descendit avec précaution du tabouret, ouvrit la lourde porte et se glissa dans le couloir.

Dehors, il y avait quelqu'un couché sur le sol. À la lumière d'une torche vacillante sur le mur, il vit qu'il s'agissait de la Grise. Elle était couchée sur le côté, les genoux ramenés vers sa poitrine, et elle avait les yeux fermés. Il s'accroupit un moment à côté d'elle, mais elle ne se réveilla pas. Il se demanda quoi faire, et lui tapota doucement la main.

— J'ai faim, lui murmura-t-il à l'oreille.

À ce moment, il entendit un bruit de pas précipités se dirigeant vers lui. La Femme Soleil avait-elle découvert qu'il avait quitté sa chambre ? Serait-elle fâchée contre lui ? Il courut se cacher dans un coin sombre, derrière l'épais rideau qui cachait une fenêtre.

Le rideau n'arrivait pas tout à fait jusqu'au sol, et il s'allongea pour regarder par l'étroit espace. Un groupe de soldats arriva. Il aimait les soldats, mais il n'en reconnut aucun, et décida de rester où il était.

Ils le dépassèrent en courant, leurs jambières en métal étincelant sous la lumière des torches, leurs pieds aux lourdes sandales résonnant sur le plancher. Il sentit leur odeur, cuir et sueur.

— Trouvez le gamin ! cria un des hommes d'une voix puissante. Il n'était pas dans sa chambre. Il doit être avec la reine.

Quand les soldats furent partis, il se dirigea vers la petite cour. Toujours caché dans la pénombre le long des murs, il se dirigea vers les écuries. Dex aimait les écuries. Il y avait toujours du mouvement. Il aimait le son de la respiration lourde des chevaux, et le bruissement de leurs sabots sur le sol de pierre.

Dex ignorait pourquoi, mais il comprenait qu'il avait des ennuis. La Grise s'était endormie dans le couloir, et la Femme Soleil avait envoyé des soldats furieux à sa recherche. Masqué par la pénombre, il vit des soldats armés d'épées foncer vers la tour. Puis quelqu'un qu'il connaissait, l'homme qui le mettait parfois sur son poney, arriva en courant. Il boitait. Dex se prépara à courir vers lui, mais l'homme tomba. Deux soldats le rejoignirent et plongèrent leurs épées dans son corps. Il hurla un moment, puis se tut.

Maintenant terrifié, Dex se blottit dans l'ombre du mur. Il entendit une femme crier, et vit des flammes sortir de la cuisine, grimper dans le ciel et illuminer la cour d'une lueur orangée. Deux femmes sortirent en courant de la cuisine, pourchassées par d'autres soldats, qui riaient et agitaient leurs épées.

Dex ferma les yeux. Il sentait la chaleur des flammes.

— Dex !

Il ouvrit les yeux et vit un soldat qu'il connaissait. Il avait une barbe rousse, et il faisait rire Dex en le transportant sur son dos. L'homme le prit dans ses bras et le tint serré contre lui. Dex sentit le soulagement l'envahir malgré la dureté de l'armure contre son corps. Il essaya de raconter au soldat que la Grise s'était endormie sur le sol. L'homme le fit taire.

— Chut, petit. Je vais t'emmener quelque part où tu seras en sécurité.

Le soldat fonça vers les écuries. Il y avait des corps partout, soldats et serviteurs. Quand ils passèrent à côté de la cuisine, Dex sentit de nouveau la chaleur des flammes et une odeur de viande rôtie. Il se cacha le visage contre la poitrine du soldat.

Le soldat entra dans l'écurie et posa Dex sur le sol. Il s'agenouilla et saisit le petit par l'épaule.

— Écoute-moi bien, mon garçon. Tu dois te cacher. Comme tu fais d'habitude. Tu te souviens ? Tu cherches un endroit dans la paille et tu t'y enfonces bien.

— C'est un jeu ? demanda Dex.

— Oui, un jeu. Et tu ne dois pas sortir jusqu'à ce que je revienne te chercher. Tu as compris ?

— Oui. Mais j'ai faim !

— Va vite te cacher. Ne fais pas un bruit, Dex. Reste caché.

Il poussa le gamin, qui fonça vers la dernière stalle et plongea à l'intérieur. Elle était vide, et servait à entreposer de la paille. Dex rampa et s'installa au centre du tas, les bras autour des genoux.

De l'intérieur de sa cachette, Dex voyait toujours la silhouette du soldat. Il avait tiré son épée et attendait. Puis d'autres hommes arrivèrent, et il y eut des cris de colère et le terrible claquement métallique qu'il avait entendu plus tôt. Il vit un soldat tomber, suivi par un autre. Puis le soldat ami tomba lui aussi sur le sol. D'autres lui sautèrent dessus et le lardèrent de coups d'épée.

Puis ils coururent dans toute l'écurie, regardant dans chaque stalle.

Dex resta parfaitement immobile et silencieux.

Tout le monde avait toujours dit à Halysia qu'elle avait du courage. À cinq ans, elle était déjà tombée de son vieux poney un nombre incalculable de fois. Son père soignait ses bosses et ses égratignures, et même, une fois, un bras cassé. Pendant qu'elle subissait ces soins un peu brutaux, il la regardait dans les yeux et lui disait qu'elle était courageuse. Ses frères riaient et la remettaient sur la jument, et elle riait avec eux et oubliait ses blessures.

Quand, à dix-sept ans, elle avait été envoyée épouser Anchise, elle avait été terrifiée. Par le vieil homme lui-même, par la forteresse sombre où elle devait vivre, et par les périls de l'accouchement, qui avaient emporté sa mère et sa sœur bien-aimée. Mais, quand elle avait peur, elle se remémorait le visage de son père, ses yeux noirs fixés sur elle, et ses paroles.

— Sois courageuse, mon petit écureuil. Sans courage, la vie n'est rien. Si tu as le courage, tu n'as besoin de rien d'autre.

Maintenant, à trente ans passés, elle ne croyait plus en son courage. La force qu'elle avait possédée lui avait été arrachée trois ans plus tôt, lors de l'attaque contre Dardanos. Depuis, elle n'avait pas connu une seule nuit paisible. Son sommeil était interrompu par des visions terribles de son fils, Diomède, en flammes, poussé de la falaise, et de ses hurlements abominables. Et elle revivait la douleur et l'humiliation qu'elle avait ressenties quand les envahisseurs l'avaient maintenue de force et brutalement violée, un couteau sous la gorge. Elle se réveillait en sanglots, et Hélicon l'attirait vers lui dans l'obscurité et la protégeait dans la forteresse de ses bras. Il lui répétait souvent qu'elle était une femme courageuse qui avait subi des horreurs inconcevables, et que les peurs et les cauchemars étaient normaux, et qu'un jour ils cesseraient de la hanter.

Mais il se trompait.

Elle avait su que l'ennemi reviendrait, avec une certitude absolue qui n'avait rien à voir avec ses peurs. Elle avait toujours eu des visions, même quand elle était enfant, au milieu des troupeaux de chevaux de Zéleia. Ses simples prédictions sur les possibilités de pouliner d'une jeune jument ou sur la maladie qui frapperait les chevaux sauvages à la saison des pluies s'étaient toujours réalisées. Son père souriait et disait qu'elle était bénie par Poséidon, qui aimait les chevaux.

Maintenant, assise sur le grand trône sculpté d'Anchise, dans le mégaron, les mains serrées sur les accoudoirs de bois, elle sut qu'une fois de plus ses visions s'étaient révélées exactes. Des soldats mycéniens avaient envahi la forteresse.

Ses pensées s'agitaient comme une volée de chauves-souris. Hélicon avait envoyé un message qui disait de se méfier des étrangers. Mais ce n'était pas un étranger qui avait ouvert la porte. Un de ses soldats avait vu Ménon en conversation avec des officiers mycéniens.

Ménon. Il était presque inconcevable qu'il ait commis un acte pareil. Il était toujours charmant et courtois. Halysia avait toujours cru qu'il l'appréciait sincèrement. La vendre aux Mycéniens, pour qu'elle soit violée et tuée, dépassait l'entendement de la jeune reine.

Plus de trois cents soldats mycéniens étaient entrés dans la citadelle, à peine gênés par la petite garnison de Dardanos. Les Mycéniens avaient su exactement par où arriver. Ils étaient venus par la mer, le jour où, sur les conseils de Ménon, elle avait envoyé sa petite flotte dardanienne à Carpéa pour aider le Cheval de Troie, en fuite devant l'ennemi.

Entourée par ses gardes du corps personnels – vingt soldats d'élite –, elle était assise dans le mégaron, silencieuse et immobile, et écoutait les bruits de combat au-dehors, les cris de bataille et les hurlements de douleur. À travers les hautes fenêtres, elle apercevait la lueur des incendies. Tremblant de tous ses membres, elle serra les mâchoires pour que ses soldats ne l'entendent pas claquer des dents.

Les gardes du corps, choisis par Hélicon, attendaient autour d'elle, le visage fermé. Elle essaya de repousser la terreur qui la paralysait.

Un jeune soldat couvert de sang entra en courant dans le mégaron.

— Ils ont pris la tour nord, ma dame, dit-il, le souffle court. Les cuisines ont été incendiées. Les baraquements de l'est sont aussi tombés. D'autres mycéniens attendent devant la porte de la Terre, mais ils ne peuvent pas entrer. Nous empêchons ceux qui sont déjà dedans de l'atteindre.

— Combien sont-ils, dehors ?

— Des centaines.

— Où est Pausanias ? demanda-t-elle d'une voix dont la fermeté la surprit.

— Je ne l'ai pas vu. Rhygmos commande la défense du mégaron. Prothéos empêche l'ennemi d'arriver à la porte de la Terre.

— Et l'enfant ?

— Je l'ai vu avec Gradion, aux écuries, mais des soldats mycéniens se rapprochaient d'eux. Gradion a emmené le petit à l'intérieur. J'ai dû m'enfuir à ce moment. Je n'ai pas vu ce qui est arrivé après.

Halysia se leva sur des jambes qui lui semblaient de plomb. Elle se tourna vers le capitaine de sa garde, les mains serrées devant elle pour les empêcher de trembler.

— Ménesthès, nous avons toujours su qu'il était impossible de défendre le mégaron. Inutile de perdre des hommes. Battons en retraite vers la tour est.

À ce moment, les doubles portes du mégaron s'ouvrirent à la volée, et des soldats mycéniens commencèrent à entrer. Ménesthès tira son épée et se jeta sur eux, suivi par ses hommes. Halysia savait qu'ils ne tiendraient pas longtemps. Puis Ménesthée lui cria :

— Fuyez, ma dame ! Sans attendre !

Halysia remonta ses jupes et courut vers l'antichambre, dont elle barricada la porte derrière elle. Ça n'arrêterait pas des hommes décidés armés d'épées et de haches, mais ça les retarderait.

Elle s'arrêta un instant, craignant de s'évanouir à cause de la terreur montante qu'elle éprouvait. Mais elle s'obligea à continuer et grimpa à vive allure le petit escalier de pierre qui menait à sa chambre. Ses portes étaient lourdes et renforcées. Il leur faudrait un moment pour les forcer. Elle remit en place la barre de bois massif qui fermait les portes.

La pièce était éclairée par des chandelles brûlant bas. Il y avait des tapis sur le sol et des tapisseries colorées sur les murs. Elle s'arrêta un instant, inspira le doux parfum des roses dans l'air nocturne, puis sortit sur le balcon.

Hélicon avait prévu cet instant depuis trois ans. Il croyait aux visions de sa femme, et le guerrier en lui croyait encore davantage au désir de vengeance d'Agamemnon. Peu après l'invasion précédente, la chambre d'Halysia avait été transférée de son ancien emplacement, dans l'aile nord, à ces appartements situés au-dessus du mégaron. Ils comportaient un grand balcon de pierre qui donnait à l'ouest.

La reine gagna le bord du balcon et repoussa un rideau de plantes rampantes. Elle regarda vers le bas et vit la première barre de bois étroite qui avait été installée sur le mur extérieur.

Sous le couvert de rénovations dans son nouvel appartement, des barres de chêne avaient été scellées dans la pierre, et menaient à un jardin envahi de plantes qui surplombait la mer. Aucun garde ou serviteur n'était autorisé à entrer dans le jardin, que l'on avait laissé retourner à l'état quasi sauvage. Le travail avait été bien fait. Il était difficile de repérer les barres de bois de l'extérieur, même en sachant qu'elles étaient là.

L'ouvrier qui les avait installées était retourné dans sa tribu de Zéleia, couvert d'honneur et d'argent et ayant juré de garder le secret.

Hélicon étant absent, seules deux personnes de la forteresse connaissaient ce chemin de fuite, en dehors d'elle : Pausanias, bien entendu, et Ménon, son aide.

Ménon, le traître !

Elle hésita, se demandant quoi faire. *Quel choix me reste-t-il ?* pensa-t-elle. *Je ne peux pas rester ici et les attendre !*

Elle se pencha par-dessus le mur du balcon, le cœur battant la chamade. Elle n'entendit rien dans le jardin.

Puis elle retourna à la porte de sa chambre et écouta à la porte. Le bruit lointain qu'elle entendait était celui des portes de l'antichambre que l'ennemi abattait.

Elle gagna un grand coffre de chêne sculpté et souleva le lourd couvercle. Elle poussa les châles brodés et les robes incrustées de gemmes et sortit une vieille tunique bleu foncé de servante, puis un manteau à capuchon d'un marron terne. Elle continua à fouiller et trouva la dague et son fourreau que son père lui avait offerte pour son quinzième anniversaire. Elle avait une poignée en corne de daim et une lame incurvée de bronze étincelant. Elle enleva sa robe blanche et passa la tunique informe. Puis elle inspira à fond et retira la barre de fermeture des portes de sa chambre, qu'elle entrouvrit légèrement. Le bruit du bois qui éclatait était de plus en plus fort. Elle entendait même les grognements et les cris des hommes qui se débattaient avec les boiseries cassées.

Calmement, elle révisa une dernière fois son plan. Puis elle posa la barre de fermeture contre le mur et ouvrit les portes en grand.

Pélopidas le Sparte montait en courant l'escalier étroit, son épée ensanglantée à la main. Il savait ce qu'il trouverait en haut. Une autre porte fermée, que les hommes armés de haches abattraient aussi. La reine ne serait pas dans ses appartements. Elle aurait pris le chemin de fuite secret qui menait au jardin, où plusieurs de ses hommes l'attendaient. Ou, pensa-t-il, enflammé par le désir, elle serait peut-être remontée, paniquée en voyant les hommes. Pélopidas espérait que c'était le cas. Ce serait bien plus confortable de la violer sur un lit – et moins douloureux pour ses genoux vieillissants.

Pélopidas était un vétéran aux cheveux gris et à la longue barbe tressée. Il arriva en haut de l'escalier et vit la porte ouverte. Stupide femme, pensa-t-il. Dans sa terreur, elle leur avait facilité les choses. Trois autres soldats arrivèrent, suant et jurant à cause des échardes qu'ils s'étaient plantées dans les mains en détruisant la porte inférieure. Ils sortirent tous sur le balcon. Pélopidas arracha le rideau de plantes.

— Vous deux, dit-il à deux de ses soldats, suivez-la en bas. Quand vous l'aurez rattrapée, ramenez-la ici. Je la veux en premier.

Les deux hommes regardèrent, inquiets, les prises étroites et l'obscurité du jardin. Mais, comme Pélopidas le savait, ils obéirent.

Pélopidas grogna et retourna dans la chambre. Le dernier soldat était à côté du lit et fouillait dans une boîte à bijoux en ivoire.

— Laisse ça, vermine, dit Pélopidas. Tu sais ce que le général a dit sur le pillage. Redescends, et trouve ce maudit gamin. Il y aura vingt anneaux d'or pour l'équipe qui rapportera sa tête à Kathéos.

— Comment le retrouverons-nous ? répondit l'homme. Les écuries étaient vides. Il pourrait être n'importe où.

— Il a trois ans, et il est tout seul. Il doit être blotti quelque part, en train de chialer et de se faire dessus ! Maintenant, file !

Le soldat s'attarda un instant, regardant avec regret l'or et les bijoux qui luisaient doucement. Puis il sortit en courant.

Pélopidas s'assit sur le lit confortable et se frotta le genou gauche. Il était enflé, et l'articulation était raide. Il s'étendit sur le lit et s'étira, le parfum de l'oreiller chatouillant agréablement ses narines. Il sentit le désir monter en lui. La reine, disait-on, était mince et belle, bien qu'elle ait dépassé trente ans, et elle avait des cheveux d'or et un doux visage. Il ricana. Ce n'était pas son visage qui l'intéressait.

La salope devait mourir – lentement, pour que l'Incendiaire en entende parler et sache que c'était une vengeance pour ses raids contre leur pays. Pélopidas sentit la colère l'envahir à l'idée des villages brûlés et des marins noyés par le vil Hélicon et ses hommes – qui perdraient tous des êtres chers avant que la nuit se termine.

Le Spartiate enleva son casque et le laissa tomber sur le sol. Il se leva, avisa un pichet d'eau sur une petite table et en but une grande gorgée. Puis il en versa un peu sur sa tête et secoua ses tresses.

Il regarda la chambre, ses draperies élégantes et les ornements en bronze, en cuivre et en or qui luisaient doucement dans tous les coins. Il sentit aussi une odeur de fleurs. Puis il souleva la boîte en ivoire gravé que le soldat avait fouillée. Il vit étinceler les bijoux à l'intérieur. Sans même les regarder, il les fourra dans la bourse en cuir qui pendait à son ceinturon. Il trouva un lourd bracelet en or, qui valait bien un an de solde, et il le glissa aussi dans la bourse.

Puis son regard tomba sur le grand coffre en chêne, dont le couvercle était ouvert comme si quelqu'un était parti à la hâte. À l'intérieur, au milieu des vêtements brodés, il vit également scintiller des gemmes. Il en sortit le premier vêtement, qui était décoré de fils d'or, d'ambre et de cornaline. Il hésita, se demanda ce qu'il pouvait en faire. Puis rit, se trouvant ridicule. Il pouvait difficilement emporter une robe de femme avec lui pendant une campagne !

Gloussant d'amusement, il se pencha et fouilla plus profondément dans le coffre, cherchant des bijoux. Soudain, il perçut un mouvement dans le fond du coffre. Avant qu'il ait le temps de réagir, il vit un visage, pâle et fantomatique, jaillir vers lui. Puis il sentit une douleur atroce à la gorge et tomba en arrière, inondé par son propre sang. Dans sa panique, il essaya de juguler le flot de sang avec ses mains. Une petite femme aux cheveux d'or sortit du coffre, une dague ensanglantée à la main.

Pélopidas se redressa péniblement sur les genoux et essaya d'appeler à l'aide, mais une douleur terrible traversa ses cordes vocales coupées, et le sang giclait toujours entre ses doigts. La femme le regardait, les yeux écarquillés. Il se sentit faiblir, et comprit que sa vie le quittait.

Sa tête frappa le sol. Il regarda les rigoles rouge vif qui jouaient sur le tapis. Puis il lui sembla que le tapis fondait pendant qu'un fluide écarlate le recouvrait. Un grand calme s'abattit sur lui. Il sentit quelque chose de chaud sur ses jambes, et comprit que sa vessie se vidait.

Je dois me lever, pensa-t-il. *Je dois trouver…*

Halysia resta immobile, observant les soubresauts d'agonie de l'homme, dont le sang inondait le précieux tapis. Ses pensées tournoyaient dans sa tête comme des papillons autour d'une flamme. La gorge de l'homme était ouverte. Elle l'avait tué. Mais elle était incapable de penser à autre chose qu'au tapis. C'était un cadeau de son père, quand elle avait épousé Anchise. Il était brodé de soies orientales. *Ce sera impossible de nettoyer le sang*, pensa-t-elle.

Oublie ton fichu tapis, lui souffla la voix de la raison. Halysia inspira à fond. Les jambes du guerrier tressautèrent une dernière fois, puis il s'immobilisa. Elle recula et rengaina la dague.

Tu dois partir ! Ils vont revenir !

Elle jeta le manteau marron sur ses épaules et descendit l'escalier en courant. Elle vit au passage les restes de la porte de l'antichambre. Elle s'arrêta à l'entrée du mégaron et regarda dedans. Tout était silencieux. Ses gardes du corps étaient tous morts, mais plus de trente cadavres d'ennemis gisaient autour d'eux. Le sol de pierre était glissant de sang, et l'odeur de la mort empuantissait la pièce.

Elle sentit la peur lui nouer l'estomac. Elle aurait voulu courir aussi vite que possible et ne jamais s'arrêter, pour oublier cette scène de cauchemar. Mais encore aurait-il fallu qu'elle trouve un endroit où se cacher, un trou obscur que l'ennemi ne découvrirait pas.

Puis le visage de son fils lui apparut. Cette image la secoua. Au lieu de voir, comme d'habitude, la preuve vivante qu'elle avait été violée et le souvenir constant du meurtre de son fils bien-aimé, Diomède, elle vit les grands yeux implorants de l'enfant et la douceur de son sourire, si semblable au sien. Halysia gémit à voix basse. Dio avait au moins connu l'amour d'une mère, qui lui avait maintes fois dit qu'elle l'adorait. Le petit Dex – comme Pausanias le lui avait fait remarquer avec raison – avait été privé de son affection.

Et voilà que des hommes impitoyables le cherchaient pour le tuer.

L'instinct la poussait à sortir du mégaron et à courir vers les écuries, dans l'espoir qu'il y serait encore. La raison lui souffla qu'elle n'y arriverait jamais. Si elle courait, elle se ferait repérer. Halysia décida de partir par l'entrée latérale du mégaron, de passer par les cuisines et d'atteindre les écuries par l'arrière.

Sa détermination lui redonna du courage. Arrivée à la porte latérale, elle entendit des cris et vit une ombre passer devant la porte. Accroupie derrière une colonne, elle n'osait même plus respirer. Puis le silence se fit. Elle se leva avec prudence et regarda vers l'entrée. Il n'y avait plus personne.

Les cuisines avaient été détruites par l'incendie. Les bâtiments en bois avaient flambé rapidement, et les feux étaient pratiquement éteints. Un nuage de fumée épaisse et acre planait sur le jardin potager, devant le bâtiment. Halysia se glissa dans la fumée, discrète comme un fantôme.

Elle eut du mal à respirer, et se laissa tomber sur le sol de pierre, où restait une petite couche d'air non vicié. Elle rampa sur le chemin qui menait aux écuries, ses genoux se prenant dans les plis de sa tunique et de son manteau. Elle dépassa de nombreux corps sur le sol, certains morts, d'autres mortellement blessés.

Elle vit un mouvement devant elle et s'immobilisa. Des soldats mycéniens, dont certains toussaient, arrivèrent dans sa direction. Elle appuya son visage sur le sol et resta aussi immobile qu'une morte. Elle entendit des bruits de pas, et quelqu'un cria au groupe de s'arrêter.

Un pied s'écrasa contre l'arrière de sa cuisse. Le soldat trébucha et jura. La douleur l'obligea à se mordre les lèvres, mais elle ne fit pas un bruit.

—Maudite fumée, dit un soldat. On n'y voit rien !

—C'est inutile de continuer à fouiller ici, dit un autre. Allons à la porte de la Terre pour tuer ses défenseurs et faire entrer les Atréens. Ensuite, nous pourrons piller la cité et partir !

— Ferme-là, dit une troisième voix, irritée. La tête de ce gamin vaut vingt anneaux d'or. Continuez à chercher !

Les hommes partirent. Halysia resta où elle était jusqu'à ce qu'elle n'entende plus les pas des hommes ni leur respiration. Puis elle se leva et courut vers les écuries.

Il faisait un noir d'encre à l'intérieur. Elle entendit les chevaux s'agiter, anxieux à cause de l'odeur de la fumée. Elle marcha tranquillement au milieu d'eux. Elle leur parla doucement, les rassura en caressant leurs flancs solides à mesure qu'elle progressait.

— Dex, murmura-t-elle. Dex, tu es là ?

Elle n'entendit rien, excepté les hennissements des chevaux et les cris lointains des soldats. Puis elle entendit un ordre qui lui glaça les sangs.

— Allez chercher du feu. S'il se cache dans les écuries, nous l'enfumerons pour qu'il sorte.

Les chevaux se calmèrent peu à peu. Seul le grand étalon noir continuait à s'agiter dans sa stalle, ruant et se cabrant.

— Dex ! Dexios, tu es là ? murmura-t-elle d'une voix inquiète.

Puis elle s'arrêta. À la faible lumière qui filtrait de l'extérieur, elle vit une petite silhouette immobile, le visage dans les mains. Des bouts de paille volaient autour de lui. L'enfant était silencieux. Il enleva ses mains de ses yeux. La mère et l'enfant se regardèrent un instant, comme pétrifiés.

Puis une petite voix demanda :

— Vous êtes en colère contre moi, maman ?

Elle s'agenouilla et lui ouvrit les bras.

— Non, Dex, je ne suis pas en colère. Maintenant, il faut partir. Nous devons nous enfuir.

Il courut vers elle et se jeta dans ses bras avec tant de force qu'elle faillit tomber. Elle sentit ses bras autour de son cou, son petit visage humide et sale contre le sien.

Elle prit l'enfant dans ses bras et courut vers l'avant de l'écurie. Si elle pouvait gagner le mur extérieur et la porte dissimulée de la poterne, elle pourrait emmener Dex dans la campagne et se cacher avec lui dans une des nombreuses grottes.

Mais elle vit un groupe de soldats ennemis courir vers le bâtiment, des torches enflammées à la main. Serrant l'enfant contre elle, elle retourna à l'entrée arrière des écuries et regarda par une fente dans la porte. À quelques pas, elle aperçut un robuste guerrier mycénien. D'une main, il tenait par les cheveux un jeune garçon d'écurie ; de l'autre, il brandissait une épée ensanglantée, avec laquelle il lui coupa la gorge. Le gamin à la chevelure filasse frissonna tandis que son sang s'écoulait sur la pierre. Le soldat le laissa tomber et se tourna vers la porte.

Étouffant sa panique, Halysia retourna au milieu des écuries et resta immobile, l'enfant dans ses bras. Elle surveillait les deux entrées. Puis, prenant l'enfant dans un seul bras, elle recula contre la stalle où le cheval noir s'agitait toujours.

Elle n'avait aucun moyen de sortir. Dans quelques instants, l'ennemi les trouverait, elle et son fils.

— Pas cette fois ! murmura-t-elle. Pas question !

À tâtons, elle ouvrit la porte de la stalle et se glissa à l'intérieur. Le grand cheval la regarda d'un œil inquiet, mais ne bougea pas. Elle posa Dex et s'approcha de l'animal. Elle prit sa tête dans la main et posa la joue contre son nez noir.

— J'ai besoin de toi maintenant, plus grand de tous les chevaux, murmura-t-elle. J'ai besoin de ta force et de ton courage.

Tapotant le cheval pour le rassurer, elle prit Dex et l'installa sur le dos de l'animal. Le cheval s'agita un peu, puis se calma. S'appuyant sur le côté de la stalle, elle grimpa derrière l'enfant. Elle lui murmura à l'oreille :

— Courage, mon petit écureuil. N'aie pas peur !

— Je vous le promets, maman.

L'entrée principale de l'écurie s'ouvrit à la volée, et des guerriers mycéniens portant des torches entrèrent. Halysia inspira à fond et ouvrit toute grande la porte de la stalle. Puis elle s'accrocha à la crinière du cheval et lui talonna les flancs. Avec tout le souffle qu'il lui restait, Halysia poussa le cri de guerre des Zéléiens.

Le cheval banda ses muscles puissants puis fonça devant lui, ses grands sabots résonnant sur le sol de pierre.

Les guerriers mycéniens hurlèrent en voyant le cheval se précipiter dans leur direction. Ils agitèrent leurs torches pour tenter de l'effrayer, mais l'animal se jeta sur eux. Un homme eut le crâne fracassé contre une cloison, et un deuxième passa sous les sabots de l'étalon. Halysia entendit distinctement un bruit écœurant d'os brisés. Les autres guerriers se mirent à l'abri sur le côté.

Une fois sortie de l'écurie, Halysia se dirigea vers la porte de la Terre. Si elle était maintenant ouverte, elle pourrait la traverser et prendre le défilé qui menait au pont de la Folie de Parnio.

Ils foncèrent dans la grande cour. Quand ils comprirent qui chevauchait l'animal, les Mycéniens hurlèrent. Une flèche siffla à côté d'elle. Puis une autre. Serrant Dex contre elle, elle poussa l'étalon au galop.

La porte de la Terre était juste devant elle, au prochain tournant. Les sabots du cheval dérapèrent sur la pierre quand elle le fit pivoter.

Derrière elle, elle vit que les combats continuaient. Et la porte était fermée.

Un groupe de soldats dardaniens menait son dernier combat. Les hommes avaient formé un mur de boucliers dans l'entrée, et ils étaient près d'être submergés.

Halysia força sa monture à s'arrêter. Il y eut une pause étrange. La bataille s'arrêta lentement. Ses soldats la regardèrent, la reconnurent, et se demandèrent quoi faire tandis qu'elle regardait avec fierté les hommes condamnés. Des Mycéniens se tournèrent et la reconnurent aussi.

— C'est elle ! C'est la reine ! Attrapez cette salope !

La distraction momentanée de l'ennemi permit aux Dardaniens de se jeter sur eux avec une énergie renouvelée. Halysia vit de nombreux Mycéniens tomber. Elle savait qu'elle avait fait gagner un peu de temps à ses soldats. Mais les Mycéniens couraient vers elle.

Elle fit pivoter le grand cheval et le talonna. Il se cabra à demi, puis partit au galop. Halysia le conduisit sur les rues pavées et les allées à gravillons qui menaient à la porte de la Mer et à la haute falaise. Elle sentit soudain un coup douloureux à la cuisse. Elle jeta un coup d'œil et vit qu'une flèche s'y était enfoncée. Le choc de l'impact se transforma rapidement en une douleur cuisante.

La porte de la Mer arriva en vue, ses grandes tours de pierre impressionnantes dans les ténèbres. Les quelques soldats qui s'y trouvaient s'éparpillèrent quand le grand étalon chargea. Puis il passa la porte et fonça à l'extérieur, dans la nuit.

Halysia savait qu'elle ne pouvait pas rester sur la route. Elle les conduirait à la plage, où attendraient d'autres soldats mycéniens. Elle tira sur la crinière du cheval et changea de position, ce qui fit tourner l'animal. Ses sabots claquèrent sur la pierre, puis glissèrent à l'approche du précipice. Un bref instant, Halysia cru qu'il allait tomber de la falaise, mais il réussit à reprendre son équilibre et continua à galoper sur l'étroit sentier qui longeait les murs.

De jour, déjà, ce chemin était périlleux ; mais la nuit… Elle pouvait seulement compter sur la chance et la protection des dieux…

L'étalon grimpa, avançant lentement sur le sol traître. À l'endroit le plus élevé, où Halysia savait que le chemin s'étrécissait encore, elle arrêta l'animal. La paroi rocheuse s'élevait abruptement à sa gauche, et à sa droite elle voyait la mer refléter les étoiles, et les galères mycéniennes réunies sur la plage.

Puis elle vit une autre flotte arriver vers Dardanos. Elle venait de l'Hellespont. Un moment, elle crut qu'il s'agissait de renforts mycéniens, puis elle reconnut l'imposante masse du *Xanthos.* Elle sentit la joie enfler en elle.

Son époux revenait chez lui, et bientôt les Mycéniens apprendraient le sens du mot peur. Sa vengeance serait terrible à voir, mais douce à son âme.

Les équipages mycéniens de la plage avaient aussi vu la flotte dardanienne. Ils se hâtaient de mettre leurs navires à l'eau. Halysia sourit. Qu'ils tentent de fuir ou de combattre, le résultat serait le même. Les marins mycéniens n'étaient plus que des morts en sursis.

Soulagée, elle se dit qu'il lui suffisait d'attendre à l'abri des murs jusqu'à ce qu'Hélicon débarque.

Puis quelque chose siffla à côté d'elle et ricocha sur la pierre. Elle entendit des cris, et vit des hommes se pencher par-dessus les remparts.

Serrant Dex contre elle, elle tapota l'épaule du cheval et lui parla doucement mais fermement. Puis elle le fit avancer. Des flèches jaillirent autour d'elle, effrayant la bête.

— Sois calme, mon beau coursier, murmura-t-elle pour le calmer.

La nuit, vêtue de sombre et montée sur un cheval noir, le risque que des archers ennemis la prennent pour cible était minime. Malgré tout, si elle restait sur place, une flèche finirait bien par la frapper. Halysia décida de faire le tour de la forteresse, de foncer au-delà de la porte de la Terre et de se diriger vers la Folie de Parnio – en sécurité.

À sa droite, le précipice plongeait dans les ténèbres. Sur sa gauche, les murs de la forteresse s'élevaient, semblables à une falaise. Le grand cheval baissa la tête et avança prudemment le long du chemin étroit. Par moments, ses sabots glissaient sur des cailloux. Les flèches continuaient à pleuvoir, mais la plupart passaient loin d'eux.

Quand la porte de la Terre fut en vue, elle constata que les soldats dardaniens la défendaient toujours. Des centaines de Mycéniens grouillaient à l'extérieur, attendant que leurs camarades déjà entrés leur ouvrent les portes. Halysia entendit des cris et des jurons de frustration, mais tous les soldats regardaient les portes, pas le mur. Aucun d'eux ne remarqua la femme à cheval qui émergea silencieusement de l'obscurité.

Halysia vit des mouvements au loin, et une ligne de cavaliers en armure étincelante s'y matérialisa. Le Cheval de Troie était arrivé ! Les Mycéniens les virent également, et se mirent en formation défensive derrière un mur de boucliers.

Puis quelqu'un cria, du haut des remparts :

— La reine s'échappe ! Tuez-la !

Il y avait seulement quelques cavaliers à l'extérieur des portes, mais ils lancèrent aussitôt leurs chevaux à sa poursuite.

Halysia talonna le cheval noir, qui dépassa en trombe l'arrière-garde des Mycéniens et se dirigea vers le défilé. La reine regarda derrière elle et vit que les Mycéniens perdaient du terrain. Son cheval était maintenant au galop, aussi rapide que l'éclair. Halysia avait monté de nombreux chevaux dans sa vie, mais aucun n'avait la force et la célérité de celui-ci.

Elle sentit le vent dans ses cheveux et laissa l'espoir renaître dans son cœur. Hélicon coulerait la flotte ennemie, et le Cheval de Troie massacrerait les adversaires encore sur la terre ferme. Il lui suffisait d'être plus rapide que les cavaliers mycéniens, et elle serait en sécurité.

L'étalon continua à galoper et, bientôt, Halysia vit le défilé s'élargir, juste avant le pont – qui maintenant n'existait plus. Il en restait seulement des ruines fumantes, accrochées au bord du gouffre. Elle n'avait aucun moyen de fuir.

Un groupe de soldats mycéniens sortit en courant des ombres juste avant le pont, leurs épées au clair. Halysia fit pivoter sa monture, retourna à l'entrée du défilé, puis se tourna de nouveau. Les cavaliers mycéniens étaient tout près. Elle les entendit pousser des cris de triomphe.

— Quoi qu'il arrive, mon petit Dex, nous serons ensemble, promit-elle.

Puis elle claqua la croupe de l'étalon. Surpris, il partit à vive allure dans le défilé, en direction du gouffre. Halysia était accrochée à sa crinière, les mains tétanisées. Elle aperçut les soldats du coin de l'œil. Elle sentit un coup sur son flanc, mais la pointe de la lance déchira sa chair sans la faire tomber de cheval. Elle ignora la douleur cuisante et se concentra sur les mouvements du cheval et sur le petit corps tiède blotti contre sa poitrine. Et sur le gouffre qui était maintenant en vue.

Un cheval, même aussi extraordinaire que celui-là, pourrait-il réaliser un tel saut ? Halysia l'ignorait. Elle savait pourtant une chose, que l'animal risquait de stopper net sur le bord, la précipitant, avec son fils sur les rochers en contrebas.

Tandis qu'ils se rapprochaient du gouffre, elle enfonça les talons dans les flancs du cheval et poussa le cri de guerre de sa tribu, haut perché et ululant. Le cheval prit son élan et sauta.

Le temps sembla s'arrêter. Elle n'entendait plus que les battements de son cœur. Elle ne sentait plus rien, ni le cheval sous elle ni l'enfant blotti entre ses bras. Elle se demanda si sa vie venait de s'achever, et si les dieux l'emmenaient dans l'au-delà. Elle eut même le temps de regarder vers le bas et les rochers déchiquetés qui tapissaient le sol.

Puis les sabots de l'étalon frappèrent le sol de l'autre côté du gouffre. Le cheval tituba un instant, ses sabots arrière glissant sur le bord de la falaise. Puis il reprit sa course.

Halysia arrêta l'étalon et regarda les Mycéniens. Aucun d'entre eux n'avait eu le courage de la suivre. Ils lui criaient des insultes. Puis ils repartirent le long du défilé. Elle sentit la fatigue la submerger.

— Les méchants hommes sont-ils partis, maman ?

— Oui, ils sont partis, mon petit écureuil.

Halysia leva la jambe et sauta à bas du cheval. Elle poussa un cri de douleur quand la flèche enfoncée dans sa cuisse se tordit et lui déchira encore plus les chairs. Elle s'assit sur un rocher et lâcha l'enfant. Il resta à côté d'elle. Halysia lui embrassa le front.

— Tu es mon fils, mon petit Dex. Et je suis si fière de toi ! Bientôt, ton père sera de retour, et il sera fier de toi, lui aussi. Nous allons rester tranquillement assis ici, et nous l'attendrons.

L'enfant la regarda et sourit.

Il a un si doux sourire, songea-t-elle. *Comme le soleil brillant à travers les nuages.*

Le côté gauche de sa tunique était trempé de sang, là où la lance avait pénétré son flanc. Elle essaya d'arrêter le saignement avec son manteau, mais le tissu glissa de ses doigts. Elle eut l'impression que la nuit laissait la place à la lumière. Quelqu'un approchait d'elle. Halysia tourna péniblement la tête. La lumière était maintenant presque aveuglante. Puis une petite silhouette aux cheveux dorés apparut. Halysia plissa les yeux à cause de la lumière. Puis elle poussa un cri de joie. C'était Diomède, son fils, qui lui souriait et lui tendait les bras.

Des larmes de joie enflèrent dans les yeux d'Halysia. Ses deux fils étaient maintenant auprès d'elle, et tout était parfait. À cet instant, tandis que la lumière disparaissait, Halysia comprit qu'elle n'avait jamais été aussi heureuse de sa vie.

Épilogue

Des moutons blancs aux longs poils broutaient sur les falaises surplombant les hauts murs du palais de la Joie du Roi. Les animaux s'enfuirent quand Cassandre monta vers le sommet, et elle s'arrêta un instant pour les regarder. *Ils ont le pied si sûr,* pensa-t-elle, *tandis qu'ils sautent d'un rocher à l'autre. Ils n'ont pas peur des hauteurs ni des rochers déchiquetés tout en bas.* Était-ce de la confiance, ou de la stupidité ? se demanda-t-elle. Peut-être un mélange des deux.

Cassandre les dépassa et gagna le point le plus élevé, au-dessus du rivage. Elle releva sa tunique blanche, qui lui arrivait aux chevilles, s'assit sur un rocher et regarda la mer. Il n'y avait aucun navire en vue, et seulement cinq avaient été tirés sur la plage, naguère si encombrée. Une dizaine de petits bateaux de pêche jetaient leurs filets dans la baie.

À cet endroit, au-dessus du monde, tout semblait paisible et serein. Cassandre regarda vers le sud. Au-delà du mont Ida, des armées se regroupaient, se préparant à la guerre, à la mort, au viol et au meurtre. Une brève vision de feu et d'horreur traversa son esprit, mais elle se força à l'ignorer. Elle se tourna vers le nord et revit mentalement les images de son rêve de la veille : la forteresse de Dardanos dévorée par les flammes.

La Thrace était perdue, et bientôt les Mycéniens traverseraient le détroit pour envahir la Dardanie. L'ennemi viendrait du nord et du sud, et leurs armées se fermeraient comme un poing immense sur la cité d'or.

À ce moment, les plages paisibles qu'elle voyait, loin en dessous, seraient occupées par une flotte si grande qu'aucun grain de sable ne serait visible entre les navires. Cassandre frissonna sous le soleil étincelant.

Un instant, le doute effleura son esprit. Toutes ces visions n'étaient peut-être pas vraies.

Elle se leva lentement et gagna le bord de la falaise. Pour tester ses visions, il lui suffisait de faire un simple pas en avant. Si elle se tuait sur les rochers, elles seraient fausses, car il n'y aurait pas de voyage hivernal vers Théra, pas de fuite vers le ciel de midi, pas de tonnerre ni de fin du monde. Troie survivrait peut-être, et Hector vivrait et deviendrait un grand roi.

Un seul pas…

Elle inspira à fond, ferma les yeux et avança.

Des mains rudes la saisirent et l'empêchèrent de tomber dans le précipice.

— Qu'alliez-vous faire ? demanda un jeune berger, qui la tenait fermement par les bras.

Cassandre ne lui répondit pas.

Le voyage vers Théra serait long… et périlleux.

Aubin
IMPRIMEUR

IMPRIM'VERT
Votre imprimeur agit pour l'environnement

Achevé d'imprimer en octobre 2016
N° d'impression 1608.0328
Dépôt légal, novembre 2016
Imprimé en France
81121880-1